KB207245

부활

부활 하

Воскресение

레프 똘스또이 장편소설

이대우 옮김

VOSKRESENIE
by LEV TOLSTOI (1898~1899)

일러두기
러시아어의 로마자 표기와 우리말 표기는 〈열린책들〉에서 정한 표기안을 따르되,
관행적으로 굳어진 일부 용어만 예외로 하였습니다.

이 책은 실로 꿰매어 제본하는 정통적인 사철 방식으로 만들어졌습니다.
사철 방식으로 제본된 책은 오랫동안 보관해도 손상되지 않습니다.

제2부

1

사건은 2주 후에 원로원에서 재심될 예정이었다. 네흘류도프는 그 무렵 뻬쩨르부르그로 갈 생각이었는데, 원로원에서도 실패한다면 상소장을 작성했던 변호사의 권고대로 황제에게 탄원서를 보낼 계획이었다. 상소 사유가 빈약하다는 변호사의 의견에 따라, 그는 별 성과를 거두지 못할 유감스러운 경우에도 대비해야 했다. 만일 그렇게 된다면 마슬로바가 포함된 유형수 일행은 6월 초순경에 유형지로 떠날 것이므로 마슬로바를 따라 시베리아로 갈 준비를 서둘러야 했다. 네흘류도프의 결심은 확고했다. 그는 자신의 문제를 정리하기 위해 당장 시골에 다녀오기로 마음먹었다.

우선 네흘류도프는 자신의 중요한 수입원이자 가장 가까운 영지인 흑토질의 광활한 꾸즈민스꼬예 마을로 출발했다. 그는 그 영지에서 유년 시절과 청년 시절을 보냈으며 그 후로도 두 번 방문한 적이 있었다. 그중 한 번은 어머니의 부탁으로 독일계 관리인과 함께 영지의 경영 상황을 조사했기 때문에 영지의 운영 실태나 농민과 관리 사무소의 관계에 대해, 즉 농민과 지주 사이의 관계에 대해 이미 오래전부터 알고 있었다. 농민과 지주 사이의 관계란 점잖게 말해서 철저한 예속 관계였고, 실제로 농민은 관리 사무소에 묶인 노예나 다름없었다. 1861년에 폐지된 농노제처럼 특정한 사람들이 주종 관계에 처한 것은 아니지만, 농토를 전혀 혹은 조금밖에 소유하지 못한 대부분의 농민들은 현실적 노예 상황, 즉 주로 대지주나 인근 지역에 사는 지주들에게 얽매인 상태에 처해 있었던 것이다. 네흘류도프도 그런 사실을 분명히 알고 있었으며 그런 노예 상태가 농장 경영의 기초가 되어 왔다는 사실 또한 모르지 않았고, 또 그 운영 체제에 협력하기까지 했다. 네흘류도프는 심지어 그것이 부당하고 잔혹한 일이라는 사실도 알고 있었다. 그가 그런 사실을 알게 된 것은 학창 시절이었으며, 당시 그는 헨리 조지의 학설을 신봉하고 전파하며 그 학설을 근거로 아버지로부터 상속받은 토지를 농민들에게 분배하기도 했다. 그는 오늘날의 토지 소유는 50년 전의 농노 소유와 똑같은 죄악이라고 생각했다. 하지만 1년에 약 2만 루블에 달하는 거액을 낭비하던 군대 생활 이후로 그 모든 지식은 생활에 아무 필요도 없는 것으로 점차 잊혀 갔고, 또 사유 재산에 대한 자신의 입장이나 어머니가 부쳐 주는 거금의 출처에 대해 회의를 품지도 않았으며 그런 생각을 하려고 노력하지도 않았던 게 사실이었다. 그러나 어머니의 죽음과 상속 그리고 피할 수 없는 재산 관리 문제, 즉 토지 관리 문제로 그는 토지 소유에 대한 자신의 입장을 다시 정리해야 하는 상황에 놓이게 되었다. 불과 한 달 전만 해도 네흘류도프는 현재의 제도를 뜯어고친다는 것은 자신의 힘으로는 어림도 없는 일이고 그렇다고 자신에게 영지를 관리할 능력이 있는 것도 아니며, 그래서 영지에서 멀리 떨어져 살면서 송금이나 받으며 다소 편안한 마음으로 생활하겠다고 스스로 말해 왔다. 게다가 지금에 와서도, 시베리아 여행이나 감옥 문제라는 복잡하고 어려운 상황에 직면했으므로 돈이 꼭 필요했다. 그러나 네흘류도프는 토지 문제를 이전처럼 그대로 내버려 둘 수는 없다는 생각에, 손해를 보는 한이 있더라도 그 문제를 개선하겠다고 마음먹었다. 그는 토지를 직접 경작하는 대신 헐값으로 농민들에게 임대하여 지주로부터 자립할 수 있는 기회를 주기로 했다. 네흘류도프는 지주와 농노 소유주에 대한 입장을 비교하고 비교한 결과, 농민들에게 토지를 경작시키지 않고 임대하는 것은 농노 소유주들이 받을 부역을 부역세로 바꾸는 것과 다를 바 없다고 생각했다. 그것이 해결책은 될 수 없겠지만 그 해결을 위한 시도임에는 틀림없었다. 즉 그것은 폭력이라는 야만적인 형식에서 다소 온건한 형식으로의 전환을 의미했다. 아무튼 그는 그렇게 실행하기로 결심했다.

네흘류도프는 정오가 가까울 무렵에야 꾸즈민스꼬예 마을에 도착할 수 있었다. 모든 면에서 자신의 생활을 간소화하기 위해 전보도 치지 않았다. 그는 역 앞에서 쌍두마차를 빌렸다. 마부는 긴 무명 외투를 입은 작달막하고 젊은 사내였다. 그는 시골 마부 티를 내듯 마부석에 비스듬히 앉아 손님과 노닥거리기 시작했다. 그들이 대화를 나누는 동안 지쳐서 절뚝거리는 뒷말과 노쇠해서 헐떡거리는 앞말은 자기들에게 알맞은 적당한 속도로 타박거리며 달렸다.

마부는 그가 이 지방의 지주인 줄은 전혀 모른 채 꾸즈민스꼬예 마을의 관리인 이야기를 꺼냈다. 네흘류도프는 일부러 자기 신분을 밝히지 않았다.

「멋만 부리는 독일인이랍니다.」 한때 도회지에 살면서 소설깨나 읽었다는 마부가 말했다. 그는 손님 쪽으로 몸을 반쯤 돌리고 앉아 채찍을 위아래로 휘두르며 자신의 교양을 은근히 과시했다. 「자기 마누라와 함께 갈색 말들이 끄는 삼두마

차를 타고 다니지요. 하지만 그게 무슨 소용이랍니까!」 그는
말을 이어 갔다. 「지난해 겨울에는 웅장한 저택에 크리스마스
트리를 세워 놓았지 뭡니까. 그자의 친구들을 태워 나르면서
보니, 조그만 전구를 수없이 달아 놓았더군요. 이 지방에서는
흔한 일이 아니죠. 돈이라면 박박 긁어모으는……. 믿지 않으
실 겁니다. 자기가 갖고 싶은 것이라면 무엇이든 다 손아귀에
넣고 말지요. 듣자 하니 멋진 영지도 샀다더군요.」

그는 독일계 관리인이 영지를 어떻게 관리하든 또 어떻게
이용하든 알 바 아니라고 생각하면서도, 긴 무명 외투를 입
은 마부의 이야기에 불쾌해졌다. 화사한 날씨며, 짙은 구름
이며, 언뜻언뜻 구름 뒤로 숨는 태양이며, 농부들이 여기저
기서 쟁기질을 하고 씨를 뿌리는 들판이며, 종달새가 날아오
르는 무성하고 푸른 채소밭이며, 더디게 싹을 내는 떡갈나무
를 제외하고는 온통 신록으로 뒤덮인 숲이며, 소와 말이 여
기저기서 풀을 뜯는 목장이며, 농부들이 대견스럽게 바라보
는 밭 등을 보면서 네홀류도프는 감탄했지만 그의 마음 한구
석에서는 이따금씩 불쾌한 생각이 들었다. 그는 과연 무엇이
자신을 불쾌하게 만들까 하고 반문했다. 그리고 그때마다 독
일계 관리인이 꾸즈민스꼬예 마을을 멋대로 운영한다는 마
부의 이야기가 뇌리에 스쳐 갔다.

그러나 꾸즈민스꼬예 마을에 도착하여 일을 시작하자 그
런 감정은 곧 사라져 버렸다.

관리 사무소의 장부를 검토하고 나서 농민들의 얼마 안 되
는 땅을 지주의 땅으로 에워싸는 것이 유리하다는 관리인의
아부 섞인 설명을 듣자, 자영을 포기하고 농지 전부를 농민
들에게 제공하겠다는 네홀류도프의 결심은 더욱 확고해졌
다. 장부 검토와 관리인의 이야기를 통해서 그는 예전과 같
이 경작지의 3분의 2는 고용된 농민들이 개량된 농기구로 경

작하고, 나머지 3분의 1은 1제샤찌나당 5루블의 노임으로 농민들을 부린다는 사실을 알게 되었다. 즉 농민들은 5루블을 받으며 1년에 1제샤찌나의 땅을 세 번이나 갈고 씨를 뿌리고 추수를 하고 수확물을 다발로 묶어 창고로 옮겨야 하는데, 이 정도면 임시로 고용된 일꾼이라 해도 최저 10루블은 받아야 하는 노동이었다. 게다가 농민들은 관리 사무소에서만 구할 수 있는 엄청나게 비싼 물품을 노동으로 갚아야 했다. 그들은 목장의 풀이나 숲의 땔감이나 감자 줄기를 얻기 위해서도 일을 해야 했으며 거의 대부분이 관리 사무소에 빚을 지고 있었다. 만일 지대를 대략 5퍼센트 받는다고 하면, 농민들에게서 1제샤찌나당 그 4배가 넘는 이익을 짜내는 셈이었다.

네흘류도프는 그 모든 사실을 예전에도 익히 알고 있었으나 이제는 그런 사실이 새삼스러울 뿐만 아니라, 자신은 물론 자신과 같은 입장에 있는 다른 모든 사람들이 어째서 그런 비정상적인 관계에 관심을 갖지 않는지 놀라울 뿐이었다. 관리인의 설명에 따르면, 농민들에게 토지를 넘기면 농기구들이 쓸모가 없어져 제값의 4분의 1로 내놓아도 팔리지 않을 뿐더러, 농민들이 토지를 망쳐 놓기 때문에 네흘류도프로서는 막대한 손해를 입게 된다는 것이다. 그러나 네흘류도프는 농민들에게 토지를 양도함으로써 수입이 많이 줄게 되더라도 올바른 일을 실천하기로 마음먹었다. 그는 마을에 머무는 동안 그 문제를 당장 매듭짓기로 했다. 곡식을 추수하거나 팔거나 농기구와 불필요한 시설물을 처분하는 일 따위는 그가 없어도 나중에 관리인이 처리할 수 있었다. 그래서 그는 자신의 의향을 전하고 토지 양도 계약을 체결하기 위해 다음 날 꾸즈민스꼬예 영지 주변에 있는 세 마을의 농민들을 소집시키라고 관리인에게 요청했다.

네흘류도프는 관리인의 논리에도 흔들리지 않고 농민들을

위해 희생할 결심을 굳힌 스스로에게 만족해하며 사무소를 나섰다. 그는 당면한 과제들에 대해 고민하면서 황폐해진 집 주변의 화원(화원은 관리인의 집 맞은편에 있었다)과 민들레가 멋대로 자란 잔디 테니스 코트와 보리수가 있는 대로를 따라 걸어갔다. 그곳은 보통 그가 궐련을 피우며 걷던 길이었으며, 3년 전엔 어머니의 손님으로 와서 지내던 아름다운 끼리모바와 함께 장난을 치던 장소이기도 했다. 내일 농민들에게 전할 이야기를 대충 생각한 후, 네흘류도프는 관리인을 찾아갔다. 그리고 차를 마시면서 농장 경영을 어떻게 청산할 것인지 관리인과 다시 상의했고, 그 일에 대해서 더 이상 신경 쓸 것이 없어지자 자신을 위해 마련된 저택의 침실로 들어갔다. 그 방은 언제라도 손님들이 묵을 수 있도록 준비된 곳이었다.

창문과 창문 사이에 거울이 붙어 있고 베니스의 풍경화가 걸린 아담하고 깔끔한 그 방에는 깨끗한 스프링 침대와 물병, 성냥, 소등기 따위가 준비된 작은 탁자가 놓여 있었다. 거울 옆 커다란 책상 위에 있는 트렁크의 열린 틈으로 화장품 케이스와 책들이 삐져나와 있었다. 러시아어로 된 책은 형법 연구서였으며 독일어 책과 영어 책도 같은 내용의 책이었다. 그는 시골을 방문하는 동안 틈틈이 그 책을 읽으려 했으나 오늘은 전혀 그럴 만한 시간이 나지 않았고, 또 내일 이른 시간에 농민들에게 자신의 의향을 설명하기 위해서라도 될 수 있는 대로 일찍 잠자리에 들어야 했다.

방 한쪽 구석에는 상감 무늬가 새겨진 구식 마호가니 안락의자가 놓여 있었는데, 그 의자를 보자 네흘류도프는 어머니의 침실이 생각났으며 그로 인해 전혀 예기치 않은 감정에 휩싸였다. 그는 무너져 가는 이 집과 황폐해질 정원과 벌채될 숲, 외양간, 마구간, 창고, 농기구, 말, 소 등 그 모든 것들이 갑자기 아까워졌다. 비록 자신의 손으로 이룬 것은 아니지만, 그것들이 엄청난 노력을 기울여 만들어지고 유지되었다는 사실을 그는 잘 알고 있었다. 조금 전까지만 해도 모든 것을 쉽게 포기할 수 있을 것 같았지만 이제는 그것 말고도 토지나, 지금은 너무 절실해진 수입의 절반까지 아까워졌다. 그러자 분별없이 농민들에게 토지를 양도하고 농장 경영을 포기하는 행위가 과연 합당한지 갑자기 의문이 들었다.

〈나는 토지를 소유해서는 안 돼. 하지만 토지를 소유하지 않으면 이런 생활을 유지할 수 없겠지? 그렇지만 이제 나는 시베리아로 떠날 것이고, 그렇게 되면 집도 영지도 모두 필요 없을 거야.〉그의 마음속에서는 이런 목소리 말고 또 다른 목소리도 들려왔다. 〈그건 모두 옳은 이야기야. 하지만 첫째, 나는 시베리아에서 한평생 썩을 생각은 없어. 게다가 결혼을 하면 아이들도 생기겠지. 그러면 내가 영지를 상속받았듯이 아이들에게도 영지를 물려주어야 하잖아. 토지에 대한 의무라는 것도 있어. 모두 양도하고 날려 버리기야 쉽지만, 그걸 성취하기란 너무나 힘든 법이지. 중요한 것은 나 자신의 인생을 신중히 검토하고 어떻게 처신할 것인지 결정해서 그에 따라 재산을 처리하는 거야. 그런데 나의 결심은 확고한 건가? 그다음으로, 나는 진심으로 양심에 따라 행동하고 있는 건가? 혹시 단지 다른 사람들을 위해서, 다시 말해서 다른 사람들에게 과시하기 위해서 행동하는 건 아닌가?〉네흘류도프는 이렇게 자문해 보며, 세상 사람들이 이러쿵저러쿵 입방아를 찧는 것이 자신의 결정에 영향을 미치고 있음을 인정하지 않을 수 없었다. 더 많은 고민을 할수록 그는 더욱더 의혹에 휩싸였고 해결할 수 없는 수렁으로 한층 더 빠져들었다. 이런 잡념을 떨치기 위해서라도 그는 깨끗한 침대 위에 누워 잠을 청하고 싶었고, 정신이 맑아지는 내일이면 지금 그를 혼란스럽게 만드는 온갖 문제가 해결되기를 기대했다. 그러나 그는 오랫동안 잠을 청할 수 없었다. 신선한 밤공기, 환한 달빛, 개구리의 울음소리가 활짝 열린 창문으로 들려왔고, 저 멀리 떨어진 공원에서는 꾀꼬리가 이어질 듯 끊어질 듯 울었으며, 또 다른 꾀꼬리 한 마리는 창문 아래 라일락 덤불 속에서 구슬피 울어 댔던 것이다. 꾀꼬리와 개구리의 울음소리를 듣고 있던 네흘류도프는 소장 딸의 피아노 연주가 생각났다. 그리고 소장의 모습을 떠올리자, 마치 개구리가 울 때처럼 입술을 바들바들 떨며 〈절 이대로 내버려 두세요!〉라고 말하던 마슬로바의 모습이 연이어 나타났다. 잠시 후 독일계 관리인이 개구리 우는 방향으로 내려가기 시작했다. 관리인을 붙잡아야 한다고 생각했지만, 그는 벌써 그곳으로 내려가 어느새 마슬로바로 변신해서 〈난 유형수고, 당신은 공작님이잖아요〉라고 말하며 그를 원망했다. 〈아니야, 이대로 물러설 수 없어.〉 얼핏 이런 생각이 머릿속을 스치는 순간, 그는 눈을 번쩍 뜨며 자문했다. 〈지금 내가 하는 일이 좋은 일인가, 아니면 어리석은 일인가? 아, 모르겠다, 그건 아무래도 상관없어. 아무래도 좋아. 어서 잠이나 자두자.〉 그러고는 그 자신도 관리인이자 마슬로바가 있는 곳으로 내려갔고, 기억이 점차 희미해졌다.

2

네흘류도프는 다음 날 오전 9시쯤 잠에서 깨어났다. 공작의 시중을 드는 젊은 사무원이 그의 기척을 듣고는 살짝 몸을 일으켜 눈부실 만큼 번쩍거리게 닦아 놓은 구두와 새로 길어 온 차갑고 깨끗한 샘물을 가져다주며 농민들이 모였음을 알렸다. 네흘류도프는 정신을 차리고 벌떡 일어났다. 토지를 농민들에게 양도하고 농장 경영을 포기하는 일이 아섭다고 생각하던 전날 밤의 감정은 이미 깨끗이 사라진 뒤였다. 오히려 그런 생각을 했던 스스로가 놀라울 정도였다. 그는 머지않아 실현될 일이 너무 기뻤고 자신도 알 수 없는 자부심을 느꼈다. 창문 밖으로 민들레가 무성한 잔디 테니스 코트가 눈에 띄었다. 그곳에는 관리인의 지시를 받은 농민들이 모여 있었다. 어제부터 개구리들이 몹시 울어 대더니 날씨가 잔뜩 흐려 있었다. 바람 한 점 없는 아침, 따뜻한 가랑비가 조용히 내렸고 빗방울은 작은 가지와 큰 가지와 풀잎에 대롱대롱 매달려 있었다. 신록의 향기가 물씬 풍기는 가운데 비에 촉촉이 젖은 흙냄새가 창문으로 올라왔다. 네흘류도프는 옷을 입으면서 공터에 모인 농민들을 몇 번이고 창문으로 내다보았다. 농민들은 서로에게 다가가 모자를 벗고 인사를 나눈 다음 지팡이에 의지한 채 둥글게 자리 잡았다.

젊고 우락부락한 관리인은 커다란 단추가 달린 푸른 신사복 깃을 빳빳하게 세우고 네흘류도프의 방으로 찾아와서는, 농민들이 모두 모였으니 그가 커피나 차를 마시면서 이런저런 준비를 하는 동안 사람들을 대기시키겠다고 말했다.

「아니오, 그들이 있는 곳으로 나가 보는 게 좋겠소.」 농민들과 예정된 대화를 나눈다고 생각하자 전혀 예상치 못했던 두려움과 수줍음이 엄습하는 것을 느끼며 네흘류도프는 이렇게 말했다.

싼 가격에 농민들에게 토지를 제공하겠다는, 다시 말해서 그들에게 선행을 베풀겠다는 농민들로서는 감히 꿈도 꿀 수 없는 그들의 희망을 실현시키기 위해 네흘류도프는 밖으로 나갔지만 어쩐지 겸연쩍다는 생각이 들었다. 농민들이 모여 있는 곳으로 다가가자 아마 빛 머리, 고수머리, 대머리, 흰 머리 등 농민들의 모습이 나타났다. 네흘류도르는 몹시 당황하여 한동안 아무 말도 하지 못했다. 가랑비가 여전히 부슬부슬 내려서 농민들의 머리카락, 턱수염, 농민복을 적셨다. 농민들은 지주를 쳐다보며 그가 말문을 열기만을 기다렸으나 당황한 그는 아무 말도 할 수 없었다. 어색한 침묵을 깨뜨린 사람은 바로 침착하고 자신만만한 독일계 관리인이었다. 그는 자신을 러시아 농민이라고 생각했을 뿐 아니라 러시아어도 제법 정확하고 유창하게 구사했다. 체격이 당당하고 영양 상태가 좋은 이 사내와 네흘류도프의 모습은, 핼쑥하고 쪼글쪼글한 농민들의 얼굴이나 농민복 위로 드러난 앙상한 견갑골의 윤곽과 놀라운 대조를 이루었다.

「공작님께서 여러분들에게 선행을 베풀고 싶어 하십니다. 토지를 제공하시겠다는 말씀이지요. 여러분들한테는 과분한 일입니다만.」관리인이 말했다.

「과분한 일이라니요, 바실리 까를르이치! 우리가 당신을 위해 열심히 일하지 않았다는 뜻인가요? 우린 돌아가신 마님께 너무 감사한 마음을 가지고 있습니다. 고이 잠드소서, 마님. 그리고 젊은 공작님, 감사합니다, 저희들을 버리지 않으시다니!」말주변이 좋은 붉은 머리카락의 농부가 말했다.

「이렇게 모이라고 한 이유는, 여러분들이 원한다면 토지를 전부 여러분들에게 나누어 줄 생각이기 때문입니다.」네흘류도프가 입을 열었다.

농민들은 그의 말을 이해하지 못하거나 믿을 수 없다는 듯 입을 다문 채 아무 말도 하지 못했다.

「토지를 나누어 주신다고요? 그게 무슨 말씀이신지요?」반코트 차림의 한 중년 농부가 말했다.

「여러분들이 싼 가격으로 토지를 이용할 수 있도록 임대하려는 겁니다.」

「듣던 중 반가운 소리군요.」한 노인이 말했다.

「임대료를 지불할 여력만 있다면 말입니다.」다른 농부가 말했다.

「토지를 받지 않을 이유가 없지요!」

「저희들한테야 당연한 일이죠. 흙 파먹고 사는 사람들이니까요!」

「나리한테도 그게 더 마음 편하실 겁니다. 돈만 받으시면 되지 않습니까요. 지금은 골치 아픈 일이 얼마나 많은지 모릅니다.」여러 사람이 이구동성으로 떠들어 댔다.

「골치 아픈 일이라면 당신들 때문이겠지.」독일계 관리인이 말했다. 「당신들이 열심히 일하고 규칙만 따른다면…….」

「우리한테 그런 말 하지 마십시오, 바실리 카를르이치!」비쩍 마른 매부리코 노인이 말했다. 「당신은 어째서 호밀밭에 말을 풀어 놓았느냐고 하지만, 그런 사람은 아무도 없습니다. 저는 1년 내내 온종일 낫질을 하기 때문에 밤이면 세상 모르고 곯아떨어집니다. 그런데 그놈이 당신네 호밀밭으로 뛰어든 것을 가지고 제 살가죽을 벗기려 들지 않았습니까!」

「그러니 규칙을 잘 따르란 말이오.」

「분명히 말씀드리지만, 그 규칙이란 게 우리한테는 힘에 부칩니다.」키가 크고 머리카락이 검은 젊은 털보 농부가 항의했다.

「그래서 울타리를 치라고 말했던 것 아니오.」

「그럼 나무를 주십시오.」뒤편에서 키가 작고 초췌한 농부가 나섰다. 「작년 여름에 울타리를 치려고 했더니, 이가 득실거리는 헛간에 석 달 동안이나 나를 가두지 않았소? 그러고도 울타리를 치란 말이오?」

「저 사람이 대체 무슨 말을 하는 거요?」네흘류도프가 관리인에게 물었다.

「저놈은 이 마을에서 가장 흉악한 도둑입니다.」 관리인은 독일어로 대답했다. 「매년 숲 속에서 잡히죠. 당신은 남의 재산 귀한 줄 알아야 해!」 관리인이 말했다.

「아니, 우리가 당신을 존중하지 않던가요?」 한 노인이 말했다. 「당신 손에 모든 게 달려 있는데, 어떻게 우리가 당신을 존중하지 않는단 말입니까? 당신은 우리를 밧줄로 꽁꽁 묶어 놓을 수도 있지 않습니까?」

「하지만, 여보시오, 누가 당신들을 괴롭힌단 말이오? 당신들이나 남을 괴롭히지 마시오.」

「이런, 누가 우리를 괴롭히느냐고요? 작년 여름에 당신이 내 얼굴을 두들겨 팼지만, 난 아무 말도 못했습니다. 돈 많은 사람하고 시비를 가려 봐야 아무 소용도 없으니까.」

「그러면 법대로 하란 말이야.」

실랑이가 계속되었지만 그들은 서로가 무슨 말을 하는지, 왜 그런 말을 하는지 잘 모르는 것이 틀림없었다. 다만 분명한 사실은 한 쪽은 두려움에 억눌린 적개심을, 다른 쪽은 우월감과 권위 의식을 표출하고 있다는 점이었다. 이런 이야기를 듣는다는 것 자체가 너무 괴로워서 네흘류도프는 가격과 지불 기한을 정하는 문제로 화제를 돌리려고 했다.

「토지 문제에 대해서는 어떻게 하시겠습니까? 여러분들은 토지를 갖고 싶습니까? 모든 토지를 제공한다면, 가격은 얼마로 정할까요?」

「나리의 땅이니 나리께서 정하십시오.」

네흘류도프는 가격을 정했다. 네흘류도프가 정한 가격은 주변 시세보다 훨씬 쌌지만, 언제나 그렇듯이 농민들은 비싸다고 투덜거렸다. 네흘류도프는 농민들이 자신의 제안을 기꺼이 받아들일 것이라고 기대했으나 만족하는 모습이라곤 전혀 찾아볼 수 없었다. 단지 토지를 누구의 이름으로 빌릴 것인가 하는 문제, 즉 마을 단위냐 조합 단위냐 하는 문제로 이야기가 옮겨 갔을 때야 네흘류도프는 이 제안이 농민들에게 유리한 것이라고 말할 수 있을 뿐이었다. 힘이 약한 사람이나 지불 능력이 부족한 사람은 토지 임대에서 제외시키자는 사람들과 그렇게 함으로써 토지 임대에서 제외될 가능성이 있는 사람들 사이에 격렬한 논쟁이 벌어졌다. 결국 관리인 덕분에 가격과 지불 기한이 정해졌고, 농민들은 와자지껄 떠들면서 산기슭 아래 마을 쪽으로 흩어졌다. 네흘류도프는 계약서 초안을 작성하기 위해 관리인과 함께 사무소로 들어갔다.

모든 일이 네흘류도프가 바라고 기대한 대로 진행되었다. 농민들은 주변 시세보다 30퍼센트나 싼 가격에 토지를 얻게 된 것이다. 그 때문에 네흘류도프의 수입은 거의 절반으로 줄어들었지만 산림을 처분한 돈과 팔아 버릴 농기구 금액을 합치면 여전히 넉넉한 편이었다. 모든 일이 순조로웠으나 네흘류도프는 줄곧 부끄러운 기분이 들었다. 몇몇 농부들은 감사의 뜻을 표하기도 했지만 대부분의 농민들이 여전히 만족하지 못하고 무언가 더 기대하는 모습을 보였기 때문이었다. 그 자신 역시 많은 것을 잃었음에도 농민들의 기대를 충족시켜 줄 수는 없었던 것이다.

다음 날 간이 계약이 체결되었다. 네흘류도프는 마을을 대표해서 찾아온 노인들의 전송을 받으며 마부에게 들었던 관리인의 세련된 삼두마차에 씁쓸한 기분으로 올라탔다. 그러고는 의혹에 찬 시선으로 불만스러운 듯 고개를 갸웃거리는 농민들에게 작별 인사를 한 다음, 역을 향해 출발했다. 네흘류도프는 불만스러웠다. 무엇이 불만인지는 그 자신도 알 수 없었지만 왠지 울적하고 부끄러운 기분이 마음속에서 떠나지 않았다.

3

꾸즈민스꼬예 마을을 출발한 네흘류도프는 고모에게 상속
받은 영지를 향해 길을 떠났다. 그곳은 바로 그가 까쮸샤를
알게 된 마을이기도 했다. 꾸즈민스꼬예 마을에서 그랬던 것
처럼 그는 이 영지에서도 토지를 정리하고 싶었다. 그 밖에
도 까쮸샤나 그녀와 자신 사이에 태어난 아이에 관한 모든
사실을 알고 싶었다. 그 아이가 정말 죽었는지, 죽었으면 어
떻게 죽었는지 확인하고 싶었다. 아침 일찍 빠노보 마을에
도착하여 집 마당으로 들어선 그는 무엇보다도 모든 건물,
특히 안채가 황폐해지고 낡았다는 사실에 놀라지 않을 수 없
었다. 한때 파란색이었던 양철 지붕은 오랫동안 칠을 하지
않아 시뻘겋게 녹슬었고 폭풍으로 인해 군데군데 들떠 있었
다. 안채의 담장을 이루던 널빤지는 녹슨 못이 뽑혀 떨어지
기 쉬운 곳부터 사람들 손에 여기저기 뜯겨 있었다. 현관 계
단이나 특별한 추억이 아직도 생생한 뒷문 계단 역시 모두
썩고 갈라져서 형태만 남아 있었다. 어떤 창문들은 유리 대
신 널빤지로 가려져 있는가 하면, 관리인이 살았던 별채며
부엌이며 마구간까지 모두 낡아서 빛이 바래 있었다. 그래도
정원만은 허물어지지 않고 수풀이 무성했고 꽃도 가득 피어
있었다. 담장 너머로는 벚나무, 사과나무, 살구나무가 마치
흰 구름처럼 꽃망울을 내밀었다. 라일락 울타리에는 네흘류
도프가 열여섯 살의 어린 까쮸샤와 함께 술래잡기를 하다가
수풀 뒤에 넘어져 쐐기풀에 찔렸던 11년 전의 그때처럼 꽃이
활짝 피어 있었다. 소피야 이바노브나가 집 주위에 심었던
낙엽송은 당시 말뚝만 하던 것이 지금은 해묵은 굵은 고목으
로 자라나 황록색의 연하고 부드러운 잎사귀로 뒤덮여 있었
다. 강가에는 강물이 조용히 흘렀고 제분소의 물레방아에서

는 물줄기가 요란한 소리를 내며 떨어졌다. 강 건너편 풀밭에는 시골의 알록달록한 가축들이 풀을 뜯고 있었다. 마당에서 네흘류도프를 맞은, 신학교를 중퇴한 관리인은 끊임없이 미소를 지으며 관리 사무소로 그를 안내했다. 그 미소에 특별한 약속이라도 담겨 있다는 듯, 그는 한 번 더 씩 웃으며 칸막이 뒤로 들어갔다. 칸막이 뒤에서 속삭이는 소리가 들리더니 이내 잠잠해졌다. 팁을 얻은 마부가 방울 소리를 울리며 마당을 빠져나가자 사방은 쥐 죽은 듯 조용해졌다. 잠시 후 수놓은 루바쉬카 차림에 털 귀고리를 단 계집아이가 맨발로 창 옆을 달려갔고 한 농부가 두툼한 장화의 징을 울리며 그 뒤를 쫓아 좁은 오솔길로 사라졌다.

네흘류도프는 창가에 앉아 정원을 내다보기도 하고 바깥 소리에 귀를 기울이기도 했다. 활짝 열린 작은 창문으로 상쾌한 봄바람이 밭갈이가 한창인 토향을 품고 들어와, 땀방울이 송글송글 맺힌 이마 위로 흘러내린 머리카락과 칼자국 난 창턱에 놓인 메모지를 가볍게 휘날렸다. 강가에서는 여인들의 빨랫방망이 소리가 수면에 반짝이는 햇살을 타고 끊임없이 퍼져 나갔으며, 제분소의 물레방아 도는 소리도 일정하게 들려왔다. 그때 파리 한 마리가 놀란 듯 윙 하는 소리를 내고 귓전을 스치며 날아갔다.

갑자기 네흘류도프는 그 옛날 자신이 젊고 순수했던 시절, 바로 이곳 강가에서 제분소의 규칙적인 물레방아 소리와 세탁물을 두드리는 빨랫방망이 소리가 들리고, 또 땀방울이 송글송글 맺힌 이마 위로 흘러내린 머리카락과 칼자국 난 창턱에 놓인 메모지를 지금과 같은 봄바람이 가볍게 휘날리고, 파리 한 마리가 놀란 듯 윙 하는 소리를 내고 귓전을 스치면서 날아가던 일이 생각났다. 자신이 열여덟 살 청년 시절의 모습 그대로라고 생각할 수는 없었지만, 청순하고 순수하며

밝은 미래의 가능성으로 충만하던 당시의 기분만은 만끽할
수 있었다. 그와 동시에, 꿈을 꾸고 나면 흔히 그렇듯 이 모든
것이 이미 사라지고 없다는 사실에 몹시 울적해졌다.

「식사는 언제 하시겠습니까?」 관리인이 미소를 지으며 물
었다.

「아무 때나 괜찮소, 시장하지는 않으니까. 나는 마을이나
한 바퀴 돌고 오겠소.」

「그러면 안채를 한번 돌아보시겠습니까? 내부는 깨끗이 정
리해 놓았습니다만. 한번 돌아보시죠, 겉보기와는 달리—」

「아니, 나중에 돌아보겠소. 그런데 이곳에 마뜨료나 하리
나 부인이 아직 살고 있소?」

그녀는 까쮸샤의 이모였다.

「아, 네! 마을에 살긴 합니다만, 저로선 정말 손쓸 수가 없
는 여자입니다. 술을 밀매하고 있지요. 그걸 적발해서 욕을
퍼붓기도 했지만, 고발하기에는 아무래도 불쌍한 생각이 들
더군요. 노인인 데다가 손자들이 딸려 있어서요.」 관리인은
지주에게 좋은 인상을 주고자 하는 마음으로, 그리고 네흘류
도프가 자기처럼 모든 사실을 알고 있을 것이라고 확신하며
한결같은 미소를 지었다.

「어디에 살고 있소? 그녀를 한번 찾아가 보고 싶은데.」

「마을 구석 끝에서 세 번째 오두막입니다. 강가의 왼편에
벽돌집이 있는데, 그 벽돌집 뒤가 바로 그녀의 오두막이죠.
아니, 제가 직접 안내해 드리는 편이 더 낫겠습니다.」 관리인
은 즐거운 미소를 지으면서 말했다.

「괜찮소, 고마운 말이지만 내가 찾아가겠소. 당신은 농민
들이 모이도록 연락을 취해 주시오. 토지 문제로 그들에게
할 이야기가 있으니까.」 네흘류도프는 가능하면 오늘 저녁에
라도 꾸즈민스꼬예에서 했던 것처럼 농민들과 그 문제를 마

무리 지을 생각으로 이렇게 말했다.

4

정문을 나선 네흘류도프는 질경이와 다닥냉이가 무성한 단단히 다져진 오솔길에서 털 귀고리를 단 시골 계집애가 얼룩무늬 앞치마를 두르고 통통한 맨발로 부지런히 걸어오는 모습을 발견했다. 집으로 돌아가던 아이는 오른손에 붉은 수탉을 안고 왼손은 발걸음과 엇갈리는 방향으로 빠르게 흔들어 댔다. 수탉은 빨간 벼슬을 이리저리 흔들고 눈을 깜박거리면서 아이의 앞치마에 걸린 까만 한쪽 발을 빼려고 꼼지락거리며 안겨 있었다. 지주와의 거리가 가까워지자 아이는 속도를 줄여 천천히 걷다가 그와 엇갈릴 때는 걸음을 멈추고 고개를 뒤로 젖혔다가 꾸벅 인사를 한 후 그가 지나가자 수탉을 안은 채 걸음을 재촉했다. 네흘류도프는 우물가로 내려가다가 물이 가득 담긴 물동이를 활처럼 굽은 등에 지고 걸어오는, 더럽고 초라한 루바쉬까를 걸친 노파와 마주쳤다. 노파는 물동이를 조심스럽게 내려놓더니 조금 전의 그 아이와 똑같이 고개를 뒤로 젖혔다가 꾸벅하고 인사했다.

우물을 지나자 마을이 시작되었다. 오전 10시밖에 되지 않았지만 청명하고 뜨거운 날씨 탓에 후줄근하게 더웠으며 뭉게구름은 간간이 태양을 가렸다. 코를 찌를 듯 자극적이지만 그리 불쾌하지는 않은 거름 냄새가 온 길가에 진동했다. 거름 냄새는 반질거릴 정도로 잘 닦인, 산으로 뻗은 마찻길에서도 풍기긴 했지만, 네흘류도프가 지나치는 길가 집들의 열린 문 근처에 있는 안마당의 들쑤신 거름 구덩이에서 한층 심했다. 거름 묻은 루바쉬까와 바지를 입고 산길로 향하는 달구지 뒤를 맨발로 뒤따르던 농부들은 키가 훤칠하고 건장한 지주의 모습을 뚫어져라 바라보았다. 그는 햇빛에 반사되는 비단 리본이 달린 회색 모자를 쓰고, 걸음을 옮길 때마다 반짝이는 손잡이가 달린 마디 촘촘한 지팡이로 땅을 짚으며 마을을 향해 올라가고 있었다. 삐걱대는 마부석에 앉아 빈 달구지를 몰며 들에서 돌아오던 농부들은 마을길로 접어든 낯선 신사의 모습을, 심하게 요동치는 마부석에서 모자를 벗어 들고 놀란 눈으로 바라보았다. 아낙네들은 문밖과 계단 앞까지 뛰어나와 서로 손가락으로 가리키며 줄곧 네흘류도프를 주목했다.

네 번째 집 대문을 지날 때, 마부석에 멍석을 깐 마차가 거름을 잔뜩 실은 채 요란스럽게 대문에서 빠져나오는 바람에 네흘류도프는 걸음을 멈추었다. 여섯 살가량 된 한 소년이 마차에 오르려고 맨발로 뒤따르고 있었다. 짚신을 신은 젊은 농부는 성큼성큼 걸어 나오며 문 뒤로 말을 몰았다. 문에서 껑충껑충 뛰어나오던 다리가 긴 푸른색 망아지는 네흘류도프 때문에 놀란 듯 마차 쪽으로 물러서다가 바퀴에 부딪히더니 무거운 짐을 끌고 문밖으로 나오던 어미 말 앞으로 달려갔다. 어미 말은 불안한 기색으로 힝힝거리며 울어 댔다. 그 뒤에서는 깡말랐지만 단단해 보이는 한 노인이 또 다른 말을 끌고 나왔다. 그는 줄무늬 바지에 더럽고 긴 루바쉬까 차림이었고, 역시 맨발에 여윈 등뼈가 드러나 있었다.

거름으로 다진, 건초를 태운 듯 검은 길로 말들이 나가자 노인은 문 쪽으로 되돌아와서 네흘류도프에게 인사했다.

「혹시, 저희 마님들의 조카 나리 아니십니까?」

「그렇소, 내가 그분들의 조카요.」

「잘 오셨습니다. 그러면 저희들을 방문하러 오셨겠군요?」 노인은 수다스럽게 떠들어 댔다.

「네, 그렇습니다. 그래, 형편은 좀 어떤가요?」 네흘류도프는 무슨 말을 해야 좋을지 몰라 이렇게 물었다.

「형편이랄 게 있나요! 너무나 비참하게 살아가고 있지요.」 수다스러운 노인은 감격한 듯 이렇게 흥얼거렸다.

「어째서 그렇게 비참한 생활을 하십니까?」 네흘류도프가 대문 안으로 들어서며 말했다.

「인생이라는 게 뭐 있겠습니까? 너무나 비참합니다.」 노인은 바닥이 깨끗이 청소된 처마 밑으로 들어가며 말했다.

네흘류도프는 노인을 따라 안으로 들어갔다.

「보시다시피 거느린 식구가 열두 명이나 됩니다.」 노인은 두 여인을 가리키면서 말을 이어 갔다. 땀에 젖은 두 여인은 수건을 어깨에 걸치고 치맛자락을 걷어붙인 장딴지에 거름을 잔뜩 묻힌 채 쇠스랑을 들고 거름더미 위에 서 있었다. 「한 달에 밀가루를 6푸드[57]나 먹어 대니, 그 식량을 어떻게 감당하겠습니까?」

「농사짓는 걸로는 모자랍니까?」

「농사짓는 거요?」 노인은 어이가 없다는 듯 웃으면서 말했다. 「세 명 정도 먹고살 만한 땅밖에 없습니다. 작년에는 여덟 섬밖에 추수하지 못했는데, 성탄절이 되기 전에 다 떨어졌죠.」

「그렇다면 대체 어떻게 사십니까?」

「자식 놈 하나는 머슴살이를 시키고 관리 사무소에서도 빚을 얻어다 쓰고 있지요. 하지만 그것도 금식 전야 전에 다 써 버려 이젠 세금도 못 내는 형편입니다.」

「세금은 얼마나 내십니까?」

「저희 집에서는 1년에 세 번 17루블씩 내야 합니다. 오, 하느님도 무정하시지. 사는 게 이렇다 보니, 이 난관을 어떻게

---

57 러시아의 중량 단위. 1푸드는 1,638킬로그램이다.

헤쳐 나가야 할지 저도 잘 모르겠습니다!」

「집 안에 들어가 봐도 괜찮겠습니까?」네흘류도프는 여기 저기 흩어진 누런 거름 더미에서 고약한 냄새가 올라오는 마당을 가로지르며 말했다.

「왜 안 되겠습니까. 들어가시지요.」이렇게 말한 뒤 노인은 맨발로 구정물을 질컥질컥 밟으며 네흘류도프를 앞질러 오두막 문을 열었다.

여인들은 머릿수건을 고쳐 쓰고 치맛자락을 내리면서, 소매에 번쩍거리는 금단추를 단 말쑥한 차림의 신사가 집 안으로 들어오는 것을 신기한 눈초리로 바라보았다.

집 안에서 루바쉬까 차림의 두 소녀가 밖으로 뛰어나왔다. 네흘류도프는 모자를 벗고 허리를 굽혀 문 안으로 몸을 집어넣으며 시큼한 냄새가 풍기는 더럽고 비좁은 방으로 들어갔다. 방 안에는 두 대의 베틀이 있었고, 뻬치까 옆에는 햇볕에 까맣게 탄 깡마른 두 팔을 걷어붙인 노파가 서 있었다.

「이봐, 나리께서 우리 집에 찾아오셨어!」노인이 말했다.

「세상에 이런 일이! 참 잘 오셨습니다.」노파는 걷었던 소매를 내리면서 상냥하게 말했다.

「어떻게 사는지 보고 싶소.」네흘류도프가 말했다.

「보시는 그대로지요, 뭐. 이 오두막은 언제 무너져 버릴지 몰라서, 당장이라도 누군가 깔려 죽을 것만 같습니다. 하지만 저 영감은 이만하면 훌륭한 집이라네요. 이렇게 우리는 황제 못지않게 살고 있습니다.」괄괄한 노파가 고개를 가로저으며 신경질적으로 말했다. 「이제 막 점심 준비를 하려던 참이었습니다. 일꾼들한테 밥은 먹여야 하니까요.」

「점심 식사는 무엇인가요?」

「무얼 먹느냐고요? 우리들이 먹는 음식은 정말 굉장합니다. 먼저 빵과 끄바스[58]를 먹고 나서, 다시 끄바스와 빵을 먹지요.」 노파는 반쯤 썩은 이빨을 드러내며 말했다.

「아니, 농담하지 말고, 오늘 점심에는 무얼 먹을 건지 솔직히 말해 보세요.」

「식사 말씀인가요?」 노인이 웃으면서 말했다. 「저희들은 거짓말하는 게 아닙니다. 할멈, 어서 보여 드려!」

노파는 고개를 절레절레 가로저었다.

「저희 같은 촌사람들이 먹는 것을 보시겠다고요? 그렇다면 보여 드리죠. 뭐든지 그렇게 궁금해하시니 말씀입니다. 말씀드린 대로, 빵과 끄바스 그리고 수프를 먹을 겁니다. 이 수프는 어제 이웃 아주머니들이 황어를 갖다 줘서 끓여 본 거죠. 그리고 감자도 먹습니다.」

「그게 전부입니까?」

「뭐, 그 밖에 우유를 조금씩 마시는 정도지요.」 노파는 씩 웃은 다음, 문 쪽을 바라보며 말했다.

방문은 활짝 열려 있었고 현관 앞에는 사람들이 잔뜩 모여 있었다. 사내아이들, 계집아이들, 갓난애를 안은 아낙네들이 모여서 이상한 신사가 농민들이 먹는 음식을 구경하려는 모습을 지켜보았다. 노파는 지주와 함께 자리한다는 사실에 자부심을 느끼는 듯했다.

「정말이지 저희들의 생활은 이루 말할 수 없을 정도로 비참하답니다, 나리!」 노인이 말했다. 「저리 물러가!」 그는 현관 앞에 모인 사람들을 향해 소리쳤다.

「그럼, 가보겠습니다.」 네흘류도프는 웬일인지 불편하기도 하고 부끄럽기도 했다.

「찾아 주셔서 정말 감사합니다.」 노인이 말했다.

현관 앞에 모였던 사람들은 서로 밀고 당기면서 그가 지나

---

58 라이보리(호밀)와 엿기름으로 만든 러시아 전통 음료.

갈 길을 만들어 주었다. 그는 거리로 나와 마을을 따라 올라 갔다. 사내아이 두 명이 문에서부터 그의 뒤를 졸졸 쫓아왔 다. 나이가 더 많아 보이는 사내아이는 더러운 때로 얼룩진 하얀 루바쉬까를 입었고, 다른 사내아이는 빛바랜 작은 분홍 루바쉬까를 입었다. 네홀류도프는 아이들을 돌아보았다.

「지금 어디로 가시는 길이세요?」 하얀 루바쉬까를 입은 사 내아이가 물었다.

「마뜨료나 하리나한테 가는 길인데, 어디에 사는지 알고 있니?」 그가 말했다.

분홍 루바쉬까를 입은 작은 사내아이는 무엇이 그리 우스 운지 킥킥거리며 웃기 시작했으나, 큰 아이는 진지한 표정으 로 다시 물었다.

「어떤 마뜨료나 말씀이세요? 할머니 말씀인가요?」

「그래, 그렇단다.」

「아, 알겠어요!」 큰 아이가 의젓하게 말했다. 「세묘니하 할 머니군요. 그 할머니라면 마을 끝에 살고 계세요. 우리가 안 내해 드리죠. 애, 뻬지까, 이리 와! 우리가 저분을 안내해 드 리자.」

「그러면 말은 어쩌고?」

「그냥 내버려 둬!」

뻬지까는 동의했고, 세 사람은 마을을 따라 함께 올라가기 시작했다.

5

네홀류도프는 어른들보다 아이들과 이야기하는 것이 훨씬 더 편했고, 그래서 걸어가며 아이들과 대화를 나누기 시작했다. 분홍 루바쉬까를 입은 사내아이도 웃음을 멈추고 큰 사내아이처럼 영리하고 신중하게 말했다.

「그런데 이 마을에서 제일 가난한 사람이 누구니?」 네흘류도프가 물었다.

「가난한 사람이 누구냐고요? 미하일도 가난하고, 세묜 마까로프도 가난하죠. 하지만 마르파가 훨씬 더 가난해요.」

「그렇지 않아. 아니샤가 더 가난해. 아니샤는 소가 한 마리도 없고, 동냥으로 먹고살잖아.」 페지까라는 사내아이가 말했다.

「아니샤는 소가 없어도, 세 식구밖에 안 되잖아. 하지만 마르파는 다섯 식구나 되는걸.」 큰 사내아이가 말했다.

「그래도 그 여자는 과부란 말이야.」 분홍 루바쉬까를 입은 사내아이는 아니샤가 더 가난하다고 우겼다.

「네 말대로 아니샤가 과부이긴 하지만, 마르파도 과부나 다를 게 뭐니?」 큰 사내아이가 말했다. 「그 여자도 남편이 없단 말이야.」

「남편이 어딜 갔는데?」 네흘류도프가 물었다.

「감옥에 갇혀서 이한테 물어뜯기고 있어요.」 큰 사내아이는 농부들이 흔히 쓰는 표현으로 대답했다.

「작년 여름에 지주의 숲에서 어린 자작나무 두 그루를 베었다가 체포되었어요.」 분홍 루바쉬까를 입은 조그만 사내아이가 얼른 끼어들었다. 「벌써 6개월이 넘어서 마르파는 동냥으로 먹고살아요. 집에 애들이 셋이나 되고, 할머니까지 있거든요.」 사내아이가 또랑또랑하게 말했다.

「그 여자는 어디에 살고 있니?」 네흘류도프가 물었다.

「바로 저기 보이는 집이에요.」 사내아이가 집 한 채를 가리키면서 말했다. 그 집 맞은편 골목에는 머리가 희끗희끗한 안짱다리 꼬마가 후들거리는 다리로 간신히 서 있었다. 네흘류도프는 골목길로 들어섰다.

「바시까, 망아지처럼 어디로 달아나는 거야?」마치 재라도 묻은 듯 꾀죄죄한 회색 루바쉬까를 입은 한 여인이 집 안에서 뛰어나오며 소리쳤다. 그녀는 네흘류도프 앞쪽으로 달려 나오다가 깜짝 놀란 얼굴로 꼬마를 끌어안더니 집 안으로 사라졌다. 네흘류도프가 자기 자식에게 무슨 해코지라도 하지 않을까 염려한 모양이었다.

그 여자는 바로 네흘류도프의 숲에서 자작나무를 도벌한 죄로 감옥에 갇힌 농부의 아내였다.

「그럼 마뜨료나는? 그 할머니도 가난하니?」네흘류도프가 이렇게 물었을 때, 그들은 이미 마뜨료나의 집 앞에 도착해 있었다.

「그 할머니가 가난하냐고요? 술을 밀매하잖아요.」분홍 루바쉬까를 입은 여윈 사내아이가 정색하며 말했다.

마뜨료나의 오두막에 도착한 네흘류도프는 아이들을 남겨둔 채 문을 열고 안으로 들어갔다. 늙은 마뜨료나의 오두막은 길이가 6아르신 정도밖에 되지 않았으며, 뻬치까 뒤편에 놓인 침대는 체격이 큰 사내라면 제대로 눕지도 못할 만큼 작았다. 〈바로 이 침대 위에서 까쮸샤가 해산을 하고 산욕열도 앓았군.〉그가 생각했다. 네흘류도프가 낮은 문턱에 머리를 부딪치며 들어가 보니 베틀 한 대가 방 전체를 차지하고 있었는데, 마침 한 노파가 큰손녀와 함께 베틀을 조작하고 있었다. 다른 두 명의 손자는 지주를 따라 벌써 집 안으로 뛰어 들어와 문기둥을 붙잡고 서 있었다.

「누굴 찾으시오?」베틀에 실이 엉키는 바람에 짜증이 난 노파가 신경질적으로 물었다. 더구나 노파는 술을 밀매하는 터라 낯선 사람들을 두려워하고 있었다.

「난 지주요. 당신과 대화를 나누고 싶어서 왔소만.」

잠시 침묵하던 노파는 주의 깊게 신사를 살펴더니 갑자기 태도를 완전히 바꾸었다.

「아이고머니, 도련님 아니십니까. 내가 미쳤지, 알아 뵙지도 못하다니. 전 그저 지나가는 행인인 줄로만 알았습니다.」 노파는 짐짓 상냥한 목소리로 말했다. 「정말이지, 도련님이신 줄도 모르고……」

「조용히 할 이야기가 있소.」 네흘류도프는 아이들이 서 있는 열린 문 쪽을 바라보면서 말했다. 아이들 뒤에는 어느새 깡마른 여자가 와서 서 있었는데 그녀는 병을 앓아 창백하고 핼쑥하지만 연실 벙글거리는, 헝겊 조각 모자를 쓴 갓난애를 안고 있었다.

「뭘 쳐다보고 있어! 맛 좀 보겠니? 어서 저 몽둥이 좀 가져와.」 노파는 문간에 서 있는 아이들을 향해 소리쳤다. 「문 닫지 않고 뭐해!」

아이들이 달아나자 갓난애를 안은 여자가 문을 닫았다.

「전 누가 찾아오셨나 했습니다. 그런데 황송하게도 귀하신 지주 나리님이시라뇨!」 노파가 말했다. 「나리께서야 어딜 가시더라도 환영받는 분이시죠. 고귀하신 나리! 자, 이리 앉으십시오, 이 의자에.」 노파는 긴 의자를 앞치마로 훔치면서 말했다. 「전 어떤 몹쓸 사람이 귀찮게 구는 줄로만 알았는데, 저희들의 은인이신 선량한 나리시군요! 제발 이 늙은이를 용서해 주십시오. 나이를 먹어서 이젠 눈이 어두워졌나 봅니다.」

네흘류도프는 자리에 앉았다. 노파는 그 앞에서 오른손을 턱에 괴고 왼손으로 뾰족한 오른손 팔꿈치를 받친 채 흥얼거리며 말하기 시작했다.

「그러고 보니 나리께서도 나이를 잡수셨군요. 옛날에는 아름다운 우엉꽃 같으셨는데 지금은 그렇지 않으시니 말입니다. 걱정거리가 있으신 것 같기도 하고요.」

「그래서 당신한테 뭘 좀 물어보려고 왔소. 혹시 까쮸샤 마슬로바를 기억하시오?」

「까쩨리나 말씀이신가요? 제 조카인데 잊을 리가 있겠습니까. 모두 기억하지요. 그 애 때문에 정말이지 얼마나 울었는지 모릅니다. 전 모든 사실을 알고 있습니다……. 나리, 하느님 앞에, 황제 폐하 앞에 죄를 짓지 않은 사람이 어디 있겠습니까? 젊은 사람들의 일이란 게 그렇지요. 나리도 차나 커피를 마시며 시간을 보내지 않으십니까. 악마의 유혹을 받는 거죠. 악마도 힘이 세니까요. 그러니 어쩔 도리가 없지요! 나리께서는 그 애를 버리셨어도, 1백 루블을 줘서 보상해 주셨잖습니까. 하지만 그 앤 일을 저지르고 말았죠. 이성을 잃어버린 겁니다. 내 말만 들었더라면 잘 살 수 있었을 텐데. 제 조카이긴 하지만, 솔직히 말씀드려서 그 애는 바람기가 있는 애랍니다. 그리고 나중에 제가 그 애한테 좋은 일자리를 구해 주기도 했는데, 주인 말에 복종하지 않고 대들었다지 뭡니까? 어떻게 저희들이 감히 주인한테 대들 수 있습니까? 욕설을 퍼붓는다는 게 말이나 됩니까? 그래서 쫓겨났지요. 그 후에는 삼림 감독원의 집에서 지냈는데 결국 거기서도 뛰쳐나오고 말았답니다.」

「난 어린애에 관해 알고 싶소. 그녀가 당신 집에서 해산했다는 말이 사실이오? 어린애는 어디 있소?」

「나리, 저도 그 당시 어린애 때문에 많이 고민했습니다. 하지만 까쮸샤는 너무 힘든 상황이었고, 자리에서 일어날 희망도 보이지 않았습니다. 당연히 저는 어린애에게 세례를 받게 한 다음, 육아원에 넘겼습니다. 어미는 죽어 가고 어린 천사까지 고통을 당하는 상황이었으니까요. 어떤 사람들은 갓난애한테 젖도 물리지 않고 그냥 죽게 내버려 두기도 하지만,

그건 안 될 말이죠. 전 힘들더라도 육아원에 보내기로 했습니다. 가진 돈을 털어서라도 말입니다.」

「그렇다면 출생 번호는 있었소?」

「출생 번호도 있었습니다만, 갓난애는 그만 죽고 말았습니다. 그 여자 말로는, 데려가자마자 금방 죽었다더군요.」

「그 여자라니?」

「스꼬로드노예 사람인데 그런 일을 하고 있었죠. 말라니야라고, 지금은 죽고 없습니다. 똑똑한 여자라서 얼마나 일을 잘 처리했는지 모릅니다! 그 여자는 갓난애를 자기 집에 들여서 맡아 키우곤 했지요. 육아원에 보낼 때까지 말입니다, 나리! 그러다가 아이들이 서너 명으로 늘면 그때 한꺼번에 보내곤 했습니다. 집도 제대로 꾸며 놓았어요. 요람도 굉장히 컸고, 2인용 침대를 잘 활용해서 여기저기에 아이들을 눕힐 수 있었지요. 그 침대엔 손잡이도 달려 있었습니다. 아이들이 부딪히지 않도록 머리는 따로, 다리는 함께 모아서 동시에 네 명도 돌볼 수 있게 한 거죠. 젖꼭지만 입에 물려 주면 우는 아이들도 얌전해지니까요.」

「그래서요?」

「까쩨리나의 아기도 그런 식으로 돌보다가 데려다 주었습니다. 약 2주일가량 그렇게 데리고 있었죠. 그런데 그 애가 거기서 시름시름 앓았던 겁니다.」

「잘생긴 아이였소?」 네흘류도프가 물었다.

「어디에 내놓아도 빠지지 않을 그런 아이였습니다. 나리를 꼭 빼닮았었죠.」 노파는 침침한 눈을 껌벅거리며 덧붙였다.

「그 애는 왜 그렇게 허약했소? 잘 먹이지 못한 것 아니오?」

「먹는 거요? 거기서 키우는 애들이야 다 뻔하죠. 하긴 자기 친자식도 아닌데요. 육아원에 보낼 때까지 살아 있기만 하면 괜찮다고 생각했을 수도 있습니다. 아무튼 그 여자 말로는 모스크바로 데려가자 곧 죽었다더군요. 당연히 증명서도 가져왔습니다. 그렇게 똑똑한 여자였다니까요.」

네흘류도프가 자신의 친자식에 관해 알 수 있는 것이라곤 이것이 전부였다.

6

네흘류도프는 다시 방문과 현관에 머리를 부딪치며 거리로 나왔다. 그곳에서는 하얀 루바쉬까를 입은 아이와 잿빛 루바쉬까를 입은 아이와 분홍 루바쉬까를 입은 아이가 그를 기다리고 있었다. 몇몇 새로운 얼굴들도 그에게 모여들었다. 젖먹이를 안은 아낙네 여럿도 그를 기다리고 있었는데, 그중에는 헝겊 조각 모자를 살짝 얹은 창백한 갓난애를 가슴에 안은 아까 그 여윈 여인도 있었다. 갓난애는 쭈글쭈글한 얼굴에 묘한 미소를 거두지 않고 길고 구부러진 손가락을 억지로 꼼지락거렸다. 네흘류도프는 그 아이의 미소가 고통의 미소라는 사실을 눈치챘다. 그는 그 여자가 누구냐고 물었다.

「아까 말씀드렸던 아니샤예요.」큰 사내아이가 대답했다.

네흘류도프는 아니샤를 향해 고개를 돌렸다.

「당신은 어떻게 살고 있소?」그가 물었다.「대체 무얼 먹고 사시오?」

「어떻게 사느냐고요? 동냥질을 합니다.」아니샤는 이렇게 말하고 나서 울음을 터뜨렸다.

쭈글쭈글한 얼굴의 갓난애는 활짝 미소를 지으며 벌레처럼 가느다란 두 다리를 움직였다.

네흘류도프는 지갑에서 10루블짜리 지폐를 꺼내 그녀에게 건넸다. 네흘류도프가 두 걸음을 더 내딛기도 전에 아이를 안은 다른 아낙네와 노파, 또 다른 아낙네가 뒤를 따라왔다. 그들은 모두 너무 살기 힘들다며 도움을 청했다. 네흘류도프는 지갑에 들어 있던 잔돈 60루블을 몽땅 털어 주고는 울적한 심정으로 관리인의 별채인 처소로 돌아왔다. 관리인은 여전히 싱글거리는 얼굴로 네흘류도프를 맞으며 저녁때 농민들이 모일 거라고 보고했다. 네흘류도프는 그에게 고맙다고 말한 뒤 방으로 들어가는 대신 정원으로 나와서, 하얀 사과꽃이 떨어진 잡초 무성한 오솔길을 걸으며 자신이 목격한 것들에 대해 곰곰이 생각해 보았다.

처음에는 주위가 조용했으나 갑자기 별채에서 두 여자의 성난 목소리가 들렸고, 그 사이로 싱글거리는 관리인의 침착한 목소리가 간간이 흘러나왔다. 네흘류도프는 대체 무슨 소리인지 귀를 기울였다.

「내 힘으론 어쩔 수가 없어요. 그렇다고 목에 건 십자가까지 빼앗아 가면 어떻게 해요.」 잔뜩 화가 난 아낙네의 목소리였다.

「글쎄, 그냥 뛰어든 거라니까요.」 또 다른 아낙네의 목소리가 들려왔다. 「제발 돌려주세요. 우유가 없으면 짐승도 아이들도 너무 힘들어해요.」

「그러니까 돈을 내든지, 아니면 부역이라도 하란 말이야.」 관리인의 침착한 목소리가 들려왔다.

네흘류도프는 정원에서 나와 현관 계단 앞으로 다가갔다. 그곳에는 산발한 아낙네 둘이 서 있었는데, 그중 한 여자는 산달을 앞둔 임신부임이 틀림없었다. 현관 계단 위에는 투박한 외투를 걸친 관리인이 손을 호주머니에 찔러 넣고 서 있었다. 지주를 발견하자 아낙네들은 입을 다물고 머릿수건을 고쳐 썼으며 관리인은 호주머니에서 손을 빼고 다시 미소를 짓기 시작했다.

관리인의 설명에 따르면, 농민들은 고의적으로 송아지나 암소를 지주의 풀밭에 풀어 놓곤 하는데, 이 두 아낙네들의 암소 두 마리가 풀밭에서 발견되어 잡아 왔다는 것이었다. 관리인은 소 한 마리당 30꼬뻬이까씩 변상하든지, 아니면 이틀 동안 부역을 하라고 요구하는 중이었다. 아낙네들은 자신들의 소가 풀밭에 뛰어든 것은 사실이지만 한순간에 불과했다고 주장하며, 돈이 없어서 부역으로 대신할 테니 아침부터 아무것도 먹지 못하고 뒷마당에서 울부짖는 가엾은 소를 빨리 돌려 달라고 요구했다.

「벌써 여러 차례 점잖게 경고했습니다.」 싱글거리는 관리인은 마치 증인이라도 되어 달라는 듯 네흘류도프의 얼굴을 쳐다보면서 말했다. 「점심때 소를 풀어 놓으려면, 감시를 제대로 했어야지.」

「어린애한테 잠시 다녀오는 사이에 뛰어든 걸 우리가 어떻게 합니까?」

「감시를 하려면 자리를 비우지 말았어야지.」

「그럼 어린애 젖은 누가 줍니까? 당신이 젖을 줄 것도 아니면서.」

「정말 풀을 다 뜯어 먹었다면 차라리 잘된 일이죠. 배도 고프지 않을 테니까. 하지만 우리 소들은 잠깐 뛰어든 것뿐이잖아요.」 또 다른 아낙네가 말했다.

「풀밭을 아주 엉망으로 만들어 놓았습니다.」 관리인이 네흘류도프를 향해 말했다. 「본때를 보여 주지 않으면, 건초용 풀이 하나도 남아나지 않을 겁니다.」

「거짓말하지 말아요!」 임신부가 소리쳤다. 「우리 소들은 그런 적이 한 번도 없어요.」

「이번엔 붙잡혔으니, 돈으로 내든지 아니면 부역을 해.」

「좋아요, 부역을 하겠으니 소를 돌려주세요. 굶길 수는 없으니까요.」그녀는 짜증스럽게 소리쳤다. 「밤이고 낮이고 잠시도 쉴 틈이 없는데…… 시어머니는 앓아누웠지, 남편은 나돌아 다니기나 하지. 나 혼자 대체 뭘 어떻게 하라는 거야? 그럴 만한 기력도 남지 않았어. 그런데도 저 사람은 부역으로 배상하라고 난리니.」

네흘류도프는 관리인에게 소를 돌려주라고 지시한 다음 생각을 정리하려고 정원으로 다시 돌아갔으나, 고민할 것은 아무것도 없었다. 이제 모든 것이 너무나 명백했다. 이렇게 너무나 명백한 사실을 왜 다른 사람들은 알지 못하며 또 자신도 그토록 오랫동안 알지 못했을까 하는 생각에 그는 새삼 놀라고 말았다.

〈민중은 죽어 가고, 자신들의 죽음에 익숙해 있으며, 그들 사이에는 죽음이 내재된 생활 방식이 형성되어 있구나. 아이들의 죽음과 여인들의 과도한 노동과 모든 사람들의, 특히 노인들의 굶주림이 바로 그것 아닌가. 민중은 아주 조금씩 그런 상태에 빠져들었기 때문에 그들은 그 두려움을 전혀 눈치채지 못하고 또 그것에 대해 불평할 줄도 모른다. 그래서 우리는 그런 상태를 자연스럽고 당연하게 여기는 것이다.〉 민중이 가난하게 사는 중요한 원인이 무엇인지, 이제 그는 태양처럼 명확하게 알 수 있었다. 민중 스스로 인식하며 틈틈이 주장하는 가난의 원인이란 따지고 보면 먹고사는 데 필요한 유일한 수단인 토지를 지주들에게 빼앗긴 데 있었다. 아이들과 노인들이 죽어 가는 것은 그들에게 우유가 없기 때문이며, 우유가 없는 것은 가축을 키우고 곡식과 건초를 재배할 토지가 없기 때문이라는 것은 더욱 명확한 사실이다. 민중이 겪는 모든 불행이나 그 불행의 주된 원인은 민중이 양식을 거둘 토지가 민중 자신이 아니라 그의 노동에 얹혀사는, 토지 소유권을 가진 사람들의 수중에 있기 때문이라는 사실 또한 너무나 명확해졌다. 토지란 그것이 없으면 굶어 죽는 극빈한 농민들에 의해 경작되면서도, 그렇게 수확한 곡물은 외국으로 팔려 나가서 결국 지주들의 모자나 지팡이, 마차, 구리 제품 따위를 사들이는 데 사용된다. 마치 담장에 갇힌 말들이 발밑의 풀을 모두 먹어 치워 버렸을 때 스스로 먹이를 찾을 수 있도록 다른 곳에 방목하지 않으면 점차 여위어 가다가 마침내 굶어 죽는 것처럼, 그러한 사실은 지금 그에게 너무나 자명했다. 그것은 무서운 일이며 있을 수도 없고 있어서도 안 되는 일이었다. 그러므로 그런 일이 벌어지지 않도록, 혹은 적어도 자신만은 그런 일에 참여하지 않도록 해결책을 찾아야 했다. 〈반드시 해결책을 찾아내고 말겠어.〉 그는 인근의 자작나무 숲길을 이리저리 배회하며 이렇게 생각했다. 〈학술 단체나 정부 기관이나 신문 등에서 민중이 가난하게 사는 원인과 개선책을 모색하고 있긴 하지만 그들의 생활을 개선할 수 있는, 그들에게 절대로 필요한 토지의 강탈을 중단하는 방안에 대해서는 전혀 언급하지 않고 있잖아.〉 그는 헨리 조지의 기본 입장과 그것에 심취했던 자신의 모습을 생생히 떠올렸으며, 어째서 그런 사실을 잊고 지냈을까 하는 생각에 스스로 놀라고 말았다. 〈토지는 물이나 공기나 햇빛과 마찬가지로 사유물이 될 수도 없으며 사고 팔 수 있는 물건도 아니야. 세상 사람들은 토지와 토지가 인간에게 베푸는 모든 특전에 똑같은 권리를 가지고 있는 거야.〉 생각이 여기에 이르자 그는 꾸즈민스꼬예 마을에서 한 일을 스스로 부끄럽게 생각했던 까닭을 깨달을 수 있었다. 그는 자기 자신을 속이고 있었던 것이다. 인간에게는 토지 소유권이 없다는 사실을 잘 알면서도 그는 그 권리를 자기 것으로 인정하고 마치 혜택을 베풀듯 토지의 일부를 임대했던 것이다. 그럴 권리가 전혀 없다는 사실을 뼈저리게 잘 알면서도 말이다. 이제 그는 더 이상 그런 식으로 일을 처리하지 않기로, 또 꾸즈민스꼬예에서 처리했던 일도 수정하기로 마음먹었다. 그는 농민들에게 토지를 임대하면서도 임대료는 농민들의 재산으로 인정하여, 그들이 낸 돈으로 세금을 내거나 공공사업을 하는 데 사용할 계획을 구상했다. 그것은 단일세는 아니지만 현행 세제상 단일세에 가장 근접한 방법이었다. 중요한 사실은 그가 개인의 토지 소유권을 포기했다는 점이었다.

집으로 돌아오자 관리인은 무엇이 그렇게 반가운지 연방 싱글거리며 식사를 권했다. 그러나 그의 얼굴에는 아내가 털 귀고리를 단 계집애의 도움을 받아 준비한 요리가 행여 너무 과하게 끓여지거나 구워지지 않았을까 하는 불안한 그림자가 드리워 있었다.

식탁은 투박한 보로 덮여 있었고 냅킨 대신 자수를 놓은 수건이 놓여 있었으며 손잡이가 떨어져 나간 색슨족의 고풍스러운 자기 접시에는 감자 수프가 들어 있었다. 그 수프에는 조금 전만 해도 까만 발을 버둥거리던 수탉이 군데군데 털도 뽑히지 않은 채 잘게 토막 나 있었다. 수프를 마시고 나자 듬성듬성 그을린 털이 눈에 띄는 닭고기와, 버터와 설탕을 엄청나게 넣어 만든 우유 과자가 나왔다. 차려 낸 음식은 모두 맛이 없었지만 네흘류도프는 정신없이 음식을 먹어 치웠다. 마을에서 돌아올 때 생겼던 바로 그 고민을 해결할 자신의 구상에 도취했던 것이다.

털 귀고리를 단 계집애가 놀란 눈으로 음식 접시를 나를 때마다 관리인의 아내는 문틈으로 지켜보았으며 관리인은 아내의 음식 솜씨가 자랑스럽다는 듯 점점 더 밝은 미소를 지었다.

식사를 마치자 네흘류도프는 누군가에게 그토록 고심했던

자신의 생각을 검증받고 또 이야기도 하고 싶어서 관리인을
자리에 앉혔다. 그리고 토지를 농민들에게 나눠 주려는 자신
의 계획을 전하고 그의 의견을 물었다.

관리인은 자신도 오래전부터 그런 생각을 가지고 있었는
데 이렇게 직접 이야기를 듣고 보니 무척 기쁘다는 표정으로
미소를 지었지만 사실 그는 아무것도 이해하지 못했다. 그것
은 네흘류도프의 표현이 모호했기 때문이 아니라, 그 계획대
로라면 네흘류도프가 타인의 이익을 위해서 자신의 이익을
포기하겠다는 뜻이기 때문이었다. 사실 관리인의 의식 속에
는 사람이라면 누구나 타인의 이익을 희생시켜서라도 자신
의 이익에 매달리는 것이 진리라는 생각이 뿌리박혀 있었다.
그래서 네흘류도프가 토지 수입의 전부를 농민들의 공공 기
금으로 돌리겠다고 했을 때 관리인은 그가 무슨 말을 하는지
전혀 이해하지 못했던 것이다.

「알겠습니다, 그러니까 그 기금에서 나오는 이자를 받겠다
는 말씀이시군요.」 그는 반색하며 말했다.

「그런 말이 아니오. 토지는 개인의 사유 재산이 될 수 없다
는 걸 알아야 하오.」

「옳으신 말씀입니다!」

「그러므로 토지에서 생산되는 모든 것은 모든 사람의 것이
란 말이오.」

「그러면 나리의 수입은 전부 사라지지 않습니까?」 이렇게
묻는 관리인의 표정은 점점 굳어 갔다.

「그렇소, 나는 그것을 포기하려는 것이오.」

관리인은 한숨을 내쉬더니 다시 미소 짓기 시작했다. 이제
야 감을 잡았던 것이다. 그는 네흘류도프가 지금 제정신이
아니라고 생각했다. 그래서 토지 소유권을 포기하려는 네흘
류도프의 구상 속에서 자신의 사적인 이익을 꾀할 수 있는

가능성을 모색하기 시작했고, 자신 역시 분배될 토지를 이용할 생각으로 그 계획을 이해하려 노력했다.

그러나 자신의 계획이 실현 불가능한 것이라는 사실을 깨닫자 실망하여 네흘류도프의 이야기에 흥미를 잃었고, 이제는 다만 지주의 환심을 사기 위해 계속 미소 지을 뿐이었다. 관리인이 자신의 의도를 이해하지 못한다는 사실을 눈치챈 네흘류도프는 그를 내보낸 뒤에 잉크가 까맣게 번지고 흠집이 난 책상에 혼자 앉아 계획을 종이에 적기 시작했다.

이제 꽃봉오리를 맺기 시작한 보리수 뒤로 석양이 저물자 방 안으로 날아든 모기들이 네흘류도프에게 달려들었다. 그가 메모를 다 적을 무렵 마을 쪽에서는 가축들의 울음소리와 문 여닫는 소리와 집회에 참석하기 위해 모인 농부들의 웅성거리는 소리가 들려왔다. 네흘류도프는 농부들을 관리 사무소로 부를 필요 없이 농부들이 모이는 마을 집회소로 직접 가겠다고 말했다. 관리인이 권하는 차를 서둘러 마시고 그는 마을 쪽으로 걸어갔다.

7

사람들은 촌장 집 마당에서 웅성대다가 네흘류도프가 다가가자 조용히 입을 다물고 꾸즈민스꼬예 마을의 농부들처럼 모두 모자를 벗어 인사했다. 이 지역 농민들의 생활은 꾸즈민스꼬예 마을보다 훨씬 더 비참했다. 털 귀고리를 단 어린 소녀들이나 아낙네들이나 농부들 할 것 없이 모두 짚신을 신고 집에서 만든 루바쉬까와 농민복을 입었다. 어떤 사람은 일을 하다 말고 왔는지 맨발에 루바쉬까 차림이었다.

네흘류도프는 용기를 내서 토지를 모두 농민들에게 나누

어 주겠다는 자신의 의도를 설명하기 시작했다. 농부들은 침묵했고 그들의 얼굴에는 아무런 변화도 보이지 않았다.

「내가 그렇게 하려는 이유는……」 네흘류도프는 얼굴을 붉히며 말했다. 「토지란 거기서 일하지 않는 사람이 소유할 수 없으며, 누구든 토지를 이용할 권리를 가지고 있다고 생각하기 때문이오.」

「옳으신 말씀입니다.」「사실 그래야만 합니다.」 몇몇 농부들이 말했다.

이어서 네흘류도프는 토지의 수확물을 모든 사람들이 나눠 가져야 한다고 말한 후, 토지를 이용하는 사람은 모두가 합의한 일정한 사용료를 지불하고 그것을 공동 기금으로 만들어서 농민들 자신을 위해 쓸 수 있게 하자고 제안했다. 지지와 동의의 목소리가 들려왔으나 농부들의 표정은 점점 더 굳어만 갔으며, 지주를 쳐다보던 그들의 시선은 점차 땅을 향하기 시작했다. 마치 지주의 교활한 속셈을 이미 알고 있어서 속아 넘어갈 사람은 아무도 없지만, 그렇다고 지주를 망신시킬 생각도 없다는 태도였다.

네흘류도프는 명쾌하게 설명했으며, 농부들도 우둔한 사람들은 아니었다. 그러나 관리인이 한동안 이해하지 못했던 것과 마찬가지 이유로 농부들은 그의 말뜻을 이해하지 못했고, 이해할 수도 없었다. 인간이라면 누구나 자신의 개인적 이익을 취하고 싶어 한다고 그들은 확신하고 있었다. 지주란 언제나 농민들의 희생 속에서 이익을 추구해 온 사람이라는 것을 그들은 여러 세대에 걸쳐 경험으로 알고 있었고, 그래서 지주가 자신들을 소집해서 새로운 제안을 할 때면 한층 더 교활한 방법으로 속이려는 것이라고 믿었다.

「자, 어떻소? 토지 사용료는 얼마쯤이면 좋겠소?」 네흘류도프가 물었다.

「그걸 저희가 어떻게 정합니까? 저희는 못 합니다. 나리의 땅이니, 나리의 뜻대로 하십시오.」 사람들이 대답했다.

「그렇지 않소. 어차피 그 돈은 여러분들이 공동 기금으로 이용하게 될 테니까.」

「저희들은 그렇게 할 수 없습니다. 조합은 조합이고, 그건 또 별개의 것 아닙니까.」

「여러분……」 네흘류도프를 따라온 관리인이 전후 사정을 이해시키려고 미소 띤 얼굴로 말했다. 「공작님께서는 사용료를 받고 토지를 임대하시지만, 그 돈을 다시 여러분들의 공동 기금으로 조합에 돌려주시겠다는 겁니다.」

「그건 우리도 잘 알고 있습니다.」 괄괄한 성격의 이 없는 노인이 고개를 숙인 채 말했다. 「은행 같은 것일 테니, 기일 안에 돈을 갚아야 하겠죠. 저희는 그렇게 하고 싶지 않습니다. 안 그래도 먹고살기 힘든데, 보나마나 완전히 파산하고 말 겁니다.」

「저희는 원치 않습니다. 차라리 옛날 그대로가 훨씬 낫습니다.」 불만에 가득 찬 분노의 목소리가 여기저기서 들려왔다.

네흘류도프가 계약서를 작성하려면 농민들도 서명을 해야 한다고 말하자, 그들은 더욱 거세게 반대하기 시작했다.

「무엇을 서명하란 말씀이십니까? 저희들은 지금까지 해온 대로 일하겠습니다. 그게 대체 뭡니까? 저희들은 무식한 촌놈들입니다.」

「동의할 수 없습니다. 난생 처음 듣는 이야기니까요. 옛날처럼 일할 수 있도록 해주십시오. 그저 씨앗이나 제외시켜 주시고요.」 이런 목소리들도 들려왔다.

씨앗을 제외시켜 달라는 말은 현재의 계약상 파종하는 씨앗의 절반이 농민들의 부담으로 되어 있는 것을 앞으로는 지주가 부담해 달라는 요구 사항이었다.

「그렇다면 여러분은 토지를 빌리고 싶지 않은 거요?」네흘류도프는 맨발에 남루한 농민복을 걸친 중년 농부의 얼굴을 쳐다보면서 물었다. 그는 탈모 명령을 받은 군인처럼 허름한 모자를 왼손에 받쳐 들고 꼿꼿이 서 있었다.

「네, 그렇습니다.」그는 군대 생활의 미몽에서 아직 벗어나지 못한 듯 이렇게 말했다.

「그렇다면, 여러분한테는 토지가 충분하다는 말이오?」네흘류도프가 말했다.

「전혀 아닙니다.」군인 출신의 농부는 갖고 싶은 사람은 가지라는 듯 허름한 모자를 앞으로 내밀며 억지웃음을 지었다.

「아무튼, 내가 여러분한테 한 말을 곰곰이 생각해 보시오.」당황한 네흘류도프는 이렇게 말하고 나서 자신의 제안을 되풀이했다.

「더 이상 생각할 것도 없습니다. 어차피 모두 나리의 뜻대로 될 테니까요.」괄괄한 성격의 이 없는 노인이 침통한 얼굴로 말했다.

「난 내일까지 하루 더 여기 머무를 예정이니까, 생각이 바뀌거든 말하시오.」

농부들은 아무 대답도 하지 않았다.

네흘류도프는 아무런 성과도 거두지 못한 채 사무실로 돌아왔다.

「한 말씀 드리겠습니다, 공작님.」집으로 돌아오자 관리인이 말을 꺼냈다.

「그 사람들과는 대화가 되지 않습니다. 민중이란 고집불통이니까요. 집회에 나오기만 하면 고집을 피워 대는 통에 마음을 돌려놓을 수가 없습니다. 매사에 겁을 먹고 있기 때문이죠. 머리가 허연 영감이나 머리가 까만 중년이나 반대하긴 했습니다만, 어리석은 사람들은 아닙니다……」관리인은 미소를 지으며 말했다. 「사무실에 찾아올 때 차라도 마시면서 이야기를 나눠 보면 국회 의원이나 장관만큼 똑똑해서 사리 판단이 분명하지요. 하지만 집회만 했다 하면 전혀 다른 사람으로 돌변해서 같은 말만 반복해 댑니다.」

「그렇다면 그렇게 이해력이 빠른 농부들 몇 사람만이라도 이리로 불러 줄 수는 없겠소?」네흘류도프가 말했다. 「그 사람들한테 자세히 설명해 주고 싶은데.」

「그야 어렵지 않습니다.」 관리인은 미소를 지으며 말했다.

「그렇다면 내일 좀 불러 주시오.」

「그렇게 하겠습니다. 내일 소집해 놓겠습니다.」 관리인은 이렇게 말한 후 더욱 밝게 미소 지었다.

「정말 교활한 놈이야!」 평생 다듬어 본 적이 없는 듯한 헝클어진 턱수염의 까무잡잡한 농부가 흔들흔들 살찐 암말을 타고 가면서, 말방울을 울리며 나란히 말을 타고 가는 남루한 농민복 차림의 여윈 노인에게 말했다.

그들은 밤이 되어 말에게 풀을 먹이기 위해 큰길을 지나 지주의 숲으로 가는 길이었다.

「땅을 공짜로 줄 테니, 서명만 하라고? 우리들을 얼마나 농락해 왔어? 안 될 말이지. 여보게, 정말 강도 같은 놈들이야. 우리도 이젠 그 속을 빤히 들여다볼 수 있잖아.」 이렇게 말하며 그는 뒤따르던 망아지를 불렀다. 「망아지야, 망아지야!」 그는 가던 길을 멈추고 뒤를 돌아보면서 소리쳤다. 그러나 망아지는 따라오지 않고 옆길로 빠져 목장 안으로 들어갔다.

「저런, 몹쓸 놈의 망아지 녀석! 지주네 목장으로 들어가 버렸잖아.」 풀들이 밟혀 쓰러지는 소리가 들리자 헝클어진 턱수염의 까무잡잡한 농부가 이렇게 내뱉었다. 뒤처진 망아지는 늪지의 향기가 은은히 번지는 이슬 젖은 풀밭 사이에서 힝힝거리며 뛰어다녔다.

「저것 보게. 풀이 꽤 자란 모양이야. 쉬는 날 여자들을 보내서 베어 내야지.」 남루한 농민복 차림의 여윈 농부가 말했다. 「그냥 두었다가 나중에는 낫이 상하고 말겠어.」

「서명을 하라니……」 헝클어진 턱수염의 농부는 지주의 발언에 대해 계속 불만을 늘어놓았다. 「그랬다간 산 채로 잡아먹힐 거야.」

「내 말이 그 말이야.」 노인이 대답했다.

그들은 더 이상 아무 말도 하지 않았다. 그저 단단한 시골길을 지나가는 말발굽 소리만 들려왔다.

8

집으로 돌아온 네흘류도프는 숙소로 꾸며진 사무실에 높은 침대가 준비된 것을 보았다. 침대 위에는 두 개의 깃털 베개와 조그만 꽃무늬가 새겨진 붉은 바탕의 2인용 비단 이불이 놓여 있었다. 관리인의 아내가 가져다 놓은 것이 분명했다. 관리인은 점심때 남은 음식을 네흘류도프에게 권했지만, 그가 사양하자 식사와 잠자리가 변변치 못한 점을 사과하고는 네흘류도프만 홀로 남겨 두고 물러갔다.

농민들의 거절이 네흘류도프의 입장을 난처하게 하지는 못했다. 꾸즈민스꼬예 마을에서는 그의 제안이 받아들여졌고 그는 감사하다는 말을 끊임없이 들었다. 그에 반해 이 마을의 농민들은 불신과 심지어는 적개심까지 드러냈지만, 그럼에도 불구하고 그는 오히려 평온하고 기쁜 마음이었다. 사무실 안은 무덥고 지저분했다. 네흘류도프는 밖으로 나가 정원에 들러 보려고 했으나, 바로 그날 밤의 하녀 방 창문과 현관 뒤쪽 계단이 떠올랐고, 죄스러운 추억으로 얼룩진 그곳을 돌아다니는 게 가슴 아팠다. 그는 다시 현관 계단에 앉아서 자작나무 새싹의 짙은 향기가 가득한 따스한 밤공기를 들이마시며 어둠이 깔린 정원을 오랫동안 바라보면서, 방앗간 물레방아 소리와 현관 계단 부근의 수풀에서 동시에 울어 대는 꾀꼬리와 이름 모를 새의 울음소리에 귀를 기울였다. 관리인 방 창문에 불이 꺼지고, 헛간 너머 동쪽 하늘을 물들이던 달은 조금씩 솟아오르며 꽃들이 무성한 정원과 무너져 가는 집을 점점 밝게 비추었다. 저 멀리서 천둥 치는 소리가 들리더니 이내 하늘의 3분의 1이 먹구름으로 뒤덮였다. 꾀꼬리와 다른 새들의 울음소리도 끊겼다. 방앗간의 물레방아 소리 사이로 오리 떼의 울음소리가 들려왔고, 잠시 후 마을 이곳저곳과 관리인의 마당은 새벽닭의 홰치는 소리로 가득 차기 시작했다. 속담에도 천둥 치는 무더운 밤이면 닭들이 평소보다 일찍 홰를 친다고 했던가. 그날 밤 네흘류도프는 즐거움 이상의 감정을 느꼈다. 행복하고 환희에 찬 밤이었다. 상상의 나래는 자신이 이곳에서 보냈던 순수한 청년 시절의 행복한 여름날의 추억으로 그를 이끌었다. 그러자 그는 당시뿐 아니라 자신의 인생에서 가장 아름다운 순간의 모습을 기억할 수 있었다. 그는 열네 살 소년 시절에 진리에 눈을 뜨게 해달라고 기도하던 일과 훨씬 더 어렸을 때 어머니 곁을 떠나더라도 착한 사람이 되어 결코 어머니를 가슴 아프게 하지 않겠다며 어머니의 무릎에 안겨 울던 모습까지 회상했고, 그 시절로 되돌아간 것 같은 착각에 빠져들기도 했다. 착하게 살도록 서로 도우며 세상 사람들 모두가 행복하게 살 수 있도록 노력하기로 친구 니꼴렌까 이르쩨네프와 함께 맹세하던 시절로 거슬러 올라간 듯한 느낌이었다.

또한 지금 그는 꾸즈민스꼬예 마을에서 유혹에 빠져들어 집도 숲도 농장도 토지도 아깝게 여기던 일을 떠올리고는, 여전히 그것들이 아까운지 자신에게 물었다. 당시에 어째서 그런 생각이 들었는지 이해할 수 없었다. 그는 오늘 자신이 목격한 일도 빠짐없이 회상해 보았다. 남편이 네흘류도프의 숲에서 도벌한 죄로 투옥되어 홀로 아이들을 줄줄이 거느리고 사는 시골 아낙네나, 자신들과 같은 신분의 여자들은 주인 나리에게 몸을 팔며 사는 게 당연하다고 생각하는, 혹은 적어도 그렇게 말했던 마뜨료나의 끔찍한 이야기가 떠올랐다. 그리고 아이들을 다루는 마뜨료나의 태도와 그녀가 얘기한 갓난애를 육아원에 보내는 방법, 또 영양 부족 때문에 겉늙은 얼굴로 미소 짓던 헝겊 조각 모자를 쓴 저 불행한 어린애와 고된 노동에 지쳐서 굶주린 암소를 제대로 감시하지 못했다는 이유로 노역을 해야 하는 허약한 임신부가 머릿속에 떠올랐다. 바로 그때 감옥과 머리를 빡빡 깎은 죄수들과 감방, 악취, 쇠고랑 등이 떠올랐고 동시에 자신을 포함한 모든 도회지와 수도에 사는 귀족들의 어리석고 사치스러운 생활이 그의 머리를 스치고 지나갔다. 이 모든 회상은 너무 선명하여 의심할 여지도 없는 것들이었다.

둥글게 익어 가는 휘영청 밝은 달이 헛간 너머로 높이 솟아오르자, 검은 그림자가 마당을 가로질렀고 무너져 가는 건물의 양철 지붕이 빛나기 시작했다.

침묵하던 꾀꼬리가 달빛을 그대로 지나칠 수 없다는 듯 정원 쪽에서 울기 시작했다.

네흘류도프는 꾸즈민스꼬예 마을에서 자기 삶을 돌아보고 앞으로 무엇을 어떻게 할 것인지 고민하다가 혼란만 일으키고 결국 아무 결정도 내리지 못했던 일을 생각했다. 어떤 문제든 신중하게 숙고해야만 했던 것이다. 그런데 그런 문제들이 지금 주어지기만 했어도 그 모두가 너무나 단순 명쾌했을 것이라는 데 놀라지 않을 수 없었다. 그렇게 단순 명쾌한 이유는, 그가 앞으로 자신에게 무슨 일이 일어날지 생각하지 않았고 관심도 없었으며 자신이 해야 할 일만을 생각했기 때문이었다. 자신을 위해 필요한 일에는 전혀 해결책을 만들 수 없었지만, 다른 사람들에게 무엇이 필요한지는 확실히 깨달을 수 있었다. 그는 토지 소유가 어리석은 일이라고 생각했고, 그래서 농민들에게 토지를 나누어 주어야 한다는 사실을 잘 알고 있었다. 까쮸샤에 대해서도, 그녀를 이대로 내버려 두어서는 안 되고 그녀를 도와야 하며 그녀에게 자신의 죄를 용서받기 위해서라면 어떤 일도 감수해야 한다는 점도 잘 알고 있었다. 그리고 그 자신은 목격했지만 다른 사람들은 그냥 지나쳐 버리는 재판과 형벌에 대한 여러 문제들을 연구하고 모색하고 규명하지 않으면 안 된다는 사실도 잘 알고 있었다. 그러한 일들이 어떤 결과를 낳을는지는 그 자신도 알 수 없었지만, 그런 일은 물론 제3의 일을 하지 않으면 안 된다는 사실만큼은 확실히 알고 있었다. 이런 굳은 신념으로 인해 그는 희열에 빠져들었다.

먹구름이 하늘을 온통 뒤덮더니, 번개의 섬광이 번쩍거리며 마당과 무너져 가는 집과 부서진 현관 계단의 모습을 드러내기 시작했고, 천둥소리도 이미 머리 위에서 들려오기 시작했다. 새들은 울음을 멈추었으나 대신 나뭇잎이 흔들리며 소리 내기 시작했고, 바람은 네흘류도프가 앉아 있는 현관 계단까지 불어와 그의 머리카락을 흩날렸다. 한 방울씩 뿌리던 빗방울이 어느새 풀잎과 양철 지붕 위에 후두둑 떨어졌고 더운 공기가 올라왔다. 잠시 사방이 고요해지는가 싶더니, 네흘류도프가 셋을 헤아리기도 전에 바로 머리 위에서 무시무시한 굉음이 들렸다가 곧 하늘 저편으로 사라졌다.

네흘류도프는 집 안으로 들어갔다.

〈그래그래!〉 그는 생각했다. 〈우리가 살아가는 동안에 일어나는 일, 그 모든 일, 그 모든 의미를 나는 이해하지도 못하고 이해할 수도 없어. 고모들의 존재 이유는 무엇이며, 니꼴렌까 이르쩨네프가 죽고 내가 살아 있는 이유는 무엇일까? 까쮸샤의 존재는 또 무엇을 의미할까? 그리고 내 광기는? 그 전쟁을 왜 해야 했을까? 그리고 그 후의 내 방탕한 생활은? 이 모든 것을 이해하는 것은, 이 모든 의미를 이해하는 것은 내가 아니라 조물주뿐이야. 하지만 내 양심에 새겨진 그분의 의지를 실천하는 일은 나 자신이 할 수 있어. 난 그걸 잘 알고 있어. 그 일을 실행에 옮길 때, 틀림없이 나는 평온을 찾을 수 있을 거야.〉

한 방울씩 떨어지던 빗줄기는 어느새 소나기로 변했고, 빗물은 지붕을 타고 물받이로 졸졸 흘러내렸다. 번갯불이 간간이 마당과 집의 윤곽을 밝혔다. 방으로 돌아온 네흘류도프는 옷을 벗고 자리에 누웠지만 너덜거리는 더러운 벽지를 응시하자 빈대가 달려들 것 같은 생각이 들었다.

〈그래! 나 스스로를 주인이 아니라 하인으로 생각해야 해.〉 생각이 여기에 미치자 그는 몹시 기뻤다.

그의 예상은 적중했다. 불을 끄자마자 사방에서 기어 나온 빈대가 그를 물어뜯기 시작한 것이다.

〈토지를 나눠 주고 시베리아로 가게 되면, 벼룩과 빈대와 더러움이……. 하지만 어때, 어차피 참아야 할 거라면 참아야지.〉 그러나 이런 각오에도 불구하고 빈대가 무는 것을 참지 못하고 그는 활짝 열린 창가로 옮겨 앉아서 흘러가는 먹구름과 다시 모습을 드러낸 달에 심취했다.

9

　새벽녘이 되어서야 겨우 잠이 든 네흘류도프는 다음 날 늦게 일어났다.

　선발된 일곱 명의 농부들은 관리인의 호출을 받고 정오에 사과를 심은 과수원으로 모였다. 관리인은 그곳에 말뚝을 박고 테이블과 의자 여러 개를 준비해 놓았다. 모자를 벗지 않은 채 의자에 앉도록 농민들을 설득하기까지는 꽤 많은 시간이 걸렸다. 특히 깨끗한 각반에 짚신을 신고 온 군인 출신의 농부는 마치 장례식에 참석한 것처럼 남루한 모자를 정중하게 앞가슴에 받쳐 들었다. 위엄 있고 체격이 당당한 한 노인은 미켈란젤로의 작품 속에 나오는 모세처럼 곱슬곱슬한 반백의 턱수염을 지니고 햇볕에 그을린 갈색의 시원한 이마 주변에 숱 많은 백발을 휘날렸으며, 큰 모자를 쓰고 집에서 만든 새 농민복을 입고 있었다. 그가 옷자락을 여미면서 의자에 앉자 나머지 사람들도 그를 따라 자리에 앉았다.

　사람들이 모두 의자에 앉자, 네흘류도프는 맞은편에 자리를 잡고 자신의 계획이 적힌 종이를 놓은 탁자 위에 팔꿈치를 괸 채 요점을 설명하기 시작했다.

　농민들의 수가 적었기 때문인지, 아니면 그 일에 몰입했기 때문인지, 네흘류도프는 이번에는 전혀 당황하지 않았다. 네흘류도프는 무의식적으로 곱슬곱슬한 반백의 턱수염을 기른 당당한 노인을 향해 주로 설명했고, 그가 가부간의 결정을 내려 주기를 기대했다. 그러나 그에게 걸렸던 네흘류도프의 기대는 여지없이 무너지고 말았다. 인자하게 생긴 그 노인은 대주교처럼 멋진 머리를 끄덕이거나 다른 농부들이 이의를 제기하면 인상을 쓰면서 고개를 가로저었지만, 네흘류도프가 하는 말을 거의 이해하지 못했고 다른 농민들이 사투리로 주고받는 말만 알아들었다. 오히려 위엄 있는 그 노인과 나란히 앉은 왜소한 체구의 애꾸눈 노인이 네흘류도프의 말을 훨씬 잘 이해했다. 그는 군데군데 기운 무명 반코트를 걸치고 한 쪽이 닳아 빠진 신발을 신었으며 수염은 거의 기르지 않았는데, 나중에 들은 바로는 난로공이라고 했다. 그는 눈썹을 움찔거리면서 열심히 경청하다가 네흘류도프가 설명한 말을 사람들에게 다시 전해 주었다. 이해가 빠른 사람으로는 흰 턱수염을 기르고 총명한 눈을 반짝이는, 키가 작고 다부진 체격의 노인도 있었다. 그는 틈만 나면 네흘류도프의 말을 받아 농담조로 빈정거렸는데, 그런 자신의 모습에 자부심을 느끼는 것이 분명했다. 군인 출신의 농부 역시 군대 생활로 머리가 우둔해지고 무의미한 군대 용어를 습관처럼 내뱉기는 했지만 문제의 본질은 이해하고 있는 것 같았다. 그러나 누구보다 이 문제를 신중하게 경청한 사람은 굵직한 저음의 목소리를 가진 농부였다. 그는 매부리코에 키가 크고 짧은 턱수염을 길렀으며 집에서 만든 깨끗한 옷에 새 짚신을 신고 있었다. 그 사내는 이해력이 뛰어났을 뿐만 아니라 필요한 경우가 아니면 말하지 않았다. 나머지 두 노인들 가운데 한 명은 어제 집회에서 네흘류도프의 제안을 단호하게 거절했던 이 없는 노인이었고, 다른 하나는 키가 크고 얼굴이 희며 인자하게 생긴 절름발이 노인이었다. 그는 깡마른 두 발에 구두를 신고 흰 각반으로 단단히 묶고 있었다. 두 노인은 주의 깊게 경청했지만 줄곧 입을 다물고 있었다.

무엇보다도 먼저 네흘류도프는 토지 소유권에 대한 자신의 견해를 언급했다.

「내 생각에 토지란……」 그가 말했다. 「결코 살 수도 없고 팔 수도 없는 것이오. 만일 토지가 사고팔 수 있는 것이라면 돈을 가진 사람들이 토지를 모두 사들이고 토지가 없는 사람들로부터 자신들이 원하는 토지 이용권을 빼앗을 것이며, 그러다 보면 토지 없는 사람은 토지 위에 서 있는 것만으로도 돈을 지불해야 할 것이오.」 그는 스펜서의 논리를 인용하여 말했다.

「그렇다면 날개를 달고 날아다니는 수밖에 없겠군요.」 흰 턱수염을 기른 노인이 눈웃음을 치며 말했다.

「옳은 말입니다.」 매부리코 농부가 굵직한 저음으로 말했다.

「정말 그렇겠군요.」 군인 출신의 농부가 말했다.

「지금도 아낙네들이 소 먹일 풀을 베다가 감옥으로 끌려가고 있잖소.」 인자한 얼굴의 절름발이 노인이 말했다.

「저희 농토는 5베르스따[59]나 떨어져 있습니다. 소작을 얻고 싶어도 엄두를 낼 수가 없죠. 부당하게도 소작료를 너무 올려놓았거든요.」 괄괄한 성격의 이 없는 노인이 말했다. 「저희들을 제멋대로 취급하고 있으니, 농노 시대보다 더 힘이 듭니다.」

「내 생각도 여러분과 똑같소.」 네흘류도프가 말했다. 「나는 토지 소유가 죄악이라고 생각하오. 그래서 여러분들에게 나눠 주려는 거요.」

「거 참, 반가운 이야기로군요.」 모세처럼 곱슬곱슬한 수염을 기른 노인은 이렇게 말하면서도 네흘류도프가 임대료를 받고 빌려 주려는 것이 아닌지 걱정하는 눈치였다.

「그래서 이곳을 방문한 거요. 나는 더 이상 토지를 소유하고 싶은 생각이 없소. 그래서 어떤 방법으로 나눠 주는 것이 좋을지 고민하는 거요.」

「그냥 농민들한테 나눠 주면 되지, 뭐가 문젭니까?」 괄괄한 성격의 이 없는 노인이 말했다.

---

59 러시아의 길이 단위로 1베르스따는 약 1,067미터이다.

그들의 말투에서 자신의 진정성을 의심하는 기색이 역력히 나타나자 처음에 네흘류도프는 몹시 당황했다. 그러나 이내 마음을 추스르고서, 노인의 발언을 이용해 자신의 의도를 설명하기로 했다.

　「기꺼이 나눠 주겠소.」 그가 말했다. 「하지만 누구한테 어떻게 나눠 주어야 하오? 어떤 농민들한테 말이오? 여러분의 마을 조합에만 주어야 하고, 제민스꼬예(농노 해방령이 내려질 때 눈곱만큼 토지를 할당받은 이웃 마을이다) 조합에 주면 안 되는 거요?」

　모두 침묵했다. 그때 군인 출신의 농부가 말문을 열었다.

　「옳으신 말씀입니다.」

　「그래서……」 네흘류도프가 말했다. 「여러분들에게 묻고 싶소. 만일 황제 폐하께서 지주들의 토지를 몰수해서 농민들에게 분배하라는 칙령을 내리신다면……」

　「그런 이야기를 들으신 적이 있습니까?」 아까 그 노인이 물었다.

　「아니오, 황제 폐하께서 그런 말씀을 하신 적은 없소. 그저 나 혼자 해보는 소리지만, 만일 황제 폐하께서 지주들의 토지를 몰수해서 농민들에게 분배하라는 칙령을 내리신다면, 여러분들은 어떻게 하겠소?」

　「어떻게 하겠느냐고요? 농민에게든 지주에게든, 가족 수에 따라 전부 공평하게 나눌 겁니다.」 시종일관 눈썹을 움찔거리며 난로공이 말했다.

　「글쎄, 어쩌면 좋을까? 가족 수에 따라 나누는 수밖에 없겠지.」 흰 각반을 찬 인자한 얼굴의 절름발이 노인도 합세했다.

　사람들은 그 결론에 만족한 듯 모두 동조했다.

　「가족 수에 따라?」 네흘류도프가 말했다. 「하인들에게도 나누어 주겠다는 말이오?」

「그건 절대 안 됩니다.」군인 출신의 농부가 억지로 유쾌한 표정을 지으며 말했다.

그러나 키 크고 사려 깊게 생긴 농부는 그의 의견에 반대했다.

「나누어 준다면 모든 사람들한테 공평하게 나누어 주어야죠.」잠시 생각하던 그는 굵직한 저음으로 이렇게 대답했다.

「그건 곤란하오.」네흘류도프는 미리 준비해 둔 생각이 있다는 듯 서슴없이 반박했다.「모든 사람들에게 다 나누어 준다면 귀족, 하인, 요리사, 관리, 서기처럼 노동을 하지 않거나 경작을 하지 않는 도회지 사람들은 자기 몫을 받아서 부자들에게 팔아 치울 것이오. 그렇게 되면 토지는 다시 부자들에게 넘어가게 되오. 반면에 토지를 할당받은 사람들은 가족들이 점점 늘어나더라도, 토지는 이미 정리된 상태가 아니겠소. 그러면 토지가 필요한 사람들은 다시 부자들의 손아귀에 놓이게 된단 말이오.」

「그렇군요.」군인 출신의 농부가 얼른 동조했다.

「토지 거래를 금지시키고, 먹고살기 위해서 농사를 짓는 사람들에게만 토지를 나눠 주면 되지 않습니까?」난로공이 군인 출신 농부의 말을 퉁명스럽게 가로막았다.

그렇지만 네흘류도프는 누가 먹고살기 위해 농사를 짓고 또 누가 다른 목적을 위해 농사를 짓는지 판단하는 것이 불가능하다며 다시 반대했다.

바로 그때, 키 크고 사려 깊게 생긴 농부가 조합을 결성해서 농사를 짓자고 제안했다.

「농사를 짓는 사람에게 그런 식으로 토지를 나눠 주는 겁니다. 그렇지 않은 사람에게는 주지 않으면 되고요.」그는 자신감이 넘치는 굵직한 목소리로 말했다.

이 공산주의적인 제안에 대해서도 네흘류도프는 이미 반

대 의견을 준비해 두었다. 그는 그렇게 운영하려면 조합원들 모두가 농기구를 가지고 있어야 하고, 말들도 똑같은 능력을 지녀야 하며, 또 누구든 다른 사람들에게 뒤쳐지지 않아야 할 뿐 아니라 말이며 가래며 탈곡기며 온갖 농기구를 공동으로 소유해야 하는데 그런 규칙을 만들기 위해서는 모두가 동의해야만 한다고 반박했다.

「우리 민중은 의견 통일을 하기가 매우 힘듭니다.」 괄괄한 성격의 노인이 말했다.

「노상 싸움질만 하게 될 겁니다.」 흰 턱수염을 기른 노인이 눈웃음을 치며 덧붙였다. 「여편네들은 서로 눈이라도 뽑을 듯이 달려들겠죠.」

「그것 말고도, 토양에 대한 문제는 어떻게 하겠소?」 네흘류도프가 말했다. 「무슨 기준으로 누구에겐 흑토질 땅을 주고 또 누구에겐 진흙땅이나 모래땅을 줄 수 있겠소?」

「모든 사람들에게 공평하게 나누어 주면 됩니다.」 난로공이 말했다.

그 말에 대해 네흘류도프는 토지 분배가 한 마을 조합만의 문제가 아니라 다른 현들과도 관련된 문제라며 반대했다. 만일 무상으로 농민들에게 토지를 분배한다면 과연 무엇을 기준으로 누구에게 기름진 땅을 주고 누구에게 척박한 땅을 주어야 할지 알 수 없으며, 또 모두가 기름진 땅을 갖고 싶기는 마찬가지가 아니겠느냐고 그는 설명했다.

「옳으신 말씀입니다.」 군인 출신의 농부가 말했다.

나머지 농부들은 모두 침묵했다.

「생각처럼 간단한 문제가 아니오.」 네흘류도프가 말했다. 「이 문제에 관해서는 우리들뿐 아니라 수많은 사람들이 고심하고 있소. 헨리 조지라는 미국인도 이 문제에 대해 생각했었고, 나도 그의 의견에 동의하는 바요.」

「나리께서 주인이시니, 나리께서 나누어 주십시오. 누가 뭐라고 하겠습니까? 모두 나리의 뜻에 달렸는데.」 괄괄한 성격의 노인이 말했다.

맥을 끊는 발언에 네흘류도프는 당혹스러웠다. 그러나 그의 돌발적인 발언에 불만이 있는 사람이 자신만은 아니라는 사실에 적잖이 위안을 받았다.

「기다려 봐요, 세묜 아저씨, 나리 말씀을 좀 들어 봅시다.」 사려 깊은 농부가 점잖은 목소리로 말했다.

그 말에 용기를 얻은 네흘류도프는 헨리 조지의 단일 세제론에 대해 설명하기 시작했다.

「토지란 누구의 소유도 아니고, 오직 하느님의 소유일 뿐이오.」 그는 이렇게 서두를 꺼냈다.

「그렇습니다, 아주 지당하신 말씀입니다.」 여러 사람이 대답했다.

「모든 토지는 공유물이오. 따라서 모든 사람들은 토지에 대해 똑같은 권리를 가지고 있는 것이오. 그러나 토지란 비옥한 곳도 있고, 척박한 곳도 있소. 그런데 누구나 비옥한 토지를 원하지 않겠소? 그러니 어떻게 하면 공평하게 나눌 수 있겠소? 비옥한 토지를 갖는 사람이 그렇지 못한 사람에게 토지의 가치만큼 돈을 지불하면 될 것이오.」 네흘류도프는 스스로 묻고 스스로 대답했다. 「하지만 누가 누구에게 지불해야 할지 결정하기도 어렵고, 공동 기금도 모금해야만 하오. 그러니 비옥한 토지를 갖는 사람이 토지의 가치만큼 조합 운영비를 지불하면 될 것이오. 그렇게 되면 모든 사람들이 공평해질 테니까. 비옥한 토지를 가진 사람은 그만큼 많은 돈을 내고, 척박한 토지를 가진 사람은 더 적은 돈을 내면 되고. 그리고 토지를 갖고 싶지 않은 사람은 돈을 내지 않으면 되는 것이오. 토지를 가진 사람이 대신 공동 기금을 내면

「되니까.」

「거 참, 좋은 생각입니다.」난로공이 눈썹을 움찔거리며 말했다.「비옥한 토지를 가진 사람이 돈을 더 낸다는 말씀이시죠?」

「조지라는 사람은 정말 머리가 좋구먼.」곱슬곱슬한 턱수염을 기른 풍채 좋은 노인이 말했다.

「지불할 금액이 힘에 부치지만 않았으면 좋겠어.」키 큰 노인은 일이 어떻게 돌아가는지 눈치챘는지 이렇게 말했다.

「그런데 그 금액이 너무 비싸거나 너무 싸도 곤란하오. 만일 너무 비싸면 돈을 내지 못하고 손해를 볼 것이며, 너무 싸면 사람들이 서로 사고팔면서 거래를 하게 될 테니까. 바로이것이 내가 여러분들한테 하고 싶었던 말이오.」

「지당하신 말씀입니다. 틀림없는 사실이에요. 그리고 보니, 지레 겁을 먹었던 거로군.」농부들이 말했다.

「머리가 기가 막히게 좋군.」곱슬곱슬한 턱수염을 기른, 어깨가 벌어진 노인이 말했다.「조지라! 그 친구 머리 한번 비상해.」

「그런데, 만일 제가 토지를 갖고 싶으면 어떻게 해야 합니까?」관리인이 미소를 지으며 말했다.

「빈 터가 있으면 그걸 얻어서 농사를 지으면 될 거요.」네흘류도프가 말했다.

「당신이 왜 나서시오? 그러지 않아도 배가 부를 텐데.」노인이 눈가에 미소를 지으며 말했다.

이로써 협의는 끝이 났다.

네흘류도프는 다시 자신의 제안을 다시 한 번 설명했다. 그러나 당장 답변을 요구하지는 않고, 마을 사람들과 상의한 후에 찾아와서 대답해 달라고 말했다.

농부들은 마을 사람들과 상의한 후 답을 가지고 오겠다고 말한 뒤, 흥분을 감추지 못한 채 인사를 하고 돌아갔다. 길가에서는 그들이 돌아가며 큰 소리로 주고받는 이야기 소리가 오랫동안 들려왔다. 마을 쪽에서 떠들어 대는 농민들의 목소리는 늦은 저녁 시간까지도 강 너머로 들려왔다.

　다음 날 농민들은 농사일을 쉬면서 지주의 제안을 두고 토론을 벌였다. 마을 사람들은 두 파로 갈렸다. 한 파는 지주의 제안이 유익하고 안전한 것이라고 인정했으나, 다른 한 파는 그것이 계략이라면서 네흘류도프의 본심을 이해하지 못하고 더욱 겁을 냈다. 다시 하루가 더 지난 후에야 사람들은 제시된 조건을 받아들이기로 합의하고 결정을 전달하기 위해 네흘류도프를 찾아왔다. 이렇게 합의를 볼 수 있었던 데에는 한 노파의 발언이 영향을 주었다. 그 노파는 지주가 영혼의 문제에 대해 고심하고 있으며 이 일은 영혼의 구원을 위한 처신이라고 설명하여, 그 제안이 기만일 것이라는 노인들의 걱정을 해소해 주었다. 네흘류도프가 빠노보 마을에 머무는 동안 많은 돈을 적선했다는 사실도 그녀의 설명에 힘을 실어 주었다. 네흘류도프는 거기서 농부들이 처한 굶주리고 참혹한 생활을 처음으로 목격하고 그 궁핍함에 너무 놀라서 그런 적선이 어리석은 일이라는 사실을 잘 알면서도 당장 넉넉하게 가지고 있던 돈을 내놓지 않을 수 없었던 것이다. 마침 그는 작년에 꾸즈민스꼬예 마을의 산림을 판 돈과 농기구를 팔기로 하고 받은 선금을 가지고 있었다.
　지주가 구걸하는 사람들에게 돈을 준다는 이야기가 퍼지자 사방에서 수많은 사람들이, 특히 시골 아낙네들이 도움을 청하기 위해 그에게 몰려들었다. 그는 사람들이 어떤 상황에 처해 있는지, 문제 해결은 어떻게 해야 하는지, 누구에게 얼마를 주어야 하는지 전혀 알지 못했다. 그는 수중에 돈을 많이 가지고 있으면서도 도움을 청하는 사람들, 특히 가난한 사람들에게 적선하지 않을 수는 없다고 느꼈지만 손을 내미는 대로 돈을 준다는 것은 아무 의미도 없는 짓이었다. 이런 상황에서 벗어날 수 있는 유일한 방법은 그곳을 떠나는 것이었다. 그래서 그는 떠날 채비를 서둘렀다.

빠노보 마을을 떠나기 전날 네흘류도프는 집 안으로 들어가서 그곳에 남아 있는 물건들을 둘러보았다. 물건들을 살피는 동안 그는 사자 머리 형태의 구리 손잡이가 달린 낡은 마호가니 장롱 서랍에서 편지 뭉치를 발견했다. 그 속에는 여러 사람이 함께 찍은 사진도 한 장 들어 있었다. 소피야 이바노브나 고모, 마리야 이바노브나 고모, 학생 시절의 자신, 청순하고 발랄하고 아름다우며 삶에 충만한 까쮸샤가 함께한 사진이었다. 네흘류도프는 집에 보관된 많은 물건들 가운데 편지 뭉치와 그 사진만을 추려 넣었다. 그리고 항상 싱글거리는 관리인의 주선으로 나머지 재산들, 즉 빠노보 마을의 집과 가구들을 시세의 10분의 1의 가격으로 방앗간 주인에게 넘겨 버렸다.

꾸즈민스꼬예 마을에서 느꼈던 재산 상실에 대한 서운한 감정을 회상한 네흘류도프는 그때 어째서 그런 기분이 들었는지 다시금 놀라지 않을 수 없었다. 지금 그는 신세계를 열어 가는 여행자가 느낄 법한, 끝없는 해방의 기쁨과 신기한 호기심에 빠져 있었다.

10

여행에서 돌아온 네흘류도프에게 도시는 놀랄 만큼 낯설고 새로웠다. 거리에 가로등이 켜지는 저녁 무렵에야 그는 역에서 아파트로 돌아왔다. 여전히 방마다 나프탈렌 냄새가 진동했으며, 아그라페나 뻬뜨로브나와 꼬르네이는 물건들을 밖에 내다 말리고 정리하느라 지치고 짜증이 났는지 말다툼까지 벌이고 있었다. 그간 비어 있었던 네흘류도프의 방은 아직 청소조차 되어 있지 않은 데다 그의 여행 가방이 복도를 가로막고 있어서 드나드는 것도 불편했다. 네흘류도프의 귀가가 이 집에서 이상한 타성에 의해 행해지는 일을 방해한 것이 분명했다. 한때는 자신도 이런 일에 참여했지만 시골의 어려운 살림살이를 보고 온 네흘류도프에게는 이 모든 것이 어리석은 것처럼 여겨져 몹시 기분이 상했다. 그래서 나중에 누이가 와서 집 안에 있는 물건들을 처리할 때까지 필요한 물건들을 정리해 달라고 아그라페나 뻬뜨로브나에게 부탁하고 이튿날 호텔로 방을 옮기기로 했다.

아침부터 집을 나선 네흘류도프는 감옥 가까운 곳에서 가장 먼저 눈에 띈, 더럽고 조잡한 가구가 딸린 두 칸짜리 방을 빌렸고, 자신이 추려 놓은 짐들을 집에서 옮겨 놓으라고 이른 다음 변호사를 찾아갔다.

바깥 날씨는 쌀쌀했다. 비바람이 몰아치고 난 후 밀어닥치는 한파는 봄엔 흔한 일이었다. 매서운 바람으로 날씨가 너무 춥게 느껴지자 가벼운 외투 차림의 네흘류도프는 몸을 녹이기 위해 걸음을 재촉했다.

그는 시골 사람들을 떠올렸다. 여인들, 아이들, 노인들 그리고 처음으로 목격했던 가난과 고통, 특히 방글거리면서 뼈만 앙상한 다리를 흔들던 애늙은이……. 그는 문득 도시 사람들과 그들을 비교해 보았다. 이제야 눈에 띈 일이지만 그는 정육점과 생선 가게와 옷 가게를 지나며, 시골에서는 단 한 사람도 찾아볼 수 없었던 말쑥한 옷차림의 뚱뚱한 장사꾼들이 득실대는 모습을 보고 충격을 받았다. 이들은 물건 값을 잘 모르는 손님들을 속이는 것이 쓸모 있고 유익한 일이라고 확신하는 것이 분명했다. 등에 단추가 달린 옷을 입은, 엉덩이가 펑퍼짐한 마부들도 역시 뚱뚱했고 금빛 자수 모자를 쓴 수위들이나 앞치마를 두른 고수머리 하녀들도 뚱뚱했으며, 특히 사륜마차에 기대고 앉아 행인들을 거만한 눈길로 훑어보는, 목덜미를 깨끗이 면도질한 마부들도 마찬가지였다. 네흘류도프는 문득 그들 가운데 토지를 빼앗기고 도시로 쫓겨온 시골 사람들도 있을 거라는 생각이 들었다. 개중에 어떤 사람들은 도시의 환경을 이용해서 부자가 되기도 하고 자신의 위치에 만족하기도 하지만, 어떤 사람들은 시골보다 훨씬 열악한 도시의 환경 속에 내몰려서 한층 비참한 빈민으로 전락하기도 했다. 네흘류도프는 어느 지하실 창문을 통해 보이는 구두 수선공들이 바로 그런 부류의 빈민들이라고 생각했다. 비누 냄새가 진동하는 세탁소의 활짝 열린 창문 밑에서 앙상한 두 팔을 걷어붙이고 다림질을 하는, 창백하고 깡마르고 쪼글쪼글한 세탁부들 역시 그런 사람들이었다. 뿐만 아니라 네흘류도프와 마주친, 맨발에 헌 신발을 신고 앞치마를 두른 채 머리에서 발끝까지 페인트 범벅이 된 두 명의 페인트공 역시 마찬가지였다. 그 두 사람은 팔꿈치 위로 소매를 걷어붙인 채 서로 욕설을 퍼붓고 있었는데 햇볕에 그을리고 힘줄이 불거진 빈약한 팔뚝에는 페인트 통이 걸려 있었다. 그들의 얼굴에는 지치고 짜증스러운 표정이 역력히 나타나 있었다. 덜컹거리는 짐마차를 타고 가는, 먼지를 뒤집어쓴 까맣게 그을린 사내들의 얼굴도 마찬가지였다. 퉁퉁 부은 채 해진 옷을 입고 거리 한쪽 구석에서 아이들과 함께 구걸하는 남녀의 얼굴도 마찬가지였다. 네흘류도프가 지나가는 길목에 있는 선술집의 열린 창문 안쪽에서도 그런 모습들이 눈에 띄었다. 술집 안에서는 흰 옷을 입은 종업원이 술병과 찻잔이 놓인 더러운 탁자 사이를 흔들흔들 돌아다녔고, 탁자에는 술꾼들이 땀에 젖은 시뻘건 얼굴로 넋을 놓고 고함을 지르거나 노래를 부르며 앉아 있었다. 또 창가에 앉아 있던 한 사내는 무언가를 회상하는 듯 눈썹을 치올리고 입술을 내민 채 앞만 바라보았다.

〈어째서 저들은 저곳에 모여 있을까?〉 사방에서 코를 찌르는 페인트 냄새가 진동하는 가운데, 네흘류도프는 저도 모르게 차가운 바람에 날리는 흙먼지를 들이마시며 생각했다.

어느 거리에서 그는 쇠붙이를 실은 짐마차와 나란히 걷게 되었는데, 울퉁불퉁한 포석을 지나는 짐마차가 너무 요란스러워 귀가 따갑고 정신이 없을 정도였다. 그는 걸음을 멈추고 짐마차를 먼저 보냈다.

그때 요란한 굉음 사이로 자신의 이름을 부르는 소리가 들려왔다. 콧수염 끝을 뾰족하게 감아올린 혈색 좋은 군인이 고급 승용 마차에서 손을 흔들면서 유난히 흰 이를 드러내며 미소 짓고 있었다.

「이봐, 네흘류도프! 자네 맞지?」

첫 순간 네흘류도프는 무척 반가웠다.

「아, 쉔보크!」 그는 반갑게 대답했으나, 곧 전혀 반가워할 이유가 없다는 사실을 깨달았다.

그는 그 옛날 고모 집을 방문했던 바로 그 쉔보크였다.

네흘류도프는 오랫동안 그를 만나지 못했지만, 그가 빚이 많아서 제대를 한 후에도 여전히 기병 장교 행세를 하며 부자 친구들에게 돈을 얻어 쓴다는 소문을 들은 바 있었다. 만족스럽고 즐거운 그의 표정 속에서 그 소문이 사실임을 읽을 수 있었다.

「자넬 만나다니, 정말 기쁘군! 이 도시에 아는 사람이라곤 없었는데 말이야. 그런데 이 친구, 그사이에 많이 늙었군.」

그는 마차에서 내려와 어깨를 펴면서 말했다. 「걷는 모습을 보고 알아봤지. 자, 어떤가, 식사나 함께하지 않겠나? 이 근방에 어디 괜찮은 식당이 없을까?」

「글쎄, 모르겠는걸. 그럴 만한 시간도 없고.」네흘류도프는 친구의 기분을 상하게 하지 않고 헤어질 생각으로 이렇게 대답했다. 「이곳에는 웬일인가?」 그가 물었다.

「용무가 있어서 왔지, 이 친구야. 관리 업무라네. 나는 신탁 관리자거든. 사마노프의 일을 돌봐 준다네. 자네도 잘 알고 있는 그 부자 말일세. 폐인이나 다름없는데, 토지는 5만 4천 제샤찌나에 이르지.」 그는 마치 자기가 그 토지를 이뤄 낸 양 자랑스럽게 말했다. 「하지만 관리를 엉망으로 하는 바람에 지금은 완전히 손쓸 수 없는 상태야. 토지를 전부 농민들한테 빌려 주었는데, 놈들이 돈을 내지 않아서 8만 루블 이상 체납된 거지. 그러던 것을 내가 1년 동안 싹 바꿔서 70퍼센트 이상 거둬들였거든. 어때?」 그는 자랑스럽게 말했다.

네흘류도프는 쉔보크가 재산을 모두 날리고 도저히 감당할 수 없을 만큼 빚을 졌다가 누군가의 도움으로 가세가 기운 부자 노인의 재산 관리를 맡았다는 이야기를 들은 것이 생각났다. 그는 지금도 그 관리자 노릇을 하는 것이 틀림없었다.

〈어떻게 하면 모욕감을 주지 않고 헤어질 수 있을까?〉네흘류도프는 콧수염에 포마드를 바른 반질반질하고 통통한 그의 얼굴을 쳐다보면서, 또 신탁 관리를 한다고 자랑스럽게 늘어놓으며 어디 괜찮은 식당이 없느냐고 거리낌 없이 떠들어 대는 그의 말을 흘려 넘기면서 이렇게 생각했다.

「그런데 어디서 식사를 하면 좋을까?」

「아니야, 난 정말 시간이 없네.」네흘류도프는 시계를 들여다보며 말했다.

「그렇다면 할 수 없지. 오늘 저녁에 승마를 할 생각인데 자네도 오겠나?」

「거기에도 갈 수 없어.」

「와보게. 내 말들은 아니지만 그리샤 씨네 말 몇 필을 맡아 두었으니까. 잊으면 안 돼! 그분의 말은 정말 훌륭하거든. 그러니 그때 들러서 저녁 식사도 함께하세.」

「저녁 식사도 할 수 없다네.」 네흘류도프가 미소를 지으며 말했다.

「대체 무슨 일인데? 지금 어디로 가는 길인가? 괜찮다면 내가 태워다 주지.」

「변호사한테 가는 길이네. 바로 저 골목이야.」 네흘류도프가 대답했다.

「아하, 자네 감옥에서 무슨 일을 한다더니 죄수들의 대변인이라도 된 건가? 꼬르차긴 씨네 사람들이 이야기하더군.」 쉔보크가 웃으며 말했다. 「그 사람들은 벌써 이곳을 떠났다네. 대체 무슨 일인가? 이야기 좀 해보게.」

「그래그래, 모두 사실이야.」 네흘류도프가 대답했다. 「하지만 길거리에서 무슨 말을 할 수 있겠나?」

「그것도 그렇군. 하긴, 자넨 항상 엉뚱한 구석이 있었으니까. 어쨌든 승마에는 오겠지?」

「아니, 갈 수도 없거니와 가고 싶지도 않아. 미안하게 됐네만, 그렇다고 화를 내지는 말게.」

「아니야, 화를 낼 리가 있나! 그런데 자네 집은 어딘가?」 그는 갑자기 진지한 얼굴로 표정을 바꾸더니, 눈썹을 치올리고 시선을 고정시키며 물었다. 옛일을 회상하는 것이 분명했다. 네흘류도프는 선술집 창문에서 보았던, 눈썹을 치올리고 입술을 삐죽거리던 사내의 모호한 표정을 그의 얼굴에서 읽을 수 있었다.

「몹시 춥군! 그렇지 않은가?」

「정말 그래.」

「구입한 물건은 자네가 가지고 있겠지?」 그는 마부를 향해 물었다.

「자, 그럼 잘 가게. 만나서 정말 반가웠네.」 쉔보크는 네흘류도프의 손을 꽉 쥐고 나서 마차에 올라탔다. 그는 윤기 흐르는 얼굴 앞으로 하얀 새 가죽 장갑을 낀 커다란 손을 흔들며 평소와 다름없이 유달리 하얀 이를 드러내고 웃었다.

〈나도 한때는 저런 모습이었을까?〉 네흘류도프는 이렇게 생각하며 변호사의 집을 향해 걸어갔다. 〈그래, 꼭 저렇다고는 할 수 없어도 저렇게 되고 싶어 했고, 또 평생 저런 식으로 흥청거리며 살려고 했었지.〉

11

변호사는 대기 순서를 무시하고 네흘류도프부터 맞이했다. 그들은 곧바로 메니쇼프 모자 사건에 대해 대화를 나누었고, 사건 기록을 읽은 후에는 경솔한 유죄 판결에 분개했다.

「이 사건은 정말 분통 터질 일이군요.」 그가 입을 열었다. 「화재는 집주인이 보험금을 타먹으려고 저지른 게 틀림없습니다. 더구나 문제는 메니쇼프 모자의 유죄가 전혀 입증되지 않았다는 점이죠. 아무런 증거도 없지 않습니까. 이건 명백히 예심 판사의 과욕과 검사보의 부주의 탓입니다. 지방 법원이 아니라, 이곳에서 사건이 심리된다면 승소할 수 있을 것이라 장담합니다. 물론 보수 따위는 바라지 않습니다. 그건 그렇고 다른 사건입니다만, 황제 폐하께 올리는 페도시야 비류꼬바의 탄원서도 작성해 놓았습니다. 지참하셨다가 빼쩨르부르그에 가시면 직접 청원하십시오. 그렇게 하지 않으면 법무성에 조회가 들어갈 것이고, 법무성에서는 얼른 손을 털어 버릴 수 있는 방향으로 회신을 보낼 겁니다. 다시 말해서 기각해 버린다는 거죠. 그래서는 아무 성과도 거둘 수 없습니다. 그러니 고위층에 손을 쓰셔야 합니다.」

「황제 폐하 말씀입니까?」 네흘류도프가 물었다.

변호사는 껄껄거리며 웃었다.

「그건 마지막입니다. 〈고위층〉이란 청원 위원회의 비서나 주임을 말합니다. 자, 그러면 볼일이 모두 끝나셨죠?」

「아닙니다, 여기 어느 종파 교도들이 제게 보낸 편지가 있습니다.」 네흘류도프는 주머니에서 어느 종파 교도들이 보냈다는 편지를 꺼내며 말했다. 「그들이 쓴 내용이 사실이라면 이건 정말 놀라운 일입니다. 저는 오늘 그들을 만나서 사건의 진상을 알아보려고 합니다.」

「제가 생각하기에, 당신은 감옥의 모든 불만이 흘러드는 깔때기나 병목 같은 존재가 되신 것 같습니다.」 변호사는 미소를 지으며 말했다. 「이미 너무 많은 일을 하고 계시니, 무리하지 마십시오.」

「아닙니다, 이건 정말 충격적인 사건입니다.」 네흘류도프는 이렇게 말하고 나서 사건의 요점을 간단히 설명했다. 어느 마을에서 사람들이 복음서를 읽기 위해 모임을 가졌는데, 관리들이 찾아와 그들을 해산시켰다. 그다음 일요일에 사람들이 다시 모이자, 이번에는 경찰들을 불러서 조서를 꾸민 다음 그들을 재판에 회부시켰다. 예심 판사가 심문을 하고 검사보가 기소장을 작성하고 재판부가 유죄를 인정하여 재판이 열렸다. 검사보는 유죄를 주장하며 그 증거물로 복음서를 책상 위에 제시했고, 결국 그들은 유형 판결을 받고 말았다. 「이건 정말 끔찍한 일입니다.」 네흘류도프가 말했다. 「이게 사실일까요?」

「왜 그만한 일에 놀라십니까?」

「너무 놀랍습니다. 물론 명령을 수행해야 하는 시골 경찰이야 이해할 수 있습니다. 하지만 기소장을 작성했다는 검사보는 교육받은 사람이 아닙니까?」

「바로 그 점을 잘못 생각하시는 겁니다. 우리는 검사들이나 재판관들이 새로운 자유주의자들이나 되는 줄 알고 있습니다. 물론 그들도 한때는 그랬겠지만, 지금은 완전히 다릅니다. 그들은 월급날인 20일만 손꼽아 기다리는 관리들에 지나지 않습니다. 월급이나 더 받고 싶어 하고, 또 그것을 모든 생활의 원칙으로 삼고 있으니까요. 그래서 누군가를 기소하고 심문하고 판결하려는 겁니다.」

「그렇다면 다른 사람들과 함께 복음서를 읽는다는 이유로 그 사람을 유형에 처하는 법이 존재한다는 말씀인가요?」

「복음서를 읽으면서 다른 사람들에게 기존의 것과 다르게 해석한 사실이 입증되면, 교회의 해석을 비판했다는 이유로 인근으로 추방당할 뿐만 아니라 징역형을 선고받기도 합니다. 민중 앞에서 정교 신앙을 비방하면 법률 제196조에 따라 유형에 처해지는 겁니다.」

「세상에 그럴 수가 있나!」

「제가 지금 말씀드리지 않습니까. 저는 재판관들한테 항상 이렇게 말합니다……」 변호사는 말을 이어 갔다. 「당신들에게 언제나 고마워하지 않을 수 없다고요. 왜냐하면 공작님도 마찬가지이고 우리 모두에게 해당됩니다만, 제가 감옥에 들어가지 않는 것은 전적으로 그들의 선의 덕분이니까요. 사실 우리들 가운데 그 누구라도 특권을 빼앗고 가까운 지방으로 유형을 보내는 일 정도는 그들에게 식은 죽 먹기랍니다.」

「하지만 만일 법을 적용하느냐 마느냐 하는 문제가 모두 검사나 판사의 전권에 달려 있다면, 굳이 재판을 하는 이유가 없지 않습니까?」

변호사는 유쾌하게 껄껄 웃어댔다.

「이상한 말씀을 하시는군요! 에에, 공작님, 그건 철학적인 문제입니다. 물론 그 문제를 짚고 넘어갈 수도 있습니다. 토요일쯤 찾아와 주십시오. 저희 집에서 학자와 문학가와 화가를 만나시게 될 겁니다. 그때 일반적인 의문점에 대해 말씀을 나누시죠.」 변호사는 〈일반적인 의문점〉이라는 단어를 야유 섞인 악센트로 발음했다. 「제 아내하고도 안면이 있으시니, 꼭 와주십시오.」

「네, 노력해 보겠습니다.」 네흘류도프는 노력해 보겠다는 자신의 말이 거짓인 줄 알면서도 이렇게 대답했다. 그는 학자와 문학가와 화가가 모이는 토요일 저녁에 변호사의 집에 찾아가지 않을 생각이었다.

만일 재판관들이 멋대로 법을 적용하거나 적용하지 않는다면 재판은 아무 의미도 없는 것이 아니냐고 네흘류도프가 지적했을 때, 변호사의 그 웃음과 〈철학적인 문제〉나 〈일반적인 의문점〉이라는 말에 악센트를 넣어 발음하는 말투에서, 네흘류도프는 이 변호사 역시 다른 변호사들과 마찬가지로 자신과 동떨어진 인물이라는 사실을 알 수 있었다. 그는 쉔보크 같은 옛 친구들과도 멀어졌지만, 이 변호사나 그 주변 사람들과는 더욱 큰 거리감을 느꼈다.

12

감옥까지의 거리는 꽤 멀었고 시간도 늦었기 때문에 네흘류도프는 마차를 잡아타고 감옥으로 갔다. 어느 거리로 들어

서자 똑똑하고 착해 보이는 중년의 마부가 새로 올라가는 거
대한 건물을 가리키며 네흘류도프에게 말했다.

「굉장한 공사를 벌이는군요.」 그는 마치 자기가 그 공사의
주역이나 된 것처럼 자랑스럽게 말했다.

사실 그 건물은 규모도 클 뿐만 아니라, 어딘지 복잡하고
특이한 양식으로 건설되고 있었다. 꺾쇠로 연결된 굵은 소나
무 가설 발판이 건물 골조를 둘러쌌으며, 거리 쪽으로는 나
무 담장으로 경계를 세웠다. 가설 발판 위에서는 석회 가루
를 뒤집어쓴 노동자들이 개미 떼처럼 바삐 움직였다. 벽돌을
쌓는 사람들, 돌을 다듬는 사람들, 무거운 질통과 삼태기를
위로 나르는 사람들과 빈 질통과 삼태기를 가지고 내려오는
사람들이 달라붙어 있었다.

건축 기사로 보이는 멋진 옷차림의 뚱뚱한 신사가 가설 발
판 옆에서 위층을 가리키며 블라지미르 출신의 십장에게 무
엇인가 지시했고, 십장은 공손한 태도로 경청하고 있었다.
건축 기사와 십장이 서 있는 문 옆으로는 빈 수레와 짐을 잔
뜩 실은 수레가 드나들었다.

〈일을 하는 사람들이나 일을 시키는 사람들이나 모두 그걸
당연한 일이라고 확신하지만, 바로 이 시간에 일꾼들의 집에
서는 임신한 부인이 과도한 노동에 시달리고, 모자를 쓴 어
린애들이 다리를 흔들고 노인처럼 미소 지으며 굶주려 죽어
가고 있다. 하지만 정작 그들은 자신들을 강탈하고 헐벗게
만드는, 어리석고 쓸모없는 자들을 위해 이처럼 어리석고 불
필요한 궁전을 짓고 있다니!〉 네흘류도프는 건물을 바라보면
서 이렇게 생각했다.

「그래, 어리석은 건물이야!」 그는 머릿속에 맴돌던 말을
입 밖으로 꺼내고 말았다.

「아니, 어리석다뇨?」 마부는 발끈하며 대꾸했다. 「사람들

에게 일거리를 만들어 주는데, 어리석은 건물이 아니라 오히려 고마운 건물이지요.」

「모두 쓸데없는 짓이오.」

「그렇지만 필요하니까 짓는 거겠지요.」 마부가 이의를 제기했다. 「또 그래야 민중들이 먹고살잖아요.」

요란한 바퀴 소리 때문에 말하기 힘들어지자, 네흘류도프는 입을 다물었다. 마차가 감옥에서 그리 멀지 않은 가로수길 포장도로로 접어들면서 말하기가 훨씬 수월해지자 마부가 다시 네흘류도프를 향해 말을 걸었다.

「요즘은 웬 사람들이 이렇게 도회지로 몰려드는지 겁이 날 정도입니다.」 그는 마부석에서 고개를 돌려 반대편에서 걸어오는 시골 노동자 조합원들을 가리키며 네흘류도프에게 말했다. 그들은 톱, 도끼, 자루 등을 어깨에 둘러메고 있었다.

「노동자들이 몇 년 전보다 더 많아졌소?」 네흘류도프가 물었다.

「물론이죠, 요즘은 어디를 가더라도 사람들이 득실거리니 큰일입니다. 고용주는 노동자들을 마치 나무토막처럼 팽개칩니다. 도처에 사람들이 넘쳐 나고 있거든요.」

「이유가 뭡니까?」

「인구가 늘어나기 때문이죠. 어디 갈 만한 곳도 없고요.」

「그 이유라는 게, 인구가 늘어나기 때문이란 말이오? 그럼 시골에 살지 않고 도심으로 오는 이유는 또 뭡니까?」

「시골에서는 할 일이 없습니다. 땅이 없거든요.」

네흘류도프는 아픈 곳을 찔린 기분이었다. 하지만 그것은 일부러 상처를 건드리고 아픈 자리에 손길이 닿는 것을 의식하면서 느끼는 통증과 같았다.

〈정말 어느 곳이나 똑같은 상황이란 말인가?〉 그는 생각했다. 그는 마부에게 그의 시골 토지는 얼마나 되며 마부 자신은 토지를 얼마나 가지고 있는지, 그리고 도시에 사는 이유는 무엇인지 물었다.

「나리, 저희 마을에서는 토지를 한 사람당 1제샤찌나씩 가지고 있습니다. 저희 집은 세 사람분의 토지가 있고요.」마부는 신이 나서 말했다.「저희 집에는 아버님, 형님, 군대 간 동생이 있습니다. 그분들이 농사랍시고 짓지만, 농사지을 만한 정도의 토지나 되어야 말이죠. 그래서 형님은 모스크바로 이사하고 싶어 하십니다.」

「토지를 빌릴 수는 없소?」

「요새 토지를 어디서 빌립니까? 옛날 지주들이 토지를 몽땅 날려 먹어서 이제는 모두 상인들의 손에 넘어간걸요. 상인들은 땅을 빌려 주지 않고 직접 관리하거든요. 저희 마을의 토지는 프랑스인이 가지고 있습니다. 옛날 지주한테 사들인 거죠. 빌려 주기는커녕, 저희들은 거들떠보지도 않는답니다.」

「어떤 사람이오?」

「뒤파르라는 프랑스인인데 아마 들어 보셨을 겁니다. 원래는 큰 극장의 배우들을 상대로 가발을 만들어 팔던 사람이죠. 그런데 사업이 잘돼서 저희 마을 지주의 영지를 모두 사들인 겁니다. 지금은 마을 사람들을 부리죠. 제멋대로 혹사시키고 있습니다. 그나마 그 사람은 착한 편이니 감사해야죠. 러시아 출신인 그 아내는 정말 개 같은 여자입니다. 사람이 그럴 수가 없어요. 아예 민중을 강탈하고 있거든요. 재앙이에요. 자, 감옥까지 다 왔습니다. 어디로 모시죠? 현관 쪽에 댈까요? 안으로 들여보내 줄 것 같지는 않은데요.」

13

오늘은 어떤 상태의 마슬로바를 만나게 될지 착잡하고 두려운 심정으로, 또 그녀의 내면에 숨겨진 비밀과 감옥에서 벌어지는 일들로 인해 초조해하면서 네흘류도프는 정문의 초인종을 눌렀다. 그가 안에서 나온 교도에게 마슬로바에 대해 묻자 교도는 그의 신분을 확인한 후 그녀가 병원에서 근무한다고 알려 주었다. 네흘류도프는 병원으로 갔다. 인자하게 생긴 병원 수위 노인은 그를 안으로 들어오라고 하더니 면회할 사람이 누군지 묻고는 소아과 병동으로 길을 안내했다.

온몸에 석탄산 냄새가 배어 있는 젊은 의사가 네흘류도프가 있는 복도로 나와서 무슨 용무로 왔느냐고 딱딱거리며 물었다. 이 의사는 여러모로 죄수들의 편의를 봐주었기 때문에 교도들이나 늙은 의사들과 끊임없이 불쾌한 충돌을 일으키고 있었다. 그는 네흘류도프가 불법적인 청탁이라도 하지 않을까 경계하면서 누구에게도 예외는 없다고 경고하려는 듯 짐짓 냉정한 태도를 보였다.

「여기에는 여자들이 없습니다. 소아과 병동이니까요.」 그가 말했다.

「알고 있습니다. 하지만 감옥에서 온 간호 보조원이 있을 텐데요.」

「네, 두 사람 있습니다. 그런데 무슨 용무이십니까?」

「저는 그중 한 사람인 마슬로바라는 여자와 가까운 사이입니다.」 네흘류도프가 말했다. 「그녀의 사건을 상고하러 뻬쩨르부르그로 갈 예정인데 그 전에 한번 만나 보려고요. 그리고 이것도 전해 주고 싶습니다만……. 사진 한 장뿐입니다.」 네흘류도프는 주머니에서 봉투를 꺼내며 말했다.

「그렇다면 들어오십시오.」 말투가 상냥해진 의사는 하얀 앞치마를 두른 노파에게 간호 보조원 마슬로바를 데려오라고 시켰다. 「여기 앉아서 기다리시겠습니까? 아니면 응접실로 들어가서도 됩니다.」

「감사합니다.」 네흘류도프가 말했다. 의사가 호의적으로 나오자, 그는 병원에서 근무하는 마슬로바의 태도가 어떤지 물었다.

「괜찮습니다. 처음 이곳에 왔을 때와 비교하면 아주 잘하고 있지요.」 의사가 말했다. 「마침 저기 오는군요.」

늙은 간호 보조원이 한쪽 문으로 나오고, 마슬로바가 그 뒤를 따라 나왔다. 그녀는 줄무늬 옷 위에 하얀 앞치마를 둘렀으며 머리카락이 흘러내리지 않도록 수건으로 머리를 감싸고 있었다. 네흘류도프를 발견한 그녀는 얼굴을 붉히고 잠시 망설이는 듯 제자리에 멈춰 섰다가, 인상을 찌푸리며 시선을 내리고 빠른 걸음으로 복도 깔개 위를 걸어 그에게로 다가왔다. 네흘류도프에게 다가온 그녀는 악수도 하지 않다가, 잠시 후 손을 내밀더니 더욱 얼굴을 붉혔다. 네흘류도프는 그녀가 화를 낸 것에 대해 사과한 후로는 그녀와 만나지 못했기 때문에 지금도 그때의 모습이기를 기대했다. 그러나 오늘 그녀는 전혀 달랐다. 그녀의 표정에는 새로운 무언가가 담겨 있었다. 자제력을 보이고 수줍어하는 태도이긴 하지만, 네흘류도프의 생각에는 자신에게 반감을 품고 있는 것처럼 보였다. 의사에게 말했던 것처럼 그는 곧 뻬쩨르부르그로 갈 예정이라고 이야기한 다음, 빠노보에서 가져온 사진이 담긴 봉투를 내밀었다.

「이건 내가 빠노보에서 찾아낸 옛날 사진인데, 당신이 기뻐할 것 같아서 가져왔소. 어서 받아요.」

그녀는 까만 눈썹을 치올리며 놀란 사팔눈으로 의아한 듯 그를 쳐다보았다. 그러고는 묵묵히 봉투를 받아 앞치마에 넣었다.

「당신의 이모를 만나 보았소.」네흘류도프가 말했다.

「그랬어요?」그녀는 아무 관심도 없다는 듯 말했다.

「이곳은 마음에 드오?」네흘류도프가 물었다.

「괜찮아요. 마음에 들어요.」그녀가 대답했다.

「일이 너무 고되지는 않소?」

「아니에요, 괜찮아요. 다만 일이 아직 손에 익지 않았을 뿐이에요.」

「당신한테는 참으로 다행스러운 일이오. 그곳보다는 여기가 더 나으니까.」

「어디보다 더 낫다는 말씀이시죠?」그녀가 얼굴을 새빨갛게 붉히며 물었다.

「아, 감옥 말이오.」네흘류도프가 얼른 대답했다.

「무엇이 더 낫다는 거죠?」그녀가 물었다.

「내 생각에는 여기에 있는 사람들이 더 좋은 것 같은데. 그곳에는 이런 사람들이 없지 않소.」

「그곳에도 좋은 사람들은 많아요.」그녀가 말했다.

「메니쇼프 모자의 일로 뛰어다녔는데, 그들은 곧 석방될 것 같소.」네흘류도프가 말했다.

「다행이군요. 정말 착한 할머니거든요.」그녀는 그 노파에 대한 칭찬을 반복하며 살며시 미소 지었다.

「난 오늘 뻬쩨르부르그로 갈 거요. 당신 사건은 곧 재심될 것이고, 판결이 취소될 거라고 기대하고 있소.」

「취소되거나 말거나, 이제는 아무래도 좋아요.」그녀가 말했다.

「이제는? 아니, 그건 왜 그렇소?」

「그건……」그녀는 무언가 궁금해하는 눈빛으로 그의 얼굴을 힐끔 쳐다보며 말꼬리를 흐렸다.

네흘류도프는 이런 그녀의 말과 눈빛을 통해서, 자신이 결심을 이행할 것인지 아니면 그녀의 거절을 받아들이고 결심을 바꾸기로 했는지 그녀가 알고 싶어 한다고 판단했다.

「왜 당신이 아무래도 좋다고 하는지 모르겠소……」 그가 말했다. 「하지만 당신이 유죄이건 무죄이건 내게는 마찬가지요. 어떤 경우라도 나는 내가 말한 대로 실행할 준비가 되어 있으니까.」 그는 단호하게 말했다.

그녀는 고개를 들어 까만 사팔눈으로 그의 얼굴을 응시하다가 옆으로 시선을 돌렸지만 얼굴에는 기쁨이 가득했다. 그러나 그녀의 입은 눈이 말하는 것과는 전혀 다른 말을 하고 있었다.

「그렇게 말씀하셔도 소용없어요.」 그녀가 말했다.

「당신이 알아 두어야 할 것 같기에 말한 것뿐이오.」

「그 문제라면 이미 끝난 것이니, 더 이상 드릴 말씀이 없어요.」 그녀는 입가에 떠오르는 미소를 억지로 참으며 말했다.

병실에서 시끄러운 소리가 나고 곧이어 아이들의 울음소리가 들려왔다.

「저를 찾는 것 같아요.」 그녀는 불안한 시선으로 사방을 두리번거리며 말했다.

「좋소, 그럼 가겠소.」 그가 말했다.

네흘류도프가 악수를 청하자 그녀는 못 본 척 돌아서서는 기쁜 마음을 억누르며 복도 깔개 위를 빠르게 걸어갔다.

〈그녀의 내면에서 무슨 일이 일어나는 걸까? 대체 무슨 생각을 하는 걸까? 어떤 감정을 가지고 있을까? 날 시험해 보려는 걸까, 아니면 정말 용서할 수 없는 걸까? 자신의 생각과 감정을 이야기할 수 없는 걸까, 아니면 그렇게 하고 싶지 않은 걸까? 감정이 누그러진 걸까, 아니면 적개심을 품은 걸까?〉 네흘류도프는 이렇게 자문해 보았으나 아무 대답도 얻지 못했다. 그가 유일하게 알 수 있는 사실은 그녀가 변했으며 그 변화는 중대한 영혼의 변화라는 점이었다. 이 변화는 네흘류도프로 하여금 그녀뿐 아니라 변화를 생기게 한 존재와도 하나로 결합시켜 주었으며, 그 결합은 그를 기쁨과 흥분과 감격에 빠져들게 했다.

소아용 침대 여덟 개가 놓인 병실로 돌아온 마슬로바는 간호사의 지시에 따라 침대를 정돈하다가 홑이불을 깔기 위해 몸을 너무 구부리는 바람에 미끄러져 넘어질 뻔했다. 병이 나아 가는, 목에 붕대를 감은 소년이 그 모습을 보고 웃었다. 마슬로바도 참지 못하고 침대에 걸터앉아 큰 소리로 웃었다. 그녀의 순박한 웃음소리에 몇몇 아이들도 따라 웃기 시작했다. 그러자 간호사가 그녀를 향해 성난 목소리로 소리쳤다.

「뭘 그렇게 깔깔대고 있어? 그곳에서 지내던 일은 잊은 거야? 어서 식사나 나르지 않고 뭐해!」

마슬로바는 웃음을 멈추고 간호사의 말에 따라 식사를 나르기 위해 나갔다. 하지만 웃지 말라는 꾸중을 듣게 한, 목에 붕대를 두른 소년과 시선이 마주치자 그녀는 다시 킥킥거렸다. 그날 혼자 있을 때마다 그녀는 몇 번이고 봉투에서 사진을 꺼내어 넋을 잃고 바라보았다. 그러다가 저녁때 일을 마친 마슬로바는 다른 간호 보조원과 함께 지내는 방에 혼자 남아서, 남의 눈치를 보지 않고 사진을 꺼내 미동도 없이 뚫어질 듯 그것을 바라보았다. 그녀는 사진 속 인물들, 의상들, 발코니 계단, 네흘류도프와 자신과 고모들의 배경이 된 수풀을 사랑스러운 눈길로 바라보았다. 누렇게 바랜 그 사진 속에서 그녀는 특히 이마 위로 머리카락이 물결치는 젊고 아름다운 자신의 얼굴에 빠져들었다. 사진을 너무 열심히 들여다보느라 동료 간호 보조원이 방으로 들어오는 것도 눈치채지 못했다.

「그게 뭐야? 그분이 주신 거야?」뚱뚱하고 마음씨 착하게 생긴 간호 보조원이 허리를 굽혀 사진을 들여다보았다.「아니, 이게 정말 너란 말이야?」

「그럼 누구겠어?」마슬로바는 미소를 지으며 동료의 얼굴을 쳐다보았다.

「그럼 이 사람은 누구지? 그분인가? 그럼 이 여자는 그분의 어머니시고?」

「고모님이야. 날 못 알아보겠지?」마슬로바가 말했다.

「어떻게 알아보겠어? 도통 모르겠는걸. 얼굴이 전혀 딴판이잖아. 10년도 더 된 것 같은데!」

「몇 년도 아니고, 아주 먼 옛날 이야기야.」마슬로바는 갑자기 생기를 잃으며 이렇게 말했다. 그녀의 얼굴은 수심으로 가득 차고 미간에는 주름이 잡혔다.

「그곳에서는 편하게 살았겠네.」

「물론 편했지.」마슬로바는 지그시 눈을 감고 고개를 끄덕이며 말했다.「그래도 감옥보다 못했어.」

「그게 무슨 소리야?」

「똑같은 일의 반복이었으니까. 아침 8시부터 새벽 4시까지 매일매일.」

「그럼 왜 그만두지 않았어?」

「나도 그만두고 싶었지만 그럴 수가 없었어. 아, 이런 얘길 해서 어쩌겠다는 건지!」마슬로바는 이렇게 외치더니 사진을 책상 서랍에 쑤셔 넣은 후, 분노의 눈물을 억지로 삼키며 문을 쾅 닫고 복도로 뛰어나갔다. 사진을 들여다보는 사이에 그녀는 사진 속 자신으로 돌아간 듯한 착각에 빠져들었고, 당시 자기가 얼마나 행복했는지를 회상하며 지금이라도 그 사람과 함께 행복하게 살 수 있을 거라고 꿈꿨다. 그런데 동료의 이야기가 현재 그녀의 모습과 옛날의 모습을 일깨워 준 것이다. 어렴풋이 느끼고는 있었지만 미처 인식할 수 없었던, 당시의 온갖 두려움이 떠올랐다. 지금 그녀는 자신을 구원하겠다고 약속한 대학생을 기다리던 그 공포의 밤들, 특히 사육제[60]의 밤을 생생히 기억했다. 또 그녀는 술에 얼룩진 가슴 파인 빨간 비단옷을 걸쳐 입고 헝클어진 머리카락을 빨간 리본으로 묶은 채 지치고 쇠약해지고 술에 찌든 몸으로 새벽 2시가 되어서야 손님들을 돌려보낸 뒤 쉬는 시간에 뼈만 앙상한 여드름투성이의 바이올린 연주자 곁에 잠시 앉아서 힘든 생활을 한탄하던 순간, 그녀도 자신의 생활을 괴로워하며 직업을 바꾸고 싶다고 이야기하고 끌라라도 그들에게 다가와 그런 생활을 함께 청산하자고 하여 느닷없이 세 사람이 뜻을 함께했던 일을 기억했다. 그날 밤 그 세 사람은 모든 것을 청산했다고 믿고 돌아가려 했으나, 그때 현관에서 술 취한 손님들이 소란을 피우며 나타났다. 바이올린 연주자는 전주곡을 켜기 시작했고, 반주자는 카드릴[61] 1절의 경쾌한 러시아 민요를 피아노로 연주했다. 그러자 흰 넥타이에 연미복을 입은 땀투성이의 작달막한 사내가 술 냄새를 풍기며 연실 딸꾹질을 해대다가 2절부터는 상의를 벗더니 까쮸샤를 끌어안았고, 연미복을 입은 턱수염의 뚱뚱보는 끌라라를 끌어안았다(이들은 어느 무도회에 다녀오는 길이었다). 그들은 한동안 빙글빙글 돌며 원무를 추기도 하고 고함을 지르며 술을 마셔 댔다. 그렇게 다시 1년, 2년, 3년이 지나갔다. 그동안 왜 변화가 없었던 것일까! 모든 원인은 그 사람이었다. 그녀의 마음속에서 과거의 분노가 치솟아 그를 저주하고 원망하고 싶어졌던 것이다. 오늘도 그녀는 그를 향해 당신이 누구라는 걸 잘 알고 있다, 비록 당신에게 육체적으로 농락당하

60 고대 슬라브인들이 겨울을 보내고 봄을 맞이하던 축제.
61 4인조 무도곡.

기는 했지만 영혼까지 농락당할 수는 없다, 당신이 베푸는 관용의 대상이 될 수는 없다는 말을 다시 한 번 하고 싶었지만 그럴 기회를 놓치고 말았다. 자기 자신에 대한 처량한 동정심과 부질없는 원망을 지워 버리기 위해 그녀는 술을 마시고 싶었다. 만일 감옥에 있었더라면 그녀는 맹세를 저버리고 술을 마셨을지도 몰랐다. 하지만 여기서는 간호장을 통해 술을 구할 수밖에 없었고, 간호장이 그녀에게 집적거렸기 때문에 그녀는 그를 두려워했다. 이제 그녀는 사내들과의 관계에 환멸을 느끼고 있었던 것이다. 복도 의자에 잠시 앉아 있다가 방으로 돌아간 그녀는 동료의 질문에 아무 대답도 하지 않고 파멸한 인생을 생각하며 한없이 흐느끼기만 했다.

14

네흘류도프는 뻬쩨르부르그에 세 가지 용무가 있었다. 하나는 고등 법원에 마슬로바의 상소장을 제출하는 것이고, 다른 하나는 청원 위원회[62]에 페도시야 비류꼬바의 사건을 소청하는 것이며, 나머지 하나는 베라 보고두호프스까야가 부탁한 대로 헌병 기관이나 제3부[63]에 슈스또바의 석방을 요청하는 동시에, 역시 그녀가 쪽지로 부탁한 대로 요새 감옥에 갇힌 아들을 어머니가 면회할 수 있도록 요청하는 일이었다. 그는 이 두 가지 일을 하나의 용무로 묶어서 생각했다. 그리고 그것 말고도 네 번째 용무가 있었다. 복음서를 읽고 해석

62 황제 앞으로 제기된 소원과 청원을 다루기 위해 1810년부터 국무 회의 산하에 만든 조직.
63 니꼴라이 1세 통치 시절인 1826년 정치적 감시와 수사를 위해 만든 조직.

했다는 죄로 가족들과 헤어져 까쁘까스로 추방되게 생긴 어느 종파 교도들에 관한 문제였다. 그는 교도들이 아니라 자신을 위해 이 사건의 진상을 가능한 한 힘껏 규명하겠다고 맹세했다. 어떤 결단을 내린 것은 아니지만 최근 마슬렌니꼬프를 만난 이후로, 특히 시골 여행을 다녀온 뒤부터 네흘류도프는 지금까지 살아 온, 소수의 편의와 안락을 위해 수백만 명의 고통이 은밀히 감춰진 상류 사회에 대한 혐오감을 온몸으로 느끼고 있었다. 상류 사회의 사람들은 자신들의 생활에 내재한 잔인성과 범죄성을 보지 않을 뿐 아니라 볼 수도 없었다. 이제 네흘류도프는 불편함과 자책 없이 상류 사회의 사람들을 만날 수 없었다. 그렇지만 습관적인 과거의 생활, 인척 관계, 친구 관계가 그를 상류 사회 속에 휩쓸리게 했으며, 더구나 지금 마음속에 품고 있는 문제를 해결하기 위해서라도 상류 사회에 휩쓸리지 않을 수 없었다. 마슬로바를 비롯해서 도움을 요청하는 모든 고통받는 사람들을 돕기 위해서라도, 그는 존경심은커녕 분노와 경멸심만 일으키는 상류 사회의 사람들에게 도움과 봉사를 요청하지 않을 수 없었던 것이다.

뻬쩨르부르그에 도착한 네흘류도프는 이모이자 전직 장관 부인인 차르스까야 백작 부인 댁에 여장을 푼 다음, 이제는 자신에게 너무나 낯설어진 귀족 사회의 한복판으로 곧 뛰어들었다. 그는 이런 상황이 몹시 불쾌했지만 다른 방법이 없었다. 이모 집에 묵지 않고 호텔에 투숙한다는 것은 이모를 모욕하는 일이었다. 더구나 이모는 폭넓은 대인 관계를 형성하고 있으므로 자신이 관심을 갖는 여러 문제에 유익할 수도 있었다.

「그런데 말이야, 소문에 네 이야기가 들리더구나? 이상한 소문이었어……」까쩨리나 이바노브나 백작 부인은 그가 도착하자 커피를 권하면서 이렇게 말했다. 「하워드[64] 흉내라도 내려는 거냐? 죄수들을 도와주고, 감옥을 찾아다니고, 또 개혁을 시도한다던데.」

「아닙니다, 그렇지 않아요.」

「아무려면 어때, 좋은 일인데. 아무튼 로맨틱한 사연이 있는 것 같구나. 어서 이야기해 보렴.」

네흘류도프는 마슬로바와의 관계를 설명했다.

「그래, 생각난다! 가엾은 네 어머니 엘렌이 내게 말하길, 네가 고모 집에 머무는 사이에 고모들이 널 양녀와 결혼시키고 싶어 했다던데(까쩨리나 이바노브나 백작 부인은 네흘류도프의 고모들을 항상 무시했다), 그 애 이야기인 모양이구나? 아직도 미인이냐?」

환갑의 나이였지만 까쩨리나 이바노브나 이모는 건강하고 명랑하고 정력적이면서도 수다스러운 여인이었다. 그녀는 키도 크고 뚱뚱했으며 얼굴에서는 까만 콧수염이 눈에 띄었다. 네흘류도프는 이모를 좋아했을 뿐만 아니라 어려서부터 정력적이고 명랑한 그녀의 성격을 닮았다.

「아닙니다, 이모. 그건 모두 옛날 이야기인걸요. 저는 단지 그녀를 돕고 싶을 뿐이에요. 왜냐하면 첫째로, 그녀는 아무 죄 없이 유죄 판결을 받았기 때문이죠. 게다가 그것은 제 잘못이고요. 제가 그녀의 운명 전체에 죄를 지은 거죠. 저는 힘 닿는 데까지 그녀에게 보탬이 되어야 한다고 생각해요.」

「하지만 네가 그 애와 결혼하고 싶어 한다는 소문이 들리던데?」

「네, 그럴 생각이지만 그녀가 원치 않습니다.」

까쩨리나 이바노브나는 고개를 내밀고 눈을 아래로 깔며

---

64 19세기 영국의 감옥 개혁가.

기가 막힌다는 듯이 잠자코 조카의 얼굴을 쳐다보았다. 그러다가 그녀의 안색이 갑자기 만족스러운 표정으로 바뀌었다.

「저런, 그 애가 너보다 똑똑하구나. 아아, 넌 정말 바보야! 그래, 넌 그 애와 결혼하려고?」

「네, 반드시 그럴 겁니다.」

「그 애의 과거가 그런데도?」

「그래서 더 그런 생각이 듭니다. 모두 제 탓이니까요.」

「안 된다. 넌 정말 천치 같구나!」 이모는 터져 나오는 웃음을 참으며 이렇게 말했다.「이 천치 같은 녀석! 이런 천치 같은 면 때문에 너를 좋아하기는 한다만.」 그녀는 자신의 눈에 비친 조카의 정신적, 도덕적 상태를 정확히 지적하는 말이라고 생각했는지 이 말을 몇 번이고 되풀이했다.

「너도 잘 알겠지만, 마침…….」 그녀는 말을 이어 갔다.「알린느라는 사람이 훌륭한 〈막달라 마리아 갱생원〉을 운영하고 있단다. 나도 한 번 가본 적이 있어. 역겨운 여자들이지. 난 집에 돌아오자마자 깨끗이 목욕을 했을 정도야. 하지만 알린느는 몸과 마음을 바쳐 그 일에 헌신하고 있더라. 그러니 우리가 그 처녀를 거기에 데려다 주자. 새사람을 만들기엔 알린느가 적임자란다.」

「그렇지만 그녀는 징역형을 선고받았어요. 제가 이곳에 온 이유도 판결 취소를 추진하기 위해서고요. 이게 이모한테 드리는 첫 번째 부탁이에요.」

「그랬구나! 그 애의 사건을 담당하는 곳이 어디냐?」

「원로원이에요.」

「원로원? 그래, 사랑하는 사촌 동생 레부쉬까가 원로원에서 근무하지. 하지만 바보들만 모여 있는 작위국[65]에 있단다.

65 제정 러시아 시대에 귀족이나 명예 시민과 관련한 업무를 관장하던 원로원의 한 부서.

383

그래서 지금은 아는 사람이 아무도 없구나. 거기엔 생판 모르는 사람들이거나 독일 사람들뿐이거든. 〈게〉, 〈페〉, 〈데〉 같은 알파벳으로 된 이름뿐이거나 이바노프, 세메노프, 니끼찐 아니면 이바넨꼬, 시모넨꼬, 니끼쩬꼬처럼 각양각색의 이름들이야. 모두 다른 세계의 사람들이지. 어쨌든 이모부한테 말씀드려 보자. 이모부는 모르는 사람이 없으니까. 내가 잘 말씀드리마. 하지만 너도 설명을 잘 해야 한다. 안 그러면 이모부는 내 말을 듣지 않으실 거야. 내가 무슨 말을 해도 이모부는 전혀 이해를 못 하시거든. 결론부터 그렇게 내리시는 분이니까. 다른 사람들은 내 말을 다 이해해도, 이모부는 이해를 못 하겠대.」

그때 긴 양말을 신은 하인이 편지가 담긴 은쟁반을 가져왔다.

「마침 알린느가 보낸 편지가 왔군. 너도 끼제베쩨르 씨의 소식을 들을 수 있겠구나.」

「끼제베쩨르가 대체 누군데요?」

「끼제베쩨르? 누군지 곧 알게 될 테니, 오늘 저녁에 참석하도록 해라. 그 사람이 입을 열기만 하면 제아무리 고집불통 죄인이라도 무릎을 꿇고 눈물을 흘리며 죄를 뉘우친다니까.」

납득하기 힘들 뿐만 아니라 그녀의 성격과도 잘 어울리지 않는 일이었지만, 까쩨리나 이바노브나 백작 부인은 기독교의 본질은 속죄에 있다는 교리를 열렬히 옹호하는 사람이었다. 그녀는 한때 유행하던 이 교리를 전도하는 집회에 참석하기도 하고, 또 신자들을 집으로 불러들이기도 했다. 이 교리대로라면 모든 의식과 성상뿐 아니라 성례까지도 부정되어야 했지만, 까쩨리나 이바노브나 백작 부인 집의 모든 방은 물론 그녀의 침대맡에도 성상이 놓여 있었다. 그리고 그녀는 교회가 요구하는 모든 사항을 이행하면서도 아무런 모순도 발견하지 못했다.

「너의 막달레나도 그분의 설교를 들어 보면 좋으련만. 그러면 회개할 텐데.」백작 부인이 말했다. 「오늘 저녁에는 집에 꼭 붙어 있어라. 그분의 설교를 들어야 하니까. 정말 대단한 분이란다.」

「그런 일에는 관심 없어요, 이모.」

「장담하건대 흥미로울 거다. 그러니 꼭 참석하거라. 자, 그 외에도 나한테 부탁하고 싶은 것이 있으면 어서 말해 보렴. 속 시원히 털어놓으라니까.」

「요새 감옥과 관련된 일이 있어요.」

「요새 감옥? 그곳 일이라면 *끄리그스무뜨* 남작한테 편지를 써줄 수 있지. 훌륭하신 분이란다. 그러고 보니 너도 그분을 알잖니? 네 아버지의 친구였으니까. 강신술에 빠져 계시지. 그렇지만 대수로운 일은 아니란다. 착한 분이시니까. 그래, 그곳엔 어떤 용건이 있니?」

「그곳에 수감된 청년이 어머니와 면회할 수 있도록 부탁하려고요. 하지만 제가 듣기로는, 그런 일은 *끄리그스무뜨* 남작이 아니라 체르뱐스끼의 손에 달렸다고 하던데요.」

「나는 체르뱐스끼를 좋아하지는 않지만, 그 사람은 바로 마리에트의 남편이란다. 그러니 그녀한테 부탁할 수 있겠지. 나를 위해서라면 그 정도 부탁은 들어줄 거다. 아주 점잖은 여성이거든.」

「어느 여인의 문제를 하나 더 부탁드려야겠어요. 그녀는 여러 달째 수감되어 있는데, 아무도 그 이유를 모릅니다.」

「아니, 그녀만은 그 이유를 잘 알거다. 그런 사람들은 너무 잘 알고 있지. 사실 그런 여자들은 모든 것을 너무나 잘 알고 있단다. 그런 단발녀[66]들한테는 당연한 일이지.」

「당연한 일인지 아닌지는 모르지만, 고통을 겪고 있잖아요. 이모는 기독교인이고 복음서를 믿으시니 그토록 무자비하게…….」

「상관없단다. 복음서는 복음서고, 역겨운 것은 역겨운 것이니까. 니힐리스트들, 특히 니힐리스트 단발녀들이라면 참을 수가 없는데도 마치 좋아하는 것처럼 가장한다면 그게 더 나쁘지 않겠니.」

「어째서 참을 수 없으신 거죠?」

「3월 1일의 사건[67]을 잘 알면서도 그 이유를 묻는 거냐?」

「그들 모두가 3월 1일의 사건의 가담자는 아니잖습니까?」

「모두 똑같아. 너는 왜 네 일도 아니면서 참견하는 거냐? 그런 건 여자들이 나설 문제가 아니야.」

「좋아요, 그럼 마리에트는요? 마리에트는 그런 일들을 처리할 수 있다고 하셨잖아요.」 네흘류도프가 말했다.

「마리에트? 마리에트는 마리에트고. 어떤 사람들인지 뻔히 아는데, 그런 할쮸프끼나[68]는 사람들을 훈계하려고 들잖니.」

「훈계하는 것이 아니라, 단지 민중을 도와주려는 것뿐이에요.」

「그들이 아니더라도 누구를 도와주어야 하고 누구를 도와주면 안 되는지 사람들은 잘 알고 있단다.」

「하지만 민중은 가난에 시달리고 있어요. 저는 얼마 전에 시골에 다녀왔어요. 농민들은 죽도록 일을 해도 배를 곯는데, 우리들은 엄청난 사치 생활을 한다는 게 말이 됩니까?」 네흘류도프는 무의식중에 마음씨 착한 이모에게 휘말려 자

66 여성 참정권론자들을 가리킴.

67 1881년 3월 1일 황제 알렉산드르 2세가 인민주의자들의 폭탄 테러로 암살된 사건.

68 특별한 의미를 갖는 것은 아니지만, 발음상 인물을 비하할 의도로 사용되고 있다. 여기서는 여자 니힐리스트를 가리킨다.

신의 생각을 모두 털어놓고 있었다.

「그렇다면 너는 내가 일도 하고, 밥도 굶기를 바란다는 말이냐?」

「아니, 이모가 굶기를 바라다뇨.」 네흘류도프는 저도 모르게 미소를 지으며 대답했다. 「단지 우리 모두가 일하고, 모두가 배불리 먹어야 한다는 뜻으로 한 말이에요.」

이모는 다시 고개를 내밀고 눈을 아래로 깔며 호기심 어린 눈빛으로 그를 응시했다.

「애야, 네 인생도 순탄치는 않겠구나.」 그녀가 말했다.

「그건 왜죠?」

그때 키가 크고 어깨가 벌어진 장군이 방으로 들어왔다. 그는 장관을 지낸 바 있는, 백작 부인의 남편이었다.

「오, 네흘류도프, 잘 지냈나.」 말끔히 면도한 볼을 아내에게 내밀며 그가 말했다. 「언제 도착했지?」

그는 말없이 아내의 이마에 입을 맞추었다.

「글쎄, 이 애는 참 엉뚱하다니까요.」 까쩨리나 이바노브나 백작 부인은 남편을 향해 이렇게 말했다. 「나한테 냇가에 가서 내복이나 빨고 감자나 먹으라는 거예요. 정말 바보이긴 하지만, 당신한테 부탁할 게 있다니까 들어주세요. 정말 바보 천치예요.」 그러고서 그녀는 화제를 바꾸었다. 「그런데 소문은 들으셨어요? 까멘스까야 부인이 절망적인 상태래요. 목숨이 경각에 놓였다던데.」 그녀가 남편을 향해 말을 이었다. 「그 부인을 한번 찾아가 보세요.」

「그래, 정말 끔찍한 일이야.」 백작이 말했다.

「그럼 이 애하고 이야기를 나누세요. 저는 편지를 써야 하니까.」

네흘류도프가 응접실 옆방으로 나가려는 순간, 백작 부인이 뒤에서 소리쳤다. 「마리에트에게 편지를 써주라?」

「부탁해요, 이모.」

「네가 단발녀 이야기를 써넣을 수 있도록 자리를 남겨 두마. 그녀가 남편을 조를 거다. 그러면 그녀의 남편도 부탁을 들어주겠지. 마음씨 고약한 이모라고 생각하지는 마라. 네 보호를 받는 그 사람들을 혐오하긴 하지만, 그렇다고 그들이 잘못되기를 바라는 건 아니니까. 그들에게도 신의 가호가 있기를! 그럼 나가 보거라. 저녁때는 집에 꼭 와 있어야 한다. 끼제베쩨르 씨의 설교를 들어야 하니까. 그리고 우리 함께 기도드리자. 네가 거부하지만 않는다면, 너한테 아주 유익한 일이 될 거다. 너나 네 엄마 엘렌은 이런 일은 거들떠보지도 않는다는 걸 알고는 있다만. 어쨌든 잘 다녀오너라.」

15

전직 장관을 지낸 이반 미하일로비치 백작은 매우 신념이 강한 사람이었다.

청년 시절부터 이반 미하일로비치 백작의 신념은 마치 새가 벌레를 잡아먹고 깃과 털로 치장하여 허공을 날아다니듯, 일류 요리사가 만든 고급 요리를 먹고 가장 편하고 값비싼 의상을 입으며 가장 안락하고 빠른 마차를 타고 다니는 것이었다. 그래서 그에게는 그 모든 것이 갖추어져 있어야 했다. 게다가 이반 미하일로비치 백작은 국고에서 온갖 명목으로 더 많은 돈을 받아 내면 받아 낼수록, 훈장도 보석으로 장식된 것을 포함해 더 많이 확보하면 확보할수록 좋아했으며, 남녀를 막론하고 최고위층 인사들과 자주 만나서 대화를 많이 나누면 나눌수록 좋다고 생각했다. 이 기본 원칙에 비추어 그 밖의 일들은 이반 미하일로비치 백작에게 모두 시시껄

렁하고 재미없는 것이었다. 따라서 나머지 일들은 뒤죽박죽이 될 수밖에 없었다. 이반 미하일로비치 백작은 40년 동안 뻬쩨르부르그에서 이런 신조 속에서 생활하고 활약하여 마침내 40년 만에 장관직에 오르게 되었다.

이런 직위에 오를 수 있었던 이반 미하일로비치 백작의 중요한 자질은 첫째로, 비록 서투르긴 하지만 서류와 법령에 기록된 의미를 이해하고 손쉬운 서류를 꾸미고 철자법에 틀리지 않게 간단한 서류를 작성할 줄 알았다는 것이다. 둘째로, 필요에 따라서는 대단히 당당하기도 했고 경우에 따라서는 긍지와 오만과 위엄이 넘치는 모습을 보여 주면서도, 이상하고 비굴하게 보일만큼 아첨할 줄도 알았다는 것이다. 셋째로, 그는 개인의 도덕적 측면이나 국가적 측면에서 보편적인 원리 원칙이 전혀 없었기 때문에 필요하다면 누구에게나 동조할 수 있었고, 유사시에는 누구에게라도 반대할 수 있었다. 이렇게 처신하면서 그는 말조심도 하고 두드러질 정도의 자기모순에 빠지지 않으려고 애썼으며, 자신의 행동이 도덕적이든 비도덕적이든 간에 러시아 제국이나 전 세계에 거시적으로 이익이 되거나 해가 되는 문제에는 무관심했다. 장관이 되고 나서 무척 많은 사람들과 측근들을 거느리게 되자, 그의 부하들뿐 아니라 그와 전혀 무관한 사람들은 물론 그 자신까지도 스스로를 매우 현명한 공직자라고 믿게 되었다. 그러나 시간이 흘러도 그는 자리를 잡지도 능력을 발휘하지도 못했다. 그리고 적자생존의 원리에 따라, 서류를 작성하고 이해하는 법 정도만 아는 그와 똑같은 유형의 허우대 멀쩡하고 원칙 없는 관리들에게 떠밀려서 직위를 내놓지 않을 수 없었고, 그가 특별히 현명한 인물이거나 사려 깊은 위인이기는커녕 안목도 좁고 교양도 없지만 자존심만 강한 사람이며 가장 천박한 보수주의 신문의 사설 수준을 벗어나지 못

하는 시야를 가진 사람이라는 사실도 드러났다. 그는 자기를
밀어낸, 자존심만 강하고 교양 없는 다른 관리들과 별다를
것이 없었다. 그도 이런 사실을 잘 알고 있었으나 매년 국고
에서 지출되는 막대한 돈과 예복에 다는 새 훈장을 받을 자
격이 있다는 신념만은 흔들리지 않았다. 그 신념은 너무 확
고해서 아무도 이를 막는 결정을 내리지 못했다. 따라서 일
부는 연금 형식으로 또 일부는 정부 최고 기관의 일원이나
각종 위원회 의장으로서의 보수 형식으로, 매년 수만 루블의
돈을 받아 왔다. 그리고 그 자신도 높게 평가하는 권리, 즉 견
장과 바지에 새로운 장식을 달고 연미복 한가운데 새로운 금
술과 에나멜 휘장을 달 자격도 부여받았다. 그 결과 이반 미
하일로비치 백작은 커다란 인맥을 형성할 수 있었다.

　이반 미하일로비치 백작은 지난날 부하 주임의 보고를 들
을 때의 태도로 네흘류도프의 이야기를 듣더니, 두 통의 소
개장을 써주겠다고 말했다. 그중 한 통은 원로원 상소국의
위원인 볼리프에게 보내는 것이었다.

　「이 사람에 대해서는 별의별 소문이 다 돌고 있지만, 아무
튼 훌륭한 사람이지.」 그가 말했다. 「나한테 신세 진 일도 있
으니 열심히 도와줄 거야.」

　이반 미하일로비치 백작이 써준 다른 소개장은 청원 위원
회의 영향력 있는 인물에게 보내는 것이었다. 네흘류도프가
페도시야 비류꼬바 사건에 대해 이야기하자 백작도 관심을
보였다. 네흘류도프가 황후 폐하께 탄원서를 쓰고 싶다고 말
하자, 그는 사건이 너무 감동적이니 기회를 봐서 직접 말씀
드릴 수도 있겠다고 했다. 그러나 그런 약속은 하지 않았다.
그저 보통의 방식대로 탄원서를 제출하는 편이 더 나은 방법
이며, 만일 목요일에 소위원회에 출두하게 된다면 기회를 봐
서 거기에서 이야기할 수 있을 거라고 그는 생각했다.

백작의 소개장과 이모가 마리에트 앞으로 써준 소개장을 받아 들자, 네홀류도프는 곧바로 그들을 찾아갔다.

우선 그는 마리에트를 찾아갔다. 그는 가난한 귀족 집안에서 태어난 그녀를 어린 시절부터 알고 있었다. 그리고 그녀가 자수성가한 사내와 결혼한 사실도 알고 있었다. 네홀류도프는 그 사내에 대해 좋지 못한 소문을 들었는데 특히 그가 수백, 수천의 정치범들을 무자비하게 다루며, 그들을 괴롭히는 것이 그의 특별한 임무라는 내용이었다. 네홀류도프는 박해받는 사람들을 돕기 위해서 박해하는 사람들의 편에 서야 하는 현실이 고통스러웠다. 그들이 자각하지 못한 채 관습적으로 자행하는 잔혹한 행위를 몇몇 죄수에게나마 다소 완화시켜 달라고 부탁한다는 것이 마치 그들의 행위가 합법적이라고 인정하는 것 같았기 때문이었다. 그럴 때마다 그는 내적 갈등을 겪었고 자기도 모르게 부탁을 할 것이냐 말 것이냐 하는 문제로 망설였지만, 항상 부탁하지 않으면 안 된다는 결론에 도달했다. 마리에트와 그녀의 남편을 찾아간다는 것은 어쩐지 거북하고 수치스럽고 불쾌한 일이었지만, 그럼으로써 독방에 갇혀서 고통스러워하는 불행한 여자를 석방시킨다면 그녀나 그녀의 가족들이 고통에서 벗어날 수 있을 것이다. 그는 스스로를 이미 그들과는 다른 부류의 사람이라고 생각하면서도 그를 자신들과 같은 부류라고 여기는 사람들 앞에 청탁자의 입장으로 선다는 것은 위선이라는 생각이 들었다. 뿐만 아니라 지난날의 상습적인 타락의 길에 발을 내디딤으로써, 자신도 모르는 사이에 그 집단을 지배하는 경박하고 비도덕적인 분위기에 굴복하는 듯한 기분이 들었다. 그는 이미 까쩨리나 이바노브나 이모의 집에서 그런 기분을 경험했다. 오늘 아침 이모와 매우 진지한 문제를 이야기하면서도 그는 농담이나 하는 듯한 분위기에 빠져들곤 했던 것이다.

그가 오랫동안 찾지 않았던 뻬쩨르부르그라는 도시는 대체로 물리적으로는 활력이 넘치는 것처럼 보이지만 도덕적으로는 무감각한 곳이라는 인상을 주었다. 도시 전체는 매우 깨끗하고 안락하고 잘 정돈되어 있었지만 사람들은 도덕적으로 마비되어서 도시 생활이 유달리 경박해 보였다.

멋지고 산뜻한 차림의 점잖은 마부가 역시 멋지고 말쑥한 차림의 의젓한 경찰 옆, 그리고 빗물로 깨끗하게 씻긴 아름다운 포장도로와 집들을 지나서 운하 근처에 자리 잡은 마리에트의 집으로 그를 데려다 주었다.

현관 입구 옆에는 눈가리개를 한 두 필의 영국 말이 끄는 쌍두마차가 서 있었고, 영국인을 연상시키는 볼수염으로 얼굴의 절반이 뒤덮인 마부가 제복 차림에 채찍을 들고 거만한 자세로 마부석에 앉아 있었다.

몹시 깨끗한 제복 차림의 수위가 현관을 열자 그곳에는 한층 더 깨끗한 제복에 금술을 달고 화려하게 다듬은 볼수염을 기른 내실 수위와 깨끗한 새 군복을 입고 총검을 든 당번병이 서 있었다.

「장군님께서는 손님을 받지 않습니다. 장군 부인께서도 마찬가지입니다. 두 분은 곧 외출하십니다.」

네흘류도프는 까쩨리나 이바노브나 백작 부인의 편지를 들고 방명록이 놓인 작은 책상으로 다가가, 주머니에서 꺼낸 명함에 만나지 못해 매우 유감스럽다는 글을 쓰기 시작했다. 그때 하인이 계단 쪽으로 자리를 옮겼고 수위는 출입구로 나가며 〈마차 준비!〉라고 소리쳤다. 그러자 당번병이 바지 솔기에 손을 붙이고 차려 자세를 취하며, 신분에 어울리지 않게 빠른 걸음으로 계단을 내려오는 조그맣고 가냘픈 귀부인을 눈으로 영접했다.

마리에트는 깃털 달린 커다란 모자를 쓰고 까만 옷에 까만 망토를 걸쳤으며 까만 새 장갑을 끼었다. 그녀의 얼굴에는 베일이 드리워져 있었다.

네흘류도프를 발견하자 그녀는 베일을 걷어 올려서 사랑스러운 얼굴을 내밀고 눈망울을 반짝거리며 의아한 표정으로 그를 바라보았다.

「어머나, 드미뜨리 이바노비치 공작!」 그녀는 반갑고 즐거운 듯한 목소리로 소리쳤다. 「맞죠?」

「기억하시는군요. 어떻게 제 이름까지……」

「잊을 리 있나요. 한때 동생과 나는 당신을 흠모한 적이 있는데.」 그녀는 프랑스어로 말했다. 「그런데 많이 변하셨군요. 아, 이를 어쩌나, 지금 막 나가려던 참이었거든요. 우선 잠깐이라도 들어오세요.」 그녀는 주저하며 제자리에 서서 말했다.

그녀는 벽시계를 흘끔 쳐다보았다.

「아무래도 안 되겠어요. 까멘스까야 부인 댁에 문상하러 가는 길이거든요. 그 부인께서 너무 상심하셔서요.」

「까멘스까야 부인이요?」

「아무 이야기도 듣지 못하셨어요? 부인의 아들이 결투로 죽었답니다. 뽀젠과 싸움이 벌어진 거죠. 외아들이었는데, 정말 끔찍한 일이에요. 그러니 그 어머니 입장에서는 얼마나 상심이 크겠어요.」

「네, 저도 들었습니다.」

「가봐야겠어요. 내일이나 오늘 밤에 찾아오세요.」 이렇게 말하고 그녀는 가볍고 날랜 걸음으로 현관을 향해 걸어갔다.

「오늘 밤에는 올 수 없습니다.」 그는 그녀와 함께 현관 계단을 내려가면서 말했다. 「당신한테 볼일이 있는데……」 현관 계단 앞에 서 있는 적갈색 말 한 쌍을 바라보면서 네흘류도프가 말했다.

「무슨 일이시죠?」

「이건 이모님께서 써주신 편지입니다.」

네흘류도프는 커다란 이니셜을 새긴 폭 좁은 봉투를 내밀며 말했다. 「이 편지를 읽어 보시면 알게 되실 겁니다.」

「까쩨리나 이바노브나 백작 부인께서는 내가 남편 일에 영향을 미칠 수 있을 거라고 생각하시는 모양이군요. 그건 부인의 오해예요. 나는 전혀 간섭할 수도 없고, 그럴 생각도 없어요. 하지만 백작 부인이나 당신을 위해서라면 규칙을 깨뜨릴 수도 있지요. 대체 무슨 일인가요?」 그녀는 까만 장갑을 낀 조그만 손으로 공연히 호주머니를 뒤적이며 말했다.

「요새 감옥에 한 아가씨가 투옥되어 있는데, 그녀는 병약할 뿐 아니라 사건과도 아무 관계가 없습니다.」

「아가씨의 성이 무엇이지요?」

「슈스또바, 리지야 슈스또바입니다. 편지에 적혀 있습니다.」

「좋아요, 노력해 보겠어요.」 이렇게 말한 다음 그녀는 니스 광택이 햇빛에 반짝이는, 부드러운 깔개가 깔린 대형 승용 마차에 가볍게 올라탄 후 양산을 폈다. 하인이 마부 옆에 앉아 출발 신호를 보냈다. 마차가 출발하려는 순간, 그녀가 양산으로 마부의 등을 톡톡 두드렸다. 고삐가 당겨졌고, 윤기 흐르는 털에 꼬리를 자른 화려한 암말들이 아름다운 머리를 움츠리며 날씬한 다리로 제자리걸음을 하다가 멈추어 섰다.

「꼭 방문해 주세요. 일과는 무관하게요.」 그녀는 미소를 지으면서 말했다. 그녀는 그 미소의 위력을 잘 알고 있었다. 그러고는 마치 연극이 끝난 후 막이 내리듯 베일을 내렸다. 「이제 떠나요.」 그녀는 다시 양산으로 마부를 톡톡 건드렸다.

네흘류도프는 모자를 벗어 들었다. 순수 혈통의 적갈색 암말들이 콧바람을 불고 말발굽을 울리더니 포장도로를 달리기 시작했다. 마차는 새 바퀴를 가볍게 덜컹거리며 울퉁불퉁한 길을 달려갔다.

16

마리에트와 주고받은 미소를 떠올리며 네흘류도프는 고개를 가로저었다.

〈경황을 살필 겨를도 없이 다시 그 생활로 끌려들어 가는군.〉 그는 이렇게 생각했다. 존경하지 않는 사람들에게 아첨해야 할 필요가 있을 때마다 그의 마음속에서는 이런 갈등과 회의가 일었다. 찾아다니는 길이 겹치지 않도록 하려면 어디부터 먼저 가야 하는지 곰곰이 생각하다가 네흘류도프는 우선 원로원에 가기로 했다. 그는 사무실로 안내를 받았는데, 으리으리한 실내에는 대단히 정중하고 깨끗하게 차려입은 관리들이 득실거리고 있었다.

관리들은 마슬로바의 상소장이 접수되었으며 볼리프 위원이 심의하도록 배정되고 보고되었다고 네흘류도프에게 알려주었다. 볼리프 위원은 이모부가 소개장을 써준 바로 그 사람이었다.

「원로원 회의는 이번 주에 열릴 예정이지만, 마슬로바 사건이 그 회의에서 처리될는지는 잘 모르겠습니다. 만일 부탁하신다면, 이번 주 수요일에라도 처리될 수 있을 것입니다.」한 관리가 말했다.

원로원 사무실에서 서류 작성이 끝나기를 기다리는 동안, 네흘류도프는 까멘스끼라는 청년이 살해된 결투 사건의 내막을 들을 수 있었다. 뻬쩨르부르그 시내 전체를 떠들썩하게 한 이 화제에 대해 여기서 처음으로 자세히 알게 된 것이다. 장교들이 술집에서 굴 요리를 먹고 평소처럼 술을 잔뜩 퍼마신 데서부터 이야기는 시작되었다. 그러다가 그중 한 사람이 까멘스끼가 소속된 연대에 대해 싫은 소리를 해대자 까멘스끼는 그를 거짓말쟁이라고 불렀고, 그러자 상대방은 까멘스끼에게 주먹질을 했다. 다음 날 두 사람은 결투를 벌였고, 까멘스끼는 배에 총을 맞아 2시간 만에 죽고 말았다. 결투를 벌인 장교와 입회인들은 곧 체포되었다. 그들은 비록 영창 생활을 하고 있지만, 2주 후면 석방될 것이라는 소문이었다.

원로원 사무실을 나온 네흘류도프는 청원 위원회에 영향력이 있다는 보로비요프 남작을 찾아갔다. 그는 호화로운 관사에 살고 있었다. 수위와 하인은 접견일이 아니면 남작을 만날 수 없을 뿐 아니라, 오늘은 황제 폐하를 알현하러 갔고 내일도 역시 보고하러 간다고 근엄한 목소리로 설명했다. 네흘류도프는 소개장을 건넨 후, 볼리프 위원의 집으로 걸음을 옮겼다.

금방 아침 식사를 마친 볼리프는 평소와 다름없이 소화를 시키기 위해 시가를 문 채 방 안을 서성거리다가 네흘류도프를 맞았다. 블라지미르 바실리예비치 볼리프는 매우 고지식한 사람이었는데, 그는 자신의 이런 특성을 가장 훌륭한 품성으로 내세웠고 그 숭고한 자리에서 다른 사람들을 내려다보았다. 그가 이런 특성을 높이 내세울 수밖에 없는 이유는 바로 그것 때문에 눈부신 출세를 했기 때문이었다. 그는 결혼이라는 수단을 통해 연간 1만 8천 루블의 수입을 벌어들이는 신분을 획득했고, 자신의 노력으로 원로원 위원 자리에 올랐다. 그는 자신이 매우 고지식한 사람일 뿐만 아니라 청렴결백한 신사라고 믿었는데, 그가 생각하는 청렴결백이란 개인들로부터 뻔뻔스럽게 뇌물을 받지 않는 것이었다. 그러나 그는 정부가 요구하는 업무를 개처럼 수행하는 대가로 출장비나 수당이나 임대료 등 온갖 명목으로 국고에서 돈을 뜯어냈으며, 이를 부정한 일이라고 생각하지 않았다. 그는 한때 폴란드 제국[69]의 어느 현에서 총독으로 근무하면서 자기 민족과 조상들의 종교에 애착심을 보인다는 이유로 수백 명에 이르는 무고한 사람들을 살해하고 재산을 빼앗고 유형 보내고 투옥시킨 바 있었다. 하지만 이런 행위를 부당한 것으로 여기기는커녕 오히려 고결하고 용감하며 애국적인 공헌이라고 생각했다. 게다가 자신을 사랑하는 아내와 처제의 재산을 모조리 우려내고도 파렴치한 짓이라 여기지 않았으며, 오히려 가정생활에 꼭 필요한 현명한 처사였다고 생각했다.

블라지미르 바실리예비치의 가족은 자기주장을 펴지 못하는 아내와, 영지는 형부의 손에 넘어가서 매각되고 현금 역시 형부의 이름으로 예치된 처제와, 온순하고 겁이 많으며 못생긴 딸 하나가 있었다. 그의 딸은 외롭고 힘든 생활을 했는데, 최근에는 알린느나 까쩨리나 이바노브나 백작 부인의 집에서 열리는 모임에서 복음서를 읽으며 마음의 위안을 받고 있었다.

블라지미르 바실리예비치의 아들은 마음이 착하긴 하지만 열다섯 살 때부터 수염을 기르고 술을 마시고 방탕한 생활을 시작하더니, 스무 살이 되도록 같은 짓을 반복했다. 그러다가 학교도 졸업하지 못하고 나쁜 친구들과 어울리다가 빚만 지게 되자 아버지의 명예를 손상시켰다는 이유로 집에서 쫓겨나고 말았다. 한번은 그의 아버지가 230루블의 빚을 대신 갚아 주었고 그다음엔 6백 루블을 갚아 주었다. 아버지는 이번이 마지막이니 마음을 고쳐먹지 않으면 다음번엔 집에서 쫓아내는 것은 물론 부자의 인연을 끊겠다고 선언했다. 그러나 아들은 정신을 차리기는커녕 다시 1천 루블의 빚을 지고 와서, 이런 식으로 집에 사는 것은 고통스러운 일이라며 대들었다. 그러자 블라지미르 바실리예비치는 이제 더 이상 자

---

69 나폴레옹의 패배 후 러시아, 오스트리아, 프러시아 등의 연합국이 폴란드를 분할 점령했을 당시, 러시아가 바르샤바를 중심으로 점령 지역에 세운 식민 국가(1815~1915).

기 아들이 아니니 어디로든 마음대로 나가라고 꾸짖었다. 그 때부터 블라지미르 바실리예비치는 아들이 없는 것처럼 처신했고, 가족들 중 어느 누구도 그의 앞에서 감히 아들 이야기를 꺼내지 못했다. 블라지미르 바실리예비치는 가장 훌륭한 방법으로 집안 문제를 처리했다고 굳게 믿었다.

볼리프는 네흘류도프를 향해 친절하면서도 약간 경멸적인 미소를 지었다. 원래 그의 태도가 그랬는데, 그것은 고지식한 우월 의식을 많은 사람들에게 무의식적으로 표현하는 방법이었다. 그는 방 안을 서성거리다 말고 네흘류도프와 인사를 나눈 뒤에 소개장을 읽었다.

「어서 자리에 앉으십시오. 실례인 줄 압니다만, 저는 이대로 좀 걷고 싶군요.」 그는 저고리 주머니에 두 손을 찔러 넣은 채 서재에서 커다란 대각선을 그리며 경쾌하고 부드럽게 걸었다. 「만나서 반갑습니다. 이반 미하일로비치 백작께 도움을 드릴 수 있다는 사실도 기쁘고요.」 향기롭고 푸른 담배 연기를 내뿜고 재가 떨어지지 않도록 입술에서 조심스럽게 담배를 떼면서 그가 말했다.

「저는 단지 사건을 빨리 심리해 주시기를 부탁드리려는 것입니다. 만일 피고가 시베리아로 유형을 떠나야 한다면, 조금이라도 일찍 출발하고 싶어서요.」 네흘류도프가 말했다.

「예예, 니즈니에서 출발하는 첫 배 말씀이시죠. 잘 알고 있습니다.」 상대방의 말이 끝나기도 전에 항상 모든 것을 미리 짐작해 버리는 볼리프가 인자한 미소를 지으며 말했다. 「유형수의 성이 뭡니까?」

「마슬로바라고 합니다.」

볼리프는 책상 앞으로 다가가 서류철 위에 놓인 서류를 힐끗 쳐다보았다.

「그렇군요, 마슬로바. 좋습니다, 동료들한테 요청하겠습니다. 이번 주 수요일에 심리하게 될 겁니다.」

「그럼 변호사한테 그렇게 전보를 쳐도 될까요?」

「변호사한테 사건을 맡기셨나요? 아니, 왜 그런 일을? 하기야 원하신다면 어쩔 수 없지만……」

「상소 사유가 부족할 수도 있을 겁니다.」 네흘류도프가 말했다. 「하지만 이번 판결은 오해에서 비롯된 게 틀림없다고 생각합니다.」

「네, 네, 물론 그럴 수도 있겠죠. 그러나 원로원이 사건의 진상을 조사할 수는 없습니다.」 블라지미르 바실리예비치는 담뱃재를 쳐다보면서 단호히 말했다. 「원로원에서는 다만 법률의 해석과 적용이 제대로 이루어졌는지 심리할 뿐입니다.」

「이번 사건은 예외적인 경우라고 생각됩니다만.」

「네, 잘 알고 있습니다. 모든 사건이 다 예외적이지요. 우리도 할 수 있는 데까지는 하겠습니다. 지금 드릴 수 있는 말씀은 그것뿐입니다.」 담뱃재는 아직 붙어 있었지만 재에 균열이 가서 금방이라도 떨어질 것만 같았다.

「그런데 뻬쩨르부르그에는 이따금씩 오십니까?」 재가 떨어지지 않도록 담배를 잡으며 볼리프가 말했다. 그래도 담뱃재가 흔들거리자 그는 조심스럽게 재떨이를 가져다가 재를 떨었다. 「까멘스끼 사건은 정말 끔찍합니다!」 그가 말했다. 「멋진 젊은이인 데다가 외아들이었으니, 어머니의 심정이야 이루 헤아릴 수 없겠죠.」 그는 요즘 뻬쩨르부르그에서는 까멘스끼 사건이 한참 화제가 되고 있다는 말을 되풀이했다.

블라지미르 바실리예비치는 까쩨리나 이바노브나 백작 부인과 그녀가 빠져든 새로운 종교에 대해서도 언급했지만, 비난도 동조도 하지 않았다. 그의 고귀한 삶 앞에서는 사소한 일에 지나지 않는 것이 틀림없었다. 그는 벨을 눌렀다.

네흘류도프는 작별 인사를 했다.

「괜찮으시다면 저녁 식사라도 하러 오시겠습니까?」 볼리프가 악수를 청하면서 물었다. 「수요일쯤이면 좋겠군요. 그 때쯤이면 재판에 대해 확실한 답변을 드릴 수 있을 겁니다.」

시간이 너무 늦어서, 네흘류도프는 이모 댁으로 돌아갔다.

17

까쩨리나 이바노브나 백작 부인 댁에서는 7시 30분에 저녁 식사를 했는데, 그 식사는 네흘류도프가 이제까지 본 적이 없는 새로운 방식이었다. 음식이 식탁 위에 차려지고 하인들이 밖으로 나가자, 각자 음식을 덜어 먹었다. 남자들은 부인들이 불필요한 일을 하지 않도록, 힘센 사내답게 씩씩한 태도로 부인들에게 음식을 담아 주거나 음료수를 따라 주었다. 접시를 하나라도 비우면 백작 부인은 식탁에 붙은 전기식 벨을 눌렀고, 그때마다 하인은 조용히 들어와서 재빨리 빈 접시를 치운 다음 식기를 바꾸고 다른 요리를 가져왔다. 음식은 더없이 훌륭했고 술도 마찬가지였다. 넓고 밝은 부엌에서는 프랑스인 주방장이 흰 상의를 걸친 두 명의 조수와 함께 음식을 만들고 있었다. 식탁에서는 백작과 백작 부인, 그리고 침울한 표정을 짓고 있는 근위 장교인 그의 아들, 네흘류도프, 가정 교사인 프랑스 여인, 시골에서 올라온 백작 집안의 총관리인 등 여섯 명이 식사를 했다.

여기서도 결투 사건이 화제로 등장했다. 황제가 이 사건을 어떻게 처리할 것인가 하는 문제로 의견이 오갔다. 황제는 물론 다른 사람들도 모두 그 어머니를 동정하고 있는 것이 분명했다. 그러나 황제가 동정은 하면서도 군복의 명예를 지킨 살인자에게 엄중한 처벌을 내리는 것은 원치 않았기 때문에, 사람들 역시 모두 군복의 명예를 지킨 살인자에게 관대했다. 다만 까쩨리나 이바노브나 백작 부인만이 자유주의자의 견해를 내세우며 살인자를 비난했다.

「술에 취해서 멀쩡한 젊은이를 살해하는 일은 앞으로도 계속 벌어질 거예요. 그러니 결코 용서해선 안 돼요.」 그녀가 말했다.

「그 말은 이해할 수 없군.」 백작이 말했다.

「당신이 언제 내가 하는 말을 이해한 적이 있나요.」 이렇게 말하며 그녀는 네흘류도프를 향해 고개를 돌렸다. 「모두 이해하는데, 저분만은 아니란다. 내 말은 그 어머니가 가엾다는 건데. 사람을 죽이고도 만족해하는 게 나는 싫거든.」

그때까지 침묵을 지키던 그의 아들이 살인자의 편을 들며 어머니에게 대들기 시작했다. 그 장교 입장에서는 그렇게 행동하지 않을 수 없었으며, 만일 그렇게 하지 않았다면 군사법원에 회부되어 연대에서 쫓겨났을 거라고 아들은 거칠게 말했다. 네흘류도프는 대화에 끼어들지 않고 듣기만 했다. 퇴역 장교로서 그는 젊은 차르스끼의 의견을 인정하지는 않았지만 이해할 수는 있었다. 그러나 동시에 그는 싸움이 벌어져 상대를 죽인 죄로 유형 판결을 받은, 감옥에서 직접 만났던 잘생긴 젊은 죄수와 결투 사건의 가해자인 장교를 무의식중에 비교하고 있었다. 양쪽 다 술로 인해 빚어진 살인이었다. 그 농부인 그 죄수는 순간적으로 흥분해서 사람을 죽였고, 그래서 아내와 가족과 친척들과 헤어져 쇠고랑을 차고 머리를 깎인 채 유형길에 오를 처지였다. 그러나 그 장교는 군대 영창의 멋진 방에 들어가 훌륭한 음식을 먹고 훌륭한 술을 마시고 책이나 읽다가, 오늘내일 중으로 석방되면 다시 전과 다름없는 생활로 돌아가 특별한 관심을 받으며 살 것이다.

그는 자신의 생각을 입 밖에 내고 말았다. 처음에 까쩨리나 이바노브나 백작 부인은 조카의 생각에 동의했으나 곧 입을 다물었다. 다른 사람들은 물론 네흘류도프 자신도 이런 이야기를 하는 것은 분위기를 망치는 짓이라는 생각이 들었다.

저녁 식사가 끝난 후엔 마치 강의라도 준비한 듯, 넓은 홀에 높은 조각 무늬 등받이가 달린 의자들이 여러 줄로 배열되고 테이블 앞에는 설교자를 위한 안락의자와 물병이 놓인 조그만 탁자가 마련되었다. 끼제베쩨르의 설교 모임에 참석하려는 사람들이 모여들기 시작했다.

현관에는 고급 승용 마차가 여러 대 늘어섰다. 고급 장식으로 꾸민 홀에는 귀부인들이 앉아 있었다. 그들은 비단과 벨벳과 레이스로 차려입고 가발을 얹고 코르셋으로 허리를 조이고 어깨심을 세워 멋을 부렸다. 부인들 사이에는 남자들도 앉아 있었다. 군인들이나 문관들이 있었고, 평민도 다섯 사람이나 끼어 있었다. 그들은 문지기 두 명과 장사꾼, 그리고 하인과 마부였다.

머리가 하얗게 세었지만 강인해 보이는 끼제베쩨르가 영어로 이야기하기 시작하자 코안경을 낀 젊고 가냘픈 처녀가 재빠른 솜씨로 멋지게 통역했다.

그는 우리들의 원죄가 너무 크기 때문에 그 대가인 죽음 또한 크고 피할 수 없지만, 모두가 그 죽음을 예견하지 못한 채 살아간다고 말했다.

「사랑하는 형제자매 여러분! 우리 자신에 대해, 우리의 삶에 대해, 우리가 하는 일에 대해 생각해 봅시다. 우리들이 어떻게 살고 있는지, 사랑으로 충만하신 하느님께 얼마나 죄를 짓고 있는지, 그리스도를 얼마나 고통에 빠뜨리고 있는지 생각해 봅시다. 그러면 용서받을 수 없고 출구도 없고 구원받을 수도 없음을 깨닫게 될 것이며, 우리 모두가 파멸할 운명에 놓여 있음을 깨닫게 될 것입니다. 무서운 파멸과 영원한 고통이 우리를 기다리고 있는 것입니다.」 그는 떨리고 울음 섞인 목소리로 말했다. 「어떻게 구원을 받을 수 있습니까? 형제자매 여러분, 어떻게 이 무서운 불길로부터 구원받을 수 있습니까? 그 불길은 우리의 집을 뒤덮고 있으며, 출구는 어디에도 없습니다.」

그는 잠시 침묵했다. 실제로 눈물이 그의 뺨을 타고 흘러내렸다. 즐겨 사용하는 설교의 이 대목에 이르면 그는 벌써 8년째 한 치의 오차도 없이 매번 목구멍이 떨리고 코끝이 찡해지는 것을 느꼈고 눈에서는 눈물이 흘러내렸다. 그러면 그 눈물이 다시 그를 한층 감동시켰다. 방 안에서는 흐느껴 우는 소리가 들려왔다. 까쩨리나 이바노브나 백작 부인은 모자이크된 탁자 위에 팔꿈치를 괴고 두 손으로 턱을 받친 채 투실투실한 어깨를 떨고 있었다. 마부는 달리는 마차를 미처 피하지 못한 사람이 지을 법한 당황스럽고 겁에 질린 표정으로 독일인 설교자를 바라보았다. 대부분의 사람들이 까쩨리나 이바노브나 백작 부인과 같은 자세로 앉아 있었다. 유행하는 옷차림을 한, 아버지를 닮은 볼리프의 딸은 두 손으로 얼굴을 가린 채 무릎을 꿇고 있었다.

설교자는 갑자기 밝은 표정으로 돌변하며 배우들이 기쁨을 연기할 때처럼 해맑은 미소를 머금은 얼굴로 달콤하고 부드럽게 말하기 시작했다.

「그러나 구원은 있습니다. 그것은 쉽고도 즐거운 길입니다. 구원은 우리들을 대신해서 고난에 몸을 던지신 하느님의 외아들께서 우리들을 위해 흘리신 보혈입니다. 그분의 고난, 그분의 보혈이 우리들을 구원하십니다. 형제자매 여러분!」 그는 다시 울음 섞인 목소리로 말했다. 「인류의 속죄를 위해 외아들을 희생하신 하느님의 은총에 감사드립시다. 그분의 성스러운 보혈은……」

너무나 혐오스러운 이 광경에 네흘류도프는 조용히 자리에서 일어섰다. 눈살을 찌푸리고 수치심과 역겨움을 억지로 참으며 그는 발뒤꿈치를 세워 자기 방으로 돌아갔다.

18

다음 날 네흘류도프가 옷을 갈아입고 아래층으로 막 내려가려는 순간, 하인이 모스크바 변호사의 명함을 가져왔다. 변호사는 자신의 용무도 볼 겸, 또 마슬로바 사건이 곧 원로원에서 심리된다면 방청도 할 겸 찾아온 것이다. 네흘류도프가 보낸 전보와는 길이 어긋나고 말았다. 네흘류도프로부터 마슬로바 사건이 심리되는 날짜와 참석 위원들의 이름을 들은 변호사는 빙그레 미소 지었다.

「모두 세 가지 유형의 위원들입니다.」 그가 말했다. 「볼리프는 뻬쩨르부르그적인 관료이고, 스꼬보로드니꼬프는 법률학자이며, 베는 실무형 법률가로 그중에서 가장 뛰어난 인물이지요.」 변호사가 말했다. 「우리가 가장 기대해야 할 사람이기도 하고요. 그건 그렇고, 청원 위원회의 일은 어떻게 됐습니까?」

「오늘 보로비요프 남작을 찾아갈 생각입니다. 어제는 만나지 못했거든요.」

「보로비요프가 어떻게 남작이 된 줄 아십니까?」 〈남작〉이라는 이국적 작위와 러시아 성을 합쳐서 발음할 때 나오는 희극적인 억양을 강조하며 변호사가 말했다. 「빠벨 황제께서 아마도 궁정 하인이었을 그의 할아버지에게 하사하신 거죠. 무슨 일인지는 몰라도 황제의 환심을 샀던 모양입니다. 황제께서는 그에게 남작의 작위를 내리니 아무도 자신의 권리에

이의를 제기하지 말라고 하셨죠. 그렇게 해서 보로비요프 남작이 탄생한 겁니다. 그자는 그런 사실에 굉장한 자부심을 느끼고 있지요. 어쨌든 너무나 교활한 인간입니다.」

「지금 그 사람한테 가보려고 합니다.」 네흘류도프가 말했다.

「좋습니다. 함께 가시겠습니까? 제가 안내해 드리죠.」

네흘류도프는 길을 나서다가 현관에서 마리에트의 쪽지를 가져온 하인과 마주쳤다.

당신을 기쁘게 해드리기 위해 나의 신조를 어기고 남편에게 당신의 피보호자 사건을 부탁했습니다. 그 여자는 곧 석방될 것입니다. 남편이 사령관에게 편지를 보냈습니다. 부담 갖지 마시고 한번 방문해 주세요. 당신을 기다리겠습니다.

M.

「어떻습니까?」 네흘류도프가 변호사에게 말했다. 「정말 끔찍한 일이지요! 무려 일곱 달 동안이나 독방에 갇힌 여자가 무죄임을 입증하는 데 그 어떤 것도 도움이 되지 않다가, 이렇게 말 한마디에 석방되지 않습니까.」

「언제나 그런 법입니다. 아무튼 적어도 당신은 원하던 일을 하나 해결하신 셈이군요.」

「그렇습니다. 하지만 이 결실이 저를 우울하게 하는군요. 그곳에선 대체 무슨 일이 벌어지고 있을까요? 그들은 대체 왜 그녀를 감금했을까요?」

「그런 데 너무 깊이 관여하지는 마십시오. 그럼, 제가 안내하겠습니다.」 현관 계단을 내려서며 변호사가 말했다. 그가 타고 온 멋진 사륜마차가 계단 앞에 도착해 있었다. 「보로비요프 남작한테 가는 길이라고 하셨죠?」

변호사가 마부에게 행선지를 말하자, 멋진 말들은 네흘류도프를 남작의 집 앞에 곧장 데려다 주었다. 남작은 집에 있었다.

첫 번째 방에는 굉장히 긴 목에 목뼈가 툭 튀어나오고 걸음걸이가 몹시 경쾌한 제복 차림의 젊은 관리와 두 명의 부인이 있었다.

「성함이 어떻게 되십니까?」 목뼈가 툭 튀어나온 젊은 관리가 부인들이 있는 곳에서 네흘류도프 쪽으로 경쾌하고 우아하게 다가오며 물었다.

네흘류도프는 이름을 말했다.

「남작님으로부터 말씀 들었습니다. 잠깐만 기다리십시오.」

젊은 관리는 닫힌 서재의 문을 열고 들어가더니 상복을 입은 채 훌쩍거리는 부인을 데리고 나왔다. 부인은 눈물을 감추기 위해 뼈만 앙상한 손으로 구겨진 베일을 내렸다.

「들어가시죠.」 젊은 관리가 네흘류도프에게 말했다. 그는 경쾌한 발걸음으로 서재 앞으로 다가가 문을 열고 서 있었다.

서재로 들어간 네흘류도프는 중키에 머리를 짧게 깎은 다부진 체격의 사내를 발견했다. 그는 연미복 차림으로 커다란 책상 앞에 놓인 안락의자에 앉아서 즐거운 표정으로 네흘류도프를 바라보았다. 흰 콧수염과 턱수염 사이로 홍조를 띤 얼굴이 특히 두드러진, 선량해 보이는 그 사내는 네흘류도프가 나타나자 상냥하게 미소 지었다.

「만나서 반갑네. 자네의 어머님과는 오랜 친구였지. 자네가 소년이었을 때도, 또 장교가 되었을 때도 본 적이 있어. 자, 이리 앉아서 어서 말해 보게. 대체 무슨 일로 왔나? 그래, 그랬었군.」 네흘류도프가 페도시야 이야기를 하자, 그는 짧게 깎은 흰 머리를 끄덕이며 말했다. 「어서 계속하게, 계속해. 다 알아들었네. 그래그래, 정말 동정이 가는군. 그런데 탄원서는 제출했나?」

「탄원서는 이렇게 준비해 왔습니다.」네흘류도프는 주머니에서 탄원서를 꺼내며 말했다. 「저는 남작께서 이 사건에 특별한 관심을 가져 주시기를 부탁드리며, 그렇게 해주시기를 희망하고 있습니다.」

「그렇다면 잘 처리해야지. 틀림없이 폐하께 보고하겠네.」남작은 동정심을 내비쳤지만 그의 즐거운 표정과는 전혀 어울리지 않았다. 「정말 딱한 일이야. 남편이 아직 어린 그녀에게 거칠게 대하자, 그것 때문에 충돌했던 모양이로군. 그러다가 점차 시간이 흐르면서 두 사람은 서로 사랑하게 되었고……. 좋아, 내가 보고하겠네.」

「이반 미하일로비치 백작께서도 황후 폐하께 청원하겠다고 말씀하셨습니다.」

네흘류도프가 이 말을 끝내기도 전에 남작의 얼굴 표정이 굳어 버렸다.

「우선 사무실에 탄원서를 제출하게. 그러면 나도 힘닿는 데까지 돕겠네.」그는 네흘류도프에게 이렇게 말했다.

그때 젊은 관리가 경쾌한 걸음걸이로 방에 들어왔다.

「그 부인께서 한두 말씀만 더 드리고 싶답니다.」

「그렇다면 들어오시라고 하게. 오, 정말이지, 여기서는 눈물 나는 이야기를 너무나 많이 만나게 돼. 그 눈물을 모두 마르게 할 수 있으면 좋으련만! 아무튼 할 수 있는 데까지는 해 봐야지.」

부인이 들어왔다.

「아까 부탁드리려던 것을 잊어서요. 그 사람이 딸을 돌려보내지 않게끔 해주세요. 안 그러면 그 사람이 무슨 짓을─」

「그렇게 하겠다고 말씀드리지 않았습니까?」

「남작님, 제발 이 어미를 살려 주십시오.」

그녀는 남작의 손을 붙잡고 입을 맞추었다.

「모든 게 잘 처리될 겁니다.」

부인이 방에서 나가자, 네흘류도프도 작별 인사를 했다.

「힘닿는 데까지 돕겠네. 그리고 법무성에도 연락하지. 그곳에서 회신이 오면 힘껏 돕겠네.」

네흘류도프는 남작의 집을 나와 사무실로 걸음을 옮겼다. 원로원에서와 마찬가지로 그는 다시 웅장한 건물에서 옷차림부터 말투에 이르기까지 단정하고 정중하며 격식을 갖춘 민활하고 엄격한 관리들을 발견할 수 있었다.

〈정말 많군. 정말 엄청나게 많아. 모두 비대하고 루바쉬까나 손도 너무 깨끗하고 구두도 모두 번쩍거린다. 대체 누가 이들을 이렇게 만든 걸까? 죄수들이나 농민들과는 비교할 수도 없을 만큼 화려한 모습이야.〉 자신도 모르는 사이에 네흘류도프는 다시 이런 생각에 잠겼다.

19

뻬쩨르부르그에 투옥된 죄수들의 운명을 좌우할 수 있는 사람은 나머지 훈장들은 집에 걸어 두고 백십자 훈장만 금장에 달고 다니는 독일 남작 출신의 늙은 장군이었다. 그는 공을 많이 세웠지만 지금은 노망이 들어 있었다. 영예로운 백십자 훈장은 까쁘까스에 근무하던 시절에 받은 것으로, 머리를 짧게 깎고 군복을 입히고 총검으로 무장시킨 러시아 농민들을 이끌고 자기 집과 가족과 자유를 지키려는 사람들 수천 명을 살해한 공로의 대가였다. 그 후 폴란드에 근무할 때도 그는 러시아 농민들로 하여금 온갖 범죄를 저지르게 하고서 그 덕에 훈장들과 군복에 다는 새로운 장식들을 받았다. 그

다음에도 그는 어디에선가 근무했지만, 지금은 쇠락한 노인이 되어 훌륭한 저택과 연금과 명예직을 하사받는 오늘의 처지에 이르렀다. 그는 상부의 명령을 철저히 집행했으며 그런 명령 집행을 특히 존중했다. 그는 상부의 명령에 특별한 의미를 부여했고, 세상이 모두 바뀌어도 그 명령만은 바뀔 수 없다고 생각했다. 그의 직무는 남녀 정치범들을 요새 감옥의 독방에 투옥시키는 일이었는데, 10년 동안 그 정치범들 가운데 일부는 정신 착란을 일으켰고 일부는 결핵으로 죽거나 자살하고 말았다. 자살한 사람들 중에 어떤 이들은 굶기도 했고 어떤 이들은 유리 조각으로 동맥을 끊기도 했으며 또 어떤 이들은 목을 매거나 분신하기도 했다.

늙은 장군은 그런 사실들 모두 알고 있었고 그 모든 일이 그의 목전에서 벌어졌지만, 뇌우나 홍수 따위의 천재지변으로 인한 재앙인 양 그런 일들로 양심에 가책을 느끼지는 않았다. 그런 일들은 황제 폐하의 이름 아래 내려온 상부의 명령이 집행된 결과일 뿐이었다. 명령은 실행에 옮기지 않을 수 없었고, 따라서 명령의 결과를 고민한다는 것도 쓸데없는 일이었다. 늙은 장군은 그런 일로 고민한 적이 없으며, 매우 중요하다고 생각해 온 그런 임무를 수행하면서 마음이 흔들리지 않기 위해서라도 고민하지 않는 것이 애국적인 군인의 의무라고 믿었다.

늙은 장군은 근무 규칙에 따라 일주일에 한 번씩 모든 감방을 순시하며 죄수들에게 청원할 것이 없는지 물었다. 죄수들은 그에게 각양각색의 청원을 털어놓곤 했다. 그러면 그는 얌전히 입을 다문 채 그들의 이야기를 들어 주었지만 단 한 번도 실행에 옮기지는 않았다. 그들의 청원은 모두 법규에 위반되기 때문이었다.

네홀류도프가 늙은 장군의 저택에 도착했을 때, 시계탑의 종소리가 「주님께 영광이 있을 때」를 은은하게 울리더니 2시를 알렸다. 시계 소리에 네흘류도프는 문득 매시간 반복적으로 들려오는 달콤한 음악 소리가 종신형 죄수들의 마음속에 어떤 반향을 일으키는지를 기록한 제까브리스트[70]들의 수기를 떠올렸다. 네흘류도프가 늙은 장군의 저택 현관 앞에 도착했을 때, 장군은 어두운 응접실의 자개 탁자 앞에 앉아서 자기 부하의 동생이자 화가인 어느 젊은이와 함께 종이쪽지 위에 접시를 돌리며 점을 치고 있었다. 화가의 가늘고 연약하고 축축한 손가락은 늙은 장군의 억세고 앙상하고 주름진 손가락과 깍지 끼워져 있었다. 깍지 낀 손들은 모든 알파벳이 적힌 종이쪽지 위에서 뒤집힌 차 접시와 함께 떨렸다. 접시는 사후에 영혼들이 서로를 어떻게 알아보는지 궁금해하는 장군의 의문에 답하고 있었다.

잔 다르크의 영혼이 접시를 매개로 답하는 동안, 장군의 시종 역할을 하는 한 사병이 네흘류도프의 명함을 가지고 방으로 들어왔다. 잔 다르크의 영혼이 알파벳을 하나씩 골라내서 〈영혼들은 서로 상대를 알아볼 것이다〉라는 문장을 만들자 화가가 그대로 옮겨 적었다. 사병이 들어왔을 때 접시는 〈뻬п〉 위에 멈추더니 다시 〈오o〉 위로 갔다가 〈에스c〉 위에 이르러 그 부근에서 떨리기 시작했다. 장군이 생각하기에 다음 글자는 〈엘л〉이 되어야 했기 때문에 접시는 부르르 떨었다. 다시 말해서 장군의 생각에 잔 다르크의 영혼은 죽은 영혼들이 이승 세계로부터 자기 정화를 거치거나 그와 유사한 과정을 거친 이후에야 서로 상대 영혼을 알아볼 수 있다고 답해야만 했다. 그래서 다음 글자는 당연히 〈엘〉이 되어야 했지만 화가는 다음 글자가 〈베в〉가 될 거라고 생각했다. 그래

---

70 나폴레옹 전쟁 이후 러시아의 전제 정치에 반란을 일으킨 젊은 귀족 장교를 가리키는 말로, 〈12월당원〉이라고도 한다.

야 영체가 내뿜는 〈빛을 통해〉 죽은 영혼들이 서로를 알아볼 수 있다는 문장을 만들 수 있기 때문이었다. 장군은 하얗게 센 숱 많은 눈썹을 찌푸린 채 언짢은 표정으로 손을 뚫어질 듯 쳐다보다가 접시가 저절로 움직인다고 상상하면서 〈엘〉 쪽으로 손을 잡아당겼다. 그러나 숱 적은 머리카락에 귀가 뒤덮인 창백한 얼굴의 젊은 화가는 생기 없는 푸른 눈으로 음침한 응접실 한쪽 구석을 바라보다가 신경질적으로 입술을 부르르 떨며 〈베〉 쪽으로 잡아당겼다. 훼방을 받은 장군은 얼마간 침묵하다가 명함을 받아 들고 코안경을 걸쳤다. 그는 펑퍼짐한 허리에 통증을 느끼고 신음을 토하며 저린 손가락을 주무르더니 활짝 기지개를 켠 다음 자리에서 일어섰다.

「서재로 모시게.」

「각하, 나머지는 저 혼자서 끝내겠습니다.」 화가가 자리에서 일어서며 말했다. 「지금 영혼이 강림하는 것을 느끼고 있습니다.」

「좋아, 어서 계속하게.」 장군은 준엄하고 단호하게 대답한 후, 뒤틀린 다리를 일정한 보폭으로 내디디며 성큼성큼 서재를 향해 걸어갔다. 「만나서 반갑네.」 장군은 네홀류도프에게 책상 옆에 있는 안락의자에 앉으라고 권하면서 걸쭉한 목소리로 친절하게 말했다. 「뻬쩨르부르그에 온 지는 얼마나 되었나?」

네홀류도프는 며칠 전에 도착했다고 대답했다.

「모친이신 공작 부인께서는 안녕하신가?」

「어머니께서는 돌아가셨습니다.」

「유감이군. 그것 참 안타까운 일이야. 내 아들이 자네를 만났다고 하던데.」

장군의 아들은 아버지처럼 출세 가도를 달리고 있었다. 그는 사관 학교를 졸업한 후 정보국에서 근무했는데, 자신에게 부여된 직무에 대단한 긍지를 가진 인물이었다. 그의 직무란 스파이를 감독하는 일이었다.

「난 한때 자네 부친과 함께 일했었지. 아주 가깝게 지내던 친구이기도 했고. 그런데 자네는 요즘 어디서 근무하나?」

「아무 일도 하지 않습니다.」

장군은 못마땅하다는 듯 고개를 가로저었다.

「부탁드릴 말씀이 있어서 찾아왔습니다, 장군님.」 네흘류도프가 말했다.

「오, 그거 반가운 일이군. 내가 무슨 일을 어떻게 도와주면 좋을까?」

「제 부탁이 부당한 것이라고 느껴지신다면 부디 용서해 주십시오. 하지만 부탁을 드리지 않을 수 없습니다.」

「무슨 일인가?」

「장군님의 감옥에 구르께비치라는 사람이 수감되어 있습니다. 그런데 그의 어머니가 그를 면회하고 싶어 합니다. 그게 어렵다면, 최소한 그에게 책이라도 넣어 주게 해주십시오.」

장군은 네흘류도프의 부탁에 찬성도 반대도 하지 않은 채, 마치 고민하고 있는 것처럼 고개를 갸우뚱거리며 눈을 지그시 감았다. 사실 그는 네흘류도프에게 법규대로 처리할 수밖에 없다고 대답해야 한다는 사실을 잘 알고 있었으므로, 그의 부탁에 대해 전혀 고민하지 않았고 아무런 관심도 없었다. 그는 단지 아무 생각 없이 정신적 휴식을 취할 뿐이었다.

「자네도 알고 있겠지만, 그것은 내가 결정할 문제가 아니라네.」 그는 숨을 약간 돌리며 말했다. 「면회라면 황제 폐하께서 승인하신 법령이 있으니 그 허용 범위 내에서 허가받을 수 있겠지. 그리고 책 문제도 그래. 우리들에겐 구내 도서관이 있고 또 허용된 책만을 볼 수 있다네.」

「네, 알고 있습니다. 하지만 그에게는 학술서가 필요합니다. 공부를 하고 싶어 하거든요.」

「그 말을 믿지 말게.」 장군은 잠시 침묵했다. 「그건 공부를 하기 위해서가 아니야. 단지 불안하기 때문이지.」

「하지만 힘든 상황에서는 무언가에 몰두할 시간이 필요합니다.」 네흘류도프가 말했다.

「그자들은 언제나 불평불만이지.」 장군이 말했다. 「우리는 그자들을 잘 안다네.」 장군은 그들이 마치 못된 별종의 인간들인 것처럼 말했다. 「우리는 다른 감옥에서는 좀처럼 찾아볼 수 없는 온갖 편의를 제공하고 있다네.」 장군은 계속해서 말했다.

그는 마치 이 감옥의 중요한 목적이 죄수들에게 즐거운 장소를 제공하기 위한 것이라는 듯, 죄수들이 누리는 온갖 편의에 대해 변명처럼 자세히 설명했다.

「과거에는 혹독한 상황에 놓였던 것도 사실이야. 하지만 지금은 여기서 훌륭한 수감 생활을 하고 있다네. 그자들은 하루에 세 끼를 챙겨 먹는데, 한 끼는 미트볼이나 커틀릿 같은 육류지. 그리고 일요일이면 단 음식을 간식으로 제공하거든. 제발 모든 러시아 국민들이 그런 식사를 할 수 있으면 좋으련만.」

다른 노인들과 마찬가지로 장군은 자기가 알고 있는 이야기가 언급되자 죄수들의 터무니없는 요구 사항이나 배은망덕함을 뒷받침하는 이야기를 몇 번이고 되풀이했다.

「그자들에게는 종교 서적이나 낡은 잡지들이 제공된다네. 우리 구내 도서관은 적절한 책들을 보유하고 있거든. 하지만 그자들은 거의 책을 읽지 않아. 처음에는 관심을 보이는 것 같다가도 새 책은 반도 읽지 않고 또 헌 책들은 손도 대지 않고 묵혀 두거든. 우리도 시험해 봤지.」 장군은 엷은 미소를 지으며 말했다. 「책장 사이에 종잇조각을 끼워 보면 알 수 있거든. 그게 그냥 남아 있더란 말이야. 필기하는 것도 금지되어 있지 않아.」장군은 말을 이어 갔다. 「기분 전환용으로 석판과 석필이 제공되거든. 썼다가 지울 수 있도록 말이야. 하지만 그자들은 사용하지 않아. 어쨌든 그자들은 매우 빠르게 마음의 평온을 찾는다고 말할 수 있어. 처음에는 불안에 떨지만 점차 살도 찌고 얌전해진단 말이야.」장군은 자신의 말에 얼마나 무서운 의미가 숨어 있는지도 깨닫지 못한 채 이렇게 지껄였다.

네흘류도프는 장군의 쉬어 빠진 늙은 목소리를 들으며 뼈만 앙상한 몸과 흰 눈썹 밑의 흐릿한 눈과 군복 깃으로 떠받쳐진, 노쇠해서 늘어지긴 했으나 깨끗하게 면도된 광대뼈와 보기 드물 정도로 가혹하고 무자비한 살인 행위의 대가로 받았기에 그가 더욱 자랑스럽게 여기는 백십자 훈장을 훑어보았다. 네흘류도프는 장군에게 그 스스로 한 말이 어떤 의미를 갖는지 알려 줘 봐야 쓸데없는 짓이라는 사실을 깨달았다. 그러나 용기를 내서 오늘 석방 통지서를 받은 여죄수 슈스또바에 대해 다시 물었다.

「슈스또바? 슈스또바……. 이름만으로는 모두 기억할 수 없어. 워낙 죄수들이 많아서 말이야.」그는 감옥이 만원인 것이 마치 죄수들의 잘못이라는 투로 말하고는 벨을 눌러서 서기를 불렀다. 그리고 서기가 오는 동안 자신이 정직하고 훌륭한 사람임을 암시하면서, 특히 그런 부류의 사람들이 황제 폐하께는 필요하니 네흘류도프도 어느 곳에서든 근무하라고 충고했다. 「……그리고 조국을 위해서도.」그는 이렇게 덧붙여 말했으나 그 말은 사족에 지나지 않았다.

「난 이렇게 늙었어도, 힘이 남아 있는 한 근무하고 있지 않나.」

그때 영리해 보이면서도 어딘지 불안한 눈을 가진 깡마른 서기가 방으로 들어왔다. 그는 슈스또바가 어느 이상한 요새 감옥에 수감되어 있으며 그녀와 관련한 서류는 아직 받지 못했다고 보고했다.

「서류가 도착하는 날로 그녀는 석방되겠지. 우리가 잡아 둘 게 뭐 있겠어, 남아 있다고 더 좋을 것도 없는데.」장군은 이렇게 말한 후, 다시 장난기 섞인 미소를 지으려고 했으나 그의 늙은 얼굴은 우거지상이 되었다.

네흘류도프는 이 끔찍한 노인에게서 느낀 혐오감과 동정심을 겉으로 드러내지 않으려고 애쓰며 자리에서 일어섰다. 노인 역시 경솔하기도 하고 방황하는 것이 분명한 친구의 아들을 너무 엄하게 다루어서는 안 되지만 그렇다고 해서 충고 한마디 하지 않고 내버려 둘 수는 없다고 생각했다.

「잘 가게, 젊은이. 날 원망하지는 말게. 모두 자넬 아끼는 마음에서 하는 이야기야. 여기 수감된 죄수들과는 접촉하지 말게. 무고한 사람들은 없으니까. 그자들은 모두 가장 비도덕적인 인간들이거든. 누구보다 우리가 그자들을 잘 알고 있어.」그는 조금도 의심할 여지가 없다는 투로 말했다. 실제로 그는 그 점에 대해 추호의 의심도 품지 않았는데, 그 이유는 그렇게 하지 않으면 자신이 훌륭한 생활을 하는 존경받는 영웅이 아니라 양심을 팔아 왔고 또 늙어서도 계속 양심을 팔고 있는 악당에 지나지 않는다는 사실을 인정해야 하기 때문이었다.「무엇보다 일을 해야지.」그는 말을 이어 갔다.「황제 폐하께는 청렴한 인재가 필요하고……. 또 조국에도 그렇고.」그는 이렇게 덧붙였다.「만일 나나 다른 사람들이 모두 자네처럼 일을 하지 않는다면 어떻게 되겠나? 우리가 제도를 비난만 하고, 정부를 돕지 않는다면 말이야.」

네흘류도프는 숨을 깊이 들이마시고 꾸벅 인사를 한 후, 인자하게 내민 앙상하고 커다란 손과 악수를 나누고 방을 나섰다.

장군은 언짢은 얼굴로 고개를 가로저으며 허리를 문지르
더니, 화가가 잔 다르크의 영혼으로부터 계시받은 대답을 적
어 놓고 기다리고 있을 응접실로 되돌아갔다. 장군은 코안경
을 걸치고 읽었다. 〈영체에서 내뿜는 빛을 통해 죽은 영혼들
은 서로를 알아볼 수 있다.〉

「아아!」 장군은 공감한다는 듯이 눈을 감으며 말했다. 「그
런데 모든 영혼들이 내뿜는 빛이 똑같다면 어떻게 서로 알아
볼 수 있을까?」 탁자 앞에 앉아서 그는 다시 화가와 손가락
을 깍지 끼우며 말했다.

네흘류도프의 마부는 마차를 대문 밖으로 몰았다.

「따분한 곳이군요, 나리.」 그는 네흘류도프를 향해 말했다.
「기다리지 않고 돌아가려던 참이었습니다.」

「옳은 말이오. 정말 따분하더군.」 네흘류도프는 숨을 크게
들이마시고 나서 하늘에 흘러가는 흰 구름을, 보트와 기선이
지나간 뒤에 이는 네바 강의 반짝이는 잔물결을 평온한 마음
으로 바라보면서 마부의 말에 동의했다.

20

다음 날, 마슬로바 사건이 심리될 예정이었기 때문에 네흘
류도프는 원로원으로 갔다. 그는 벌써 여러 대의 마차가 도
착한 원로원의 웅장한 현관 앞에서 변호사를 만났다. 웅장하
고 화려한 2층 계단을 오르자 건물 구조를 잘 알고 있는 변호
사는 재판법 시행 연도가 새겨진 왼쪽 문으로 향했다. 긴 첫
번째 방에서 외투를 벗은 파나린은 문지기로부터 마지막 위
원이 조금 전에 도착함으로써 모든 위원들이 모였다는 이야

기를 들었다. 연미복에 하얀 와이셔츠를 받쳐 입고 하얀 넥타이를 맨 파나린은 즐겁고 당당한 모습으로 다음 방으로 들어갔다. 방 오른쪽에는 커다란 탈의실이 있었고 그 옆으로 오른쪽에는 책상이, 왼쪽에는 나선형 계단이 있었다. 마침 제복 차림의 점잖은 관리가 옆구리에 가방을 낀 채 계단을 내려오고 있었다. 방 안에서는 하얀 수염을 길게 늘어뜨리고 양복저고리에 회색 바지를 입은, 촌장 같은 풍모의 한 노인이 눈길을 끌었다. 노인의 주변에서는 두 명의 직원이 유별나게 예의를 표하며 그를 호위하고 있었다.

하얀 수염을 늘어뜨린 노인은 탈의실 안으로 모습을 감추었다. 파나린은 자기와 똑같은 하얀 넥타이에 연미복을 차려입은 동료 변호사를 알아보고는 열을 올리며 대화를 나누었다. 네홀류도프는 방 안에 도착한 사람들을 둘러보았다. 방청객은 열다섯 명이었는데, 그들 중에는 코안경을 낀 젊은 부인과 머리가 하얗게 센 노부인도 섞여 있었다. 오늘 심리될 사건은 언론의 명예 훼손에 대한 것이어서 평소보다 훨씬 더 많은 방청객들이 몰려들었는데, 대부분이 언론인들이었다.

화려한 제복을 입은 붉은 머리의 미남 정리가 서류를 손에 들고 파나린에게 다가와 어떤 사건을 맡고 있는지 물었다. 마슬로바 사건이라고 알려 주자 그는 무언가 메모하고 가버렸다. 그때 탈의실 문이 열리고 안에서 촌장 같은 모습의 노인이 등장했다. 그는 어느새 양복을 벗고 반짝거리는 휘장이 달린 금줄 장식을 가슴에 댄 복장을 하고 있었는데 마치 한 마리의 새처럼 보였다. 노인도 이렇게 우스꽝스러운 자신의 옷차림이 민망했는지 평소보다 더 빠른 걸음으로 출입구 반대편 문으로 들어갔다.

「저 분이 베 씨입니다. 존경할 만한 분이죠.」 파나린이 네홀류도프에게 말했다. 그는 네홀류도프를 동료에게 소개한 후 스스로 가장 흥미롭다고 생각하는, 곧 심리될 사건에 대해 이야기했다.

곧 심리가 시작될 예정이었으므로 네흘류도프는 방청객들과 함께 왼쪽 법정으로 들어갔다. 파나린도 다른 방청객들과 함께 칸막이 너머에 있는 방청석으로 들어갔다. 뻬쩨르부르그의 변호사만이 칸막이 앞에 놓인 책상으로 걸어갔다.

원로원 회의실은 지방 법원 법정보다 작고 구조도 간단했지만 차이점이라고 해봐야 위원들의 테이블이 녹색 천이 아닌 금줄로 장식한 검붉은 벨벳으로 덮여 있는 정도였고 다른 법원과 마찬가지로 공정한 판결을 내리는 장소임을 상징하는 정의표,[71] 즉 거울과 성상과 황제의 초상화가 걸려 있었다. 이곳에서도 정리가 엄숙하게 〈개정!〉하고 선언했다. 역시 방청객들은 모두 자리에서 일어섰고 제복을 입은 위원들이 들어와 높은 등받이가 달린 의자에 자리를 잡더니 팔꿈치를 기대고 앉아 자연스럽게 보이기 위해 애썼다.

위원들은 모두 네 명이었다. 의장 니끼찐은 깔끔하게 면도한 얼굴에 턱이 길쭉하고 매서운 눈매를 가진 사내였고, 볼리프는 입을 꼭 다문 채 하얀 손으로 서류를 뒤적거렸으며, 법률학자인 스꼬보로드니꼬프는 뚱뚱하고 둔한 곰보였고, 네 번째 위원은 바로 맨 나중에 들어온 촌장 같은 외모의 노인 베였다. 위원들과 함께 상급 서기관을 겸직하는 원로원 부국장도 등장했는데, 그는 중키에 여위고 깔끔하게 면도한 젊은 사내였다. 몹시 까무잡잡한 얼굴에 까맣고 슬픈 눈을 가지고 있었다. 낯선 제복을 입고 있고 또 6년이나 못 만나긴 했지만, 네흘류도프는 그가 대학 시절 가장 친한 친구들 가운데 한 명임을 곧 알아보았다.

71 뾰뜨르 대제가 반포한 법률을 새긴 세모꼴 장식으로 모든 법정에 비치되었다.

「저 사람이 원로원 부국장 셀레닌입니까?」그가 변호사에게 물었다.

「맞습니다. 그런데 무슨 일이시죠?」

「저 사람을 잘 압니다. 아주 멋진 친구죠.」

「훌륭한 원로원 부국장입니다. 유능하기도 하고요. 그럼 저분한테 부탁할걸 그랬군요.」파나린이 말했다.

「저 친구는 매사에 양심적으로 행동하죠.」네흘류도프는 셀레닌과의 친분이나 우정은 물론 그의 순수하고 정직한 성격, 그리고 그의 특성을 가장 잘 대표할 수 있는 합리적인 사고를 떠올리면서 말했다.

「그렇지만 이제는 그럴 시간이 없습니다.」파나린은 막 시작한 재판의 경과 보고에 귀를 기울이며 속삭였다.

지방 법원의 판결과 아무 차이도 없는 상소국의 판결에 대한 상소심이 시작되었다.

네흘류도프는 사건의 심리를 들으면서 눈앞에서 진행되는 일의 의미를 이해하려고 노력했으나 지방 법원에서와 마찬가지로 곤란을 겪었다. 그가 이해하기 힘들었던 중요한 이유는 법정 안의 모두가 사건의 핵심적인 문제를 다루는 대신 부차적인 사항들만 언급했기 때문이었다. 사건은 어느 주식회사 사장의 사기 행각을 폭로한 신문 기사에 관한 것이었다. 본질적으로는 주식회사 사장의 배임과 횡령의 진위 여부, 그리고 배임과 횡령의 방지책이 주로 심의되어야 했다. 그러나 이런 문제는 전혀 언급되지 않았다. 그들이 심리한 것은 다만 법률적으로 신문 발행인이 그런 기사를 실을 권리를 가졌는지, 편집인은 그 기사를 실음으로써 어떤 죄가 성립되는지, 다시 말해서 명예 훼손죄가 적용되는지 혹은 중상죄가 적용되는지, 또는 명예 훼손죄에 중상죄가 추가되는지 혹은 중상죄에 명예 훼손죄가 추가되는지의 문제였으며, 보통 사람들로서는 납득하기 힘든 여러 조문이나 외국의 일반 판례에 관한 것들이었다.

네흘류도프가 유일하게 이해한 내용은, 어제는 자신에게 원로원이 사건의 본질을 심의할 수 없다고 강력하게 암시했던 볼리프가 지금은 상소국의 원심 파기에 유리하도록 사건을 불공정하게 보고했다는 사실과 이에 셀레닌이 침착한 평소 성격과 달리 격렬하게 반대 의견을 내세운다는 점이었다. 침착하던 셀레닌이 네흘류도프를 놀라게 할 정도로 흥분한 이유는 주식 회사 사장이 금전 문제에 추악한 인간이라는 사실을 알고 있었을 뿐만 아니라 사건 심리 전날 밤 볼리프가 그 사장 집에서 열린 호화판 만찬에 참석했다는 사실을 우연히 들었기 때문이었다. 볼리프가 신중하지만 눈에 띄게 편파적으로 사건을 보고하자, 셀레닌은 화가 치밀어 올랐고 사소한 문제까지도 신경질적으로 자기 의견을 내세웠다. 그 발언은 분명히 볼리프를 모욕하는 것이었다. 볼리프는 얼굴을 붉힌 채 몸을 부르르 떨더니 당혹스러워서 침묵할 수밖에 없다는 동작을 취했다. 그러고는 당당함과 수치심이 뒤섞인 표정을 지으며 다른 위원들과 함께 협의회실로 사라졌다.

「어떤 사건을 맡고 계시죠?」위원들이 자리를 뜨자마자 정리가 파나린에게 다가와서 다시 물었다.

「마슬로바 사건을 맡고 있다고 아까 말씀드리지 않았습니까.」파나린이 말했다.

「아, 그렇죠. 그 사건은 오늘 심리될 예정이었습니다만······.」

「그런데요?」변호사가 물었다.

「보시다시피 그 사건은 쌍방이 불참한 상태로 제기되어서 위원들이 판결 선고 이후에 다시 출정할지 잘 모르겠습니다. 그러나 제가 건의는······.」

「그게 무슨 말씀입니까?」

「제가 건의는, 건의는 해보겠습니다.」

이렇게 말하고 나서 정리는 서류에 무언가 적기 시작했다.

실제로 위원들은 무고 사건에 대해 판결을 내리고 나면 마슬로바 사건을 비롯한 나머지 사건들은 협의회실에서 차를 마시거나 담배를 피우면서 처리할 생각이었다.

21

위원들이 협의회실 테이블에 둘러앉자 볼리프는 이번 사건은 기각되어야 한다며 그 이유들을 열심히 늘어놓기 시작했다.

의장은 평소 심술궂은 사람이었는데 오늘따라 유달리 기분이 좋지 않았다. 심의가 진행되는 동안 보고를 들으면서 그는 이미 입장을 정해 놓았기 때문에 볼리프의 말에는 귀를 기울이지 않고 자기 생각에만 골몰하면서 앉아 있었다. 그가 골몰했던 생각이란, 오래전부터 희망하던 고위직에 자신이 아닌 빌랴노프가 임명되었다는 사실에 대해 어제 기록한 비망록의 내용이었다. 의장 니끼찐은 근무하는 동안 관계를 가졌던 여러 직책의 최고위급 관리들에 대한 자신의 평가가 매우 중요한 역사적 기록물이 될 거라고 굳게 믿고 있었다. 어제 기록한 내용 가운데 한 구절에서 그는 현재의 위정자들에 의해 파멸로 치닫고 있는 러시아를 구하기 위해 자신이 모색한 방안을 몇몇 최고위급 관리들이 방해했다며 그들을 강력하게 비난했지만, 실제로 그들이 방해한 것은 자신의 봉급 인상이었다. 지금도 그는 이 모든 상황을 후손들은 완전히 새롭게 조명할 것이라고 생각하고 있었다.

「네, 물론이죠.」 볼리프가 자신을 향해 말을 하자 귀담아든

지도 않으며 그는 이렇게 대답했다.

베는 앞에 놓인 서류 위에 꽃다발 그림을 그리면서 우울한 표정으로 볼리프의 이야기를 들었다. 베는 누구보다도 순수한 자유주의자였다. 그는 60년대의 전통을 신성시하며 고수해 왔고, 혹시 엄정한 중립에서 물러서야 하는 경우 자유주의의 편에 서왔다. 그는 중상죄로 소송을 제기한 주식회사 사장이 추악한 인간이라는 사실을 알고 있었고 신문 기자의 중상죄 상고 사건은 출판의 자유를 탄압하는 것이기 때문에 원심 파기 요청은 기각되어야 한다고 생각하고 있었다. 볼리프가 논고를 마치자, 베는 꽃다발을 그리다 말고 우울한 얼굴로(자명한 일을 입증해야 한다는 사실이 그를 우울하게 만들었다) 상소의 근거가 없다는 점을 부드럽고 듣기 좋은 목소리로 간단명료하면서도 자신 있게 설명했다. 그러고는 하얗게 센 머리를 숙이더니 계속해서 꽃다발을 그렸다.

스꼬보로드니꼬프는 볼리프의 맞은편에 앉아서 통통한 손가락으로 콧수염과 턱수염을 내내 입으로 당겨 씹다가 베의 이야기가 끝나자 수염 씹기를 그만두고 요란하고 큰 목소리로, 주식회사 사장이 굉장히 파렴치한 인간이라 해도 법적 근거만 있으면 원심 파기를 지지하겠지만 그렇지 않기 때문에 이반 세묘노비치 베의 의견에 찬성한다고 말했다. 그는 이런 식으로 볼리프를 한 방 먹일 수 있다는 게 기뻤다. 의장도 결국 스꼬보로드니꼬프의 의견에 동의함으로써 상소 기각 결정이 내려졌다.

부정한 편에 선 것이 폭로된 꼴이 되어 버려서 볼리프는 더욱 불만스러웠으나, 아무렇지도 않은 척하며 다음 차례인 마슬로바 사건의 보고서를 펼치고 열중하기 시작했다. 그사이에 위원들은 벨을 눌러 차를 주문했고, 까멘스끼 결투 사건과 더불어 뻬쩨르부르그 전체를 떠들썩하게 만든 다른 사건에 대해 이야기를 주고받았다. 그것은 형법 제995조에 저촉되는 죄로 체포되고 그 죄상이 폭로된 어느 국장에 관한 사건이었다.

「정말 역겨운 일이로군.」 베는 인상을 찌푸리며 말했다.

「역겨울 게 뭡니까? 그것을 범죄로 간주할 수는 없습니다. 게다가 우리 문학서에서도 남자들끼리도 결혼할 수 있다는 사실을 공식적으로 입증한 어느 독일 작가의 주장을 보실 수 있습니다.」 스꼬보로드니꼬프는 손가락 끝으로 구겨 쥔 담배를 맛있게 쭉쭉 빨면서 이렇게 말한 후 큰 소리로 웃었다.

「그럴 리가 있나요.」 베가 말했다.

「제가 알려 드리죠.」 스꼬보로드니꼬프는 책의 제목과 발행 연도와 발행처를 밝히면서 이렇게 말했다.

「들리는 소문에 의하면, 그 사람은 시베리아 어느 도시의 지사로 임명되었다고 하더군요.」 니끼찐이 말했다.

「그거 잘됐군요. 그러면 주교가 십자가를 들고 그를 영접하겠지요. 그런 성향의 주교도 있어야죠. 내가 시베리아에 주교를 추천해 볼까?」 스꼬보로드니꼬프가 말했다. 그는 꽁초를 작은 접시에 버린 다음, 턱수염과 콧수염을 입에 잔뜩 물고 씹기 시작했다.

그때 회의실로 들어온 정리가 마슬로바 사건의 심리에 참석하고 싶다는 변호사와 네흘류도프의 청원을 보고했다.

「이 사건으로 말씀드리자면……」 볼리프가 말했다. 「매우 낭만적인 사연이 있지요.」 그는 자신이 알고 있는 네흘류도프와 마슬로바의 관계에 대해 떠들어 댔다.

그런 이야기를 주고받다가, 담배도 다 피우고 차도 다 마신 위원들은 법정으로 나가서 앞선 사건의 판결을 선고한 후 마슬로바 사건을 다루었다.

볼리프는 가느다란 목소리로 마슬로바 사건의 상소 이유

를 자세히 보고했는데, 이번에도 역시 공정성을 잃었으며 또다시 원심 파기를 바라는 것이 분명해 보였다.

「보충할 내용이 있습니까?」 의장이 파나린을 향해 물었다.

파나린은 자리에서 일어나 흰 와이셔츠를 입은 넓은 가슴을 내밀고 놀라울 정도로 인상적이고도 정확한 표현을 담아서, 올바른 법률적 해석을 위반한 재판부의 오심을 여섯 항목에 걸쳐 지적했다. 그 밖에도 간결하게 사건의 본질과 판결의 끔찍한 편파성에 대해서도 언급했다. 짧지만 박력에 넘치는 파나린의 변론은, 통찰력과 법률적 지식을 갖춘 원로원 위원들이 자신보다 훨씬 잘 판단하고 이해가 깊을 것이라고 강조하면서 자신은 단지 부여받은 의무이기 때문에 이런 변론을 하는 것이라고 양해를 구하는 투였다. 파나린의 변론이 끝나자, 원로원이 원심 판결을 파기한다는 사실에는 의심의 여지가 없어 보였다. 변론을 마친 파나린은 승리의 미소를 지었다. 변호사의 얼굴에서 그 미소를 눈치챈 네흘류도프 역시 이 사건은 승리했다고 확신했다. 그러나 위원들을 둘러보자 승리의 미소를 지으며 환희에 젖어 있는 사람은 파나린뿐이라는 사실을 알 수 있었다. 위원들과 원로원 부국장은 전혀 웃지도 않았고 환희에 젖어 있지도 않았으며 지루한 표정으로 〈그런 이야기는 너무 많이 들어 왔어, 그건 모두 헛수고야〉라고 말하는 것 같았다. 변호사가 변론을 마치고 쓸데없이 물고 늘어지기를 그만두자, 그들은 그제야 만족한 표정이 되었다. 변호사의 변론이 끝나자마자 의장은 원로원 부국장을 향해 곧바로 고개를 돌렸다. 셀레닌은 상소 사유가 충분하지 못하니 원심 판결을 기각할 수 없다고, 간결하고 명확한 어조로 또박또박 말했다. 셀레닌의 발언이 끝나자 위원들은 자리에서 일어나 협의회실로 돌아갔다. 협의회실에서는 의견이 둘로 갈렸다. 볼리프는 원심 파기를 주장했다. 어떻게 진행된 사건인지 이해한 베도 원심 파기를 열렬히 지지하면서 확신에 찬 태도로 재판의 진행 과정과 배심원들의 오해를 동료들에게 생생히 전달했다. 니끼찐은 평소와 마찬가지로 엄격함과 철저한 형식주의에 입각해서 반대했다. 모든 것이 스꼬보로드니꼬프의 말 한마디에 달려 있었다. 그러나 그는 원심 파기의 반대 입장에 서 있었다. 도덕성 때문에 그녀와 결혼하겠다는 네흘류도프의 결심이 자신과는 달리 고결한 입장이었기 때문이다.

스꼬보로드니꼬프는 유물론자이자 진화론자여서 추상적인 도덕성의 발현, 혹은 이보다 더 문제가 많은 종교적 현상 따위는 경멸스러운 광기에 지나지 않으며 자신에 대한 개인적 모독이라고 생각했다. 한 창녀가 일으킨 성가신 문제도, 창녀를 변호하기 위해 이곳 원로원에 유명 변호사와 네흘류도프가 친히 참석했다는 사실도 그는 불쾌했다. 그래서 그는 턱수염을 입에 물고 인상을 쓰면서 너무나 태연한 말투로, 자신은 이 사건에 대해 아무것도 모르지만 상소 사유가 불충분한 것 같아서 상소 기각을 표명한 의장의 의견에 찬성한다고 밝혔다.

상소는 기각되었다.

22

「끔찍한 일이군요!」 네흘류도프는 서류 가방을 챙긴 변호사와 함께 응접실로 들어가면서 말했다. 「너무나 명백한 사건인데도 형식을 핑계 삼아 기각시키다니, 있을 수 없는 일입니다.」

「이 사건은 원심에서 잘못 처리된 것입니다.」 변호사가 말했다.

「더구나 셀레닌이 반대하다니, 정말 끔찍한 일입니다, 끔찍한 일이에요!」 네흘류도프는 같은 말을 반복했다. 「이제 어떻게 해야 합니까?」

「황제 폐하께 청원하는 수밖에 없습니다. 여기에 머무는 동안 직접 제출하십시오. 제가 써드리겠습니다.」

그때 훈장을 달고 법의를 입은 자그마한 볼리프가 응접실로 들어서면서 네흘류도프에게 다가왔다.

「공작, 어쩔 수 없었네. 상소 사유가 불충분해서 말이야.」 그는 좁은 어깨를 으쓱하고 눈을 질끈 감으며 이렇게 말하고는 일을 보러 가버렸다.

볼리프가 나가자 위원들 속에 있던 셀레닌이 들어왔다. 옛 친구 네흘류도프가 이곳에 있다는 이야기를 들었던 것이다.

「여기서 자네를 만날 줄은 몰랐네.」 그는 네흘류도프에게 다가오며 말했다. 미소를 머금기는 했지만 그의 두 눈에는 슬픈 기색이 어려 있었다. 「자네가 뻬쩨르부르그에 있는 줄은 몰랐어.」

「나도 자네가 원로원 국장인 줄은 몰랐네……」

「부국장이야.」 셀레닌이 말했다. 「여기엔 웬일인가?」 그는 우울하고 슬픔에 젖은 눈으로 친구를 바라보며 물었다. 「사실 자네가 뻬쩨르부르그에 왔다는 소문은 들었지. 그런데 원로원엔 웬일인가?」

「내가 여기에 온 것은 공정성을 찾고 그럼으로써 어느 여자 유형수도 구원하기 위해서였네.」

「어떤 여자 말인가?」

「지금 막 판결을 내린 사건 있잖아.」

「아, 마슬로바 사건!」 셀레닌은 기억을 더듬으며 말했다. 「정말 근거가 빈약한 상소였다네.」

「중요한 것은 상소가 아니라, 무고한 여자에게 형벌이 내려졌다는 점이야.」

셀레닌은 숨을 몰아쉬었다.

「그럴 수도 있어. 하지만…….」

「그렇게 처리할 수 없는 문제야, 틀림없이——」

「자네는 이 사건을 어떻게 알게 되었나?」

「내가 배심원 가운데 한 사람이었네. 우리가 어떤 실수를 했는지 나는 알거든.」

셀레닌은 잠시 생각에 잠겼다.

「곧바로 의견 표명을 했어야지.」 그가 말했다.

「물론 그랬지.」

「그렇다면 재판 일지에 기록되어 있겠지. 만일 그게 상소장에 첨부되었더라면…….」

항상 격무에 시달리고 또 세상일에 관심이 적었던 셀레닌은 네흘류도프의 사연에 대한 소문을 전혀 듣지 못한 것 같았다. 네흘류도프는 그 사실을 눈치챘지만 마슬로바와의 관계까지 이야기할 필요는 없다고 생각했다.

「좋아, 하지만 지금 보아도 부당한 판결이라는 사실이 명백하지 않은가.」 그가 말했다.

「원로원은 그렇게 주장할 권리가 없다네. 만일 원로원이 판결의 공정성을 판단하는 관점에서 독자적으로 법원의 판결을 파기한다면, 배심원제는 그 존재 기반을 상실할 뿐 아니라 원로원 역시 공정성을 회복하기보다는 오히려 파괴하는 결과를 낳겠지.」 셀레닌은 그 전에 진행됐던 사건을 떠올리면서 말했다. 「말할 필요도 없이, 배심원들의 평결은 정말 무의미해지는 셈이니까.」

「내가 알고 있는 유일한 사실은, 정말 결백한 한 여자가 부당한 처벌로부터 구원받을 수 있는 마지막 희망마저 사라졌다는 점이야. 상급 법원에서 범죄 행위가 확정되었으니까.」

「확정된 것은 아니야. 원로원은 사건 자체를 심의하지도 않거니와, 심의할 수도 없으니 말일세.」 셸레닌은 눈을 가늘게 뜨며 말했다. 「자네는 틀림없이 이모님 댁에 묵고 있겠지?」 그는 화제를 바꿔 보려고 이렇게 덧붙였다. 「어제 자네이모님한테서 자네가 거기 있다는 소식을 들었거든. 외국에서 온 선교사의 설교에 자네와 함께 참석하라고 하시더군.」 셸레닌은 입가에 미소를 띠며 말했다.

「그래, 참석하긴 했는데, 혐오스러워서 나와 버렸네.」 셸레닌이 화제를 다른 데로 돌리자 네흘류도프는 화가 나서 퉁명스럽게 말했다.

「아니, 어째서 혐오스러웠지? 비록 단면적이고 분파주의적이기는 하지만 어쨌든 종교적 감정의 발로가 아닌가?」

「그건 일종의 미개한 망상에 지나지 않아.」 네흘류도프가말했다.

「아니, 그렇지 않아. 우리 교회의 교리를 알고 있는 사람들이 너무 적은 것이나 기본적인 교리를 마치 새로운 사실인양 받아들이는 게 오히려 이상한 일이지.」 셸레닌은 자신의 새로운 관점을 옛 친구에게 알려 주려는 듯 얼른 말했다.

네흘류도프는 깜짝 놀라서 조심스럽게 셸레닌의 얼굴을 살폈다. 셸레닌은 슬픔뿐 아니라 악의까지 서린 눈을 치뜨고 있었다.

「자네는 정말 교회의 교리를 믿고 있나?」 네흘류도프가 물었다.

「물론, 믿지.」 셸레닌은 생기 없는 눈으로 네흘류도프의 눈을 똑바로 쳐다보며 말했다.

네흘류도프는 한숨을 내쉬었다.

「놀라운 일이군.」 그가 말했다.

「어쨌든 그 이야기는 나중에 하세.」셀레닌이 말했다. 「곧 가겠네.」그는 공손히 다가온 정리를 향해 몸을 돌리며 말했다. 「우리 꼭 다시 만나세.」그는 한숨을 내쉬며 덧붙였다. 「자네는 집에 있을 텐가? 난 7시경이면 항상 집에서 저녁 식사를 하니까 그때 만나든지. 나제쥔스까야에 살거든.」그는 주소를 알려 주었다. 「정말 오랜만이었네!」그는 다시 입술을 삐죽거리며 이런 말을 남기고 가버렸다.

「갈 수 있도록 노력하겠네.」한때 가깝게 지내던 사랑하는 친구 셀레닌과의 짧막한 대화를 통해서 네흘류도프는 문득 적대감까지는 아니지만 낯설고 이해할 수 없는 거리감을 느꼈다.

23

네흘류도프가 알고 있는 대학 시절의 셀레닌은 훌륭한 아들이자 믿음직한 친구였으며 나이에 비해 교양도 갖춘 총명한 젊은이였다. 뿐만 아니라 아량 넓고 우아한 미남이었으며, 특히 성실하고 정직했다. 특별한 노력을 기울이지 않았지만 성적은 좋은 편이었고 졸업 논문으로 금메달까지 받았지만 잘난 척하는 일도 없었다.

그는 말이 아닌 행동으로 타인에게 봉사할 것을 젊은 시절의 목표로 삼았다. 그리고 공직에 들어가는 것만이 그것을 실천하는 길이라고 판단해서 대학을 졸업한 후에는 자신의 정력을 바칠 수 있는 분야를 체계적으로 연구했다. 그 결과 법률 적용을 다루는 민사 재판 제2과에 근무하는 것이 가장 낫다고 생각해서 그곳에 들어갔다. 그러나 자신에게 요구되는 모든 일을 정확하고 성실하게 처리했음에도 불구하고 그는 그 일에서 유익한 인간이 되고자 하는 욕망을 채울 수 없었고 자신의 의무를 다한다는 자부심도 느낄 수 없었다. 이런 불만은 옹졸하고 허영심 많은 직속 상관과의 빈번한 마찰로 인해 더욱 커졌고, 결국 그는 민사 재판 제2과에서 원로원으로 자리를 옮겼다. 원로원이 조금 낫기는 했지만 그의 불만은 여전했다.

그는 이 일이 자신이 기대했던 것도, 자신의 의무도 아니라는 생각을 떨칠 수 없었다. 원로원에 근무하는 동안 친척들이 백방으로 노력해서 그는 시종보에 임명되었고, 아마포 가슴 받침에 금술 장식 제복을 걸친 채 사륜마차를 타고 자신을 시종직에 앉혀 준 각계각층의 인사들에게 인사를 다녀야 했다. 그가 아무리 생각해 보아도 그 직무에서 합리적인 정당성은 전혀 찾을 수 없었다. 그는 관청에 근무할 때보다 더욱더 〈그래서는 안 된다〉는 생각이 깊어 갔지만, 한편으로는 그가 그 자리를 무척 만족스러워한다고 확신하는 사람들에게 심려를 끼칠 수 없어서, 다른 한편으로는 그 직위가 그의 저속한 본성을 충족시키기도 했기 때문에 그것을 거부하지 못했다. 그래서 그는 금술 장식 제복을 입은 자신의 모습을 거울에 비추어 보기도 하고, 그 직위가 어떤 사람들에게는 존경심을 불러일으킬지도 모른다는 생각을 하며 만족스러워하기도 했다.

그가 결혼할 때도 똑같은 일이 벌어졌다. 그는 상류 사회의 관점에서도 대단히 화려한 결혼식을 거행했다. 그가 결혼을 한 주된 이유 역시 결혼을 거절하는 것은 결혼을 바라는 신부와 신부를 소개한 사람들을 모욕하고 상처를 주는 일이라고 생각했기 때문이며, 또한 젊고 사랑스러운 명문가의 규수와 결혼한다는 사실이 그의 자존심을 세워 주는 만족스러운 일이기도 했기 때문이었다. 그러나 얼마 지나지 않아서 그 결혼은 관청 근무나 궁정직보다 더욱더 〈그래서는 안 되는〉 일이라는 사실이 밝혀졌다. 아내는 첫아이를 낳자 더 이상 아이를 가지려 하지 않고 사치스러운 사교 생활을 시작했고, 그도 자의 반 타의 반으로 그런 생활에 빠져들고 말았다. 그녀는 특별히 미인도 아니었고 남편에게 충실하지도 않았으며 오히려 사교 생활로 남편의 생활에 피해를 입혔다. 그녀 자신 역시 그런 생활로 얻는 거라곤 고된 노력에서 오는 피로밖에 없었지만 여전히 그런 생활에 매달렸다. 그는 그런 생활을 변화시키려고 온갖 노력을 기울였지만 아내의 신념은 마치 돌담처럼 단단해서 그 노력은 번번이 무산되고 말았다. 그렇게 살아야 한다는 아내의 신념은 친정 식구들과 모든 지인들로부터 지지를 받고 있었다.

긴 금발을 늘어뜨리고 맨발로 돌아다니는 어린 딸은 아버지에겐 낯선 남의 집 자식 같았는데, 그것은 그가 전혀 원치 않는 방식으로 아이가 양육되었기 때문이었다. 그들 부부 사이에는 오해가 일상화되었으며 서로 상대를 이해하려 하지도 않았고 단지 타인의 눈에 띄지 않도록 조용히 침묵하는 가운데 예의를 갖추며 대립하고 있었다. 그래서 가정생활은 그에게 정말 괴로운 것이었고, 그런 이유로 그의 결혼은 관청 근무나 궁정직보다 더욱더 〈그래서는 안 되는〉 일이었다.

무엇보다도 더 〈그래서는 안 되는〉 것은 종교에 대한 그의 입장이었다. 주변 사람들이나 동년배들처럼 그는 정신적으로 성숙해 가는 동안 어린 시절 습득했던 종교적인 맹신을 별로 힘들이지 않고 버릴 수 있었고 자신도 모르는 사이에 거기에서 벗어날 수 있었다. 진지하고 정직한 그는 청소년 시절과 대학 시절 그리고 네흘류도프와 가깝게 지내던 시절에는 국가에서 정한 종교에 대한 맹신으로부터 벗어났다는 사실을 숨기지 않았다. 그러나 해가 바뀌고 지위도 점차 향상되며 특히 보수 반동 세력이 사회에 만연하자, 이런 정신적 해방이 그에게 장애가 되고 말았다. 특히 돌아가신 아버지의 추모 미사를 드릴 때 그의 금식을 바라는 어머니의 요구 등 집안에서의 문제는 물론, 사회적 여론까지는 굳이 언급하지 않더라도 직무상 예배나 성찬식 또는 감사 기도나 그와 비슷한 종교 의식에 끊임없이 참석하지 않으면 안 되었다. 그가 종교의 외형적 의식과 어떤 식으로든 관계를 맺지 않는 날은 거의 없었으며 그것을 피할 수도 없었다. 일단 예배에 참석하면 둘 중 하나를 선택해야만 했다. 다시 말해서 믿지도 않으면서 믿는 척한다든가(그의 강직한 성격상 이런 일은 절대 불가능했다), 아니면 그 모든 외적 형식을 위선으로 인정하고 위선이라고 판단되는 자리에 참석할 필요가 없도록 자기 생활을 변화시켜야 했다. 그러나 아무리 사소한 일이라도 실행에 옮기려면 많은 장벽에 부딪히기 마련이다. 즉 가까운 사람들과 끊임없이 대립하고 자신의 입장을 전면적으로 바꿔야 함은 물론 지위도 포기하고 현재의 관직에서 일하며 인류를 위해 기여해 왔다는 생각이나 앞으로 더 많은 기여를 할 것이라는 희망도 희생해야 했다. 따라서 그 일을 실행하려면 자신이 정당하다고 확신해야만 했다. 약간이라도 역사에 대한 안목이 있고 일반적인 종교의 기원이나 기독교의 기원과 분열을 알고 있는 이 시대의 모든 지식인들이 자신의 상식을 정당한 것이라고 확신하지 않을 수 없듯이, 그도 자신이 정당하다고 확신해야 했다. 그는 교회 교리의 진실성을 인정하는 대신 자신이 옳다고 생각해야 했다.

그러나 현실이 주는 압력 때문에 정직한 그로서도 사소한 위선을 용납하지 않을 수 없었다. 불합리한 것을 불합리하다고 확신하려면 무엇보다 먼저 그 불합리한 것을 연구해야 한다고 자신을 설득하긴 했지만 말이다. 처음에는 사소한 위선에 지나지 않았지만 그것은 이제 자기 발목을 묶는 커다란 위선으로 끌어갔다.

자신이 세례받고 교육받은 정교가, 모든 주변 사람들이 믿으라고 요구하는 정교가, 그 신앙을 인정하지 않으면 인류를 위해 유익한 활동을 계속할 수 없다는 정교가 과연 옳은 것인지 그는 스스로 질문을 던졌고 이미 답을 얻은 상태였다. 그 모순을 해결하기 위해서 그는 볼테르, 쇼펜하우어, 스펜서, 콩트 등의 저서 대신 헤겔의 철학서와 비네, 호먀꼬프의 종교서를 읽음으로써 자신에게 필요한 답을 구했다. 그렇게 얻은 답은 그가 교육받아 온 것이자 그의 이성이 오랫동안 용납하지 않은 것, 즉 부정하면 평생 불쾌감이 가득하다가도 인정하기만 하면 곧 얻게 되는 종교적 교리에서 비롯된 평온이나 속죄와 흡사했다. 그래서 개인의 이성은 진리를 인식할 수 없고 진리는 인간 집단을 통해서만 계시되며, 진리를 인식할 수 있는 유일한 방법은 계시이고 계시는 교회를 통해서만 이루어진다는 식의 흔하디흔한 궤변에 통달해 있었다. 그 때부터 그는 위선을 행한다는 죄책감 없이 평온한 마음으로 예배나 추모 미사나 성찬식에 참석할 수 있었고 단식하고 성상을 향해 성호를 그을 수 있었으며 유익한 일을 행한다는 생각으로 불행한 가정생활에 있어서의 위안을 제공하는 예배 행위를 계속할 수 있었다. 그는 신앙을 가졌다고 생각했지만, 다른 어떤 일보다도 그 신앙이야말로 〈그래서는 안 되는〉 것임을 온몸으로 깨닫고 있었다.

그래서 그의 눈빛은 언제나 수심으로 가득 차 있었다. 그런데 그 모든 위선이 그의 마음속에 완전히 자리를 잡기도 전에 지난날 알고 지내던 네흘류도프를 만나자 예전의 자기 모습이 떠올랐던 것이다. 특히 네흘류도프에게 자신의 종교관을 암시한 셀레닌은 그 어느 때보다 〈그래서는 안 된다〉는

433

생각에 빠져들었고 몹시 슬퍼졌다. 그것은 옛 친구를 만나서 기뻐했던 첫 순간이 지나면서 네흘류도프가 느꼈던 감정과 같았다.

그래서 그 두 사람은 만나기로 서로 약속하고도 만날 기회를 만들지 않았고, 네흘류도프가 뻬쩨르부르그에 머무는 동안 한 번도 만나지 않았다.

24

원로원을 나선 네흘류도프는 변호사와 함께 인도를 따라 걸어갔다. 변호사는 자기 마차를 뒤따르게 하고는 위원들 사이에서 화제가 되었던 어느 국장에 관한 사건을 네흘류도프에게 이야기하면서, 그의 죄상이 폭로된 과정과 법에 따라 유형 판결을 받아야 하지만 시베리아 지사로 임명된 과정 등을 설명했다. 사건의 진상과 추악성에 대해 설명을 마친 변호사는 오늘 아침에 함께 마차를 타고 가다가 목격한, 완공되지 못한 기념비의 건립 모금을 여러 분야의 최고위 공직자들이 착복했다는 이야기와 누구의 정부가 증권 시장에서 수백만 루블을 벌었다는 이야기, 누가 누구에게 아내를 팔아먹었다는 이야기 등을 한층 열을 올리며 떠들어 댔다. 계속해서 변호사는 고위 관리들이 사기 행각과 온갖 비행을 저지르면서도 구속되지 않고 편안하게 자리를 지키고 있다는 이야기를 늘어놓았다. 자신의 무궁무진한 이야깃거리에 만족해하며 변호사는 확신에 찬 어조로, 뻬쩨르부르그 고위 관리들이 돈을 버는 수법에 비하면 변호사들이 돈을 버는 수법은 정당하고 결백하다고 주장했다. 고위 관리들의 비행 이야기를 다 끝내기 전에 네흘류도프가 마차를 불러서 강변으로 떠나자 변호사는 몹시 당황스러워했다.

네홀류도프는 몹시 슬펐다. 그가 슬펐던 까닭은 원로원의 상소 기각으로 무고한 마슬로바에게 내려질 무의미한 고통이 확정되었기 때문이며, 그 기각 결정이 자신의 운명과 그녀를 결합시키려는 확고한 결심을 훨씬 어렵게 만들었기 때문이었다. 슬픔은 변호사가 유쾌하게 떠들어 댄 지배층의 비행 이야기로 상승 작용을 일으켰다. 게다가 한때는 상냥하고 우호적이고 고상하던 셀레닌의 시선이 어느덧 사악하고 차가운 거부의 눈빛으로 변한 현실이 끊임없이 떠오르기도 했다.

네홀류도프가 집으로 돌아오자 수위는 어떤 여자가 수위실에서 썼다며 약간 경멸적인 태도로 편지를 내밀었다. 그 편지는 슈스또바의 어머니가 쓴 것이었다. 그녀는 딸을 구해 준 은인이자 구원자에게 감사드리고 싶어서 찾아왔으며, 바실리예비치 섬 5번 거리에 있는 아파트로 방문해 달라고 간청했다. 그의 방문은 적어도 베라 예프레모브나에게는 꼭 필요한 일이라고 그녀는 적었다. 지나친 사의로 누를 끼칠 생각은 없으므로 사의를 표하기 보다는 그저 만나는 기쁨을 누리고 싶으니 걱정하지 말라고도 했다. 그러면서 가능하면 내일 오전 중에 방문해 달라고 했다.

다른 편지 한 통은 네홀류도프의 옛 친구인 시종무관 보가뜨이료프가 보내온 것이었다. 네홀류도프는 그에게 어느 종파 교인들의 명의로 자신이 작성한 탄원서를 황제 폐하께 직접 제출해 달라고 부탁한 바 있었다. 보가뜨이료프는 크고 단호한 필체로 자신은 약속대로 황제께 탄원서를 직접 제출하겠지만, 그보다 네홀류도프가 먼저 그런 문제를 다루는 담당자들을 만나서 부탁하는 것이 어떻겠느냐고 적었다.

최근 며칠 동안 받은 인상을 통해서 네홀류도프는 아무것도 성취하지 못할 것 같은 절망감에 빠졌다. 그가 모스크바에서 세웠던 계획과 구상은 사회에 첫발을 내디뎠을 때 환멸을 느끼지 않을 수 없었던 젊은 날의 공상과 비슷해 보였다. 그러나 일단 뻬쩨르부르그에 온 이상 실행에 옮기려고 했던 일을 모두 시도하는 것이 자신의 의무라고 생각했기 때문에 내일은 보가뜨이료프의 집을 방문하기로 결심했다. 그리고 그의 충고대로 어느 종파 교인들의 문제를 다루는 담당자를 찾아갈 생각이었다.

그가 트렁크에서 어느 종파 교인들의 탄원서를 꺼내서 다시 훑어보고 있을 때 노크 소리가 들리더니 까쩨리나 이바노브나 백작 부인의 하인이 방으로 들어와서 차를 마시러 위층으로 올라오라고 전했다.

네흘류도프는 서류를 트렁크에 집어넣으며 곧 가겠다고 대답하고는 이모가 있는 방으로 걸음을 옮겼다. 위층으로 올라가는 길에 창문을 통해서 마리에트의 적갈색 말 두 필이 끄는 마차를 발견하자 그는 자신도 모르는 사이에 갑자기 기분이 좋아지고 미소가 새어 나왔다.

검은 모자 대신 밝은 색 모자를 쓰고 알록달록한 옷을 입은 마리에트는 손에 찻잔을 들고 백작 부인의 옆자리에 앉아 있었다. 그녀는 안락의자에 앉아서 미소 띤 아름다운 눈동자를 반짝이면서 속삭이고 있었다. 네흘류도프가 방 안으로 들어섰을 때, 마리에트는 막 우스운 농담을 던졌고 그 우습고 무례한 농담은(네흘류도프는 웃음의 성격으로 그것을 눈치챌 수 있었다) 코 밑에 잔수염이 난 인자한 까쩨리나 이바노브나 백작 부인으로 하여금 비대한 몸을 뒤틀며 깔깔거리게 만들었다. 마리에트는 웃음기 머금은 입술을 삐죽거리고 화색이 넘치는 활기찬 얼굴을 갸우뚱거리며 장난기 어린 표정으로 상대방의 얼굴을 바라보았다.

네흘류도프는 몇 마디만으로도 그들이 뻬쩨르부르그의 두

번째 화제인 시베리아 신임 지사 이야기를 하고 있다는 것을 알 수 있었다. 마리에트가 그 이야기를 하면서 우스운 농담을 던지자 백작 부인이 웃음을 참지 못했던 것 같았다.

「정말 우스워 죽겠네.」 그녀는 콜록거리면서 말했다.

네흘류도프는 안부를 물은 후 그 옆에 앉았다. 그가 마리에트의 경박함을 지적하려고 하자 그의 진지하고 불만스러운 표정을 읽은 그녀는 환심을 사기 위해(그를 보는 순간 그녀는 그렇게 하고 싶어졌다) 얼굴 표정은 물론 마음까지 변화시켰다. 그녀는 갑자기 자신의 생활에 진지한 불만을 느꼈고, 자신도 모르게 네흘류도프가 느끼는 그런 감정(말로 표현할 수는 없었지만)으로 빨려 들어갔다.

그녀는 그에게 일을 다 끝냈느냐고 물었다. 그는 원로원에서 패소한 것과 셀레닌을 만났던 일을 설명했다.

「아, 정말 깨끗한 영혼을 가진 분이시죠! 그분이야말로 용기 있고 결점이라고는 찾아볼 수 없는 기사님이세요. 깨끗한 영혼을 가진 분이시라고요.」 두 부인은 셀레닌에 관한 사교계에 알려진 상투적인 평가를 늘어놓았다.

「그 친구의 부인은 어떤 사람인가요?」 네흘류도프가 물었다.

「부인이요? 글쎄, 난 다른 사람을 평가하고 싶지는 않아요. 하지만 그녀는 남편을 잘 이해하지 못해요. 어쨌든 그분이 반대했다는 것이 사실인가요?」 마리에트가 진심으로 동정하며 물었다. 「정말 끔찍한 일이에요. 그녀가 가엾군요.」 그녀는 한숨을 내쉬며 말했다.

그는 인상을 찌푸리고 화제를 바꾸기 위해 마리에트의 주선으로 요새 감옥에 수감되었다가 풀려난 슈스또바 이야기를 시작했다. 그는 남편에게 부탁해 줘서 고맙다고 말한 후, 아무도 그들의 처지를 알아주지 않는다는 이유만으로 그 여자와 가족 모두 얼마나 고생이 심했는지 상상만 해도 정말 무서운 일이라고 이야기를 꺼내려고 했다. 그러나 마리에트는 그가 이야기를 끝맺기도 전에 먼저 분노를 터뜨렸다.

「그 일에 대해선 아무 말씀도 하지 마세요.」 그녀가 말했다. 「그녀가 석방될 거라고 남편이 말했을 때 나도 당신과 같은 생각에 충격을 받았어요. 그녀가 결백하다면 왜 그녀를 투옥한 걸까요?」 그녀는 네흘류도프가 하고 싶었던 이야기를 대신 쏟아 냈다. 「분노하지 않을 수 없어요, 정말 분노하지 않을 수 없어요!」

까쩨리나 이바노브나 백작 부인은 마리에트가 조카의 환심을 사려고 애쓴다는 사실을 눈치채고 기분이 좋아졌다.

「자, 애야⋯⋯.」 두 사람이 입을 다물자 백작 부인이 이렇게 말했다. 「내일 저녁에 알린느에게 가보거라. 끼제베쩨르 씨도 와 계실 테니까. 물론 당신도요.」 그녀는 마리에트를 향해 고개를 돌리며 말했다.

「그분이 너를 눈여겨보시더라.」 그녀가 조카에게 말했다. 「내가 말씀드렸더니, 네가 반드시 그리스도 품에 안길 거라며 좋은 징조라고 하시더구나. 그러니 꼭 가보도록 해라. 마리에트, 저 애한테 가보라고 말 좀 해줘요. 그리고 당신도 가보고요.」

「백작 부인, 첫째로 저는 공작님께 충고할 자격이 전혀 없답니다.」 마리에트는 네흘류도프를 쳐다보면서 이렇게 말했다. 그녀의 눈빛은 백작 부인의 말과 복음서에 대한 모종의 완전한 합의가 네흘류도프와의 사이에 형성되어 있음을 보여 주었다. 「그리고 둘째로, 아시다시피 전 그런 걸 좋아하지 않아서⋯⋯.」

「참, 당신은 언제나 다른 사람들과는 반대로 일을 처리하시죠.」

「반대라뇨? 저는 저 자신을 평범한 여자라고 믿고 있어요.」그녀는 미소를 지으며 말했다.「그리고 세 번째……」그녀가 계속해서 말했다.「저는 내일 프랑스 연극을 보러 가거든요.」

「아, 그러세요! 너 그 여배우 봤니? 아, 그 여배우 이름이 뭐더라?」까쩨리나 이바노브나 백작 부인이 네흘류도프를 향해 말했다.

마리에트가 유명한 프랑스 여배우의 이름을 댔다.

「꼭 가보도록 해라. 정말 놀랍단다.」

「이모님, 여배우와 전도사 중에서 누구를 먼저 보러 갈까요?」네흘류도프가 웃으며 말했다.

「제발 말꼬리 잡고 늘어지지 마라.」

「우선 전도사를 보러 간 다음에 여배우한테 가야겠군요. 안 그러면 설교를 음미할 수 없을 테니까요.」네흘류도프가 말했다.

「아니에요, 프랑스 연극을 먼저 본 다음에 회개하는 편이 더 좋아요.」마리에트가 말했다.

「이런, 두 사람이 날 가지고 놀리는군요. 전도사는 전도사고, 극장은 극장이죠. 구원을 받는다고 해서 인상을 쓰거나 눈물을 흘려야 하는 건 아니에요. 신앙을 가지게 되면 마음이 즐거워지거든요.」

「이모님은 어떤 전도사보다도 더 훌륭한 설교를 하시는군요.」

「어쨌든……」마리에트는 곰곰이 생각에 잠기더니 이렇게 말했다.「내일 내가 있는 좌석으로 오세요.」

「아마도 전 가지 못할 것 같은데요……」

방문객이 찾아왔다는 하인의 보고로 인해 그들의 대화는 중단되었다. 방문객은 백작 부인이 회장으로 있는 자선 단체의 비서였다.

「참, 귀찮은 사람이 찾아왔군. 저쪽에서 만나는 것이 좋겠어. 마리에트, 곧 돌아올 테니 저 애한테 차 한잔 대접해 주세요.」 백작 부인이 종종걸음으로 황급히 방을 나가며 말했다.

마리에트가 장갑을 벗자 무명지에 보석 반지를 낀 넓적하고 힘이 넘치는 손이 드러났다.

「드시겠어요?」 그녀는 새끼손가락을 묘하게 내밀며 알코올램프 위에 놓인 은 주전자를 집어 들었다.

그녀는 심각하고 슬픈 표정을 지었다.

「내게 소중한 분들께서 나의 참모습과 내 환경을 혼동하시는 걸 생각하면 항상 너무너무 괴로워요.」

그녀는 마지막 말을 맺으면서 눈물이 왈칵 쏟아질 것 같은 표정을 지었다. 잘 생각해 보면 그녀의 말은 아무 의미도 없거나 애매모호한 것이었지만, 네흘류도프에게는 깊은 의미와 진실성과 선의를 내포한 것처럼 들렸다. 훌륭한 옷차림의 젊고 아름다운 여인의 입에서 나오는 이런 말과 그녀의 빛나는 눈동자가 네흘류도프의 마음을 사로잡고 말았던 것이다.

네흘류도프는 묵묵히 그녀를 쳐다보면서 그녀의 얼굴에서 눈을 떼지 못했다.

「당신이나 당신에게 일어나는 일을 내가 이해하지 못한다고 생각하시겠죠. 하지만 난 당신이 무슨 일을 하시는지 모두 알고 있어요. 그건 공공연한 비밀이니까요. 나는 그 일에 감동했어요. 나도 당신 생각에 동의하고요.」

「사실 감동하실 거라고는 없습니다. 아직 한 일이 거의 없으니까요.」

「아무래도 좋아요. 나는 당신의 감정도 이해할 수 있고 또 그녀도 이해할 수 있어요. 그래, 좋아요, 좋아. 그 이야기는 더 이상 하지 않겠어요.」 그녀는 네흘류도프의 얼굴에서 불만스러운 기색을 눈치채고 이야기를 멈추었다. 「하지만 그 일이 아니더라도 당신은 감옥에서 벌어지는 온갖 공포와 고통을 보시고는……」마리에트는 오로지 그의 환심을 사려는 생각에서 여자의 직감으로 그에게 중요한 의미를 지닌 소중한 일들을 넘겨짚었다. 「무자비하고 잔학한 행위로 인해 너무너무 큰 두려움에 떠는 사람들을 도우려 하시는 걸 알고 있어요……. 당신이 그것을 위해 목숨까지 바치실 분이라는 것도 알고 있어요. 나도 그렇게 할 수 있어요. 하지만 사람들에게는 다 운명이라는 게 있잖아요.」

「당신은 자신의 운명에 만족하지 못하십니까?」

「나요?」그녀는 그 질문에 깜짝 놀란 듯 되물었다. 「나는 만족해야 해요. 그리고 만족해요. 하지만 벌레도 잠에서 깨는 법이거든요……」

「그렇다면 그대로 잠들게 하지 말고, 그 목소리를 믿어야죠.」그녀의 거짓에 완전히 말려든 네흘류도프가 말했다.

후에 네흘류도프는 부끄러운 마음으로 그녀와 나눈 이야기를 여러 차례 돌이켜 보았다. 그는 거짓이라기보다는 가식적이었던 그녀의 말과, 감옥의 공포와 시골의 인상을 이야기할 때 마치 감동한 듯 주의 깊게 듣던 그녀의 얼굴을 떠올리곤 했다.

백작 부인이 돌아왔을 때 두 사람은 자신들을 이해하지 못하는 군중들 사이에서 서로를 알아본 각별한 옛 친구처럼 대화를 나누고 있었다.

두 사람은 권력의 부정과 불행한 사람들의 고통과 민중의 가난에 대해 대화를 나누고 있었지만 사실 대화는 헛바퀴를 돌고 있었으며, 서로를 바라보는 그들의 눈동자는 끊임없이 〈저를 사랑할 수 있으세요?〉라고 물으면 〈네, 물론입니다〉라고 대답하는 것 같았다. 무지갯빛 형태의 충만한 감정이 너무 갑작스럽게 서로의 마음을 끌어당겼던 것이다.

집으로 돌아가면서 그녀는 언제나 힘닿는 데까지 도와 드릴 준비가 되어 있다며, 긴히 의논할 것이 있으니 내일 저녁에 잠깐이라도 극장에 꼭 와달라고 부탁했다.

「안 그러면 언제 다시 뵐 수 있겠어요?」 그녀는 한숨을 내쉬며 덧붙였다. 그러고는 반지를 주렁주렁 낀 손에 조심스럽게 장갑을 끼기 시작했다. 「그러니 오시겠다고 말씀해 주세요.」

네흘류도프는 약속했다.

그날 밤 네흘류도프는 방에 혼자 남아 불을 끄고 잠자리에 들었지만 오랫동안 잠을 이룰 수 없었다. 그래서 마슬로바의 일과 원로원의 판결과 어디든 그녀를 따라가겠다는 자신의 결심과 토지 소유권을 포기한 일을 회상했다. 그때 〈언제 다시 뵐 수 있겠어요?〉라고 말하던 마리에트의 얼굴과 한숨과 시선이 마치 그 문제에 대한 해답이라도 되는 것처럼 갑자기 떠올랐다. 그녀의 웃는 모습이 눈앞에 있는 것처럼 선명하게 떠오르자 그의 입가에도 미소가 번졌다. 〈시베리아로 가는 것이 과연 잘하는 일일까? 재산을 포기한다는 건 또 잘하는 일일까?〉 그는 자문했다.

둘러친 커튼 사이로 뻬쩨르부르그의 밤은 여전히 밝았지만 그 문제에 대한 해답은 막막하기만 했다. 그의 머릿속에서는 모든 게 혼란스러웠다. 그는 지난날의 생각을 떠올려 보기도 하고 생각의 변화 과정을 돌아보기도 했다. 그러나 그 생각들은 이미 과거만큼 확고한 설득력을 갖지 못했다.

〈이 모두가 내가 생각한 일이지만 그렇게 살아갈 만한 힘이 없구나. 잘 실천해 온 일도 후회하고 있으니 말이야.〉 그는 이렇게 생각했다. 문제들에 대답할 기력조차 없이, 그는 한동안 느끼지 못했던 우수와 절망을 경험했다. 그리고 도박판에서 많은 돈을 잃었을 때 겪었던 것처럼 괴로운 잠에 빠져들었다.

25

다음 날 잠에서 깨어난 네흘류도프는, 어제 비열한 짓을 저질렀다는 생각이 가장 먼저 들었다.

그는 기억을 더듬기 시작했다. 비열한 짓이나 나쁜 짓을 저지른 기억은 없었지만, 어리석고 정말 나쁜 생각을 품은 것이 떠올랐다. 그것은 까쮸샤와 결혼하거나 농민들에게 토지를 나눠 주는 일 같은 그가 생각하는 모든 구상이 실현될 수 없는 공상에 지나지 않으며 참아 내기도 힘들고 인위적이고 부자연스러운 것으로 느껴져서 과거에 살아온 방식대로 살아야겠다는 생각이었다.

나쁜 행위를 저지르지는 않았지만, 나쁜 행위보다 더 나쁜 것이 있었다. 그것은 나쁜 행위를 부르는 나쁜 생각이었다. 나쁜 행위는 반복하지 않을 수도 있고 반성할 수도 있겠지만 나쁜 생각은 나쁜 행위를 부른다.

나쁜 행위는 다른 나쁜 행위를 향한 길을 닦아 놓을 뿐이지만, 나쁜 생각은 그 길로 빠져들지 않을 수 없게 만드는 것이다.

아침에 네흘류도프는 어제의 생각을 다시 돌이켜 본 후, 비록 짧은 순간이지만 어떻게 그런 생각을 했을까 하고 새삼 놀라고 말았다. 아무리 새롭고 어려워도 실행하기로 마음먹은 일이야말로 생명으로 가는 유일한 길이라는 사실도, 아무리 익숙하고 쉬워도 과거의 생활로 돌아가는 길은 죽음에 지나지 않는다는 사실도 그는 잘 알고 있었다. 어젯밤의 유혹을 이제 와서 돌이켜 보며, 잠을 실컷 자고 난 다음이어서 더이상 자고 싶지도 않고 중대하고 즐거운 일이 기다리고 있기 때문에 일어나야 한다는 것을 잘 알면서도 침대에서 계속 뒤척이고 싶을 때와 같은 경우였다고 그는 생각했다.

그날은 그가 뻬쩨르부르그에 머무는 마지막 날이었다. 그래서 그는 아침 일찍 바실리예프 섬으로 슈스또바를 찾아갔다.

슈스또바의 집은 아파트 2층이었다. 수위가 알려 준 대로 네흘류도프는 뒷문으로 난 가파른 계단을 통해 음식 냄새가 진동하는 후텁지근한 부엌으로 들어갔다. 안경을 쓰고 앞치마를 두른 중년 여자가 소매를 걷어붙인 채 부뚜막 앞에서 김이 올라오는 냄비를 휘젓고 있었다.

「누굴 찾으시죠?」 그녀는 부엌에 들어온 사람을 안경 너머로 훑어보며 깐깐하게 물었다.

하지만 네흘류도프가 이름을 대기도 전에 놀랍고 기쁜 기색이 그녀의 얼굴에 순식간에 퍼졌다.

「어머나, 공작님!」 그녀는 앞치마에 손을 문지르며 소리쳤다. 「아니, 왜 뒷문 계단으로 오세요? 저희들의 은인께서! 제가 그 애의 어미랍니다. 우리 딸아이는 완전히 폐인이 됐었는데, 공작님께서 저희들의 구원자이십니다.」 그녀는 이렇게 말하며 네흘류도프의 손을 잡아 입을 맞추려고 했다. 「어제 댁으로 찾아갔었죠. 동생의 성화가 이만저만이 아니어서요. 그 애도 여기에 있답니다. 이쪽입니다, 이쪽. 어서 들어가시죠.」 슈스또바의 어머니는 좁은 문과 음침한 복도로 네흘류도프를 안내하면서 헝클어진 옷매무새와 머리카락을 매만졌다. 「제 동생은 꼬르닐로바라고 하는데, 아마 들어 보셨을 거예요.」 그녀는 문 앞에서 걸음을 멈추더니 이렇게 속삭였다. 「그 애는 정치적 사건에 연루되어 있답니다. 아주 똑똑한 애거든요.」

슈스또바의 어머니는 복도에서 한 작은 방의 문을 열고 네흘류도프를 안내했다. 방 안 탁자 앞에 놓인 소파에는 작고 뚱뚱한 금발 고수머리 처녀가 앉아 있었다. 둥글고 창백한 얼굴은 어딘가 어머니를 많이 닮아 있었다. 그녀의 맞은편에는 까맣고 짧은 콧수염과 턱수염을 기르고 옷깃에 러시아풍으로 수를 놓은 루바쉬까를 입은 청년이 안락의자에 쭈그리고 앉아 있었다. 두 사람은 이야기에 열중하다가 네흘류도프가 문 안으로 들어서자 비로소 고개를 돌렸다.

「리지야, 이분이 네흘류도프 공작님이시란다. 바로 그분이시지…….」

안색이 창백한 처녀는 반사적으로 벌떡 일어나 머리를 뒤로 쓸어 넘기며 커다란 회색 눈으로 방 안에 들어선 사람을 응시했다.

「당신이 베라 예프레모브나가 부탁했던 바로 그 위험인물이군요?」 네흘류도프는 빙그레 미소 지으며 악수를 청했다.

「네, 바로 저예요.」 리지야는 이가 드러날 정도로 크게 입을 벌리며 착하고 천진난만한 미소를 지었다. 「이모께서 당신을 몹시 만나고 싶어 하셨어요. 이모!」 그녀는 문을 향해 명랑하고 부드러운 목소리로 말했다.

「베라 예프레모브나는 당신의 체포 소식에 몹시 가슴 아파하더군요.」 네흘류도프가 말했다.

「이쪽으로, 이쪽으로 오세요. 여기가 더 편하실 거예요.」 리지야는 금방 청년이 앉았던 약간 부서진 안락의자를 가리키며 말했다. 「사촌 오빠 자하로프예요.」 그녀는 청년을 훑어보는 네흘류도프의 시선을 의식하며 이렇게 말했다.

청년은 리지야처럼 선량한 미소를 보내며 손님과 인사를 나누었다. 네흘류도프가 자리에 앉자 그는 창문에서 의자를 끌어다가 나란히 앉았다. 열다섯 살가량 되어 보이는 금발의 중학생이 옆문에서 말없이 들어와 창가에 앉았다.

「베라 예프레모브나는 이모의 친한 친구예요. 사실 저는 그녀를 잘 모르지만요.」 리지야가 말했다.

그때 옆방에서 하얀 상의에 가죽 허리띠를 두른 활달하고 총명해 보이는 여자가 들어왔다.

「안녕하세요. 찾아 주셔서 정말 감사합니다.」 그녀는 리지야와 나란히 소파에 앉으며 말문을 열었다. 「그런데 베로치까는 좀 어떤가요? 그녀를 만나 보셨나요? 지금 상황을 잘 견디고 있나요?」

「그녀는 별로 불평하지 않더군요.」 네흘류도프가 말했다. 「자기 말로는, 기분도 최상이라고 하던데요.」

「아, 베로치까, 알 만해요.」 이모는 미소 띤 얼굴로 고개를 가로저으며 말했다. 「그녀는 그런 사람이죠. 정말 훌륭한 인격자예요. 다른 사람들을 위해 일하면서도 자기 몸은 돌보지 않아요.」

「맞습니다. 그녀는 자신을 위해서는 아무것도 바라지 않으면서 당신의 조카만 걱정하더군요. 당신의 조카가 아무 죄도 없이 잡혀갔다면서 늘 가슴 아파 했지요.」

「그건 사실이에요.」 이모가 말했다. 「정말 무서운 일입니다! 사실 이 애는 저 때문에 고생한 거죠.」

「절대 그렇지 않아요, 이모!」 리지야가 말했다. 「저는 이모가 부탁하지 않았는데도 그 서류를 가지고 있었잖아요.」

「그래, 내가 더 잘 알고 있단다.」 이모가 말을 이어 갔다. 「실은······.」 그녀는 네흘류도프를 쳐다보며 말했다. 「어떤 사람이 잠시 보관해 달라며 저에게 서류를 가져왔는데, 그때 마침 제가 집에 없는 바람에 이 애한테 대신 맡기면서 일이 벌어진 겁니다. 바로 그날 밤 가택 수색을 당하면서 서류는 압수되고 이 애는 붙잡혀 갔지요. 그리고 그때부터 누구한테 받은 것이냐고 심문당했답니다.」

「하지만 저는 아무 말도 하지 않았어요.」 리지야는 흘러내리지도 않는 머리카락을 쓸어 올리며 재빨리 끼어들었다.

「그래, 네가 말했다고 하지 않았어.」 이모가 말했다.

「미쩬이 체포된 건 저 때문에 그런 게 아니에요.」 리지야는 얼굴을 붉히고 불안한 시선으로 두리번거리며 말했다.

「그런 이야기는 하지 마라, 리지야.」 어머니가 말했다.

「어째서요? 전 이야기하고 싶어요.」 리지야는 새빨개진 얼굴로 정색하며 말했다. 이제 그녀는 머리카락을 쓸어 올리는 대신 손가락에 칭칭 감으며 주위 사람들을 둘러보았다.

「그 이야기는 어제도 했잖니.」

「아니…… 그만하세요, 엄마. 저는 아무 말도 하지 않았어요. 입을 다물고 있었다고요. 그 사람들이 두 번씩이나 이모와 미쩬에 대해 심문했지만, 저는 말하지 않았어요, 대답하지 않겠다고만 했단 말이에요. 그러자 그자가…… 뻬뜨로프가…….」

「뻬뜨로프는 헌병대 수사관인데 지독한 악당이죠.」 이모는 네홀류도프에게 조카의 말을 설명하며 끼어들었다.

「그러자 그자가…….」 리지야는 흥분해서 다급히 말했다. 「저를 설득하기 시작했어요. 〈네가 모두 털어놓으면 아무도 피해를 입지 않아. 오히려…… 네가 털어놓으면, 우리가 쓸데없이 괴롭히는 무고한 사람들이 석방될 거야.〉 그래도 아무 말도 하지 않겠다고 했어요. 그랬더니 이렇게 말하더군요. 〈그럼 말은 하지 않아도 좋으니, 내가 하는 이야기를 부인하지만 말아라.〉 그러고 나서 그는 여러 이름을 거명했고, 그중에 미쩬의 이름도 들어있었어요.」

「이제 그만하렴.」 이모가 말했다.

「아니, 이모! 제 말을 막지 마세요.」 그녀는 계속해서 머리카락을 쓸어 올리며 주변을 둘러보았다. 「그런데 다음 날 미찐이 체포되었다고 옆 감방에서 벽 신호로 알려 왔어요. 전제가 배신한 거라는 생각이 들었어요. 그때부터 저는 정말 미칠 정도로 괴로웠어요.」

「그 사람이 너 때문에 체포된 게 아니라는 사실이 밝혀졌잖니.」 이모가 말했다.

「저는 그런 사실을 몰랐어요. 다만 제가 배신한 거라고 생각했지요. 벽을 따라 뱅뱅 맴돌면서 제가 배신한 거라고 생각할 수밖에 없었죠. 자리에 누워서 눈을 감고 있어도 〈네가 미찐을 배신했지, 네가 미찐을 배신했어〉라는 소리가 들렸어요. 환청인 줄은 알지만 외면할 수 없었어요. 잠을 청해도 잠이 오지 않았고, 생각하지 않으려고 해도 그럴 수 없었어요. 너무나 무서웠어요.」 리지야는 점점 더 흥분하여 머리카락을 손가락에 감았다 풀었다를 반복하며 주위 사람들을 둘러보았다.

「리지야, 진정해라.」 어머니는 딸의 어깨에 손을 얹으며 말했다.

그러나 리지야는 이야기를 멈추지 않았다.

「그보다 더 무서운 일은……」 그녀는 무슨 말을 하려다가 눈물을 흘리더니 소파에서 벌떡 일어났다. 그러고는 안락의자에 몸을 부딪치며 방에서 뛰쳐나갔다. 어머니가 그 뒤를 쫓아갔다.

「악당들은 모두 다 교수형에 처해야 해.」 창가에 앉아 있던 중학생이 말했다.

「너 뭐라고 했니?」 중학생의 어머니가 물었다.

「아무것도 아니에요. 저는 그냥……」 중학생은 이렇게 대답하고는 탁자 위에 놓인 담배를 피우기 시작했다.

26

「그래요, 젊은 사람들을 독방에 가둔다는 건 정말 무서운 일이에요.」이모는 고개를 가로저으며 담배를 피워 물었다.

「누구에게나 다 마찬가지겠지요.」네흘류도프가 말했다.

「아니에요, 누구에게나 다 그런 건 아니에요.」이모가 대답했다.「진정한 혁명가들에게는 휴식이 되기도 하고, 마음의 안정도 준다고 하더군요. 비합법적인 운동가는 자신이나 동료들이나 혁명 사업 문제로 항상 불안에 떨기도 하고, 물질적으로 궁핍하게 지내기도 하고, 늘 공포 속에서 살아가지요. 하지만 마침내 체포되고 나면 모든 게 끝나고, 모든 책임에서도 벗어나게 됩니다. 그러니 교도소에서 쉴 수도 있겠죠. 체포되는 게 오히려 기쁘다고 솔직히 이야기하곤 하니까요. 그러나 리지야의 경우처럼 젊은 사람들이나 무고한 사람들이 체포되면 그 첫 충격은 정말 끔찍한 것입니다. 자유를 빼앗긴다거나, 난폭한 대접을 받는다거나, 나쁜 음식을 먹는다거나, 공기가 불결하다거나 하는 모든 궁핍도 전혀 문제가 되지 않아요. 궁핍이 세 배로 가중된다고 하더라도 쉽게 참아 낼 수 있을 거예요. 하지만 처음 투옥되면서 받는 정신적 충격은 그렇지 않아요.」

「경험해 보셨나요?」

「저요? 두 번 투옥되었죠.」이모는 슬프고도 유쾌한 미소를 지으며 말했다.「처음 체포되었을 때, 저는 아무 잘못도 없었어요……」그녀는 말을 이어 갔다.「스물두 살 때였는데, 어린애도 하나 있었고 임신 중이었죠. 그때는 자유를 빼앗기고 어린애나 남편과 헤어진다는 게 너무 괴로웠어요. 하지만 제가 인간이 아니라 물건 취급을 받는다는 걸 깨달았을 때와 비교하면, 그 역시 아무것도 아니었죠. 딸아이한테 작별 인사를 하고 싶은데 어서 마차에 올라타라고 다그치더군요. 어디로 데려가느냐고 물었더니, 도착해 보면 알 거라고만 했어요. 죄목이 뭐냐고 물어도 아무 대꾸도 하지 않았죠. 몇 가지 심문이 끝나자, 그들은 제게 수인 번호가 새겨진 죄수복을 입히더니 원형 천장으로 된 감방으로 데려가서는 문 안으로 밀어 넣더군요. 그들이 자물쇠를 잠그고 가버리자, 총을 멘 보초 혼자 남아서 말없이 서성거리다가 이따금씩 문 틈으로 들여다보곤 했어요. 정말 고통스러운 일이었죠. 그때 무엇보다도 저를 화나게 한 것은 심문이 끝난 후에 헌병 장교가 저한테 담배를 권한 일이었어요. 그자는 사람들이 담배를 좋아한다는 걸 알고 있었나 봐요. 그렇다면 사람들이 얼마나 자유와 광명을 사랑하는지 알았을 것이고 어머니가 자식을, 또 자식이 어머니를 얼마나 사랑하는지 알았을 겁니다. 그렇다면 그들은 왜 저를 소중한 모든 것으로부터 격리시켜서 짐승처럼 무자비하게 철창 속에 가둔 것일까요? 그런 짓을 저지른 사람들은 끝내 벌을 받고 말 거예요. 만일 누군가가 신과 인간을 믿고 또 인간은 서로 사랑하는 존재라는 사실을 믿고 있더라도, 그런 일을 당해 보면 그런 믿음을 결코 갖지 못할 겁니다. 그때부터 저도 사람을 믿지 못하고 원한을 품게 되었죠.」그녀는 말을 마치며 미소를 지었다.

리지야가 뛰쳐나간 문으로 어머니가 돌아와서 그녀는 지금 기분이 몹시 울적해서 들어오지 않을 거라고 했다.

「어째서 그 애가 젊은 시절을 망쳐야 하지요?」이모가 말했다.「특히 가슴이 아픈 것은, 저도 모르는 사이에 제가 원인을 제공했다는 사실이에요.」

「시골 바람이라도 쐬면 좋아질 텐데.」어머니가 말했다.「제 아버지한테 보내야겠어.」

「당신이 아니었더라면 저 애는 죽었을지도 몰라요.」이모가 말했다. 「정말 감사합니다. 사실 제가 당신을 만나고 싶어 했던 이유는, 베라 예프레모브나에게 편지를 전해 달라고 부탁드리기 위해서였습니다.」 그녀는 주머니에서 편지를 꺼내며 말했다. 「이 편지는 봉하지 않았으니, 읽어 보신 다음에 찢어 버리시든지 전해 주시든지 마음대로 하세요.」 그녀가 말했다. 「누를 끼칠 만한 내용은 전혀 없으니까요.」

네흘류도프는 편지를 받아 들면서 전해 주겠다고 약속했다. 그러고 나서 자리에서 일어나 작별 인사를 한 후 거리로 나갔다.

그는 편지를 읽지 않고 밀봉해서 전해 주기로 했다.

27

네흘류도프를 뻬쩨르부르그에 머물게 한 마지막 볼일은 어느 종파 교인들에 관한 사건이었다. 그는 같은 연대에서 근무했던 옛 친구이자 시종무관인 보가뜨이료프를 통해서 황제 폐하께 탄원서를 제출할 생각이었다. 그래서 아침 일찍 보가뜨이료프를 찾아갔다. 출근 시간이었지만 그는 아직 집에서 아침 식사를 하는 중이었다. 보가뜨이료프는 키가 작았지만 단단했고 편자를 구부릴 정도로 강한 체력을 타고났으며, 선량하고 정직하고 솔직한 자유주의자이기도 했다. 이런 성격의 소유자임에도 불구하고 그는 궁정과 가까운 관계를 맺으며 황제와 황족들을 사랑했고, 상류 사회에 살면서도 그 사회의 좋은 면만 볼 뿐 정직하지 못하고 옳지 못한 일에는 관여하지 않는 놀라운 재주를 지니고 있었다. 그는 다른 사람들이나 그들의 처신을 결코 비난하지 않았으며, 입을 다물고 있거나 하고 싶은 말을 고함에 가까울 정도로 크게 떠들어 댄 다음 껄껄거리며 웃어 버리곤 했다. 그러나 그것은 사교술이 아니라 그의 성격이었다.

「아, 마침 잘 왔네. 아침 식사 좀 하지 않겠나? 이리 앉게. 기가 막히게 맛있는 비프스테이크야. 나는 언제나 핵심에서 시작해서 핵심으로 끝을 맺지. 하하하! 그럼 술이라도 한잔 들게.」 그는 붉은 포도주가 담긴 유리병을 가리키며 소리쳤다. 「그렇지 않아도 자네 생각을 했었네. 탄원서는 내가 제출하지. 직접 제출해야 안심이 되거든. 그런데 문득 그 전에 자네가 또 뽀로프를 찾아가는 편이 좋을 것 같다는 생각이 들더군.」

또뽀로프라는 말에 네홀류도프는 인상을 찌푸렸다.

「만사가 그의 손에 달려 있거든. 어쨌든 황제 폐하께서는 그에게 물으실 테니까. 어쩌면 그가 자네 소원을 이루어 줄지도 모르잖나.」

「자네가 권한다면 찾아가 보겠네.」

「정말 잘됐군. 그런데 말이야, 뻬쩨르부르그는 어땠나?」 보가뜨이료프는 큰 소리로 떠들었다. 「어디 말해 보게, 응?」

「최면에 걸린 것 같은 기분이라네.」 네홀류도프가 말했다.

「최면에 걸린 것 같다고?」 보가뜨이료프는 그 말을 되받으며 껄껄 웃어 댔다. 「안 먹겠나? 싫으면 그만두게.」 그는 냅킨으로 입을 닦았다. 「그에게 가볼 텐가? 응? 만일 그가 못하겠다고 하면 내게 가져오게. 내가 내일 제출할 테니.」 그는 이렇게 소리치며 자리에서 일어섰다. 그리고 입을 닦을 때처럼 무의식적인 동작으로 크게 성호를 그은 후 장검을 차기 시작했다. 「미안하네, 지금 나가 봐야겠어.」

「함께 나가지.」 네홀류도프는 이렇게 말하며 만족스러운 듯 보가뜨이료프의 억세고 넓적한 손을 잡았다. 그는 늘 그렇듯 건강하고 밝고 스스럼없는 친구로부터 좋은 인상을 받으며 계단 앞에서 작별했다.

좋은 결과를 기대하지는 않았지만, 네홀류도프는 어쨌든 보가뜨이료프가 충고한 대로 어느 종파 교인들의 사건을 좌우할 수 있는 인물인 또뽀로프를 찾아갔다.

　또뽀로프가 담당하는 업무는 그 일의 성격상 내부적 모순을 안고 있었는데, 이는 우둔하거나 도덕성이 부족한 인간이 아니라면 누구나 빤히 알 수 있는 것이었다. 또뽀로프는 그 부정적인 성격 두 가지를 모두 가지고 있었다. 그가 담당하는 직책의 모순이란 다름이 아니라, 교회는 신의 의지로 세워진 것이고 지옥문이나 인간의 어떤 노력으로도 흔들릴 수 없기 때문에 직책상 폭력을 포함한 외부 수단을 사용해서라도 교회를 유지하고 보호해야 한다는 신념이었다. 그러한 방법으로 또뽀로프를 수장으로 하는 많은 관리들이 담당하는 인간의 제도는 신성하고 흔들림 없는 신의 제도를 유지하고 보호해야 했다. 또뽀로프는 이런 모순을 깨닫지 못했고, 또 깨달으려고 하지도 않았다. 그는 지옥문도 파괴할 수 없는 이 교회를 가톨릭 사제나 프로테스탄트 선교사나 다른 종파 교인들이 파괴하지 않을까 몹시 우려했다. 만민 평등이나 동포애 같은 기본적인 종교적 감정이 결핍된 사람들처럼 또뽀로프는 민중이란 본질적으로 자신과는 완전히 다른 존재이며, 자신에게는 그 기본적인 종교적 감정이 없어도 괜찮지만 그들에게는 없어서는 안 된다고 굳게 믿었다. 그는 마음속으로 아무것도 믿지 않았으며 그런 상태가 훨씬 편안하고 즐겁다고 생각하면서도 민중이 그런 상태로 빠져들지 않을까 걱정했다. 그러면서도 평소 그가 말하듯이 민중을 구원하는 일이야말로 자신의 신성한 의무라고 생각했다.

　어느 요리책에 가재는 살아 있는 상태로 삶기는 것을 좋아한다고 적혀 있으면, 그는 비유적인 의미로 받아들이지 않고 곧이곧대로 믿었다. 그런 식으로 그는 민중이 미신을 좋아한다고 생각했고 또 말해 왔다.

민중이 지지하는 종교에 대한 그의 태도는 썩은 고기로 닭을 기르는 양계업자의 태도와 같았다. 썩은 고기는 불쾌하지만 닭이 즐겨 먹으므로 닭을 기르기 위해서는 썩은 고기를 먹여야 하는 것이다.

물론 이베르스끄나 까잔이나 스몰렌스끄 같은 지방의 우상 숭배는 매우 우매한 짓이지만 민중이 애착을 느끼고 믿고 있으므로 그 미신을 지지하지 않을 수 없다고 또뽀로프는 생각했다. 또뽀로프는 민중이 미신을 믿는 이유가 자신처럼 잔인한 사람들이 항상 존재해 왔고 현재도 존재하기 때문이라는 사실을 깨닫지 못했다. 교육받은 이 잔인한 사람들은 무지한 민중의 어둠을 몰아내는 광명이 되기는커녕 오히려 민중이 그 속에서 헤어나지 못하도록 조장하고 있었다.

네흘류도프가 응접실로 들어갔을 때 또뽀로프는 서재에서 활달한 수녀원장과 대화 중이었다. 그녀는 정교로의 개종을 강요당하는 서부 국경의 우니아트교도[72]들 사이에 정교를 전도하고 옹호하던 인물이었다.

특별한 임무를 띠고 응접실에서 당직을 서던 관리가 네흘류도프에게 용건을 물었다. 네흘류도프가 어느 종파 교인들의 탄원서를 황제 폐하께 제출하려 한다고 말하자, 그는 그 탄원서를 볼 수 있겠는지 물었다. 네흘류도프가 탄원서를 건네자 관리는 탄원서를 가지고 서재로 들어갔다. 그때 하늘거리는 베일이 달린 두건을 쓴 수녀가 검은 치맛단을 끌며 손톱을 깨끗하게 다듬은 하얀 두 손에 노란 염주를 들고 합장

---

72 16세기 말 우크라이나에서 그리스 정교와 가톨릭교회 사이에 종교 합동이 이루어지면서 탄생한 합동 동방 가톨릭 교파로, 교황의 수위권을 인정하면서도 러시아어로 예배를 보고 정교 고유의 의식과 관습을 지키는 교인들을 가리킨다.

하면서 서재에서 입구 쪽으로 걸어 나왔다. 네흘류도프는 아직 안으로 들어오라는 허락을 받지 못했다. 또쁘로프는 탄원서를 읽으면서 줄곧 고개를 저었다. 명료하고 힘 있게 쓴 탄원서를 읽는 동안 그는 불쾌감에 몸서리치고 있었다.

〈만일 황제 폐하의 수중에 이런 게 들어간다면 난 불쾌한 질문을 받고 의심을 사겠지.〉 그는 탄원서를 다 읽은 후 이렇게 생각했다. 그는 탄원서를 탁자 위에 올려놓고 벨을 눌러서 네흘류도프를 들여보내도록 했다.

그는 어느 종파 교인들의 사건을 잘 알고 있었다. 이미 그들의 탄원서를 받아 놓고 있었던 것이다. 사건의 내막은 이러했다. 정교에서 이탈한 기독교인들이 훈계를 받고 기소되었으나 무죄 판결을 받았다. 그러자 주교의 지사는 그들의 결혼이 불법적이라는 이유로 남편과 아내와 아이들을 각기 다른 지방에 유형 보내기로 결정했다. 그래서 수많은 부부들이 서로 헤어지지 않게 해달라고 탄원했던 것이다. 또쁘로프는 자기가 이 사건을 처음 접수했을 때를 떠올렸다. 당시 그는 그 조치를 중지시킬 것인지 말 것인지 몹시 주저했었다. 그러나 그가 생각하기에 농민들의 가족 구성원을 각기 다른 지방으로 유형 보내는 명령도 별로 해로울 건 없었다. 그들을 그냥 내버려 두면 다른 주민들까지 정교에서 이탈하는 나쁜 결과를 가져올 수 있는 데다 주교도 그 문제에 열성적이기 때문이었다. 그래서 그는 사건을 이미 결정된 대로 추진시켰다.

그런데 지금 뻬쩨르부르그에 연줄이 있는 네흘류도프가 후원자로 등장한 것이다. 그가 이 사건에 대해 황제 폐하께 무자비한 처사라고 보고할 수도 있고, 이 사건을 외국 신문에 보도되게 만들 수도 있었기 때문에 그는 즉석에서 뜻밖의 결단을 내렸다.

「안녕하시오.」 그는 몹시 바쁜 척하며 자리에서 일어났다. 그리고 네흘류도프를 맞이하자마자 곧 본론으로 들어갔다.

「저도 이 사건을 알고 있습니다. 그들의 명단을 보는 순간, 이 불행한 사건이 떠오르더군요.」 그는 탄원서를 집어서 네흘류도프에게 보여 주며 말했다. 「이 사건을 상기시켜 주셔서 정말 고맙습니다. 총독부 관리들이 그냥 지나치고 말았군요.」 네흘류도프는 쓸쓸한 기분으로 창백하고 가면처럼 무표정한 그의 얼굴을 말없이 쳐다보았다. 「곧 이 처분을 취소시켜서 사람들이 자기 집으로 돌아갈 수 있도록 조치하겠습니다.」

「그렇다면 탄원서는 제출하지 않아도 됩니까?」 네흘류도프가 말했다.

「물론입니다. 그 점은 제가 약속드리겠습니다.」 그는 〈제가〉라는 단어를 특별히 힘주어 말했다. 가장 확실한 보증은 자신의 정직성과 약속이라는 말투였다. 「지금 당장 명령서를 작성하는 게 좋겠군요. 좀 앉으십시오.」

그는 탁자로 다가가서 명령서를 작성하기 시작했다. 제자리에 서 있던 네흘류도프는 머리가 벗겨진 그의 좁은 두상과 펜을 잽싸게 놀리는 굵고 푸른 힘줄이 불거진 손을 바라보면서, 이 사내가 어째서 이런 행동을 하는지 의아해하며 적잖이 놀랐다. 모든 사람들에게 무관심한 그 사내의 그런 행동이 오히려 마음에 걸렸다. 대체 무슨 까닭일까?

「다 됐습니다.」 또뽀로프는 서류 봉투를 봉하면서 말했다. 「당신에게 도움을 요청했던 사람들에게 이 내용을 전하시면 됩니다.」 그는 미소를 지으려고 입술을 오므리며 덧붙였다.

「그 사람들은 왜 그런 고초를 겪어야 했던 겁니까?」 네흘류도프는 봉투를 받으며 물었다.

또뽀로프는 고개를 들고 빙글빙글 웃으면서 네흘류도프의 질문에 만족한다는 표정을 지었다.

「저로서는 대답해 드릴 수 없군요. 그러나 이것만은 말씀 드릴 수 있습니다. 우리가 보호하는 민중의 이익은 너무나 중요한 것이고, 신앙 문제에 지나친 처사가 있긴 했으나 오늘날 만연된 신앙에 대한 무관심에 비하면 그 정도는 두려운 것도 해로운 것도 아닙니다.」

「그러나 종교의 이름으로 어떻게 선의 일차적 요소를 파괴할 수 있습니까? 가족들을 헤어지게 하다니요…….」

또뽀로프는 네흘류도프의 말이 반갑다는 듯 여전히 관대한 미소를 지었다. 네흘류도프가 뭐라고 말하든 자신이 견지하는 넓은 국가적 안목에서는 순진하고 편협한 얘기라고 생각하는 것이 틀림없었다.

「개인적 관점에서는 그렇게 생각할 수도 있습니다.」그가 말했다.「하지만 국가적 관점에서는 약간 다릅니다. 그럼 오늘은 이만 실례하겠습니다.」또뽀로프는 고개를 숙이고 손을 내밀며 말했다.

네흘류도프는 악수를 하고 말없이 서둘러 나왔다. 그리고 방금 그와 악수한 것을 후회했다.

〈민중의 이익이라고?〉 그는 속으로 또뽀로프가 한 말을 되풀이했다. 〈자신, 자신의 이익을 말하는 거겠지.〉 그는 또뽀로프의 집을 나서며 이렇게 생각했다.

그러자 정의를 회복하고 신앙을 지지하며 민중을 계몽하는 공직 활동을 한다는 사람들부터 허가 없이 술을 밀매하다가 잡힌 시골 아낙네, 절도범 청년, 죄를 짓고 떠돌아다니는 방랑자, 방화범, 횡령죄를 저지른 은행가, 단지 필요한 정보를 얻으려고 했다는 이유만으로 투옥된 가엾은 리지야, 정교 모독죄를 지은 어느 종파 교인들, 입헌 정치를 열망했다는 죄를 지은 구르께비치 등의 사람들에 이르기까지 한 사람 한 사람이 그의 뇌리를 스치며 지나갔다. 지금 네흘류도프의 머릿속에는 그들이 체포되고 투옥되고 추방되는 이유가 정의를 파괴하거나 불법을 저질렀기 때문이 아니라, 관리나 부자들이 민중으로부터 갈취한 재산을 지키는 데 그들이 방해가 되었기 때문이라는 생각이 들었다.

술을 밀매한 시골 아낙네도, 도회지를 배회하던 도둑도, 전단을 소지했던 리지야도, 미신을 몰아낸 분리파 교도도, 입헌 정치를 열망한 구르께비치도 모두 그런 일에 방해가 된 것이다. 따라서 이모부를 비롯한 원로원 위원들이나 또뽀로프 같은 인물들에서부터 정부 부처에 근무하는 겸손한 하급 관리에 이르기까지 모든 관리들은 무고한 사람들이 받고 있는 고통에 조금도 가책을 느끼지 않고 위험인물들을 제거하는 데에만 신경을 곤두세우고 있음을 네흘류도프는 분명히 알 수 있었다.

이런 식으로 그들은 하나의 무고한 사람을 벌하지 않기 위해 열 사람의 죄인을 용서하라는 원칙을 지키는 대신, 오히려 그와 반대로 썩은 부위를 도려내기 위해 건강한 부위까지 도려내고 있었다. 다시 말해서 위험인물 한 사람을 제거하기 위해서 형벌이라는 수단으로 무고한 열 사람을 제거했던 것이다.

모든 사건에 대한 해석은 이렇듯 네흘류도프에게 너무나 간단하고 명확했다. 하지만 너무나 간단하고 명확했기 때문에 네흘류도프는 그 해석을 인정하는 것을 망설이지 않을 수 없었다. 그렇게 복잡한 현상에 그토록 간단하고 무서운 해석이 내려질 수 있다니! 정의나 선이나 법률이나 신앙이나 종교 같은 말들은 단지 구호에 지나지 않으며, 그 속에 가장 야비한 탐욕과 잔학성이 숨어 있다니!

28

네흘류도프는 그날 밤으로 뻬쩨르부르그를 떠날 수도 있었다. 하지만 극장에 가겠다고 마리에트에게 이야기했기 때문에, 그런 약속은 지키지 않아도 괜찮다는 것을 알면서도 어쨌든 약속을 지키기로 마음을 먹고 출발했다.

〈내가 유혹에 맞설 수 있을까?〉 그는 대수롭지 않게 생각했다. 〈마지막으로 시험해 봐야지.〉

연미복으로 갈아입은 그는 영원한 레퍼토리인 「춘희」의 제2막이 시작될 무렵 극장에 도착했다. 결핵으로 죽어 가는 여주인공 역할을 외국인 여배우가 새로운 연출로 연기하고 있었다.

극장은 관객들로 꽉 차 있었다. 마리에트의 좌석을 묻자 안내원은 일등석을 정중히 가리켰다.

제복 차림의 하인이 복도에 서 있다가 마치 아는 손님에게 하듯 고개를 숙여 인사하고 문을 열어 주었다.

반대편 좌석에 앉아 있는 사람들, 그 뒤에 서서 구경하는 사람들, 가까이에서 등을 보이는 사람들 그리고 앞좌석에 앉은 백발, 반백, 대머리, 반대머리, 포마드를 바른 머리, 고수머리 등 모든 관객들이 비단과 레이스 차림의 뼈만 앙상한 여배우가 가성으로 독백하는 모습에 시선을 집중하고 있었다. 문이 열리자 누군가가 쉿 소리를 냈고, 찬 공기와 따뜻한 공기가 동시에 네흘류도프의 얼굴을 스치고 지나갔다. 박스석에는 마리에트와 빨간 망토 차림에 크고 무거운 가발을 쓴 낯선 귀부인과 두 사내가 앉아 있었다. 한 사내는 마리에트의 남편으로 매부리코에 키가 크고 잘생긴 장군이었는데, 근엄하고 완고한 표정과 염색한 솜으로 부풀린 두툼한 가슴이 군인다운 풍모를 보여 주었다. 다른 사내는 금발의 대머리로 턱수염을 말쑥하게 밀고 구레나룻은 위풍당당하게 길렀다. 아름답고 날씬하고 우아한 마리에트는 데콜테를 입고 있어서 목선에서 흘러내리는 단단한 어깨 근육이 드러났는데, 목과 어깨가 맞닿는 곳에 난 까만 점이 두드러져 보였다. 네흘류 도프를 본 그녀는 얼른 부채로 자기 뒷좌석을 가리키며 안부와 감사를 전하는 동시에 많은 의미를 담은 미소를 보냈다. 그녀의 남편은 언제나처럼 침착하게 네흘류도프를 쳐다보다가 고개 숙여 인사했다. 아내와 주고받는 그의 몸짓과 시선에는 자신이 이처럼 아름다운 아내의 주인이요 소유자라는 자부심이 들어 있었다.

독백이 끝나자 극장 안은 박수 소리로 요란했다. 마리에트는 자리에서 일어나 사각거리는 비단 치맛자락을 매만지며 뒷자리로 나와서 남편에게 네흘류도프를 소개했다. 장군은 끊임없이 눈웃음을 지으며 정말 반갑다고 말하더니 조용하면서도 미묘한 침묵을 지켰다.

「오늘 떠나야 하는데, 당신과의 약속도 있고 해서……」네흘류도프는 마리에트를 향해 이렇게 말했다.

「내가 아니더라도, 저 굉장한 여배우만큼은 보셔야죠.」마리에트는 네흘류도프의 말에 담긴 의미에 답하며 이렇게 말했다. 「마지막 장면에서는 정말 훌륭하지 않았어요?」그녀는 남편을 향해 말했다.

남편은 고개를 끄덕였다.

「저는 별로 감동받지 못했습니다.」네흘류도프가 말했다. 「오늘 불행한 사람들을 너무 많이 보았거든요……」

「자, 앉아서 이야기하시죠.」

남편은 열심히 듣고 있었으나 그의 눈가에는 냉소가 점점 뚜렷해졌다.

「오랫동안 감금되었다가 석방된 여자를 찾아갔었죠. 그녀는 정신이 거의 나가 있더군요.」

「내가 당신한테 말씀드렸던 바로 그 여자 말이에요.」마리에트가 남편에게 말했다.

「아, 네, 그녀가 석방될 수 있어서 저도 무척 기쁩니다.」그는 고개를 절레절레 저으며 말했다. 구레나룻 아래로 흐르는 냉소는 네흘류도프에게도 확연히 드러날 정도였다.「담배 한 대 피우고 오겠습니다.」

네흘류도프는 할 말이 있다던 마리에트가 용건을 꺼내기만을 기다리고 있었으나 그녀는 아무 말도 하지 않았고 그럴 기미조차 보이지 않았다. 농담을 지껄이거나, 네흘류도프가 감동받았을 거라고 짐작하고 연극 이야기만 떠들어 댈 뿐이었다.

네흘류도프는 그녀가 무슨 할 말이 있었던 게 아니라, 어깨와 점을 드러내고 저녁 화장을 마친 자신의 아름다운 모습을 보여 주고 싶었던 것뿐이라는 사실을 알았다. 그는 기분이 좋으면서 동시에 역겹다는 생각이 들었다.

예전에 가졌던 그 모든 매력의 베일이 벗겨진 것은 아니었지만, 그 베일 속에 무엇이 감추어져 있는지 네흘류도프는 알 수 있었다. 마리에트를 바라보는 동안은 그녀에게 마음이 끌리기도 했으나, 그녀는 수많은 사람들의 눈물과 희생을 바탕으로 출세한 남편과 함께 사는 거짓말쟁이며 남편과 조금도 다를 바가 없는 사람이라는 것, 그리고 어제 한 말도 모두 사실이 아니라는 것도 깨달았다. 그리고 네흘류도프는 물론 그녀 자신조차 알지 못했지만, 그녀가 원했던 것은 그가 그녀를 사랑하게 만드는 것뿐이었다. 그는 그녀에게 매혹과 혐오감을 동시에 느꼈고, 자리를 뜨려고 몇 번이고 모자를 집었다가 다시 내려놓기를 반복했다. 마침내 그녀의 남편이 짙은 콧수염 사이로 담배 냄새를 풍기며 자리로 돌아오더니 당신 따위는 가소롭다는 듯 경멸적인 눈초리로 네흘류도프를 바라보았다. 네흘류도프는 열린 문이 닫히기 전에 복도로 나와서 맡겨 둔 외투를 찾아 극장을 벗어났다.

넵스끼 거리를 지나 집으로 돌아가던 길에, 키가 크고 아름다운 몸매에 화려한 옷으로 치장한 여자가 넓은 아스팔트를 천천히 걸어가는 모습이 우연히 그의 눈에 띄었다. 그녀는 얼굴과 몸 전체를 통해 자신의 요염한 매력을 의식하고 있었다. 오가는 행인들 모두가 그 여자를 쳐다보았다. 네흘류도프도 앞서 걷다가 무의식적으로 고개를 돌려 그녀의 얼굴을 쳐다보았다. 아름다운 그 여자는 짙게 화장한 눈을 반짝이며 네흘류도프를 향해 미소를 보냈다. 그러자 이상하게도 네흘류도프는 마리에트가 생각났다. 극장에서 느꼈던 것과 똑같은 매력과 혐오감을 느꼈기 때문이었다. 네흘류도프는 스스로를 꾸짖으며 재빨리 그녀를 지나쳐 모르스까야 거리로 돌아섰다. 강변으로 들어선 그는 경찰이 당황스러워할 정도로 오랫동안 그곳을 배회했다.

〈내가 극장에 들어섰을 때 그녀도 똑같은 미소를 지었지,〉 그는 생각했다. 〈그 미소나 저 미소나 모두 똑같은 의미를 가졌잖아. 단지 다른 점이 있다면 저 여자는 단순하고 솔직하게 《제가 필요하시면 가지세요, 아니면 그냥 지나가시고요》라고 하는 것뿐이야. 마리에트는 그런 생각은 꿈에도 해본 적 없다는 듯 고상하고 세련된 감정으로 살아가는 척했지만 그 본질은 조금도 다를 바가 없어. 적어도 저 여자는 정직하지만 마리에트는 위선자였어. 게다가 저 여자는 가난 때문에 그런 짓을 하고 있지만, 그녀는 아름다우면서도 혐오스럽고 무서운 정욕을 즐기는 거야. 거리의 저 여자는 욕망이 혐오감보다 더 강한 사람들에게 제공되는 냄새나고 더러운 구정물 같은 존재지만, 극장에서의 그녀는 손아귀에 걸려든 사람들의 모든 것을 한순간에 날려 버리는 독약 같은 존재였어.〉네홀류도프는 귀족 회의 의장 부인과의 관계를 연상하고 수치스러운 기억을 떠올렸다. 〈인간의 내면에는 추악한 야수성이 꿈틀거리지만……〉 그는 생각했다. 〈야수성이 그대로 드러날 때 정신 생활의 높은 자리에서 그것을 경멸의 눈으로 바라보고 인내한다면 원래의 모습대로 남을 수 있어. 하지만 야수성이 미적, 시적 감정이라는 가식적인 외피를 쓰고 경배받기를 요구한다면 그 야수성을 숭배하게 되고 거기에 빠져들어 선악의 구별도 할 수 없게 되지. 그건 정말 무서운 일이야.〉

지금 네홀류도프는 궁전, 위병들, 요새, 강, 보트, 증권 시장을 두 눈으로 똑똑히 보듯이 그 사실을 똑똑히 볼 수 있었다.

그날 밤, 지상에 휴식을 주는 평온한 어둠은 존재하지 않았다. 근원을 알 수 없는 불쾌하고 부자연스러운 빛이 희미하게 감돌듯이, 네홀류도프의 마음속에 휴식을 주던 무지의 어둠이 완전히 사라진 것이다. 모든 것이 명확해졌다. 세상에서 중요하고 훌륭한 것이라고 여겨지던 것은 모두 하찮고 추악한 것에 불과하며, 이 모든 광채와 사치는 이제 익숙해지고 죄가 되지도 않을 뿐만 아니라 오히려 사람들이 생각할 수 있는 온갖 매력으로 장식된 장엄한 모습으로 과거의 죄악을 감추고 있다는 사실이 명확해졌다.

네홀류도프는 그런 사실을 잊고 싶었고 보고 싶지도 않았지만 이미 보지 않을 수 없었다. 뻬쩨르부르그를 비추는 빛의 근원을 알 수 없듯이 그 모든 것을 깨닫게 한 빛의 근원 또한 알 수 없었고, 그 빛이 희미하고 불쾌하고 부자연스러운 것으로 여겨지더라도 그 속에 드러난 것을 보지 않을 수는 없었다. 그래서 그는 기쁨과 불안을 동시에 느꼈다.

29

모스크바에 도착한 네흘류도프는 우선 교도소 병원을 찾아갔다. 원로원이 지방 법원의 판결을 확정했기 때문에 시베리아 유형을 떠나야 한다는 슬픈 소식을 마슬로바에게 전하기 위해서였다.

그는 변호사가 작성한 황제 폐하께 보내는 탄원서에 마슬로바의 서명을 받기 위해 교도소로 가져가는 길이었으나 탄원서에 큰 기대를 걸지는 않았다. 이상하게도 지금 그는 그 일이 성공하기를 바라지 않았다. 그는 시베리아로 떠날 생각과 유형수들이나 징역수들 사이에서 생활할 생각에 골몰해 왔고, 따라서 만일 마슬로바가 무죄로 석방된다면 자신의 삶과 그녀의 삶을 어떻게 꾸려 나갈지 상상할 수 없었던 것이다. 그는 미국에 노예 제도가 존재할 무렵 미국 작가 소로[73]가 노예 제도를 합법화하고 보호하는 나라에서 정직한 사람에게 적합한 곳은 오직 교도소밖에 없다고 한 말을 떠올렸다. 뻬쩨르부르그를 방문해서 모든 현실을 목격한 이후로 네흘류도프도 그와 똑같은 생각을 갖게 되었다.

〈그래, 지금 러시아에서 정직한 사람에게 적합한 곳은 오직 교도소밖에 없어!〉 하고 그는 생각했다. 교도소에 들어갔을 때 그러한 사실을 실감했었던 것이다.

네흘류도프를 알아본 병원 수위가 마슬로바는 이미 그곳에 없다고 알려 주었다.

「그럼 그녀는 지금 어디에 있소?」

「다시 교도소로 돌아갔습니다.」

「왜 되돌아갔소?」

73 Henry David Thoreau(1817~1862). 미국의 사상가이자 수필가로 노예 제도에 반대했다.

「그 여자가 어떤 부류인가 하면 말입니다, 나리……」수위가 경멸의 미소를 띠며 말했다.「간호장하고 정사를 벌였지 뭡니까. 그래서 원장 선생님께서 돌려보내신 겁니다.」

마슬로바도, 그녀의 정신도 자신과는 너무나 멀리 떨어진 곳에 있는 것 같다고 네흘류도프는 생각했다. 그는 당황했다. 뜻밖에 닥친 매우 불행한 소식을 들었을 때 느끼는 그런 감정이었다. 가슴이 미어지는 것 같았다. 이 소식을 들으며 그가 느낀 첫 번째 감정은 수치심이었다. 무엇보다도 그는 그녀가 정신적인 변화를 일으킨 것 같다고 생각했던 자기 자신이 한심했다. 이제는 그의 희생을 원치 않는다던 그녀의 말과 비난과 눈물이 모두 그를 더 이용하려는 타락한 여인의 교활함에 지나지 않았다는 생각이 들었다. 마지막으로 면회했을 때 그녀는 교화가 불가능한 조짐을 보였고, 그것이 지금 이 순간 문제로 다가온 것이다. 본능적으로 모자를 쓰고 병원을 나서는 동안 이런 생각들이 그의 뇌리를 스치고 지나갔다.

〈그렇다면 지금부터 어떻게 해야 하는 걸까?〉 그는 스스로에게 물었다. 〈나는 그녀에게 얽매여 있었던 걸까? 그녀의 이런 행위가 그랬던 나를 해방시키는 것은 아닐까?〉 그는 자신에게 다시 물었다.

그러나 이런 질문을 던지는 순간, 그녀로부터 해방되었다고 판단하고 그녀를 버린다면 자신이 그녀에게 벌을 주는 것이 아니라 오히려 스스로 벌을 받는 셈이 되는 거라는 생각이 들었다. 그러자 그는 두려워졌다.

〈그래! 어떤 일이 벌어져도 마음을 바꿀 수는 없어. 오히려 결심만 더 확고해질 뿐이야. 그녀가 하는 대로 내버려 두자. 간호장과 정사를 벌이려면 벌이라지. 그건 그녀의 자유니까……. 나는 내 양심에 따라 행동하면 그만이야.〉 그는 생각했다. 〈내 양심은 죄의 대가로 자유를 희생하라고 요구하고 있어. 비록 형식에 지나지 않을지라도 그녀와 결혼하고 그녀가 어디로 유형을 떠나든 따라가겠다는 내 결심은 변하지 말아야 해.〉 완강한 고집스러움으로 그는 이렇게 생각했다. 병원을 나선 그는 단호한 걸음걸이로 커다란 교도소 정문을 향해 걸어갔다.

교도소 정문으로 다가간 그는 마슬로바를 면회하고 싶으니 소장에게 전해 달라고 당직 교도에게 부탁했다. 네흘류도프를 잘 알고 있었던 당직 교도는 교도소에서 일어난 중요한 새 소식을 알려 주었다. 옛 소장은 이미 파면되고 까다로운 다른 소장이 그 자리에 임명되었다는 것이다.

「이제는 상당히 엄격해졌습니다.」 교도가 말했다. 「소장님께서 지금 자리에 계시니, 즉시 보고하겠습니다.」

정말 소장은 교도소 안에 있었고 금방 네흘류도프를 만나러 나왔다. 신임 소장은 키가 크고 광대뼈가 튀어나온 깡마른 사내였는데, 동작이 몹시 굼뜨고 어두운 인상을 주었다.

「면회는 지정된 날 면회소에서만 허용됩니다.」 그는 네흘류도프를 거들떠보지도 않고 이렇게 말했다.

「하지만 황제 폐하께 제출할 탄원서에 서명을 받아야 합니다.」

「그럼 제게 맡기십시오.」

「죄수를 직접 만나야 할 일이 있습니다. 예전에 저는 수시로 면회할 수 있었습니다만.」

「그건 예전의 일입니다.」 소장이 네흘류도프의 얼굴을 흘긋 보고는 말했다.

「지사님의 허가증을 가지고 있습니다.」 네흘류도프는 지갑을 꺼내며 말했다.

「어디 보죠.」 그는 여전히 네흘류도프는 거들떠보지도 않은 채 두 번째 손가락에 금반지를 낀 길고 하얀 손으로 허가증을 받아서 훑어보았다. 「사무실로 가시죠.」 그가 말했다.

이번에는 사무실 안에 아무도 없었다. 소장은 면회에 직접 참관할 생각인지 책상 위에 놓인 서류를 치우고 자리에 앉았다. 네흘류도프가 정치범 보고두호프스까야를 면회할 수 있겠느냐고 묻자 소장은 안 된다고 대답했다.

「정치범 면회는 허용되지 않습니다.」 소장은 이렇게 말하더니 다시 열심히 서류를 읽기 시작했다.

보고두호프스까야에게 전해 줄 편지를 지니고 있던 네흘류도프는 마치 음모를 꾸미다가 실패한 범인 같은 기분이었다.

마슬로바가 사무실로 들어오자 소장은 고개를 들었지만 마슬로바나 네흘류도프는 쳐다보지 않고 말했다.

「이야기하십시오!」 그는 계속 서류에 집중했다.

마슬로바는 예전처럼 하얀 상의와 치마를 입고 머릿수건을 둘러쓰고 있었다. 그녀는 네흘류도프에게 다가섰으나 냉정하고 화가 난 그의 모습을 보고는 얼굴을 붉히며 옷자락을 만지작거리다가 시선을 내렸다. 그녀의 쩔쩔매는 태도는 네흘류도프로 하여금 병원 수위의 말을 확신하게 했다.

네흘류도프는 그녀를 옛날처럼 대하고 싶었지만 악수만은 청할 수 없었다. 거부감이 들었던 것이다.

「당신한테 나쁜 소식을 가져왔소.」 그는 그녀를 쳐다보지 않고 악수도 청하지 않은 채 나직한 목소리로 말했다. 「원로원에서 상소가 기각되고 말았소.」

「그럴 줄 알고 있었어요.」 숨이 가쁜 듯 그녀는 이상한 목소리로 말했다.

예전 같으면 네흘류도프는 그럴 줄 알았다는 말에 왜 그런 소리를 하느냐고 물었겠지만, 지금 그는 그녀에게 딱 한 번 눈길을 주었을 뿐이었다. 그녀의 눈에는 눈물이 가득 고여 있었다.

그러나 그 눈물은 그의 마음을 누그러뜨리는 대신 오히려 반감만 키웠다.

소장은 자리에서 일어나 사무실 안을 이리저리 거닐기 시작했다.

네흘류도프는 마슬로바에게 혐오감을 느끼고 있었지만 어쨌든 원로원의 기각 결정이 유감이라는 뜻만큼은 전해야겠다고 생각했다.

「실망하지는 마시오.」 그가 말했다. 「황제 폐하께 탄원서를 올릴 수 있고, 내가 기대하는 바로는──」

「그런 게 아니에요……」 그녀는 눈물 젖은 사팔눈으로 그를 애처롭게 바라보며 말했다.

「대체 무슨 일이오?」

「병원에 가셨다가 제 이야기를 들으셨군요……」

「그렇소, 하지만 그건 당신 문제일 뿐이오.」 네흘류도프는 인상을 쓰며 차갑게 말했다.

그녀가 병원 일을 상기시키자 그의 마음속에서는 상처 입은 자존심에 대한 격한 감정이 잠자다가 새로운 힘으로 고개를 쳐들기 시작했다. 〈나는 귀족이다. 상류층의 어떤 처녀도 나와 결혼하는 것을 행복으로 여길 만한 그런 귀족이지만, 그녀에게 결혼을 신청하고 있다. 그런데도 그걸 기다리지 못하고 간호장과 놀아나다니.〉 그는 증오심이 가득한 눈빛으로 그녀를 바라보며 생각했다.

「이 탄원서에 서명하시오.」 그는 이렇게 말하며 주머니에서 커다란 봉투를 꺼내 책상 위에 올려놓았다. 그녀는 의자에 앉아 머릿수건 끝으로 눈물을 찍으면서 어디에 뭐라고 써야 하는지 물었다.

그가 가르쳐 주자, 그녀는 왼손으로 오른팔의 소매를 걷어

올리며 책상에 앉았다. 마슬로바 뒤에 서 있던 네흘류도프는 터져 나오는 오열을 참지 못해 흐느끼며 간간이 몸을 떠는 그녀의 뒷모습을 묵묵히 바라보았다. 그의 마음속에서는 선과 악의 대립처럼 모욕당한 자존심과 괴로워하는 그녀에 대한 연민이라는 두 감정이 싸웠고, 결국 후자가 승리했다.

그녀에 대한 진심 어린 동정이 먼저였는지 아니면 자신을, 자신이 저지른 죄를, 그녀를 비난했던 자신의 비열함을 되돌아본 것이 먼저였는지는 알 수 없었다. 그러나 문득 죄는 자신에게 있다는 생각과 그녀에 대한 연민이 거의 동시에 찾아왔다.

탄원서에 서명을 마친 그녀는 잉크 묻은 손가락을 치마에 닦으면서 자리에서 일어나 그를 바라보았다.

「어떤 일이 벌어지든 또 결과가 어떠하든, 내 결심은 결코 변하지 않을 것이오.」 네흘류도프가 이렇게 말했다.

그녀를 용서하겠다고 마음먹자 그의 마음속에는 그녀에 대한 동정심과 따뜻한 정이 솟구쳤고, 그녀를 위로하고 싶은 마음이 들었다.

「내가 말한 것은 실행할 생각이오. 당신이 어디로 유형을 가든, 나는 당신과 함께하겠소.」

「부질없는 짓이에요.」 그녀는 얼른 말을 가로챘으나 얼굴은 환희로 빛나고 있었다.

「유형길에 필요한 물건을 생각해 보시오.」

「필요한 것은 별로 없을 거예요. 감사합니다.」

소장이 그들에게로 다가오자 네흘류도프는 그의 지시가 떨어지기 전에 먼저 그녀와 작별했다. 그는 예전에는 느끼지 못했던 고요한 기쁨과 평온, 그리고 만인에 대한 사랑을 느끼며 바깥으로 나왔다. 마슬로바가 어떤 행동을 하더라도 그녀에 대한 사랑은 변하지 않는다는 생각이 네흘류도프를 기쁘게 했으며 이제까지 경험하지 못했던 높은 차원으로 그를 끌어올렸다. 간호장과 놀아나도 내버려 두자, 그건 그녀의 문제니까. 그의 사랑은 그 자신을 위한 것이 아니었다. 그녀를 위해서, 또 신을 위해서 그는 그녀를 사랑하고 있었다.

한편 마슬로바가 병원에서 쫓겨난 사건, 그러니까 네홀류도프가 사실이라고 믿었던 간호장과의 불미스러운 사건이란 다음과 같은 것이었다. 마슬로바가 여자 간호사의 심부름으로 복도 끝에 위치한 약제실에 가슴앓이 처방 탕약을 가지러 갔을 때, 그곳에는 오랫동안 그녀의 꽁무니를 쫓아다니며 귀찮게 굴던 키가 큰 여드름투성이 간호장 우스찌노프가 혼자 있었다. 마슬로바는 달려드는 그를 뿌리치며 힘껏 밀었다. 그는 약장에 몸을 부딪쳤고 약병 두 개가 바닥으로 떨어져 깨지고 말았다.

때마침 복도를 지나가던 병원장이 유리 깨지는 소리를 들었고, 얼굴을 붉히면서 뛰쳐나오는 마슬로바에게 화를 내며 소리쳤다.

「이봐, 여기에서도 꼬리를 치고 다녔다간 쫓아내 버리겠어. 대체 무슨 일이야?」 그러고는 안경 너머로 간호장을 쏘아봤다.

간호장은 미소를 지으며 변명을 늘어놓기 시작했다. 병원장은 그의 말을 다 듣기도 전에 고개를 번쩍 쳐들고 안경 너머로 눈을 부라리더니 병실로 가버렸다. 그리고 바로 그날로 마슬로바 대신 더 얌전한 여자를 보내 달라고 소장에게 요청했던 것이다. 마슬로바와 간호장 사이에 일어난 불미스러운 사건은 이것이 전부였다. 네홀류도프와 재회한 이후로 이미 오랫동안 혐오해 오던 사내들과의 관계에 더욱 염증을 느꼈던 마슬로바로서는 사내와 불미스러운 짓을 저질렀다는 오해를 받고 병원에서 쫓겨난 것이 특히 가슴 아팠다. 여드름 투성이 간호장을 포함한 모든 사람들이 그녀의 과거와 현재의 처지를 저울질하면서 그녀를 모욕하는 것을 당연하게 생각했고, 그녀가 거절하면 오히려 놀라워했다. 그런 사실이 그녀는 너무나 치욕스러웠고, 자기 연민에 빠져들어 눈물을 흘리지 않을 수 없었다. 지금도 그녀는 네흘류도프를 만나러 가면서 틀림없이 소문으로 들었을 자신의 억울한 누명에 대해 해명하고 싶었다. 그러나 해명하려는 순간 자신의 말을 믿어 줄 리도 없고 오히려 해명을 함으로써 그의 의심만 불러일으킬 것 같다는 느낌이 들자 설움이 목구멍까지 차올라서 입을 다물고 있었던 것이다.

두 번째 면회에서 그에게 쏘아붙였듯이 마슬로바는 그를 용서할 수 없으며 그를 증오한다고 생각했고 스스로 그렇게 믿어 왔지만, 실은 이미 오래전부터 그를 다시 사랑하게 되었으며 그가 바라는 것을 자기도 모르는 사이에 실행하고 있었다. 즉, 그녀는 술도 담배도 끊었고 교태도 부리지 않았으며 간호 보조원으로도 근무했던 것이다. 네흘류도프가 그렇게 해주기를 바란다는 사실을 알기 때문이었다. 네흘류도프가 결혼이라는 희생을 감수하겠다고 이야기할 때마다 그토록 단호하게 거절한 까닭도, 내뱉은 말을 번복하기 싫다는 자존심 때문이기도 했지만 더 중요한 이유는 자신과의 결혼이 그를 불행하게 만들 거라고 생각했기 때문이었다. 그래서 그녀는 그의 희생을 받아들이지 않겠다고 굳게 결심했다. 그러나 그가 자신을 무시하고 옛날과 다름없는 여자로 생각하며 자신의 내면에서 일어나는 변화를 몰라 주는 것은 그녀로서 너무 야속했다. 자신이 병원에서 무슨 나쁜 짓이라도 저질렀다고 여기는 네흘류도프의 태도가 유형 판결이 확정되었다는 소식보다 더 그녀를 괴롭혔다.

30

마슬로바가 첫 번째 죄수 대열에 섞여 이송될 수 있었기 때문에 네흘류도프는 길 떠날 채비를 해야 했다. 그러나 할 일이 너무 많아서 아무리 시간이 많아도 일을 모두 마무리 짓지는 못할 것 같았다. 모든 것이 예전과는 완전히 달랐다. 예전에 그는 언제나 드미뜨리 이바노비치 네흘류도프 개인의 일에만 흥미를 가지고 무엇을 할 것인지 고민했었다. 당시 인생의 모든 관심은 드미뜨리 이바노비치 네흘류도프 자신에게 집중되어 있었지만 하는 일은 모두 답답했었다. 반대로 지금은 모든 일이 드미뜨리 이바노비치가 아닌 다른 사람들과 관련된 것이었지만, 그 일들은 흥미로웠고 마음까지 송두리째 빼앗아 갔다. 그리고 그런 일들은 너무 많았다.

예전에 드미뜨리 이바노비치가 했던 일들은 모두 짜증스럽고 화를 돋우기만 했다. 그런데 지금 남을 위해 하는 일들은 대부분 기분을 유쾌하게 했다.

그 무렵 네흘류도프가 했던 일들은 세 가지로 나눌 수 있었다. 그는 자신의 습관적인 분류법에 따라 그렇게 구분하고 그에 따라 서류 가방 세 개를 따로 만들었다.

첫 번째 일은 마슬로바에 관한 것이며 그녀를 돕는 일이었다. 즉 황제 폐하께 제출된 탄원서가 받아들여지도록 노력하는 것과 시베리아 여행을 준비하는 것이었다.

두 번째 일은 영지의 정리였다. 빠노보에서는 토지 사용료를 농민 공동 기금으로 사용한다는 조건으로 토지를 나누어 주었다. 그러나 이 계약을 확정하기 위해서는 계약서와 유언장을 작성하고 서명해야 했다. 꾸즈민스꼬예에서는 일이 그가 정했던 그대로 남아 있었다. 즉, 토지 사용료를 받기로 했지만 그 기간을 정해야 했고 그중에서 얼마를 생활비로 받고 또 얼마를 농민들을 위해 남길 것인지 결정해야 했다. 일단 수입을 반으로 줄이기는 했지만 시베리아로 떠나는 데 경비가 얼마나 들어갈지 알 수 없었으므로 모두 포기할지는 선뜻 결정할 수 없었다.

세 번째 일은 죄수들을 돕는 일이었는데, 그를 찾아오는 사람들의 수는 점점 늘어 갔다.

처음에 그는 도움을 청하러 찾아오는 죄수들과 관계를 맺으면서 그들이 짊어진 운명의 짐을 덜어 주려고 즉각 청원에 착수했었다. 그러나 나중에는 도움을 청하는 사람들이 너무 많아서 그들을 일일이 돕는다는 것이 불가능하다고 생각하게 되었다. 부득이 네 번째 할 일이 생겨났고, 최근 그 일은 다른 어떤 일보다 비중이 커지고 말았다.

네 번째 일이란 소위 〈형사 재판〉이라 불리는 저 놀라운 제도가 대체 무엇인지, 또 어떤 이유로 어떻게 유래되었는지 그 의문을 해소하는 것이었다. 그가 몇몇 죄수들을 사귄 교도소를 비롯하여, 수백 수천 명에 달하는 저 놀라운 형법의 희생자들에게 고통을 안기는 뻬뜨로빠블로프스끄 요새 교도소에서 사할린에 이르는 모든 유폐지가 바로 그 제도의 결과로 만들어지지 않았던가.

죄수들과의 개인적인 접촉과 변호사나 교회사(敎誨師)나 소장과의 대화, 죄수들의 수기 등을 통해서 네흘류도프는 범죄자라고 불리는 죄수들을 다섯 가지 범주로 나눌 수 있다는 결론에 이르렀다.

우선 첫 번째 범주의 죄수들은 방화범으로 몰린 메니쇼프나 마슬로바처럼 재판상의 실수로 희생된 무고한 사람들이었다. 이 범주의 죄수들은 그리 많은 편은 아니었다. 교회사의 관찰에 따르면 약 7퍼센트 정도이지만 그들의 처지는 이제 그에게 특별한 관심의 대상이 되었다.

두 번째 범주의 죄수들은 분노, 질투, 만취 등의 특수한 상황에서 저지른 행위 때문에 유죄 판결을 받은 사람들이었다. 만일 그들을 재판하고 처벌한 사람들이 똑같은 조건에 놓인다면 틀림없이 거의 대부분이 같은 행위를 저질렀을 것이다. 네흘류도프의 관찰에 따르면 그런 범주의 죄수들은 전체 죄수의 절반에 이르렀다.

세 번째 범주의 죄수들은 자신들의 관점에서는 지극히 일상적이며 오히려 훌륭한 일이지만 법률을 제정한 안면부지의 낯선 사람들의 관점에서는 범죄로 판단되는 행위 때문에 처벌받은 사람들이었다. 이런 범주에는 주류 밀매자들, 밀수범들, 대지주의 소유나 국유지의 숲에서 풀을 베거나 땔감을 장만한 사람들이 속했다. 도둑질을 한 산사람들과 교회 물건에 손을 댄 불신자들도 여기에 속했다.

네 번째 범주의 죄수들은 도덕적인 면에서 사회의 평균수준보다 월등히 뛰어나다는 이유로 죄수로 내몰린 사람들이었다. 종교적 반체제 인사들이 그랬고, 조국의 독립을 위해 투쟁하는 폴란드인들이나 체르께스인들이 그랬으며, 정부에 저항한 죄로 재판을 받은 사회주의자들이나 동맹 파업자들 같은 정치범들이 그랬다. 네흘류도프의 관찰에 따르면 그들은 사회에서 가장 우수한 사람들로, 그 비율은 매우 높았다.

마지막으로 다섯 번째 범주의 죄수들은 그들이 사회에 저지른 죄보다 사회가 그들에게 저지른 죄가 더 많은 사람들이었다. 그들은 세상으로부터 버림받고 끊임없는 박해와 유혹을 당하면서 도덕성이 둔해진 사람들이었다. 돗자리를 훔친소년을 비롯해서 네흘류도프가 교도소 안팎에서 목격한 수백 명의 사람들이 여기에 속했다. 그들의 생활 조건은 범죄라 불리는 불가피한 행위로 그들을 점차 이끌었다. 네흘류도프의 관찰에 따르면, 최근에 가까이 지내면서 알게 된 방탕하고 타락한 사람들 대부분이 이 범주에 속했다. 새로운 법은 그들을 범죄의 한 유형으로 불렀고, 사회에 형법과 형사처분이 절대로 필요한 중요한 증거로 그들의 존재를 내세웠다. 네흘류도프의 견해에 따르면 소위 타락하고 범죄적이고 비정상적인 이 사람들이 사회에 저지른 죄보다 사회가 그들에게 저지른 죄가 훨씬 더 크며, 사회는 지금도 그들에게 직접 죄를 저지를 뿐 아니라 이미 과거부터 그 부모와 조상들에게도 죄를 저질러 왔다.

그들 가운데 특히 그런 점에서 네흘류도프에게 충격을 준 사람이 절도 전과자인 오호찐이었다. 창녀의 사생아인 그는 여인숙에서 자랐고 서른 살 이전까지 경찰들보다 도덕적으로 훌륭한 사람을 만난 적이 없었으며 어린 시절부터 도둑 패거리에 끼었지만 사람들의 마음을 사로잡는 비상한 유머 감각을 천부적으로 타고난 사람이었다. 그는 네흘류도프에게 도움을 청했는데 그 순간에도 자기 자신은 물론 재판관과 교도소 그리고 형법뿐 아니라 신의 계율에 이르기까지 모든 것에 조롱을 퍼부었다. 또 한 사람은 자신이 거느린 패거리들과 함께 늙은 관리를 살해하고 약탈한 미남자 표도로프였다. 그는 불법으로 집을 강탈당한 농부의 아들로, 군에 입대해서 그곳 장교의 정부와 사랑에 빠졌다가 고생을 하기도 했다. 매력적이고 정열적인 성격을 가진 그는 어찌 되든 즐기고 보자는 사내였으며 쾌락을 자제하는 인간은 본 적도 없고 쾌락 이외에 인생의 다른 목적이 있다는 말도 들어 본 적이 없었다. 네흘류도프는 그 두 사람 모두 뛰어난 재능을 지녔지만 아무렇게나 버려져 기형이 된 식물처럼 버림받고 비뚤어졌다는 사실을 잘 알고 있었다. 그는 너무 우둔해서 잔인해 보이기까지 한, 혐오스러운 어느 부랑자와 여인도 만났으나 그들에게서 이탈리아학파[74]가 주장하는 범죄 유형은 발견할 수 없었다. 그가 발견한 것은 단지 견장과 레이스로 꾸민 연미복 차림의 사람들과 마찬가지로 그들 역시 개인적으로 거부감을 불러일으키는 사람들이라는 점뿐이었다.

어째서 이토록 다양한 사람들이 교도소에 갇혀 있으며, 또 어째서 그들과 똑같은 사람들이 활개를 치고 다니며 그들을 재판하는지 연구하는 것이 당시 네흘류도프가 하던 네 번째 일이었다.

처음에 네흘류도프는 그런 문제에 대한 해답을 책 속에서 찾고 싶어서 그 주제를 다룬 책이라면 모두 사들였다. 그는 롬브로소, 가로팔로, 페리, 리스트, 모즐리, 타르드 등[75]의 저서를 구입해서 꼼꼼히 읽었다. 그러나 그는 책들을 읽으면 읽을수록 점점 더 실망하게 되었다. 학계에서 일정한 역할을 하기 위해서가 아니라, 다시 말해서 논문을 쓰고 논쟁하고 강의를 하기 위해서가 아니라 직선적이고 단순한 실생활의 문제를 과학으로 해결하려는 사람들이 항상 겪게 되는 문제가 그에게도 일어난 것이다. 과학은 형법과 관련한 매우 난해하고 지적인 수많은 문제들에 대해 해답을 제시했지만 그가 찾는 답은 아니었다. 그는 매우 단순한 질문을 던지고 있었다. 즉 자신들이 괴롭히고 매질하고 살해하는 사람들과 하등 다를 바가 없는 일련의 사람들이 왜, 그리고 무슨 권리로 그들을 투옥하고 괴롭히고 유형을 보내고 매질하고 살해하는 것일까 하는 문제였다. 그럼에도 불구하고 책 속에서는 인간이 자유 의지를 가졌는지 아닌지에 대한 논의로 답변을 대신하고 있었다. 두개골 측정 등등의 방법으로 인간이 범죄

74 형법학 이론의 한 학파로, 범죄보다 범인을 중심으로 고찰해야 한다고 주장했다.

75 모두 유럽의 사회학자 혹은 범죄학자이다.

형인지 아닌지 판단할 수 있을까? 유전은 범죄에 어떤 역할을 하는 것일까? 선천적인 비도덕성이란 존재하는 것일까? 도덕성이란 무엇일까? 광기란 무엇일까? 퇴화란 무엇일까? 기질이란 무엇일까? 기후, 음식, 무지, 모방, 최면술, 정욕 등은 범죄에 어떤 영향을 미치는 것일까? 사회란 대체 무엇일까? 그 의무란 또 무엇일까? 이런 의문들이 그의 마음속에 꼬리를 물고 일어났다.

이런 고민들은 네흘류도프에게 언젠가 학교에서 돌아오던 어린 꼬마에게 들은 이야기를 떠올리게 했다. 네흘류도프는 소년에게 문법을 배웠느냐고 물었다. 그러자 소년은 〈배웠어요〉라고 대답했다. 〈어디, 《발》이라는 글자를 써보아라.〉〈무슨 발을 말씀하시는 거죠? 《개의 발》이요?〉 소년은 꾀가 넘치는 얼굴로 대답했다. 학술 서적 속에서 네흘류도프는 한 가지 근본적인 문제에 대해 이런 형태의 대답밖에 구하지 못했다.

학술 서적들 속에는 지혜롭고 이론적이며 흥미로운 점이 많았지만 어떤 사람들이 무슨 권리로 다른 사람들에게 형벌을 가하는가 하는 중요한 문제에 대한 해답은 없었다. 해답이 없었을 뿐만 아니라, 모든 이론들이 형벌을 설명하고 옹호하면서 형벌의 불가피성을 하나의 공식으로 인정하고 있었다. 네흘류도프는 많은 책을 읽었으나 틈이 날 때나 독서가 가능했다. 그는 해답을 얻지 못한 것이 그런 피상적인 연구 때문이라고 생각했고 점차 해답을 찾을 수 있기를 기대했다. 그래서 최근에 빈번하게 떠오르곤 하는 해답의 진실성에 대해서도 아직 신뢰할 수 없었다.

31

마슬로바가 소속된 죄수 대열의 출발은 7월 5일로 확정되었다. 네흘류도프는 그녀를 뒤따라갈 준비로 바빴다. 이송 전날 밤 네흘류도프의 누나와 매형이 그를 만나기 위해 이 도시로 찾아왔다.

네흘류도프의 누나 나딸리야 이바노브나 라고진스까야는 동생보다 열 살 위였다. 네흘류도프는 어느 정도 누나의 영향을 받으며 성장했다. 그녀는 어린 동생을 몹시 사랑했고 결혼을 앞두고는 거의 동갑내기처럼 의좋게 지냈다. 당시 그녀는 스물다섯 살이었고 네흘류도프는 열다섯 살이었다. 그 무렵 그녀는 고인이 된 네흘류도프의 친구 니꼴렌까 이르쩨네프와 사랑에 빠졌었다. 두 남매는 니꼴렌까를 사랑했고 자신들의 내면에도 존재했던, 모든 사람들을 하나로 묶어 주는 그의 훌륭한 성품을 존중했었다.

그 이후 두 남매는 모두 타락의 길을 걸었다. 네흘류도프는 군 복무를 하면서 나쁜 길로 빠져들었고 누나는 육체적인 감정에 휘말려 충동적으로 한 사내와 결혼했다. 그 사내는 그녀와 네흘류도프가 한때 가장 신성하고 소중하게 생각했던 모든 것을 사랑하지 않았을 뿐만 아니라 그것이 무엇인지 이해하지도 못했고 그녀가 생활신조로 삼았던 도덕적 완성이나 타인에 대한 봉사의 열망을 자기도취나 과시의 욕망으로 보았다.

매형 라고진스끼는 명성도 재산도 없었으나 매우 교활한 관리로 자유주의와 보수주의 사이에서 교묘하게 줄타기를 하면서 때와 장소에 따라 그 두 사상을 이용하여 자신에게 더 유리한 결과를 얻어 냈다. 특히 그는 여자들의 마음을 홀리는 특별한 재능을 이용해 상당히 눈부신 법관 경력을 쌓을 수 있었다. 청년기가 훌쩍 지날 무렵 그는 외국에서 네흘류도프 일가와 교류하게 되었고 그리 젊다고 할 수 없는 처녀 나따샤와 사랑에 빠졌다. 그래서 격에 맞지 않는 결합이라고 생각하는 그녀 어머니의 반대를 무릅쓰고 그녀와 결혼했다. 네흘류도프 역시 그런 감정을 숨기고 또 버리고도 싶었지만, 매형에 대한 증오심만은 어쩔 수 없었다. 매형의 저속한 감정과 자신만만한 소갈머리에 비위가 상하기도 했지만, 더욱 못마땅한 것은 누나가 품성이 메마른 그 사내를 그토록 열렬히 이기적이고도 감정적으로 사랑하는 데다 남편의 비위를 맞추기 위해 내면의 모든 장점을 억누르고 있다는 사실이었다. 네흘류도프는 나따샤 누나가 자만심으로 가득 찬 대머리에 털북숭이인 사내의 아내라는 점을 생각하면 언제나 가슴이 아팠다. 그는 그 사내의 자식들에게까지 혐오감을 억누를 수 없었다. 그래서 누나가 아이를 가졌다는 이야기를 들었을 때, 누나가 자신들과는 너무 이질적인 그 사내로부터 나쁜 병에 감염된 것 같은 비통한 기분에 젖었다.

라고진스끼 부부 사이에는 사내아이 하나와 계집아이 하나가 있었지만 그들은 아이들을 떼어 놓고 부부만 찾아왔다. 두 사람은 고급 호텔의 고급 객실에 머물렀다. 누나 나딸리야 이바노브나는 곧바로 어머니의 옛집으로 찾아갔으나 동생을 만나지 못했고, 아그라페나 뻬뜨로브나로부터 그가 셋방으로 이사했다는 이야기를 듣고는 그곳으로 찾아갔다. 낮에도 등불을 켜놓은 음침하고 악취 심한 복도에서 마주친 더러운 옷차림의 하인이 공작님은 지금 집에 안 계신다고 그녀에게 말했다.

나딸리야 이바노브나는 동생의 방에 들어가 메모를 남기고 싶어 했다. 복도에서 근무하는 사환이 그녀를 안내했다.

두 칸짜리 조그만 방으로 들어서면서 나딸리야 이바노브

나는 사방을 조심스럽게 둘러보았다. 방은 깨끗하게 정돈된 모습이었으나 네흘류도프에게는 너무 검소한 새 가구들이 눈에 띄어 그녀는 깜짝 놀랐다. 책상 위에서 그녀는 강아지 장식의 낯익은 청동 문진을 발견했다. 그리고 역시 낯익은 형태로 정돈된 서류철과 서류들, 필기도구, 형법서들, 헨리 조지의 영어판 서적, 타르드의 불어판 서적과 거기에 책갈피처럼 꽂힌 구부러진 상아 칼이 눈에 띄었다.

그녀는 책상 앞에 앉아 오늘 꼭 자기를 찾아오라는 쪽지를 쓰고 나서 자신이 목격한 광경에 기가 막히다는 듯 고개를 절레절레 저으며 호텔로 돌아갔다.

나딸리야 이바노브나는 동생과 관련한 두 가지 문제에 관심을 가졌다. 하나는 까쮸샤와 동생의 결혼 문제로, 이 일은 이미 많은 사람들의 입에 오르내리고 있었기 때문에 그녀가 사는 도시에서도 소문을 들을 수 있었다. 그리고 다른 하나는 농부들에게 토지를 분배하는 문제로, 이 역시 널리 알려져 있었고 여러 측면에서 정치적이며 위험한 일로 세간에 오르내렸다. 까쮸샤와의 결혼은 어떤 면에서는 나딸리야 이바노브나의 마음에 들었다. 그녀는 동생의 그런 결단성을 좋아했으며, 그런 점에서 결혼하기 전 함께 행복하게 지내던 시절의 동생과 자신의 모습을 보는 것 같았다. 그러나 동시에 그처럼 말도 안 되는 여자와 결혼한다고 생각하니 끔찍스럽기도 했다. 그 두 번째 감정이 더 강했기 때문에, 힘든 일일 줄은 알지만 그녀는 힘닿는 데까지 동생에게 영향력을 발휘하여 만류할 생각이었다.

농민들에게 토지를 분배하는 문제는 그녀에겐 그리 절실한 문제가 아니었다. 그러나 그녀의 남편은 그 일로 몹시 흥분해서 처남을 설득하라고 다그쳤다. 이그나찌 니끼포로비치의 표현에 따르면 그런 행동은 무분별함과 경솔함과 오만

함의 극치로서, 굳이 설명하자면 자기 자신을 과시하고 허풍을 떨며 사람들의 입에 오르내리고 싶은 욕망에서 나온 행동에 지나지 않는다는 것이다.

「농민들에게 토지를 분배하고 임대료까지 나누어 준다니, 대체 이게 무슨 짓이야!」 그가 말했다. 「그리고 싶으면 농민은행을 통해서 팔아 버릴 수도 있잖아. 그러면 어떤 의미라도 있겠지. 아무튼 그런 행동은 미친 짓에 불과하단 말이야.」 벌써 신탁 관리에 대한 것까지 염두에 두고 있던 그는 그 괴상한 계획에 대해 동생과 진지하게 이야기해 보라고 아내에게 요구했다.

32

집으로 돌아온 네흘류도프는 책상 위에 놓인 쪽지를 발견하고 곧 누나를 찾아갔다. 저녁 무렵이었다. 이그나찌 니끼포로비치는 옆방에서 쉬고 있었고, 나딸리야 이바노브나 혼자 동생을 맞이했다. 그녀는 허리에 꼭 끼는 검은 비단옷을 입고 가슴에는 붉은 리본을 달았으며 검은 머리는 최신식으로 돌돌 말아서 틀어 올렸다. 아마 동갑내기 남편에게 젊게 보이려고 애쓰는 것이 틀림없었다. 동생을 보자 그녀는 소파에서 벌떡 일어나더니 비단 치맛자락을 사각거리며 재빨리 달려왔다. 두 사람은 서로의 볼에 입맞춘 후 미소를 지으며 서로를 쳐다보았다.

말로는 표현할 수 없는 신비스럽고 의미심장한 시선이 오갔다. 진실이 충만한 눈빛이었다. 하지만 이어서 진실은 저 멀리 사라져 버리고 공허한 인사말이 교환되기 시작했다. 두 사람은 어머니가 돌아가신 이후로 만나지 못했던 것이다.

「누님은 살도 좀 찌고, 더 젊어진 것 같군요.」그가 말했다.
그녀는 만족스러운 듯 입술을 쫑긋거렸다.

「너는 좀 여위었구나.」

「이그나찌 니끼포로비치는요?」네흘류도프가 물었다.

「쉬고 계셔. 밤새 한잠도 주무시지 못했거든.」

하고 싶은 말은 많았지만 서로 입이 떨어지지 않았고, 그
들은 입 밖으로 나오지 않는 얘기들을 시선으로만 주고받을
뿐이었다.

「네가 머무는 곳에 찾아갔었단다.」

「네, 알고 있어요. 전 집에서 나왔어요. 집이 너무 커서 혼
자 지내기가 쓸쓸하고 갑갑했거든요. 나한테는 필요한 게 아
무것도 없으니, 가구 같은 물건들은 모두 누나가 가져가세요.」

「그래, 아그라페나 뻬뜨로브나가 그렇게 말하더구나. 그곳
에도 갔었지. 몹시 고마운 말이기는 하지만—.」

그때 하인이 은제 찻잔을 가져왔다.

그들은 하인이 찻잔을 내려놓을 때까지 침묵했다. 나딸리
야 이바노브나는 탁자 맞은편 안락의자로 옮겨 앉아서 말없
이 차를 따랐다. 네흘류도프도 말이 없었다.

「그래, 애야! 나는 모든 것을 알고 있단다.」마음속으로 결
심이 섰는지, 나딸리야는 동생을 쳐다보며 이렇게 말했다.

「그래요, 누나가 알고 있다니 정말 기쁘군요.」

「그런데 너는 그런 생활을 했던 여자가 바뀔 수 있을 거라
고 생각하는 거니?」나딸리야 이바노브나가 말했다.

그는 작은 의자에 팔꿈치도 기대지 않고 꼿꼿이 앉아서 누
나의 이야기를 제대로 이해하고 똑바로 대답하기 위해 열심
히 경청했다. 조금 전 마슬로바와의 면회에서 느꼈던 영혼의
평온한 기쁨과 모든 사람들에 대한 호의가 아직 지속되고 있
었다.

「저는 그 여자가 아니라 저 자신을 인도하려는 겁니다.」그가 대답했다.

나딸리야 이바노브나는 한숨을 내쉬었다.

「결혼을 하지 않더라도 다른 방법이 있겠지.」

「하지만 전 결혼이 가장 좋은 방법이라고 생각해요. 게다가 결혼은 유익한 존재가 될 수 있는 세계로 절 이끌어 주거든요.」

「나는 그렇게 생각하지 않는다.」나딸리야 이바노브나가 말했다. 「그렇다고 네가 행복해질 수 있는 것도 아니고.」

「제 행복은 문제가 아니에요.」

「물론 그렇겠지. 하지만 그 여자도 양심이 있다면 결코 행복해질 수 없을 거고, 또 그런 걸 원하지도 않을 거야.」

「그녀는 원하지 않아요.」

「알겠다, 그러나 인생은——」

「그래요, 인생이 어떤데요?」

「다른 것을 요구하고 있단다.」

「인생은 우리가 당연히 해야 할 일을 요구할 뿐, 더 이상은 아무것도 요구하지 않아요.」네홀류도프는 비록 눈매와 입가에 잔주름이 보이지만 여전히 아름다운 누나의 얼굴을 쳐다보며 말했다.

「나는 이해할 수 없구나.」그녀가 한숨을 내쉬며 말했다.

〈가엾은 누나, 사랑하는 누나! 어쩌다 이렇게 변하셨나요?〉네홀류도프는 결혼하기 전 누나의 모습을 회상하며, 또 누나의 따뜻한 마음씨와 관련된 어린 시절의 수많은 추억을 더듬으며 이렇게 생각했다.

그때 이그나찌 니끼포로비치가 평소와 다름없이 고개를 쳐들고 넓은 가슴을 내민 채 미소 지으며 부드럽고 경쾌한 걸음걸이로 방에 들어왔다. 그의 안경과 대머리와 검은 구레

나룻이 반짝거렸다.

「안녕하시오, 안녕하시오!」 그는 의식적인 억양으로 어색하게 말했다. 결혼한 이후 처음 얼마 동안 두 사람은 서로 〈자네〉라고 부르려고 노력했지만 결국 〈당신〉이라는 호칭으로 굳어 버렸다.

두 사람은 악수를 교환했고, 이그나찌 니끼포로비치는 안락의자에 가볍게 앉았다.

「남매 사이의 대화를 방해한 건 아닌가요?」

「아닙니다, 나는 내 말이나 행동을 누구에게도 숨기지 않습니다.」

네흘류도프는 그의 얼굴을 쳐다보다가 다시 털북숭이 손으로 시선을 돌리고 보호자인 양 나서는 자만심이 가득한 그의 목소리에 귀를 기울였다. 그 순간 유쾌한 기분은 순식간에 사라져 버렸다.

「네, 우리는 동생의 계획에 대해 이야기하고 있었어요.」 나딸리야 이바노브나가 말했다. 「차 한잔 드시겠어요?」 그녀는 찻잔을 잡으며 덧붙였다.

「그래요, 한잔 마십시다. 그런데 그 계획이란 대체 어떤 겁니까?」

「죄수 대열을 따라 시베리아로 떠나려는 겁니다. 그 죄수들 속에는 내가 잘못을 저지른 여자가 들어 있거든요.」 네흘류도프가 말했다.

「그냥 따라가는 것이 아니라, 다른 계획도 있다던데요.」

「네, 그녀만 원한다면 결혼할 작정입니다.」

「아니, 뭐라고요? 어디 그 이유를 설명해 주겠소? 나로서는 이해할 수가 없군요.」

「그 이유는, 그녀가…… 타락의 길로 들어선 것이…….」 네흘류도프는 적당한 표현이 떠오르지 않자 자기 자신에게 화가 났다.「그 이유는 죄는 내가 짓고, 벌은 그녀가 받기 때문입니다.」

「그녀가 벌을 받는다면, 틀림없이 죄가 있어서겠죠.」

「그녀는 정말 결백합니다.」

네흘류도프는 필요 이상으로 흥분하여 사건의 내막을 모두 설명했다.

「네, 그건 재판장의 착오군요. 배심원들의 답변서가 소홀했던 데도 원인이 있고. 하지만 그래서 원로원이 있는 게 아니겠습니까.」

「원로원에서는 기각되었습니다.」

「기각이라……. 상소 사유가 빈약했던 거로군요.」 재판의 결과는 진실이라는 통속적인 의견을 철저히 신봉하는 말투로 이그나찌 니끼포로비치가 이야기했다.「원로원에서는 사건의 본질을 조사할 수 없겠죠. 하지만 만일 재판부가 실수를 저질렀다면, 황제 폐하께 탄원서를 올려야지요.」

「탄원서는 제출했습니다만, 성과를 거두기란 거의 불가능합니다. 법무성에 조회하게 될 것이고, 법무성이 다시 원로원에 조회하면 원로원은 그 판결을 되풀이할 테니까요. 늘 그렇듯이 무고한 사람이 처벌되는 겁니다.」

「첫째로, 법무성은 원로원에 조회하지 않을 겁니다.」 이그나찌 니끼포로비치는 너그러운 미소를 지으며 말했다.「신빙성 있는 사건 기록을 법원에서 가져올 것이고, 만일 착오를 발견하게 된다면 그에 따른 판결을 내릴 겁니다. 둘째로, 무고한 사람은 결코 처벌되지 않습니다. 극히 드물게 그런 일이 일어나기도 하지만, 그 역시 죄가 있기 때문에 벌을 받는 것이죠.」 이그나찌 니끼포로비치는 자신감 넘치는 미소를 지으며 느릿느릿 말했다.

「나는 그 반대라고 확신합니다.」 네흘류도프는 매형에게 반감을 느끼며 말했다. 「재판소에서 유죄 판결을 받은 사람들 중 절반은 죄 없는 사람들이라고 난 믿고 있으니까요.」

「그럴 리가 있겠습니까!」

「말씀드린 대로 그들은 무죄입니다. 그 여자가 독살 사건에서 무죄이고 요사이 내가 만난, 저지르지도 않은 살인죄를 뒤집어쓴 농부가 무죄이듯 말입니다. 그리고 집주인이 저지른 방화 사건에서도 어느 죄 없는 모자가 유죄 판결을 받았습니다.」

「네, 물론 재판상의 착오라는 것은 늘 있어 왔고, 또 앞으로도 있을 겁니다. 인간의 제도는 완전할 수 없으니까요.」

「그리고 무고한 사람들의 대다수는 모종의 환경에서 성장한 자신들의 행동을 범죄라고 생각하지 않습니다.」

「실례의 말이지만, 그건 편견인 것 같습니다. 모든 도둑들은 절도 행위가 나쁜 일이고, 절도 행위를 해서는 안 되며, 절도 행위가 비도덕적이라는 사실을 알고 있습니다.」 이그나찌 니끼포로비치는 침착하고 자신만만한 태도로, 특히 네흘류도프를 자극하는 약간 경멸적인 미소를 지으며 말했다.

「아닙니다, 그들은 모르고 있습니다. 그들에게 도둑질을 하지 말라고 하는 공장주가 그들의 임금을 착복하고 노동력을 착취하며, 정부가 수많은 관리들을 시켜서 세금이라는 명목으로 끊임없이 자신들을 수탈하는 걸 그들은 목격하고 또 잘 알고 있습니다.」

「그건 이미 무정부주의입니다.」 이그나찌 니끼포로비치는 처남이 말한 내용의 의미를 점잖게 정의했다.

「그건 잘 모르겠습니다만 저는 사실을 말씀드릴 뿐입니다.」 네흘류도프는 말을 이어 갔다. 「정부가 자신들을 수탈한다는 사실을 그들은 알고 있습니다. 또 우리 지주들이 공동 소유가 되어야 할 토지를 그들로부터 빼앗고 착취한다는 사실도 알고 있습니다. 그리고 그들이 빼앗긴 토지에서 페치까에 넣을 나뭇가지라도 가져가려고 하면, 우리가 그들을 교도소에 처넣어서 스스로 도둑이라고 믿게 만든다는 사실도 알고 있습니다. 그들은 자신들이 아니라 자신들의 토지를 뺏은 자들이 도둑이며, 빼앗긴 것을 되찾는 것이 가족에 대한 의무라는 것도 알고 있습니다.」

「이해할 수 없군요. 아니, 이해할 수 있다고 해도 동의할 수 없습니다. 토지란 누군가의 소유물이 되지 않을 수 없으니까요. 만일 당신이 토지를 분배한다고 해도……」 이그나찌 니끼포로비치는 네흘류도프가 사회주의자이며 사회주의 이론은 모든 토지의 공평한 분배를 요구하지만 그 분배란 몹시 어리석은 짓이어서 그것을 논박하기는 너무 쉬운 일이라고 확신하며 침착하게 이야기를 시작했다. 「만일 당신이 분배한다고 해도, 내일이면 훨씬 부지런하고 능력 있는 사람의 손으로 넘어갈 겁니다.」

「토지를 공평하게 분배하겠다고 생각하는 사람은 아무도 없습니다. 하지만 토지란 그 누구의 소유물도 될 수 없어요. 거래의 대상이 되어서는 안 된다는 말입니다.」

「인간에게는 본래 소유권이 주어져 있습니다. 소유권도 없이 토지를 일군다는 것은 아무 흥미도 불러일으키지 못합니다. 소유권을 폐지해 보십시오. 그러면 우리는 미개한 생활로 돌아가고 말 것입니다.」 이그나찌 니끼포로비치는 토지 소유에 대한 열망이야말로 토지 소유권이 필요한 증거이며 이에 반박할 수는 없다는 논거를 반복하면서 권위자인 양 말했다.

「그와 정반대입니다. 만일 그렇게 된다면 지주들이 지금처럼 건초 위에 누운 개처럼 빈둥거리면서 토지를 방치하는 일도 없을 것이고, 토지를 경작할 줄도 모르면서 경작할 수 있는 사람들이 사용하지 못하도록 막는 일도 없을 테니까요.」

「이봐요, 드미뜨리 이바노비치, 그건 정말 정신 나간 이야기요! 정말 요즘 세상에 토지 소유가 폐지될 거라고 생각합니까? 그건 당신의 오랜 꿈에 지나지 않습니다. 어쨌든 당신에게 솔직하게 이야기하면…….」 이렇게 말하는 이그나찌 니끼포로비치의 얼굴은 창백해지고 목소리도 떨리고 있었다. 그 문제로 충격을 받은 것이 틀림없었다. 「이 문제를 실제로 해결하기에 앞서 다시 한 번 곰곰이 생각해 보라고 충고하고 싶습니다.」

「지금 내 개인적인 문제에 대해 말하시는 건가요?」

「그렇습니다. 특별한 지위에 있는 우리 모두는 그 지위가 부여하는 의무를 이행해야 하며, 우리들이 태어나고 또 조상으로부터 물려받은 일상 조건을 유지해야 하기도 하고, 그것을 후손들에게 물려주어야 한다는 이야기를 하고 싶군요.」

「의무라면 나는 이렇게 생각하고 있습니다―」

「이야기를 조금 더 하겠습니다.」 이그나찌 니끼포로비치는 말을 가로채이지 않으려고 이야기를 이어 갔다. 「내가 내 재산과 내 아이들을 위해 이러는 게 아닙니다. 내 자식들의 생활은 보장되어 있고 나도 가족이 먹고 살 수 있을 만큼은, 또 아이들이 편안히 살 만큼은 돈을 벌기 때문에 그 애들은 걱정 없이 살아갈 겁니다. 난 이 얘기를 하고 싶습니다. 당신이 하는 행동들은 너무 부족한 생각에서 나온 것이라고 말입니다. 이건 사사로운 이해관계에서 하는 말이 아닙니다. 그래서 원칙적으로 당신 의견에 찬성할 수 없습니다. 더 심사숙고하시고, 책도 더 많이 읽으시라고 충고하는 바입니다…….」

「어쨌든 내 문제는 내가 스스로 결정할 겁니다. 또 어떤 책을 읽어야 하고, 어떤 책을 읽어서는 안 되는지도 알아서 결정하겠습니다.」 얼굴이 창백해진 네흘류도프는 손이 차가워

지고 스스로를 제어할 수 없음을 느끼고 말없이 차를 마시기
시작했다.

33

「그런데 아이들은요?」 어느 정도 마음의 안정을 되찾자 네
흘류도프는 누나를 향해 이렇게 물었다.

누나는 시어머니인 할머니한테 아이들을 맡겨 두었다고
대답했다. 그리고 남편과의 논쟁이 중단된 것에 너무 만족해
하면서 네흘류도프가 한때 〈검둥이〉와 〈프랑스 여자〉라는 이
름의 인형 두 개를 가지고 놀던 것처럼 요즘 자기 아이들도
여행 놀이를 하고 있다고 말했다.

「그걸 기억하고 있군요.」 네흘류도프는 미소를 지으며 누
나에게 말했다.

「노는 것까지도 너하고 똑같지 뭐냐!」

불쾌한 대화는 끝났다. 나따샤는 마음이 놓였다. 그러나
남편을 앞에 두고 둘만 이해할 수 있는 이야기를 하는 것도
싫었던지 모두의 화제인 뻬쩨르부르그 소식을 꺼내기 시작
했다. 결투로 외아들을 잃어버린 까멘스까야 부인의 슬픔에
대한 이야기였다.

이그나찌 니끼포로비치는 결투에 의한 살인을 일반 형법
조문에서 제외시키는 제도에 대해 반대 의견을 밝혔다.

그의 이런 지적에 네흘류도프는 흥분했고, 미처 끝맺지 못
한 주제까지 다시 꺼내고 싶어졌다. 두 사람은 입 밖으로 내
뱉지는 않았지만 서로 상대방을 비난하며 각자의 신념에서
조금도 물러서지 않았다.

네흘류도프가 자신을 비난하고 자신의 직업 전체를 경멸

한다고 느낀 이그나찌 니끼포로비치는 그의 비난이 부당하다고 지적하고 싶었다. 네흘류도프 역시 매형이 토지 문제에 대한 자신의 결정을 방해하려는 것을 눈치챘으나 불쾌감을 말로 표현하지 않을 뿐이었다. 매형과 누나와 아이들이 자신의 상속자로서 그만한 권리를 가졌다는 사실은 네흘류도프도 잘 알고 있었다. 그러나 소갈머리 없는 이 사내가 현재 네흘류도프에게는 확실히 비이성적인 범죄라고 생각되는 문제를 정당하고 합법적인 것으로 계속 확신하며 태연한 모습을 보이는 것에 화가 치밀어 올랐다. 그런 자기 과신이 네흘류도프의 비위를 상하게 했던 것이다.

「그럼 법원이 어떻게 해야 합니까?」 네흘류도프가 물었다.

「결투를 벌인 두 사람 가운데 하나도 일반적인 살인범과 마찬가지로 징역형으로 다스려야지요.」

네흘류도프는 다시 손에 한기를 느끼며 핏대를 세우고 말하기 시작했다.

「그러면 뭐가 어떻게 됩니까?」 네흘류도프가 물었다.

「공정해지겠죠.」

「재판의 목적이 마치 공정성에 있는 것 같군요.」 네흘류도프가 말했다.

「그럼 다른 것도 있습니까?」

「그건 계급적 이익을 옹호하려는 태도에 불과합니다. 내 생각에 법원은 우리 지주 계급에 유리한 현행 제도를 유지하기 위한 행정적 무기일 뿐입니다.」

「그건 전혀 새로운 의견이로군요.」 이그나찌 니끼포로비치는 태연히 미소 지으며 말했다. 「일반적으로 법원에는 다른 사명이 부여되어 있습니다만.」

「이론적으로는 그렇지만, 내가 목격한 바에 따르면 실제로는 그렇지 않습니다. 법원의 목적은 다만 현재 상태의 사회를 유지시키는 데 있을 뿐입니다. 일반적 수준보다 높은 곳에서 사회의 수준을 끌어올리려는 소위 정치범이라고 불리는 사람들과, 수준 이하에 처해 있는 소위 범죄자라고 불리는 사람들을 박해하고 처형하는 것이죠.」

「첫 번째로, 소위 정치범이라고 불리는 범죄자들이 일반적 수준보다 높은 곳에 있기 때문에 처벌한다는 말에는 동의할 수 없습니다. 당신이 수준 이하라고 생각하는 범죄자들의 유형과 약간 달라서 변형되기는 했습니다만, 그자들의 대다수는 역시 사회의 쓰레기 같은 존재들입니다.」

「하지만 나는 재판관들보다 도덕적으로 더 수준이 높은 사람들을 알고 있습니다. 예를 들면 모든 종파의 교인들은 도덕적이고 지조가 있는 사람들입니다…….」

그러나 다른 사람 때문에 자기 이야기가 중단되는 것을 싫어하는 사람들이 흔히 그러하듯이, 이그나찌 니끼포로비치는 네흘류도프의 말을 귀담아듣지 않고 상대를 한층 자극하면서 그가 이야기하는 도중에 계속 떠들어 댔다.

「재판소의 목적이 현행 제도를 유지하는 데 있다는 말에도 동의할 수 없습니다. 법원은 법원 고유의 목적이 있으니까요. 예를 들면 죄수들을 교화한다든가…….」

「교도소에서 교화가 잘도 되겠군요.」네흘류도프가 말했다.

「격리시키는 겁니다.」이그나찌 니끼포로비치는 동요하지 않고 이야기를 계속했다.「다시 말해서 사회의 근간을 위협하는 타락한 자들이나 짐승 같은 자들을 격리시키는 겁니다.」

「바로 그게 문제입니다. 법원은 이것도 저것도 실행하지 않고 있으니까요. 이 사회는 그것을 실천할 수단이 없는 것입니다.」

「어째서 그렇죠? 이해가 가지 않는군요.」이그나찌 니끼포로비치는 억지 미소를 지으며 물었다.

「내가 말하고 싶은 것은, 근본적으로 이성적인 형벌이란 두 가지밖에 없다는 겁니다. 옛날에 사용되었던 태형과 사형이 그것이죠. 그러나 인간의 성격이 온순해지면서 그런 것은 점점 철폐되고 있습니다.」 네흘류도프가 말했다.

「당신한테 그런 말을 듣다니, 이건 정말 놀랍고도 새로운 일이로군요.」

「그렇습니다, 인간에게 고통을 주어서 두 번 다시 남을 괴롭히지 못하게 하는 것은 현명한 일이지요. 사회에 해악을 끼치는 위험한 자를 없애는 것도 현명한 일이고요. 이 두 가지 형벌은 모두 이성적인 의미를 지니고 있습니다. 그러나 게으르고 나쁜 본보기를 보고 성장해서 타락해 버린 사람을 교도소에 가두어서 생활에 어려움이 없는 게으른 환경에 빠뜨리고, 더구나 가장 타락한 사람들의 무리에 집어넣는 게 대체 어떤 의미를 갖고 있습니까? 그것이 아니더라도 뚤라 현에서 이르꾸츠끄로, 또는 이르꾸츠끄에서 다른 유형지로 유형을 보내는 데 1인당 5백 루블 이상의 국비를 쓰는 일이 대체 어떤 의미를 가지고 있습니까?」

「하지만 사람들은 그 국비 여행을 모두 겁내고 있죠. 만일 그 여행과 교도소가 존재하지 않는다면, 우리는 지금처럼 편히 쉬지 못할 것입니다.」

「교도소가 우리의 안전을 보장하지는 못합니다. 왜냐하면 그들은 영원히 교도소에 수감되지 않으며, 언젠가는 석방되기 때문입니다. 오히려 이런 제도는 그들의 결함과 타락을 극한에 빠뜨릴 것이고, 결국 더 위험해지겠죠.」

「징벌 제도를 보완해야 한다는 말을 하려는 거로군요.」

「징벌 제도를 보완한다는 것은 불가능한 일입니다. 교도소를 완벽하게 보완하려면 국민 교육보다 더 많은 비용이 들어갈 것이고, 그건 곧 민중에게 새로운 짐을 더 지우게 되는 셈이니까요.」

「징벌 제도의 결함이 법원을 무용지물로 만드는 것은 아닙니다.」 이그나찌 니끼포로비치는 처남의 말은 듣지 않고 다시 자기 이야기만 계속했다.

「하지만 그 결함을 결코 고칠 수가 없지 않습니까!」 네홀류도프가 격앙된 목소리로 말했다.

「그래서 어쩌라는 말입니까? 다 죽여야 합니까? 아니면 어떤 국가적 인물이 제안했듯이, 눈알이라도 뽑아야 합니까?」 이그나찌 니끼포로비치가 득의에 찬 미소를 지으며 말했다.

「그래요, 잔인한 일이긴 하지만 그건 목적에 부합합니다. 하지만 현재 시행되는 제도는 잔인하기만 할 뿐, 목적에 부합하지도 않고 도저히 이해할 수 없을 만큼 어리석은 짓입니다. 정신적으로 건강한 인간들이 어째서 형사 재판 같은 어리석고 잔인한 일에 참여하는 걸까요.」

「내가 바로 그 일에 참여하고 있습니다.」 창백해진 얼굴로 이그나찌 니끼포로비치가 말했다.

「그건 당신의 자유죠. 하지만 나는 이해할 수 없습니다.」

「당신은 이해하지 못하는 게 참 많군요.」 이그나찌 니끼포로비치는 떨리는 목소리로 말했다.

「나는 완전히 미치지 않은 사람이라면 누구라도 동정할 어느 불행한 소년을 한 검사보가 온 힘을 다해 유죄로 만들려는 광경을 법원에서 목격했습니다. 또 어떤 검사가 어느 종파 교인들을 심문하고 복음서를 읽었다는 이유로 그들을 형법으로 다스린 사실도 알고 있습니다. 재판관들이 하는 일이란 모두 이처럼 무의미하고 잔인한 행위들뿐입니다.」

「그렇게 생각한다면 나도 근무할 수 없겠군요.」 이그나찌 니끼포로비치는 이렇게 말하더니 자리에서 일어났다.

네흘류도프는 매형의 안경 안쪽에서 이상하게 반짝이는 광채를 보았다. 〈눈물일까?〉 하고 네흘류도프는 생각했다. 사실 그것은 치욕의 눈물이었다. 이그나찌 니끼포로비치는 창가로 다가가서 손수건을 꺼내더니 콜록거리며 안경을 벗어 들고 안경과 눈을 닦기 시작했다. 소파로 돌아온 이그나찌 니끼포로비치는 담배에 불을 붙였고, 더 이상 아무 말도 하지 않았다. 네흘류도프는 매형과 누나를 이렇게까지 슬프게 한 것이 부끄럽고 가슴 아팠다. 더구나 내일이면 길을 떠나 그들을 다시는 만나지 못할 수도 있지 않은가! 그는 착잡한 심정으로 그들에게 작별 인사를 하고 집으로 돌아왔다.

〈내가 한 말은 틀림없는 진실이다. 적어도 매형은 아무 반박도 하지 못했다. 하지만 그렇게까지 말할 필요는 없지 않았을까? 악한 감정에서 헤어 나오지 못하고 매형을 모욕하고 가엾은 나따샤 누나까지 슬프게 하고 말았으니, 나는 그리 변하지 않은 모양이다.〉

34

마슬로바가 소속한 죄수 대열은 오후 3시에 기차역에서 출발할 예정이었다. 네흘류도프는 교도소에서 출발하는 죄수 대열에 합류하여 기차역까지 그녀와 동행하기 위해 12시 전까지 교도소에 도착할 생각이었다.

짐과 서류를 정리하던 네흘류도프는 일기장에 시선을 집중하고 여기저기 훑어보다가 최근에 적은 몇몇 대목을 여러 번 읽었다. 그것은 뻬쩨르부르그로 떠나기 직전에 쓴 것이었다. 〈까쮸샤는 내 희생을 원치 않으며, 오히려 자신을 희생하고 싶어 한다. 그녀는 승리했으며, 나 또한 승리한 것이다. 그녀의 내면에 일어난 변화가 나를 기쁘게 한다. 믿기 힘든 일이지만, 그녀의 마음속에서는 변화가 일어나는 것 같다. 믿기 힘든 일이지만, 그녀가 되살아나는 것 같다.〉 그리고 이어서 이렇게 적혀 있었다. 〈몹시 괴롭고 또 몹시 반가운 일이다. 병원에서 그녀의 행실이 바르지 못했다는 이야기를 들은 것이다. 별안간 너무 가슴이 아팠다. 이렇게 가슴이 아플 줄은 몰랐다. 그녀와 이야기를 하면서는 혐오감과 증오심을 느꼈지만, 곧 나 자신을 돌아보게 되었다. 비록 머릿속으로 생각해 본 것에 지나지 않지만, 지금 그녀를 증오하는 내가 예전에 그리고 지금까지 얼마나 큰 죄를 저질렀는지를 생각하면 갑자기 자신이 가증스럽고 그녀가 불쌍해진다. 그러고 나면 기분이 몹시 좋아지기 시작한다. 자신의 눈 속에 있는 들보를 제때 볼 수만 있다면 우리는 더 선량해질 텐데!〉 오늘 날짜로 그는 이렇게 써 내려갔다. 〈나따샤 누나를 만나러 갔다가 자기도취에 빠져서 고약한 심보를 드러내고 괴로운 심정에 사로잡히고 말았다. 그렇지만 어쩔 수 없었다. 내일부터는 새로운 삶이 시작된다. 안녕, 낡은 생활이여, 영원히 안녕! 수많은 생각들이 머리를 휘젓고 있지만, 그 모든 것을 아직 하나로 정리할 수는 없구나.〉

다음 날 아침 눈을 떴을 때 네흘류도프가 가장 먼저 떠올린 것은 매형과의 말다툼에 대한 후회였다.

〈이대로 떠나서는 안 되겠어.〉 그는 생각했다. 〈매형을 찾아가서 사과해야지.〉

그러나 시계를 들여다보는 순간 그는 벌써 시간이 너무 촉박해서 죄수 대열을 놓치지 않도록 서둘러야 한다는 사실을 깨달았다. 급히 준비를 마치고 페도시야의 남편 따라스에게 짐을 주어 문지기와 함께 정거장으로 보낸 다음, 네흘류도프는 눈에 띄는 마차를 잡아타고 교도소로 향했다. 죄수들이 타고 갈 열차는 네흘류도프가 탈 우편 열차보다 2시간 먼저 떠날 예정이었다. 그는 다시는 돌아오지 않을 생각으로 방값을 치렀다.

7월의 무더위는 짜증스러울 정도였다. 무더웠던 지난밤의 열기가 아직도 남아 있는 거리의 포장석과 건물의 돌담들과 함석지붕들이 바람 잔잔한 무더운 대기를 향해 열기를 뿜어내고 있었다. 잠잠하다가 이따금씩 바람이 불 때마저 먼지와 페인트 냄새가 뒤섞인 역겹고 뜨거운 공기만 밀려왔다. 거리는 한산했고, 어쩌다가 지나가는 행인들은 건물 그늘로만 걷기 위해 기를 썼다. 햇볕에 까맣게 그을린 농부 출신 인부들 몇몇만이 짚신을 신은 채 길 한복판에 앉아서 뜨거운 모래 바닥에 놓인 돌을 망치로 두드리고 있었다. 흰 모자 틈새로 귀를 내민 말들이 이끄는 철도마차가 햇볕이 내리쬐는 방향을 차양으로 가린 채 방울 소리를 울리며 거리를 오가고 있었다.

네흘류도프가 교도소에 도착했을 때 죄수 대열은 아직 출발 전이었으며, 새벽 4시부터 시작된 귀찮은 죄수 인계 업무가 여전히 계속되고 있었다. 이송되는 죄수의 인원은 남자가 623명, 여자가 64명이었다. 모든 죄수들을 일일이 명부와 대조하고 병약자를 가려낸 다음 호송병에게 인계해야 했다. 신임 소장, 두 명의 부소장, 의사, 남자 간호사, 호송 장교, 서기 등이 정원 담장 아래 그늘에 마련된, 서류와 사무 용품이 놓인 책상 앞에 앉아서 줄지어 나오는 죄수들을 한 사람씩 호명하고 검사하고 확인한 후에 장부에 이름을 기입했다.

책상의 절반가량이 따가운 햇볕에 노출되어 있었다. 날씨는 무척 더웠고 바람도 불지 않는 데다가 그곳에 서 있는 죄수들의 입김 때문에 숨이 막힐 지경이었다.

「도대체 끝이 보이질 않는군!」키 크고 뚱뚱한 체격에 얼굴빛이 불그스름하고 어깨가 치켜 올라간 팔 짧은 호송 장교가 수염 가득한 입으로 담배를 한 모금 빨며 말했다. 「정말 힘들어 죽겠어. 대체 어디서 이렇게 많은 사람들을 잡아다 놓았을까? 아직 많이 남았나?」

서기가 장부를 훑어보았다.

「아직 남자 스물네 명과 여자들이 남아 있습니다.」

「왜 그렇게 서 있는 거야? 어서 와!」호송 장교는 아직 조사가 끝나지 않아 서로 밀치고 있는 죄수들을 향해 소리쳤다.

죄수들은 벌써 3시간 이상 그늘로 피하지도 못하고 뙤약볕 아래 줄지어 차례를 기다리고 있었다.

교도소 안에서 이런 일이 진행되는 동안, 밖에서는 보초가 평소와 다름없이 총을 들고 서 있었으며 죄수들의 짐과 병약자들을 태울 스무 대가량의 짐마차들이 대기하고 있었다. 길가에는 가족과 친구들이 먼발치에서라도 죄수들을 지켜보기 위해, 또 가능하면 이야기라도 한마디 나누고 선물도 건네기 위해 그들이 나오기만을 기다렸다. 네흘류도프도 그 무리 속에 끼어 있었다.

그는 1시간 정도 그곳에 서 있었다. 1시간이 지나자 정문 안쪽에서 쇠고랑 철거덕거리는 소리, 발소리, 구령 소리, 기침 소리 그리고 많은 사람들이 웅성거리는 소리가 들려왔다. 그렇게 약 5분이 지나는 동안 교도들이 옆문으로 드나들었다. 마침내 출발 명령이 떨어졌다.

. 굉음을 울리며 정문이 열리자 쇠고랑 소리는 더욱 요란하게 들려왔고 곧이어 총을 든 흰 제복 차림의 호송병들이 거리로 나오더니 익숙하고 절도 있는 동작으로 큰 원을 그리며 정문을 에워쌌다. 호송병들의 정렬이 끝나고 새로운 명령이 떨어지자 삭발한 머리에 빵모자를 쓴 죄수들이 어깨에 배낭

을 걸친 채 쇠고랑을 찬 발을 끌며, 한쪽 손은 등 뒤의 배낭에 올리고 다른 손은 보조에 맞춰 휘저으면서 줄지어 걸어 나왔다. 앞장서서 나온 남자 징역수들은 똑같은 회색 바지 차림에 등에 다이아몬드 표시가 새겨진 죄수복[76]을 입고 있었다. 청년, 노인, 깡마른 사내, 뚱뚱한 사내, 얼굴이 창백한 사내, 불그스름한 사내, 시커먼 사내, 콧수염을 기른 사내, 턱수염을 기른 사내, 수염을 밀어 버린 사내, 러시아인, 따따르인, 유대인 할 것 없이 모든 죄수들이 쇠고랑을 철컥거리면서 마치 여행길에 오르듯 한 팔을 흔들며 씩씩하게 나왔다. 그리고 열 걸음쯤 걸어 나오자 얌전히 제자리에 멈춰 서더니 네 줄로 늘어서기 시작했다. 뒤이어 쇠고랑을 차지는 않았지만 두 사람씩 짝을 지어 손목에 수갑을 찬 죄수들이 똑같이 삭발한 머리에 똑같은 복장으로 정문에서 계속 줄지어 나왔다. 유형수들이었다. 그들도 씩씩하게 걸어 나와 제자리에서 걸음을 멈추더니 네 줄로 늘어섰다. 이어서 농민 조합원들과 여자 죄수들이 차례로 정렬했다. 앞줄에는 회색 죄수복에 머릿수건을 쓴 여자 징역수들이 서고 그 뒤에 여자 유형수들과 자발적으로 유형수들을 따라가는 도회지 차림과 농민복 차림의 여자들이 섰다. 몇몇 죄수들은 회색 죄수복에 갓난아이를 싸서 안고 있었다.

여자들과 함께 사내아이들과 계집아이들이 따라나섰다. 아이들은 마치 말 떼 속에 끼어 있는 망아지들처럼 여죄수들 사이에서 칭얼거렸다. 남자 죄수들은 간혹 기침을 하거나 구령을 반복할 뿐 말없이 서 있는 반면, 여죄수들은 끊임없이 떠들어 댔다. 마슬로바가 나오자 네흘류도프는 그녀를 알아보았지만 그녀는 곧 인파 속에 파묻혀 버렸고 그래서 그의

---

76 일반 죄수들과 구별하기 위해 징역수의 죄수복에는 등에 다이아몬드 표시를 새겼다.

눈에는 인간의 모습을 상실한 채, 특히 여성적 특성을 상실한 채 아이들과 함께 배낭을 메고 남자 죄수들의 뒤를 줄지어 따라가는 회색 동물의 무리만 보일 뿐이었다.

교도소 안에서 이미 죄수들의 인원 점검이 끝났음에도 불구하고 호송병들은 조금 전의 인원과 대조하기 위해 다시 확인하기 시작했다. 이 인원 재점검도 상당히 오랫동안 계속되었다. 특히 몇몇 죄수들이 이리저리 자리를 옮겨 다녔기 때문에 인원 파악이 힘들었다. 호송병들은 자신에게 복종하면서도 반감을 품고 있는 죄수들에게 욕설을 퍼붓고 떠다밀며 다시 인원을 세었다. 인원 점검이 끝나고 호송 장교가 명령을 내리자 죄수들 사이에 혼란이 일어났다. 허약한 남자 죄수들과 여자 죄수들, 그리고 어린아이들이 앞을 다투어 짐마차로 달려가서 그 위에 배낭을 던지고 기어오르기 시작한 것이다. 울어 대는 갓난애를 안은 여자들과 신 나는 표정으로 자리다툼을 하는 어린애들, 우울하고 어두운 표정의 남자들이 제각기 짐마차에 자리를 잡았다.

몇몇 죄수들은 호송 장교에게 다가가서 모자를 벗고 무언가 사정하기도 했다. 그들의 부탁이 다름 아니라 짐마차에 타게 해달라는 것이었음을 네흘류도프는 나중에 알게 되다. 호송 장교는 사정하는 죄수들에게 눈길조차 주지 않은 채 담배만 뻑뻑 피우다가 갑자기 죄수들을 향해 짧은 손을 내저었다. 죄수들은 자신들을 때리려는 것으로 알고 삭발한 머리를 움츠리며 물러섰다. 네흘류도프는 이런 광경을 지켜보았다.

「귀족 대접을 해준다고 뭐가 나아지겠나! 어서 걷지 못해!」 장교가 소리쳤다.

장교는 키가 크고 비틀거리는, 족쇄 찬 노인만 마차에 타도록 허락했다. 그 노인은 빵모자를 벗어 성호를 그은 다음

마차로 다가갔으나 쇠고랑을 찬 허약하고 노쇠한 다리를 들어 올리지 못해 오랫동안 마차에 오르지 못했다. 그러자 먼저 마차에 올라탄 한 시골 아낙네가 그의 손을 잡아 끌어 올리는 모습이 네흘류도프의 눈에 띄었다.

짐마차에 배낭이 가득 실리고 허가받은 사람들이 모두 자리를 잡자, 호송 장교는 모자를 벗어서 이마와 대머리와 붉고 굵은 목덜미의 땀을 수건으로 닦고 나서 성호를 그었다.

「전원 출발!」 그가 명령을 내렸다.

병사들은 총구를 내렸고 죄수들은 모자를 벗어 성호를 긋기 시작했다. 어떤 죄수들은 왼손으로 성호를 그었다. 전송하러 나온 사람들이 뭐라고 소리치면 죄수들도 고래고래 소리쳤고, 여자들 사이에서는 통곡이 터져 나왔다. 흰 제복을 입은 병사들에 둘러싸인 죄수 대열은 족쇄 찬 발로 먼지를 일으키며 이동하기 시작했다. 병사들이 앞장서자 네 줄로 대오를 정비한 징역수들이 따라갔고 유형수들이 그 뒤를 이었으며 두 사람씩 수갑을 찬 농민 조합원들과 여자 죄수들이 그들을 따라갔다. 마지막으로 배낭과 병약자들을 가득 실은 짐마차가 출발했다. 어느 짐마차의 꼭대기에서 한 여자가 얼굴을 감싼 채 한없이 흐느껴 울고 있었다.

35

대열이 너무 길었기 때문에 배낭과 병약자를 실은 짐마차들은 선두가 시야에서 사라진 후에야 움직이기 시작했다. 짐마차 대열이 움직이자 네흘류도프는 대기시켜 놓은 마차에 올라타 마부에게 죄수 대열을 따라잡으라고 말했다. 남자 죄수들 속에 낯익은 얼굴이 있는지 확인하고 여죄수들 사이에서 마슬로바를 찾아내 자신이 보낸 물건을 받았는지 묻기 위해서였다. 몹시 무더운 날씨였다. 바람 한 점 불지 않아서 수천 명의 걸음이 일으키는 먼지가 길 한복판을 걸어가는 죄수들 사이에서 끊임없이 피어올랐다. 죄수들이 빠른 걸음으로 걸었기 때문에 네흘류도프가 탄 마차의 느린 속도로는 그들을 따라잡기 힘들었다. 그들은 똑같은 복장과 똑같은 신발 차림에, 마치 기운을 내려는 듯 발걸음에 맞춰 짐을 들지 않은 한 손을 휘저었다. 꼬리를 물고 걸어가는 수천의 인간들이 연출하는 그 광경은 몹시 낯설고 괴상했다. 엄청나게 많은 수의 그들은 모두 똑같은 모습으로 너무나 낯선 상황에 처해 있었다. 네흘류도프에게는 그들이 인간이 아니라 괴상하고 무서운 어떤 동물들 같이 느껴졌다. 징역수들 사이에서 살인범 표도로프를, 유형수들 사이에서 익살꾼 오호찐과 언젠가 자신에게 도움을 청했던 한 부랑자를 발견하고 나서야 그런 인상이 간신히 사라졌다. 대부분의 죄수들은 앞질러 가는 마차에 눈길을 돌리며 마차 위에서 자신들을 쳐다보는 신사를 훔쳐보았다. 표도로프가 네흘류도프를 발견했다는 신호로 고개를 끄덕였다. 오호찐은 윙크를 했다. 그러나 어떤 행동도 허용되지 않는 듯 아무도 고개 숙여 인사하지는 않았다. 여죄수들과 나란히 가던 네흘류도프는 마슬로바를 금방 발견했다. 그녀는 두 번째 줄에 끼어 있었다. 붉은 얼굴에 까만 눈동자를 가진 못생기고 다리가 짧은 여자가 옷자락을 허리띠에 찔러 넣은 채 맨 끝에서 걸어가고 있었는데, 그녀는 바로 멋쟁이 호로샤프까였다. 그다음은 간신히 발을 끌며 걷고 있는 임산부였고, 세 번째가 마슬로바였다. 그녀는 어깨에 배낭을 메고 정면을 바라보고 있었다. 얼굴은 평온하고 단호해 보였다. 그녀와 같은 줄에 있는 네 번째 여죄수는 짧은 작업복에 시골 아낙네처럼 머릿수건을 맨 젊고 아름다운

여자였다. 씩씩하게 걷고 있는 그녀는 페도시야였다. 네흘류
도프는 마슬로바에게 물건을 받아 보았는지 또 몸 상태는 어
떤지 물어보기 위해 마차에서 내려 행군하는 여죄수들 쪽으
로 걸어갔다. 그러자 대열 옆에서 걸어오던 호송 하사관이
그를 발견하고는 급히 달려왔다.

「이것 보세요, 죄수 대열에 접근하면 안 됩니다. 금지되어
있습니다.」 그가 소리쳤다.

가까이 다가온 호송 하사관은 그를 알아보고는(교도소 안
에서 네흘류도프는 이미 널리 알려져 있었다) 거수 경례를
하더니 그의 옆에 서서 말했다.

「지금은 안 됩니다. 정거장에서는 괜찮습니다만, 여기서는
안 됩니다. 멈추지 말고 계속 걸어!」 그는 죄수들을 향해 호
통을 친 다음 더운 날씨에도 불구하고 멋진 새 장화를 번쩍
거리며 제자리로 기운차게 뛰어갔다.

네흘류도프는 인도로 되돌아가서 마부에게 따라오라고 전
하고 자신은 죄수 대열을 지켜보며 걸어갔다. 죄수 대열은
지나가는 곳마다 동정과 공포가 뒤섞인 시선을 받았다. 마차
를 타고 가던 사람들은 창밖으로 고개를 내밀고 죄수들의 모
습이 시야에서 사라질 때까지 바라보았다. 걸어가던 사람들
은 발걸음을 멈추고 놀랍고 두려운 표정을 지으며 그 무서운
광경을 지켜보았다. 어떤 사람들은 다가가서 적선을 했다.
적선은 호송대원들이 받았다. 또 어떤 사람들은 마치 최면에
라도 걸린 듯 죄수 대열을 따라가다가 문득 걸음을 멈추고
고개를 절레절레 저으며 대열을 멀뚱히 바라보았다. 길가에
늘어선 집들의 현관과 대문에서는 사람들이 서로를 부르면
서 달려 나오기도 하고, 창문으로 고개를 내밀고 괴상한 대
열을 묵묵히 지켜보기도 했다. 죄수 대열은 어느 네거리에서
으리으리한 사륜마차의 길을 가로막고 말았다. 마부석에는

얼굴에 기름기가 흐르고 엉덩이에 살이 투실투실 찐 마부가 등에 단추가 두 줄로 달린 옷을 입고 앉아 있었고 뒷좌석에는 부부가 앉아 있었다. 약간 마르고 창백해 보이는 부인은 반짝이는 모자를 쓰고 손에는 밝은 색 양산을 들고 있었으며, 남편은 중절모에 번쩍이는 멋진 코트를 입고 있었다. 그들의 맞은편에는 아이들이 앉아 있었다. 금발을 늘어뜨리고 역시 밝은 색 양산을 들고 있는 꽃처럼 예쁜 소녀와 긴 리본으로 장식된 해군모를 쓴, 목이 가늘고 길며 광대뼈가 튀어나온 여덟 살가량의 소년이었다. 아이들의 아버지는 길이 막히기 전에 죄수 대열을 앞지르지 못했다고 마부에게 화를 냈고, 어머니는 짜증스럽다는 듯 눈을 가늘게 뜨고 인상을 찌푸리며 비단 양산으로 얼굴을 완전히 가려서 햇빛과 먼지를 막았다. 엉덩이에 살이 투실투실 찐 마부는 주인이 지시한 길로 왔는데도 이제 와서 부당한 비난을 듣는 것이 억울하다는 듯 얼굴을 찌푸렸다. 그는 굴레와 목덜미가 땀으로 번들거리는 종마가 전진하려는 것을 억지로 제지하고 있었다.

경찰은 죄수 대열의 행군을 중지시키고 마차부터 보내서 호화로운 마차 주인의 편의를 봐주고 싶은 마음이 굴뚝같았으나, 어떤 부자도 감히 침범할 수 없는 음산한 기운이 그 대열에 흐르고 있음을 감지했다. 그래서 그는 부자에 대한 존경의 표시로 경례를 붙인 후, 만일의 경우에는 마차에 탄 사람들을 보호하겠노라고 약속이라도 하듯 결연한 눈빛으로 죄수들을 노려보았다. 마차는 모든 대열이 다 지나갈 때까지 기다렸다가 배낭과 병약자를 실은 마지막 짐마차가 덜컹거리며 지나간 다음에야 움직일 수 있었다. 짐마차 위에서 히스테리 증세를 보이던 여죄수는 잠시 진정했다가 화려한 사륜마차를 보는 순간 다시 통곡하며 고함을 지르기 시작했다. 마부가 고삐를 늦추자 검은색 종마 두 마리는 포장도로에 말발굽 소리를 울리며 고무바퀴 위에서 가볍게 덜컹거리는 사륜마차를 별장으로 끌고 갔다. 남편과 아내와 소녀, 그리고 목이 가늘고 광대뼈가 튀어나온 소년은 별장으로 가는 길이었던 것이다.

아버지도 어머니도 그들이 목격한 것에 대해 소녀와 소년에게 아무 설명을 할 수 없었기 때문에 아이들은 그 광경에 대한 의문을 스스로 해결해야 했다.

아버지와 어머니의 표정을 살피던 소녀는 죄수들이 자기 부모나 친지와는 전혀 다른 부류의 나쁜 사람들로 그런 벌을 받을 만한 나쁜 짓을 한 것이 틀림없다고 생각했다. 그래서 소녀는 겁에 잔뜩 질려 있었고 죄수들이 시야에서 사라지자 몹시 기뻐했다.

그러나 눈 하나 깜박이지 않고 죄수들의 행렬을 바라보던 목이 가늘고 긴 소년은 달리 생각했다. 신의 계시라도 받은 듯, 소년은 그 사람들이 자신이나 다른 사람들과 조금도 다를 바 없으며 누군가가 그들에게 해서는 안 될 나쁜 짓을 한 것이라고 확신했다. 소년은 쇠고랑을 차고 머리를 깎인 사람들에게 연민을 느꼈고, 쇠고랑을 채우고 머리를 깎은 사람들에게 그만큼의 두려움을 느꼈다. 그래서 소년의 입술은 점점 삐죽거렸지만, 이럴 때 눈물을 흘리는 것은 창피한 일이라고 생각했는지 애써 울음을 참고 있었다.

36

네흘류도프는 죄수들처럼 빠른 걸음으로 걸었다. 그는 가벼운 옷차림에 얇은 코트를 걸치고 있지만 몹시 더웠다. 더구나 먼지와 거리를 뒤덮은 요지부동의 뜨거운 공기 때문에 숨 쉬기조차 힘들 정도였다. 그는 4분의 1베르스따쯤 걷다가 다시 마차에 올라타고 앞서 나갔으나 길 한복판을 달리는 마차 안이 한층 더 무더운 것 같았다. 그는 어제 매형과 나눈 대화를 돌이켜 생각해 보았다. 하지만 그런 생각들은 오늘 아침에 그랬던 것만큼 그를 흥분시키지 못했다. 감옥에서 출발한 죄수 대열의 인상이 그런 생각들을 덮어 버린 것이다. 날씨는 끔찍하게 무더웠다. 나무 그늘이 늘어진 어느 담장 옆에 모자를 벗은 실업 학교 학생 두 명이 무릎을 꿇은 아이스크림 장수 앞에 서 있었다. 한 학생은 작은 뿔로 만든 숟가락을 빨며 맛을 음미하고 있었고, 다른 학생은 아이스크림 장수가 노란 아이스크림이 담뿍 담긴 컵을 건네주기만을 기다리고 있었다.

「음료수를 마실 만한 곳이 없겠소?」 기운을 차리고 싶었던 네흘류도프가 갈증을 참지 못하고 마부에게 물었다.

「바로 저쪽에 그럴듯한 술집이 있습니다.」 마부는 이렇게 말한 다음 길모퉁이를 돌아 커다란 간판이 걸린 술집 입구로 네흘류도프를 안내했다.

카운터에 앉아 있던 루바쉬까 차림의 뚱뚱한 점원과 한때는 흰색이었을 옷을 입은 종업원이 테이블 앞에 앉아 있다가 낯선 손님을 호기심 가득한 눈으로 바라보며 주문을 받았다. 네흘류도프는 소다수를 주문한 후 창문에서 조금 떨어진, 더러운 식탁보가 깔린 테이블에 앉았다.

두 사내가 찻그릇과 투명한 유리병이 놓인 테이블 앞에서 이마에 맺힌 구슬땀을 닦으며 무언가 사이좋게 계산하고 있었다. 그중 한 사내는 피부가 까무잡잡한 대머리였는데 이그나찌 니끼포로비치처럼 뒤통수 가장자리에만 검은 머리카락이 남아 있었다. 그의 인상은 네흘류도프로 하여금 어제 매형과 나눈 대화를 다시금 회상하게 했고, 그들을 만나 보고 싶다고 생각했던 일을 떠올리게 했다. 〈하지만 그럴 시간이 없어.〉 그는 생각했다. 〈편지를 쓰는 편이 더 낫겠지.〉 그는 백지와 편지 봉투와 우표를 부탁한 뒤 거품이 이는 차가운 소다수를 들이켜면서 무슨 내용을 쓸 것인지 궁리하기 시작했다. 그러나 마음이 혼란스러워서 편지를 쓸 수 없었다.

〈사랑하는 나따샤 누나! 어제 이그나찌 니끼포로비치와 논쟁을 벌인 착잡한 심정을 가슴에 안고 이대로 떠날 수는 없군요…….〉 그는 이렇게 서두를 시작했다. 〈그다음은 뭐라고 하지? 어제 내가 한 말을 용서해 달라고 할까? 하지만 나는 내 생각을 말했을 뿐이야. 그는 내가 한 말을 취소한 거라고 생각하겠지. 결국 내 일에 참견하게 만드는 꼴이 될 거야……. 그래, 그럴 수는 없어.〉 네흘류도프는 자만심이 강하고 자신을 이해하지 못하는 낯선 그 사내에게 다시 혐오감을 느끼며 쓰던 편지를 호주머니에 찔러 넣었다. 그러고는 계산을 마친 후 밖으로 나와서 마차를 타고 죄수 대열을 쫓아갔다.

더위는 한층 심해졌다. 담장과 포장석은 열기를 내뿜는 듯했고, 뜨거운 포장도로에 발을 델 것 같았다. 니스를 칠한 마차 흙받기를 맨손으로 만졌다가 네흘류도프는 화상을 입는 줄 알았다.

말들은 단조로운 발굽 소리를 내며 먼지가 뒤덮인 울퉁불퉁한 포장도로를 힘없는 걸음으로 천천히 걸어갔다. 마부는 줄곧 꾸벅꾸벅 졸았고 네흘류도프는 아무 생각 없이 앞만 바라보았다. 내리막길로 접어들자 큰 건물 출입구 맞은편에 많은 사람들이 모여 있고 총을 멘 호송병 한 명이 서 있는 것이 보였다. 네흘류도프는 마차를 세웠다.

「무슨 일이오?」 그가 수위에게 물었다.

「죄수들한테 무슨 일이 벌어진 모양입니다.」

네흘류도프는 마차에서 내려 사람들이 모인 곳으로 다가

갔다. 인도 옆 내리막길의 울퉁불퉁한 포장석 위에 코가 납작하고 붉은 얼굴에 붉은 턱수염을 기른 덩치 큰 중년 죄수가 회색 죄수복 차림으로 머리를 아래로 둔 채 누워 있었다. 주근깨투성이 두 팔은 손바닥을 아래로 하고 벌려 있었다. 불룩 튀어나온 그의 앞가슴은 규칙적으로 용을 쓰며 헐떡거렸고 흐느끼다가 충혈된 두 눈은 허공을 바라보고 있었다. 죄수 주위에는 잔뜩 인상을 찌푸린 경찰과 우체부, 점원, 양산을 든 노파, 빈 바구니를 든 까까머리 아이가 서 있었다.

「교도소에 갇혀 있는 동안 쇠약해질 대로 쇠약해진 겁니다. 그런데도 이런 더위에 끌고 가다니!」 점원은 곁에 다가선 네흘류도프를 향해 누군가를 원망하는 말투로 말했다.

「저러다간 죽고 말아요. 틀림없어요.」 양산을 든 노파가 울먹이는 목소리로 말했다.

「루바쉬까를 벗겨 줘야지.」 우체부가 말했다.

경찰은 굵은 손가락을 부들부들 떨면서 서툰 솜씨로 힘줄이 튀어나온 벌건 목덜미에 묶인 끈을 풀기 시작했다. 그는 몹시 흥분하고 당황스러워하면서도 사람들에게 한마디 해야겠다고 생각한 모양이었다.

「왜 몰려드는 거요? 안 그래도 더워 죽겠는데. 바람이나 가로막지 마시오.」

「의사가 진찰해야 합니다. 허약한 사람들은 남아야지요. 다 죽어 가는 사람을 호송하다니.」 점원이 자신의 지식을 과시하듯 이렇게 말했다.

경찰은 루바쉬까 끈을 다 풀자 허리를 펴면서 주위를 둘러보았다.

「그만 돌아가시오. 당신들하고는 아무 상관도 없는 일인데 뭘 그리 쳐다보는 거요?」 그는 동조를 얻으려는 듯 네흘류도프를 돌아보며 이렇게 말했으나 그의 시선에서 동조의 빛을 찾을 수 없자 다시 호송병을 돌아보았다.

그러나 호송병은 한쪽에 비켜서서 다 떨어진 장화 뒤축만 쳐다볼 뿐 경찰이 처한 곤경에는 몹시 냉담했다.

「이게 누구의 책임인데, 조금도 걱정되지 않는 모양이로군. 법이라고 사람을 죽여도 괜찮다는 거야?」

「아무리 죄수라고 해도 똑같은 인간이란 말이오.」 무리 속에서 사람들이 말했다.

「머리를 더 올려 주고 물을 먹이시오.」 네홀류도프가 말했다.

「물은 가져오라고 했습니다.」 경찰은 죄수의 겨드랑이를 부축해 간신히 허리를 들어 올리며 말했다.

「왜 이렇게 모여 있는 거야?」 갑자기 고압적인 목소리가 들리더니 유난히 깨끗하고 반짝거리는 흰 제복에 그것보다 더 반짝이는 높은 장화를 신은 파출소장이 잰걸음으로 사람들 앞에 나타났다. 「돌아가시오! 무엇 때문에 여기 서 있는 거요!」 사람들이 왜 모여 있는지도 모르면서 그가 소리쳤다.

파출소장은 가까이 다가와서 죽어 가는 죄수를 발견하자 이런 일이 벌어질 거라고 예견했다는 듯 고개를 끄덕이며 경찰을 향해 물었다.

「대체 무슨 일인가?」

경찰은 죄수 대열이 이동하는 중에 한 죄수가 쓰러졌는데 호송 장교가 그냥 내버려 두라고 했다고 보고했다.

「그렇다면 하는 수 없지. 파출소로 데려가야겠어. 마차를 불러와.」

「수위를 보냈습니다.」 경찰이 경례를 붙이며 말했다.

점원이 무더위에 대해 한마디 하려고 했다.

「이게 당신 일이야, 응? 어서 당신 갈 길이나 가.」 파출소장이 이렇게 말하며 매서운 눈길로 점원을 째려보자 그는 입을 다물었다.

「물을 마시게 해야 합니다.」네홀류도프가 말했다.

파출소장은 네홀류도프를 노려보았으나 아무 말도 하지 못했다. 수위가 컵에 물을 담아 오자 파출소장은 경찰에게 물을 먹이라고 명령했다. 경찰이 축 늘어진 머리를 들어 올려서 입에 물을 넣어 주려고 했으나 죄수는 마시지 못했다. 물은 턱수염을 타고 흘러서 상의 앞가슴과 먼지투성이가 된 삼베 루바쉬까를 적셨다.

「머리에 부어!」파출소장이 이렇게 명령하자 경찰은 죄수의 빵모자를 벗기고 붉은 고수머리와 벗겨진 대머리에 물을 부었다. 깜짝 놀란 듯 죄수의 동공이 크게 열렸으나 그의 몸은 꼼짝하지 않았다. 얼굴에서는 먼지로 얼룩진 땟물이 흘러내렸으며 입은 규칙적으로 헐떡거렸고 온몸은 부들부들 떨리고 있었다.

「그런데 이건 뭐지? 이 마차를 쓰면 되잖아.」파출소장이 네홀류도프가 타고 온 마차를 가리키면서 경찰에게 말했다. 「어이, 이봐, 자네!」

「손님이 계십니다.」마부는 눈을 내리깔며 무뚝뚝하게 대답했다.

「제 마차입니다.」네홀류도프가 말했다. 「하지만 쓰십시오. 요금은 내가 지불하겠네.」그는 마부를 향해 이렇게 덧붙였다.

「이런, 왜 그대로 서 있는 거야?」파출소장이 소리쳤다. 「어서 태워!」

경찰과 수위와 호송병은 죽어 가는 죄수를 들어서 마차 의자로 옮겼다. 그러나 몸을 가눌 힘이 없는 죄수는 머리가 젖혀진 채 의자에서 미끄러지고 말았다.

「옆으로 눕히란 말이야!」파출소장이 명령했다.

「괜찮습니다, 소장님, 이대로 데려가겠습니다.」 경찰은 죽어 가는 죄수 옆에 나란히 앉아 오른손으로 그의 겨드랑이를 끌어안으며 말했다.

파출소장은 주위를 두리번거리다가 죄수의 빵모자가 길바닥에 떨어진 것을 보고는 모자를 집어서 뒤로 젖혀진 죄수의 젖은 머리에 씌워 주었다.

「출발!」 그가 명령했다.

마부는 성난 얼굴로 힐끔 쳐다보더니 머리를 절레절레 흔들며 호송병을 따라 파출소로 마차를 돌렸다. 죄수 옆에 앉아 있던 경찰은 머리가 멋대로 흔들리며 미끄러지는 죄수의 몸을 계속해서 바로 앉혔다. 호송병은 그 옆으로 따라가면서 죄수의 다리를 바로잡아 주었다. 네흘류도프도 그들을 따라 걸어갔다.

37

죄수를 태운 마차는 보초가 서 있는 소방서 옆을 지나서 파출소 구내로 들어가더니 어느 건물 현관 앞에 멈춰 섰다.

구내에서는 소매를 걷어붙인 소방대원들이 큰 소리로 웃고 떠들면서 소방 마차를 닦고 있었다.

마차가 멈추자 몇몇 경찰이 마차를 둘러싸더니 죽어 가는 죄수의 겨드랑이와 다리를 부축해 삐걱거리는 마차에서 내려놓았다.

죄수를 데려온 경찰은 마차에서 내려 저린 팔을 흔들더니 모자를 벗고 성호를 그었다. 죽어 가는 죄수는 현관을 지나 2층으로 옮겨졌다. 네흘류도프는 그들의 뒤를 따라갔다. 죽어 가는 죄수가 옮겨진 작고 지저분한 방에는 침상 네 개가 놓여 있었다. 두 개의 침상에는 작업복 차림의 환자들이 앉아 있었는데, 한 사람은 입이 삐뚤어진 사내로 목에 붕대를 동여매고 있었고 다른 한 사람은 결핵 환자였다. 나머지 두 개의 침상은 비어 있었다. 그중 한 침상 위에 죄수를 눕혔다. 그때 번쩍이는 눈빛에 연방 눈썹을 씰룩거리는 자그마한 사내가 속옷과 양말 차림으로 날쌔게 다가오더니 죄수와 네흘류도프를 번갈아 쳐다보며 큰 소리로 웃기 시작했다. 파출소 병실에 수용된 정신병자였다.

「나한테 겁을 주려고 그러는 거지?」 그가 말했다. 「하지만 그렇게는 안 될 거야.」

죽어 가는 죄수를 옮겨 온 경찰들에 이어 파출소장과 간호사가 들어왔다.

간호사는 죽어 가는 죄수 곁으로 다가가서, 아직 체온이 남아 있긴 하지만 이미 숨을 거둔 죄수의 창백한 주근깨투성이 손을 잡았다가 내려놓았다. 손은 시체의 배 위로 힘없이 떨어졌다.

「늦었습니다.」 간호사는 고개를 절레절레 저으며 이렇게 말하고 나서 절차에 따라 땀에 젖은 더러운 루바쉬까를 풀어헤치더니 이미 심장의 박동이 멎은 시체의 불룩 튀어나온 누런 가슴 위에 고수머리로 뒤덮인 귀를 가져갔다. 모두 침묵했다. 몸을 일으킨 간호사는 다시 고개를 절레절레 젓고는 멈춰 버린 푸른 눈동자를 덮은 눈꺼풀을 손가락으로 까보았다.

「겁주지 마, 겁주지 마!」 정신병자는 간호사에게 계속 침을 뱉으며 말했다.

「어떤가?」 파출소장이 물었다.

「어떠냐고요?」 간호사가 되물었다. 「시체실로 옮겨야 합니다.」

「틀림없는지 잘 확인하게.」 파출소장이 말했다.

「틀림없습니다.」 간호사는 풀어 헤쳤던 죄수의 가슴을 덮으며 말했다. 「마뜨베이 이바느이치를 불러올 테니 살펴보라고 하십시오. 페뜨로프, 갑시다!」 간호사는 이렇게 말하며 죄수 곁에서 물러섰다.

「시체실로 옮겨!」 파출소장이 말했다. 「그리고 자네는 사무실로 가서 서류를 작성하게.」 그는 죄수 곁을 잠시도 떠나지 않던 호송병을 향해 덧붙였다.

「알겠습니다.」 호송병이 대답했다.

경찰들은 시체를 들어서 다시 아래층으로 옮겼다. 네흘류도프도 뒤를 따라가려고 했지만 정신병자가 그를 붙잡았다.

「당신도 저 악당들과 한패는 아니겠지, 담배나 한 대 줘.」 그가 말했다.

네흘류도프는 담배를 꺼내서 그에게 건넸다. 정신병자는 눈썹을 씰룩거리며 사람들이 자신을 최면술로 괴롭힌다는 이야기를 빠른 속도로 지껄였다.

「저들 모두 나한테 적대적이야. 영매로 날 괴롭히고 성가시게 굴거든…….」

「실례합니다.」 그가 말을 끝맺기도 전에 네흘류도프는 시체를 옮긴 곳을 알아보려고 구내로 나왔다.

시체를 옮기는 경찰들은 이미 마당을 지나 지하실 입구로 들어서고 있었다. 네흘류도프가 다가가려고 하자 파출소장이 길을 막았다.

「무슨 용건이십니까?」

「아무것도 아닙니다.」 네흘류도프가 대답했다.

「아무것도 아니라고요? 그러면 돌아가십시오.」

네흘류도프는 소장의 지시대로 마차로 돌아왔다. 마부는 졸고 있었다. 네흘류도프는 마부를 깨워서 다시 기차역으로 떠났다.

미처 1백 보도 가기 전에 그는 총을 멘 호송병이 탄 다른 짐마차와 마주쳤다. 짐마차 위에는 역시 이미 숨이 끊어진 것으로 보이는 죄수가 누워 있었다. 짐마차에 누운 죄수는 검은 턱수염을 기른 얼굴에 코까지 빵모자로 덮여 있었고, 마차가 흔들릴 때마다 이리저리 부딪치고 있었다. 두툼한 장화를 신은 마부가 짐마차와 나란히 걸으며 말을 끌었다. 그 뒤로 경찰이 따라왔다. 네흘류도프는 자기 마부의 어깨를 툭툭 쳤다.

「이게 대체 무슨 일이람!」 마부는 마차를 세우며 말했다.

네흘류도프는 마차에서 내려 짐마차를 따라서 다시 소방서 보초 옆을 지나 파출소 구내로 들어갔다. 소방대원들은 소방 마차 청소를 이미 끝낸 상태였으며 푸른 줄무늬 모자를 쓴 키가 크고 마른 소방대장이 그 자리에서 두 손을 주머니에 찔러 넣은 채 한 소방대원이 목덜미 굵은 황색 종마를 끌어내는 것을 근엄한 표정으로 지켜보고 있었다. 종마가 앞다리를 절자 소방대장은 그 자리에 서 있는 수의사에게 뭐라고 화를 냈다.

파출소장도 그곳에 서 있었다. 다른 시체를 본 그는 마차 쪽으로 다가왔다.

「어디서 데려오는 건가?」 기분이 언짢은지 그가 고개를 가로저으며 물었다.

「스따라야 고르바또프스까야 거리입니다.」 경찰이 대답했다.

「죄수인가?」 소방대장이 물었다.

「네, 그렇습니다.」

「오늘 벌써 두 번째입니다.」 파출소장이 말했다.

「아니, 대체 이게 무슨 일이랍니까! 하긴 어지간히 더워야지.」 소방대장은 이렇게 말하고 나서 절뚝거리는 황색 종마를 끌어낸 소방대원에게 소리쳤다. 「마구간 한구석에 묶어 둬! 본때를 보여 주지, 이런 개자식 같으니. 말을 병신으로 만들어? 그 말은 너 같은 불한당보다 훨씬 더 귀한 존재란 말이야!」

경찰들은 먼젓번과 마찬가지로 마차에서 시체를 끌어내려 응급실로 옮겼다. 네흘류도프는 마치 최면술에 걸린 사람처럼 그들의 뒤를 따라갔다.

「무슨 일이신가요?」 한 경찰이 그에게 물었다.

그는 아무 대답도 하지 않고 시체를 옮긴 곳으로 따라갔다.

정신병자는 침상 위에 앉아 네흘류도프가 준 담배를 맛있게 피우고 있었다.

「여, 돌아오셨군!」 그는 이렇게 말한 뒤 깔깔거리며 웃다가 시체가 눈에 띄자 이맛살을 찌푸렸다. 「또 시체네……」 그가 말했다. 「그만 좀 해! 난 어린애가 아니라고. 그렇지 않아?」 의혹에 찬 미소를 지으며 그가 네흘류도프를 향해 고개를 돌렸다.

한편 네흘류도프는 이제 누구의 방해도 받지 않고, 조금 전까지 모자로 가렸던 얼굴이 생생히 드러난 시체를 바라보았다. 먼젓번 죄수는 못생겼던 반면에 이 죄수는 체격이나 용모가 대단히 잘생긴 편이었다. 한창 활동할 나이처럼 보였다. 반쯤 깎은 머리가 흉측하게 드러났지만 지금은 생기를 잃은 검은 눈동자 위로 튀어나온 높지 않은 시원한 이마와 가늘고 까만 콧수염 위로 솟은 코도 아름다웠다. 이미 푸른빛을 띤 입술에는 미소가 어려 있었고 삭발한 쪽 머리에 조그맣고 잘생긴 귀가 드러나 있었다. 그의 표정은 침착하고 근엄하면서도 착해 보였다. 그 얼굴을 통해 이 사내가 정신적 생활의 모든 가능성을 박탈당했다는 사실을 알 수 있었을 뿐 아니라, 앙상한 손과 족쇄를 찬 발과 균형 잡힌 팔다리의

514

훌륭한 근육을 통해 이전에는 얼마나 아름답고 강하고 날쌘 사람이었는지도 분명히 짐작할 수 있었다. 하나의 동물로서도, 그는 다리를 절룩거린다고 소방대장이 그렇게 화를 내던 그 황색 종마보다 훨씬 완벽했다. 그렇지만 사람들은 그를 혹사시켰고 아무도 인간으로서, 심지어는 허무하게 죽어 간 노동하는 동물로서도 그를 안타깝게 여기지 않았다. 그의 죽음이 모든 사람들에게 불러일으킨 유일한 감정은 부패할 우려가 있는 시체의 처리를 앞둔 성가신 고민뿐이었다.

간호사를 대동한 의사와 조사관이 응급실로 들어왔다. 건강하고 다부진 체격의 의사는 명주로 된 겉옷과 근육질의 허벅지에 꽉 끼는 통 좁은 바지를 입고 있었다. 조사관은 얼굴이 공처럼 둥글둥글하고 붉은 땅딸보였는데 두 볼에 숨을 잔뜩 머금었다가 천천히 내뱉는 습관 때문에 얼굴은 한층 더 둥글게 보였다. 의사는 시체를 눕힌 침상 옆에 앉아 조금 전에 간호사가 했던 것처럼 맥도 짚어 보고 심장에 귀를 갖다 대보더니 바지춤을 올리며 자리에서 일어섰다.

「완전히 숨을 거두었습니다.」 그가 말했다.

조사관은 입안 가득 숨을 들이마시더니 천천히 내뿜었다.

「어느 교도소 소속인가?」 그가 호송병을 향해 물었다.

호송병은 대답하고 나서 시체에 채워진 족쇄를 가리켰다.

「풀어 주라고 하겠네. 다행히 대장장이가 있으니까.」 조사관은 이렇게 말한 후 다시 볼을 불룩하게 부풀리더니 문 쪽으로 다가가며 천천히 숨을 내쉬었다.

「원인이 무엇입니까?」 네홀류도프가 의사에게 물었다.

의사는 안경 너머로 그를 바라보았다.

「원인이 뭐냐고요? 일사병으로 죽은 거지 뭡니까! 햇볕도 받지 못하고 적당한 운동도 하지 못한 채 겨울 내내 교도소에 수감되었다가, 오늘처럼 바람 한 점 불지 않는 날 뙤약볕 아래서 무리 지어 걷지 않았습니까! 그러니 일사병에 걸린 거지요.」

「왜 그런 상황에서 유형을 보내는 걸까요?」

「그런 질문은 다른 사람한테 하십시오. 그런데 당신은 누구시죠?」

「그냥 방문객입니다.」

「아아, 그렇군요……. 실례하겠습니다. 시간이 없어서요.」 의사는 이렇게 말하더니 기분 나쁘다는 듯 바지춤을 아래로 당기며 다른 환자가 누운 침상으로 갔다.

「그래, 좀 어떤가?」 의사가 목에 붕대를 감은, 입이 돌아간 창백한 사내에게 물었다.

정신병자는 그동안 침상에 앉아 있다가 담배를 끄며 의사가 있는 쪽으로 침을 뱉었다.

네흘류도프는 마당으로 내려와 소방서의 말과 닭, 그리고 구리 철모를 쓴 보초 옆을 지나서 정문 밖으로 나왔다. 그는 졸고 있는 마부를 다시 흔들어 깨워서 마차를 타고 기차역으로 향했다.

38

네흘류도프가 기차역에 도착했을 때 죄수들은 이미 창살로 가로막힌 열차에 올라타 있었다. 플랫폼에는 몇몇 전송객들이 서 있었다. 그들에게는 열차 접근이 허용되지 않았다. 오늘따라 호송병들을 당황하게 하는 일이 많았다. 교도소에서 정거장으로 오는 동안 네흘류도프가 목격한 두 죄수 말고 세 명의 죄수들이 더 일사병으로 쓰러져 숨을 거두었다. 나중에 죽은 죄수들 가운데 한 사람은 먼젓번 두 죄수들처럼 가까운 파출소에 인계되었지만 나머지 두 사람은 이 기차역에서 죽었다. 호송병들이 당황한 것은 살 수도 있었던 다섯 죄수들이 호송 도중에 죽었기 때문이 아니었다. 그들은 그런 일에는 조금도 신경 쓰지 않았고, 다만 그런 일이 벌어졌을 때 법적 절차에 따라 처리해야 하는 일이 신경 쓰일 뿐이었다. 이렇게 무더운 날 시체와 그들의 서류나 물건들을 인계하고 니즈니로 호송해야 할 사람들의 명단에서 그들의 이름을 삭제한다는 것은 정말 귀찮은 일이었다.

호송병들은 그 일을 처리하느라고 바빴으므로, 일이 끝날 때까지 전송객들의 열차 접근을 허용하지 않았다. 그러나 호송 하사관에게 돈을 건넨 네홀류도프에게만은 예외였다. 호송 하사관은 네홀류도프의 접근을 허락하면서 상관의 눈에 띄지 않도록 얼른 이야기하고 돌아가라고 부탁했다. 객실은 모두 열여덟 칸이었는데 지휘부 객실을 제외한 나머지는 모두 죄수들로 가득 차 있었다. 차창으로 다가간 네홀류도프는 안에서 들려오는 소리에 귀를 기울였다. 어느 객실에서나 족쇄 소리, 큰 소리로 떠드는 소리, 무의미한 음담패설이 오가는 소리가 들렸으나 네홀류도프가 기대한, 길에서 쓰러진 동료들에 대한 이야기는 없었다. 그들의 이야기는 주로 배낭과 음료수와 자리다툼에 관한 것이었다. 한 객실의 차창을 통해 네홀류도프는 호송병들이 통로에서 죄수들의 수갑을 풀어 주는 모습을 목격했다. 죄수들이 손을 내밀면 한 호송병이 열쇠로 수갑을 풀어 주었고 다른 호송병은 그 수갑을 걸었다. 네홀류도프는 남자 죄수 객실을 모두 지나서 여자 죄수 객실로 다가갔다. 그중 두 번째 객실에서 〈오오, 하느님 아버지! 오오, 하느님 아버지!〉 하는 어느 여인의 신음 소리가 일정한 간격으로 들려왔다.

호송병이 가르쳐 준 대로 네홀류도프는 그 옆을 지나 세 번째 객실의 차창으로 다가갔다. 차창에 얼굴을 가까이 대자 진한 땀 냄새가 밴 후끈한 열기가 새어 나왔고 카랑카랑한 여죄수들의 목소리가 똑똑히 들려왔다. 죄수복에 재킷을 걸친 땀투성이 여죄수들이 시뻘건 얼굴로 모든 좌석에 앉아서 떠들고 있었다. 네흘류도프가 창살에 얼굴을 들이대자 그들의 이목이 집중되었다. 가장 가까이 있던 몇몇 여죄수들은 입을 다물고 그에게 다가왔다. 마슬로바는 머릿수건을 두르지 않은 채 상의만 걸치고 반대편 창가에 앉아 있었다. 이쪽 창가에 앉아 있던 창백한 얼굴의 페도시야가 미소를 지었다. 네흘류도프를 알아본 그녀는 마슬로바를 툭툭 치며 손가락으로 창문을 가리켰다. 마슬로바는 자리에서 벌떡 일어나 검은 머리카락을 수건으로 감싸며 빨갛게 달아오른 땀투성이 얼굴에 미소를 지었다. 그녀는 창문으로 다가와서 창살을 붙잡았다.

「날씨가 무척 덥죠?」기쁜 듯 미소를 지으며 그녀가 말했다.

「물건은 받았소?」

「네, 받았어요. 고마워요.」

「더 필요한 것은 없소?」마치 사우나의 돌멩이처럼 뜨겁게 달아오른 객실에서 뿜어져 나오는 더운 열기를 느끼며 네흘류도프가 물었다.

「더 필요한 건 없어요. 정말 고맙습니다.」

「마실 것이 있으면 좋겠어요.」페도시야가 말했다.

「그래요, 뭐라도 좀 마셨으면 좋겠어요.」마슬로바가 따라서 말했다.

「아니, 물도 없단 말이오?」

「가져다 놓았지만 동이 나버렸어요.」

「잠깐 기다려요.」네흘류도프가 말했다.「내가 호송병한테 부탁하겠소. 여기서부터 니즈니까지는 만나지 못할 테니까.」

「정말 당신도 가실 거예요?」 마슬로바는 마치 몰랐다는 듯 반가움이 가득한 눈길로 네흘류도프를 쳐다보았다.

「다음 기차로 떠날 거요.」

마슬로바는 얼마간 아무 말도 하지 못하다가 곧 한숨을 내쉬었다.

「그런데 나리, 죄수들이 열두 명이나 죽었다는데 그게 사실입니까?」 험상궂게 생긴 늙은 여죄수가 사내처럼 걸걸한 목소리로 물었다.

꼬라블료바였다.

「열두 명이라는 이야기는 듣지 못했지만, 두 명은 내 눈으로 직접 목격했소.」 네흘류도프가 말했다.

「떠도는 이야기로는 열두 명이나 된다는군요. 그런 짓을 저지르고도 무사할까요? 악마 같은 놈들!」

「여죄수들 중에 아픈 사람은 없소?」 네흘류도프가 물었다.

「여자들이 더 강하지요.」 키가 작은 다른 여죄수가 미소를 지으며 말했다. 「다만 한 여자가 해산하려고 해요. 그래서 저렇게 신음하고 있어요.」 그녀는 신음소리가 끊임없이 들려오는 옆 객실을 가리키며 말했다.

「필요한 것이 없는지 물으셨지요?」 기쁜 미소가 새어 나오는 입술을 깨물며 마슬로바가 말했다. 「저 여자가 여기에 남을 수는 없을까요? 너무나 괴로워하거든요. 책임자한테 말씀해 주세요.」

「알겠소, 내가 말해 보겠소.」

「그리고 그녀를 남편 따라스와 만나게 해주실 수는 없을까요?」 그녀는 미소 짓는 페도시야를 눈짓으로 가리키며 덧붙였다. 「그 사람도 당신과 함께 가잖아요.」

「신사 양반, 대화하시면 안 됩니다.」 호송 하사관의 목소리가 들려왔다. 그는 네흘류도프에게 접근을 허락한 사람이 아니었다.

네흘류도프는 차창에서 물러나서 임신한 여죄수와 따라스 문제를 부탁하기 위해 책임자를 찾았다. 그러나 오랫동안 그를 찾을 수 없었고, 호송병들로부터도 만족스러운 대답을 듣지 못했다. 그들은 굉장히 분주했던 것이다. 한 무리의 호송병들은 죄수들을 어디론가 끌고 가고 있었고 다른 호송병들은 자신들의 식량을 사러 뛰어다니거나 물건들을 객실에 싣고 있었으며 어떤 호송병들은 호송 장교를 따라가는 부인의 시중을 드느라 모두 네흘류도프의 질문에 마지못해 대답할 뿐이었다.

네흘류도프는 두 번째 기적이 울린 후에야 겨우 호송 장교를 발견했다. 호송 장교는 입술을 덮은 수염을 짧은 손으로 쓸어내리고 어깨를 들썩거리며 상사에게 무엇인가를 지시하고 있었다.

「무슨 일이십니까?」 그가 네흘류도프에게 물었다.

「객실에서 한 여자가 해산하려 하고 있습니다. 그래서 말씀인데, 그 여자를⋯⋯.」

「그냥 해산하라고 하십시오. 어떻게든 되겠죠.」 호송 장교는 짧은 손을 힘차게 휘저으며 자기 객실로 걸어가면서 말했다.

그때 호각을 든 차장이 지나갔다. 곧이어 마지막 기적 소리와 호각 소리가 들리자 플랫폼에 나온 전송객들과 여죄수 객실에서 울음소리가 터져 나왔다. 네흘류도프는 따라스와 함께 플랫폼에 서서 꼬리를 물고 움직이는 창살 달린 객실과 그 사이로 어른거리는 남자 죄수들의 박박 깎은 머리들을 바라보았다. 이어서 맨머리와 머릿수건을 두른 얼굴들이 보이는 첫 번째 여죄수 객실이 지나가고, 뒤를 이어 해산을 앞둔 여자의 신음 소리가 들려오는 두 번째 객실이 지나갔다. 그리고 마슬로바가 탄 객실이 지나갔다. 그녀는 다른 여죄수들과 함께 차창에 서서 네흘류도프를 바라보며 안타까운 미소를 짓고 있었다.

<h1 style="text-align:center">39</h1>

네흘류도프가 탈 여객 열차가 출발하기까지는 아직도 2시간이나 남아 있었다. 처음에 네흘류도프는 막간을 이용해서 누나를 다시 찾아볼 생각도 했지만, 오늘 아침에 받은 여러 가지 인상들로 인해 몹시 흥분한 데다 몸도 지쳐 있었다. 일등 대합실의 소파에 앉자마자 자신도 모르는 사이에 졸음이 쏟아졌고, 그래서 그는 옆으로 몸을 돌려 손으로 턱을 괸 채 깊은 잠에 빠져들었다.

배지를 단 연미복 차림에 냅킨을 손에 든 종업원이 그를 깨웠다.

「여보세요, 여보세요! 네흘류도프 공작님 아니신가요? 어떤 부인께서 찾고 계십니다.」

네흘류도프는 눈을 비비며 일어나 지금 이곳이 어딘지, 또 오늘 아침부터 무슨 일이 있었는지 생각을 가다듬었다.

그의 머리속에는 죄수들의 행군, 시체들, 창살 달린 열차, 그곳에 갇힌 여죄수들, 그중에서도 아무런 도움도 받지 못한 채 산기로 괴로워하던 어느 여죄수, 창살 안에서 애처로운 미소를 짓던 다른 여죄수가 떠올랐다. 그런데 지금 눈앞에 드러난 현실은 전혀 다른 것이었다. 술병과 꽃병과 촛대들과 식기 세트로 차려진 식탁이 있었고, 종업원들은 그 옆으로 경쾌하게 돌아다녔다. 홀 안쪽으로는 과일 접시들과 술병들이 놓인 장식장 앞에 서 있는 식당 종업원과, 음식 테이블로

다가서는 여행객들의 뒷모습이 눈에 들어왔다.

누운 몸을 일으켜 의자에 고쳐 앉는 동안 네흘류도프는 점차 정신을 차렸고, 곧 대합실에 있는 사람들 모두가 문 쪽에서 벌어지는 일을 호기심 어린 눈으로 바라보고 있음을 깨달았다. 그는 그쪽에서 얇은 베일로 얼굴을 가린 귀부인을 안락의자에 태워 옮기는 사람들의 행렬을 볼 수 있었다. 앞에서 안락의자를 멘 하인의 얼굴은 네흘류도프에게 낯이 익었다. 제모를 쓰고 레이스가 달린 복장으로 뒤에서 따라가는 사내 역시 안면이 있는 수위였다. 안락의자 뒤에는 앞치마를 두른 고수머리의 우아한 하녀가 둥근 가죽 가방과 양산 따위의 짐을 들고 뒤따랐다. 바로 그 뒤로 입술이 두툼하고 목은 중풍 환자 같은 꼬르차긴 공작이 가슴을 내밀고 따라왔고 미시와 그녀의 사촌 미샤 그리고 네흘류도프와 면식이 있는, 목젖이 튀어나온 긴 목을 가진 외교관 오스쩬이 줄곧 즐거운 표정을 지으며 뒤를 이었다. 그는 미소 짓는 미시에게 감동 어린 표정으로 농담을 섞어 가며 무언가 설명하며 따라왔다. 맨 뒤에서는 의사가 신경질적으로 담배를 피우며 뒤따랐다.

꼬르차긴 일가는 교외 영지에서 니제고로드 철도 부근에 있는 부인 여동생의 영지로 이사하는 길이었다.

안락의자를 멘 하인들과 하녀와 의사 일행은 호기심과 경의의 시선을 받으며 부인용 대합실로 들어갔다. 식탁에 앉은 늙은 공작은 곧 종업원을 불러 무언가 주문하기 시작했다. 미시와 오스쩬도 식당에 남아서 식사를 하려고 했으나 문 쪽에 낯익은 여인이 눈에 띄자 그쪽으로 걸어갔다. 낯익은 여인은 바로 나딸리야 이바노브나였다. 나딸리야 이바노브나는 아그라페나 뻬뜨로브나를 대동한 채 사방을 두리번거리며 식당으로 들어왔다. 그 순간 그녀는 미시와 동생을 거의 동시에 발견했다. 그녀는 네흘류도프에게 고갯짓을 한 다음

미시에게 먼저 다가갔지만 미시에게 볼 키스를 하자마자 곧 동생 쪽으로 걸음을 옮겼다.

「결국 너를 찾아냈구나.」 그녀가 말했다.

네흘류도프는 자리에서 일어나 미시와 미샤와 오스쩐에게 인사를 하고 대화를 나누었다. 미시는 시골집에 불이 나서 할 수 없이 이모 댁으로 이사를 하는 거라고 말했다. 오스쩐은 그 기회를 놓치지 않고 화재에 관한 우스운 이야기를 늘어놓기 시작했다.

네흘류도프는 오스쩐의 말을 무시하고 누나를 향해 말했다.

「와주셔서 정말 기뻐요.」 그가 말했다.

「온 지 벌써 꽤 됐단다.」 그녀가 말했다. 「아그라페나 뻬뜨로브나와 함께 왔어.」 그녀는 아그라페나 뻬뜨로브나를 가리켰다. 레인코트 차림에 모자를 쓴 그녀는 그에게 방해가 되고 싶지 않은지 멀찌감치 서서 수줍게 인사했다. 「사방으로 너를 찾아다녔다.」

「여기서 그만 잠이 들고 말았어요. 와주셔서 정말 기쁩니다.」 네흘류도프는 같은 말을 반복했다. 「누나에게 편지를 썼었거든요.」 그가 말했다.

「그래?」 그녀가 놀랍다는 듯 말했다. 「뭐라고 썼는데?」

미시는 남매 사이의 사적인 이야기가 시작되는 것을 눈치채자 주위 사람들과 함께 자리를 피했다. 네흘류도프는 누구의 것인지 모를 여행용 모포와 종이 상자 같은 짐이 놓인 창가의 벨벳 소파에 누나와 나란히 앉았다.

「어제 집에 돌아왔을 때, 누나를 다시 찾아가서 사과하고 싶었어요. 하지만 매형이 사과를 받아들일지 확신이 서지 않았어요.」 네흘류도프가 말했다. 「매형한테 싫은 소리를 한 게 영 마음에 걸렸거든요.」

「알고 있었어. 나는 너를 믿으니까.」 누나가 말했다. 「너도 그럴 생각은 아니었겠지. 알다시피……」

그사이에 누나의 눈에는 눈물이 맺혀 있었다. 그녀는 동생의 손을 잡았다. 누나의 말은 분명치 않았지만 그는 그 뜻을 충분히 이해할 수 있었고, 감동했다. 그녀는 자신의 전부가 되어 버린 남편도 중요하지만 동생에 대한 사랑도 소중하기 때문에, 두 사람 사이의 사소한 말다툼도 자신에게는 너무나 괴롭다고 했다.

「고맙습니다. 고마워요……. 그런데 오늘 전……」 갑자기 그는 두 번째 죄수의 시체를 떠올리며 말했다. 「두 죄수가 살해당하는 장면을 목격했어요.」

「살해당했다고?」

「살해당했어요. 이 더위에 끌려가다가 말입니다. 두 명이 일사병으로 쓰러졌어요.」

「아니, 그럴 수가! 어떻게? 오늘 말이니? 방금?」

「네, 방금요. 전 그 시신들을 직접 목격했어요.」

「하지만 어쩌다가 살해당한 거니? 누가 죽였는데?」 나딸리야 이바노브나가 물었다.

「그들을 강제로 끌어낸 자들이 죽인 거죠.」 누나 역시 이 문제를 남편과 같은 시각으로 보고 있다는 생각에 네흘류도프는 전율했다.

「어머나, 세상에 그런 일이!」 아그라페나 뻬뜨로브나가 그들 곁으로 다가오며 말했다.

「그래요, 우리는 그 불행한 사람들에게 어떤 일이 벌어지고 있는지 전혀 모르고 있죠. 하지만 반드시 알아야 해요.」 네흘류도프는 늙은 공작에게 눈길을 던지며 덧붙였다. 그때 앞에 앉아 술잔을 들고 있던 늙은 공작이 냅킨을 펴며 네흘류도프를 돌아보았다.

「네흘류도프!」 그가 소리쳤다. 「한잔하면서 더위라도 식히지 않겠나? 여행길에는 이게 최고지!」

네흘류도프는 사양하고 고개를 돌렸다.

「그런데 넌 앞으로 뭘 어떻게 할 생각이냐?」 나딸리야 이바노브나가 말을 이어 갔다.

「내가 할 수 있는 일을 하겠어요. 무슨 일을 해야 하는지는 모르겠지만, 어쨌든 무엇이든 해야 한다는 느낌이 들어요. 그래서 제가 할 수 있는 일이라면 무엇이든 할 생각이에요.」

「그래그래, 나도 이해한다. 하지만 그 일은……」 그녀는 미소를 지으며 꼬르차긴을 향해 눈짓했다. 「정말 완전히 정리된 거냐?」

「네, 완전히 정리됐어요. 그리고 이젠 양쪽 모두 서로에게 아무 미련도 없다고 생각해요.」

「저런, 안타깝구나. 나는 그녀가 좋은데. 하지만 일이 그렇게 되었다면 할 수 없지. 그런데 너는 무엇 때문에 스스로를 구속하려는 거냐?」 그녀는 조심스럽게 덧붙였다. 「무엇 때문에 떠나는 거야?」

「떠나야 하기 때문에 떠나는 겁니다.」 이런 이야기는 이제 끝내고 싶다는 듯 네흘류도프는 진지하면서도 무뚝뚝한 태도로 대답했다.

그러나 누나에게 냉정하게 대한 것이 곧 미안해졌다. 〈나는 왜 누나에게 내가 생각하는 바를 모두 말하지 않는 걸까?〉 그는 생각했다. 〈아그라페나 뻬뜨로브나에게도 들려주자.〉 그는 늙은 하녀를 쳐다보며 생각했다. 아그라페나 뻬뜨로브나의 존재가 자신의 결심을 누나에게 다시 말할 수 있는 용기를 북돋아 주었다.

「누나는 까쮸샤와 결혼하겠다는 내 결심에 대해 말하고 싶은 거죠? 알다시피 난 그 일을 실행하기로 했어요. 하지만 그녀는 단호하게 거절했죠.」 그는 이렇게 말했다. 이 문제에 대해 이야기할 때면 언제나 그렇듯 그의 음성은 떨리고 있었다. 「그녀는 내 희생을 원치 않고 대신 자신이 희생하려고 해요. 그런 처지에 있으면서도 너무나 많은 것을요. 나는 그런 희생을 받아들일 수 없어요. 비록 일시적인 것이라 해도 말이에요. 나는 그녀를 따라갈 거예요. 그녀가 가는 곳이면 나도 따라가서 내가 할 수 있는 한 그녀를 도와주고 그 운명의 짐을 덜어 줄 생각이에요.」

나딸리야 이바노브나는 아무 말도 하지 못했다. 아그라페나 뻬뜨로브나는 나딸리야 이바노브나의 안색을 살피며 이해할 수 없다는 듯 고개를 가로저었다. 그때 부인용 대합실에서 공작 부인 일행이 다시 나왔다. 미남 하인 필립과 수위가 공작 부인을 태운 의자를 메고 있었다. 공작 부인은 하인들을 멈춰 세운 다음, 손짓으로 네흘류도프를 불렀다. 그녀는 안타까운 표정을 짓더니 혹시 자기 손을 꽉 쥐지나 않을까 염려하며 반지를 주렁주렁 낀 하얀 손을 그에게 내밀었다.

「끔찍한 날씨로군요!」 그녀는 더위를 화제로 삼았다. 「이런 더위는 견디기 힘들어요. 정말 죽을 것 같은 날씨군요.」 그녀는 러시아의 끔찍한 무더위에 대해 몇 마디 더 건넨 다음, 네흘류도프에게 한번 방문해 달라고 부탁하고는 하인들에게 출발 신호를 보냈다. 「꼭 방문해 주세요.」 하인들에게 들려 가는 안락의자 위에서 그녀는 길쭉한 얼굴을 네흘류도프 쪽으로 돌리며 덧붙였다.

네흘류도프는 플랫폼으로 나왔다. 공작 부인 일행은 오른쪽 일등실로 향했다. 네흘류도프는 짐을 짊어진 인부와 자신의 배낭을 멘 따라스와 함께 왼쪽으로 걸어갔다.

「제 친구예요.」 네흘류도프는 언젠가 누나한테 이야기한 적이 있는 따라스를 가리키며 말했다.

「정말 삼등실로 갈 거니?」 네흘류도프가 삼등실 앞에서 걸음을 멈추고 짐을 짊어진 인부와 따라스와 함께 객실로 오르 자 나딸리야 이바노브나가 물었다.

「나한테는 훨씬 편해요, 따라스가 함께 있으니까요.」 그가 말했다. 「그리고 한 가지 드릴 말씀은……」 그가 덧붙였다. 「꾸즈민스꼬예 마을의 토지는 아직 농민들에게 나누어 주지 않았으니, 제가 죽으면 조카들이 상속받을 거예요.」

「드미뜨리, 그만해라.」 나딸리야 이바노브나가 말했다.

「만일 농민들에게 토지를 나누어 주게 된다고 해도, 이것 만은 말씀드릴 수 있어요. 나머지 재산은 그 애들 소유가 될 겁니다. 아마 저는 결혼을 하지 못하게 될 테니까요. 그리고 결혼한다고 해도 아이는 생기지 않을 테니……. 그래서…….」

「드미뜨리, 제발 그런 말은 하지 마.」 나딸리야 이바노브나 는 이렇게 말했지만, 네흘류도프는 그 말에 기뻐하는 누나의 모습을 목격할 수 있었다.

일등실 앞에는 아직도 많은 사람들이 모여서 꼬르차긴 공 작 부인을 태운 객실을 바라보고 있었다. 다른 사람들은 이 미 모두 자리를 잡고 앉았다. 뒤늦게 도착한 승객들은 바쁜 걸음으로 플랫폼 판자를 쾅쾅 울리며 뛰어다녔고 차장들은 문을 닫으면서 돌아다니는 승객들을 자리에 앉히기도 하고 전송객들을 밖으로 내보내기도 했다.

네흘류도프는 햇볕에 달아올라 무덥고 고약한 냄새가 진 동하는 객실로 들어갔다가 곧 승강구로 나왔다.

나딸리야 이바노브나는 유행하는 모자를 쓰고 망토를 두른 채 아그라페나 뻬뜨로브나와 함께 삼등실 앞에 그대로 서 있 었다. 그녀는 할 말을 찾으려고 애썼으나 찾아내지 못한 것 같았다. 그녀는 〈편지하라〉는 말조차 하지 못했다. 길 떠나는 사람들의 상투적인 그 인사말을 오래전에 동생과 함께 비웃 은 적이 있기 때문이었다. 재산 문제와 상속에 관한 짧은 대화가 두 사람 사이의 정다운 남매 관계를 한꺼번에 깨뜨렸고 그들은 지금 서로 거리감을 느끼고 있었다. 그래서 나딸리야 이바노브나는 기차가 움직이자 차라리 잘됐다는 듯 정답고도 슬픈 얼굴로 고개를 가로저으며 〈잘 가거라, 드미뜨리, 잘 가!〉라고 말할 뿐이었다. 그러나 기차가 떠나자마자 동생과의 대화를 남편에게 어떻게 설명하면 좋을지 고민했고, 그녀의 얼굴은 심각하고 수심이 가득한 얼굴로 변했다.

누나에 대해 지극히 선량한 감정 이외에는 다른 감정을 품지 않았고 비밀로 한 일도 없었지만 네흘류도프 역시 무척 괴로웠다. 그녀와 함께 있는 것이 거북해서 어서 빨리 그녀로부터 해방되고 싶은 마음뿐이었다. 한때는 그토록 가까웠던 나따샤 누나의 모습은 이미 사라져 버리고, 지금은 남이나 다름없는 불쾌하고 새까만 털북숭이 남편의 노예에 지나지 않았다. 그는 그 사실을 분명히 알 수 있었다. 왜냐하면 그녀의 얼굴이 남편의 관심사, 즉 농민들에게 토지를 나누어 주는 문제나 상속 문제에 대한 이야기를 했을 때에만 생기를 띠었기 때문이었다. 이런 사실은 그를 슬프게 만들었다.

40

승객들로 가득 찬 커다란 삼등실 안은 하루 종일 햇볕에 달아올라 뜨거운 열기로 숨이 막힐 지경이었다. 네흘류도프는 객실로 들어가지 않고 승강구에 남아 있었지만 갑갑하기는 그곳도 마찬가지였다. 열차가 건물들 사이를 벗어나 바람이 통할 때에야 네흘류도프는 비로소 크게 숨을 내쉴 수 있었다. 〈그렇다, 살해한 것이다.〉 그는 누나에게 했던 말을 다시 생각했다. 오늘 받은 모든 인상 가운데 두 번째 시체의 아름다운 얼굴이 그의 머릿속에 유난히 선명하게 떠올랐다. 미소 띤 입술과 근엄한 이마, 파랗게 깎은 머리 아래에는 조그맣고 단단한 귀가 달려 있었다. 〈가장 끔찍한 일은 그를 살해하고도 누가 누구를 살해했는지조차 모른다는 사실이다. 그러나 그는 살해당했다. 마슬렌니꼬프의 명령이 다른 모든 죄수들과 마찬가지로 그를 끌어냈던 것이다. 마슬렌니꼬프는 일상적인 명령을 내리고 제목이 인쇄된 장식 무늬 공문서에 서명했겠지만, 결코 자기 탓이라고 생각하지는 않을 것이다. 죄수들을 검진한 교도소 의사 역시 자기 탓이라고 생각할 리 없다. 그는 자신의 의무를 제대로 수행하고 환자들을 가려냈지만 그런 무더위에, 그런 시각에, 그렇게 많은 사람들을 끌어낼 거라고는 상상하지 못했을 것이다. 그럼 소장은 어떤가? 소장 역시 다만 모 월 모 일 징역수 몇 명, 유형수 몇 명, 남녀 죄수 몇 명을 이송하라는 명령을 이행했을 뿐이다. 호송 장교도 마찬가지다. 어디에서 죄수 몇 명을 인계받아 어딘가로 그 죄수들을 이송하는 것이 그의 책무인 이상 그에게 죄가 있다고 할 수 없다. 그는 평소처럼 당연히 죄수들을 호송했을 뿐이며 네흘류도프가 목격한 그 두 죄수들처럼 그렇게 건강한 사람들이 더위를 견디지 못하고 죽을 거라고는 전혀 예상하지 못했을 것이다. 결국 아무도 잘못을 저지르지 않았지만 그 사람들은 살해당한 것이다. 그러므로 아무 잘못도 저지르지 않은 사람들이 그들을 살해한 것이 된다.〉

〈이런 일이 발생하는 원인은 모두……〉 네흘류도프는 계속 생각했다. 〈지사들과 소장들과 파출소장들과 경찰들을 비롯한 모든 사람들이, 세상에는 인간에게 반드시 인간적인 대접을 하지 않아도 괜찮은 경우가 존재한다고 생각하기 때문이다. 만일 그들이 지사나 소장이나 장교가 아니었다면 마슬렌니꼬프나 소장이나 호송 장교 같은 사람들은 모두 그토록 무더운 날씨에 그렇게 많은 죄수들을 이송하는 일이 옳은 일인지 아닌지를 스무 번 이상 생각해 보았을 것이고, 행군 중에 몸이 쇠약해져서 숨을 헐떡이는 사람을 발견하면 스무 번 이상 걸음을 멈추고 대열에서 그를 빼내어 그늘로 데려가 물도 주었을 것이며, 또 불행한 일이 벌어지면 그를 동정했을 것이다. 그러나 그들은 그런 조치를 취하지 않았을 뿐만 아니라 다른 사람들이 그렇게 하려는 것까지 방해했다. 그 이유는 단지 그들이 죄수들을 인간으로 생각하지 않았고, 죄수들에 대한 자신의 의무를 고려하지 않았으며, 그 직무와 의무를 인간애보다 더 소중히 여겼기 때문이다. 문제는 바로 여기에 있는 것이다.〉네흘류도프는 이렇게 생각했다. 〈만일 우리가 단 1시간만이라도 그리고 어떤 예외적인 경우로 한정할지라도, 인간애보다 더 중요한 것은 없다는 사실을 인정할 수 있다면 다른 사람들에게 죄를 짓고서도 자신에게 죄가 없다고 생각하지는 못할 것이다.〉

이런 생각에 잠겨 있느라 네흘류도프는 날씨가 변하는 것도 깨닫지 못했다. 태양은 눈앞에 있는 낮은 구름 뒤로 숨고 서쪽 지평선에서 연회색 먹구름이 몰려왔으며 저 멀리 마을의 들판과 숲 위로는 억센 빗줄기가 퍼붓고 있었다. 비구름은 눅눅한 공기를 몰고 왔다. 이따금씩 번개가 구름 사이로 번쩍였고 열차의 기적 소리와 천둥소리는 점점 더 요란해지며 서로 뒤섞였다. 비구름은 점점 가까이 다가왔고 바람에 날려 사선으로 떨어지는 빗방울이 승강구와 네흘류도프의 겉옷을 적셨다. 그는 반대편 승강구로 자리를 옮겨서 습기를 머금은 신선한 공기와 오랫동안 비를 기다리던 대지의 곡식 냄새를 맡으며 기차 옆을 질주하는 마을의 들판과 숲과 노란 호밀 밭과 여전히 푸르른 줄무늬 귀리 밭과 꽃 피는 검푸른 감자 밭의 까만 두렁을 바라보았다. 마치 만물에 니스를 칠한 것처럼 푸른 것은 더욱 푸르고 노란 것은 더욱 노랗고 검은 것은 더욱 검게 빛났다.

「더, 더 퍼부어라!」 네흘류도프는 고마운 빗방울로 생기를 되찾은 들판과 정원과 채소밭을 즐겁게 바라보며 외쳤다.

굵은 소나기는 그리 오래 퍼붓지 않았다. 비구름의 일부만 비가 되어 내리고 일부는 그대로 흘러가 축축한 대지 위에는 가느다란 마지막 빗줄기가 곱게 내리고 있었다. 태양이 다시 얼굴을 내밀었고 만물은 반짝였으며 동쪽 지평선에는 낮지만 선명한 무지개가 한쪽 끝이 끊어진 채 보랏빛 자태를 드러냈다.

〈내가 무슨 생각을 하고 있었지?〉 자연의 온갖 변화가 끝나고 기차가 높은 언덕 사이의 계곡으로 내려설 때 네흘류도프는 생각했다. 〈그래, 나는 그 사람들을 생각했었지. 소장, 호송 장교, 모든 관리들, 그들 대부분은 본래 온순하고 착한 사람들이지만 공무를 처리한다는 이유로 나쁜 짓을 저지르는 거다.〉

그는 교도소에서 벌어진 일을 이야기하자 냉담해지던 마슬렌니꼬프와 소장의 철저함, 그리고 허약한 죄수를 짐마차에 태워 주지도 않고 또 기차에서 산기로 괴로워하는 임산부에게 아무 관심도 기울이지 않던 호송 장교의 매정함을 생각했다. 〈그들은 모두 공무를 처리한다는 이유로 가장 순수한 동정심마저 용납하지 못하는 철면피가 된 것이다. 마치 포장도로에 비가 스며들지 못하듯, 관리인 그들에게는 인간애의 감정이 스며들지 못하는 것이다.〉 네흘류도프는 땅으로 스며들지 못하고 그대로 흘러내리는, 다양한 색깔의 돌로 뒤덮인 경사진 비탈의 빗물을 바라보며 이렇게 생각했다. 〈어쩌면 이런 제방에는 반드시 돌을 깔아야 할 이유가 있을지도 모른다. 하지만 초목이 자랄 수 없는 이런 땅을 바라보는 건 너무 슬픈 일이다. 제방 위로 보이는 저 땅처럼 이 땅에서도 곡식과 풀과 관목과 나무가 자랄 수 있었을 것이다. 우리 인간들도 마찬가지다.〉 네홀류도프는 이렇게 생각했다. 〈어쩌면 지사들이나 소장들이나 경찰들도 그래야만 하는 이유가 있을지 모른다. 하지만 중요한 인간성이기도 한, 상대에 대한 사랑과 동정을 상실한 인간을 바라본다는 건 정말 무서운 일이다.〉

〈모든 일에 있어서……〉 네홀류도프는 생각을 이어 갔다. 〈사람들은 법이 아닌 것을 법으로 받아들이면서, 하느님이 인간의 마음속에 새겨 준 영원불멸의 절실한 율법은 율법으로 받아들이지 않는다. 그래서 그들과 함께한다는 사실이 언제나 괴로운 것이다.〉 네홀류도프는 이렇게 생각했다. 〈나는 단지 그들을 두려워할 뿐이다. 사실 그 사람들이 두렵다. 강도들보다도 더 두려운 존재들이다. 강도조차 다른 사람을 동정할 줄 알지만 그들은 동정할 줄 모른다. 그들은 식물이 자라지 못하도록 막아 놓은 저 돌처럼 동정심을 느끼지 못하도록 훈련되어 있다. 바로 그런 점 때문에 그들이 두려운 거다. 그들은 뿌가초프[77]나 라진[78]이 두렵다고 말한다. 하지만 그들 자신은 천 배나 더 두려운 존재들이다.〉 그는 계속 생각했다. 〈만일 다음과 같은 심리학적인 문제가 제기된다면 어떨까? 이 시대의 기독교인들, 휴머니스트들, 너무나 착한 사람들로 하여금 가장 끔찍한 악행을 저지르고도 죄의식을 느끼지 못하게 하는 방법은 과연 무엇일까? 그 해답은 한 가지다. 현재의 상황과 똑같이 만드는 것이다. 즉, 그들을 지사나 소장이

77 Emelyan Ivanovich Pugachov(1742~1775). 에밀리안 뿌가초프는 1772년 지주들의 횡포에 반대하는 농민들과 까자흐족을 거느리고 황제를 사칭하며 반란을 일으켰다.

78 Stepan Timofeyevich Razin(1630~1671). 1667년에서 1671년 사이에 동러시아 주변의 유랑 농민과 까자흐족을 규합하여 농민 반란을 일으켰다.

나 장교나 경찰로 만드는 거다. 다시 말해서, 첫째로 소위 공무란 인간애나 형제애를 무시하고 인간을 물건처럼 취급할 수 있는 업무라고 확신하게 만들고, 둘째로 공직자들은 다른 사람에게 저지른 행위의 결과에 누구도 개인적으로 책임지지 않도록 되어 있다고 확신하게 만드는 것이다. 오늘 내가 목격한 그런 무서운 사건이 일어나기 위해서는 그런 조건들이 필수적이다. 모든 원인은 사람들이 사랑 없이 사람을 대할 수 있다고 생각하는 데 있지만, 그것은 결코 있을 수 없는 일이다. 물건을 다룰 때는 사랑이 없어도 가능하다. 예를 들면 나무를 벤다든지 벽돌을 굽는다든지 쇠를 달구는 일은 사랑이 없어도 가능하다. 하지만 인간을 대할 때 사랑이 없으면 안 된다는 것은 벌을 다룰 때 조심하지 않으면 안 된다는 것과 마찬가지다. 벌의 특성이 그렇기 때문이다. 만일 조심하지 않고 벌을 다룬다면 벌이나 인간 모두가 해를 입게 된다. 인간의 경우도 똑같다. 다른 방법이란 있을 수 없다. 인간들 사이의 사랑은 인간 생활의 기본 법칙이기 때문이다. 인간에게 억지로 일을 시킬 수는 있어도 억지로 사랑하게 할 수는 없다는 말도 사실이지만, 그렇다고 사랑 없이 인간을 대해도 괜찮다는 뜻은 아니다. 특히 남에게 무엇을 요구할 때는 더욱 그렇다. 다른 사람들에게 사랑을 느끼지 못할 때는 차라리 조용히 있는 편이 낫다.〉네흘류도프는 자신을 돌아보며 이렇게 생각했다. 〈그냥 자기 자신이나 다른 사물에나 관심을 가지는 게 낫다. 다른 사람들을 끌어들여서는 안 된다. 배가 고플 때 식사를 해야 아무 탈도 없고 유익한 것처럼, 사랑을 할 때만 아무 탈 없고 유익하게 인간을 대할 수 있기 때문이다. 어제 내가 매형을 대한 것처럼 사랑 없이 다른 사람들을 대하면 오늘 목격했듯이 다른 이들을 대할 때 냉혹함과 잔인함이 끝이 없게 되고, 또 한평생 겪었듯이 괴로움

도 끝이 없을 것이다. 그래, 그렇다. 바로 그거다.〉 네홀류도
프는 생각했다. 〈좋다, 좋아!〉 짜증스러운 더위가 물러간 뒤
에 찾아오는 상쾌함과, 오래전부터 품었던 문제가 너무나 명
쾌하게 해결되었다는 확신에서 나오는 희열을 동시에 느끼
면서 그는 몇 번이고 이렇게 중얼거렸다.

41

  네홀류도프의 자리가 있는 객실은 승객들로 반쯤 차 있었
다. 하인, 기술자, 공장 노동자, 식육업자, 유대인, 점원, 아낙
네, 노동자의 아내들이 있었고 군인 한 사람과 부인 두 사람
이 섞여 있었다. 부인들 중 한 여자는 젊었고, 다른 여자는 맨
손에 팔찌를 긴 중년 부인이었다. 휘장을 두르고 검은 모자
를 눌러쓴 채 근엄한 표정을 짓고 있는 신사도 있었다. 자리
를 잡은 후 안심이 된다는 듯 사람들은 해바라기 씨를 까 먹
거나 담배를 피우거나 옆 사람과 즐거운 대화를 나누면서 얌
전히 앉아 있었다.
  따라스는 행복한 표정으로 통로 오른쪽에 앉아 네홀류도프
의 자리를 지키며 건너편에 앉은 근육질의 사내와 활기차게
대화를 주고받고 있었다. 그 사내는 단추를 풀어 헤친 민소매
겉옷을 입고 있었다. 네홀류도프는 나중에 안 사실이지만, 그
는 직업을 구하러 가는 정원사였다. 따라스의 자리로 가는 도
중에 네홀류도프는 무명옷 차림에 흰 수염을 기른 풍채 좋은
노인 옆에서 걸음을 멈추었다. 노인은 농민복 차림의 젊은 여
자와 대화를 나누고 있었는데, 그 여자 옆에는 흰색에 가까운
밝은 머리를 묶은 일곱 살쯤 된 소녀가 새 사라판[79]을 입고서
바닥에 닿지 않는 다리를 흔들며 앉아 있었다. 네홀류도프를

보자 노인은 혼자 앉아 있던 반들반들한 의자에 얹힌 외투 자락을 당기며 상냥하게 말했다.

「이리 앉으시죠.」

네흘류도프는 고맙다고 인사하고 그가 권하는 자리에 앉았다. 네흘류도프가 자리에 앉자 여자가 끊겼던 이야기를 다시 이어 갔다. 그녀는 도시에서 남편을 만나고 이제 돌아가는 길이라고 했다.

「사육제 때도 갔었는데, 하느님의 인도로 이번에도 다녀오게 됐어요.」 그녀가 말했다. 「하느님께서 크리스마스 때도 허락하시면 좋겠어요.」

「좋은 일이군요.」 노인이 네흘류도프를 바라보며 말했다. 「꼭 다녀와야지. 젊은 사내가 도시에 살다 보면 버릇이 나빠지는 법이니까.」

「아니에요, 할아버지, 제 남편은 그런 사람이 아니에요. 그렇게 어리석지 않아요. 꼭 예쁜 처녀애 같거든요. 번 돈은 한 푼도 쓰지 않고 모두 집으로 보낸답니다. 이 아이가 즐거워하는 모습만 보아도 좋아서 아무 말도 못 해요.」 그녀는 미소를 지으며 말했다.

해바라기 씨를 뱉으며 어머니의 이야기를 듣던 계집아이가 마치 그 말을 증명이라도 하듯 침착하고 총명한 눈을 굴리며 노인과 네흘류도프의 얼굴을 번갈아 쳐다보았다.

「현명한 사람이로군. 그렇다면 더욱 잘된 일이지.」 노인이 말했다. 「그런데 남편이 저런 건 안 하나?」 노인은 통로 건너편에 앉아 있는 공장 노동자로 보이는 부부를 눈짓으로 가리키며 덧붙였다.

공장 노동자인 남편은 고개를 젖힌 채 보드카 병을 입에

79 소매가 없고 벨트를 매는 러시아의 농민복.

대고 마셨고, 아내는 병을 꺼낸 배낭을 손으로 움켜쥐고 남편을 주시했다.

「아니에요, 제 남편은 술도 마실 줄 모르고 담배도 피우지 않아요.」노인의 말 상대인 그 여자는 다시 남편 자랑을 할 기회가 생기자 이렇게 말했다.「할아버지, 그런 사람도 드물 어요. 그이는 그런 사람이에요.」그녀는 네흘류도프를 돌아 보며 말했다.

「더욱더 좋은 일이지.」술 마시는 공장 노동자를 바라보며 노인은 같은 말을 반복했다.

공장 노동자는 술을 몇 모금 들이켜더니 아내에게 술병을 건넸다. 술병을 받아 든 아내는 미소를 지으며 고개를 끄덕 인 다음 병을 입에 가져갔다. 공장 노동자는 네흘류도프와 노인의 시선을 의식하자 그들을 향해 고개를 돌렸다.

「뭐가 잘못됐습니까, 나리? 우리는 술 마시면 안 됩니까? 우리가 일할 때는 거들떠보지도 않다가 술 한잔하니까 모두 들 쳐다보는군. 제가 번 돈으로 술을 마시고 마누라한테 권 하는 겁니다. 그뿐입니다.」

「네, 그렇군요.」네흘류도프는 할 말이 없어 이렇게 말했다.

「안 그렇습니까, 나리? 우리 마누라는 분별 있는 여자입니 다! 저는 우리 마누라한테 만족합니다. 마누라가 제게 얼마 나 잘해 주는데요. 그렇지 않아, 마브라?」

「그럼요. 자, 어서 술이나 드세요. 전 그만 마시겠어요.」아 내가 술병을 건네며 말했다.「쓸데없이 떠들지나 말아요.」그 녀가 덧붙였다.

「글쎄 이렇다니까요.」공장 노동자는 계속했다.「정말 괜 찮은 여자예요. 기름칠 안 한 바퀴처럼 삐걱거릴 때도 있지 만 말입니다. 마브라, 안 그래?」

마브라는 취기가 오른 듯 미소를 지으며 손사래를 쳤다.

「이런, 또 시작이군…….」

「글쎄 이렇다니까요. 어느 순간까지는 잘 나가다가도 고삐를 늦추기만 하면 아무 생각 없이 막나가니……. 사실대로 말씀드리는 겁니다. 나리, 저를 용서해 주십시오. 한잔하다 보니 이렇게 됐습니다.」 공장 노동자는 이렇게 말하고 나서 미소 짓는 아내의 무릎을 베고 잠을 청했다.

잠시 네흘류도프와 함께 앉아 있는 동안 난로장이로 53년째 일하고 있다는 노인은 신세타령을 늘어놓기 시작했다. 평생 수많은 난로를 만들어서 이젠 쉬고도 싶지만 그럴 수 없다는 것이었다. 그는 도시에 가서 자식들의 일자리를 마련해 주고, 지금은 집안일을 돌보기 위해 시골로 돌아가는 길이라고 했다. 노인의 이야기를 다 듣고 난 후 네흘류도프는 자리에서 일어나 따라스가 잡아 둔 자리로 돌아갔다.

「자, 나리, 앉으시죠. 배낭은 이쪽으로 치우면 됩니다.」 따라스의 맞은편에 앉아 있던 정원사가 네흘류도프의 얼굴을 쳐다보며 친절하게 말했다.

「비좁긴 하지만 괜찮습니다.」 따라스는 미소를 머금으며 억센 두 손으로 2푸드나 되는 자기 배낭을 마치 새털 다루듯 가볍게 창가로 옮겨 놓으면서 흥얼거렸다. 「자리는 많습니다. 정 부족하면 저희는 일어서거나 의자 밑으로 들어갈 수도 있으니까요. 그러니 그 점은 안심하십시오. 그렇지 않았다간 말다툼이라도 벌어질 겁니다!」 그는 선량하고 친절한 얼굴로 말했다.

따라스는 자신이 평소에는 말을 잘 안 하지만, 술만 한잔 들이켜면 멋진 말도 잘하고 무슨 이야기든 다 털어놓는다고 했다. 사실 정신이 말짱할 때 따라스는 거의 입을 열지 않았다. 그러나 아주 드물게 술을 한잔하거나 특별한 경우에는 유독 수다스러워졌다. 그럴 때면 그는 매우 솔직하고도 논리적으로 이야기보따리를 술술 풀어 냈다. 그러면 그의 선량한 파란 두 눈은 반짝거렸고 입가에는 상냥한 미소가 멈추지 않았다.

오늘 그의 기분이 바로 그랬다. 네흘류도프가 다가오자 그의 이야기는 잠시 중단되었다. 그러나 배낭을 치우고 다시 조금 전처럼 자리를 잡자, 그는 노동으로 거칠어진 두 손을 무릎 위에 올려놓고 정원사의 눈을 똑바로 쳐다보며 이야기를 이어 갔다. 그는 자신의 새로운 친구에게 아내가 유형을 가게 된 사연과 그녀를 따라서 시베리아로 가는 이유를 상세하게 털어놓았다.

그 사연을 자세히 들은 적이 없었던 네흘류도프도 흥미롭게 경청했다. 따라스는 아내의 독살 시도가 있었을 때 가족들이 페도시야의 소행이라는 사실을 알고 있었다는 대목을 이야기하던 중이었다.

「저의 슬픈 이야기를 말씀드리는 겁니다.」따라스는 친구처럼 다정한 눈길로 네흘류도프를 바라보면서 말했다. 「사람은 진심이 우러날 때가 있다고 하지 않습니까? 저도 그래서 말씀드리는 겁니다.」

「네, 그렇군요.」네흘류도프가 말했다.

「그렇게 사건의 전모가 드러난 겁니다, 형제! 어머니는 문제의 그 빵을 들고 〈경찰서로 가겠다〉라고 하셨죠. 하지만 아버지는 사리가 밝은 노인이셨습니다. 〈이봐, 할멈! 며느리는 아직 어린애야. 자기가 무슨 짓을 저질렀는지도 모른다고. 딱하게 여길 줄도 알아야지. 곧 정신을 차릴 거야.〉 하고 말씀하시더군요. 그렇지만 어머니는 전혀 말을 듣지 않으셨어요. 〈그년을 그냥 데리고 살면 바퀴벌레 죽이듯 우리 씨를 말릴 거예요〉라고 하시더니 경찰서로 달려가신 겁니다, 형제. 그러다 보니 지금 이런 소동에 휘말려 있지요…… 이제는 모두 이해가 가십니까?」

「그때 당신은 대체 뭘 하고 있었습니까?」정원사가 물었다.

「형제, 저는 복통으로 이리저리 뒹굴고 토하고 그랬습니다. 내장이 모두 끊어지는 것 같아서 아무 말도 할 수 없었죠. 아버지가 짐마차를 준비해서 페도시야를 싣고 경찰서로 갔고, 거기에서 예심 판사에게 인계된 겁니다. 그런데 형제, 그녀는 처음부터 모든 사실을 시인했듯이 예심 판사 앞에서도 있는 그대로 고백했습니다. 비소는 어디서 구했으며 빵 속에 어떻게 집어넣었는지 말입니다. 〈어째서 그런 짓을 저질렀소?〉라고 묻자, 그녀는 〈저는 그 사람이 싫어요, 그 사람하고 사느니 차라리 시베리아로 유형 가는 게 나아요〉라고 대답하더군요. 그 사람이란 바로 저를 가리키는 말이었죠.」따라스는 미소를 지으며 말했다.「모든 죄를 시인했던 겁니다. 결론이 빤한 사건이다 보니 구속되고 말았죠. 아버지 혼자 돌아오시더군요. 그때 농번기가 다가왔는데, 집에 여자라곤 어머니밖에 안 계셨고 더구나 어머니도 건강이 좋지 않으셨죠. 그래서 페도시야를 보석으로 꺼낼 궁리를 했습니다. 아버지는 어떤 관리를 찾아가셨다가 허탕만 치셨고, 또 다른 관리를 찾아가셨지만 마찬가지였어요. 이런 식으로 찾아다니신 관리가 다섯 명이나 됐습니다. 백방으로 물색하다가 완전히 포기했었는데, 그때 마침 한 말단 공무원을 알게 되었죠. 약삭빠른 사람이었어요. 그는 〈5루블만 내면 풀어 주겠소〉라고 하더군요. 결국 3루블로 합의했지요. 어쩌겠습니까, 형제, 아내의 옷을 저당 잡혀서 돈을 마련할 수밖에요. 그랬더니 서류를 써주더군요.」따라스는 마치 사격 준비를 하듯 뜸을 들였다.「당장에 문제가 해결됐습니다. 당시엔 저도 자리에서 일어나 있어서 그녀를 데리러 시내로 갔어요. 시내에 도착해서, 형제, 저는 여관에 말을 맡긴 다음 서류를 가지고 교도소로 찾아갔지요. 〈무슨 일로 왔소?〉라고 묻기에 저는 여차여차해서 아내가 그 교도소에 갇혀 있다고 대답했죠. 〈서류는 가져왔소?〉라기에 얼른 서류도 건네주었고요. 교도소 직원은 서류를 들여다보다가 〈잠깐 기다리시오〉라고 하더군요. 저는 그곳 의자에 앉아 있었죠. 이미 정오가 넘었을 때였습니다. 잠시 후 한 책임자가 나오더니 〈당신이 바르구쇼프요?〉라고 묻기에, 〈네, 접니다〉라고 대답했습니다. 〈그럼 데려가시오〉라고 하더군요. 곧이어 문이 열리자, 아내가 예전의 옷차림으로 나왔습니다. 〈자, 어서 갑시다.〉〈걸어 오셨어요?〉〈아니, 마차를 타고 왔어.〉 이런 이야기를 주고받으며 우리는 여관에 들러서 계산을 마친 후 말을 마차에 매고 남는 천으로 그늘막도 만들었습니다. 그녀는 수건을 뒤집어쓴 채 올라탔고, 마차는 달리기 시작했습니다. 그녀는 아무 말도 하지 못했고 저도 마찬가지였습니다. 집에 거의 당도할 무렵 〈그런데 어머님께선 안녕하신가요?〉라고 그녀가 묻더군요. 〈그래요, 안녕하시오.〉〈아버님께서는 좀 어떠세요?〉〈아버지도 안녕하시오.〉〈따라스, 절 용서해 주세요. 제가 어리석었어요. 전 제가 무슨 짓을 저지르는지도 몰랐어요.〉 아내가 이렇게 말하기에 저도 말했죠. 〈너무 걱정하지 마오. 난 이미 오래전에 용서했으니까.〉 저는 더 이상 아무 말도 할 수 없었습니다. 집에 도착하자마자 아내는 어머니의 발아래 무릎을 꿇었죠. 어머니는 〈하느님께서도 용서하실 거다〉라고 하셨어요. 아버지도 반겨 주시며 이렇게 말씀하셨죠. 〈지난 일을 기억해서 뭐하겠니. 이제 더 열심히 살아가야지. 지금은 시간이 없구나. 들에서 추수를 해야 해. 써레질하고 거름도 준 땅에 호밀이 잘 자랐어. 하느님의 은총 덕이지. 낫이 들어가지 않을 정도니까. 이젠 자리를 깔아 놓은 것처럼 무성하게 덮여 있거든. 어서 거둬들여야 해. 너도 내일 따라스와 함께 추수하러 나가거라.〉 아내는 그때부터 일손을 거들기 시작했지요, 형제. 아내는 열심히 일했어요. 정말 깜짝 놀랄 정도였습니다. 당시 우리는 3제샤찌나가량 소작을 지었는데, 하느님의 은총으로 호밀과 귀리가 보기 드문 풍작을 이루었습니다. 제가 낫질을 하면 아내가 다발로 묶기도 하고 또 둘이 함께 베기도 했지요. 저도 일이라면 꽤나 솜씨 있는 편이어서 일손을 놓지 않았는데, 아내는 더 뛰어나서 무슨 일이든지 척척 해치웠습니다. 젊고 재빠른 데다가 한창때였거든요. 아무튼 너무 열심히 일해서 제가 아내를 말릴 정도였습니다. 집에 돌아오면 손가락이 붓고 팔이 저리기 때문에 휴식을 취해야 했지만, 아내는 저녁밥도 먹지 않고 헛간으로 달려가서 아침에 쓸 새끼를 꼬았습니다. 굉장한 변화였죠!」

「그래, 당신한테도 상냥하게 대하던가요?」 정원사가 물었다.

「말할 것도 없죠, 저한테 착 달라붙어서 지냈으니까요. 마치 한 몸처럼 말입니다. 제가 생각한 것은 뭐든지 다 알아차렸어요. 그토록 화를 잘 내시던 어머니도 〈우리 페도시야가 정말 달라졌구나, 완전히 다른 사람이 되었어〉라고 말씀하실 정도였습니다. 어느 날 저희 두 사람이 함께 짚단을 묶으러 갔을 때 짐마차의 마부석에서 전 이렇게 물어보았죠. 〈그런데 말이오, 페도시야, 왜 그런 생각을 했던 거요?〉 〈저는 당신과 함께 살고 싶지 않았어요. 차라리 죽어서 없어지는 게 낫다고 생각했어요.〉 그래서 다시 물어보았죠. 〈그럼 지금은 어떻소?〉 〈지금 제 마음속에는 당신뿐이에요〉 그녀는 이렇게 말하더군요.」 따라스는 이야기를 중단하더니 행복한 미소를 지으며 감격에 겨운 듯 고개를 저었다. 「그런데 들에서 추수를 끝내고 삼 껍질을 물에 담그러 집에 돌아와 보니……」 그는 잠시 침묵했다. 「뜻밖에도 재판을 받으라는 소환장이 와 있는 겁니다. 저희는 왜 재판을 받아야 하는지도 까맣게 잊고 있었는데 말입니다.」

「악마의 소행이라고 할 수밖에 없겠군.」 정원사가 말했다. 「그렇지 않고서야 어떻게 사람이 사람을 죽일 생각을 했겠소? 우리 마을에 살던 어떤 사람도…….」 정원사가 이야기를 막 꺼내려는 순간 기차가 서서히 멈추기 시작했다.

「이런, 역이로군.」 그가 말했다. 「한잔하러 갑시다.」

이야기가 중단되자, 네홀류도프는 정원사를 따라서 비에 젖은 플랫폼 판자로 내려갔다.

42

객실에서 내리기 직전에 네홀류도프는 기차역 앞 광장에서 말방울을 짤랑거리는 살찐 준마 세 마리 혹은 네 마리가 끄는 화려한 마차 여러 대를 보았다. 비 때문에 약간 물에 젖고 침침해진 플랫폼으로 내려선 그는 일등실 앞에 모인 사람들을 발견했다. 값비싼 깃털로 장식된 모자를 쓴 레인코트 차림의 키 크고 뚱뚱한 귀부인과, 고급 목걸이를 단 크고 투실투실한 개를 데리고 있는 자전거 복장 차림의 다리가 늘씬하고 키 큰 청년이 그들 가운데 유독 눈에 띄었다. 그 뒤로는 망토와 우산을 든 하인들과 마부가 서 있었다. 뚱뚱한 귀부인에서부터 긴 외투 자락을 한 손으로 받쳐 든 마부에 이르기까지 그들 모두에게서 침착한 자신감과 여유가 느껴졌다. 주변에는 부자들에게 호기심을 갖거나 비굴한 모습을 보이는 사람들이 그들을 둘러싸고 있었다. 빨간 제모를 쓴 역장과 헌병, 여름에 기차가 도착할 때면 언제나 구슬 달린 러시아 전통 의상을 입고 구경을 나오는 여윈 처녀, 전신 기사, 남녀 승객들이었다.

네흘류도프는 개를 데리고 있는 청년이 꼬르차긴의 중학생 아들이라는 것을 알았다. 뚱뚱한 귀부인은 공작 부인의 여동생으로, 꼬르차긴 일가는 바로 그녀의 영지로 이사하는 것이었다. 번쩍거리는 레이스가 달린 제복을 입고 장화를 신은 차장이 객실 문을 열더니 존경의 표시로 문을 붙잡고 있었다. 그동안 필립과 흰 앞치마를 두른 하인이 멋진 안락의자에 탄 길쭉한 얼굴의 공작 부인을 조심스럽게 실어 날랐다. 두 자매는 서로 안부를 물었고, 이어서 공작 부인이 사륜마차를 탈 것인지 아니면 포장마차를 탈 것인지를 의논하는 프랑스어 대화가 들려왔다. 그리고 잠시 후, 양산과 상자를 든 고수머리 하녀가 마지막에 선 긴 행렬이 기차역 출구를 향해 움직이기 시작했다.

그들을 만나 다시 인사를 나누기 싫었던 네흘류도프는 출구 쪽으로 가지 않고 행렬이 모두 지나갈 때까지 걸음을 멈추고 기다렸다. 공작 부인, 아들, 미시, 의사 그리고 하녀가 앞장섰고 늙은 공작과 처제는 뒤에 남아 있었다. 멀리 떨어져 있는 네흘류도프의 귀에 두 사람이 나누는 프랑스어 대화가 단편적으로 들려왔다. 종종 그런 일이 일어나긴 하지만, 어쩐 일인지 그 대화 중에 떠들어 댄 공작의 말 한마디가 그 억양이나 목소리까지 네흘류도프의 머리에 깊이 박혔다.

「오, 그는 진정한 상류 사회의 인물이로군. 진정한 상류 사회의 인물이야!」 공작은 누군가를 지칭하며 특유의 자신감 넘치는 목소리로 크게 떠들어 대며 정중한 모습의 차장과 짐꾼들과 처제를 거느리고 출구 쪽으로 걸어갔다.

바로 그때, 어디에서 왔는지 역 한구석에서 반코트 차림에 짚신을 신고 배낭을 멘 노동자들이 플랫폼에 나타났다. 노동자들은 가볍고 힘찬 걸음으로 첫 번째 객실에 올라타려고 했으나 곧 차장에게 쫓겨나고 말았다. 노동자들은 걸음을 옮겨 서로의 발을 밟아 가며 다급히 다음 객실로 다가갔다. 그들이 객실 모서리와 문에 배낭을 부딪치며 들어가기 시작하자, 기차역 입구에서 그들의 움직임을 주시하던 다른 차장이 그들을 향해 엄중한 목소리로 고함을 쳤다. 객실에 들어섰던 노동자들은 급히 빠져나와 다시 가볍고 힘찬 걸음으로 네흘류도프가 앉았던 다음 객실로 몰려갔다. 차장이 다시 그들의 길을 가로막았다. 그들은 걸음을 멈추고 다음 칸으로 가려고 했다. 그러나 네흘류도프는 객실에 빈자리가 있으니 들어가라고 권했다. 그들은 네흘류도프의 말에 따랐고 네흘류도프도 그 뒤를 따라 들어갔다. 노동자들은 자리를 잡고 싶어 했으나 휘장을 두른 신사와 두 부인이 그들이 객실에 자리를 잡는 것은 자신들에 대한 개인적인 모욕이라며 단호하게 반대하며 그들을 내쫓기 시작했다. 노인들과 새파란 젊은이들로 구성된 스무 명가량의 노동자들의 얼굴은 모두 햇볕에 까맣게 그을리고 지친 기색이 역력했으며 초췌했다. 그들은 모두 자기들 잘못이라고 생각했는지 의자와 벽과 문에 배낭을 부딪치며 다음 객실을 향해 걸어갔다. 그들은 세상의 끝까지 가서 앉으라고 명령하면 못 위에라도 앉을 준비가 된 것처럼 보였다.

「어디로 가는 거야, 이놈들아! 여기 앉아.」 맞은편에서 들어오던 다른 차장이 소리쳤다.

「또 새로운 소식이 있어요!」 두 부인 가운데 젊은 여자가 자신의 유창한 프랑스어라면 네흘류도프의 관심을 끌 수 있을 것이라고 확신하며 이렇게 말했다. 팔찌를 낀 부인은 계속 킁킁거리며 인상을 쓰더니 냄새나는 노동자들과 함께하는 것에 불쾌감을 내비쳤다.

큰 위기를 모면한 사람이 느끼는 기쁨과 평온함을 만끽하면서 노동자들은 걸음을 멈추고 자리를 잡았다. 그들은 어깨를 기울여 무거운 배낭을 내린 다음 의자 밑에 밀어 넣었다.

따라스와 대화를 나누던 정원사가 자기 자리로 되돌아갔기 때문에 따라스의 앞과 옆 좌석에 세 자리가 생겼다. 노동자 세 사람이 그 자리에 앉았다가 네흘류도프가 다가오자 신사복 차림에 당황하여 자리에서 일어나 물러가려고 했다. 그러나 네흘류도프는 그대로 앉아 있으라고 권한 다음 자신은 의자 손잡이 위에 걸터앉았다.

두 노동자 가운데 쉰 살가량 되어 보이는 사내가 의아하고 놀랍다는 표정으로 젊은 노동자에게 눈짓했다. 네흘류도프가 보통 신사들처럼 욕을 퍼부으며 내쫓는 대신 오히려 자리를 양보해 주자 너무 놀라고 당황한 것이다. 그들은 그 일로 인해 안 좋은 일이 벌어지지나 않을까 은근히 걱정했다가, 후환이 있을 것 같지도 않은 데다 네흘류도프가 스스럼없이 따라스와 대화하는 모습을 보자 안심했다. 그들은 젊은 노동자를 배낭 위에 앉힌 다음 네흘류도프에게 빈자리를 권했다. 네흘류도프의 건너편에 앉은 중년의 노동자는 신사의 몸에 닿지 않으려고 처음에는 몸을 움츠리고 짚신 신은 발을 애써 끌어당겼다. 그러나 나중에는 네흘류도프나 따라스와 다정한 대화를 나누었을 뿐 아니라 이야기 도중에 특별히 관심을 끌고 싶은 대목에서는 손바닥으로 네흘류도프의 무릎을 두드릴 정도였다. 그는 자신의 신세타령이며 이탄(泥炭) 습지대에서의 노동 이야기를 했다. 그는 그곳에서 두 달 반 동안 일하고 집으로 돌아가는 길이며, 고용 당시 노임의 일부를 미리 받았기 때문에 집에 있는 동생들에게 각각 10루블씩밖에 송금하지 못했다고 했다. 그의 말에 따르면 그들은 물이 무릎까지 차는 곳에서 작업했으며 점심때 2시간의 휴식을 제외하고는 해가 떠서 해가 질 때까지 계속 일했다는 것이다.

「손에 익지 않은 사람들에게는 정말 힘든 일이죠.」그가 말했다. 「그래도 익숙해지면 괜찮습니다. 음식이라도 좋아야 하는데, 처음에는 음식이 너무 나빴습니다. 그래서 사람들이 화를 냈죠. 그랬더니 음식이 좋아지기 시작해서 일하기도 한결 나아졌습니다.」

이어서 자신은 벌써 28년째 막노동을 하러 돌아다니는데, 번 돈은 몽땅 집으로 보낸다고 그는 말했다. 처음에는 아버지에게, 나중에는 형에게, 그리고 지금은 집안을 돌보는 조카에게 돈을 부치고 자신은 1년에 버는 50~60루블 가운데 심심풀이로 담배와 성냥을 사는 데 겨우 2~3루블 정도만 쓴다고 했다.

「죄인 줄은 알지만, 온몸이 녹초가 되면 보드까를 마시기도 하지요.」그는 겸연쩍은 미소를 지으며 덧붙였다.

그 밖에도 집에서는 남자들 대신 여자들이 집안을 이끌고 있다는 이야기, 오늘 출발하기 전에 도급업자가 보드까를 반병이나 사주었다는 이야기, 동료 한 사람이 죽은 이야기, 다른 동료 한 사람이 병에 걸려서 데려가는 중이라는 이야기를 늘어놓았다. 그가 말한 병든 동료는 객실 한쪽 구석에 앉아 있었다. 열병에 시달려 지친 그의 몰골은 말이 아니었다. 네흘류도프가 옆으로 다가가자 젊은이는 몹시 고통스러워하면서도 경계하는 눈빛으로 그를 바라보았다. 네흘류도프는 이런저런 질문을 던지면 그가 불안해하지 않을까 염려가 되어, 늙은 노동자에게 키니네를 사주라며 약명을 종이에 써주었다. 그는 돈을 주고 싶었지만 늙은 노동자는 필요 없다며 자기 돈으로 사주겠다고 했다.

「제가 안 가본 데 없이 돌아다녔지만, 나리 같은 분은 뵙지 못했습니다. 한대 쥐어박기는커녕 오히려 자리까지 양보해 주시니 말입니다. 나리들도 참 다양하시군요.」그는 따라스

쪽으로 고개를 돌리며 말을 맺었다.

〈그렇다, 새로운 세계다. 완전히 다른 세계야.〉네흘류도프는 근육질의 거친 팔다리들과 집에서 만든 허름한 옷들과 햇볕에 그을리고 지쳐 있지만 상냥한 얼굴들을 바라보면서, 이 순간 자신이 진정으로 노동하는 인간의 삶이 주는 진지한 관심과 기쁨과 고통을 겪는 완전히 새로운 사람들에게 둘러싸여 있다는 느낌을 받았다.

〈바로 이것이 진정한 상류 사회다.〉네흘류도프는 아까 꼬르차긴 공작이 내뱉은 구절, 그리고 천박하고 하찮은 관심밖에 갖지 못하는 꼬르차긴 일가의 게으르고 허영에 찬 세계를 머릿속에 떠올리며 이렇게 생각했다.

그는 새롭고 아름다운 미지의 세계를 발견한 여행자의 기쁨을 만끽했다.

제3부

1

마슬로바가 속한 죄수 대열은 약 5천 베르스따를 지났다. 마슬로바는 뻬르미까지 형사범들과 함께 기차와 배를 번갈아 가며 타고 왔다. 같은 죄수 대열에 속해 있는 보고두호프스까야까가 권고한 대로 마슬로바를 정치범 대열로 옮기는 일은 이 도시에 이르러서야 이루어졌다.

뻬르미까지 오는 길은 마슬로바에게 육체적으로나 정신적으로나 너무 힘들었다. 비좁고 불결한 환경은 물론 끈질기게 달라붙는 징그러운 벌레들 때문에 육체적으로 힘들었으며, 벌레들만큼이나 징그러운 사내들의 등살 때문에 정신적으로도 힘들었던 것이다. 숙박지에 도착할 때마다 사람들도 바뀌었지만 집요하고 성가신 남자들이 널려 있기는 늘 마찬가지여서 잠시도 다리를 뻗고 쉴 수가 없었다. 여자 죄수, 남자 죄수, 교도관, 호송병 사이에는 난잡한 행위가 관습처럼 내려오는 터라 모든 여자 죄수, 특히 젊은 여자 죄수는 여자라는 입장을 이용할 생각이 아니라면 잠시도 경계를 늦출 수 없었다. 이런 지속적인 공포와 저항의 상황에 놓인다는 것은 정말 고통스러운 일이었다. 특히 마슬로바는 매력적인 외모와 공공연한 과거사 때문에 종종 그런 습격을 당하곤 했다. 집요하게 치근대는 남자들에게 그녀가 단호히 저항하면, 그들은 수치스럽게 생각했을 뿐만 아니라 오히려 그녀를 증오하기까지 했다. 이런 상황 속에서 그녀가 다소 편안함을 느낄 수 있었던 것은 페도시야와 따라스가 가까이 있었기 때문이었다. 자기 아내도 그런 습격을 당했다는 사실을 알게 된 따라스가 그녀를 보호하기 위해 일부러 체포되어 니즈니부터는 죄수의 한 사람으로 함께 이송되었던 것이다.

정치범 대열로 옮긴 후 마슬로바의 상황은 여러 면에서 나아졌다. 두말할 나위 없이 잠자리도 정치범 대열이 더 나았고 식사도 더 나았으며 거친 대접을 받는 일도 별로 없었다. 게다가 남자들의 공세도 사라졌으므로 매순간 지우고 싶었던 자신의 과거를 잊고 지낼 수 있었다. 무엇보다 그렇게 대열을 옮김으로써 그녀가 얻은 가장 중요한 특전은, 자신에게 유익하고 결정적인 영향력을 미친 몇몇 사람들과 사귈 수 있었다는 점이다.

숙박지에서는 정치범들과 함께 지낼 수 있었으나 마슬로바는 건강한 여자였으므로 걸을 때는 형사범들과 동행해야 했다. 톰스크에서부터 계속 그런 식으로 행군하며 그녀는 두 명의 정치범들과 함께 걸었는데, 한 사람은 보고두호프스까야를 면회했을 때 네흘류도프를 감동시켰던 양순한 눈을 가진 미녀 마리야 빠블로브나 시체찌니나였고, 다른 사람 역시 바로 그 면회소에서 네흘류도프의 이목을 집중시켰던 시몬손이라는 정치범으로 그는 야꾸쯔크 지방으로 유형 가는 길이었다. 시몬손은 이마 밑으로 눈이 푹 꺼진 털복숭이에 얼굴이 새까만 사내였다. 마리야 빠블로브나는 임신한 형사범에게 짐마차 자리를 양보했기 때문에, 시몬손은 계급적 특권을 이용한다는 것이 부당하다며 걸어간 것이다. 그래서 그

세 사람은 짐마차로 천천히 출발하는 다른 정치범들과는 달리 아침 일찍 길을 나서곤 했다. 죄수대가 새로운 호송 장교에게 인계되기로 되어 있는 대도시에 도착하기 전날의 마지막 숙박지에서도 마찬가지였다.

음산한 9월의 이른 아침이었다. 차가운 돌풍이 불면서 눈과 비를 흩뿌렸다. 남자 죄수 4백여 명과 여자 죄수 50여 명으로 구성된 죄수대 전원은 이미 숙박지 마당에 모여 있었다. 죄수들 일부는 반장들에게 이틀 치 식비를 지급하는 호송대 하사관 주위로 몰려들었고, 다른 일부는 숙박지 마당까지 들어온 장사꾼 아낙네들에게서 음식을 샀다. 돈을 세고 식량을 사는 죄수들의 목소리와 장사꾼들의 고성이 뒤엉켜 매우 소란스러웠다.

반코트 차림에 장화를 신고 머리에 수건을 둘러쓴 까쭈샤와 마리야 빠블로브나는 숙박지에서 나와 장사꾼 아낙네들이 있는 곳으로 발길을 옮겼다. 바람을 피해 북쪽 나무 울타리 옆에 쭈그리고 앉은 장사꾼들은 서로 자기 물건을 팔려고 안달이었다. 그들은 갓 구운 빵, 파이, 생선, 국수, 우유죽, 쇠간, 쇠고기, 달걀, 우유 등을 팔았으며 어떤 아낙네는 삶은 새끼 돼지를 팔기도 했다.

시몬손은 비닐 잠바 차림에 고무 덧신을 삼노끈으로 동여매고(그는 채식주의자였기 때문에 도살한 동물의 가죽 제품을 쓰지 않았다) 마당으로 나가서 죄수대가 출발하기를 기다렸다. 그는 출입구 계단 옆에 서서 떠오르는 단상을 수첩에 적고 있었다. 그의 머릿속을 스친 생각이란 이런 것이었다.

〈만일에…….〉 그는 이렇게 적었다. 〈박테리아가 인간의 손톱을 관찰하고 연구한다면, 박테리아는 인간을 무기물로 인식할 것이다. 이와 마찬가지로 우리 인간도 지구 표면을 관찰하면서 지구를 무기물로 인식해 왔다. 이것은 잘못된 생

각이다.〉

마슬로바가 달걀과 도넛 한 꾸러미와 생선과 갓 구운 흰 빵을 사서 자루에 담고 마리야 빠블로브나가 장사꾼들에게 돈을 치르는데, 죄수들이 술렁거리며 모두 입을 다물고 줄을 서기 시작했다. 잠시 후 호송 장교가 나타나 출발하기에 앞서 마지막 지시를 내렸다.

모든 일이 평소와 다름없이 진행되었다. 인원 점검이 있었고 족쇄 검사도 끝났으며 두 사람씩 수갑이 채워졌다. 그런데 갑자기 호송 장교의 성난 고함 소리와 매질하는 소리와 어린아이의 울음소리가 들려왔다. 그 순간 모두 숨을 죽였으나 잠시 후 죄수들 사이에서 불평하는 소리가 새어 나왔다. 마슬로바와 마리야 빠블로브나는 시끄러운 소리가 들리는 곳으로 다가갔다.

2

시끄러운 소리가 들리는 곳으로 다가간 마리야 빠블로브나와 까쮸샤가 목격한 광경은 이런 것이었다. 커다란 금빛 콧수염을 기른 건장한 호송 장교가 잔뜩 인상을 찌푸린 채 왼손으로 죄수의 얼굴을 두들겨 팬 오른손을 문지르면서 상스럽고 거친 욕설을 쉼 없이 퍼붓고 있었다. 호송 장교 앞에는 짧은 죄수복에 더 짧은 바지를 입고 머리를 반만 깎인, 비쩍 마른 남자 죄수가 서 있었다. 그는 한 손으로는 피투성이가 된 얼굴을 감싸고 또 다른 손으로는 빽빽거리며 울어 대는 어린아이를 수건에 싸서 안고 있었다.

「너 같은 놈에겐……. (입에 담지 못할 욕설) 본때를 보여줘야 해. (다시 욕설) 어서 이 계집애를 여자들한테 데려다

주지 못해!」 장교가 고함쳤다. 「수갑을 차란 말이야!」

아내가 똠스크에서 티푸스로 병사한 이래 줄곧 자기 손으로 딸을 안고 유형지로 끌려가던 농민 조합원에게 장교는 수갑을 차라고 강요했다. 그러나 어린 딸을 안고 가야 하기 때문에 수갑을 차지 못하겠다는 죄수의 변명은 기분이 상해 있던 장교를 분노하게 만들었고 그는 즉시 명령을 이행하지 않는 죄수를 후려 팼던 것이다.

언어맞은 죄수 앞에는 호송병과 한 손에 수갑을 찬 검은 턱수염을 기른 죄수가 서 있었다. 죄수는 불안한 표정으로 호송 장교와 어린 딸을 안고 있는 사내의 언어맞은 얼굴을 힐끗힐끗 쳐다보았다. 장교는 아이를 빼앗으라고 호송병에게 거듭 명령했다. 죄수들 사이에서는 점점 야유 소리가 높아 갔다.

「똠스크에서부터 수갑을 차지 않고 온 사람입니다.」 뒷줄에서 걸걸한 목소리가 들려왔다.

「짐승의 새끼가 아니라, 어린애란 말이오.」

「그 애를 어디로 보내겠다는 거요?」

「이건 불법이야.」 다시 누군가 말했다.

「지금 말한 놈 누구야?」 장교는 마치 무엇에 한 대 언어맞은 듯 고함을 지르며 죄수들 속으로 달려갔다. 「내가 네놈한테 법이 무엇인지 가르쳐 주지. 어떤 놈이 지껄인 거야? 네놈이야? 아니면, 네놈이야?」

「우리 모두가 말한 겁니다. 왜냐하면⋯⋯.」 얼굴이 넓적하고 땅딸막한 사내가 말했다.

그는 이야기를 끝마칠 수 없었다. 장교가 두 손으로 그의 얼굴을 두들겨 패기 시작한 것이다.

「네놈들이 폭동을 일으키겠다는 거지? 폭동을 일으키면 어떻게 되는지, 어디 내가 보여 주마. 개새끼들처럼 사정없

이 쏘아 버리고 말겠어. 그러면 상부에서는 오히려 고맙다고
할 거다. 어서 계집애를 빼앗으라니까!」

죄수들은 침묵했다. 한 호송병이 버둥거리며 울부짖는 소
녀를 떼어 놓자, 다른 호송병이 순순히 내민 죄수의 한 손에
수갑을 채웠다.

「여자들한테 데려가!」 장교는 가죽 검대를 고쳐 매면서 호
송병을 향해 소리쳤다.

소녀는 수건에서 손을 빼려고 버둥거리면서 빨갛게 핏발
선 얼굴로 줄기차게 울어 댔다. 그때 죄수들 사이에서 마리
야 빠블로브나가 앞으로 나서며 호송병에게 다가갔다.

「장교님, 제가 이 아이를 데려가게 해주십시오.」

소녀를 안고 가던 호송병이 걸음을 멈추었다.

「너는 누구야?」 장교가 물었다.

「정치범입니다.」

아름답고 둥그런 눈을 가진 마리야 빠블로브나의 화사한
얼굴이 장교의 마음을 움직였다(그는 죄수들을 인계받을 때
부터 이미 그녀를 눈여겨보았었다). 그는 무언가 생각에 잠
긴 듯 말없이 그녀를 바라보았다.

「난 상관없으니 원한다면 데려가시오. 그들을 동정하는 것
도 좋지만, 도망이라도 치면 그땐 누가 책임질 거요?」

「어린애를 데리고 어떻게 도망칩니까?」 마리야 빠블로브
나가 말했다.

「당신과 이야기할 시간이 없소. 그러니 데려가고 싶으면
데려가시오.」

「이 여자에게 넘기라는 말씀입니까?」 호송병이 물었다.

「넘겨줘.」

「자, 이리 온.」 마리야 빠블로브나는 이렇게 말하며 소녀를
안으려 했다.

그러나 소녀는 호송병의 손에서 벗어나 아버지에게로 가려고 버둥거리며 울어 댈 뿐, 마리야 빠블로브나에게 안기려고 하지 않았다.

「잠깐만, 마리야 빠블로브나, 나한테라면 그 애가 올 거예요.」 마슬로바가 자루에서 도넛을 꺼내며 말했다.

소녀는 마슬로바를 알고 있었다. 그녀의 얼굴과 도넛을 본 아이는 그녀의 품에 안겼다.

모든 것이 수습되었다. 정문이 열리고 죄수들은 밖으로 나가서 대열을 이뤘다. 호송병들은 다시 인원을 점검했다. 마차 위에 자루를 올리고 단단히 묶은 다음, 병약자들을 그 위에 앉혔다. 소녀를 품에 안은 마슬로바는 페도시야와 나란히 여자 죄수들 사이에 섰다. 이 광경을 내내 지켜보던 시몬손은 지시를 모두 끝내고 포장마차에 올라타려는 호송 장교를 향해 뚜벅뚜벅 걸어갔다.

「장교님의 처사는 옳지 않았습니다.」 시몬손이 말했다.

「제자리로 돌아가시오, 당신과는 상관없는 일이니.」

「이 말씀을 전하는 게 제가 해야 할 일입니다. 당신의 처사는 옳지 않았습니다.」 시몬손은 짙은 눈썹 밑으로 두 눈에서 광채를 뿜으며 장교에게 말했다.

「준비는 끝났나? 전원 출발!」 장교는 시몬손을 거들떠보지도 않고 이렇게 소리치더니 마차를 모는 병사의 어깨를 짚고 마차에 올라탔다.

죄수 대열이 움직이기 시작했다. 죄수들은 긴 대열을 형성한 채 끝없는 숲 사이, 양옆으로 도랑이 흐르는 질퍽거리는 유형길로 들어섰다.

3

최근 6년 동안 도시에서 문란하고 호화롭고 제멋대로인 시간을 보내던 마슬로바에게, 징역수들과 함께한 두 달간의 교도소 생활에 이어 정치범들과 함께 지내는 현재의 상황은 너무 힘들었지만 마음만은 즐거움으로 가득했다. 음식을 잘 먹으면서 이틀간 20베르스따에서 30베르스따 정도를 걷고 하루를 휴식하는 행군은 그녀를 육체적으로 건강하게 해주었으며, 새로운 동료들과의 교분은 아무런 의미도 없던 삶에 흥미를 갖게 만들었다. 그녀의 표현에 따르면 지금 함께 유형지로 끌려가는 이들은 예전에는 그 존재조차 알 수도 없고 또 상상할 수도 없었던 놀라운 사람들이었다.

「유죄 판결을 받았을 때, 나는 그만 울고 말았어요.」그녀가 말했다. 「하지만 나는 하느님께 평생 감사드려야 해요. 영원히 모르고 지나칠 뻔했던 사실을 알게 되었거든요.」

그녀는 그들을 지배하는 동기가 무엇인지 별다른 노력 없이 쉽게 이해할 수 있었고, 민중의 한 사람으로서 그들에게 충분히 공감했다. 그녀는 그들이 민중을 위해 귀족들과 맞서고 있다는 사실도 깨달았다. 스스로 귀족이면서도 민중을 위해 자신들의 특권과 자유는 물론 생활까지도 희생했다는 사실은 그녀로 하여금 그들을 더욱 높이 평가하고 그들의 매력에 빠지게 했다.

그녀는 자신의 새로운 동료들 모두에게 매혹되었다. 그러나 그중에서도 특히 마리야 빠블로브나에게 매혹되었고 특별한 존경심과 희열 속에서 그녀를 사랑하기에 이르렀다. 마슬로바가 감동한 것은 부유한 장군 집안에서 태어나 3개 국어를 구사하는 이 아름다운 여자가 가장 평범한 노동자처럼 행동하며 유복한 오빠가 보내 주는 물건은 모두 다른 죄수들에게 나누어 주고 자신은 평범하고 남루한 의복을 입고 신을 신으면서 외모에는 신경 쓰지 않는다는 점이었다. 애교라고는 전혀 없는 그녀의 성격은 마슬로바를 놀라게 하기도 하고 매혹시키기도 했다. 마리야 빠블로브나도 자신의 아름다운 미모를 싫어하지는 않았지만 그 미모가 남자들에게 주는 인상을 조금도 달갑게 여기지 않을 뿐만 아니라 오히려 두려워한다는 사실, 그리고 사랑이라는 감정에 지독한 혐오와 공포를 느낀다는 사실을 마슬로바는 잘 알고 있었다. 남자 동료들 역시 그것을 잘 알고 있었으므로 그녀에게 애정을 품더라도 내색하지 않고 같은 남자 동료을 대하듯 했다. 그러나 낯선 남자들이 종종 귀찮게 굴 때면, 그녀는 자신이 자랑하는 엄청난 완력으로 위기를 모면해 왔다고 스스로 밝혔다. 「언젠가 한번은……」 그녀는 언제나처럼 미소를 지으며 이렇게 이야기했다. 「어떤 신사가 거리에서 귀찮게 굴면서 물러갈 생각을 않더군. 그래서 멱살을 잡고 흔들었더니 놀라서 도망쳐 버리는 거야.」

그녀의 말에 따르면 그녀는 어린 시절부터 귀족 생활을 혐오하고 평범한 사람들의 삶을 사랑해서 응접실 대신 하녀 방이나 부엌, 마구간에 가 있다고 늘 꾸중을 듣곤 했으며, 그러다가 혁명가가 되었다고 했다.

「난 말이야, 식모들이나 마부들과 함께 있으면 언제나 즐거웠지만, 신사들이나 귀부인들과 있으면 너무 따분했어.」 그녀가 말했다. 「나중에 철이 든 후에야 우리의 생활이 완전히 잘못되었다는 걸 알게 되었지. 어머니는 돌아가셨고 아버지는 어쩐지 마음에 들지 않아서, 열아홉 살 되던 해에 여자 친구와 가출해서 여공이 되었어.」

공장을 그만둔 그녀는 시골에 살다가 나중에 도시로 진출했는데, 비밀 인쇄소가 있는 아파트에서 체포되어 유형 판결을 받은 것이다. 마리야 빠블로브나가 직접 털어놓지는 않았지만, 그녀가 가택 수사 당시 어둠 속에서 총을 발사한 어느 혁명가 대신 죄를 뒤집어쓰고 유형 판결을 받았다는 사실을 까쮸샤는 주위 사람들을 통해 들었다.

까쮸샤는 마리야 빠블로브나가 어디에 있든, 또 어떤 처지에 놓이든 결코 자신을 돌보지 않고 크고 작은 일에서 남을 돕는 봉사에만 늘 마음을 쏟는다는 사실을 알게 되었다. 현재의 동료들 가운데 한 사람인 노보드보로프는 그녀를 가리켜 자선이라는 스포츠에 몰두하는 여자라고 농담을 하기도 했다. 그것은 사실이었다. 마치 들새를 쫓는 사냥꾼처럼 그녀는 생활의 모든 관심을 다른 사람에게 봉사할 기회를 찾는 일에 집중시켰다. 이 스포츠는 습관이 되었고 그녀의 삶에 있어 하나의 과제가 되었다. 그녀는 이러한 일을 자연스럽게 실천했으므로 그녀를 알고 있는 사람들 역시 그녀의 이런 행동을 높이 평가하는 것이 아니라 오히려 당연하다는 듯 요구했다.

처음 마슬로바가 정치범들 쪽으로 대열을 옮겼을 때 마리야 빠블로브나는 그녀에게 혐오감과 불쾌감을 느꼈다. 까쮸샤도 그것을 눈치챘지만 나중에는 마리야 빠블로브나가 노력을 기울여 자신에게 특히 상냥하고 친절하게 대한다는 사실을 알게 되었다. 이처럼 출중한 인물로부터 받는 상냥하고 친절한 관심은 마슬로바를 감동시키기에 충분했고, 따라서 진심으로 그녀에게 복종하게 되었으며 자기도 모르는 사이에 그녀의 의견을 받아들이고 모방하게 되었다. 까쮸샤의 이런 헌신적인 사랑 또한 마리야 빠블로브나를 감동시켰고, 결국 그녀도 까쮸샤를 사랑하게 되었다. 무엇보다도 두 여자를 가깝게 만든 것은 성생활에 대한 혐오감이라는 감정이었다. 한 여자는 육체적 사랑의 두려움을 모두 겪었기 때문에 그것을 증오했고, 다른 여자는 전혀 체험하지 못했기 때문에 어딘지 이해할 수 없고 인간의 가치를 모욕하는 혐오스러운 일이라고 생각했던 것이다.

4

마슬로바는 마리야 빠블로브나에게 경외심을 갖게 되면서 그녀의 영향을 받았고, 그 경외심은 그녀를 향한 사랑에서 비롯된 현상이었다. 또 그녀는 시몬손의 영향도 받고 있었는데, 그것은 마슬로바를 향한 시몬손의 사랑에서 비롯된 현상이었다.

모든 인간들은 어느 정도는 자신의 생각대로, 또 어느 정도는 다른 사람의 생각대로 살아가고 행동한다. 자신의 생각대로 살아가는 경우와 다른 사람의 생각대로 살아가는 경우의 비중이 얼마나 다른지가 사람들 사이의 중요한 차이일 뿐이다. 어떤 사람들은 대부분의 경우에 자신의 생각을 지적인 유희 정도로만 여기기도 한다. 그들의 이성은 동력 전달 벨트가 없는 축바퀴처럼 관습이나 전통이나 법률 같은 다른 사람들의 생각에 복종하고 있다. 반면에 어떤 사람들은 자신의 생각을 모든 활동의 중요한 원동력으로 생각해서 거의 언제나 자기 이성의 요구에 따르고 아주 드문 경우에나 비판적인 검토를 거쳐서 다른 사람의 결정에 따른다. 시몬손은 바로 그런 인간이었다. 그는 항상 스스로의 이성을 믿고 이성에 따라 결정했으며, 한번 결정한 일은 실행에 옮겼다.

중학생이었을 무렵 그는 회계 담당 관리였던 아버지가 벌어 들인 재산은 부정한 돈이라고 판단하여 그 재산을 민중에게 돌려주어야 한다고 아버지에게 말했다. 아버지는 그 말에 따르기는커녕 오히려 그를 몹시 꾸짖었다. 그래서 그는 집을 뛰쳐나와 아버지의 돈으로 생활하는 일을 중단해 버렸다. 그리고 현존하는 모든 악이 민중의 무지에서 비롯된다고 판단하여 대학을 중퇴하고 인민주의자들과 합세하여 교사 신분으로 농촌에 뛰어들었다. 그는 자신이 옳다고 생각한 것을 학생들과 농민들에게 대담하게 전파했고, 허위라고 생각한 것은 부정했다.

그는 체포되어 재판에 회부되었다.

재판 과정에서도 그는 재판관들이 자신을 재판할 권리가 없다고 판단하여 자신의 생각을 피력했다. 그러나 재판관들은 그의 생각에 동조하지 않고 재판을 진행해 나갔다. 그는 심문에 답변하지 않기로 결심했고 그들의 심문에 침묵했다. 결국 그는 아르한겔스끄 현 유형 판결을 받았다. 거기서 그는 자신의 모든 행동을 정당화하는 종교적 가르침을 스스로 만들었다. 그 종교적 교리란 다음과 같았다. 즉 세상 만물은 생명을 가지고 있고 생명을 갖지 않은 존재란 하나도 없으며, 우리가 생명이 없거나 무기물이라고 생각하는 대상은 우리가 이해할 수 없는 거대한 유기체의 일부이다. 따라서 역시 거대한 유기체의 일부인 인간의 사명은 이 유기체의 생명과 살아 있는 모든 기관의 생명을 보존하는 것이다. 그래서 그는 생명체를 죽이는 것은 범죄라고 생각했고, 전쟁과 사형 제도와 인간을 비롯한 모든 동물의 살해에 반대했다. 결혼에 대해서도 그는 자기 논리를 가지고 있었다. 종족의 번식이란 인간의 저급한 기능에 지나지 않으며, 인간의 고급한 기능은 존재하는 생명체에 대한 봉사라는 것이다. 그는 혈액 속에 있는 백혈구의 존재에서 이런 생각을 확신하게 되었다. 그의 의견에 따르면 독신자들이란 유기체의 허약하고 병든 부위를 돕는 백혈구와 같은 존재들이었다. 젊었을 땐 그도 방탕한 생활을 했었지만, 이런 생각을 한 이후로는 자신의 교리대로 살아갔다. 마리야 빠블로브나와 마찬가지로 그는 자신을 세상의 백혈구적 존재로 인식했다.

까쭈샤에 대한 사랑은 플라토닉한 사랑으로 자신의 논리를 위반하는 것이 아니었으며, 그런 사랑은 약자에게 봉사하는 백혈구적 활동을 방해하는 것이 아니라 오히려 활력을 불어넣어 준다고 그는 생각했다.

그는 도덕적 문제뿐 아니라 대부분의 현실적 문제 역시 자기 방식대로 해결해 나갔다. 그는 많은 현실적인 문제에 대해 자기 논리를 가지고 있었다. 몇 시간 동안 일하고 몇 시간 휴식을 취할 것인지에서부터, 어떻게 먹고 어떻게 입고 어떻게 난로를 때고 어떻게 램프를 켤 것인지의 문제까지 원칙이 있었다.

그러면서도 시몬손은 사람들 앞에서 수줍음을 많이 탔고 매우 겸손했다. 그러나 무엇이든 일단 결심하면 절대 그를 말릴 수 없었다.

바로 그런 유형의 인간이 마슬로바를 사랑함으로써 그녀에게 영향을 주었던 것이다. 마슬로바는 여성적 직감으로 이런 사실을 곧 눈치챘으며, 이처럼 비범한 인간에게 사랑의 눈을 뜨게 할 수 있었다는 점에 상당한 자부심을 느꼈다. 네흘류도프가 그녀에게 청혼한 것은 관용과 지난날의 과오 때문이었지만 시몬손은 그녀의 현재 모습 그대로를 사랑했고, 사랑하기 때문에 사랑하는 것이었다. 게다가 그녀는 시몬손이 자신을 다른 여자들과는 다른 특별한 정신적 자질을 지닌 뛰어난 여자로 여기는 것도 느꼈다. 그가 자신의 어떤 자질을 인정하는지는 잘 몰랐지만, 어쨌든 그를 실망시키고 싶지 않아서 그녀는 자신이 상상할 수 있는 가장 좋은 장점을 끌어내기 위해 온갖 노력을 기울였다. 그리고 그런 상황은 그녀가 스스로 선량한 여인이 될 수 있도록 노력하게 만들었다.

　그 일은 이미 교도소에 있을 때부터 시작되었다. 정치범들의 일반 면회 때 그녀는 튀어나온 이마와 두 눈썹 밑으로 자신을 응시하는 시몬손의 순진하고 선량한 검푸른 눈동자를 의식했었다. 그때부터 그녀는 이 사내가 비범한 인물이며 특별한 시선으로 자신을 바라본다는 사실을 깨달았다. 헝클어진 머리카락과 찌푸린 눈썹이 풍기는 근엄한 인상, 어린애 같은 선량함, 순진한 눈매 등이 그의 얼굴에서 놀랄 만큼 아름다운 조화를 이루고 있었다. 그 후 똠스크에서 정치범 대열로 옮겼을 때 마슬로바는 다시 그의 모습을 볼 수 있었다. 당시 두 사람 사이에는 아무 대화도 오가지 않았지만, 주고받는 시선 속에는 서로를 소중하게 여기는 느낌이 담겨 있었다. 그 뒤로도 두 사람 사이에 주목할 만한 대화는 없었지만 그가 사람들 앞에서 이야기할 때면 그의 말이 그녀를 대상으로 삼는다는 것, 또 그녀를 위해서 가능하면 쉽게 설명하려고 애쓴다는 것을 마슬로바는 느낄 수 있었다. 두 사람이 특별히 가까워진 것은 시몬손이 형사범들과 함께 걷기 시작했을 때부터였다.

5

　니즈니에서 뻬르미까지 가는 동안 네흘류도프는 까쮸샤를 겨우 두 번밖에 만날 수 없었다. 한 번은 니즈니에서 죄수들이 철망을 둘러친 나룻배에 올라타기 직전이었고, 또 한 번은 뻬르미 교도소의 사무실에서였다. 이 두 번의 면회에서 그녀는 그를 피하기도 하고 불친절하게 대하기도 했다. 건강이 좀 어떠냐고 묻거나 필요한 것은 없는지 물을 때마다 당황해하는 모습이 예전의 적대감을 드러내는 것 같았다. 그녀의 우울한 기분은 당시 남자들이 그녀에게 치근덕거려서 그런 것이었지만 네흘류도프는 괴로웠다. 유형길의 힘들고 굴욕적인 환경 탓에 까쮸샤가 자신에 대한 환멸에서 헤어나지 못하고 지난날을 잊겠다는 생각에 줄창 담배를 피우고 술을 마셨던 난잡한 과거의 절망스러운 삶으로 되돌아가지나 않을까 그는 염려했다. 그러나 유형길 초반에는 그녀를 만날 기회가 전혀 없었기 때문에 그는 아무 도움도 줄 수 없었다. 그녀를 정치범 대열로 옮긴 후에야 그는 자신의 염려가 기우에 지나지 않았음을 확신했고, 오히려 그녀를 만날 때마다 그가 항상 갈망하던 내적 변화가 그녀의 마음속에 점점 뚜렷하게 나타나고 있다는 사실을 알게 되었다. 톰스크에서의 첫 면회에서 그녀는 유형을 떠나기 이전의 모습으로 다시 돌아가 있었다. 네흘류도프를 보고도 그녀는 인상을 찌푸리거나 당황하지 않고 오히려 반갑고 순수하게 그를 만났으며 그가 자신을 위해 힘써준 일, 특히 현재 함께 지내는 사람들 쪽으로 옮겨 준 것에 고마워했다.

행군을 시작하고 두 달이 지나면서부터 그녀의 내면에 일어난 변화는 외모에서도 드러났다. 그녀는 조금 여위고 햇볕에 그을러서 약간 늙어 보였다. 관자놀이와 입가에는 잔주름이 늘어 갔고 머리카락이 흘러내리지 않도록 이마 위를 수건으로 동여맸기 때문에 복장이나 머리 모양이나 태도에서 지난날의 교태는 찾아볼 수 없었다. 그녀의 내면에 일어나는 이런 변화는 네흘류도프를 줄곧 행복하게 만들었다.

예전에는 전혀 느낄 수 없었던 감정을 그는 지금 그녀에게 느꼈다. 이런 감정은 최초의 시적인 매혹과 전혀 달랐고 나중에 느꼈던 감각적인 연정과는 더욱 달랐으며 재판이 끝나고 나서 그녀와 결혼하겠다고 결심했을 때의 자존심과 뒤엉킨 의무감과도 거리가 멀었다. 이런 감정은 그녀를 교도소에서 처음 만났을 때 그리고 그 이후 그녀가 병원에서 쫓겨난 다음에 혐오감을 극복하고 새롭게 용기를 내서 간호장과의 상상 속 스캔들을(나중에 근거 없는 일이라는 것을 알게 됐지만) 용서했을 때 느꼈던, 가장 순수한 연민과 감동의 감정이었다. 그것은 똑같은 감정이었지만, 당시에 느꼈던 것이 일시적인 감정이었다면 지금은 지속적인 감정이라는 차이가 있었다. 지금 그는 무슨 생각을 하든 또 무엇을 하든 그녀뿐 아니라 모든 사람들에 대해 연민과 감동을 가졌다. 이런 감정은 지금까지 출구를 찾지 못하던 사랑의 물줄기를 네흘류도프의 영혼에 뚫어 주었고, 이제 그는 그가 만나는 모든 사람들을 향해 이 사랑을 쏟아부었다.

여행하는 동안 네흘류도프는 줄곧 날아갈 듯한 행복과 기쁨에 빠져 있었고, 자신도 모르게 마부나 호송병에서부터 교도소 소장이나 지사에 이르기까지 모든 사람들을 인정 많고 사려 깊은 태도로 대했다.

마슬로바를 정치범 대열로 옮긴 이후 네흘류도프는 많은 정치범들과 교류하지 않을 수 없었다. 처음에는 모든 죄수들이 커다란 감방에 함께 수용되어 비교적 자유롭게 지낸 예까쩨린부르그에서, 나중에는 행군을 하면서 그는 마슬로바와 가깝게 지내는 남자 죄수 다섯 명과 여자 죄수 네 명과 교류하게 되었다. 정치범들과 접촉한 이후로 그들에 대한 네흘류도프의 시각은 완전히 바뀌어 있었다.

러시아에서 혁명 운동이 일어난 초기부터, 특히 3월 1일 사건 이후로 네흘류도프는 혁명가들에게 반감과 경멸심을 갖고 있었다. 무엇보다 그들이 반정부 투쟁에 사용한 수단의 잔인성과 비밀주의, 특히 그들이 저지른 암살의 잔학성 때문에 네흘류도프는 거리를 두었고, 나중에는 그들 모두가 공통적으로 지닌 지나친 자부심에 반감을 느끼게 되었다. 그러나 그들과 가까워지고 또 그들이 종종 아무 죄 없이 정부로부터 탄압을 받는다는 사실을 알게 되자, 그들이 지금과 같은 입장에 설 수밖에 없었다는 것도 이해하게 되었다. 소위 형사범이라는 사람들이 겪는 고통이야 두말할 필요가 없겠지만, 어쨌든 그들에게는 판결 전후로 모종의 법적 조치가 취해진다. 그러나 네흘류도프가 슈스또바나 나중에 새로 사건 많은 사람들의 경우에서 보았듯이, 정치범에 대해서는 법적 조치는커녕 그와 비슷한 것조차 적용되지 않았다. 그 사람들은 그물에 걸린 물고기 꼴이 되는 것이다. 그물에 걸린 물고기들이 모두 언덕으로 끌어올려지면, 필요한 큰 물고기만 골라내고 피라미들은 아무렇게나 내버려져 강 언덕에서 말라 죽고 만다. 이처럼 분명히 아무 죄도 없고 정부에 어떤 피해도 주지 않는 사람들 수백 명을 체포해서 수년씩 교도소에 수용하는 것이다. 그러면 그들은 교도소에서 결핵에 걸리거나 미치거나 자살하고 만다. 그들을 교도소에 수용하는 것은 단지 그들이 석방될 사유가 없기 때문이며, 또한 손을 뻗칠 수 있는 교도소에 수용해서 심리 중에 생기는 의문을 규명하려는 의도이기도 했다. 정부의 입장에서도 무죄라고 판단되는 그들의 운명은 헌병, 경찰 간부, 스파이, 검사, 예심 판사, 지사, 장관 같은 사람들의 횡포와 취미와 기분 등에 의해 좌우되었다. 관리들이 따분해지거나 공을 세우고 싶으면 사람들을 체포해서 자신이나 상관의 기분에 따라 투옥하기도 하고 석방하기도 하는 것이다. 고위 관리 역시 공을 세우고 싶거나 혹은 장관과의 관계에 따라 그럴 필요가 있으면 죄수를 세상 끝으로 쫓아 버리거나 독방에 처넣거나 유형, 징역형, 사형 등의 판결을 내리지만, 어쩌다가 어떤 귀부인이 청탁이라도 하면 석방해 주었다.

관리들은 이들을 전쟁터에서와 같이 다루었고, 그래서 정치범들 역시 군인들처럼 자신들이 당하는 것과 똑같은 방법을 사용하게 되었다. 군인들은 자신들이 저지르는 행위의 범죄성을 은폐할 뿐 아니라 오히려 그런 행위를 공훈처럼 내세우는 사회적 분위기 속에 살고 있다. 이와 마찬가지로 정치범들도 자유와 생명과 인간에게 있어 중요한 가치들을 상실할 위기에 처하면, 자신들이 저지르는 잔인한 행위는 잘못된 것이 아닐 뿐 아니라 오히려 용감한 행동이라고 내세우는 그들만의 분위기 속에 살아가는 것이다. 이런 논리는 네흘류도프로 하여금 살아 있는 생명체에게 고통을 가하기는커녕 그 고통을 바라볼 수도 없는 온순한 사람들이 태연히 살인 음모를 꾸미고, 또 거의 모든 사람들이 특수한 상황에서는 살인을 자기방어의 수단이나 높은 차원의 공익적 목표 달성의 수단으로 여기며 합법적이며 정당한 것이라고 인정하는 충격적인 현상을 이해할 수 있게 만들었다. 그들은 자신들의 활동을 높이 평가했는데, 이는 정부가 그들에게 부여한 의미와 그들을 다루는 잔인한 형벌에서 비롯된 자연스러운 현상이었다. 그들이 참고 견디어 온 것을 최선을 다해 지키기 위해서는 자신들 스스로를 높이 평가해야 했다.

그들과 가까워진 이후로 네흘류도프는 그들이 혹자가 상상하듯 지독한 악당들도 아니며, 또 혹자가 생각하듯 굉장한 영웅도 아니라는 사실을 확인할 수 있었다. 그들도 평범한 사람들에 불과했고, 사람 사는 곳이 그렇듯 좋은 사람들도 있고 나쁜 사람들도 있고 어중간한 사람들도 있었다. 그들 중에는 현존하는 악과 투쟁하는 것이 의무라고 생각하여 진심으로 고민해서 혁명가가 된 사람도 있었지만, 이기적이고 허영심에 찬 동기로 그런 활동을 선택한 사람들도 있었다. 그러나 네흘류도프도 전쟁을 겪어서 알고 있듯이 대부분의 사람들은 위험과 위기에 대한 갈망과 목숨을 담보로 한 모험, 즉 젊은 혈기가 갖는 가장 평범한 감정 때문에 혁명에 마음이 끌린 것이었다. 보통 사람들과의 차이점은 그들의 도덕적 기준이 보통 사람들 사이에서 요구되는 것보다 높다는 사실이었다. 그들은 절제, 엄격한 생활, 공정, 청렴의 덕목을 갖추었을 뿐 아니라 공동 사업을 위해서라면 모든 것, 즉 자신의 생명까지도 바친다는 각오를 철칙으로 삼았다. 그래서 그들 가운데 평균 수준 이상의 사람들은 네흘류도프보다 훨씬 더 훌륭했고 보기 드문 도덕적 모범이 되었다. 그러나 평균 수준 이하의 사람들은 그보다 훨씬 뒤떨어졌고 부당하고 위선적인 동시에 자만심에 가득하고 독선적인 모습을 종종 보였다. 그래서 네흘류도프는 새로 사귄 몇몇 사람들에게는 존경심을 보내고 그들을 마음속 깊이 사랑했지만, 다른 사람들에게는 한층 더 무관심해졌다.

6

네흘류도프가 특히 좋아했던 사람은 까쮸샤가 소속된 대열에 있는 유형수로서, 감방에서 결핵을 앓던 끄르일리초프라는 청년이었다. 네흘류도프는 예까쩨린부르그에서 그 청년을 알게 되었으며 이동하는 중에도 몇 번 만나서 토론한 적이 있었다. 어느 여름날 숙박지에서 하루의 휴식을 취할 때 네흘류도프는 거의 온종일 끄르일리초프와 함께 지냈다. 끄르일리초프는 대화에 심취해서 자신의 사연과 자신이 어떻게 혁명가가 되었는지를 들려주었다. 교도소에 보내지기까지의 경위는 너무 간단했다. 그의 아버지는 러시아 남부 지방의 부유한 지주였지만 그가 어릴 때 사망했고, 그래서 어머니 홀로 외아들인 그를 양육했다. 중학교과 대학교에서 그는 공부에 어려움을 느끼지 않았으며 수학과를 수석으로 졸업하기도 했다. 주위 사람들은 그에게 대학에 남아서 외국으로 유학하라고 권하기에 이르렀다. 그러나 그는 망설였다. 사랑하는 여자가 있었기 때문이다. 그래서 그는 결혼하여 지방 자치회에서 근무할 생각도 했다. 그는 모든 일에 관심을 가졌지만 아무 결정도 내리지 못했다. 그 무렵 대학 동창들이 그에게 공동 사업을 위한 기부금을 요청했다. 공동 사업이 곧 혁명 사업을 의미한다는 사실을 그는 물론 잘 알고 있었다. 당시 그는 혁명 사업에 전혀 관심이 없었다. 그러나 그들과의 우정, 그리고 자신이 겁쟁이가 아님을 보여 주려는 자존심 때문에 돈을 기부했다. 돈을 받았던 동창들이 체포되고 메모가 발견되자, 끄르일리초프가 돈을 기부한 사실이 밝혀졌다. 그는 체포되어 처음에는 경찰서에 구속되었다가 나중에 교도소로 보내졌다.

「제가 투옥된 교도소는……」 끄르일리초프는 네흘류도프에게 말했다. (그는 가슴을 굽히고 무릎에 팔꿈치를 괸 채 높은 침상에 앉아서 열정적이고 아름답고 총명해 보이는 선량한 눈을 반짝이며 이따금씩 네흘류도프를 쳐다보았다.) 「그 교도소는 그다지 엄격하지 않았습니다. 우린 벽 통신을 하고 복도를 돌아다녔으며 이야기를 주고받기도 했지요. 뿐만 아니라 음식도 나눠 먹고 함께 담배를 피우고 밤이면 노래를 부르기도 했습니다. 제 목소리는 제법 괜찮거든요. 그렇습니다, 상심이 크셨던 어머니만 아니었어도 교도소 생활은 너무 멋지고 유쾌하고 흥미롭기까지 했을 겁니다. 저는 그곳에서 명성이 자자한 뻬뜨로프(그는 나중에 요새 교도소에서 유리로 동맥을 끊고 자살했다)와 그 밖의 다른 사람들과 사귀었습니다. 그러나 저는 혁명가는 아니었죠. 옆방에 수감된 죄수 두 사람과도 알게 되었습니다. 두 사람 모두 폴란드 선전 삐라를 소지했다는 죄목으로 붙잡혀 기차역으로 연행되던 도중에 호송병으로부터 달아나다가 기소되었던 겁니다. 한 사람은 로진스끼라는 폴란드인이었고 다른 사람은 로조쁘스 끼라는 유대인이었죠.[80] 그래요, 로조쁘스끼는 아주 어린 소년이었습니다. 자기 말로는 열일곱 살이라고 했지만 외모로는 열다섯 살 정도로밖에 안 보였습니다. 비쩍 마르고 체구는 작았지만 반짝이는 까만 눈동자를 가진 활기찬 소년이었죠. 대부분의 유대인들이 그렇듯이 그 소년도 음악성이 뛰어났습니다. 아직 변성기였지만 노래를 상당히 잘 불렀습니다. 그렇습니다. 그 두 사람은 내 눈앞에서 법정으로 끌려갔습니다. 아침에 끌려갔었죠. 저녁이 되어서야 돌아와서는 사형 선고를 받았다고 하더군요. 아무도 예상하지 못한 일이었습니다. 그들이 지은 죄라고 해봐야 별게 아니었으니까요. 그저 호송병으로부터 도망치려 했을 뿐, 누구에게도 상처를 입히지 않았잖습니까. 그런데도 로조쁘스끼 같은 어린 소년에게 사형을 선고하다니, 그건 말도 안 되는 일입니다. 교도소에 있던 우리들은 모두 그 판결은 단지 겁을 주기 위한 것일 뿐 확정되지는 않을 거라고 단정했습니다. 처음에는 모두 흥분했지만 점차 안정도 되찾고 예전처럼 생활했습니다. 그랬어요……. 그런데 어느 날 저녁에 보초병이 내 방문으로 다가와서 목수들이 교수대를 만드는 중이라고 몰래 가르쳐 주더군요. 처음에는 무슨 일인지, 어떤 교수대를 말하는 건지 이해하지 못했습니다. 그러나 늙은 보초병은 몹시 흥분해 있었습니다. 보초병의 얼굴을 보고서야 저는 바로 그 두 사람 때문이라는 것을 알았습니다. 저는 벽을 두드려서 동료들과 벽

80 로진스끼 쁠라또노비치(1855~1880)와 로조쁘스끼 이사아꼬비치 (1860~1880)는 인민의 의지파 조직원들로 끼예프에서 교수형을 당했다.

통신을 하고 싶었습니다만, 혹시 그 두 사람이 듣지 않을까 염려가 됐습니다. 동료들도 침묵을 지켰습니다. 아마 모두 알고 있었을 거예요. 복도와 감방에 밤새도록 죽음의 정적이 흘렀습니다. 우리는 벽 통신도 하지 않았고 노래도 부르지 않았습니다. 밤 10시쯤 되자 보초병이 다시 제게 다가와 모스크바에서 사형 집행인이 도착했다고 알려 주더군요. 그 말만 하고 돌아서기에 전 그를 다시 불렀습니다. 그때 갑자기 복도 건너편에 있는 감방에서 로조쁘스끼의 외침이 들려왔습니다. 〈대체 무슨 일이에요? 보초병을 왜 부르시는 거예요?〉 저는 보초병이 담배를 가져다주었다고 얼버무렸지만, 그 애는 사태를 파악했는지 왜 노래를 부르지 않느냐, 또 왜 벽 통신은 하지 않느냐고 계속 물었습니다. 제가 뭐라고 했는지는 기억나지 않습니다만 그 애와 더 이상 이야기를 할 수가 없어서 얼른 자리에서 물러섰습니다. 그렇습니다, 참으로 무서운 밤이었죠. 저는 밤새 촉각을 곤두세웠습니다. 이른 아침 별안간 복도의 문소리가 요란하게 들리더니, 누군지는 모르지만 많은 사람들이 걸어오는 발소리가 들려왔습니다. 전 창문 옆으로 다가갔습니다. 복도에 램프가 켜지고 소장이 앞장서서 들어오더군요. 뚱뚱한 소장은 자신감이 넘치고 결단력 있는 사내 같았습니다. 그런데 얼굴은 말이 아니었습니다. 창백한 안색으로 고개를 푹 숙이고 있었죠. 무엇엔가 몹시 충격을 받은 것 같았습니다. 그 뒤로 하얗게 질린 얼굴에 비장한 표정을 띤 부소장이 뒤따랐고 위병도 따라왔습니다. 그들은 제 방 앞을 지나 옆방 앞에 나란히 섰습니다. 그때 부소장이 이상한 목소리로 〈로진스끼, 어서 일어나서 깨끗한 내의로 갈아입어!〉라고 외치는 소리가 들려왔습니다. 그렇습니다, 이어서 문 열리는 소리가 들리더니 그들이 감방 안으로 들어갔고, 얼마 후 복도를 가로지르는 로진스끼의 발소리가 들려왔습니다. 제 눈에는 소장의 모습만 보였습니다. 그는 핏기 없는 얼굴로 단추를 채웠다 끌렀다 반복하면서 어깨를 움츠리고 있었습니다. 그래요, 별안간 그가 무엇에 놀란 듯 옆으로 물러섰습니다. 로진스끼가 그의 곁을 지나 제 방문 쪽으로 다가왔던 겁니다. 그는 정말 전형적인 폴란드인의 인상을 가진 미남 청년이었습니다. 넓고 시원한 이마와 아름답고 푸른 눈을 가졌고, 휘날리는 가느다란 금발 고수머리에 모자를 눌러 쓰고 있었죠. 정말 생기가 넘치는, 건강한 청년이었습니다. 제 방 앞에서 그는 걸음을 멈추었고, 전 그의 얼굴을 보았습니다. 무섭도록 수척한 그의 얼굴은 납빛으로 변해 있었습니다. 그가 〈끄르일리초프 씨, 담배 갖고 계십니까?〉라고 하기에, 전 담배를 주려고 했습니다. 그러자 부소장이 얼른 자기 담뱃갑에서 담배를 꺼내더니 그에게 건네주었습니다. 그가 담배를 입에 물자 부소장이 불을 붙여 주었습니다. 그는 담배를 피우며 무언가 생각에 잠기는 것 같았습니다. 그리고 이어서 무슨 생각이 떠오른 듯 이렇게 말했습니다. 〈정말 잔인하고 부당하군요. 나는 아무 죄도 저지르지 않았는데. 나는……〉 제가 차마 눈을 뗄 수 없었던 그의 희고 가는 목에서 잠시 경련이 일더니 그는 입을 다물었습니다. 그때 복도에서 로조쁘스끼가 유대인 특유의 가는 목소리로 고함치는 소리가 들려왔습니다. 로진스끼는 담배꽁초를 내던지며 문 앞에서 물러났습니다. 그리고 로조쁘스끼도 제 방 창문에 얼굴을 들이댔습니다. 그의 까만 두 눈에는 눈물이 고여 있었고, 벌겋게 달아오른 어린 얼굴은 땀에 젖어 있었습니다. 그도 역시 깨끗한 옷으로 갈아입었는데, 바지가 너무 컸는지 두 손으로 허리춤을 움켜쥔 채 온몸을 사시나무 떨듯이 떨고 있었습니다. 그는 제 창문에 비통한 얼굴을 들이대며 이렇게 말했습니다. 〈아나똘리 뻬뜨로비치,

의사가 내 가슴앓이 약을 처방해 주었다는 게 사실인가요? 난 건강이 좋지 않으니, 약을 먹겠어요.〉 아무도 대답하지 않자, 그는 의아한 표정으로 제 얼굴을 바라보다가 소장 쪽으로 고개를 돌렸습니다. 그가 왜 그런 말을 했는지, 저는 전혀 이해할 길이 없습니다. 그렇습니다, 갑자기 부소장이 근엄한 표정으로 돌변하며 카랑카랑한 목소리로 소리쳤습니다. 〈무슨 소리를 지껄이는 거야? 어서 가!〉 로조쁘스끼는 자신을 기다리는 것이 무엇인지 잘 모르고 있는 것 같았습니다. 앞장서서 거의 뛰다시피 서둘러 복도를 걸어갔죠. 그러나 얼마 후 걸음을 멈추고 버티는 것 같더니, 처절하게 울부짖는 소리가 들려왔습니다. 소동이 일어나고 발소리가 들려왔습니다. 그는 처절한 비명을 지르며 통곡했습니다. 그 소리는 점점 멀어졌고, 쾅 하고 문 닫는 소리와 함께 주위는 다시 쥐 죽은 듯 조용해졌습니다⋯⋯. 그래요, 그렇게 처형된 겁니다. 두 사람은 교수대에 올라간 겁니다. 다른 보초병이 그 광경을 보고 와서 제게 이야기해 주더군요. 로진스끼는 아무 저항도 하지 않았지만, 로조쁘스끼는 오랫동안 몸부림치다가 억지로 교수대에 끌어 올려지고 강제로 목에 밧줄이 걸렸다고요. 그 보초병은 좀 모자라고 체구도 작은 사내였습니다. 〈나리, 사람들은 교수형이 무서운 거라고 그러더군요. 하지만 하나도 무섭지 않았어요. 밧줄에 매달리자, 두 사람은 이렇게 두어 번 어깨를 들썩이더군요.〉 그는 이렇게 말하면서 경련을 일으키듯 어깨를 올렸다 내렸다 하는 시늉을 했습니다. 〈사형 집행인이 밧줄을 당겨 더 조이자, 그것으로 끝이었어요. 더 이상 몸을 떨지도 않더라고요.〉 그는 그렇게 말하더군요.」 끄르일리초프는 간수의 말을 되풀이하며 미소를 지으려 했지만, 웃음 대신 눈물이 흘렀다.

그로부터 한참 동안 그는 침묵했고 이어서 거칠게 숨을 몰아쉬다가 목구멍에서 치밀어 오르는 울분을 삼켰다.

「그래요…… 그때부터 저는 혁명가가 되었습니다.」 마음의 안정을 되찾자 그는 이렇게 자신의 이야기를 간략하게 마무리 지었다.

그는 인민의 의지파에 가입했고, 파괴 공작단의 지도자가 되었다. 정부를 테러함으로써 정부가 정권을 포기하고 민중에게 권력을 넘기도록 하려는 것이었다. 그는 이런 임무를 띠고 뻬쩨르부르그와 해외를 돌아다녔고 끼예프나 오뎃사에 가기도 했다. 가는 곳마다 그는 성공을 거두었다. 그러나 그가 가장 신임하던 한 사내에게 배신을 당하고 말았다. 그는 체포되어 재판을 받았고 2년 동안 투옥되었다가 사형 선고를 받았지만 결국 무기 징역으로 감형되었다.

교도소에서 그는 결핵에 걸리고 말았다. 지금 같은 상황이라면 단 몇 개월도 더 버티지 못할 것이 자명했고 그 자신도 이런 점을 알고 있었지만, 자신이 걸어온 길을 결코 후회하지 않았다. 오히려 그는 세상에 다시 태어난다면 똑같은 목적, 즉 그가 목격해 온 일들을 허용하는 제도를 파괴하는 일에 목숨을 바칠 것이라고 말했다.

네흘류도프는 그 청년의 내력, 그리고 그와의 교분을 통해 과거에는 이해할 수 없었던 많은 것을 이해하게 되었다.

7

숙박지를 출발하려다가 어린애 문제로 호송 장교와 죄수들 사이에 충돌이 일어났던 바로 그날, 네흘류도프는 여인숙에 투숙하고 있었다. 그는 늦잠을 자고 현청 소재지에 부칠 편지를 몇 통 쓰다가 평소보다 늦게 여인숙을 나섰다. 그래서 다른 때처럼 죄수 대열을 앞지르지 못하고 황혼이 질 무렵에야 겨우 임시 숙박지가 있는 마을에 도착할 수 있었다. 네흘류도프는 희뿌연 목이 유난히 굵은 뚱뚱한 중년 미망인이 운영하는 여인숙에서 옷을 말리고 많은 성상과 그림으로 장식된 깨끗한 방에서 차를 마신 후 면회 허락을 받기 위해 장교 숙소로 갈 채비를 서둘렀다.

지난 여섯 개의 숙박지에서 매번 호송 장교가 바뀌었지만 하나같이 숙박지 출입을 허락하지 않았기 때문에 그는 벌써 일주일 이상 까쮸샤를 만나지 못했다. 교도소 고위 관리가 그곳을 지나갈 예정이어서 규칙이 엄격하게 지켜졌던 것이다. 그러나 고위 관리는 숙박지를 거들떠보지도 않고 지나갔으므로 아침에 죄수대를 인계받은 호송 장교는 예전의 호송 장교들처럼 죄수들과의 면회를 허락할 거라고 네흘류도프는 생각했다.

여인숙 여주인은 마을 끝에 위치한 임시 숙박지까지 짐마차로 가라고 권했지만 네흘류도프는 걸어가는 편이 좋겠다고 생각했다. 금방 구두약을 칠한 탓에 콜타르 냄새가 진동하는 커다란 장화를 신은, 키가 작고 어깨가 벌어진 용사 같은 체격의 젊은 하인이 길을 안내했다. 하늘에서 내려온 안개가 짙게 깔려서 길은 몹시 어두웠다. 창문에서 새어 나오는 불빛이 미치지 않는 곳에서는 세 치 앞도 분간할 수 없었기 때문에 네흘류도프는 그의 모습을 볼 수 없었고, 다만 더러운 진창에서 철벅거리는 장화 소리만 들을 수 있었다.

네흘류도프는 안내인을 따라 교회가 있는 광장과 집집마다 등불을 켠 긴 거리를 지나 칠흑 같은 어둠이 깔린 마을 외곽으로 들어섰다. 얼마 후 숙박지 부근에 켜놓은 등불이 어둠을 뚫고 안개 사이로 희미하게 비치기 시작했다. 빨간 불빛이 점차 커지고 밝아지더니 이윽고 울타리를 쳐놓은 자리,

이리저리 오가는 보초병의 검은 그림자, 철조망을 친 기둥, 초소 등이 눈에 띄기 시작했다. 보초병은 다가오는 그들을 향해 대수롭지 않다는 듯 습관적으로 〈누구야?〉 하고 불렀으나 동료가 아니라는 것을 알고 나자 금방 태도를 바꿔서 담장 부근에서 기다리는 것조차 허락하지 않았다. 그러나 네흘류도프의 안내인이 깐깐한 보초병 앞에 용감하게 나섰다.

「여보시오, 젊은이, 그렇게까지 할 건 없지 않소!」 그가 보초병에게 말했다. 「상관을 좀 깨워 주시오, 우리는 여기서 기다릴 테니.」

보초병은 아무 반응도 보이지 않고 쪽문을 향해 뭐라고 소리친 후, 어깨가 넓고 키 작은 안내인이 등불 아래서 네흘류도프의 장화에 들러붙은 진흙을 나뭇조각으로 털어 내는 모습을 뚫어질듯 바라보았다. 울타리 저편에서는 남녀의 시끌벅적한 말소리가 들려왔다. 3분가량 지나자 쇳소리와 함께 쪽문이 열리고 불빛 사이로 어깨에 외투를 걸친 하사관이 나타나더니 용무를 물었다. 네흘류도프는 개인적인 일로 만나고 싶다는 내용을 적은, 미리 준비한 쪽지와 명함을 건네면서 호송 장교에게 전해 달라고 부탁했다. 하사관은 보초병보다는 까다롭지 않았지만 호기심이 무척 강한 사람이었다. 그는 네흘류도프가 호송 장교를 만나려는 이유와 그의 신분을 무척 알고 싶어 했다. 행여 뇌물이 생길 만하면 절대 놓치지 않겠다는 태도였다. 네흘류도프는 특별한 용건이 있고 사례도 하겠다고 말하며, 명함과 쪽지를 전해 달라고 부탁했다. 하사관은 명함을 받아 들더니 고개를 끄덕이고 자리를 떠났다. 그가 들어가고 나서 얼마 후 다시 문이 열리더니 광주리, 바구니, 항아리, 자루 등을 든 여자들이 쏟아져 나왔다. 그 여자들은 독특한 시베리아 사투리로 떠들면서 쪽문을 넘어왔는데, 농촌풍이 아닌 도시풍의 코트나 털외투 차림에 긴 치맛자락을 걷어 올리고 머리에는 수건을 두르고 있었다. 여자들은 등불 아래 서 있는 네흘류도프와 안내인을 호기심 어린 눈으로 훑어보았다. 그중 한 여자가 반갑다는 듯 애교와 시베리아식 상소리를 섞어 가며 어깨 넓은 사내에게 말을 걸었다.

「이봐, 도깨비, 거기서 뭘 하고 있는 거야?」 그녀가 안내인에게 말했다.

「손님에게 길을 안내하는 중이야.」 그가 대답했다. 「대체 뭘 나르는 거야?」

「우유로 만든 음식, 내일 아침에도 가져오라는군.」

「남아서 하룻밤 같이 보내자고 하지는 않아?」 안내인이 물었다.

「별 망측한 소리를 다 듣겠네!」 그녀가 웃으며 소리쳤다. 「마을까지 함께 가지 않겠어? 우리 좀 데려다 줘.」

안내인이 다시 그녀에게 뭐라고 말을 건네자 여자들뿐 아니라 보초병까지 킥킥거렸다. 그는 네흘류도프를 향해 이렇게 말했다.

「저, 혼자서도 찾아올 수 있으세요? 길을 잃어버리지는 않겠습니까?」

「괜찮소, 찾을 수 있소.」

「교회를 지나면 나오는 이층집에서 오른쪽으로 두 번째 집입니다. 지팡이는 여기 있습니다.」 그는 이렇게 말하더니 자기 키보다 더 큰 지팡이를 네흘류도프에게 건넨 후 커다란 장화를 철벅거리며 여자들과 함께 어둠 속으로 사라졌다.

여자들과 대화하는 그의 목소리가 어둠 속에서 이따금씩 들려왔다. 그때 다시 쇳소리가 들리며 쪽문에서 하사관이 나타나더니 호송 장교에게 가자고 말했다.

8

임시 숙박지는 시베리아 도로변에 세워진 대부분의 숙박지와 다를 것이 없었다. 뾰족한 통나무로 울타리를 친 마당에는 단층 건물 세 동이 서 있었다. 그중에서 창살 달린 가장 큰 건물에 죄수들이 묵었고 옆 건물에는 호송대원들이 묵었으며 세 번째 건물에는 장교 숙소와 사무실이 있었다. 세 건물 모두 불이 환하게 켜져 있었으며 언제나 그렇듯 (특히 이곳에서는 더더욱) 불빛은 즐거움과 편안함을 보장하는 듯한 착각을 불러일으켰다. 건물들 층계마다 등불이 켜져 있었고, 울타리 주위에도 다섯 개의 등불이 마당을 비추었다. 하사관은 가장 작은 건물의 층계 쪽으로 난 발판을 따라 네홀류도프를 안내했다. 작은 계단 세 칸을 밟고 올라선 하사관은 등불이 환하고 탄내가 가득한 대기실로 네홀류도프를 먼저 들여보냈다. 그 방에서는 거친 천으로 만든 셔츠에 넥타이를 매고 검정 바지를 입은 한 병사가 벽난로 옆에서 한쪽 발에만 장화를 신은 채 허리를 구부리고 장화목이 노란 다른 장화로 사모바르 주전자에 부채질을 하고 있었다. 네홀류도프를 본 병사는 사모바르에 불을 붙이다 말고 얼른 네홀류도프의 가죽 코트를 받아 들더니 안쪽으로 들어갔다.

「오셨습니다, 대장님.」

「그럼 들어오시라고 해.」 성난 목소리가 들려왔다.

「안으로 들어가십시오.」 병사는 이렇게 말한 후 다시 사모바르에 매달렸다.

불 켜진 램프가 매달린 옆방에는 먹다 남은 음식과 술병 두 개가 놓인 테이블이 있었고, 맞은편에는 넓은 가슴과 어깨에 어울리는 커다란 오스트리아식 잠바를 입고 금빛 수염을 기른 장교가 벌겋게 달아오른 얼굴로 앉아 있었다. 따뜻한 방 안에서는 담배 냄새 말고도 싸구려 향수 냄새가 역하게 풍겼다. 네흘류도프를 본 장교는 약간 몸을 세우면서 마치 조롱이라도 하듯 의아한 눈초리로 그를 쳐다보았다.

「대체 무슨 일이십니까?」 그는 이렇게 묻더니 네흘류도프가 대답하기도 전에 문을 향해 소리쳤다. 「이봐, 베르노프! 사모바르는 언제 가져오나?」

「곧 갑니다.」

「뭐라고! 혼이 나봐야 알겠나!」 장교가 눈을 부라리며 소리쳤다.

「지금 가져갑니다!」 병사는 큰 소리로 대답한 후 사모바르를 가져왔다.

병사가 사모바르를 내려놓는 동안 네흘류도프는 얌전히 기다렸다. 장교는 어디를 때려 줄까 목표물이라도 찾듯 조그맣고 심술궂은 눈으로 병사를 째려보고 있었다. 사모바르가 준비되자 장교는 차를 끓였다. 그는 식량 상자에서 네모난 코냑 병과 알베르트 비스킷을 꺼내 식탁에 차리고 다시 네흘류도프를 향해 몸을 돌렸다.

「무엇을 도와드리면 좋겠습니까?」

「한 여자 죄수를 면회하고 싶습니다.」 네흘류도프가 일어선 채 말했다.

「정치범 면회는 법으로 금지되어 있습니다.」 장교가 말했다.

「정치범이 아닙니다.」 네흘류도프가 대답했다.

「그렇군요. 자, 좀 앉으시지요.」 장교가 말했다.

「그 여자는 정치범이 아닙니다.」 네흘류도프는 같은 말을 반복했다. 「하지만 제 청탁으로 정치범들과 지낼 수 있도록 상부의 허락을 받았습니다.」

「아, 알겠습니다.」 장교가 말을 가로막았다. 「자그마하고 까무잡잡한 여자 말씀이시죠? 그렇다면 가능합니다. 담배 피우시겠습니까?」

　그는 담뱃갑을 네흘류도프에게 내밀고는 찻잔 두 개에 정중히 차를 따르더니 그중 한 잔을 권했다.

　「드십시오.」 그가 말했다.

　「고맙습니다. 하지만 지금 만나고 싶은데⋯⋯.」

　「밤은 깁니다. 그러니 얼마든지 만나실 수 있지 않겠습니까? 그녀를 이리로 불러 드리죠.」

　「아닙니다. 그것보다 제가 그 방으로 갈 수는 없습니까?」 네흘류도프가 말했다.

　「정치범들이 있는 곳으로요? 그건 불법입니다.」

　「저는 여러 차례 그런 허락을 받아 왔습니다. 제가 정치범들에게 무언가 전달하지 않을까 걱정하시는 모양인데, 만일 그럴 의도가 있다면 그녀를 통해서라도 전달할 수 있지 않겠습니까.」

　「아니, 그건 문제없습니다. 그녀는 몸수색을 받으니까요.」 장교는 기분 나쁜 미소를 지으며 말했다.

　「그렇다면 제가 몸수색을 받겠습니다.」

　「아니, 그러실 필요 없습니다.」 장교는 열린 술병을 네흘류도프의 잔 앞으로 가져가면서 말했다. 「한잔하시겠습니까? 좋으실 대로 하십시오. 이런 시베리아에서 교육받은 분과 만난다는 건 대단히 기쁜 일이지요. 잘 아시겠지만, 우리들의 업무라는 건 정말 끔찍합니다. 다른 생활을 하던 사람들은 견디지 못하지요. 우리 같은 호송 장교들도 배우지 못한 야만적인 사람들로 통하니까요. 다른 직업을 가진다는 건 상상할 수도 없다는 식으로 말입니다.」

　장교의 붉은 얼굴, 향수 냄새, 그의 반지, 특히 그의 기분 나쁜 미소가 네흘류도프에게 거부감을 불러일으켰다. 그러나 여행하는 동안 내내 그랬듯이, 오늘도 네흘류도프는 어떤 사람에게도 경솔하거나 모욕적인 태도를 취하지 않으며 어느 누구와 이야기를 하더라도 〈정성을 다하기로〉 마음먹었던 스스로의 맹세대로 진지하고 조심스러운 자세를 취했다. 장교의 말을 끝까지 경청한 네흘류도프는 자신의 통제 아래 놓인 사람들을 괴롭히는 것이 못내 가슴 아프다는 의미로 그의 이야기를 이해하고는 진지한 자세로 말문을 열었다.

「사람들의 고통을 덜어 준다면 그런 업무 속에서도 위안을 찾을 수 있을 겁니다.」 그가 이렇게 말했다.

「그들이 고통을 겪는다니, 대체 무슨 말씀이십니까? 그들은 그냥 그런 사람들일 뿐입니다.」

「그들에게 특이한 점이라도 있던가요?」 네흘류도프가 말했다. 「그들도 똑같은 인간입니다. 더구나 그중에는 무고한 사람들도 있습니다.」

「물론 여러 종류의 인간이 있습니다. 당연히 동정도 해야겠죠. 다른 사람들은 결코 용서하지 않을지 몰라도, 나는 할 수 있는 한 편하게 해주려고 노력합니다. 그들이 고통스러워하는 걸 보느니 차라리 내가 고통을 당하는 편이 나으니까요. 다른 사람들은 걸핏하면 법을 내세우며 총살을 시키지만, 나는 저들을 동정하고 있습니다. 자, 한잔 드시겠습니까?」 그는 다시 차를 따르며 말했다. 「그런데 그 여자는 어떤 사람입니까? 만나시겠다는 그 여자 말입니다.」 그가 물었다.

「불행한 여자입니다. 창녀로 전락했었는데, 독살 사건에서 부당한 판결을 받았죠. 하지만 매우 착한 여자입니다.」 네흘류도프가 대답했다.

장교는 고개를 끄덕였다.

「네, 종종 그런 일이 벌어지죠. 말씀드리자면, 까잔에도 에마라는 한 여자가 있었습니다. 헝가리계 여자로 순수한 페르시아 혈통의 눈을 가지고 있었죠.」 그는 지난 일을 회상하며 입가에 떠오르는 미소를 감추지 못했다. 「백작 부인만큼이나 멋을 부렸는데…….」

네흘류도프는 장교의 말을 가로막고 다시 조금 전의 이야기로 화제를 돌렸다.

「그들이 당신의 통제를 받는 동안만이라도 그들의 고충을 덜어 주실 수 있을 겁니다. 그렇게 하신다면 커다란 기쁨을 맛보실 거라고 확신합니다.」 네흘류도프는 마치 외국인이나 어린애들에게 말할 때처럼 또박또박 이야기하려고 애썼다.

장교는 눈을 반짝거리며 네흘류도프를 쳐다보았다. 장교는 이제 기억 속에서 생생히 떠올라 그의 관심을 온통 집중시킨 페르시아 혈통의 눈을 가진 헝가리계 여자 이야기를 마저 하고 싶어서 어서 네흘류도프가 이야기를 끝마치기를 학수고대하고 있었다.

「네, 그렇습니다, 아마도 그럴 겁니다.」 그는 이렇게 말했다. 「저도 그들을 동정하고 있습니다. 그런데 에마 이야기를 들려 드리고 싶군요. 그녀가 어쨌느냐 하면—」

「그 이야기에는 흥미가 없습니다.」 네흘류도프가 말했다. 「솔직히 말씀드리면, 옛날에는 저도 지금 같지 않았습니다. 하지만 지금은 여성에 대한 그런 태도를 증오합니다.」

장교는 몹시 당황한 얼굴로 네흘류도프를 쳐다보았다.

「차 한 잔 더 하시겠습니까?」 그가 말했다.

「감사합니다만 이제 그만하겠습니다.」

「베르노프!」 장교가 외쳤다. 「이분을 바꿀로프한테 모시고 가서 정치범 감방으로 안내하라고 해. 점호 때까지는 그곳에 계셔도 괜찮다고 말이야.」

9

병사의 안내를 받으며 네흘류도프는 빨갛게 타오르던 등불이 빛을 잃어 가는 캄캄한 마당으로 다시 나왔다.

「어디로 가는 길인가?」 맞은편에서 걸어오던 호송병이 네흘류도프를 안내하는 병사에게 물었다.

「독방 5호실로 가는 길일세.」

「문이 잠겨서 이쪽으로는 지나갈 수 없으니, 저쪽 계단으로 돌아가게.」

「아니, 어째서 잠겨 있는 거지?」

「하사가 문을 잠가 놓고 자기는 마을로 내려가 버렸네.」

「그럼 이쪽으로 오시죠.」

병사는 다른 계단으로 네흘류도프를 안내하며 발판을 지나 또 다른 문 앞에 다가섰다. 마치 벌집에서 벌 떼가 윙윙거리듯 마당의 잡담 소리와 실내의 북적거리는 소리가 들려왔다. 네흘류도프가 가까이 다가가 문을 열어젖히자 그 소리는 한층 커져 고함과 욕설과 웃음소리로 바뀌었다. 이어서 철거덕거리는 족쇄 소리도 들렸고 낯익은 분뇨 냄새와 콜타르 냄새가 진동했다.

족쇄 소리에 뒤섞인 아우성과 고약한 냄새, 이 두 가지에 대한 인상은 언제나 네흘류도프에게 육체적인 구역질로 전이되는 정신적인 구역질의 고통을 안겨 주었다. 두 가지는 뒤범벅이 되어 서로 상승 작용을 일으켰다.

소위 〈똥통〉이라고 불리는 커다란 변기가 세워진 임시 숙박지의 입구로 들어선 그의 눈에 가장 먼저 띈 것은 그 위에 쪼그리고 앉은 한 여자 죄수의 모습이었다. 그녀의 앞에는 까까머리에 빵모자를 비스듬히 걸친 남자 죄수 한 사람이 서 있었는데, 그들은 무엇인가 대화를 나누고 있었다. 그때 네흘류도프를 본 남자 죄수가 윙크하며 이렇게 말했다.

「황제라도 소변은 참지 못하죠.」

여자 죄수는 죄수복 자락을 내리며 고개를 숙였다.

입구는 문이 열린 감방과 복도로 연결되어 있었다. 첫 번째 감방이 가족용 감방이었고 그다음이 커다란 독신자용 감방, 그리고 복도 끝에 있는 조그만 방 두 개가 정치범들의 감방이었다. 원래 1백50명을 수용하는 숙박지에 4백50명이 수용된 탓에 너무 비좁았고, 죄수들은 감방에 다 들어가지 못해 복도까지 넘쳤다. 어떤 죄수들은 마룻바닥에 앉거나 누웠고 어떤 죄수들은 빈 주전자나 더운물이 든 주전자를 들고 이리저리 돌아다니고 있었다. 그들 가운데는 따라스도 있었다. 그는 네흘류도프에게 달려와 상냥하게 인사했다. 착한 따라스의 콧잔등과 눈 밑에 시퍼런 멍이 들어 있었다.

「무슨 일이오?」 네흘류도프가 물었다.

「그럴 일이 있었습니다.」 따라스가 싱글거리며 말했다.

「모두 서로 주먹질이죠.」 호송병이 경멸적으로 말했다.

「여자 때문입니다.」 그들의 뒤를 따라온 죄수가 거들었다. 「페지까라는 장님과 한바탕 벌인 겁니다.」

「페도시야는 어떻소?」 네흘류도프가 물었다.

「별일 없이 잘 지내고 있습니다. 지금 차 끓일 물을 가져다주려던 참입니다.」 따라스는 이렇게 말한 후 가족용 감방으로 들어갔다.

네흘류도프는 문 안쪽을 들여다보았다. 감방 안은 침상 위아래를 막론하고 남녀 죄수들로 가득 차 있었다. 젖은 옷에서 증발한 김이 가득 서려 있었고, 여자들의 수다가 끊임없이 들려왔다. 옆에 있는 독신자용 감방은 더욱 만원이었다. 감방 안은 물론 복도로까지 밀려나 있는 축축한 옷차림의 죄수들은 무언가를 분배하는 것인지 혹은 결정하는 것인지 야단법

석이었다. 도박으로 따거나 잃은 식비를 카드로 만든 전표로 반장이 보드까 밀매꾼에게 지불하는 것이라고 호송병이 네흘류도프에게 설명했다. 호송병과 낯선 신사를 발견하자 가까이 서 있던 죄수들은 적의에 찬 눈빛으로 그들을 바라보며 침묵했다. 네흘류도프는 전표를 나눠 주던 사람들 속에서 낯익은 유형수 표도로프를 찾아냈다. 항상 그렇듯 그의 곁에는 약간 부은 듯 창백한 얼굴에 눈썹을 치올린 볼품없는 한 젊은이가 붙어 있었고, 다시 그 옆에는 혐오스러운 곰보에 코가 납작한 부랑자가 서 있었다. 그 부랑자는 탈옥할 때 타이가[81]에서 동료를 살해하고 그 고기를 먹었다고 알려진 사내였다. 부랑자는 한쪽 어깨에 축축한 죄수복을 걸친 채 길을 비키지 않고 복도에 버티고 서서 냉소적이며 건방진 시선으로 네흘류도프를 훑어보았다. 네흘류도프는 그를 피해서 지나갔다.

네흘류도프는 이런 광경에 익숙했으며, 이미 지난 3개월 동안 갖가지 상황에 처한 이 4백여 명의 죄수들의 모습을 종종 보아 왔다. 죄수들이 무더위 속에 족쇄에서 일어나는 먼지를 뒤집어쓰고 걷는 모습이나 행군 도중 길바닥에서 휴식하는 모습, 포근한 날 숙박지 마당에서 공개적으로 음란한 행위를 벌이는 역겨운 장면 등을 목격했었다. 그래도 그는 그 무리에 낄 때마다 지금처럼 죄수들의 시선이 자신에게 쏠리는 것을 의식해야 했기에 수치스러웠고 또 그들에게 죄의식을 느꼈다. 무엇보다 그를 괴롭힌 것은 이런 수치심과 죄의식에 가중되는 불가항력적인 혐오감과 두려움이었다. 그는 자신 또한 현재의 그들과 똑같은 상황에 처하면 별반 다를 것이 없을 거라는 사실을 잘 알고 있었지만 그들에 대한 혐오감은 억누를 수 없었다.

81 북반구 온대 기후와 툰드라 지대 중간에 있는 아한대의 침엽수림.

「저 인간들은 팔자가 늘어진 기생충 같은 존재들이야.」네흘류도프는 정치범 감방 문에 다가가다가 누군가 이렇게 말하는 소리를 들었다. 「저 악마들은 여전하구먼. 그렇다고 배 아파할 건 없잖아.」다른 사내가 쉰 목소리로 이렇게 말하더니 듣기 거북한 욕설을 내뱉었다.

적의에 가득 찬 비웃음 소리가 들려왔다.

10

독신자용 감방을 지나자 네흘류도프를 안내하던 병사는 점호 전에 모시러 오겠다며 돌아갔다. 그가 돌아가자마자 한 죄수가 고약하고 시큼한 땀 냄새를 풍기며 족쇄를 들어 올리더니 소리를 죽이며 맨발로 재빨리 네흘류도프의 코앞까지 다가왔다. 그는 마치 무슨 비밀이라도 되는 듯 네흘류도프의 귀에 속삭였다.

「그 젊은이를 지켜 주십시오, 나리. 그치는 완전히 속았습니다. 그들이 술을 잔뜩 먹였어요. 오늘 인계할 때도 자기가 까르마노프라고 하고 말았습니다. 제발 그 젊은이를 도와주십시오. 그렇지 않으면 그는 파멸되고 말 겁니다.」죄수는 불안한 듯 사방을 두리번거리며 이렇게 말한 후 얼른 네흘류도프의 옆에서 물러났다.

사건의 전말은 이러했다. 까르마노프라는 징역수가 이주지로 유형 가는 죄수 중 자기와 닮은 젊은이를 꾀어서 바꿔치기를 하려는 것이다. 그래서 자신은 유형수가 되고 젊은이는 징역수로 만들려고 했다.

네흘류도프는 이 사실을 이미 잘 알고 있었다. 방금 그 죄수가 일주일 전에 알려 주었던 것이다. 네흘류도프는 잘 알겠으며 최선을 다하겠다는 표시로 고개를 끄덕인 후 정면을 바라보고 걸어갔다.

네흘류도프는 그 죄수를 예까쩨린부르그에서부터 알고 있었다. 그곳에서 그는 아내가 자신을 따라올 수 있도록 청탁을 넣어 달라고 네흘류도프에게 부탁했었는데, 그가 저지른 죄는 충격적이었다. 그는 중키에 평범한 농부의 인상을 주는 서른 살가량 된 사내로서 강도 및 살인 미수죄로 징역형을 선고받았다. 마까르 제쁘긴이라는 그 사내의 죄는 정말 이해하기 힘든 것이었다. 네흘류도프에게 털어놓은 그의 범죄는 마까르 자신이 저질렀다기보다는 악마의 소행이었다고 보는 것이 좋을지도 모른다. 그의 이야기에 따르면 한 여행객이 마까르의 아버지에게 찾아와서 2루블을 줄 테니 40베르스따 정도 떨어진 마을까지 썰매를 몰아 달라고 요청했다고 한다. 아버지는 여행자를 모셔다 드리라고 마까르에게 부탁했다. 마까르는 썰매에 말을 매고 옷을 갈아입은 다음 여행객과 함께 차를 마셨다. 차를 마시면서 그 여행객은 모스크바에서 번 돈 5백 루블을 가지고 결혼하러 가는 길이라고 말했다. 그 소리를 들은 마까르는 마당으로 가서 썰매 짚단 속에 도끼를 숨겼다.

「도끼를 왜 숨겼는지 저 자신도 이해할 수 없습니다.」그가 말했다.「누군가 〈도끼를 가져가〉라고 말하는 것 같아서 엉겁결에 도끼를 가져갔지요. 우리는 썰매를 타고 달렸고 별일 없었습니다. 저도 도끼는 까맣게 잊고 있었죠. 마을을 불과 6베르스따가량 남겨 둔 지점에서 썰매는 샛길을 빠져나와 넓은 언덕길로 들어섰습니다. 저는 썰매에서 내려 그 뒤를 따라가기 시작했는데, 악마가 이렇게 속삭이더군요. 〈대체 뭘 망설이는 거야? 언덕을 넘어서 큰길로 접어들면 사람들이 나타날 거고 거기엔 마을도 있단 말이야. 그러면 놈은 돈을 가지고 사라지겠지. 지금 당장 해치워. 기다릴 필요 없어.〉 저는 짚단을 매만지는 척하며 허리를 구부렸습니다. 그랬더니 도끼가 저절로 제 손에 뛰어들더군요. 그때 여행객이 사방을 두리번거리다가 〈무슨 일이오?〉라고 물었습니다. 저는 도끼를 쳐들고 내리치려고 했습니다. 하지만 경계를 늦추지 않던 여행객이 썰매에서 뛰어내리더니 제 손을 움켜잡았습니다. 〈무슨 짓이야, 이 나쁜 놈!〉 그는 이렇게 외쳤고, 저는 눈 위로 나가떨어졌습니다. 저는 아무런 반항도 하지 않고 순순히 그에게 몸을 맡겼습니다. 허리띠로 제 손을 꽁꽁 묶어서 썰매에 내동댕이치더군요. 그러고는 곧장 경찰서로 향했고 저는 구속되어 재판을 받았습니다. 마을 사람들은 이제까지 나쁜 짓이라곤 해본 적 없는 착한 사람이라며 저를 감쌌습니다. 제가 사는 마을의 여지주도 감싸 주었죠. 하지만 변호사를 고용할 돈이 없어서 4년 형을 선고받고 말았습니다.」 마까르는 이렇게 털어놓았다.

그리고 지금 이 사내는 동향 출신의 젊은이를 구할 생각으로 죽음을 각오하고 죄수들의 비밀을 네흘류도프에게 알려 준 것이다. 만일 이런 사실이 알려지는 날이면 그는 목숨을 부지하기 어려울 것이다.

11

정치범들의 숙소는 작은 감방 두 개로 이루어졌고 문은 칸막이를 친 복도 쪽으로 나 있었다. 칸막이를 친 복도로 들어선 네흘류도프의 눈에 가장 먼저 띈 사람은 뻬치까 앞에서 소나무 장작을 들고 잠바 차림으로 쭈그리고 앉아 있는 시몬손이었다. 불길에 달아오른 뻬치까 뚜껑이 덜거덕거리고 있었다.

네흘류도프가 들어오는 것을 보았지만 그는 여전히 쭈그린 자세로 긴 눈썹을 치올리며 고개만 들고 손을 내밀었다.

「와주셔서 기쁩니다. 안 그래도 만날 일이 있었는데.」 그는 의미심장한 표정을 지으며 네흘류도프의 눈을 똑바로 쳐다보았다.

「무슨 일이십니까?」 네흘류도프가 물었다.

「나중에 말씀드리죠. 지금은 제가 바빠서요.」

그러고서 시몬손은 다시 뻬치까에 매달렸다. 그는 열 손실을 최소화할 수 있다는 자신만의 이론에 따라 불을 지폈다.

네흘류도프가 첫 번째 문으로 들어가려는 순간, 마슬로바가 허리를 굽힌 채 손에 든 빗자루로 쓰레기와 먼지 더미를 뻬치까 쪽으로 쓸어 담으며 옆문에서 나왔다. 그녀는 흰 상의에 치맛자락은 걷어 올리고 긴 양말을 신고 있었다. 먼지 때문에 흰 수건으로 눈썹까지 가린 모습이었다. 네흘류도프를 본 그녀는 상체를 일으키며 발갛게 상기된 활기찬 얼굴로 빗자루를 내려놓더니 두 손을 치마에 닦은 후 그의 앞에 똑바로 섰다.

「방을 치우고 있소?」 네흘류도프가 손을 내밀며 물었다.

「네, 예전부터 하던 일인걸요.」 그녀가 웃으며 대답했다. 「상상도 할 수 없을 만큼 더러워요. 그래서 치우고 또 치웠지요. 어때요, 담요는 말랐나요?」 그녀는 시몬손을 향해 물었다.

「거의 말랐소.」 시몬손은 네흘류도프가 당황할 정도로 묘한 시선으로 그녀를 바라보며 말했다.

「그럼 그건 가져가고 털외투를 내다 말려야겠어요. 우린 모두 저기에서 지내요.」 그녀는 앞으로 걸어가다가 옆문을 가리키며 네흘류도프에게 말했다.

네흘류도프는 문을 열고 작은 감방 안으로 들어갔다. 양철 램프가 희미한 빛을 뿜어내며 낮은 침상 위에 놓여 있었다. 썰렁한 감방 안은 아직 가라앉지 않은 먼지와 습기로 가득했고 담배 냄새가 진동했다. 양철 램프가 주변을 선명하게 비추고 있었으나 침상은 그늘져 있었고 벽면에는 그림자가 어른거렸다.

조그만 감방에는 더운물과 음식을 타러 간 식량 담당 죄수 두 명을 제외한 나머지 사람들이 모두 모여 있었다. 그곳에는 네흘류도프와 오래전부터 알고 지내는 베라 예프레모브나도 있었다. 전보다 마르고 얼굴이 누렇게 뜬 그녀는 무언가에 놀란 사람처럼 두 눈이 동그래져 있었고, 핏발이 선 이마에 머리는 짧게 잘랐으며 회색 상의를 입고 있었다. 그녀는 담배 가루가 쌓인 신문지 앞에 앉아서 투박한 솜씨로 종이에 담배를 말고 있었다.

정치범들 중에서 네흘류도프가 가장 호감을 느끼는 여자 죄수 에밀리야 란쩨바도 그곳에 있었다. 감방에서 내무 생활을 담당하는 그녀는 최악의 조건 속에서도 여성다운 살림 능력과 매력을 보여 주었다. 그녀는 램프 옆에 자리를 잡고 햇볕에 그을린 고운 팔뚝을 걷어붙인 채 날렵한 솜씨로 컵과 찻잔을 깨끗이 닦아서 침상 수건 위에 올려놓았다. 란쩨바는 그리 예쁜 편은 아니었으나 영리하고 온화한 인상을 주는 젊은 여자로, 웃을 때면 갑자기 쾌활하고 생기 넘치며 매혹적인 모습으로 변했다. 그녀는 지금 바로 그런 미소를 지으며 네흘류도프를 맞았다.

「우린 당신이 벌써 러시아로 아주 떠나 버렸을 거라고 생각했어요.」그녀가 말했다.

그늘이 드리운 한쪽 구석에는 마리야 빠블로브나가 있었는데 그녀는 귀엽고 앳된 목소리로 끊임없이 조잘대는 금발

소녀와 무엇인가 만들고 있었다.

「와주셔서 정말 반가워요. 까쮸샤는 보셨나요?」 그녀가 네흘류도프에게 물었다. 「우리의 손님이랍니다.」 그녀는 소녀를 가리키며 말했다.

거기에는 아니똘리 끄르일리초프도 있었다. 비쩍 마르고 창백한 그는 꽉 끼는 방한화를 신고 허리를 구부린 채 덜덜 떨며 침상 한구석에 앉아 있었다. 그는 두 손을 반코트 소매에 집어넣고 열병 환자 같은 눈으로 네흘류도프를 쳐다보았다. 네흘류도프는 그의 곁으로 다가가다가 문 오른쪽에서 비닐 잠바 차림에 안경을 쓴 빨간 고수머리 사내가 자루를 뒤적이며 웃고 있는 착한 그라베쯔와 대화하는 모습을 발견했다. 그는 유명한 혁명가인 노보드보로프였다. 네흘류도프는 얼른 그에게 인사했다. 네흘류도프가 그렇게 한 까닭은 이 대열의 모든 정치범들 중에서 그 사내만 유독 마음에 들지 않았기 때문이었다. 노보드보로프는 안경 너머로 파란 눈을 번뜩이며 인상을 쓰더니 네흘류도프에게 가는 손을 내밀었다.

「그래, 여행은 즐거우신가요?」 그는 빈정거리고 있는 것이 분명했다.

「네, 흥미로운 일이 많더군요.」 네흘류도프는 그의 야유를 호의적으로 받아들이며 이렇게 대답하고는 끄르일리초프에게 다가갔다.

네흘류도프는 겉으로는 노보드보로프를 태연하게 대했지만 속으로는 태연할 수 없었다. 노보드보로프가 내뱉는 말이나 네흘류도프를 불쾌하게 하려는 그의 언행은 네흘류도프의 차분한 기분을 망쳐 놓았다. 그는 우울하고 슬퍼졌다.

「그래, 건강은 좀 어떻소?」 그는 떨고 있는 끄르일리초프의 차가운 손을 잡으며 말했다.

「네, 괜찮습니다. 단지 옷이 젖어서 추운 것뿐입니다.」 끄르일리초프는 반코트 소매에 얼른 손을 다시 찔러 넣으며 말했다.「게다가 여긴 굉장히 춥군요. 깨진 유리창 좀 보세요.」그는 쇠창살 너머로 두 군데나 깨어진 유리창을 가리키며 말했다.「그런데 어째서 통 오지 않으셨죠?」

「소장이 까다로운 사람이어서 허가를 받지 못했소. 오늘에야 겨우 말이 통하는 장교를 만난 거요.」

「말이 통한다고요?」끄르일리초프가 말했다.「마리야한테 물어보세요. 그자가 오늘 아침에 무슨 짓을 저질렀는지.」

마리야 빠블로브나는 자기 자리에 앉아서 숙박지를 출발하려던 순간 어린 소녀 때문에 벌어진 일을 설명했다.

「제 생각으로는, 집단적으로 항의할 필요가 있을 것 같아요.」베라 예프레모브나는 단호한 목소리로 말하면서도 조심스럽고 당혹스러운 눈빛으로 사람들의 눈치를 이리저리 살폈다.「블라지미르가 항의했지만, 그것으론 부족해요.」

「어떤 항의 말이오?」끄르일리초프는 화가 났는지 인상을 쓰며 말했다. 베라 예프레모브나의 솔직하지 못하고 가식적이며 짜증스러운 말투가 벌써 오래전부터 그의 신경을 건드린 것이 분명했다.「까쮸샤를 찾으시죠?」그가 네홀류도프에게 물었다.「그녀는 하루 종일 청소 따위의 일을 해요. 여태껏 우리 남자들 방을 청소하더니, 지금은 여자들 방을 청소합니다. 그래도 벼룩은 쓸어 낼 수 없어서 계속 물어뜯기죠. 그런데 마리야는 거기서 무얼 하는 거죠?」그는 마리야 빠블로브나가 있는 구석을 턱으로 가리키며 물었다.

「수양딸 머리를 빗겨 주고 있어요.」란쩨바가 말했다.

「혹시 그 애가 우리한테 이를 옮기는 건 아닐까요?」끄르일리초프가 말했다.

「아니, 아니에요. 내가 잘 빗기고 있다고요. 이제 이 아이는 깨끗해요.」마리야 빠블로브나가 말했다.「이 아이를 좀 맡아 주시겠어요?」 그녀가 란쩨바에게 말했다. 「나는 까쮸샤를 도와주러 가봐야겠어요. 그리고 담요도 가져오죠.」

란쩨바는 소녀를 받아서 그녀의 토실토실한 맨손을 어머니처럼 다정하게 잡으며 자기 무릎 위에 앉힌 다음 설탕 조각을 건넸다.

마리야 빠블로브나가 바깥으로 나가자, 곧이어 더운물과 음식을 든 두 사내가 방으로 들어왔다.

12

방으로 들어온 두 사람 중 한 사내는 키가 작고 여윈 청년으로 짧은 반코트에 긴 장화를 신고 있었다. 그는 김이 모락모락 피어오르는 두 개의 큰 주전자를 양손에 들고 겨드랑이에는 수건에 싼 빵을 낀 채 경쾌하고 빠른 걸음으로 들어왔다.

「이런, 우리들의 공작님께서 등장하셨군요.」 그는 찻잔 사이에 주전자를 내려놓고 마슬로바에게 빵을 건네며 말했다. 「깜짝 놀랄 만한 것을 사왔어요.」 그는 반코트를 벗어서 사람들 머리 위쪽으로 집어던졌다. 반코트는 침상 한쪽 구석에 떨어졌다. 「마르껠이 우유와 계란을 샀어요. 오늘은 파티라도 열 수 있겠어요. 게다가 끼릴로브나가 청결함의 미학을 보여 주니까요.」 그는 미소 지으며 란쩨바를 바라보았다. 「자, 이제 차를 끓이세요.」 그는 그녀를 향해 말했다.

청년의 외모와 동작과 목소리와 시선 덕분에 활력과 즐거운 분위기가 돌기 시작했다. 방에 들어온 다른 사람은 마른 잿빛 얼굴에 광대뼈가 툭 튀어나온 키 작고 깡마른 사내였다. 미간이 넓은 그의 파란 눈은 아름다웠고 입술은 얇았는데, 청년과는 반대로 우울하고 슬픈 표정이었다. 그는 솜으로 누빈 낡은 외투를 입고 장화 위에 덧신을 신고 있었다. 바구니 두 개와 항아리 두 개를 들고 와 란쩨바 앞에 물건을 내려놓은 그는 네홀류도프에게 인사를 하면서 그에게서 눈을 떼지 않았다. 그러고는 땀에 젖은 손을 억지로 내밀어 바구니에서 천천히 음식을 꺼내기 시작했다.

그 두 정치범은 모두 평민 출신이었다. 첫 번째 사내는 농민 나바또프였고 두 번째 사내는 공장 노동자 마르껠 꼰드라찌예프였다. 마르껠은 서른다섯이라는 중년의 나이에, 나바또프는 열여덟 살때부터 혁명 운동에 참여했다. 마을 학교에서 우수한 재능을 보이며 중학교에 들어간 나바또프는 내내 가정 교사로 일하면서도 금메달을 받으며 중학교를 졸업했지만 대학에 진학하지는 못했다. 그것은 이미 7학년 때부터, 자신의 출신 계급이기도 한 민중 속으로 투신하여 사회적 관심에서 사라진 형제들을 계몽하기로 결심했기 때문이었다. 그는 실천했다. 큰 마을에서 서기로 일하던 그는 농민들에게 책을 읽어 주고 소비조합과 생산조합을 만들었다가 체포되었다. 처음에는 여덟 달 동안 구속되었다가 석방되어 비밀 감시를 받았다. 석방된 그는 곧 다른 현의 어느 마을로 가서 이번에는 선생으로 일하며 예전과 같은 일을 했다. 그는 다시 체포되었고 이번에는 1년 2개월 동안 교도소에 수감되었다. 그리고 교도소에서 자신의 신념을 한층 강화시켰다.

그는 두 번째 수감 생활 이후에 뻬르미 현 유형 처분을 받았다. 그는 그곳에서 탈출했다가 다시 체포되었고 7개월 동안 구속되었다가 이번에는 아르한겔스끄 현 유형 처분을 받았다. 그곳에서도 그는 새 황제[82]에 대한 선서를 거부한 죄로

82 알렉산드르 3세를 가리킨다. 알렉산드르 3세는 러시아의 로마노프 왕조 가운데 가장 보수적인 황제로 재임 기간(1881~1894) 동안 전제 정치와 국가주의를 강화하며 혁명 세력은 물론 자유주의 세력까지도 탄압하였다.

야꾸쯔크 현으로 유형을 가게 되었다. 그러다 보니 그는 성인이 된 이후의 반평생을 교도소와 유형지에서 보낸 꼴이 되고 말았다. 그러나 이런 사실은 그를 분노하게 만들지 못했고 그의 원기를 꺾지도 못했으며 오히려 용기를 북돋아 주었을 뿐이었다. 그는 배짱 두둑하고 활동적인 사람이었고, 언제나 행동적이며 명랑하고 활달했다. 그는 어떤 일도 후회하지 않았고 먼 장래를 예측하지도 않았으며 온 힘을 다해 자신의 지혜와 기민성과 실천력을 발휘하며 현실을 살아갔다. 자유의 몸이었을 때 그는 자신이 계획한 목적을 위해, 다시 말해서 노동자들, 그중에서도 일반 농민들의 계몽과 단결을 위해 일했다. 구속되고 나서도 그는 자기 자신이 아니라 동료들을 위해 바깥세상과 연락을 취했고, 또 자기 자신을 위해서가 아니라 동료들을 위해 주어진 생활 환경을 개선시키려고 변함없이 정력적이고 실천적으로 활동했다. 무엇보다도 그는 공동체적인 인간이었다. 자신에게는 필요한 것이 아무것도 없었고 불만도 없었지만, 동료라는 공동체를 위해서는 많은 것을 요구했고 육체노동이건 정신노동이건 침식을 잊어 가며 열심히 일했다. 농민인 그는 일하는 것을 좋아했으며 영리하고 임기응변이 뛰어난 데다 어떤 일에도 능숙했다. 그는 선천적으로 자제력이 강했고 다른 사람들의 감정과 의견을 쉽게 이해하고 깊은 관심을 보이는 사람이었다. 그의 노모는 미신을 신봉하는 무식한 시골 과부로 아직 생존해 있었다. 나바또프는 틈틈이 어머니를 도왔으며 구속되지 않았을 때는 자주 찾아가기도 했다. 고향집에 머물 때면 그는 어머니의 생활을 꼼꼼히 파악하고 일을 도왔으며 농부가 된 옛 친구들과도 교류했다. 그는 친구들과 함께 값싼 수제 담배를 피우거나 권투를 하기도 했으며, 농민들이 어떻게 기만당하고 있는지 또 농민들을 구속하는 기만적인 상황에서 벗어나려면 어떻게 해야 하는지 설명하기도 했다. 혁명이 민중에게 무엇을 가져다주는지 생각하거나 설명할 때면 그는 언제나 농민 출신으로서, 그리고 농민들의 입장에서 토지를 농민이 소유하게 되고 지주와 관료가 사라지는 것을 상상하곤 했다. 그의 상상에 따르면 혁명이란 민중 생활의 기본 형태를 바꾸는 것이 아니었다. 그런 점에서 그는 노보드보로프나 그 추종자인 마르껠 꼰드라찌예프와 의견이 엇갈렸다. 그의 견해에 따르면 혁명이란 건물 전체를 파괴하는 것이 아니라, 아름답고 튼튼하고 웅장하면서도 유서 깊은 건물의 내부를 개조하는 일이었다.

종교를 대하는 자세에 있어서도 그는 역시 전형적인 농민이었다. 그는 형이상학적인 문제나 만물의 기원이나 내세의 삶에 대해 결코 생각해 본 적이 없었다. 아라고[83]와 마찬가지로 그에게 신이란 지금까지 그 필요성을 느끼지 못한 가설에 불과했다. 모세의 예언이건 다윈의 학설이건 세상이 어떤 형태로 시작되었는지는 그에게 아무 의미도 없었고, 그의 동지들이 중요하게 생각하는 다윈의 진화론도 그에게는 엿새 동안의 천지 창조설과 마찬가지로 그저 사상의 유희에 지나지 않았다.

세계 창조의 문제에 그가 관심을 갖지 않는 것은, 어떻게 하면 더 잘 살 수 있을지의 문제가 언제나 그의 앞에 놓여 있기 때문이었다. 또 미래의 생활에 대해서 결코 생각해 본 적이 없었던 것은 조상들이 물려준, 농민들 공통의 차분하고 확고한 신념이 그의 마음속에 깊이 자리 잡고 있기 때문이었다. 그 신념이란, 동물의 세계나 식물의 세계에서 거름이 곡식이 되고 올챙이는 개구리가 되며 애벌레는 나방이 되고 도

---

83 Dominique-François-Jean Arago(1786~1853). 빛의 파동설을 실증한 프랑스의 물리학자이자 천문학자.

토리는 떡갈나무가 되듯 어느 것도 소멸되지 않고 끊임없이 어떤 형태에서 다른 형태로 변하는 것처럼 사람도 소멸하지 않고 다만 변형된다는 것이었다. 이런 믿음을 가지고 있었으므로 그는 항상 활달하고 명랑한 태도로 죽음을 직시했고 죽음으로 이끄는 고통을 잘 극복해 왔다. 그러나 그는 그런 이야기를 하는 것을 좋아하지 않았고 할 수도 없었다. 그는 일하기를 좋아했고 언제나 실용적인 일에 몰두했으며 동료들을 자신처럼 실용적인 일로 끌어들였다.

이 대열에 소속된 평민 출신의 또 다른 정치범 마르껠 꼰드라찌예프는 그와는 성격이 전혀 딴판이었다. 그는 열다섯 살 때부터 노동하기 시작했으며 막연한 수치심을 떨쳐 버리기 위해 술을 마시고 담배를 피웠다. 그가 처음으로 그런 수치심을 느낀 것은 공장주의 부인이 개최한 성탄절 파티에 다른 소년공들과 함께 참석했을 때였다. 거기에서 그와 소년공 동료들은 1꼬뻬이까짜리 피리, 사과, 도금한 호도, 말린 무화과 등을 선물로 받았다. 그러나 공장주의 아이들은 마치 마법사의 선물 같은 여러 가지 장난감을 받았는데, 그 장난감들이 하나에 50루블도 넘는다는 사실을 그는 나중에 알게 되었다. 그가 스무 살이 되었을 때 어느 유명한 여성 혁명가가 공장에 취직했다. 꼰드라찌예프의 뛰어난 재능을 알아본 그녀는 그에게 책과 팸플릿을 주고 대화를 나누기 시작했으며 그가 처한 상황과 그 원인과 개선 방법을 설명해 주었다. 자신과 동료들이 그토록 학대받는 현재의 상황에서 해방될 가능성이 분명해지자 그런 불공평한 상황은 그에게 과거보다 한층 더 가혹하고 끔찍한 것으로 다가왔으며, 그는 그런 상황에서 벗어나는 것은 물론 그 가혹한 불공평을 만들고 유지해 온 사람들을 처벌하고 싶은 생각이 간절해졌다. 사람들이 꼰드라찌예프에게 주입했듯이 지식이 바로 그런 가능성을 제공했으므로 그는 지식을 쌓는 일에 열정을 다 바쳤다. 사실 사회주의적 이상의 실현이 어째서 지식을 통해 이룩되는지 그는 분명히 알지는 못했다. 하지만 지식이 불공평을 깨닫게 해주었듯이 그 불공평을 시정해 주기도 할 것이라고 그는 믿었다. 그 밖에도 지식은 다른 사람들보다 자신을 훨씬 뛰어난 사람으로 만들어 준다고 그는 생각했다. 그래서 창고지기가 되자 술도 끊고 담배도 끊었으며, 훨씬 늘어난 빈 시간 동안 독서에 매달렸다.

여성 혁명가는 그를 가르치면서 온갖 분야의 지식에 탐닉하는 그의 놀라운 능력에 감탄했다. 2년 동안 그는 대수와 기하학과 역사를 공부했는데 그중에서도 역사를 특히 좋아했으며 온갖 문학 작품과 비평 문학, 특히 사회주의 비평 문학을 독파했다.

여성 혁명가가 체포되자 꼰드라찌예프도 집에서 금서가 발견되었다는 이유로 체포되고 수감되었다가, 나중에 볼로고드 현으로 유형을 가게 되었다. 그곳에서 그는 노보드보로프와 알게 되었고 훨씬 더 많은 혁명 서적을 읽으면서 자신의 사회주의적 사상을 더욱 확신하게 되었다. 유형 생활이 끝나고 그는 공장 파괴와 사장 살해로 막을 내린 어느 대규모 노동자 파업의 지도자가 되었다. 그리고 체포되어 공민권 박탈과 유형이라는 판결을 받고 말았다.

그는 현재의 경제 구조와 마찬가지로 종교에 부정적이었다. 성장하면서 자신의 신앙이 얼마나 어리석은 것인지 깨달았고, 처음에 엄습했던 두려움을 온 힘을 다해 극복하여 마침내 희열 속에 종교에서 해방될 수 있었다. 그러자 그는 자신과 조상들의 발목을 잡았던 기만에 대해 복수라도 하듯, 성직자들과 종교적 교리에 대해 조금도 물러서지 않고 극단적인 분노의 독설을 내뱉었다.

그는 몸에 밴 금욕주의자로 최소한의 생활에 만족했고, 소년 시절부터 노동에 익숙한 근육질의 사내답게 어떤 육체적 노동도 쉽고 능수능란하게 해치울 수 있었다. 그리고 교도소나 유형지에서 학업을 계속할 수 있는 여가를 무엇보다 소중하게 여겼다. 지금 그는 〈마르크스 제1권〉[84]을 꼼꼼히 읽고 있었는데, 그 책을 마치 소중한 보물인 양 배낭 속에 조심스럽게 보관하고 있었다. 그는 모든 동료들에게 소극적이고 무심한 태도를 보였으나 노보드보로프에게만은 예외였다. 그는 노보드보로프에게 모든 판단을 맡겼으며 그 판단을 절대 진리로 받아들였다.

그는 여자를 필요한 모든 사업에 방해가 되는 존재로 여겼고, 억누를 수 없는 경멸심을 품었다. 그러나 마슬로바의 경우는 귀족 계급이 하층 계급에 저지른 희생의 본보기로 보았기 때문에 그녀를 동정도 하고 상냥하게 대하기도 했다. 이런 이유로 그는 네흘류도프를 싫어했으며 함께 대화를 나누지도 않았고 네흘류도프와 악수할 때도 건성으로 손을 내밀어 상대로 하여금 손을 꼭 잡게 만들었다.

13

뻬치까에 불을 피우자 방 안은 훈훈해졌다. 차를 끓여 유리잔과 찻잔마다 차를 따른 다음 흰 우유를 섞고 도넛, 갓 구운 수수 빵, 삶은 계란, 버터, 송아지 머리와 다리 따위로 상을 차렸다. 식탁으로 변한 침상에 모두 둘러앉아 먹고 마시며 대화를 나누었다. 란쩨바는 상자 위에 앉아서 차를 따라

84 마르크스의 『자본론』 제1권을 가리킨다.

주었다. 나머지 사람들은 모두 그녀 주위에 모여들었지만, 끄르일리초프만은 축축한 반코트를 벗고 마른 담요를 뒤집어쓴 채 자리에 누워서 이야기했다.

행군하는 동안의 추위와 습기도 가시고, 이곳의 불결함과 혼잡함을 청소하고 정돈하느라 많은 노력을 기울인 후에 식사도 하고 뜨거운 차도 마시자 모두 유쾌하고 즐거운 기분이 되었다.

벽 너머로 들려오는 형사범들의 발소리, 외침, 욕설 등은 그들을 둘러싼 주변 상황을 상기시키기도 했지만 마음을 한층 편안하게 만들어 주기도 했다. 마치 바다 한가운데 있는 어느 섬 위에 자리한 것처럼, 그들은 자신들을 둘러싼 경멸과 고통을 잠시나마 잊으면서 약간의 흥분 상태에 빠져들었다. 그들 사이에는 이런저런 대화가 오갔지만 자신들의 처지와 다가올 일에 대해서만은 입을 다물었다. 그 밖에도 젊은 남녀 사이에는, 특히 그들처럼 강제로 함께 있게 된 경우에는 언제나 그렇듯이 서로에 대한 욕망이 뒤얽힌 애정과 증오가 있었다. 그들 거의 대부분은 사랑에 빠져 있었다. 노보드보로프는 언제나 밝게 미소 짓는 착한 그라베쯔를 연모했다. 대학 청강생 출신의 젊은 그라베쯔는 혁명에 대해 별로 생각해 본 적도 없었고 관심도 전혀 없었다. 그러나 시대의 영향을 받아 어떤 사건으로 명예를 훼손당하고 유형길에 오르게 되었다. 자유로웠던 시절 그녀 생활의 중요한 관심사는 남자 문제에 있어 성공을 거두는 일이었는데, 심문 과정이나 교도소에서나 유형지에서도 그 관심사는 변함없었다. 그녀는 이송 도중에 노보드보로프의 마음을 끌었다는 사실에 위안을 느꼈고, 어느덧 그녀도 그를 사랑하게 되었다. 베라 예프레모브나는 사랑에 잘 빠져들었지만 그 사랑을 받아 주는 상대가 없었다. 그래도 그녀는 언제나 짝을 만나기를 기대하면서 나바또프와 노보드보로프를 동시에 사랑했다. 끄르일리초프의 경우에는 마리야 빠블로브나에게 사랑의 감정을 느꼈다. 그는 보통 남자들이 여자들에게 느끼는 감정으로 그녀를 사랑했지만, 사랑에 대한 그녀의 입장을 알게 되면서부터는 그녀의 배려에 대한 우정과 감사의 형태로 자신의 감정을 교묘히 숨겼다. 나바또프와 란쩨바는 상당히 복잡한 관계였다. 마리야 빠블로브나가 순결한 처녀인 것처럼 란쩨바 역시 유부녀로서 정숙함을 지켰다.

열여섯 살 여학생 시절에 그녀는 뻬쩨르부르그 대학의 대학생 란쩨프를 사랑했고 열아홉 살에 그와 결혼했다. 당시 그녀의 남편 란쩨프는 아직 재학 중이었는데, 대학교 4학년 때부터 학생 운동에 휩쓸렸다가 뻬쩨르부르그에서 추방되자 혁명가가 되었다. 의대에 다니던 그녀는 그 소식을 듣고 남편을 따라가서 역시 혁명가가 되었다. 만일 그녀가 자기 남편을 세상에서 가장 훌륭하고 가장 현명한 사람이라고 생각하지 않았다면 그를 사랑하지도 않았을 것이고, 그를 사랑하지 않았더라면 결혼도 하지 않았을 것이다. 그러나 그녀의 확신에 따르면, 세상에서 가장 훌륭하고 현명한 남자를 사랑하고 결혼한 이상 세상에서 가장 훌륭하고 현명한 남편이 이해하는 방식으로 자신의 생활과 목표를 이해하는 것은 당연한 일이었다. 처음에 그녀의 남편은 인생이란 곧 학문을 연구하는 것이라고 이해했고, 그래서 그녀 역시 그렇게 이해했다. 그리고 남편이 혁명가가 되자 그녀도 혁명가가 되었다. 그녀는 현재의 질서는 용납할 수 없는 것이며 모든 사람들의 개성을 자유롭게 발전시킬 수 있는 정치적, 경제적 체제를 확립하기 위해 노력하고 현재의 질서와 투쟁하는 것이 개개인의 의무라는 식으로 자신의 논리를 멋지게 전개시킬 수 있게 되었다. 그리고 그녀는 스스로 실제로 그렇게 생각하고 느낀다고 여겼다. 그러나 본질적으로 그녀는 남편이 생각하는 것을 모두 불변의 진리라고 생각하며 남편의 영혼에 완전히 공감하거나 그것과 일치하는 방법만을 구했던 것에 지나지 않았다. 그것만이 그녀에게 도덕적인 만족감을 안겨 주었던 것이다.

남편과의 이별, 그리고 시어머니에게 맡긴 어린 자식들과의 이별은 그녀에게 정말 고통스러웠다. 그러나 그녀는 그 이별 또한 이를 악물고 담담하게 받아들였다. 남편을 위해, 또 남편이 참여하고 있으므로 의심할 여지가 없는 진정한 사업을 위해 마땅히 취해야 할 길이라고 생각했던 것이다. 그녀는 마음속으로는 언제나 남편과 함께했으므로 예전처럼 남편을 제외한 어떤 사람도 사랑할 수 없었다. 그러나 나바또프의 헌신적이고 순수한 사랑은 그녀를 감동시켰고 그녀의 마음을 뒤흔들었다. 그는 도덕적이며 강인한 사람인 데다 남편의 친구이기도 했기 때문에 그녀를 여동생처럼 대하려고 애썼다. 하지만 때때로 그녀를 대하는 그의 태도에서 오빠 이상의 감정이 고개를 쳐드는 바람에 두 사람 모두 화들짝 놀라곤 했다. 그런 감정은 지금 힘겨운 그들의 생활에 활력소가 되었다.

이처럼 그들 가운데 유독 마리야 빠블로브나와 꼰드라찌예프만이 사랑과 완전히 거리를 두고 있었다.

14

함께 저녁 식사를 하고 차를 마신 다음, 까쮸샤와 단둘이 이야기할 기회를 기다리며 네흘류도프는 끄르일리초프 옆에 앉아 그와 대화를 나누었다. 대화 도중에 그는 마까르가 자신에게 했던 부탁과 그의 범죄에 대해 끄르일리초프에게 이야기했다. 끄르일리초프는 번뜩이는 눈으로 네흘류도프를 쳐다보며 조심스럽게 경청했다.

「그렇습니다.」 그는 별안간 이렇게 말했다. 「그런 생각이 종종 들곤 합니다. 우리가 그들과 함께 나란히 행군하고 있다는 생각 말입니다. 그런데 〈그들〉이 대체 누굽니까? 우리들은 바로 〈그들〉을 위해 나아가고 있습니다. 그렇지만 우리는 그들에 대해 알지도 못할 뿐만 아니라, 알려고도 하지 않습니다. 더 심각한 문제는 그들이 우리를 증오하고, 자신들의 적으로 여긴다는 점입니다. 정말 무서운 일이죠.」

「무서워할 것 없소.」 두 사람의 대화를 엿듣던 노보드보로프가 말했다. 「대중이란 언제나 권력만을 숭배할 뿐이오.」 그가 카랑카랑한 목소리로 말했다. 「정부가 권력을 잡고 있으니, 정부를 숭배하고 우리를 증오하는 거지. 훗날 우리가 권력을 잡으면, 그들은 우리들을 숭배할 거요……」

그때 벽 너머로 욕설과 사람들이 벽에 부딪치는 소리, 그리고 족쇄와 비명과 울부짖는 소리가 들려왔다. 누군가 두들겨 맞으면서 비명을 질렀다. 「보초병!」

「보시오, 저들은 짐승과 다를 바 없지 않소! 그런데 어떻게 저들과 소통할 수 있겠소?」 노보드보로프가 태연히 말했다.

「당신은 짐승이라고 말하지만, 지금 네흘류도프 씨는 다른 행동에 대해 말씀하셨잖소.」 잔뜩 화가 난 끄르일리초프는 동향인을 구하기 위해 목숨을 건 마까르 이야기를 했다. 「그건 짐승의 짓이 아니라 찬양받을 행동이오.」

「그건 감상주의요!」 노보드보로프가 비아냥거리며 말했다. 「우리는 그자들의 속셈도 그 행동의 동기도 알지 못하오. 당신은 그것을 너그러운 행동이라고 생각하지만, 거기에는 그에 대한 부러움이 섞여 있을지도 모르는 거요.」

「당신은 어째서 사람들의 좋은 면을 보려고 하지 않지요?」
마리야 빠블로브나가 갑자기 화를 벌컥 냈다(그녀는 누구에
게나 허물없이 대했다).

「존재하지 않는 것은 볼 수 없소.」

「어째서 존재하지 않는다는 거죠? 한 사람이 목숨을 걸고
있는데.」

「내 생각은 이렇소.」노보드보로프가 말했다.「만일 우리
가 무언가를 이루어 내고 싶다면, 그 첫 번째 조건은(램프 옆
에서 독서하던 꼰드라찌예프는 읽던 책을 내려놓고 스승의
말에 귀를 기울이기 시작했다) 공상에 빠지지 말고 사물을
있는 그대로 직시하는 것이오. 민중을 위해 무엇이든 할 수
있지만, 그들에게 아무것도 기대해서는 안 되오. 민중은 우
리 활동의 대상일 뿐, 지금처럼 무기력한 모습으로 머물고
있는 한 우리의 협력자가 될 수는 없소.」그는 마치 강의하듯
말했다.「그래서 발전 과정을 이룰 때까지는 그들로부터 도
움을 기대할 수 없소. 완전히 환상이지. 우리는 그들을 위해
그 발전 과정을 준비할 뿐이오.」

「어떤 발전 과정 말입니까?」끄르일리초프는 얼굴을 붉히
면서 말했다.「우리들은 전횡과 횡포를 반대한다고 말하지
만, 사실 당신의 논리야말로 가장 무서운 횡포가 아니요?」

「절대 횡포가 아니오.」노보드보로프가 태연히 대답했다.
「민중이 나아가야 할 길을 내가 알고 있다는 것, 또 내가 그
길을 제시할 수 있다는 것을 이야기하는 것일 뿐이오.」

「하지만 무슨 근거로 당신이 제시한 길이 진리의 길이라고
믿고 있소? 그래, 그것이 종교 재판이나 대혁명[85]의 처형을
초래한 횡포와 다르단 말이오? 그들도 역시 그것이 과학적으

85 18세기 말에 일어난 프랑스 대혁명을 가리킨다.

로 유일한 진리의 길이라고 믿지 않았소.」

「그들이 잘못했다고 해서, 그것으로 내 잘못을 입증할 수는 없소. 그리고 관념론자의 잠꼬대와 실증 경제학 사이에는 커다란 차이가 있는 것이오.」

노보드보로프의 목소리가 감방 안에 쩌렁쩌렁 울렸다. 그는 혼자 말했고 나머지 사람들은 모두 침묵했다.

「언제나 논쟁뿐이군.」 그가 잠시 말을 멈춘 사이에 마리야 빠블로브나가 말했다.

「이 문제에 대해서 어떻게 생각하십니까?」 네흘류도프가 마리야 빠블로브나에게 물었다.

「끄르일리초프의 말이 옳다고 생각해요. 민중에게 우리들의 관점을 강요해서는 안 되니까요.」

「그럼, 까쮸샤, 당신 생각은 어떻소?」 네흘류도프는 미소를 지으며 물었지만 그녀가 무슨 말을 할지 마음을 조이며 대답을 기다렸다.

「평범한 민중은 학대받고 있다고 생각해요.」 얼굴을 새빨갛게 붉히며 그녀가 말했다. 「평범한 민중은 너무 학대받고 있어요.」

「그렇소, 까쮸샤, 바로 그렇소.」 나바또프가 소리쳤다. 「민중은 지독하게 학대받고 있소. 그들이 학대받지 않도록 해야 하오. 우리가 해야 할 일은 모두 거기에 있소.」

「혁명의 과제에 대해 이상한 상상들을 하는군.」 노보드보로프는 이렇게 말한 후 화가 났는지 묵묵히 담배를 피우기 시작했다.

「저 사람과는 대화가 안 돼요.」 끄르일리초프가 나직이 속삭인 뒤 입을 다물었다.

「대화하지 않는 편이 훨씬 낫겠소.」 네흘류도프가 말했다.

15

노보드보로프가 모든 혁명가들로부터 상당한 존경을 받았음에도 불구하고, 또 학식이 풍부하고 현명한 사람이라고 인식되었음에도 불구하고, 도덕적 자질 면에서는 평균 수준보다 훨씬 낮은 혁명가 부류에 속한다고 네흘류도프는 생각했다. 분자(分子)에 해당하는 그의 지적 능력이 크긴 했으나 분모(分母)에 해당하는 그의 자만심은 비교할 수 없을 만큼 거대해서 이미 오래전에 그의 지적 능력을 뛰어넘었다.

정신생활에 있어서 그는 시몬손과 전혀 다른 인간이었다. 시몬손은 사상의 활력에서 행동이 나오고 그것으로 행동을 결정하는 남성적인 성격의 인간이었다. 그러나 노보드보로프는 감정에서 비롯된 목표를 실현하거나 감정이 부추긴 행위를 정당화하는 데 사상의 활력을 이용하는 여성적 성격의 소유자였다.

노보드보로프의 모든 혁명 활동이 매우 신빙성 있는 논거로 멋지게 설명될 수 있을지라도, 그것은 단지 사람들 위에 서고 싶은 허영심에서 비롯된 것이라고 네흘류도프는 생각했다. 그는 타인의 사상을 소화해서 그것을 정확히 전달하는 능력을 지닌 덕분에, 학창 시절(중학교, 대학교, 대학원) 그 재능을 높이 평가한 교수와 학생들 사이에서 단연 두각을 나타낼 수 있었고 그 자신도 만족할 수 있었다. 그러나 학위를 취득하고 학업을 중단하자 그의 우수성은 사라져 버렸다. 노보드보로프를 싫어하는 끄르일리초프가 해준 이야기에 따르면, 그는 새로운 방면에서 두각을 나타내기 위해 별안간 생각을 바꾸어 자유주의 개혁파에서 붉은 인민의 의지파로 변신했다. 의혹과 망설임을 제기할 만한 도덕적, 미학적 자질이 부족한 성격 덕분에 그는 혁명 세계에서도 자신의 자만심을 채워 줄 만한 당 지도자의 지위에 재빨리 오를 수 있었다. 일단 방향을 결정한 그는 결코 회의에 빠지거나 마음의 동요를 일으키지 않았고, 자신의 생각이 결코 잘못되지 않았다는 확신을 가졌다. 모든 일은 그에게 간단하고 명백하고 확실해 보였다. 실제로 편협하고 일방적인 관점에서 보면 모든 것이 지극히 간단하고 명백했기 때문에 그의 말처럼 단지 논리만 갖추면 그만이었다. 그의 자기 과신은 너무나 확고해서 스스로를 사람들과 멀어지게 하거나 그들을 굴복시켰다. 그래서 그는 무한한 자기 과신을 깊은 통찰과 지혜라고 생각하는 젊은이들 가운데서 활동하게 되었고, 젊은이들 대부분이 그에게 복종했으므로 혁명 집단 속에서 커다란 성공을 거둘 수 있었다. 그의 활동이란 자신이 권력을 잡고 의회를 열 수 있도록 반란을 준비하는 것이었다. 그 의회에서는 자신이 작성한 계획안이 제출되어야 했고, 그 계획안은 모든 문제를 해결할 수 있으므로 반드시 실행에 옮겨져야 한다고 그는 확신하고 있었다.

동지들은 그의 대담성과 결단력을 존경했지만 그를 사랑하지는 않았다. 그 역시 아무도 사랑한 적이 없으며 출중한 사람들은 모두 경쟁자로 생각했고, 늙은 원숭이가 어린 원숭이를 다루듯 그들을 대하려고 했다. 그는 다른 사람들의 모든 지혜와 재능을 몽땅 빼앗아서라도 자신이 재능을 발휘하는 데 방해받지 않으려고 했다. 그는 자신에게 고개 숙이는 사람들에게만 호의적이었다. 그래서 이번 유형길에서도 노동자 꼰드라찌예프나 자신을 연모하는 베라 예프레모브, 착한 그라베쯔에게만 호의적으로 대했다. 그는 여성 해방에 대해서 원칙적으로 지지했지만, 속으로는 여자들이란 모두 어리석고 천박하다고 생각했다. 그러나 감상적으로 사랑에 빠지는 여자들의 경우에는 종종 예외를 두었는데, 지금 사랑을 느끼는 그라베쯔의 경우가 그랬다. 그럴 때면 그는 상대를 자신만이 알아볼 수 있는 장점을 지닌 비범한 여자라고 생각했다.

성에 대한 문제 역시 다른 문제들과 마찬가지로 그에게는 지극히 간단하고 명백한 것이어서, 자유연애를 인정함으로써 간단히 해결했다.

그에게는 명목상의 아내와 실질적인 아내가 있었지만 진정한 사랑이 없다고 설득해서 이혼해 버렸고, 지금은 그라베쯔와 새로 자유 결혼을 할 생각이었다.

노보드보로프는 네흘류도프를 경멸하고 있었는데, 그의 말에 따르면 네흘류도프가 마슬로바에게 〈잘난 척을 하고 있기〉 때문이었고, 특히 그가 생각하는 현 질서의 모순과 개선 방법이 자신의 생각과 같은 구석을 찾아볼 수 없는, 어딘가 공작식의, 즉 어리석은 방식을 드러내기 때문이었다. 네흘류도프는 자신을 대하는 노보드보로프의 이런 입장을 알고 있었다. 그는 여행하는 동안 관대한 마음을 유지했음에도 불구하고 그 사내에 대한 강한 반감을 극복하지 못하고 똑같은 방법으로 보복하고 싶어 하는 자신의 감정에 슬퍼졌다.

16

옆 감방에서 호송관의 목소리가 들려왔다. 주위가 잠잠해지자 곧이어 두 명의 호송병을 거느린 병사가 들어왔다. 점호였다. 병사는 손가락으로 한 사람씩 가리키며 인원을 점검했다. 네흘류도프 차례가 되자 그는 상냥하고 친절하게 말했다.

「이제는, 공작님, 점호가 끝나면 여기서 머무르실 수 없습니다. 나가셔야 합니다.」

그 말의 의미를 깨달은 네흘류도프는 그의 옆으로 다가가서 미리 준비한 3루블을 찔러주었다.

「이런, 공작님께는 어쩔 수 없군요! 더 앉아 계십시오.」

그 병사가 나가려고 할 때 다른 병사가 들어왔다. 그리고 그 뒤를 따라 키가 크고 수염이 듬성듬성 난 깡마른 죄수가 들어왔는데 그의 한쪽 눈은 부어올라 있었다.

「딸아이 때문에 왔습니다.」 죄수가 말했다.

「아, 아빠 왔다.」 갑자기 어린애 목소리가 들리더니, 란쩨바의 등 뒤에서 금발 소녀가 불쑥 튀어나왔다. 란쩨바는 마리야 빠블로브나와 까쮸샤와 함께 자신의 치마로 소녀의 새 옷을 만들고 있었다.

「애야, 나다, 아빠야!」 부조프낀이 다정하게 말했다.

「아이는 여기서 잘 지내고 있어요.」 마리야 빠블로브나는 얻어터진 부조프낀의 얼굴을 측은한 눈빛으로 바라보며 말했다. 「우리들한테 맡겨 두세요.」

「아줌마들이 새 로뽀찌[86]를 만드는 중이야.」 소녀는 란쩨바가 일하는 모습을 가리키며 아버지에게 말했다. 「예쁘고 빠알간 옷이야.」 소녀가 이렇게 덧붙였다.

「우리들하고 같이 자지 않을래?」 란쩨바가 소녀를 쓰다듬으며 말했다.

「그러고 싶어요, 그리고 아빠도 함께.」

란쩨바가 활짝 미소 지었다.

「아빠는 안 돼.」 그녀가 말했다. 「아이를 그냥 맡겨 두시죠.」 그녀가 소녀의 아버지에게 말했다.

「그래, 그냥 맡겨 둬.」 문가에 서 있던 병사가 이렇게 말한 후 다른 병사와 함께 감방에서 나갔다.

---

86 시베리아식 의상.

호송병들이 나가자 나바또프가 부조프낀에게 다가가서 그의 어깨를 툭툭 치며 말했다.

「그런데, 형제, 자네 방에 있는 까르마노프라는 녀석이 바꿔치기를 하려고 한다는 게 사실인가?」

유순하고 부드럽던 부조프낀의 얼굴이 갑자기 침통해지더니 마치 엷은 막이라도 덮인 것처럼 눈동자가 흐려졌다.

「우린 아무 말도 듣지 못했소. 그럴 리가 있소.」 그는 이렇게 말한 뒤 여전히 엷은 막이 덮인 듯 흐린 눈으로 이렇게 덧붙였다. 「자, 악슈뜨까, 아줌마들과 잘 지내라.」 그는 서둘러 나가 버렸다.

「저 사람은 모두 알고 있어. 바꿔치기를 한다는 말은 사실이야.」 나바또프가 말했다. 「어떻게 하실 생각이죠?」

「시내에 있는 상관에게 말하겠소, 두 사람 모두 나와 안면이 있으니까.」 네흘류도프가 말했다.

다시 말다툼이 벌어질까 염려스러운지 모두 잠자코 있었다.

시종일관 입을 다문 채 두 손을 머리에 대고 침상 구석에 누워 있던 시몬손이 자리에서 벌떡 일어나더니 앉아 있는 사람들을 조심스럽게 피해 가며 네흘류도프 쪽으로 걸어갔다.

「저와 얘기 좀 하실 수 있겠습니까?」

「물론이죠.」 네흘류도프는 이렇게 대답한 후 그를 따라나서려고 자리에서 일어섰다.

네흘류도프가 일어서는 모습을 바라보던 까쭈샤는 그와 눈이 마주치자 얼굴을 붉히면서 이해할 수 없다는 듯 고개를 갸우뚱거렸다.

「제가 드리고 싶은 말씀은 이렇습니다.」 네흘류도프와 함께 복도로 나온 시몬손이 입을 열었다. 복도에서는 형사범들의 잡담 소리와 고함이 더욱 뚜렷하게 들렸다. 네흘류도프는 인상을 썼으나 시몬손은 아무렇지도 않은 듯 태연했다. 「까쩨리나 미하일로브나와의 관계를 알고 있습니다.」그는 선량한 눈으로 네흘류도프의 얼굴을 주의 깊게 응시하며 말을 이어 갔다.「그래서 당신한테 말씀드려야 한다고 생각했습니다.」그는 이야기를 계속했으나 바로 문 옆에서 두 사람이 말다툼을 하며 소리를 질러 댔기 때문에 입을 다물지 않을 수 없었다.

「너도 들었잖아, 이 바보야! 그건 내가 한 짓이 아니야.」 고함 소리가 들려왔다.

「이 자식이, 맛을 봐야 알아듣겠군.」 다른 사람이 쉰 목소리로 소리쳤다.

그때 마리야 빠블로브나가 복도로 나왔다.

「이런 곳에서 대화하실 수 있겠어요?」그녀가 말했다.「이리로 오세요. 저기에는 베로치까밖에 없어요.」이렇게 말한 후 그녀는 예전엔 독방이었지만 지금은 정치범 여자 죄수들용 감방으로 쓰는 쪽방으로 걸어갔다. 침상 위에는 베라 예프레모브나가 머리까지 담요를 뒤집어쓰고 누워 있었다.

「두통 때문에 자느라 아무 이야기도 듣지 못할 거예요. 그럼 가볼게요.」마리야 빠블로브나가 말했다.

「아니, 여기 있어 주세요.」시몬손이 말했다.「나는 아무한테도 숨길 것이 없고, 당신한테는 더욱더 그렇습니다.」

「그렇다면, 좋아요.」마리야 빠블로브나는 이렇게 말한 후 어린애처럼 온몸을 이리저리 비틀며 침상 깊숙이 앉았다. 그리고 아름답고 양순한 눈으로 먼 곳을 응시하며 두 사람의 대화를 들을 준비를 갖췄다.

「그러니까 제 말씀은……」시몬손이 반복해서 말했다.「까쩨리나 미하일로브나와 당신의 관계를 알고 있기 때문에, 저와 그녀의 관계를 당신에게 설명해야겠다고 생각한 것입니다.」

「대체 무슨 말씀이신지……?」네흘류도프는 자신에게 이

야기 하는 시몬손의 솔직하고 정직한 태도에 호감을 가지면서 말했다.

「까쩨리나 미하일로브나와 결혼하고 싶습니다.」

「놀라운 일이군요!」 마리야 빠블로브나는 시몬손에게 시선을 고정한 채 이렇게 말했다.

「에……. 그래서 그녀에게 제 아내가 되어 달라고 청혼하기로 했습니다.」 시몬손이 말했다.

「하지만 제가 어떻게 해야 합니까? 그건 그녀가 결정할 문제인데요.」 네흘류도프가 말했다.

「그렇습니다. 하지만 그녀는 당신과 의논하지 않고는 그 문제에 대해 마음을 결정하지 못할 겁니다.」

「그건 왜죠?」

「당신과의 관계를 확실히 매듭짓지 않은 상태에서는 그녀로선 어떤 선택도 할 수 없으니까요.」

「그 문제에 대한 제 입장은 확고합니다. 저는 제 의무라고 생각되는 일을 실행하고 싶을 뿐입니다. 또 그녀의 처지를 개선시키고도 싶습니다. 그러나 어떤 경우에도 그녀를 구속하고 싶지는 않습니다.」

「그러시겠죠. 하지만 그녀는 당신의 희생을 원치 않습니다.」

「희생이라고 할 것은 없습니다.」

「그녀는 자신의 결심을 절대 바꾸지 않을 겁니다.」

「그렇다면 저와 무슨 말씀을 나누고 싶은 겁니까?」 네흘류도프가 말했다.

「그녀는 당신의 허락이 필요하다고 생각할 겁니다.」

「자기의 의무라고 생각하는 일을 제가 어떻게 하지 말라고 할 수 있겠습니까. 저로서는 이 말씀밖에 드릴 수 없군요. 그녀는 자유롭지만, 저는 자유롭지 못합니다.」

시몬손은 잠시 입을 다문 채 곰곰이 생각하기 시작했다.

「좋습니다, 그렇게 전해 드리죠. 제가 그녀에게 반해 있기 때문에 이러는 거라고 생각하지는 말아 주셨으면 합니다.」 그는 말을 이어 갔다. 「저는 수많은 고초를 겪은, 아름답고 보기 드문 인간으로서 그녀를 사랑합니다. 저는 그녀에게 아무것도 기대하지 않습니다. 하지만 그녀를 정말 돕고 싶습니다. 그녀의 처지를 개선시키고⋯⋯.」

시몬손의 떨리는 목소리에 네홀류도프는 적잖이 놀랐다.

「그녀의 처지를 개선시키고 싶습니다.」 시몬손은 이야기를 계속했다. 「만일 그녀가 당신의 도움을 받아들이지 않겠다고 하면, 제 도움을 받게 해주십시오. 그녀만 괜찮다면, 저를 그녀의 유형지로 보내 달라고 부탁드리고 싶습니다. 4년은 그리 긴 시간이 아니니까요. 저는 그녀의 곁에 살면서 그 운명의 짐을 덜어 주고 싶은⋯⋯.」 그는 흥분해서 말하다가 다시 목이 메었다.

「제가 무슨 말을 할 수 있겠습니까?」 네홀류도프가 말했다. 「그녀가 당신 같은 보호자를 만난 것이 기쁠 따름입니다.」

「제가 알고 싶었던 것도 바로 그겁니다.」 시몬손이 말했다. 「그녀를 사랑하고 그녀가 행복해지기를 원하는 당신이, 그녀와 제가 결혼했을 때 행복해할지 궁금했던 것입니다.」

「아, 물론 행복하지요.」 네홀류도프는 분명히 대답했다.

「모든 것은 그녀의 손에 달렸습니다. 저는 고통스러운 그녀의 영혼이 안식을 취할 수 있기를 바랄 뿐입니다.」 평소의 그늘진 얼굴에서 전혀 기대할 수 없었던, 어린애처럼 순진하고 상냥한 모습으로 네홀류도프를 바라보며 그가 말했다.

시몬손은 자리에서 일어나 네홀류도프의 손을 잡은 후 수줍은 미소를 지으며 그의 손에 입을 맞추었다.

「그녀에게 그렇게 전하겠습니다.」 그는 이렇게 말한 후 방에서 나갔다.

17

「어떻게 생각하세요?」 마리야 빠블로브나가 말했다. 「사랑에 빠졌어요. 완전히 사랑에 빠지고 말았다고요. 전혀 생각지도 못한 일이에요. 블라지미르 시몬손이 저렇게 어리석고 철부지 같은 사랑에 빠지다니, 놀라운 일이에요. 솔직히 말씀드리면, 가슴이 아플 정도예요.」 그녀는 한숨을 내쉬며 말을 맺었다.

「하지만 그녀는, 까쮸샤는 어떨까요? 그녀는 이 문제를 어떻게 받아들일 것 같습니까?」 네홀류도프가 물었다.

「그녀요?」 마리야 빠블로브나는 그 물음에 어떻게 하면 더 정확한 답변을 할 수 있을까 고민하며 머뭇거렸다. 「글쎄요. 아시다시피 그런 과거가 있긴 하지만 그녀는 선천적으로 가장 도덕적인 성품을 지닌 사람 가운데 하나예요……. 섬세한 감정도 가졌고요……. 그녀는 당신을 사랑해요. 너무 사랑하죠. 그래서 당신의 인생을 망치지 않게 하기 위한 최소한의 선행이라도 베풀 수 있다면 그것을 행복으로 여겨요. 그녀에게 당신과의 결혼은 무서운 타락이고, 과거의 어떤 사건보다도 더 끔찍한 일이에요. 따라서 그녀는 당신과의 결혼에 결코 동의하지 않을 거예요. 또한 당신의 존재는 그녀를 불안하게 만들고 있어요.」

「그럼 어쩌란 말입니까? 내가 사라질까요?」 네홀류도프가 말했다.

마리야 빠블로브나는 부드럽고 천진난만한 미소를 지었다.

「네, 어떤 면에서는 그래요.」

「어떻게 하면 그렇게 사라질 수 있을까요?」

「농담이었어요. 하지만 그녀에 대해 드리고 싶은 말씀은, 아마도 그녀는 시몬손의 유치하고도 열렬한 사랑을 알아차릴 거라는 점이죠. 시몬손은 그녀에게 아무 말도 하지 않고 있지만요. 그녀는 그런 사랑을 기뻐하면서도 두려워할 거예요. 아시다시피 저는 이 일에 끼어들 자격이 없어요. 하지만 그가 비록 가면을 썼다고 해도 그의 입장에서 그건 가장 흔한 남성으로서의 감정이라는 생각이 드는군요. 그는 이 사랑이 자신에게 활력을 불어넣는다고도 하고 정신적인 사랑이라고도 말합니다. 하지만 저는 알고 있어요. 만일 그것이 예외적인 사랑이라 해도, 그 바탕에는 어쨌든 추악한 면이 반드시 깔려 있을 테니까요……. 노보드보로프와 류보치까의 경우처럼 말이죠.」

마리야 빠블로브나는 자기가 좋아하는 주제로 넘어가면서 문제의 핵심에서 벗어나고 있었다.

「그러면 나는 어떻게 하면 좋겠소?」 네흘류도프가 물었다.

「제 생각에는 당신이 그녀에게 직접 말해야 할 것 같아요. 만사를 확실히 해두는 편이 좋으니까요. 그녀와 이야기하세요. 그녀를 불러 드릴까요?」 마리야 빠블로브나가 말했다.

「부탁합니다.」 네흘류도프가 이렇게 말하자, 마리야 빠블로브나는 방에서 나갔다.

좁은 쪽방에 혼자 남은 네흘류도프는 이상한 기분이 들었다. 신음으로 간간이 끊기는 베라 예프레모브나의 조용한 숨소리와 두 개의 방문 너머로 전해지는 형사범들의 잡담 소리가 끊임없이 들려왔다.

시몬손이 그에게 던진 말은 마음이 약해질 때면 힘들고 괴롭게 느껴지던, 스스로를 옭아매던 의무감으로부터 그를 해방시켜 주는 것이었지만, 한편으로 그는 어딘지 모르게 불쾌했고 가슴이 아팠다. 이런 감정 속에는 시몬손의 제안이 자기 행동의 존엄성을 무너뜨리고, 그동안 바쳐 온 희생의 가치를 자기 자신은 물론 남의 눈에도 작아 보이게 만든 것에 대한 불만도 들어 있었다. 만일 그처럼 훌륭한 사람이 그녀와 아무 관계도 없으면서 그녀의 운명과 결합하고자 한다면, 네흘류도프의 희생은 그 의미가 사라져 버리는 것이다. 어쩌면 순수한 질투심도 있었을 것이다. 그는 자신을 향한 그녀의 사랑에 익숙해 있었기 때문에 그녀가 다른 남자를 사랑하리라고는 생각하지 못했다. 또 그녀가 복역을 마칠 때까지 그녀의 곁에서 지내겠다는, 이미 세워 둔 자신의 계획이 여지없이 깨진다는 데 대한 불만도 있었다. 만일 그녀가 시몬손과 결혼한다면 자신의 존재는 더 이상 필요하지 않기 때문에, 그는 인생의 새로운 계획을 세워야만 했다. 그가 감정을 미처 정리하기도 전에 문이 열리면서 형사범들의 잡담 소리가 더욱 크게 들리더니(오늘따라 그들에게 특별한 일이 있는 모양이었다) 까쭈샤가 쪽방으로 들어왔다.

그녀는 빠른 걸음으로 그에게 다가왔다.

「마리야 빠블로브나가 보내더군요.」 그녀가 네흘류도프 곁에 바짝 다가서면서 말했다.

「그렇소, 할 말이 있소. 자, 앉으시오. 난 아까 블라지미르 이바노비치와 이야기했소.」

그녀는 무릎 위에 손을 얹고 자리에 앉았다. 표정은 침착해 보였지만 네흘류도프가 시몬손이라는 이름을 언급하자 그녀는 얼굴을 붉혔다.

「무슨 이야기를 하셨나요?」 그녀가 물었다.

「당신과 결혼하고 싶다더군.」

그녀는 인상을 찌푸리며 괴로운 표정을 짓더니 말없이 시선을 내렸다.

「그는 나의 동의와 조언을 구했소. 그래서 모든 것이 당신 손에 달려 있으니, 당신이 결정할 문제라고 대답했소.」

「아니, 뭐라고요? 왜요?」 그녀는 이렇게 말한 후, 언제나

네흘류도프의 마음을 강하게 흔드는 묘한 사팔눈으로 그의
눈을 바라보았다. 몇 초 동안 그들은 아무 말 없이 서로의 눈
만을 바라보았다. 그러나 주고받는 시선은 많은 대화를 나누
고 있었다.

「당신이 결정해야 하오.」 네흘류도프가 반복해서 말했다.

「무엇을 결정하란 말씀이세요?」 그녀가 말했다. 「이미 오
래전에 모두 결정되어 있는데.」

「아니오, 당신은 블라지미르 이바노비치의 제의를 받아들
일 것인지 결정해야 하오.」 네흘류도프가 말했다.

「저는 징역수인데, 어떻게 결혼할 수 있겠어요? 그리고 어
째서 제가 블라지미르 이바노비치의 인생까지 망쳐야 하
죠?」 그녀는 인상을 찌푸리며 말했다.

「그렇소, 하지만 당신이 사면된다면 어쩌겠소?」 네흘류도
프가 말했다.

「오, 제발 저를 그냥 내버려 두세요. 더 이상 아무 말씀도
드리고 싶지 않아요.」 그녀는 이렇게 말한 후 자리에서 벌떡
일어나 감방을 뛰쳐나갔다.

18

네흘류도프는 까쮸샤의 뒤를 따라 남자들의 감방으로 돌
아왔다. 그곳에 있는 사람들은 모두 흥분해 있었다. 여기저
기 돌아다니며 새로 들어온 사람들과 관계를 맺기도 하고 이
것저것 동정도 살피는 나바또프가 깜짝 놀랄 만한 소식을 가
져왔기 때문이었다. 강제 노동형을 선고받은 혁명가 뻬뜰린
이 벽에 쓴 기록을 그가 발견한 것이다. 이미 오래전부터 까
라[87]에 있는 줄 알았던 뻬뜰린이 형사범들과 함께 최근에 바

로 이 길을 지나갔다는 사실은 너무나 갑작스러운 것이었다.

〈8월 17일……〉수기는 이렇게 시작되었다. 〈나는 홀로 형사범들과 이송되는 중이다. 네베로프가 나와 함께 있었으나, 까잔 시의 정신 병원에서 목을 맸다. 나는 건강하고 활력이 넘친다. 모든 것이 잘 되기를 빈다.〉

모두가 뻬뜰린의 상황과 네베로프가 자살한 원인에 대해 논의했다. 그러나 끄르일리초프는 신경을 곤두세우고 두 눈을 반짝이며 묵묵히 앞만 바라보았다.

「남편의 이야기로는, 네베로프는 뻬뜨로빠블로프스끄 요새 교도소에서 이미 허깨비를 보았다더군요.」 란쩨바가 말했다.

「맞아, 그는 시인이자 공상가였지. 그런 사람들은 독방에서 견디기 힘들어.」 노보드보로프가 말했다. 「나는 독방에 갇혔을 때, 공상에 사로잡히지 않고 체계적으로 시간을 보냈어. 그래서 언제나 잘 견뎌 낼 수 있었던 거야.」

「견디지 못할 건 또 뭐야! 나는 교도소에 들어가면 그저 즐겁기만 하던데.」 우울한 기분을 떨쳐 내려는 듯 나바또프가 활기찬 목소리로 말했다. 「밖에서는 체포되지 않을까, 다른 일에 연루되지는 않을까 또 사업을 망치지는 않을까 늘 걱정투성이였지만, 교도소에 수감되면 책임도 끝나고 휴식도 취할 수 있잖아. 혼자 있으면서 담배도 피우고.」

「당신은 그 사람과 가까운 사이였나요?」 마리야 빠블로브나는 안색이 돌변한 끄르일리초프의 수척한 얼굴을 근심스러운 표정으로 바라보며 물었다.

「네베로프가 공상가라고?」 끄르일리초프는 오랫동안 고함을 지르거나 노래를 부른 사람처럼 숨을 몰아쉬며 느닷없이 이렇게 말했다. 「네베로프는 우리 건물 수위의 말처럼, 이 땅

---

87 자바이깔 동부 지방의 강으로 쉴까 강의 지류이기도 하다. 1873년부터 1890년까지 이곳에는 혁명가들을 수감한 징역수 감옥이 집중되어 있었다.

에 좀처럼 태어나기 힘든…… 그런 인간이었소. 그렇소…….
그는 정말 수정처럼 맑은, 속이 다 들여다보이는 그런 인간
이었소……. 그렇소, 그는 거짓말은커녕 그 흉내도 내지 못하
는 인간이었단 말이오. 피부가 얇은 정도가 아니라, 아예 가
죽을 벗겨 놓은 것 같아서 모든 신경을 밖으로 드러낸 것처
럼 맑은 사람이었소. 그렇소……. 다양하고 풍부한 성품을 지
녔지만, 그런……. 이런, 이제 와서 이런 말들이 무슨 소용이
야!」 그는 잠시 침묵했다. 「그런데 우리는 늘 무엇이 더 나은
지 논쟁이나 하고 있지 않소?」 그는 험상궂게 인상을 쓰며
말했다. 「먼저 민중을 교육시키고 나중에 생활 양식을 개혁
할 것인지, 아니면 일단 생활 양식을 개혁하고 나중에 계몽
선전이나 테러 중에서 어떤 투쟁 방법을 택할지 따위의 문제
로 말이오. 그렇소, 우리는 논쟁을 하지. 그러나 저들은 논쟁
하지 않소. 저들은 자기가 할 일을 잘 알고 있으며, 수십 수백
명이 죽건 말건 또 어떤 사람들이 죽건 상관하지 않소! 아니,
그와 반대로 저들은 뛰어난 인물들이 죽기를 바라고 있소.
그렇소, 게르쩬[88]이 말하기를, 12월 혁명당원들이 뿌리째 뽑
혔을 때 사회적 수준이 낮아졌다고 했소. 어떻게 그렇게 되
지 않을 수 있었겠소? 그 후로 게르쩬과 그 동료들마저 제거
되고 말았소. 그리고 지금은 네베로프 같은 사람들이…….」

「모든 사람들을 다 없애지는 못할 거요.」 나바또프가 활기
찬 목소리로 말했다. 「언제나 뿌리는 남는 법이니까.」

「아니, 그런 걸 기대했다가는 뿌리도 남지 못할 거요.」 끄
르일리초프는 말꼬리를 가로채이지 않으려고 격앙된 목소리
로 말했다. 「담배나 한 대 주시오.」

「건강에 해로워요, 아나똘리.」 마리야 빠블로브나가 말했

88 Aleksandr Ivanovich Gertsen(1812~1870). 러시아의 소설가이자
사상가.

다.「제발 담배를 끊어요.」

「어허, 그냥 내버려 둬요.」그는 화를 내며 이렇게 말한 후 담배를 물었으나 이내 콜록거렸다. 헛구역질이 나는 모양이었다. 침을 탁 뱉고 나서 그는 다시 말을 이어 갔다.「우리는 이래선 안 되오, 결코 이래선 안 되오. 논쟁이나 일삼지 말고 모두 단결해서…… 저들을 전멸시켜야 하오. 그렇소.」

「하지만 저들 역시 인간이오.」네흘류도프가 말했다.

「아니, 저들은 인간이 아닙니다. 저들이 저지르는 일을 반복할 가능성이 있는 자들도 마찬가지고요……. 자, 소문을 들으니, 폭탄과 열기구가 발명되었다더군요. 그렇습니다, 열기구를 타고 하늘로 올라가서 저들에게 폭탄을 떨어뜨려 빈대처럼 몰살을 시키면……. 그래요, 왜냐하면…….」이야기하다 말고 그는 얼굴이 뻘겋게 변하더니 갑자기 한층 심하게 콜록거리다가 입에서 피를 토했다.

나바또프는 눈을 퍼 오려고 달려 나갔다. 마리야 빠블로브나는 쥐오줌풀 물약을 꺼내서 그에게 권했다. 그러나 그는 눈을 질끈 감은 채 그녀의 수척한 흰 손을 밀쳐 낸 다음 괴로운 듯 거칠게 숨을 몰아쉬었다. 사람들은 눈과 찬물로 그를 어느 정도 안정시킨 후 자리에 눕혔다. 네흘류도프는 사람들과 인사를 나누고 이미 오래전부터 자신을 기다리고 있던 병사와 함께 출구로 걸어갔다.

이제 형사범들은 조용히 입을 다물고 있었다. 대부분이 잠들었던 것이다. 감방 안의 죄수들은 침상과 그 바닥, 그리고 침상 통로에까지 누웠지만 모두가 자리를 잡기에는 비좁아서 어떤 죄수들은 복도 마루에서 배낭을 베고 죄수복을 뒤집어쓴 채 누워 있었다.

감방 안에서도 복도에서도 코고는 소리와 신음 소리와 잠꼬대 소리가 흘러나왔다. 죄수복을 뒤집어쓰고 길게 드러누운 사람들의 모습이 도처에 눈에 띄었다. 독신자 감방에서만 몇몇 사람이 아직 잠들지 않고 구석에 켠 촛불 주위에 모여 있었으나, 병사를 발견하자 곧 촛불을 꺼버렸다. 복도 램프 아래에는 한 노인이 벌거벗고 앉아서 루바쉬까의 이를 잡고 있었다. 정치범 감방의 불결한 공기도 여기서 풍기는 악취에 비하면 훨씬 깨끗한 것 같았다. 검게 그을린 램프는 마치 안개 속에 있는 듯 희미하게 겨우 불꽃을 유지했다. 잠자는 사람들을 발로 밟거나 건드리지 않고 복도를 지나려면 빈 곳을 미리 살폈다가 한 발을 내딛고, 다시 다음 발을 내디딜 자리를 찾아야 했다. 복도에서 마땅한 자리를 찾지 못했는지 죄수 세 명이 현관 옆 이음새 사이로 오물이 새는 냄새 고약한 변기통 바로 아래쪽에 누워 있었다. 그중 한 사람은 네흘류도프가 이동 중에 자주 보아 낯이 익은 바보 노인이었다. 다른 사람은 열 살가량 된 소년이었는데, 소년은 두 죄수 사이에서 한 손을 뺨에 괸 채 다른 사람의 발을 베고 잠들어 있었다.

정문을 나선 네흘류도프는 제자리에서 가슴을 활짝 열고 차가운 밤공기를 오랫동안 실컷 들이마셨다.

19

하늘에는 별이 빛나고 있었다. 족쇄 때문에 바닥이 파여 겨우 지나갈 수 있는 진창길을 따라 여인숙으로 돌아온 네흘류도프는 캄캄한 창문을 두드렸다. 그러자 어깨가 벌어진 하인이 맨발로 뛰어나와 문을 열고 현관으로 그를 안내했다. 현관 오른쪽에 있는 뒤채에서는 마부들의 코 고는 소리가 요란하게 들려왔고, 뒤편 마당에서는 말들이 쌓아 놓은 귀리를 먹는 소리가 들려왔다. 문 왼쪽은 깨끗한 응접실로 통했다. 깨끗한 응접실에서는 쑥 냄새와 땀 냄새가 진동했고 칸막이 너머로는 건강한 사람들이 규칙적으로 코 고는 소리가 들렸으며 성상 앞 빨간 유리 램프에는 불이 켜져 있었다. 네흘류도프는 옷을 벗고 방수포 소파 위에 담요를 깐 다음 가죽 베개를 베고 누워서 오늘 보고 들은 내용을 하나씩 머릿속에 떠올려 보았다. 네흘류도프가 오늘 목격한 것 중에서 가장 끔찍했던 광경은 오물이 새어 나오는 냄새나는 변기통 옆에서 다른 죄수의 다리를 베고 잠들어 있던 소년의 모습이었다.

오늘 저녁 시몬손이나 까쮸샤와 뜻밖의 중요한 대화를 나누었음에도 불구하고, 그는 그 사건에 신경이 쓰이지 않았다. 그에 대한 그의 입장이 너무 복잡하고 모호해서 그 일에 대한 생각은 떨쳐 버린 것이다. 그러나 질식할 것 같은 공기 속에서 숨을 헐떡거리며, 변기통에서 새어 나온 질퍽거리는 오물 위를 뒹구는 사람들의 모습, 특히 다른 죄수의 발을 베고 천진난만한 얼굴로 잠들어 있던 소년의 모습은 그의 머릿속에서 사라지지 않았다.

보이지 않는 먼 곳에서 어떤 사람들이 다른 사람들에게 온갖 추악한 행위를 가하면서 비인간적인 모욕과 고통을 가한다는 사실을 알고 있는 것과, 석 달 동안 어떤 사람들이 다른 사람들에게 끊임없이 추악한 행위와 고통을 가하는 장면을 직접 목격하는 것은 완전히 다른 일이다. 그리고 네흘류도프는 그것을 체험했다. 그는 지난 석 달 동안 몇 번이고 이렇게 자문했었다. 〈다른 사람들이 보지 못하는 것을 보는 내가 미친 것인가, 아니면 내가 보는 그런 짓을 저지르는 사람들이 미친 것인가?〉 그러나 사람들이 (그들은 너무 많았다) 그토록 놀랍고도 끔찍한 일을 저지르면서도 그렇게 되어야만 한다는 뻔뻔한 확신 속에 자신들이 저지르는 짓이 대단히 중요하고 유익한 일이라며 자행하고 있는 이상, 그들 모두를 미친 것이라고 생각하기도 어려웠다. 또한 자신의 생각이 투명하다는 것을 깨닫고 있으면서 스스로를 미친 것이라고 인정할 수도 없었다. 그래서 그는 늘 난감한 입장에 놓였다.

네흘류도프는 지난 석 달 동안 목격한 것들을 다음과 같이 정리했다. 자유의 몸으로 생활하는 모든 사람들 중에서 가장 신경질적이거나 성미가 급하거나 쉽게 흥분하거나 재능이 뛰어나거나 힘이 센 사람, 혹은 다른 사람들보다 교활하지 못하거나 신중하지 못한 사람들이 재판과 행정 절차를 거쳐 선별된다. 그들은 자유롭게 생활하는 나머지 사람들보다 죄를 더 많이 지은 것도 아니고 사회에 위험한 존재도 결코 아니다. 하지만 그 사람들은 일단 교도소나 유형 숙박지나 유형지 등에서 수개월 혹은 수년씩 갇힘으로써 완전한 나태와 종속 상태에서 자연, 가족, 노동으로부터 격리된다. 다시 말해서 자연스럽고 도덕적인 인간 생활의 모든 조건으로부터 소외되는 것이다. 이것이 첫 번째다. 둘째로 그 시설에 갇힌 사람들은 족쇄, 삭발, 굴욕적인 의복 등 온갖 불필요한 모욕을 당하고 그로써 힘없는 사람들이 선량한 삶을 이끌어 가는 주요 원동력 즉 여론의 제재나 수치심, 인간적 존엄성에 대한 인식 등을 박탈당한다. 셋째로 그 사람들은 끊임없이 생명의 위협을 받는다. 일사병, 익사, 화재 같은 예외적인 경우는 제쳐 두고라도 교도소에 만연한 온갖 질병과 피로와 구타가 그들을 위협하고 있으며, 무엇보다 그들은 가장 착하고 도덕적인 인간들조차 자기방어의 심정으로 가장 무자비한 행위를 저지르고 또 다른 사람들의 그런 행위를 옹호해야 하는 상황에 항상 노출되어 있다. 넷째로 그들은 (특히 이런 시설 때문에) 극도로 타락한 탕자, 살인범, 악당들과 강제로 공동생활을 함으로써, 범죄 수단을 고려할 때 아직 완전히 타락했다고 할 수 없는 사람들까지 밀가루 반죽 속의 누룩 같은 영향을 받게 된다. 마지막으로 그런 영향을 받은 모든 사람들은 어린애나 부녀자나 노인을 고문하거나, 구타하거나, 몽둥이와 채찍으로 태형을 가하거나, 산 채로든 죽은 채로든 탈옥수를 밀고하면 포상하거나 부부를 갈라놓고 다른 사람의 아내나 남편과 합방시키거나, 총살이나 교수형에 처하는 등의 온갖 비인간적 행위가 가장 효과적인 방법이라고 세뇌당했다. 다시 말해서 온갖 유형의 폭행과 잔인무도와 만행이 금지되지도 않았을 뿐 아니라 정부에 유리하다면 정부도 허용할 것이며, 더구나 속박과 궁핍과 불행에 처한 자신들에게는 가장 효과적인 방법이라고 세뇌당한 것이다.

이 모든 것들은 마치 다른 조건에서는 결코 달성할 수 없는 고도로 농축된 타락과 죄악을 만들기 위해, 그리고 농축된 그 타락과 죄악을 모든 민중 사이에 확산시키기 위해 일부러 고안해 낸 시설물들 같았다. 〈이건 마치 어떻게 하면 더 많은 사람들을 가장 믿음직한 최선의 방법으로 타락시킬 것인지 고민하는 과제에 대한 해결책이나 다름없군.〉 네흘류도프는 교도소와 숙박지에서 벌어진 일들을 되짚어 보았다. 매년 수십만 명이 최악의 타락 상태까지 끌려갔다가 완전히 타락하고 나면 교도소에서 습득한 타락을 모든 민중 사이에 퍼뜨리기 위해 석방되었던 것이다.

뜌멘이나 예까쩨린부르그나 똠스크의 교도소에서, 그리고 수많은 숙박지에서 네흘류도프는 사회가 설정한 것으로 보이는 이 목표가 얼마나 성공적으로 달성되고 있는지 목격한 바 있었다. 러시아 농민 조합원이나 농민 등 기독교의 도덕성을 갖춘 평범한 보통 사람들은 도덕적 관념을 떨쳐 버리고 이익만 된다면 인간에 대한 온갖 모욕과 폭력과 인격 파괴 행위가 용납되는, 현재 집행중이며 사회 주류이기도 한 새로운 교도소식 관념을 습득하고 있다. 교도소에 살아 본 사람들은 자신들에게 어떤 일이 벌어지는지 생각하며, 선교사나 윤리 교사들이 가르치는 인간에 대한 존중과 연민이라는 모든 도덕률이 현실적으로는 폐기되어서 그것에 얽매일 필요가 없다는 사실을 온몸으로 느낀다. 네흘류도프는 자신이 알고 있는 모든 죄수들에게서 이러한 현상을 목격했다. 표도로프나 마까르도 그랬고, 숙박지에서 두 달을 지낸 후 비도덕적인 판단을 함으로써 네흘류도프를 당황하게 만든 따라스도 마찬가지였다. 여행 도중에 네흘류도프는 부랑자들이 타이가 지역으로 탈출하다가 동료들을 꾐에 빠뜨려 살해한 후 그 고기를 먹었다는 이야기를 들은 바 있었다. 다시 체포되어 유죄 판결을 받은 뒤 식인 사실을 고백한 실제 인물을 직접 만나기도 했다. 더욱 무서운 사실은 식인 사건이 한 번으로 끝나지 않고 끊임없이 반복되고 있다는 점이었다.

이런 시설들 속에서 죄악이 끊임없이 배양된다면 러시아 사람들은 니체의 최신 교리를 앞질러, 모든 것이 가능하며 금지된 것은 아무것도 없다고 주장하며 처음에는 죄수들 사이에 그리고 나중에는 모든 민중 사이에 그 교리를 퍼뜨릴 것이고 결국 모두가 부랑자의 처지로 전락할 것이다.

많은 책에서 보고했듯이 현재 벌어지는 모든 일에 대한 유일한 변명은 범죄의 예방, 경고, 교정, 합법적인 처벌이었다. 그러나 실제로는 첫 번째 것도, 두 번째 것도, 세 번째 것도 그리고 네 번째 것도 없었고 그와 비슷한 조치조차 없었다. 범죄의 예방 대신에 범죄의 보급만이 있었다. 범죄자에게는 경고 대신에 장려가 이루어져서 수많은 범죄자들이 부랑자가 되어 자발적으로 교도소에 들어갔다. 교정 대신에 온갖 죄악의 체계적인 감염이 있었다. 처벌은, 정부의 처벌로 그 필요성이 줄어들지도 않을 뿐 아니라 그 필요성을 느끼지 못하는 민중 사이에서만 오히려 커져 갔다.

〈그들은 어째서 그런 일을 하는 것일까?〉 네흘류도프는 이렇게 자문했으나 대답을 찾지는 못했다.

그리고 그에게 더욱 충격적인 사실은 그 모든 일이 우연한 것이 아니고, 어떤 오해가 있는 것도 아니며, 일회적으로 일어난 현상도 아니라는 점이었다. 그 모든 일은 수백 년에 걸쳐 지속적으로 일어났다. 다만 차이가 있다면, 옛날에는 코나 귀를 벤 후 낙인을 찍던 것을 지금은 태형에 처한다는 점이며, 옛날에는 짐마차로 이송시키던 것을 지금은 수갑을 채워 기차로 이송시킨다는 점이다.

네흘류도프는 자신을 분개하게 만든 일에 대해, 수감 시설이나 유형 시설이 불완전해서 발생한 문제이니 새로운 교도소를 지으면 모든 것이 정상화될 것이라고 설명하는 관리들의 태도가 몹시 불만스러웠다. 그를 분개하게 만든 일이 수감 시설의 현대식 건설 여부에 달린 문제가 아님을 알기 때문이었다. 그는 전기 경보 장치가 달린 현대식 교도소에 관한 책이나 타르드가 권장한 전기 충격 사형법에 관한 책을 읽으면서 현대화된 폭력에 한층 더 분개했다.

네흘류도프를 분개하게 만든 중요한 문제는, 민중으로부터 거둔 돈으로 많은 봉급을 받는 사람들이 법원과 행정 부처에 앉아서 똑같은 관리들이 똑같은 의도로 쓴 책들을 참고하여 자신들이 만든 법률을 위반한 사람들을 억지로 어느 조항에 적용시켜서 그 조항에 따라 사람들을 다시는 자신들의 눈에 띄지 않는 먼 지방으로 유형 보낸다는 사실, 그리고 그렇게 하면 잔혹한 교도소 소장이나 교도나 호송병들의 무자비한 권력 속에 놓인 수백만 명의 사람들은 정신적으로나 육체적으로 파멸하게 된다는 사실이었다.

교도소와 숙박지를 자세히 관찰하면서 네흘류도프는 죄수들 사이에서 번져 가는 온갖 죄악들을 목격했다. 음주, 도박,

동료 죄수들에게 자행하는 온갖 소름끼치는 잔인한 범죄, 심지어 식인 행위까지. 이런 죄악들은 어용 학자들이 정부의 입에 맞게 해석한 것처럼 우연한 사건도 범죄 형태의 퇴화 현상도 기이한 행위도 아니며, 본질적으로 인간이 인간을 처벌할 수 있다는 믿기 힘든 오해에서 비롯된 필연적인 결과였다. 네홀류도프는 식인 행위가 타이가 지역에서 시작된 것이 아니며, 정부 부처들이나 여러 위원회나 사무국 등에서 시작된 일의 결과가 타이가 지역에서 나타난 것뿐이라는 사실을 알았다. 예를 들어 자신의 매형을 비롯한 모든 재판관들이나 관리들, 그러니까 정리부터 장관에 이르는 사람들은 오로지 공정성과 민중의 행복만이 자신들이 추구하는 일이라고 입으로 떠들어 대지만, 실제로는 민중에게 타락과 고통을 안기는 대가로 지불되는 봉급에나 관심이 있을 뿐이다. 그것은 너무나 명백한 사실이었다.

〈이 모든 일들은 정말 오해에서 비롯된 것일까? 만일 모든 관리들에게 봉급을 보장해 주고 상여금도 지급하면서 그 대신 그들이 벌이는 모든 행위를 중지하라고 한다면, 과연 어떻게 될까?〉 네홀류도프가 이런 생각을 하는 동안 어느덧 닭이 두 번째 홰치는 소리가 들려왔다. 조금만 뒤척여도 벼룩들이 분수처럼 튀었지만 그는 깊은 잠에 빠져들었다.

20

네홀류도프는 마부들이 이미 오래전에 떠난 뒤에야 잠에서 깨어났다. 여주인은 차를 마신 후 땀에 젖은 굵은 목덜미를 수건으로 닦으며 방으로 들어와서 숙박지의 병사가 편지를 가져왔다고 알려 주었다. 마리야 빠블로브나가 보낸 편지였다. 그녀는 끄르일리초프의 병이 생각보다 훨씬 심각하다고 적었다. 〈그와 함께 남으려고 했지만 허가를 받지 못했습니다. 데려갈 수밖에 없게 되었는데, 정말 걱정스럽습니다. 도시에 도착하면 그와 함께 우리들 중 누군가가 남을 수 있도록 힘써 주시기 바랍니다. 그것 때문에 내가 그 사람과 결혼해야 한다면, 물론 그럴 준비도 되어 있습니다.〉

네흘류도프는 마차를 불러오라고 하인을 역으로 보낸 후 짐을 챙기기 시작했다. 그가 두 번째 찻잔을 비우기도 전에 포장도로처럼 딱딱하게 얼어붙은 진창 위를 덜컹거리며 세 마리 말이 끄는 역마차가 말방울 소리와 함께 현관 계단 앞에 도착했다. 네흘류도프는 목덜미가 굵은 여주인과 계산을 마치고 급히 여인숙을 나섰다. 마차 위에 올라탄 그는 될 수 있는 대로 빨리 죄수 대열을 따라잡으라고 주문했다. 실제로 그는 목장 입구로부터 그리 멀지 않은 곳에서 배낭과 병약자들을 잔뜩 실은 짐마차 대열을 따라잡았다. 짐마차 대열은 길이 나기 시작한 진창을 덜컹거리며 달리고 있었다. 장교는 먼저 떠나고 없었고, 병사들은 술에 취했는지 유쾌하게 잡담을 나누면서 길 양옆과 뒤에서 따라가고 있었다. 짐마차들은 꽤 여러 대였다. 선두 마차들 위에는 허약한 형사범들이 여섯 명씩 빼곡히 올라탔고, 후미 마차 세 대 위에는 정치범들이 세 명씩 올라탔다. 맨 뒤에 있는 마차에는 노보드보로프, 그라베쯔, 꼰드라찌예프가 탔고 그 앞의 마차에는 란쩨바, 나바또프 그리고 마리야 빠블로브나로부터 자리를 양보받은 류머티즘을 앓는 허약한 여자 죄수가 탔다. 끝에서 세 번째 마차에는 베개를 벤 끄르일리초프가 건초 위에 누워 있었고, 그 옆의 마부석에는 마리야 빠블로브나가 앉아 있었다. 네흘류도프는 끄르일리초프가 탄 마차 옆에 내려서 그쪽으로 다가갔다. 술기운이 오른 한 호송병이 네흘류도프를 향해 손짓

하며 만류했지만, 그는 모른 척하고 짐마차로 다가가 마차 가로목을 잡고 나란히 걸어갔다. 가죽 코트에 양털 모자를 쓰고 수건으로 입을 막은 끄르일리초프는 더욱 수척하고 창백해 보였다. 아름다운 그의 눈은 더욱 커지고 반짝이는 것 같았다. 울퉁불퉁한 길 때문에 마차가 약간씩 흔들렸지만 그는 시선을 떼지 않고 줄곧 네흘류도프를 바라보았다. 건강 상태를 묻는 네흘류도프의 질문에 그는 눈을 감으며 화가 난 듯 고개를 가로저었다. 마차의 요동으로 인해 기력이 고갈되고 있는 것 같았다. 마리야 빠블로브나는 맞은편 자리에 앉아 있었다. 그녀는 끄르일리초프의 상태를 우려하는 듯한 의미심장한 시선을 네흘류도프와 교환한 뒤, 곧 명랑한 목소리로 말했다.

「아마 장교도 부끄러운 생각이 든 모양이에요.」덜컹대는 소음 사이로 네흘류도프가 알아들을 수 있게끔 그녀는 큰소리로 소리쳤다. 「부조프낀의 수갑을 풀어 줬거든요. 그래서 그는 딸을 안고 걸어가고 까쮸샤와 시몬손, 그리고 나 대신에 베로치까가 함께 가고 있어요.」

끄르일리초프는 마리야 빠블로브나를 가리키며 무슨 말인가를 웅얼거렸지만 전혀 알아들을 수 없었다. 그러자 그는 인상을 찌푸리다가 기침을 참으며 고개를 가로저었다. 이야기를 들으려고 네흘류도프가 귀를 갖다 대자, 그는 입에서 수건을 내리며 속삭였다.

「이제는 훨씬 좋아졌어요. 그저 감기나 걸리지 말아야죠.」

네흘류도프는 동감한다는 듯 고개를 끄덕이다가 마리야 빠블로브나와 눈이 마주쳤다.

「그런데 삼체(三體) 문제는 어떻게 됐습니까?」끄르일리초프는 다시 이렇게 속삭인 다음 억지로 힘겨운 미소를 지었다. 「지혜로운 해답을 찾았나요?」

무슨 뜻인지 네흘류도프가 이해하지 못하자, 〈삼체〉란 태양과 달과 지구의 관계를 규정한 유명한 수학 문제로 네흘류도프와 시몬손과 까쭈샤 사이의 삼각관계를 농담조로 비유한 말이라고 마리야 빠블로브나가 설명했다. 끄르일리초프는 자신의 농담을 마리야 빠블로브나가 제대로 설명했다는 듯 고개를 끄덕였다.

「내가 결정할 문제가 아닙니다.」

「제 편지는 받아 보셨나요? 부탁드린 건 가능할까요?」 마리야 빠블로브나가 물었다.

「물론입니다.」 네흘류도프는 이렇게 말한 후 불만의 빛이 역력한 끄르일리초프의 얼굴을 보고는 마차로 돌아와 등받이 의자에 올라탔다. 그러고는 험한 길 때문에 덜컹거리는 마차의 가장자리를 붙잡고 1베르스따 가량 늘어선 죄수 대열을 앞질러 나갔다. 그들은 회색 죄수복과 반코트를 걸친 채 족쇄를 차고 있거나 두 명씩 수갑을 차고 있었다. 네흘류도프는 길 건너편에서 까쭈샤의 푸른 머릿수건과 베라 예프레모브나의 까만 외투와 시몬손의 짧은 외투와 털모자, 그리고 덧신이라도 신은 듯 가죽끈을 맨 하얀 털양말을 보았다. 시몬손은 여자 죄수들과 나란히 걸어가면서 무언가 열심히 이야기하고 있었다.

네흘류도프를 발견하자 여자 죄수들은 허리를 굽혀 인사했고 시몬손은 정중하게 모자를 벗어 들었다. 네흘류도프는 달리 할 말이 없어서 마차를 세우지 않고 그들을 앞질러 갔다. 다시 순탄한 길로 접어들자 마부는 더욱 빨리 달렸으나 길 양옆으로 늘어선 마차 대열을 피하기 위해 수시로 순탄한 길에서 벗어나야 했다.

군데군데 바큇자국으로 깊게 팬 길은 아직 노란 모래 빛 잎사귀가 매달려 있는 자작나무들과 낙엽송들이 양옆으로 늘어선 어두운 침엽수림을 따라 뻗어 있었다. 마차 대열을 반쯤 따라가자 숲이 끝나면서 들판이 나타났고 수도원의 금빛 십자가와 둥근 지붕들이 보였다. 청명한 날씨 속에 구름은 흩어지고 태양이 수풀 위로 높이 솟아올라 이슬에 젖은 잎사귀들과 물웅덩이, 교회의 지붕과 십자가를 비추었다. 오른쪽 앞에는 검푸른 기운이 감도는 원경 속에 산들이 하얀 모습을 드러냈다. 삼두마차는 교외의 큰 마을로 들어섰다. 거리는 러시아인들, 그리고 낯선 전통 모자와 의상으로 차려입은 이민족들로 가득했다. 술에 취하거나 멀쩡한 남자들과 여자들이 상점, 음식점, 술집, 짐수레 주변을 맴돌며 떠들고 있었다. 도시가 멀지 않았음을 알 수 있었다.

고삐를 당기며 오른쪽 말에 채찍질을 한 마부는 고삐를 오른쪽으로 돌리기 위해 옆으로 옮겨 앉더니, 재주를 뽐내듯 속력을 늦추지 않고 단숨에 큰길을 지나서 나루터가 있는 강으로 달려갔다. 빠른 속도로 흘러가는 강 한복판에서 나룻배가 기슭으로 다가오고 있었다. 이쪽 강기슭에는 스무 대가량의 짐마차가 나룻배를 기다리고 있었다. 네흘류도프는 오래 기다리지 않았다. 물살을 거슬러 올라가던 나룻배가 급류를 타고 쏜살같이 나루터 갑판에 닿았다.

큰 키에 어깨가 넓은 근육질의 과묵한 뱃사공들은 반코트에 가죽신을 신고 있었다. 그들은 능숙한 솜씨로 밧줄을 던져 말뚝에 매고는 빗장을 풀어서 싣고 온 마차를 강기슭에 내려놓은 다음, 대기하던 짐마차들을 싣기 시작했다. 물이 무서워서 뒷걸음질 치는 말들과 짐마차들이 나룻배에 차근차근 실렸다. 넓은 강의 빠른 물살이 밧줄을 팽팽하게 당기며 나룻배의 뱃머리에 철썩 부딪쳤다. 나룻배가 만원이 되고 네흘류도프의 마차와 고삐 풀린 말들도 다른 마차들에 밀려서 한쪽 구석으로 몰리자, 뱃사공들은 빗장을 지르고는 아직

타지 못한 사람들의 애원은 들은 척도 않고 묶었던 밧줄을 끌어 올린 후 출발했다. 뱃사공들의 발소리와 갑판을 두드리는 말발굽 소리뿐, 나룻배 안은 조용했다.

21

네흘류도프는 뱃머리에 서서 빠르게 흐르는 넓은 강을 바라보았다. 그의 머릿속에는 두 사람의 형상이 번갈아 가며 떠올랐다. 그것은 마차가 요동칠 때마다 머리를 부딪히며 원한을 품은 채 죽어 가고 있는 끄르일리초프의 모습과, 시몬손과 함께 도로변을 힘차게 걸어가는 까쮸샤의 모습이었다. 죽어 가고 있음에도 죽음을 준비하지 않는 끄르일리초프의 모습은 그의 마음을 무겁고 슬프게 했다. 그리고 시몬손 같은 사내의 사랑을 받으며 이제는 단단하고 믿음직한 선의 길로 들어선 까쮸샤의 씩씩한 모습은 네흘류도프가 당연히 기뻐해야 할 일이었지만 그 역시 괴로운 일이었고, 그 아픔을 이겨 내기가 쉽지 않았다.

도시가 있는 방향에서 오호뜨니츠끼 대사원의 종소리와 금속성 여운이 물결을 타고 들려왔다. 네흘류도프 옆에 서 있던 마부와 짐마차꾼들이 한 사람씩 모자를 벗으며 성호를 그었다. 처음엔 네흘류도프가 관심을 두지 않던, 난간 가장 가까운 곳에 서 있던 키 작은 털북숭이 노인은 성호도 긋지 않고 머리를 꼿꼿이 세운 채 그를 지켜보았다. 그는 누더기 코트와 나사 바지를 입고 낡은 시베리아 가죽신을 신었으며, 그리 크지 않은 보따리를 메고 머리에는 너덜거리는 챙 높은 털모자를 쓰고 있었다.

「여보시오, 노인장, 당신은 왜 기도를 드리지 않는 거요?」

네흘류도프의 마부가 모자를 고쳐 쓰면서 말했다. 「영세를 받지 않았소?」

「누구한테 기도하란 말이야?」 털북숭이 노인은 단호하고 빠른 어조로 한 마디씩 또박또박 대답했다.

「누구긴 누구요, 하느님이지.」 마부가 야유하듯 말했다.

「그럼 그분이 어디 계신지 자네가 한번 보여 줘봐. 하느님 이라고?」

노인의 표정에 진지하고 강경한 그 무엇이 서려 있음을 눈치챈 마부는 사람을 잘못 만났다는 느낌에 약간 당황스러워했지만 그런 내색은 하지 않은 채 지켜보는 사람들 앞에서 망신을 당하지 않으려고 얼른 대답했다.

「어디에 계시냐고? 그야 하늘에 계시죠.」

「자네는 거기에 가보았나?」

「가봤건, 안 가봤건, 하느님께 기도해야 한다는 것쯤은 누구나 다 알고 있잖소?」

「하느님을 본 사람은 어디에도 없다네. 지금 자기 품 안에 있는 외아들에게만 보여 주셨지.」 노인은 근엄한 얼굴로 인상을 쓰며 여전히 빠른 어조로 말했다.

「아마도 기독교도가 아니라, 이교도인 모양이군요. 그럼 땅굴에나 기도드리시오.」 마부는 허리춤에 채찍을 꽂고 말엉덩이 띠를 고쳐 매면서 말했다.

누군가 웃기 시작했다.

「그렇다면 당신의 종교는 뭐요, 노인장?」 나룻배 한구석에 서 있던 중년 사내가 물었다.

「난 어떤 종교도 갖고 있지 않아. 왜냐하면 누구도, 나를 제외한 누구도 믿지 않거든.」 노인은 빠르고 단호하게 대답했다.

「어떻게 자신을 믿을 수 있죠?」 네흘류도프가 대화에 끼어

들며 말했다.「잘못될 수도 있지 않습니까?」

「그런 적은 한 번도 없었소.」 노인은 고개를 가로저으며 단호하게 대답했다.

「그렇다면 어째서 그렇게 다양한 종교가 존재할까요?」 네흘류도프가 다시 물었다.

「다양한 종교가 존재하는 이유는, 인간들이 다른 사람들은 믿으면서도 자기 자신은 믿지 않기 때문이오. 한때는 나도 다른 사람들을 믿었다가 타이가 한복판에서 헤매듯 길을 잃은 적이 있소이다. 다시는 헤어날 수 없을 정도로 방황도 했다오. 구교도, 신교도, 안식파 교도, 흘르이스뜨 교도, 승려파 교도, 비승려파 교도, 오스트리아 교도, 몰로깐 교도, 거세파 교도 등[89]이 있지만 모든 종파들이 서로 자기들만 옳다고 떠들어 대고 있소. 그러니 모두 눈먼 강아지처럼 방황할 수밖에. 종교는 많지만 영혼은 하나요. 당신도, 나도, 또 저 사람도 다 하나의 영혼을 가지고 있소. 다시 말해서 누구나 자신의 영혼을 믿으면, 그땐 하나의 믿음으로 통일되는 거요. 스스로 자기 자신을 믿으시오. 모두 하나가 될 테니.」

노인은 더 많은 사람들이 자신의 이야기에 귀를 기울이기를 바라는 듯 사방을 둘러보며 큰 소리로 말했다.

「그렇다면, 당신은 얼마나 오랫동안 그런 신앙을 가졌습니까?」네흘류도프가 물었다.

「나 말이오? 상당히 오래됐지. 벌써 23년째 쫓기고 있으니까.」

「쫓기다니요?」

「그리스도가 쫓겼던 것처럼 나도 쫓겨 다니지. 법원에도 붙잡혀 가고, 복음서 학자나 바리새인들 같은 사제들한테도

89 모두 러시아 정교에 적대적인 다양한 종파들이다.

끌려 나가고, 정신 병원에 입원당한 적도 있소. 하지만 그들은 내게 아무 짓도 할 수 없었소. 나는 자유인이니까. 사람들은 〈이름이 뭡니까?〉라고 묻곤 하지. 나한테 이름이 있는 줄 아는 모양이야. 하지만 나는 어떤 이름도 없소. 나는 모두 다 거부했으니까. 그래서 이름도, 거처도, 조국도 없는 것이오. 나는 다만 나 자신일 뿐이오. 이름이 뭐냐고? 인간이오. 〈나이가 몇 살이냐〉고? 계산하지도 않고, 계산해 본 적도 없다고 말할 뿐이오. 왜냐하면 나는 살아왔고, 늘 살고 있으며, 앞으로도 살아갈 테니까. 〈당신의 아버지와 어머니가 누구냐〉고? 나는 하느님과 대지 말고는 아버지도 어머니도 없소. 하느님이 내 아버지고, 대지가 어머니란 말이오. 〈황제 폐하를 인정하느냐〉고? 황제를 내가 왜 인정해야 하지? 그는 그 자신의 황제이고, 나는 나 자신의 황제인데. 〈너 같은 놈과는 이야기할 수가 없다〉고? 사실 나도 이야기하자고 부탁한 적이 없지 않소. 사람들은 이렇게 날 괴롭히고 있는 것이오.」

「지금은 어디로 가시는 길입니까?」 네흘류도프가 물었다.

「하느님께서 인도하실 것이오. 나는 일도 하지만, 일거리가 없으면 구걸을 한다오.」 노인은 나룻배가 강기슭으로 다가서자 자신의 이야기를 경청하는 사람들을 당당하게 둘러보며 이렇게 말을 끝맺었다.

나룻배가 강기슭에 닿았다. 네흘류도프는 지갑을 꺼내 노인에게 돈을 건네려고 했으나 노인은 받지 않았다.

「그런 것은 받지 않소. 빵이라면 몰라도.」 그가 말했다.

「그렇다면 죄송합니다.」

「죄송할 것 없소. 날 경멸하려던 것은 아니니까. 하긴, 절대로 경멸할 수 없겠지만.」 노인은 이렇게 말한 다음 내려놓았던 보따리를 다시 어깨에 메기 시작했다. 그사이에 분리된 마차가 뭍으로 당겨지고 말이 매였다.

「나리, 저런 작자와 말씀을 나누시는 걸 보니 나리께서도 호기심이 꽤 많으신 모양이군요.」네흘류도프가 억센 뱃사공들에게 웃돈을 주고 마차에 오르자, 마부가 이렇게 말했다. 「저런 인간은 떠도는 부랑자일 뿐입니다.」

22

언덕으로 올라오자 마부는 뒤를 돌아보았다.

「어떤 호텔로 모실까요?」

「어디가 괜찮은가?」

「〈시베리아 호텔〉이 제일 낫습니다. 〈쥬꼬프 호텔〉도 괜찮고요.」

「아무 데로나 가세.」

마부는 다시 의자에 비스듬히 앉아 속력을 냈다. 도시는 어느 곳이나 마찬가지였다. 다락 창이 달리고 지붕이 푸른 똑같은 건물들, 똑같은 모습의 사원, 구멍가게들, 대로변의 상점들과 번화가에 있는 상점들, 심지어는 경찰들까지도 똑같은 모습이었다. 다만 대부분의 집들이 목조 건물이고 거리가 포장되지 않았을 뿐이다. 마부는 가장 번화한 거리의 어느 호텔 앞에서 마차를 멈췄다. 그러나 그 호텔에는 빈 방이 없었으므로 다른 호텔로 발길을 돌려야 했다. 다른 호텔에는 빈 방이 있어서 네흘류도프는 두 달 만에 처음으로 꽤나 깨끗하고 편안하며 익숙한 환경에서 지낼 수 있었다. 방은 그리 호화롭진 않았지만 그동안 역마차 여인숙이나 시골 여인숙, 죄수 숙박지에서 지내던 터라 그는 한결 개운했다. 무엇보다도 네흘류도프는 죄수 숙박지를 방문한 이후로 완전히 몰아낼 수 없었던 이를 깨끗이 털어 내야 했다. 짐을 내려놓은 그는 즉시 목욕을 하고 도시풍으로 옷을 갈아입었다. 풀 먹인 와이셔츠에 줄무늬 바지를 입고 연미복과 외투를 걸친 다음, 그는 지역 총독을 방문하기로 했다. 호텔 수위가 불러 온 마부는 비대한 끼르기즈 말이 끄는 덜컹거리는 마차에 네 홀류도프를 태워서 보초병들과 경찰이 서 있는 웅장하고 아 름다운 저택 앞에 내려놓았다. 저택 앞뒤의 정원은 잎이 모 두 떨어진 백양나무와 자작나무의 앙상한 가지 사이에 전나 무, 소나무, 가문비나무 등이 검푸른 색으로 울창하게 우거 져 있었다.

장군은 건강이 좋지 않다며 손님을 받지 않았다. 그래도 네흘류도프는 명함을 전해 달라고 하인에게 부탁했다. 잠시 후 하인은 호의적인 답변을 가지고 돌아왔다.

「어서 오십시오.」

현관과 하인과 당번병과 계단, 모자이크로 바닥을 깐 반질 반질한 홀까지 모든 것이 뻬쩨르부르그와 비슷했다. 다만 조 금 더 더럽고 과장되어 있을 뿐이었다. 네흘류도프는 서재로 안내됐다.

주먹코에 몹시 뚱뚱한 장군은 이마와 훌렁 벗겨진 대머리 에 혹이 나 있었으며 눈 밑 살이 주머니처럼 늘어진 다혈질 의 사내였다. 그는 따따르식 비단 가운을 입고 손에는 담배 를 든 채 은제 찻잔에 차를 마시고 있었다.

「반갑습니다! 가운 차림으로 뵙게 되어 죄송합니다. 그래 도 뵙지 못하는 것보다는 훨씬 낫겠죠.」그는 주름진 굵은 목 덜미를 가운으로 가리며 말했다.「몸이 몹시 불편해서 외출 도 못 하고 있습니다. 그런데 무슨 일로 이렇게 먼 길을 찾아 오셨습니까?」

「죄수 대열을 따라왔습니다. 대열 속에 가까운 사람이 있 어서요.」네흘류도프가 말했다.「사실 그 사람과 또 어떤 상황에 대해 각하게 부탁드릴 것이 있습니다.」

장군은 담배를 한 모금 빨고 차를 홀짝거리며 마신 다음, 공작석으로 만든 재떨이에 담배를 비벼 끄고는 반짝이는 가느다란 눈으로 네흘류도프의 얼굴을 응시했다. 그는 진지한 태도로 그의 말을 경청했다. 담배를 피우지 않겠느냐는 질문 때문에 네흘류도프는 잠시 이야기를 중단해야 했다.

장군은 자유주의와 인도주의를 자신의 직업에 반영할 수 있다고 생각하는 학자 타입의 군인이었다. 그러나 선천적으로 총명하고 선량한 그는 그런 조화가 불가능하다는 사실을 재빨리 감지했고, 끊임없이 솟구치는 내적 모순을 애써 무시하기 위해 군인들 사이에 성행하는 폭음이라는 습관에 점점 빠져들었다. 그리고 폭음으로 보낸 35년간의 군 복무로 인해 의사로부터 알코올 의존증이라는 진단을 받기에 이르렀다. 술에 완전히 찌든 생활을 했던 것이다. 그는 무슨 술이든 입에만 대면 취기가 올랐다. 술을 마시지 않으면 잠시도 견딜 수 없는 그에게 술은 이미 필수품이 되었으며 매일 저녁이면 만취하곤 했으나, 그런 상태에 몹시 익숙해 있었으므로 비틀거리거나 횡설수설하는 일은 없었다. 만일 헛소리를 지껄인다 해도 이 지방 최고위직에 있는 그의 헛소리는 가장 현명한 말로 받아들여졌을 것이다. 하지만 네흘류도프가 방문한 것과 같은 오전에는 이성적인 사람과 다를 바가 없어서 상대방의 이야기를 잘 이해했을 뿐 아니라, 그가 즐겨 말하는 〈술도 마시고 현명해지니, 이익이 두 배〉라는 격언처럼 자신의 업무를 꽤나 성공적으로 처리해 나갔다. 상부에서도 그가 술꾼이라는 사실을 알고 있었으나 어쨌든 그가 다른 사람들보다는 교양이 있고(비록 그 교양도 술 취하면 정지되었지만) 과감하고 유능하며 풍채도 좋은 데다 취하더라도 자기 조절을 할 줄 아는 편이었기 때문에 현재 맡고 있는 막중한 중책에 임명되었고, 또 그 자리에서 버틸 수 있었다.

네흘류도프는 자신이 돌보는 여자가 억울하게 유죄 판결을 받았으며 황제 폐하께 그녀의 탄원서를 제출했다는 이야기를 들려주었다.

「그랬군요. 그래서요?」 장군이 말했다.

「그 여자의 운명에 관한 뻬쩨르부르그의 통보가 늦어도 월말까지는 여기 있는 저에게 도착할 겁니다…….」

장군은 네흘류도프를 응시하며 짧은 손가락을 테이블로 뻗어서 벨을 눌렀다. 그러고는 담배를 피워 물더니 콜록거리며 묵묵히 이야기를 들었다.

「그래서 부탁드리는 겁니다만, 탄원서의 회신이 도착할 때까지 그녀를 이곳에 머물도록 해주십시오.」

하인 역할을 하는 군복 차림의 당번병이 들어왔다.

「안나 바실리예브나가 잠에서 깼는지 알아봐.」 장군이 당번병에게 말했다. 「그리고 차도 더 가져와. 다른 용건은 뭡니까?」 장군은 네흘류도프를 돌아보며 말했다.

「다른 부탁이란…….」 네흘류도프가 말을 이었다. 「죄수 대열에 소속된 어느 정치범과 관련된 문제입니다.」

「그렇군요!」 장군은 의미심장하게 고개를 끄덕이며 말했다.

「그 사람은 병세가 심각해서 죽어 가고 있습니다. 아마 여기 있는 병원에 남게 될 겁니다. 그런데 정치범들 가운데 한 여자가 그를 간호하기 위해 남겠다고 합니다.」

「그와 별 관계가 없는 여자인가요?」

「그렇습니다. 하지만 결혼을 해야만 남을 수 있다면 그럴 준비가 되어 있답니다.」

장군은 상대를 당황하게 하려는 듯 반짝이는 눈으로 그를 응시하며 묵묵히 담배만 피웠다.

네흘류도프가 이야기를 마치자, 그는 테이블 위에 놓인 책을 집어서 손가락에 침을 바르며 재빨리 책장을 넘기더니 결혼에 관한 조항을 읽었다.

「그녀는 어떤 판결을 받았죠?」 그가 책에서 눈을 떼며 물었다.

「징역형입니다.」

「그렇다면 결혼이 판결을 바꿀 수는 없겠군요.」

「그렇긴 합니다만—」

「잠깐만요, 그녀는 자유로운 사람과 결혼하더라도 형기를 마쳐야 합니다. 질문 하나 하겠습니다. 남자 죄수와 여자 죄수 가운데 누가 더 무거운 처벌을 받았습니까? 남자 죄수입니까, 여자 죄수입니까?」

「두 사람 다 강제 징역형을 선고받았습니다.」

「저런, 그렇다면 하는 수 없군요.」 장군이 미소 지으며 말했다. 「남자 죄수나 여자 죄수나 마찬가지라니요. 물론 병을 앓고 있는 남자 죄수는 남을 수 있습니다.」 그는 계속해서 말했다. 「물론 그 남자 죄수가 짊어진 운명의 짐을 덜어 주기 위해 가능하면 최선을 다할 생각입니다만, 설혹 결혼을 한다고 해도 여자 죄수는 여기에 남을 수 없습니다……」

「부인께서는 커피를 들고 계십니다.」 하인이 보고했다.

장군은 고개를 끄덕인 다음 이야기를 계속했다.

「그렇지만 좀 더 생각해 보겠습니다. 그들의 이름이 뭐지요? 여기에 적어 주십시오.」

네흘류도프는 이름을 적었다.

「그것도 불가능합니다.」 장군은 환자와 면회하고 싶다는 네흘류도프의 부탁에 이렇게 대답했다. 「물론 당신을 의심하지는 않습니다만……」 그가 말을 이었다. 「당신은 그 사람뿐 아니라 다른 사람들한테도 관심이 있고 돈도 많습니다. 이 지방에서는 뇌물만 주면 무슨 일이든 가능합니다. 저는 뇌물을 주고받는 행위를 근절시키라는 말을 듣고 있습니다. 하지만 모두가 뇌물을 받고 있으니, 근절시킬 방법이 없군요. 말단 관료들이 고위 관료들보다 더 심합니다. 5천 베르스따나 떨어져 있으니 감시할 방법도 없지 않습니까? 그들은 자기 지역에서 황제나 다름없습니다. 이곳에서 제가 그렇듯 말이죠.」 이렇게 말한 후 그는 웃기 시작했다. 「당신도 정치범들과 면회하셨겠지만, 아마 그때마다 돈을 쥐여 주고 허락을 받았겠죠?」 그는 미소 지으며 말했다. 「그렇지 않습니까?」

「네, 맞습니다.」

「그럴 수밖에 없었다는 점을 저는 잘 알고 있습니다. 당신은 그 정치범을 만나고 싶어 합니다. 그리고 그를 동정합니다. 그런데 교도소 소장이나 호송병들은 뇌물을 받습니다. 왜냐하면 봉급이라야 20꼬뻬이까짜리 은전 두 닢 밖에 안 되는데, 가족이 딸려 있으니 뇌물을 받지 않을 수 없겠지요. 그들이나 당신의 입장에 서게 된다면 저도 똑같이 행동했을 겁니다. 하지만 이 자리에 있는 한 저로서는 너무나 명백한 법률 위반을 묵인할 수 없습니다. 물론 저도 인간이고 동정심에 끌리기도 하지요. 하지만 저는 임무를 수행하고 또 일정한 제약 아래서 신임을 받고 있기 때문에 그 신임에 부응해야 합니다. 자, 이 문제는 이 정도로 매듭지읍시다. 그럼, 이제 요즘 수도는 어떻게 돌아가는지 좀 들려주시죠.」

그리고 장군은 질문을 던져 가며 말하기 시작했다. 새 소식도 들을 겸, 동시에 자신의 지식과 인도주의도 드러내고 싶었던 것이다.

23

「그런데 어디에 묵고 계십니까? 쮸끄 호텔인가요? 아니, 거긴 좋지 않아요. 5시쯤 식사하러 오십시오.」장군은 네흘류도프를 놓아주면서 말했다.「영어할 줄 아십니까?」

「네, 압니다.」

「아, 마침 잘됐군요. 아실지 모르겠지만, 영국인 여행가 한 사람이 이곳에 와 있거든요. 시베리아 유형과 교도소에 관해 연구하고 있는 사람이죠. 우리 집에서 식사하기로 되어 있으니, 당신도 와주십시오. 식사 시간은 5시입니다. 제 아내는 시간을 잘 지키죠. 그때 그 여자 죄수를 어떻게 처리할지, 그리고 그 환자 문제에 대해서도 대답해 드리겠습니다. 어쩌면 그 남자 죄수 곁에 누군가를 남겨 둘 수도 있을 겁니다.」

장군과 헤어진 네흘류도프는 한결 고무된 기분으로 우체국을 향해 갔다.

우체국은 천장이 둥글고 낮은 건물이었다. 사무실에는 직원들이 앉아서 북적거리는 사람들을 상대하고 있었다. 한 직원이 고개를 비스듬히 숙인 채 능란한 솜씨로 쉬지 않고 편지 봉투에 스탬프를 찍고 있었다. 네흘류도프는 오래 기다리지 않았다. 그가 이름을 말하자 직원은 상당한 양의 우편물을 곧 건네주었다. 거기에는 돈도 들어 있었고 몇 통의 편지와 책들도 들어 있었으며『조국의 잡기(雜記)』최근호도 있었다. 우편물을 받아 든 네흘류도프는 나무 벤치로 다가갔다. 그곳에는 조그만 책을 든 병사가 무언가를 기다리면서 앉아 있었다. 네흘류도프는 그 옆에 나란히 앉아서 받은 편지들을 살폈다. 그 속에는 등기 우편도 한 통 들어 있었다. 선명하고 붉은 밀랍으로 꼼꼼히 봉인된 예쁜 봉투였다. 공문서 한 통과 함께 동봉된 그 편지가 셀레닌으로부터 온 것임을 확인한 그는 피가 머리로 솟구치고 가슴이 조여드는 느낌이었다. 그것은 까쭈샤 사건에 대한 결정문이었다. 어떤 결정이 내려졌을까? 기각은 아닐까? 네흘류도프는 알아보기 힘들 만큼 삐뚤삐뚤하고 조그맣게 쓰인 글씨를 급히 읽기 시작했고 곧 안도의 한숨을 내쉬었다. 결정은 호의적이었다.

〈친애하는 벗이여!〉 셀레닌은 이렇게 쓰고 있었다.

자네와의 마지막 대화는 내게 강한 인상을 남겨 주었네. 마슬로바 사건과 관련해서는 자네가 옳았어. 나는 사건을 면밀히 조사해 본 뒤 그녀의 사건과 관련해서 분개할 만한 부당 행위가 있었음을 알게 되었네. 그것을 바로잡을 수 있는 건 자네가 방문했던 청원 위원회뿐이었지. 나는 그곳에서 사건 판결에 협력할 수 있었고, 예까쩨리나 이바노브나 백작 부인이 알려 준 자네 주소로 특사 사본을 여기 동봉하네. 원본은 그녀가 재판받을 무렵 수감되었던 곳으로 발송되었는데, 아마도 곧 시베리아 총독부로 보내질걸세. 그래서 이 기쁜 소식을 서둘러 알리는 것이네. 우정의 악수를 보내네.

자네의 벗 셀레닌

사본의 내용은 다음과 같았다.

황제 폐하 직속 청원 접수국. ××사건, ××부 ××계, ××년 ××월 ××일.
황제 폐하 직속 청원 접수국 국장의 지시에 따라 평민 예까쩨리나 마슬로바에게 다음과 같이 공고함. 황제 폐하께서는 상신된 마슬로바의 탄원에 자비를 베푸시어, 강제 노동형을 시베리아 근교 이주형으로 변경토록 윤허하셨음.

이 소식은 너무나 기쁘고 중요한 것이었다. 까쮸샤를 위해서, 그리고 자기 자신을 위해서 네흘류도프가 기대했던 모든 것이 이루어진 것이다. 이러한 상황 변화로 인해 그녀와의 관계는 다시 복잡해질 것이 분명했다. 그녀가 징역수의 입장이었을 때 약속했던 결혼은 한낱 허구에 지나지 않았으며, 단지 그녀의 입장을 편하게 해주는 의미만 지닐 뿐이었다. 이제는 그들의 결혼을 방해할 장애물이 아무것도 없게 된 것이다. 하지만 네흘류도프는 그 문제에 아무런 준비도 되어 있지 않았다. 더구나 그녀와 시몬손 사이의 관계는 어떻게 할 것인가? 어제 그녀가 한 말은 어떤 의미였을까? 그리고 만일 그녀가 시몬손과 결합하는 데 동의한다면 그건 좋은 일일까, 아니면 나쁜 일일까? 이런 잡념 속에서 아무 해결책도 찾지 못하자, 그는 일단 생각을 그만 접어 두기로 했다. 〈이런 문제는 모두 나중에 판명되겠지.〉 그는 생각했다. 〈지금은 가능한 빨리 이 기쁜 소식을 알리고 그녀를 석방시켜야 해.〉 그러기 위해서는 손에 들고 있는 서류 사본만으로도 충분하다고 그는 생각했다. 그래서 우체국을 나오자마자 교도소로 가자고 마부에게 지시했다.

장군은 교도소 오전 방문을 허락하지 않았지만, 고위 관리로부터 좀처럼 받기 힘든 허락도 하급 관리들로부터는 쉽게 받아 낼 수 있다는 사실을 네흘류도프는 경험으로 알고 있었다. 그래서 지금 당장 교도소를 방문하기로 결심했던 것이다. 그는 까쮸샤를 석방시킬지도 모를 이 기쁜 소식을 어서 그녀에게 전해 주고 싶었고, 동시에 끄르일리초프의 건강에 대해 알아보고 그와 마리야 빠블로브나에게 장군의 말을 전하고 싶었다.

교도소 소장은 키가 몹시 크고 뚱뚱한 거인으로 콧수염과 입술 쪽으로 굽은 긴 구레나룻을 길렀다. 그는 대단히 깐깐한 자세로 네흘류도프를 맞으며 상관의 허락 없이는 외부인에게 면회를 허락할 수 없다고 잘라 말했다. 수도의 교도소에서도 면회 허락을 받았다는 네흘류도프의 말에 소장은 이렇게 대답했다.

「그럴 수도 있겠지요. 하지만 저로서는 허락할 수 없습니다.」그의 말투는 마치 〈서울 양반들아, 우리들을 겁주고 어리둥절하게 만들려는 수작인가 본데, 우리 동부 시베리아에도 엄연히 질서라는 게 있으니 어디 한번 당신한테 보여 주지〉라고 하는 것 같았다.

황제 폐하 직속 접수국장이 직접 보낸 서류 사본도 소장에게는 통하지 않았다. 그는 네흘류도프가 교도소 담장 안으로 들어가는 것을 단호히 거절했다. 이 사본을 제시하기만 하면 마슬로바가 석방될 거라고 생각했던 네흘류도프의 순진한 생각에 대해, 그는 누구든 석방하려면 직속상관의 명령이 있어야만 한다고 잘라 말하면서 경멸의 미소만 지을 뿐이었다. 소장이 한 약속은 특사가 내려졌다는 사실을 마슬로바에게 알려 주겠다는 것, 그리고 직속상관의 명령서를 받아 오면 지체하지 않고 그녀를 석방하겠다는 것뿐이었다.

소장은 끄르일리초프의 병세에 대해 아무 귀띔도 해주지 않았으며 그런 죄수가 있는지의 여부조차 알려 주지 않았다. 이처럼 아무런 소득도 거두지 못한 채 네흘류도프는 대기시켰던 마차를 타고 호텔로 돌아왔다.

교도소 소장이 깐깐하게 굴었던 이유는 정원의 두 배가 넘는 죄수들이 수용된 교도소에 때마침 티푸스가 발생했기 때문이었다. 네흘류도프를 태우고 가면서 마부는 이렇게 말했다. 「교도소에서는 사람들이 마구 죽어 갑니다. 무슨 전염병이 돈다나 봐요. 하루에도 스무 명씩이나 거꾸러진다는군요.」

24

교도소로 들어가는 데 실패했지만 네흘류도프는 여전히 활기차고 다소 흥분된 기분으로 마슬로바의 특사 서류가 도착했는지 알아보기 위해 현청 사무국을 향해 마차를 몰았다. 서류는 도착하지 않았다. 그래서 네흘류도프는 호텔로 돌아와 지체 없이 이 사실을 셀레닌과 변호사에게 편지로 알렸다. 편지를 다 쓴 후, 시계를 들여다보니 벌써 장군의 집으로 식사를 하러 갈 시간이었다.

장군의 집으로 가면서 그는 까쭈샤가 특사를 어떻게 받아들일지 다시 생각해 보았다. 그녀를 어디로 이주시킬까? 시몬손은 어떻게 될까? 시몬손에 대한 그녀의 입장은 어떨까? 그녀에게서 일어난 변화를 생각하니 그녀의 과거까지 머릿속에 떠올랐다.

〈잊어야지, 잊어버려야지.〉 그는 이렇게 생각하면서 그녀에 대한 기억을 급히 지워 버렸다. 〈곧 밝혀질 거야.〉 그는 이제 장군에게 무슨 말을 할지 생각하기 시작했다.

장군 댁 만찬은 부자들이나 고관들의 생활 속에서 흔히 볼 수 있는 사치스러운 것이었지만 네흘류도프에게는 이미 익숙한 것이기도 했다. 게다가 사치는커녕 가장 원시적인 편리에서조차 오랫동안 멀어져 있었던 그로서는 그러한 만찬이 특히 반가웠다.

안주인은 니꼴라이 왕정의 궁녀를 지냈던 여자로, 프랑스어는 유창하지만 러시아어는 서투른 뻬쩨르부르그의 구식 귀부인이었다. 그녀는 매우 꼿꼿한 자세를 유지했으며 두 손을 움직이면서도 팔꿈치를 몸에서 떼지 않았다. 남편에게는 조용하면서도 약간 근심스러운 눈빛으로 존경을 표했으며, 손님들에게는 상대에 따라 다양한 뉘앙스로 대단히 상냥하게 대했다. 그녀가 식구를 대하듯 세심하면서도 눈에 띄지 않게 배려하며 네흘류도프를 챙겨 주었으므로, 그는 새삼 우쭐하고 흐뭇해졌다. 그녀는 그를 시베리아를 방문한 특이하고 성실한 사람으로 알고 있으며, 특별한 사람으로 생각하는 듯한 느낌을 주었다. 그 미묘한 존중과 장군 댁 생활의 세련되고 호화로운 분위기는 네흘류도프로 하여금 아름다운 환경과 맛있는 음식, 그리고 익숙한 부류의 예의 바른 사람들과의 경쾌하고 유쾌한 대화에 한껏 취하게 만들었다. 그는 최근 자신이 겪었던 모든 일이 마치 꿈처럼 느껴졌고, 이제야 비로소 진정한 현실에 눈을 뜬 기분이 들었다.

장군의 딸 내외와 부관을 포함한 집안 식구들 말고도 영국인, 금광업자, 시베리아의 먼 도시에서 온 지사가 더 있었다. 네흘류도프에게는 그들 모두의 존재가 마음에 들었다.

영국인은 얼굴이 붉고 건강한 사람으로 프랑스어는 몹시 서툴렀지만 영어는 아주 훌륭하고 감동적인 웅변조로 구사했으며, 견문이 무척 넓어서 아메리카와 인도와 일본과 시베리아 이야기로 관심을 끌었다.

젊은 금광업자는 농부의 아들로, 런던에서 맞춘 다이아몬드 커프스단추가 달린 연미복을 입고 있었다. 그는 커다란 도서관의 소유주이기도 했는데 자선 사업에도 거액을 희사한 바 있으며 유럽 자유주의의 신념에 차 있는 사람이었다. 네흘류도프는 그 젊은이로부터 건강한 농촌 묘목에 유럽 문화 가지를 접목한 전혀 새롭고 훌륭한 유형의 인물을 보는 것 같아서 흥미롭고도 좋은 인상을 받았다.

먼 도시에서 온 지사는 네흘류도프가 뻬쩨르부르그에서 지내는 동안 사람들의 입에 오르내리던 바로 그 전직 국장이었다. 그는 숱이 적은 고수머리에 온화하고 푸른 눈을 가진 뚱뚱한 사내로 아랫배가 툭 튀어나왔고 희고 고운 손가락에 반지를 끼었으며 얼굴에는 친절한 미소를 띠고 있었다. 그 지사는 현지 관료들 가운데 홀로 뇌물을 받지 않는다는 이유로 이 집 주인의 신임을 얻고 있었다. 굉장한 음악 애호가이며 훌륭한 피아니스트이기도 한 여주인 역시 그가 뛰어난 음악가이고 자신과 합주할 수 있는 사람이라는 점에서 그를 높이 평가했다. 네흘류도프는 기분이 매우 좋아서 지금은 그 사내조차 못마땅하지 않았다.

무슨 일에든 자발적으로 나서는, 턱에 면도 자국이 새파란 쾌활하고 정력적인 부관의 너그러운 마음씨도 네흘류도프에게 호감을 주었다.

무엇보다도 그의 마음에 들었던 것은 젊고 사랑스러운 장군의 딸 내외였다. 그의 딸은 예쁜 편은 아니었으나 순박한 젊은 여자로 자신의 쌍둥이 아이들에게 온통 정신이 빼앗겨 있었다. 그녀가 부모들과 오랫동안 싸운 끝에 연애결혼에 성공한 그녀의 남편은 모스크바 대학 박사 출신의 자유주의자였다. 겸손하고 현명한 그는 관직에 있으면서도 통계학, 특히 소수 민족 문제에 관심을 보였다. 그는 소수 민족을 연구하면서 그들을 아꼈고 그들의 멸족을 막으려고 노력했다.

모든 사람들이 네흘류도프에게 호의적이었고 친절했다. 그를 새롭고 흥미로운 인물로 반기는 것이 분명했다. 목에 백십자 훈장을 단 군복 차림의 장군은 오랜 지기를 대하듯 네흘류도프에게 안부를 물은 후, 곧바로 전채 요리와 보드까가 마련된 곳으로 손님들을 안내했다. 장군이 네흘류도프에게 자기 집에 다녀간 뒤 무엇을 했느냐고 묻자, 그는 우체국에 들렀다가 오전에 말했던 그 여자의 특사 소식을 알게 되었다면서 교도소 방문을 허가해 달라고 다시 부탁했다.

식탁에서 사무적인 이야기를 하는 것이 불만스럽다는 듯 장군은 얼굴을 찡그린 채 아무 말도 하지 않았다.

「보드까 드시겠습니까?」 장군은 자신에게 다가온 영국인을 향해 프랑스어로 말했다. 영국인은 보드까를 들이켠 후 오늘 대사원과 공장을 방문했으며, 이제 거대한 이송 교도소를 보고 싶다고 말했다.

「그거 잘됐군요.」 장군은 네흘류도프를 돌아보며 말했다. 「두 분이 함께 가시지요. 이분들에게 통행증을 만들어 드리게.」 그가 부관에게 말했다.

「언제 가시겠습니까?」 네흘류도프가 영국인에게 물었다.

「오늘 밤에 가는 편이 좋겠습니다.」 영국인이 말했다. 「모두 교도소에 있고, 또 아무 준비도 하지 않았을 테니 평소 모습 그대로겠지요.」

「허, 모든 것을 다 보시겠다는 거군요? 그러세요. 교도소에 대해 몇 번 글을 쓴 적도 있지만, 아무도 그런 곳에 대해서는 귀를 기울이지 않거든요. 외국 신문을 통해서라도 알려야지요.」 장군은 이렇게 말하며 안주인이 손님들의 자리를 지정해 놓은 식탁으로 걸어갔다.

네흘류도프는 안주인과 영국인 사이에 앉았다. 맞은편 자리에는 장군의 딸과 전직 국장이 자리를 잡았다.

식사 도중에 간간이 대화가 이어졌다. 영국인은 인도 이야기를 했고 장군은 통킹 원정[90]을 신랄하게 비판했으며, 시베리아에 만연한 사기 사건과 뇌물 이야기가 오가기도 했다. 네흘류도프는 그런 이야기들에는 별로 관심이 없었다.

그러나 식사 후 응접실에서 커피를 마시는 동안 네흘류도프와 영국인, 그리고 안주인 사이에는 글래드스턴[91]에 관한 매우 흥미로운 대화가 오갔다. 네흘류도프는 대화 중에 자신이 상대의 주목을 끌 만한 지혜로운 말을 많이 했다고 생각

___

90 1898년 프랑스가 베트남 북부 통킹 지방을 식민지로 삼기 위해 원정대를 보내 벌인 전쟁.

했다. 훌륭한 음식을 들고 술을 마신 후 푹신한 소파에 앉아서 상냥하고 교양 있는 사람들에게 둘러싸여 커피를 마시는 동안 그는 점점 더 유쾌해졌다. 영국인의 요청에 따라 여주인이 전직 국장과 함께 피아노 앞에서 미리 연습해 둔 베토벤의 교향곡 5번을 치기 시작했을 때, 네흘류도프는 오랫동안 잊고 지내던 정신적인 만족감이 충만해 오는 것을 느꼈다. 마치 자신이 얼마나 훌륭한 인간이었는지 이제서야 깨닫는 듯한 느낌이었다.

피아노도 아름다웠고 교향곡 연주도 좋았다. 교향곡을 잘 알고 좋아하던 네흘류도프는 적어도 그렇게 생각했다. 아름다운 안단테의 선율을 들으면서 그는 자신과 자신의 모든 선행에 대한 감동으로 코끝이 찡해 왔다.

오랫동안 잊고 지내던 즐거움을 맛볼 수 있었다며 안주인에게 감사의 말을 전한 후 작별 인사를 하고 떠나려는 순간 안주인의 딸이 네흘류도프에게 성큼성큼 다가오더니 얼굴을 붉히며 말했다.

「아까 제 아이들에 대해서 물어보셨죠? 그 애들을 한번 보시겠어요?」

「저 아인 누구나 자기 애들을 보고 싶어 하는 줄 아나 봐.」어머니가 철부지 같은 딸의 행동에 미소를 지으며 말했다. 「공작님께서는 전혀 흥미가 없으셔.」

「아닙니다, 저도 무척 궁금합니다.」네흘류도프는 행복에 넘치는 모성에 감동하면서 이렇게 말했다.

「아이들을 보여 주고 싶어서 공작님을 모셔 가는군.」사위와 금광업자와 부관과 함께 카드 테이블에 앉아 있던 장군이

---

91 William Ewart Gladstone(1809~1898). 영국의 정치인. 자유당 당수를 지냈고, 수상을 네 차례 역임하였다. 윈스턴 처칠과 함께 영국의 가장 위대한 수상으로 꼽힌다.

웃으면서 소리쳤다.「그래, 가서 네 본분을 다하려무나.」

그사이에 젊은 부인은 자기 아이들이 어떤 평을 받게 될지 마음을 졸이며 종종걸음으로 안채로 걸어갔다. 천장이 높고 흰 벽지를 바른 세 번째 방에는 어두운 갓을 씌운 조그만 램프의 빛을 받으며 두 개의 침대가 나란히 놓여 있었고, 그 사이에 하얀 숄을 두른 유모가 앉아 있었다. 전형적인 시베리아인처럼 광대뼈가 나온 선량한 얼굴을 한 유모는 자리에서 일어나 인사를 했다. 어머니는 첫 번째 침대 쪽으로 허리를 구부렸다. 거기에는 두 살짜리 계집애가 베개에 곱슬곱슬한 긴 머리카락을 늘어뜨리고 입을 벌린 채 조용히 잠들어 있었다.

「이 애가 까쨔예요.」어머니는 털실로 짠 담요를 매만지며 말했다. 담요 밑으로 조그맣고 하얀 발바닥이 드러나 있었다.「예쁘죠? 이제 겨우 두 살이에요.」

「귀엽군요!」

「이 애는 바슈끄고요. 할아버지께서 지어 주신 이름이지요. 생김새가 전혀 딴판이에요. 영락없는 시베리아 사람이죠, 그렇지 않아요?」

「잘생긴 사내애로군요.」네흘류도프는 엎드려 자고 있는 사내아이를 내려다보며 말했다.

「그래요?」어머니는 의미심장한 미소를 지으면서 말했다.

문득 네흘류도프의 머릿속에는 족쇄와 삭발한 머리, 구타와 타락, 죽어 가는 끄르일리초프와 얼룩진 과거를 안고 있는 까쮸샤가 떠올랐다. 그러자 저렇게 우아하고 정결해 보이는 행복이 부러워졌고, 자신도 그런 행복을 누리고 싶다는 생각이 들었다.

그는 거듭 아이들을 칭찬하여 그 칭찬을 한마디도 놓치지 않으려는 어머니를 만족시킨 뒤에 그녀의 뒤를 따라 응접실로 돌아왔다. 약속대로 함께 교도소에 가기 위해 영국인이 기다리고 있었다. 늙은 부부와 젊은 부부에게 작별 인사를 한 후, 네흘류도프는 영국인과 함께 장군 댁 현관을 나섰다.

날씨는 완전히 돌변해 있었다. 함박눈이 펑펑 내려서 벌써 거리에도, 지붕에도, 정원 나무에도, 승차대에도, 마차 위에도, 말 잔등에도 흰 눈이 쌓여 있었다. 영국인은 자신의 마차를 가지고 있었으므로 네흘류도프는 그 마차의 마부에게 교도소로 가라고 지시한 다음, 자신도 마차에 올라탔다. 불쾌한 의무를 수행한다는 괴로운 감정에 빠져들며 그는 부드러운 눈길 위를 힘겹게 굴러가는 마차를 타고 영국인의 마차를 쫓아갔다.

25

정문 밑에 보초가 서 있고 등불이 설치된 교도소의 음산한 건물은 승차대나 지붕이나 담장까지도 온통 하얀 눈으로 뒤덮여 있었음에도 불구하고, 앞 건물 창문마다 환하게 밝혀진 모습으로 인해 아침보다 더 우울한 인상을 풍겼다.

거대한 몸집의 소장은 정문까지 나와서 네흘류도프와 영국인에게 발급된 통행증을 등불에 비추어 보더니 믿을 수 없다는 듯 넓은 어깨를 움찔거렸으나, 명령에 따르지 않을 수 없었으므로 방문객들을 뒤따르게 했다. 소장은 먼저 그들을 마당으로 안내하더니 오른쪽 문을 열고 층계를 거쳐서 사무실로 들어갔다. 그러고는 그들에게 앉으라고 자리를 권한 다음 무엇을 도와주어야 할지 물었다. 지금 마슬로바를 면회하고 싶다는 네흘류도프의 이야기를 듣자, 소장은 그녀를 데려오라며 교도를 보냈다. 그리고 네흘류도프의 통역을 거쳐 퍼부을 영국인의 질문에 대한 대답을 준비했다.

「이 교도소의 수용 인원은 얼마죠?」 영국인이 물었다. 「지금 몇 명의 죄수가 수용되어 있습니까? 남자는 몇 명이고, 여자는 몇 명이며, 아이들은 또 몇 명입니까? 징역수들은 몇 명이고, 유형수들은 몇 명이며, 자발적으로 따라온 사람들은 몇 명입니까? 또 환자들은 몇 명입니까?」

기대하지 못했던 면회가 점점 다가오자 흥분을 가누지 못한 네흘류도프는 영국인과 소장의 말을 기계적으로 통역했다. 소장의 대답을 영국인에게 통역하는 도중에 그는 조금씩 다가오는 발소리를 들었다. 사무실 문이 열리고 지금까지 수없이 그랬듯이 간수의 뒤를 따라 머릿수건을 두르고 죄수복을 입은 까쮸샤가 나타났다. 그녀를 보자 그는 착잡한 기분이 들었다.

〈나도 당당하게 살고 싶다. 가족도, 자식도 갖고 인간답게 살고 싶다.〉 그녀가 땅을 쳐다보며 빠른 걸음으로 사무실에 들어올 때 이런 생각이 그의 뇌리를 스쳐 갔다.

그는 자리에서 일어나 그녀가 있는 쪽으로 몇 걸음을 옮겼다. 그녀는 불쾌하고 경직된 것 같은 표정이었는데, 그것은 그를 비난할 때의 모습이었다. 그녀의 안색이 붉으락푸르락 변하더니 떨리는 손가락으로 옷자락을 만지작거리기도 하고 그를 쳐다보기도 하고 눈을 내리깔기도 했다.

「특사가 내렸다는 사실을 알고 있소?」 네흘류도프가 말했다.

「네, 교도가 말해 주었어요.」

「서류가 도착하는 순간, 당신은 이곳에서 벗어나 원하는 곳에서 살 수 있소. 잘 생각해 봅시다……」

그녀는 재빨리 그의 말을 가로막았다.

「제가 생각해 볼 게 뭐가 있겠어요? 블라지미르 이바노비치가 가는 곳으로 동행할 생각인데요.」

몹시 흥분해 있었지만 그녀는 네흘류도프를 똑바로 쳐다보며 할 말을 미리 준비해 온 것처럼 빠르고 분명하게 대답했다.

「그럴 수가!」 네흘류도프가 말했다.

「왜 놀라시죠, 드미뜨리 이바노비치? 만일 그분이 저와 함께 살고 싶어 하신다면……」 그녀는 깜짝 놀라며 말을 멈추었다가 표현을 바꾸었다. 「자기 곁에 있어 달라고 하시면, 저에게는 그보다 더 좋은 일이 어디 있겠어요? 저는 그게 행복이라고 생각할 거예요. 그게 어때서요?」

〈둘 중 하나다. 그녀는 시몬손을 사랑하기 때문에 내가 바치려는 희생이 필요 없거나, 아니면 여전히 나를 사랑하기 때문에 내 행복을 위해 나를 물리치려는 거다. 시몬손과 자신의 운명을 결합시켜서 영원히 배수진을 치겠다는 말이다.〉 이런 생각이 들자 네흘류도프는 부끄러워지면서 얼굴이 화끈거리는 것을 느낄 수 있었다.

「만일 당신이 그를 사랑한다면……」 그가 말했다.

「사랑하거나 말거나 상관하지 마세요. 그런 건 이미 다 떨쳐 버렸어요. 그리고 블라지미르 이바노비치는 아주 특별한 분이에요.」

「그야 물론이오.」 네흘류도프가 입을 열었다. 「그는 훌륭한 사람이지. 나도 그렇게 생각하고 있소……」

그가 쓸데없는 말을 하지는 않을까, 혹은 자기가 할 말을 다 못 하지나 않을까 두려운 듯 그녀는 다시 그의 말을 가로챘다.

「드미뜨리 이바노비치, 당신의 뜻대로 하지 못하는 것을 용서해 주세요.」 그녀는 신비한 사팔눈으로 그의 눈을 바라보면서 말했다. 「그래요, 아마도 이렇게 될 운명이었나 봐요.

당신도 인간답게, 당당하게 살아야 해요.」

그녀는 조금 전에 그가 혼자 중얼거린 것과 똑같은 말을 했다. 그러나 이제 그는 이미 전혀 다른 것을 생각하고 느끼고 있었다. 그는 부끄러운 생각이 들었고 그녀와 더불어 잃어버린 모든 것이 아까웠다.

「나는 이런 걸 기대하지는 않았소.」 그가 말했다.

「왜 이렇게 살면서 고생을 하시는 거죠? 당신은 충분히 고통받으셨어요.」 이렇게 말하며 그녀는 묘한 미소를 지었다.

「나는 고통스럽지 않았소. 그건 내게 좋은 일이었소. 그리고 가능하면 당신을 위해 봉사하고 싶었고.」

「우리에게는……」 그녀가 말했다. 〈우리에게는〉이라고 말하고 나서 그녀는 네흘류도프를 힐끗 쳐다보았다. 「아무것도 필요 없어요. 당신은 저를 위해서 이미 너무 많은 것을 해주셨어요. 만일 당신이 아니었더라면……」 그녀는 무슨 말인가 하려고 했지만 목소리가 떨리기 시작했다.

「나는 당신에게 고맙다는 말을 들을 자격이 없소.」 네흘류도프가 말했다.

「계산할 게 뭐가 있겠어요? 우리 사이의 계산은 하느님께서 해주실 거예요.」 그녀는 이렇게 말했다. 어느새 그녀의 까만 눈동자에는 눈물이 맺혀 있었다.

「당신은 정말 좋은 여자요!」 그가 말했다.

「제가 좋은 여자라고요?」 목멘 소리로 말하는 그녀의 얼굴에 애처로운 미소가 피어올랐다.

「다 됐습니까?」 영국인이 끼어들며 물었다.

「네, 곧 갑니다.」 네흘류도프는 이렇게 대답한 후, 그녀에게 끄르일리초프에 관해 물었다.

그녀는 흥분을 가라앉히며 자신이 알고 있는 사실을 조용히 이야기했다. 끄르일리초프는 이송 도중에 건강이 극도로 악화되어 곧바로 병원에 후송되었으며, 마리야 빠블로브나는 너무 걱정이 되어서 간병인으로 병원에 보내 달라고 간청했으나 끝내 허가를 얻지 못했다고 했다.

「이만 돌아가야겠어요.」 그녀는 영국인이 기다리는 것을 눈치채고는 이렇게 말했다.

「작별 인사는 하지 않겠소, 당신을 다시 만날 테니까.」 네흘류도프가 말했다.

「용서하세요.」 그녀는 들릴 듯 말 듯한 작은 소리로 말했다. 두 사람의 눈이 마주쳤다. 묘한 사팔눈의 시선과 애처로운 미소와 함께 그녀가 한 말은 〈안녕히 가세요〉가 아니라, 〈용서하세요〉였다. 네흘류도프는 자신의 예상 가운데 후자의 이유로 그녀가 그런 결정을 내렸음을 확실히 깨달았다. 그녀는 네흘류도프를 사랑했기 때문에 자신과 결합하면 그의 인생을 망칠 거라고 생각했던 것이다. 그래서 시몬손과 함께 떠남으로써 그에게 자유를 주고, 자신이 바라는 대로 실행한다는 생각에 기뻐하면서도 그와의 이별을 괴로워했던 것이다.

그녀는 잠시 그의 손을 잡더니 몸을 홱 돌려서 나가 버렸다.

네흘류도프는 나갈 준비를 하고 영국인을 돌아보았지만 그는 수첩에 무엇인가를 메모하고 있었다. 네흘류도프는 그를 계속 쳐다보며 벽 옆에 놓인 나무 의자에 앉았다. 그러자 갑자기 심한 피로감이 몰려왔다. 피로감은 밤잠을 이루지 못했기 때문도, 여행 때문도, 흥분 때문도 아니었다. 그는 생활 전체에 완전히 지쳤기 때문이라는 생각이 들었다. 의자 등받이에 기대고 눈을 감자마자 그는 순식간에 시체처럼 깊은 잠에 빠져들었다.

「자, 이제 감방을 돌아보시겠습니까?」 소장이 물었다.

네흘류도프는 깜짝 놀라며 잠에서 깨어나 사방을 두리번

거렸다. 메모를 끝낸 영국인은 감방을 둘러보고 싶어 했다. 네흘류도프는 몸도 피곤하고 아무 관심도 없었지만 그를 따라나섰다.

26

소장과 영국인과 네흘류도프는 교도의 안내를 받으며 현관과 구역질이 날 만큼 악취가 심한 복도를 지나다가 마룻바닥에 오줌을 누는 두 죄수를 목격하고는 깜짝 놀라기도 했다. 그들은 징역수들의 첫 번째 감방으로 들어갔다. 죄수들은 복판에 침상이 놓인 감방 안에 이미 모두 누워 있었다. 약 일흔 명 정도였다. 그들은 머리와 머리, 옆구리와 옆구리를 밀착시키고 잠들어 있었다. 방문객들이 들어서자 죄수들은 족쇄를 철거덕거리며 자리에서 일어나 반만 깎은 머리를 반짝이면서 침대 옆에 늘어섰다. 두 사람은 그대로 누워 있었는데 한 사람은 열이 심한지 얼굴이 빨갛게 달아오른 젊은이였고, 다른 한 사람은 줄곧 신음하는 노인이었다.

영국인은 젊은 죄수가 언제부터 아프기 시작했는지 물었다. 젊은이는 오늘 아침부터 아팠고 노인은 벌써 오래전부터 복통을 일으켰지만 병원이 만원이어서 수용할 곳이 마땅치 않다고 소장이 대답했다. 영국인은 불만스럽다는 듯 고개를 가로저으며 그들에게 할 말이 있다며 네흘류도프에게 통역을 부탁했다. 영국인은 자신에게 시베리아 유형지와 교도소에 대한 기록이라는 여행의 목적 말고도 신앙과 속죄를 통한 구원이라는 전도의 목적도 있음을 밝혔다.

「이 사람들에게 전해 주십시오. 그리스도께서는 그들을 불쌍히 여기시며 사랑하신다고.」 그가 말했다. 「그리고 그들을 위해 돌아가셨다고요. 만일 그들이 그 사실을 믿는다면 구원받는다는 것도요.」 그가 이런 이야기를 하는 동안 죄수들은 바지 솔기에 두 팔을 늘어뜨린 채 침상 앞에 묵묵히 서 있었다.「이 책에 모든 말씀이 들어 있다고 그들에게 전해 주십시오.」 그는 말을 맺었다.「읽을 줄 아는 분이 계십니까?」

글자를 아는 사람은 스무 명도 넘었다. 영국인이 손가방에서 제본된「신약 성서」몇 권을 꺼내자, 삼베 소매 사이로 드러난 거칠고 새까만 손톱의 근육질 손들이 서로를 밀쳐 내며 허우적거렸다. 그는 이 감방에 복음서 두 권을 나눠 주고 다음 감방을 방문했다.

다음 감방 역시 마찬가지였다. 찜통 같은 더위나 악취도 다를 바 없었다. 앞 감방과 똑같이 창문 사이에는 성상이 걸려 있었고 문 왼쪽에는 변기통이 놓여 있었으며, 죄수들 또한 옆구리를 밀착시키고 빽빽이 누워 있다가 모두 벌떡 일어나 늘어섰다. 그러나 여기에는 자리에서 일어나지 못하는 사람이 셋이었다. 두 사람은 몸을 가누고 앉았으나, 다른 한 사람은 자리에 누운 채 들어온 사람들을 쳐다보지도 못했다. 그들은 환자였다. 영국인은 조금 전과 똑같은 말을 똑같이 반복하고는 역시 복음서 두 권을 건넸다.

세 번째 감방에서는 고함 소리와 떠드는 소리가 들려왔다. 소장이 문을 두드리며 〈조용히 해!〉 하고 소리쳤다. 문이 열리자 죄수들은 다시 침상 옆에 늘어섰지만 몇몇 환자들, 그리고 심통 사납게 일그러진 얼굴로 싸우던 두 사람은 예외였다. 그중 한 사람은 상대의 머리채를, 그리고 다른 한 사람은 수염을 잡아당기고 있었다. 소장이 가까이 다가가자 그들은 그제야 손을 놓았다. 코를 쥐어박힌 한 사람은 흘러내리는 콧물과 침과 코피를 긴 외투의 소맷자락으로 훔쳤고, 다른 한 사람은 잡아 뜯긴 턱수염을 주워 모았다.

「반장!」 소장이 준엄한 목소리로 외쳤다.

건장하고 잘생긴 사내가 앞으로 나왔다.

「도저히 말릴 수가 없었습니다, 소장님.」 반장이 미소를 지으며 말했다.

「그렇다면 내가 진정시키지.」 소장이 인상을 쓰면서 말했다.

「저 사람들은 왜 싸운 겁니까?」 영국인이 물었다.

네흘류도프는 반장에게 싸움이 왜 벌어졌느냐고 물었다.

「각반 때문이죠. 남의 것을 찾거든요.」 반장은 여전히 미소를 지으며 말했다. 「이 녀석이 집적거리니까, 저 녀석이 한대 먹인 겁니다.」

네흘류도프가 영국인에게 설명했다.

「저 사람들한테 몇 마디 이야기할 게 있습니다.」 영국인이 소장을 돌아보며 말했다.

네흘류도프가 통역했다. 소장은 〈그러시죠〉라고 대답했다. 그러자 영국인은 가죽으로 제본된 자신의 복음서를 꺼냈다.

「내 말 좀 통역해 주십시오.」 그가 네흘류도프에게 말했다. 「여러분들은 말다툼을 하고 주먹을 휘둘렀습니다. 그러나 우리들을 위해 돌아가신 그리스도께서는 우리들의 다툼을 해결할 수 있는 다른 방법을 가르쳐 주셨습니다……. 그리스도의 계율에 따라 우리들을 모욕하는 자들에게 어떻게 행동해야 하는지 아느냐고 물어봐 주세요.」

네흘류도프는 영국인의 설교와 질문을 통역했다.

「소장님께 호소하면 해결해 주시겠죠.」 어느 죄수가 위풍당당한 소장을 곁눈질하면서 자신 없이 대답했다.

「후려갈기는 거야. 그러면 다시는 모욕하지 못하겠지.」 다른 죄수가 말했다.

그 말에 동의하는 듯한 웃음소리가 들려왔다. 네흘류도프는 그들의 답변을 영국인에게 통역해 주었다.

「그리스도의 계율에 따르면 그와 반대로 행동해야 한다고 전해 주십시오. 한쪽 뺨을 맞으면, 다른 뺨을 내밀라고 말입니다.」 영국인이 뺨을 내미는 시늉을 하며 말했다.

네흘류도프가 통역했다.

「자기가 한번 해보라지.」 누군가 말했다.

「다른 뺨도 얻어맞고 나면, 그다음엔 무엇을 내밀지?」 누워 있던 환자들 가운데 한 사람이 말했다.

「그러다간 만신창이가 될 거야.」

「그래, 어디 해보라고 그래.」 뒤에서 누군가가 킬킬거리며 말했다. 더 이상 참지 못하고 터진 하하거리는 웃음소리가 감방 안을 뒤흔들었다. 얻어맞은 죄수도 코피와 침을 흘리며 웃어 댔다. 환자들도 웃음보를 터뜨렸다.

영국인은 당황하지 않고, 불가능한 것처럼 보이는 일도 믿음을 가진 사람에게는 가능하며 어려운 일이 아니라는 사실을 전해 달라고 부탁했다.

「그리고 술을 마시는지 물어봐 주세요.」

「그럼요.」 누군가의 목소리가 들리자, 그와 동시에 콧방귀와 폭소가 터져 나왔다.

그 감방에는 환자가 네 사람 있었다. 어째서 환자들을 한곳에 수용하지 않느냐는 영국인의 질문에 소장은 그들이 원치 않는다고 대답했다. 그들은 전염병 환자가 아니며, 간호장이 감독하고 진료해 준다고도 했다.

「2주가 지나도록 코빼기도 안 내밀지만요.」 어느 죄수가 말했다.

소장은 아무 대답도 못하고 다른 감방으로 안내했다. 문이 열리고 모두 자리에서 일어나 침묵했다. 그러자 영국인이 다시 복음서를 나누어 주었다. 다섯 번째 감방에서도, 여섯 번째 감방에서도, 오른쪽 감방에서도, 왼쪽 감방에서도 똑같은 일이 벌어졌다.

그들은 징역수 감방에서 이송 죄수 감방으로, 이송 죄수 감방에서 자발적으로 따라가는 사람들의 방으로 옮겨 다녔다. 어디서나 똑같은 모습이었다. 춥고 배고프고 빈들거리고 병에 감염되고 멸시받고 감금된 사람들은 모두 야수 같은 모습을 하고 있었다.

영국인은 예정된 부수의 복음서를 모두 나누어 주고 나자 더 이상 복음서를 나누어 주지도 않았고 설교도 하지 않았다. 답답한 광경, 특히 숨 막히는 공기가 그의 정력을 소모시켰는지, 어느 감방에 어떤 죄수들이 있다는 소장의 설명에도 그는 단지 〈그렇군요!〉라고만 대답하며 감방을 돌아다녔다. 돌아가겠다고 말할 힘조차 없는 네홀류도프 역시 피로감과 절망감에 시달리며 꿈길을 헤매듯 따라다녔다.

27

유형수 감방에서 네홀류도프는 놀랍게도 오늘 아침에 나룻배에서 만났던 바로 그 이상한 노인을 보았다. 주름투성이의 털북숭이 노인은 한쪽 어깨가 찢어진 더럽고 누르스름한 셔츠에 같은 색 바지를 입고 맨발로 침상 옆 마룻바닥에 앉아서 근엄하고 의혹에 찬 눈초리로 방문객들을 바라보고 있었다. 더러운 셔츠 구멍으로 드러난 그의 깡마른 몸은 애처로울 만큼 쇠약해 보였지만, 얼굴은 나룻배에서보다 더 집중력 있어 보였고 훨씬 생기가 돌았다. 다른 감방에서와 마찬가지로 소장이 들어오자, 죄수들은 자리에서 일어나 늘어섰다. 그러나 노인은 그대로 앉아 있었다. 그의 두 눈은 이글거렸고 눈썹은 분노로 일그러져 있었다.

「일어섯!」소장이 그를 향해 소리쳤다.

노인은 미동도 하지 않고 경멸의 미소를 지을 뿐이었다.

「자네의 하인들이나 자네 앞에서 일어서겠지, 난 자네의 하인이 아니란 말이야. 자네에게도 낙인이 찍혀 있어……」 노인은 소장의 이마를 가리키며 말했다.

「뭐라고?」소장은 노인에게로 다가서면서 더욱 위협적인 목소리로 말했다.

「제가 아는 사람입니다.」네흘류도프가 황급히 말했다. 「이 사람은 왜 잡혀 왔지요?」

「여행 증명서가 없다며 경찰이 보냈습니다. 우리는 보내지 말라고 요청했지만, 그래도 보내지 뭡니까.」소장은 성난 눈으로 노인을 흘겨보며 말했다.

「당신도 적그리스도 일당인 게요?」노인이 네흘류도프를 향해 말했다.

「아닙니다, 저는 방문객입니다.」네흘류도프가 말했다.

「그래, 그렇다면 적그리스도 일당이 사람들을 어떻게 괴롭히는지 보려고 왔소? 자, 보시오, 연대 규모의 사람들을 잡아다가 우리 속에 처넣었소. 사람이란 땀을 흘리고 빵을 먹어야 하는데, 이렇게 돼지처럼 가두어 놓고 일도 시키지 않은 채 음식만 주면서 짐승으로 만들고 있지 않소.」

「뭐라고 합니까?」영국인이 물었다.

노인이 사람들을 가둔다며 소장을 비난하는 거라고 네흘류도프가 말했다.

「그러면 법률을 위반하는 사람들을 어떻게 처리하면 좋겠느냐고 물어봐 주시겠습니까?」영국인이 말했다.

네흘류도프가 질문을 통역했다.

노인은 고른 치열을 드러내며 괴상한 웃음을 터뜨렸다.

「법률이라고!」그는 경멸적인 어조로 반복했다. 「놈들은 먼저 사람들을 약탈하고 토지를 압수한 후 모든 재산을 빼앗아서 자기들의 소유로 만들었지. 그리고 자신들을 반대하는 사람들은 모두 처단한 다음, 도둑맞지도 않고 살해당하지도 않으려고 법률이란 걸 만들었어. 그런 법률은 미리 만들었어 야지.」

네흘류도프가 통역했다. 영국인이 씩 웃었다.

「그렇다면 이제는 도둑과 살인자는 어떻게 처리해야 하느 냐고 물어봐 주십시오.」

네흘류도프는 다시 질문을 통역했다. 노인의 미간이 무섭 게 일그러졌다.

「자기 자신에게 있는 적그리스도의 낙인이나 지우라고 전 해 주시오. 그러면 그 주변에서 도둑도 살인범도 사라질 거 라고 말이오.」

「미쳤군.」 네흘류도프가 노인의 말을 통역해 주자 영국인 은 어깨를 움찔거리며 감방에서 나가 버렸다.

「당신은 자신의 일이나 하시오, 저들은 내버려 두고. 모두 가 자기 일만 하면 되는 거요. 누구를 벌하고 누구에게 은총 을 베풀지는 하느님만 아실뿐, 우리는 알지 못하오.」 노인이 말했다. 「자기 자신이 주인이 되면 주인이 따로 필요하지 않 은 법이오. 자, 이제 나가시오, 어서 나가란 말이오!」

그는 눈살을 찌푸리며 화를 내다가 감방에서 꾸물거리는 네흘류도프를 번뜩이는 눈으로 쏘아보며 덧붙였다. 「적그리 스도의 종들이 사람들을 이의 밥으로 만들고 있는 모습을 잘 보셨을 게요. 자, 이제 나가시오, 어서 나가란 말이오!」

네흘류도프가 복도로 나왔을 때 영국인은 빈 감방의 열린 문 옆에 서서 소장에게 그 감방의 용도를 묻고 있었다. 소장 은 시체 안치실이라고 설명했다.

「오오!」 네흘류도프가 통역해 주자, 그는 이렇게 소리치며 들어가고 싶다고 했다.

시체 안치실은 평범하고 작은 방이었다. 벽에 켜놓은 조그만 램프가 한쪽 구석에 쌓인 배낭과 장작더미, 오른쪽 침상 위의 시체 네 구를 희미하게 비추었다. 삼베 셔츠와 바지 차림의 첫 번째 시체는 뾰족한 턱수염을 짧게 기르고 머리는 반만 깎인 키 큰 사내였다. 그의 시신은 이미 굳어 있었다. 푸른빛이 감도는 두 손은 가슴에 포개졌던 것 같았지만 지금은 풀려 있었고, 맨발도 벌어져 발바닥이 삐져나와 있었다. 그 옆에는 맨발에 숱 적은 짧은 머리를 땋은 매부리코 노파가 흰 죄수복과 치마를 입은 채 누렇게 뜬 주름투성이 얼굴로 누워 있었다. 노파의 시체 건너편에는 보라색 옷을 입은 사내의 시체가 놓여 있었다. 그 빛깔은 네흘류도프에게 무언가를 생각나게 했다.

네흘류도프는 가까이 다가가서 그 사내를 자세히 살펴보았다. 위로 뻗친 짧고 날카로운 턱수염, 아름답고 오뚝한 코, 튀어나온 하얀 이마, 숱 적은 고수머리…… 이 모든 것이 낯익은 윤곽이었으나 그는 자신의 눈을 믿을 수 없었다. 분노로 흥분하고 괴로워하던 그 얼굴을 본 것이 바로 어제였다. 이제 그 얼굴은 미동도 하지 않았지만 소름이 끼칠 정도로 아름다웠다.

그랬다, 그는 끄르일리초프였다. 아니, 적어도 그의 물질적 존재가 남긴 자취였다.

〈어째서 그는 괴로워했는가? 무엇 때문에 살았던 것일까? 이제는 그것을 깨달았을까?〉 네흘류도프는 생각했다. 그러나 그 답은 본래 존재하지 않으며, 죽음 이외에는 아무 답도 존재하지 않는 것 같다는 생각이 들었다. 갑자기 그는 기분이 씁쓸해졌다.

네흘류도프는 영국인에게 작별 인사도 하지 않고 교도에

게 밖으로 안내해 달라고 부탁했다. 그는 오늘 저녁에 겪은 일들을 두루 생각해 보기 위해 혼자 남고 싶은 심정이었다. 그는 호텔로 향했다.

28

네흘류도프는 잠을 이루지 못한 채 호텔 방을 오랫동안 서성거렸다. 까쮸샤 문제는 이제 모두 끝났다. 그는 그녀에게 더 이상 필요한 사람이 아니었고, 그래서 슬프고 부끄러웠다. 그러나 지금 그가 괴로운 것은 단지 그것 때문만이 아니었다. 다른 일은 아직 끝나지 않았으며, 오히려 어느 때보다도 더 강력하게 그를 괴롭히고 그의 활동을 요구했다.

그가 그동안 보고 깨달은 그 모든 무서운 죄악, 특히 오늘 저 소름 끼치는 교도소 안에서 목격한, 사랑스러운 끄르일리초프를 죽게 한 그 모든 죄악은 승리의 환호를 부르며 세상을 지배하고 있는데 그 죄악을 물리치는 방법을 알 가능성조차 없었다.

지금 그의 머릿속에는 무심한 장군들과 검사들과 교도소 소장들 때문에 더러운 공기 속에 투옥된 수백, 수천의 학대받는 사람들이 떠올랐고, 당국의 부당함을 폭로함으로써 정신병자로 전락한 자유로운 영혼의 괴짜 노인과 분노 속에 죽은 후 시체들 사이에 밀랍처럼 아름다운 얼굴을 드러내고 있는 끄르일리초프의 모습이 떠올랐다. 네흘류도프의 마음속에서는 그 자신이 미친 것인지, 아니면 스스로 이성적이라며 그런 짓을 자행하는 사람들이 미친 것인지 고민했던 지난날의 의문이 새롭게 제기되면서 해답을 요구했다.

사색에 잠겨 서성거리다가 지친 그는 램프 앞 소파에 걸터

앉아서, 주머니에서 물건을 꺼내느라 책상 위에 내던졌던 복음서를 기계적으로 들추어 보았다. 그 복음서는 영국인이 기념으로 준 선물이었다. 〈여기에 모든 해결책이 있다지.〉 그는 복음서를 넘기면서 이렇게 생각했다. 그러다가 그는 펼쳐진 곳을 읽기 시작했다. 「마태오의 복음서」 18장이었다. 그는 그 구절을 읽었다.

1. 그때에 제자들이 예수께 와서 〈하늘나라에서는 누가 가장 위대합니까?〉 하고 물었다.
2. 예수께서 어린이 하나를 불러 그들 가운데 세우시고
3. 〈나는 분명히 말한다. 너희가 생각을 바꾸어 어린이와 같이 되지 않으면 결코 하늘나라에 들어가지 못할 것이다.
4. 그리고 하늘 나라에서 가장 위대한 사람은 자신을 낮추어 이 어린이와 같이 되는 사람이다.〉

〈그래, 정말 그렇다.〉 그는 자신을 낮추었을 때에만 삶의 평안과 환희를 경험할 수 있었던 사실을 회상하며 이렇게 생각했다.

5. 〈또 누구든지 나를 받아들이듯이 이런 어린이 하나를 받아들이는 사람은 곧 나를 받아들이는 사람이다.〉 하고 대답하셨다.
6. 「그러나 나를 믿는 이 보잘것없는 사람들 가운데 누구 하나라도 죄짓게 하는 사람은 그 목에 연자 맷돌을 달고 깊은 바다에 던져져 죽는 편이 오히려 나을 것이다.」

〈이건 무슨 뜻이지? 누가, 어디로 받아들인다는 말인가? 그리고 《나를 받아들이듯이》라는 말은 무슨 뜻일까?〉 그는

이런 구절들이 아무 해결책도 주지 않는다고 느끼면서 이렇게 자문했다. 〈그 목에 연자 맷돌을 달고 깊은 바다에 던져져 죽는 편이 오히려 나을 것이라고? 아니, 그렇지 않아. 모호하고 불투명해.〉 그동안 복음서를 여러 번 읽었지만 매번 이처럼 모호한 구절 때문에 집어던지고 말았던 일을 기억하며 그는 이렇게 생각했다. 그는 계속해서 7절, 8절, 9절, 10절을 읽었다. 거기에는 죄의 유혹들과 세상에 도래할 것들, 사람들이 지옥의 불에 던져져 받게 될 벌과 하늘나라 아버지의 얼굴을 보게 될 어린 천사들에 대해 적혀 있었다. 〈너무 사리에 맞지 않아서 유감이군.〉 그는 생각했다. 〈그래도 뭔가 느낌이 좋아.〉 그는 계속 읽어 나갔다.

11. 「사람의 아들은 잃어버린 사람을 찾아 구원하러 왔기 때문이다.」

12. 「너희의 생각은 어떠하냐? 어떤 사람에게 양 백 마리가 있었는데 그중의 한 마리가 길을 잃었다고 하자. 그 사람은 아흔아홉 마리를 산에 그대로 둔 채 그 길 잃은 양을 찾아 나서지 않겠느냐?

13. 나는 분명히 말한다. 그 양을 찾게 되면 그는 길을 잃지 않은 아흔아홉 마리 양보다 오히려 그 한 마리 양 때문에 더 기뻐할 것이다.

14. 이와 같이 하늘에 계신 너희의 아버지께서는 이 보잘것없는 사람들 가운데 하나라도 망하는 것을 원하시지 않는다.」

〈그래, 그들이 망하는 것은 아버지의 뜻이 아니야. 그런데도 수백, 수천 명의 사람들이 죽어 가고 있다니. 그래도 그들을 구원할 방법이 없다니.〉

21. 그때에 베드로가 예수께 와서 〈주님, 제 형제가 저에게 잘못을 저지르면 몇 번이나 용서해 주어야 합니까? 일곱 번이면 되겠습니까?〉 하고 묻자

22. 예수께서는 이렇게 대답하셨다. 「일곱 번뿐 아니라 일곱 번씩 일흔 번이라도 용서하여라.」

23. 「하늘 나라는 이렇게 비유할 수 있다. 어떤 왕이 자기 종들과 셈을 밝히려 하였다.

24. 셈을 시작하자 1만 달란트[92]나 되는 돈을 빚진 사람이 왕 앞에 끌려왔다.

25. 그에게 빚을 갚을 길이 없었으므로 왕은 〈네 몸과 네 처자와 너에게 있는 것을 다 팔아서 빚을 갚아라.〉 하였다.

26. 이 말을 듣고 종이 엎드려 왕에게 절하며 〈조금만 참아 주십시오. 곧 다 갚아 드리겠습니다.〉 하고 애걸하였다.

27. 왕은 그를 가엾게 여겨 빚을 탕감해 주고 놓아 보냈다.

28. 그런데 그 종은 나가서 자기에게 1백 데나리온밖에 안 되는 빚을 진 동료를 만나자 달려들어 먹살을 잡으며 〈내 빚을 갚아라.〉 하고 호통을 쳤다.

29. 그 동료는 엎드려 〈꼭 갚을 터이니 조금만 참아 주게.〉 하고 애원하였다.

30. 그러나 그는 들어주기는커녕 오히려 그 동료를 끌고 가서 빚진 돈을 다 갚을 때까지 감옥에 가두어 두었다.

31. 다른 종들이 이 광경을 보고 매우 분개하여 왕에게 가서 이 일을 낱낱이 일러바쳤다.

32. 그러자 왕은 그 종을 불러들여 〈이 몹쓸 종아, 네가 애걸하기에 나는 그 많은 빚을 탕감해 주지 않았느냐?

92 로마 금돈의 명칭. 1달란트는 6천 데나리온이며, 1데나리온은 당시 노동자의 하루 임금에 해당하는 값어치를 지녔다.

33. 그렇다면 내가 너에게 자비를 베푼 것처럼 너도 네 동료에게 자비를 베풀었어야 할 것이 아니냐?〉」

「겨우 이게 전부란 말인가?」 네흘류도프는 이 구절을 읽다가 갑자기 큰 소리로 외쳤다. 그러자 그의 존재에서 울려 나오는 내면의 목소리가 이렇게 말했다. 〈그래, 그게 전부다.〉

그 순간 정신적인 삶을 살아가는 사람들에게 종종 벌어지는 일이 네흘류도프에게도 일어났다. 처음에는 이상하고 역설적이기도 하며 심지어는 농담처럼 보이던 것들이 점차 삶의 확신으로 나타났고, 결국은 그에게 있어 가장 단순한 부동의 진리가 되었다. 그래서 인류가 고통받는 그 죄악으로부터 구원받을 수 있는 유일하고 확실한 방법은, 하느님 앞에서 사람들은 언제나 죄인이며 따라서 다른 사람들을 처벌한다든지 교화할 능력을 부여받지 못했다는 사실을 인정하는 것임을 이제 명확히 깨닫게 되었다. 그는 교도소와 죄수 숙박지에서 목격한 무서운 죄악이나 그런 죄악을 저지르는 사람들의 파렴치한 신념이 불가능한 일을 하고 싶은, 즉 죄악으로 죄악을 바로잡으려는 일을 하고 싶은 사람들의 마음에서 비롯된다는 점을 분명히 깨달았다. 다시 말해서 죄 있는 사람들이 죄 있는 다른 사람들을 교화하고 싶어 하고, 그래서 기계적인 방법으로 그들을 교화하려고 한 것이다. 그러나 그 결과 과도한 형벌과 인간 교화를 직업으로 삼는, 탐욕에 빠진 궁핍한 사람들은 그 스스로 극단적인 타락에 빠지는 것은 물론 고통받는 사람들까지 끊임없이 타락시킬 뿐이다. 이제 네흘류도프는 자신이 목격한 그 모든 두려움이 왜 일어나는지, 또 그것을 뿌리 뽑기 위해서는 무엇을 해야 하는지 분명히 깨달았다. 그가 찾을 수 없었던 해답은 예수님께서 베드로에게 건넸던 바로 그 말씀이었다. 즉, 사람들은 누구나 죄짓지 않은 사람이 없고 따라서 남에게 벌을 주거나 남을 교화할 수 있는 사람도 없으니, 언제나 모든 사람들을 몇 번이고 끝없이 용서해야 한다는 것이다.

〈하지만 이렇게 간단할 리가 없는데.〉 네흘류도프는 이렇게 생각했다. 반대 논리에 익숙해 있던 그에게 이 해답은 처음에는 낯설게 느껴졌으나, 그러면서도 곧 네흘류도프는 그것이 이론적으로나 실질적으로도 확실한 해결책이라는 사실을 확신하게 되었다. 〈그러면 악당들은 어떻게 처리할 것인가, 정말 아무 처벌도 하지 않고 내버려 둘 것인가〉라는 평소의 반대 논리도 그를 더 이상 당황하게 만들지 못했다. 만일 형벌이 범죄를 감소시키고 죄수들을 교화할 수 있다는 사실을 입증할 수 있다면 그런 반대 논리도 의미가 있을지 모른다. 그러나 실제로는 그와는 정반대임이 입증되었고 사람에게는 사람을 교화시킬 능력이 없다는 사실이 명확해졌기 때문에, 사람들이 할 수 있는 유일한 일은 이롭지도 않고 유해하고 비도덕적이며 무자비한 행위를 중단하는 것이다. 〈저들은 몇 세기에 걸쳐 죄인이라고 낙인찍힌 많은 사람들을 처벌해 왔다. 하지만 그래서 죄인들이 근절되었는가? 근절되기는 커녕 형벌 때문에 한층 더 타락한 죄인들은 물론, 사람들을 재판하고 처벌하는 판사, 검사, 예심 판사와 교도관까지 날로 증가하고 있지 않은가?〉 사회와 질서가 유지되는 것은 사람들을 재판하고 처벌하는 합법적인 죄인들이 존재하기 때문이 아니라, 이런 타락상에도 불구하고 서로 동정하고 사랑하는 사람들이 존재하기 때문이라는 것을 이제 네흘류도프는 명확히 깨달았다.

네흘류도프는 이런 사상의 확증을 찾을 생각으로 복음서를 처음부터 다시 읽었다. 언제나 감명을 주었던 산상 수훈을 읽는 동안 그는 그 설교 속에 추상적이며 아름다운 사상과 과장

되고 실천하기 힘든 요구들이 아닌, 단순 명쾌하면서도 실제로 실천할 수 있는 계율이 존재한다는 사실을 오늘에야 비로소 깨달았다. 그 계율이 실행된다면(충분히 가능한 일이다) 인간 사회는 완전히 새로운 질서를 갖추게 되며 네흘류도프를 분노케 했던 모든 폭력도 자연히 근절될 뿐만 아니라, 인류가 갈망하는 최고의 행복인 지상 천국을 이루게 된다.

그 계율은 다음의 다섯 가지였다.

첫째 계율(「마태오의 복음서」 5장 21절~26절). 사람은 형제를 살해해서는 안 되며, 형제에게 화를 내서도 안 되고, 누구든 〈하찮은 인간〉이라고 여겨서도 안 된다. 그리고 만일 누군가와 다투는 일이 생기면 화해하고 하느님께 예물을 올려야, 즉 기도를 드려야 한다.

둘째 계율(「마태오의 복음서」 5장 27절~32절). 사람은 간음해서는 안 되며, 여자의 아름다움에 음욕을 품어서도 안 되고, 한 여자와 결합한 이상 그녀를 배신해서는 안 된다.

셋째 계율(「마태오의 복음서」 5장 33절~37절). 사람은 어떤 경우에도 맹세를 해서는 안 된다.

넷째 계율(「마태오의 복음서」 5장 38절~42절). 사람은 눈에 눈으로 복수해서는 안 되며, 누가 오른뺨을 때리면 왼뺨도 내밀어야 한다. 모욕을 용서하며 겸허한 마음으로 참고, 누구든지 자기에게 바라는 것이 있을 때 거절해서는 안 된다.

다섯째 계율(「마태오의 복음서」 5장 43절~48절). 사람은 원수를 미워하거나 그들과 다투어서는 안 되며, 그들을 사랑하고 도와주며 봉사해야 한다.

네흘류도프는 타오르는 램프의 불빛을 응시하며 미동도 하지 않았다. 그는 우리 삶의 추악한 모습을 떠올린 후, 만일 세상 사람들이 이런 규율들을 바탕으로 살아간다면 삶이 어떻게 될 것인지 상상해 보았다. 그러자 한동안 느낄 수 없었던 환희가 그의 영혼을 사로잡았다. 마치 오랜 고뇌와 고통 끝에 문득 평온과 자유를 발견한 기분이었다.

그는 밤새도록 잠을 이룰 수가 없었다. 복음서를 읽는 수많은 사람들이 흔히 그렇듯 이제껏 수없이 읽으면서도 그냥 지나쳤던 구절 하나하나의 의미를 이제야 처음으로 온전히 이해할 수 있었던 것이다. 마치 해면이 물을 빨아들이듯이 그는 복음서 속에서 자신에게 필요한 것과 중요한 것을 기쁘게 받아들였다. 그는 지금 읽은 내용을 모두 알고 있었던 것 같았다. 오래전부터 이미 알고 있었지만 충분히 깨닫지 못하고 또 믿지도 않았던 것을 이제야 비로소 깨닫고 믿음을 갖게 된 것이다.

사람들이 이런 계율을 실천함으로써 자신들이 성취할 수 있는 최고의 행복을 누릴 수 있다는 사실을 그는 깨닫고 믿게 되었다. 게다가 누구나 이 계율들을 실천하는 일 이외에는 다른 할 일이 없으며 그 실천 속에 인생의 유일한 이성적 의의가 존재하고 그것을 위반할 때에는 즉각 벌이 뒤따르리라는 점을 깨닫고 믿게 되었다. 이것은 교리 전체에 면면히 흐르고 있으며, 포도밭 농부들의 우화 속에 힘차고 분명하게 묘사되어 있는 것이다. 농부들은 일을 하도록 맡겨진 주인의 포도밭을 자신들의 소유라고 생각했다. 그래서 포도밭에서 생산되는 모든 것이 자신들의 것이며 자신들이 할 일은 포도밭에서 인생을 향유하는 것이라고 오해하여 주인을 잊었고, 주인이나 주인에 대한 의무를 상기시키는 사람들을 모두 죽이고 말았다.

〈우리들도 그와 똑같이 행동하고 있다.〉 네흘류도프는 생각했다. 〈우리는 스스로가 생명의 주인이며, 생명은 우리의 쾌락을 위해 부여된 것이라는 착각 속에 살아간다. 그러나 그것은 분명히 어리석은 생각이다. 만일 우리가 세상에 보내졌다면, 그것은 누군가의 의지와 어떤 목적이 있기 때문이다. 하지만 우리가 자신의 기쁨만을 위해 살기로 결정한다면, 주인의 의지를 이행하지 않는 포도밭 농부의 어리석음을 그대로 반복하는 셈이 된다. 주인의 의지는 이 계율들 속에 묘사되어 있다. 그러므로 사람들이 계율을 실천할 때에만 지상에 신의 왕국이 건설되고 사람들은 그에 걸맞은 은혜를 입을 것이다.

《너희는 먼저 하느님의 나라와 하느님께서 의롭게 여기시는 것을 구하라, 그러면 이 모든 것도 곁들여 받게 될 것이다》라고 하는데도 우리는 곁들여 받게 될 것만을 구하고 있으니, 아마 그것을 찾지 못할 것이다.

내 필생의 사업은 바로 이것이다. 이제 한 가지 일이 끝나고 다른 일이 시작되는 것이다.》

그날 밤부터 네홀류도프에게는 완전히 새로운 생활이 시작되었다. 새로운 생활 조건에 그가 발을 내디뎠기 때문이며, 그때부터 일어난 모든 일은 과거와는 완전히 다른 의미를 지녔기 때문이다. 그의 인생에서 새로운 시기가 어떻게 끝을 맺을는지는 미래가 보여 줄 것이다.

1899년 12월 16일

역자 해설
민중 속에서 실천하라!

러시아의 고질적인 병폐인 농노제는 사회 계층을 귀족과 농노로 양분시키면서 사회 발전을 오랫동안 가로막았다. 청년 귀족 장교들은 농노제를 기반으로 하는 짜르 정권에 맞서 제까브리스트 반란(1825)을 일으켰다. 이들의 반란은 즉각 무력으로 진압되었다. 농노제에 대한 사회적 불만이 점점 고조되자 알렉산드르 2세는 1861년 농노제를 폐지하고 사법 개혁을 단행했지만 황제의 칙령으로 시행된 〈위로부터의〉 개혁은 농노들에게 토지를 분배하지 않고 신분적 자유만을 부여하는 외형적인 것에 지나지 않았다. 그 결과 토지를 소유하지 못한 농민들은 다시 국가와 귀족과 지주들에게 경제적으로 예속당하는 소작농으로 전락할 수밖에 없었다. 반쪽짜리 개혁은 사회를 혼란과 갈등으로 몰아갔고 민중들의 고통은 줄어들지 않았다. 그러자 러시아 내부에는 점점 개혁의 목소리가 높아져 갔고 인민주의자들은 견고한 전제 정권에 테러리즘으로 대항했다.

1881년 마침내 알렉산드르 2세가 〈인민의 의지파 narod volia〉의 테러에 암살당하는 파국이 벌어졌다. 왕위를 계승한 알렉산드르 3세는 무자비한 반동 정책으로 혁명 세력은 물론 심지어 자유주의자들까지 탄압했다. 그로부터 황제, 지주 귀족, 정교회로 대표되는 기득권 세력과 지식인, 혁명가, 농민으로 대표되는 자유 혁명 세력 사이에는 화해할 수 없는 충돌이 계속 이어졌다.

사회적 혼란이 극심했던 바로 이 시기, 즉 1880년대와 1890년대가 바로 장편소설 『부활*Voskresenie*』의 시대적 배경이다. 똘스또이는 자신의 마지막 장편소설 『부활』에서 당대의 첨예한 사회적·정치적 문제들을 예리하게 묘사했다. 그리고 『부활』을 창작한 똘스또이의 투철한 작가 정신은 그의 삶 속에서 이미 실천되고 있었다.

국가 권력과 종교에 대항한 문단의 구도자

레프 니꼴라예비치 똘스또이Lev Nikolaevich Tolstoi (1828~1910)는 러시아의 최고 귀족 가문에서 태어났다. 러시아에 서구식 작위 제도가 도입된 뾰뜨르 대제 시대에 그의 증조할아버지는 백작 작위를 하사받았고 그로써 똘스또이 집안은 대대로 작위를 계승할 수 있었다. 또 그의 할아버지는 까잔 현 지사를 지냈고 아버지 니꼴라이 일리치Nikolaj Il'ich는 1812년 나폴레옹의 러시아 침공 당시 참전한 퇴역 군인이었으며 그의 외할아버지 볼꼰스끼C. F. Volkonskii 공작은 예까쩨리나 2세 시대에 총사령관을 지낸 유력한 귀족이었다. 부유한 외가 덕택에 똘스또이는 자신이 태어나고 또 많은 작품들을 창작하며 인생의 대부분을 보낸 영지 야스나야 뽈랴나를 유산으로 물려받았다. 이 상징적인 장소는 1921년 소비에뜨 정권에 의해 국유화된 이래 오늘날까지 똘스또이 생가 박물관으로 사용되고 있다.

대표적인 명문가 출신임에도 불구하고 똘스또이의 유년 시절은 행복하지 못했다. 그는 두 살 때 어머니를 잃었으며 아홉 살 때 다시 아버지를 잃었다. 똘스또이 남매들(4남 1녀)의 후견인이 된 할머니도 1년 만에 세상을 떴고 큰고모마저 얼마 후 죽고 말았다. 천애 고아나 다름없는 똘스또이 남매들은 먼 친척뻘 되는 예골스까야 아주머니 손에 넘겨져 양육되었다. 예골스까야 아주머니는 까잔으로 이사한 후 똘스또이 남매들을 친자식처럼 정성스럽게 키웠다. 어머니의 기억을 갖지 못한 똘스또이에게 예골스까야 아주머니는 어머니 같은 존재일 수밖에 없었다. 똘스또이가 사망하기 며칠 전 메모에 남긴 〈해야 할 일을 하면, 이루어지리라〉라는 좌우명은 그녀가 남긴 유언이기도 했다.

16세가 되던 해인 1844년 똘스또이는 까잔 대학 동양학부 터키-아랍 문학과에 입학했다. 그러나 학문에 관심이 없었던 똘스또이는 여느 귀족 청년들과 마찬가지로 사교계의 소용돌이에 빠져들었다. 당시 까잔은 명문가의 사교 중심지가 될 정도로 번성한 도시였고 할아버지가 까잔 현의 지사를 지낸 덕택에 젊은 똘스또이에게 상류 사회의 문은 활짝 열려 있었다. 사교계의 자유분방한 생활에 젖어 있던 똘스또이는 수업에 자주 결석하며 결국 졸업 시험을 통과하지 못했다. 어쩔 수 없이 똘스또이는 법학부로 학과를 옮겼지만 역시 학업을 마치지 못하고 중퇴했다. 몽테스퀴외의 『법의 정신 L'Esprit des lois』과 예까쩨리나 2세의 『훈령Nakaz』에 심취하고 그 실천 방안을 모색하던 똘스또이에게 대학 생활은 오히려 방해가 될 뿐이었다. 의미 없는 대학 생활 속에서 그는 일기를 쓰기 시작했고 이 작업은 평생 자신의 주요 일과가 되었다. 똘스또이에게 일기는 생활의 기록이자 정신적 자아의 정화 과정이요 일종의 문학 훈련이었고 또 문학적 소재의 보고였다.

1847년 법적 상속 연령을 넘기면서 똘스또이는 영지 야스나야 뽈랴나를 자신의 몫으로 상속받았다. 19세의 대학생이던 그는 별안간 1,300여 헥타르의 토지와 330여 명의 농노(농노의 가족을 합하면 실제로는 약 700여 명)를 소유하는 지주가 되었다. 의욕에 넘치는 젊은 지주 똘스또이의 모습은 그의 중편소설 「지주의 아침 Utro pomeshchika」에 묘사되어 있다. 대학을 중도에 포기한 똘스또이는 〈자기완성〉이라는 목표를 가지고 야스나야 뽈랴나로 귀향하여 독학으로 농업, 의학, 법학, 수학, 어학, 음악 등 다양한 분야의 학문에 매달리기 시작했다. 그리고 새 학문을 접한 모범적인 지주가 되기 위해 농노들에게 도움이 되는 일이라면 물불을 가리지 않고 모두 실행에 옮겼다. 하지만 농노들의 지주에 대한 불신과 적의로 인해 그의 선의와 실험은 모두 실패로 돌아가고 말았다.

똘스또이는 야스나야 뽈랴나를 떠나서 한동안 모스크바에 살다가 뻬쩨르부르그로 거처를 옮겼다. 그는 그곳에서 법학 박사 학위를 취득하기 위해 형법과 민법 시험을 치기도 했지만 수도에서의 화려하고 방탕한 생활에서 빠져나오지 못하고 도박으로 가산을 탕진하고 말았다. 반년에 걸친 뻬쩨르부르그의 혼란스러운 생활 끝에 그는 야스나야 뽈랴나로 쓸쓸히 돌아왔다. 초심으로 돌아가기 위해 똘스또이는 1849년 가을 농민 자녀를 위한 학교를 개설하기도 하고 뚤라 현청에서 일자리를 찾아보기도 했다. 그러나 혈기왕성하고 모순적인 청춘기는 똘스또이를 그냥 내버려 두지 않았고 그는 다시 모스크바와 야스나야 뽈랴나를 오가며 방황을 거듭했다. 그때 형 니꼴라이가 까프까스로 함께 떠나자고 권유했다. 인생의 전환점이 필요했던 똘스또이는 맹목적으로 니꼴라이를 따라나섰다. 까프까스에서 똘스또이는 처음으로 산악 지방과 산악인들을 목격하고는 현대 문명과 거리를 두고 살아가는 그들의 생활에 감명받았다. 그때 그가 받은 인상은 중편소설 「까자흐 사람들Kazaki」 속에 묘사되었다.

까프까스에서 지원병으로 산악 민족 토벌에 참여했던 똘스또이는 이 시기에 중편소설 「유년 시대Detstvo」를 집필하면서 소설가로서 첫발을 내디뎠다. 「유년 시대」는 뻬쩨르부르그의 문예지 『동시대인Sovremennik』에 실리면서 문단의 호평을 받기도 했다. 이후 두나이 부대로 전근한 똘스또이는 터키 군과의 전투에 참여하면서도 세바스또뾈의 이야기를 꾸준히 전쟁 소설로 발표했다. 러시아가 전쟁에서 패배하고 세바스또뾈이 함락되자 그는 군대에서 퇴역했다. 그 후 수년 간 똘스또이는 여름은 야스나야에서, 겨울은 모스크바나 뻬쩨르부르그에서 보내다가 1855년 가을 직업 작가로 첫발을 내디뎠다. 이 시기에 똘스또이는 『동시대인』을 중심으로 활동하던 작가 네끄라소프N. A. Nekrasov, 뚜르게네프I. S. Turgenev, 곤차로프I. A. Goncharov, 체르니쉐프스끼N. G. Chernyshevskii 등과 교류하며 본격적인 문단 활동을 시작했다. 이때 똘스또이는 민주적 작가들보다는 자유주의적 작가들에 더욱 공감하고 있었다. 그러나 러시아는 지식인들의 도덕적 재무장과 개인의 자기완성을 통해 개혁될 수 있다고 믿고 있었던 그는 얼마 후 독자적인 길을 걷기 시작했다.

1856년 똘스또이는 스스로의 신념을 실천하는 방편으로 자신의 농노들을 농노제의 굴레에서 해방시키기 위한 실험을 시작했다. 그러나 그의 순진한 시도는 다시 실패하고 말았다. 농민들은 똘스또이를 신뢰하지 않았고, 그의 선의는 단지 자신들을 토지에서 쫓아내려는 지주의 교활한 위선에 지나지 않는 것으로 오해를 살 뿐이었다. 자신의 경험 부족과 계몽 방법이 문제라고 생각한 똘스또이는 1856년부터 1862년 사이에 다양한 문학 장르에서 자신의 역량을 시험하면서 농민 교육학 연구에 전념했다. 그는 교육 잡지 『야스나야 뽈랴나*Iasnaia Poliana*』를 출판하는 한편 농민 자녀들을 위한 교재를 만들기도 하고 교육 분야에서 경험을 넓히기 위해 해외여행을 다녀오기도 했다. 사회 활동으로 혼기를 넘긴 똘스또이는 1862년 여름 소피야 베르스Sophia Andreevna Bers(1844~1919)와 뒤늦게 결혼했다. 그리고 결혼 생활은 똘스또이에게 커다란 변화를 가져왔다. 행복한 결혼 생활로 안정을 찾으며 가장 평온한 상태에서 창작에 몰두할 수 있게 된 것이다. 이렇게 6년 이상의 안정된 작업 끝에 『전쟁과 평화*Voina i mir*』가 탄생하게 되었다. 『전쟁과 평화』는 대대적인 성공을 거두었고 이 작품을 통해 똘스또이는 당대 최고의 작가 반열에 올라설 수 있었다.

그러나 똘스또이는 사회적 혼란과 민중의 고통을 외면하면서 창작에 전념할 수는 없었다. 1870년대 초에 러시아의 19개 현에서는 민중들이 기아로 죽어 가고 있었다. 행정 당국은 아무 조치도 취하지 않으며 이 사실을 은폐하기에 급급했다. 1873년 똘스또이는 사마라 현을 직접 순회하면서 처참한 기아 현장을 목격했고 정부의 부당한 처사에 분노했다. 그는 잡지 『러시아 통보*Ruskii Vestnik*』에 폭로 기사를 썼고 그로 인해 빈민 구제 운동이 범사회적으로 일어났다. 그해 똘스또이는 자신의 두 번째 장편소설 『안나 까레니나*Anna Karenina*』를 집필하기 시작했다. 그런데 『안나 까레니나』가 완성될 무렵, 똘스또이가 빈민 구제 활동으로 돌아서서 문학 활동을 중단했다는 소문이 나돌기 시작했다. 이 소문을 전해 들은 뚜르게녜프는 임종을 앞두고도 똘스또이에게 직접 편지를 보냈다.

〈저는 당신과 한 시대를 살았다는 것이 얼마나 기쁜 일인지 말씀드리기 위해, 또 저의 진정 어린 마지막 부탁을 드리고자 손수 이렇게 편지를 씁니다. 친구여, 문학 활동을 재개하십시오! 만물이 존재하는 어느 곳에나 바로 당신의 재능이 있습니다. 제 부탁이 당신에게 영향을 줄 수 있다면 저는 얼마나 기쁠까요……. 친구여, 러시아 대지의 위대한 작가여, 저의 부탁을 고려해 주시길!〉

이렇게 똘스또이의 사회 참여는 수많은 러시아인들의 관심 사항이 되고 있었다. 사실 1870년대는 똘스또이가 예술 활동을 중단하려는 복잡한 내적 갈등을 겪던 시기이기도 했다. 그리고 이 정신적 전환기를 거치면서 똘스또이는 귀족 계급의 전통적 생활과 점점 단절하고 민중의 길로 접어들고 있었다. 이 시기에 발표된 그의 작품과 기사 속에는 소박한 민중적 생활을 지향하는 〈똘스또이주의〉의 이념적 색채가 더욱 선명하게 드러났다. 그러던 중 1882년 모스크바 인구 조사에 참여한 똘스또이는 사흘간 히뜨로프 시장과 여인숙에서 지내며 도시 빈민들의 현실을 목격하고는 커다란 충격을 받았다. 이때의 심정을 그는 〈부자들과 지식인들인 우리 계층의 삶은 내게 역겨워졌을 뿐만 아니라, 모든 삶의 의미를 잃어버리게 했다〉라고 토로하며 더욱 평범한 민중의 삶을 추구하기 시작했다. 그리고 현실에 새롭게 눈뜬 작가는 다시 문단으로 돌아와 「이반 일리치의 죽음Smert' Ivana Il'icha」, 「크로이체르 소나타Kroitserova Sonata」 등의 작품과 더불어 마지막 장편소설인 『부활』을 집필하기 시작했다.

『부활』의 출판은 러시아는 물론 전 세계적인 반향을 일으켰다. 그러나 이 작품의 출판에 황제는 분노했고 종무원은 교리와 예배 의식을 공격했다며 1901년 똘스또이를 파문했다. 이 당시의 상황을 극작가 알렉세이 수보린A. S. Suvorin은 다음과 같이 증언했다.

〈우리에게는 두 명의 황제가 있다. 니꼴라이 2세와 레프 똘스또이다. 누가 더 강력한가? 니꼴라이 2세는 똘스또이에게 아무것도 할 수 없다. 그는 똘스또이의 권좌를 흔들지 못한다. 하지만 똘스또이는, 의심할 여지 없이, 니꼴라이의 권좌와 왕조를 뒤흔들고 있다.〉

인생의 후반기인 1880년대부터 똘스또이는 가난한 민중들을 남겨 둔 채 자신이나 자신의 가족들이 호화롭게 살아간다는 사실에 괴로워했다. 러시아를 비롯해서 서유럽, 미국 등지의 저명인사들이 그의 의견을 경청하기 위해 영지를 방문하고 언론에서는 연일 〈민중의 양심〉, 〈인생의 지혜로운 스승〉으로 그를 조명했지만 똘스또이는 부유한 자신의 삶이 부끄럽고 고통스러웠다. 토지와 재산을 버리고 민중의 삶으로 돌아가야 한다는 그의 주장은 사회는 물론 가족들로부터도 외면당하고 있었다. 1909년부터 가족을 버리고 무소유의 자유를 찾아 구도의 길을 걷고 싶어 했던 그는 1910년 10월 28일 이른 새벽, 80세를 넘긴 노구를 이끌고 정처 없이 길을 떠났다. 그리고 우랄행 기차를 타고 가던 도중에 아스따뽀보 역에서 위대한 생을 끝마쳤다. 폐렴이었다. 그의 유해는 아무 종교 의식도 치르지 않은 채 정부의 감시를 받으며 야스나야 뽈랴나에 안장되었다.

네흘류도프와 까쮸샤 — 민중의 부활을 위한 대변자

『부활』은 똘스또이가 『전쟁과 평화』를 발표한 후 30년, 『안나 까레니나』를 완성한 후 20년이라는 시간적 단절을 깨뜨리고 세상에 내놓은 작품이다. 긴 침묵의 시간 동안 똘스또이의 세계관은 변했고 그의 시선은 사회악이 만연한 현실에 집중되어 있었다. 90퍼센트의 국민이 문맹인 상황에서 현실을 방관하는 문학은 그에게 단지 지식인들의 사치에 불과했다. 그의 예술 의식의 변화는 1880~1881년의 정신적 전환기에 이미 나타나고 있었다. 1899년 1월 21일의 일기 속에서 그는『전쟁과 평화』와『안나 까레니나』를 포함한 자신의 이전 작품들이 〈의식 없는 작품들〉이었다고 선언했다. 이처럼 그에게 예술적 과제란 가면을 쓴 사회악을 과감히 폭로하는 것이었으며 사람들에게 새로운 생활 방식을 제시하는 것이었다. 구상에서 탈고까지 10년이라는 오랜 시간에 걸쳐 창작된『부활』은 투철한 사회의식과 예술 정신이 충실히 반영된 똘스또이의 마지막 역작인 셈이다.

　『부활』 창작에 직접적인 계기가 된 것은 친구이자 사회 활동가이며 뻬쩨르부르그 법원의 검사였던 꼬니 A. F. Koni가 똘스또이에게 직접 들려준 법정 실화였다. 꼬니의 이야기에 따르면 어느 날 낯선 사내가 찾아와서는 자신의 이야기를 털어놓았다고 한다. 낯선 사내는 배심원으로 재판에 참여했는데 그가 맡은 사건은 창녀촌에서 돈을 훔친 혐의로 기소된 로잘린 오니라는 여인의 사건이었다. 그런데 오니라는 여인은 그 낯선 사내가 젊은 시절에 유혹했다가 어린애와 함께 버렸던, 친척의 피양육자였다. 이 기이한 만남에 충격을 받은 낯선 사내는 자신의 죄를 속죄하기 위해 그녀와 결혼하기로 결심했다고 한다. 꼬니의 이야기에 강한 인상을 받은 똘스또이는 그 소재를 곧 소설화하기로 마음먹고 작품 구상을 시작했다. 그러나 소설의 창작 과정은 더디게 진행되었다. 똘스또이에게 이 소설은 단순히 꼬니의 이야기를 창작물로 재현하는 것이 아니라 모든 사회 계층의 추악함을 전면적으로 폭로하는 서사적인 작품이 되어야 했다. 따라서 작품 집필에 착수하기 위해서는 많은 조사와 다른 세계의 체험이 필요했다.

　똘스또이가『부활』을 쓰게 된 또 다른 계기는 기독교 공산주의 교파였던 두호보르 교인들을 캐나다로 이주시킬 자금이 필요했기 때문이었다. 공식적인 예배와 법 준수와 군 복무를 거부하던 두호보르 교인들은 수천 명이 피살되는 등 숱한 정치적 박해를 받아 오다가 마침내 정부로부터 해외 이주를 허가받았던 것이다.『부활』속에서 이교도들의 소송 대리인이었던 네흘류도프처럼 똘스또이는 두호보르 교인들의 캐나다 이주에 발 벗고 나섰고『부활』원고료 전액을 기부함으로써 5천 명이 넘는 두호보르 교인들이 러시아를 떠날 수 있었다. (최근 캐나다에는 두호보르 교인들의 후손들에 의해 똘스또이의 동상이 세워졌다.)

집필 전부터 흥미로운 창작적 배경을 가진『부활』은 1899년 잡지『니바Niba』에 연재되기 시작한 순간부터 사회적으로 커다란 센세이션을 일으켰다. 사람들은 똘스또이의 통렬한 사회 비판에 긴장했으며 거침없는 설교에 귀를 기울였다. 독자들은 매달『부활』의 연재를 고대했고 행여 연재가 중단되기라도 하면 애를 태웠다. 똘스또이가 병에 걸려서 불가피하게 잡지 31호와 41호의 연재를 쉬었을 때 잡지사에는 독자들의 성화가 빗발치기도 했다. 뜨거운 사회적 반응과 기대에 부응하기 위해서 똘스또이는 하루도 쉬지 않고 집필을 계속해야 했다. 잡지 연재가 끝나면서(영국에서 러시아어로 연재되고 있었다)『부활』은 단행본으로 출판되었다. 그리고 즉각 영어, 불어, 독어로 번역되었으며 전 세계적으로 전대미문의 성공을 거두었다.

『부활』의 구성은 수많은 에피소드와 등장인물로 인해 복잡한 양상을 띠고 있다. 그러나 본질적으로 이 작품은 까쮸샤 마슬로바와 네흘류도프라는 두 주인공을 중심으로 지배 계층과 피지배 계층, 가해자와 피해자의 삶을 유기적으로 보여주며 인생의 진정한 의미를 찾아 가는 데 초점을 맞추었다. 인생의 교사이자 현대 사회와 국가 체제의 비판자를 자임하는 똘스또이는 소설 속에서 이 두 주인공을 자신의 정신적·사상적 대변자로 삼았다. 네홀류도프는 철저히 이분화된 계급 사회 속에서 귀족들의 타락상을 폭로하고 까쮸샤는 민중들의 현실을 생생히 전달하면서, 두 주인공은 작가가 부여한 대로 각자의 운명과 현실에 맞는 역할을 충실히 이행한다. 그런 의미에서 작가의 메시지를 전달하는 두 주인공의 역할은 소설 속에서 중심적이며 또 절대적이다.

똘스또이는 사회적 불평등과 부당성의 원인을 지배 계층의 사회적 착취에서 찾았으며 사회적 갈등의 해소를 위해서는 지배 계층을 대표하는 네홀류도프의 회개가 선행되어야 한다고 생각했다. 따라서 소설 속에서 작가의 시선은 시종일관 네홀류도프의 변화하는 의식과 행위를 따라간다. 소설의 첫 부분에서 네홀류도프는 소박하고 공상적인 인물로 묘사되기 시작하여 점차 귀족 계층의 전형적인 방탕아, 그리고 권태에 빠진 지식인 청년으로 이미지를 바꿔 나간다. 그러나 까쮸샤의 타락이 네홀류도프의 기만에서 비롯되었듯, 네홀류도프의 본질도 처음부터 악하고 부정적인 것은 아니다. 그의 순수성과 청춘의 생명력도 왜곡된 사회적 현실 속에서 변질되었을 뿐이다. 따라서 본연의 자아를 회복하기 위해서는 논리의 변증법적 과정이 아니라 영혼의 충격이 필요했고, 네홀류도프의 정신적인 깨달음은 법정에서 까쮸샤를 만나는 순간부터 시작된다. 까쮸샤와의 만남은 네홀류도프로 하여금 자기 자신과 무절제한 생활을 되돌아보게 하지만, 후회와 자기반성의 시간에도 네홀류도프의 내면에서는 진실을 인정하기를 거부하는 이기적 자아와 까쮸샤를 타락시킨 가해자로 스스로를 자각하는 이타적 자아가 고통스럽게 충돌한다. 그 과정에서 자신의 죄를 깨닫고 진실로 회개하는 첫 단계에 네홀류도프에게는 다른 세계가 열리기 시작한다. 그는 까쮸샤의 석방을 돕는 동안 교도소에서, 거리에서, 꾸즈민스꼬예와 빠노보 마을에서 민중들과 접촉하게 되고 그들이 처한 가혹한 현실에 눈뜨게 되며 사회 정의가 농민들의 실생활과 얼마나 유리되어 있는지 발견한다. 민중들의 고통을 확인하면 할수록 자신이 속한 귀족 계급에 대한 네흘류도프의 혐오감은 깊어진다. 고위 관료, 귀부인, 노장군, 사제, 장관, 법관, 군인, 경찰은 이제 네흘류도프의 눈에 고통받는 민중들의 박해자이며 착취자로 비친다.

네흘류도프는 귀족적 삶을 과감하게 청산하고 까쮸샤와 운명을 같이하기 위해 그녀가 가는 고행의 길을 따라간다. 그는 이미 까쮸샤와의 결혼도, 시베리아 생활도 기꺼이 실행할 마음의 준비가 되어 있기 때문에 수치심을 잊고 까쮸샤는 물론 주변의 누구에게나 자신의 의지를 거듭 공표한다. 정신적으로 부활한 네흘류도프에게 남은 과제는 오직 자신의 신념을 실천하는 길밖에 없었다. 그래서 그는 자발적으로 정치범과 형사범들의 변호인으로 활동하며 삶의 의미를 찾아 간다. 소설의 끝부분에 이르러 네흘류도프는 영국인 선교사와 함께 시베리아 유형지와 교도소의 실태를 조사한다. 통계 자료에 의존하는 영국인은 죄수들을 구원의 대상으로 이해하며 러시아 현실의 구원에 한계를 드러내지만, 유형수들과 까쮸샤에 의해 이미 죄수들의 실상을 이해한 네흘류도프는 구원의 대상은 그들이 아니라 지배 계층임을 정확히 알고 있다. 그리고 그는 홀로 복음서를 읽으며 〈일곱 번뿐 아니라 일곱 번씩 일흔 번이라도 용서하여라〉라는 기독교 정신의 본질을 강조하며 계급 간의 화해를 요구하는 똘스또이식 교훈의 실천가로 남는다.

소설 구성의 다른 축에는 까쮸샤 마슬로바라는 민중 출신 여인의 형상이 자리 잡고 있다. 그녀는 귀족 청년에게 버림

받은 평범한 민중 출신의 처녀였지만 현재는 법정으로 끌려가는 미결수, 재판을 받는 독살범, 수치심을 모르는 가장 추악한 창녀에 지나지 않는다. 첫 대면에서 네흘류도프의 눈에 비친 까쮸샤의 모습도 이미 영적으로 사망한 사람이었다. 그러나 까쮸샤의 본질은 현재가 아닌 과거에 있었고 그것은 네흘류도프의 회상을 통해서 서서히 드러난다. 청순했던 그녀가 정신적인 불구 상태에 빠지고 영적으로 사망하게 된 계기는 임신한 몸으로 네흘류도프를 만나기 위해 기차역으로 달려가던 그날 밤의 모욕과 절망, 그리고 8년간 지속된 창녀 생활의 결과일 뿐이다. 까쮸샤는 비록 영적으로 사망한 상태이지만 그렇다고 구원이 불가능할 정도로 타락하지는 않았다. 그녀는 현실의 희생자이긴 하지만 교활하지 않고 신실하며 천성적으로 착하고 욕심 없는 민중적 특성을 여전히 보존하고 있었다.

까쮸샤가 부활하기 위해 필요한 것은 사회적 현실을 정확히 인식하는 것이었다. 그러나 소박한 정신세계를 가진 그녀에게 그 과정은 길고 혼란스럽기만 했다. 자신의 비극적 운명이 어디에서 시작됐는지 깨닫는 것조차 그녀에게는 힘겨웠으며 내면에서는 네흘류도프에 대한 애증이 혼재해 있었다. 무고하게 수감된 민중들과의 접촉을 통해 왜곡된 현실을 어렴풋이 깨닫고 또 한 장의 가족사진을 통해 더 이상 과거로 되돌아갈 수 없음을 깨달으면서도 까쮸샤의 부활은 여전히 불완전한 모습이었다. 그런 그녀에게 완전한 영적 부활이 일어난 것은 정치범들과의 생활을 통해서였다. 의식이 성숙한 그녀의 비극적인 운명은 더 이상 개인적인 것이 아니라 러시아 민중의 비극이며, 그녀의 부활은 민중의 부활이었다. 네흘류도프를 사랑하면서도 그의 청혼을 거부하고 정치범 시몬손과 운명을 같이할 때 이미 그녀는 네흘류도프의 과거의 여인도, 희생자도 아니며 무고한 민중들의 고통을 이해하고 그들과 함께하는 깨어난 민중이었다. 이제 그녀에게 필요한 것은 결혼이라는 보상이 아니라 네흘류도프와의 진정한 화해뿐이었다. 각자의 길에서 진정한 인생의 의미를 찾아 가는 네흘류도프와 까쮸샤는 완전히 부활한 존재들이며, 작가는 이 두 주인공을 통해 민중들이 진정으로 부활할 수 있는 길이 무엇인지 제시하고 있다.

똘스또이가 70세 고개를 넘기며 쓴『부활』은 작가의 모든 삶과 사상과 예술적 경험이 축적된 결과물이다. 이 소설에는 법정 소설, 폭로 소설, 피카레스크 소설, 구도 소설, 심리 소설, 사회 소설의 특징이 두루 갖춰져 있다. 따라서 어느 특정 소설의 전개와 결말에만 익숙한 독자나 비평가라면 그들의 기대는 여지없이 무너질 수도 있다. 까쮸샤 마슬로바와 네흘류도프의 사랑은 감상주의 소설처럼 비극적 결말로 매듭짓지도 않으며 멜로드라마처럼 해피 엔드를 맞지도 않는다. 또한 판결의 부당성이 밝혀지거나 사랑의 장애가 제거되는 순간 주인공은 명예 회복이나 원상 복구와 같은 적절한 보상을 받아야 하지만 똘스또이의 소설에서는 그렇지 않다. 현실은 그렇게 아름답지도 않으며 정의롭지도 않다는 사실을 경험적으로 알고 있는 작가는 다만 자신이 목격한 대로 작품을 전개시키고 있을 뿐이다. 이처럼『부활』은 어느 유형의 소설보다 현실적이고 사회적이며 이념 지향적인 특징을 보여 주는 작품이며, 러시아 리얼리즘이 추구했던 문학적 가치를 최고로 구현한 작품이라 할 수 있다.

번역을 마치며

똘스또이의『부활』을 처음 읽은 것은 중학교 2학년 무렵이었다. 그러나 중학교 2학년짜리에게 『부활』은 너무 이해하기에 어려웠고 번역은 난해했다. 도서관에서 보름을 끙끙거리며 씨름하다가 결국은 책의 절반을 겨우 넘긴 상태에서 포기하고 말았다. 그러다가 대학원을 마칠 무렵 은사님의 각별한 배려로 모 출판사와 번역 계약을 할 수 있었다. 지금으로부터 28년 전, 러시아어의 해석 능력도 부족했고 러-한 사전도 없던 시절이었다. 담배를 뻐끔거리며 골방에 처박혀서 『부활』을 번역하는 동안 1년 반이라는 시간이 지나고 있었다. 꾸역꾸역 번역을 마치고 『부활』이 세상에 나왔을 때 나는 세계 문학 전집 속에서 외국 문학의 대가들과 이름을 같이했다는 사실이 마냥 기쁘기만 했다. 그러고는 오랜 시간 동안 『부활』을 잊고 지냈다. 힘들었던 번역 과정이 무의식에 잠재되어 있었던 모양이다. 그렇게 세월이 훌쩍 흘러 몇 년 전 열린책들로부터 『부활』을 다시 출판하자는 연락을 받았다. 처음에는 기존의 내 번역을 적당히 손질하면 될 줄 알았다. 하지만 책을 몇 장 넘기는 순간 너무나 부끄러워서 곧 책장을 덮고 말았다. 처음부터 다시 시작하자는 마음이 솟구쳤다.

이렇게 『부활』을 다시 번역하게 된 계기는 다분히 명예 회복이라는 개인적인 오기 때문이었다. 그러나 작품을 읽어 가는 동안 나는 점점 똘스또이에 빠져들고 말았다. 작가가 『부활』에서 제기했던 문제는 바로 오늘 우리가 처한 현실이며, 작가가 1백 년 전에 섰던 그 출발점에서 우리는 한 발도 더 나아가지 못하고 있지 않은가. 더구나 똘스또이는 짜르가 비밀경찰을 동원해서 절대 권력을 유지하던 시대에, 정교가 국교인 러시아에서 종교적 파문조차 두려워하지 않았던가. 권력을 가진 자에게는 너무나 무서운 고발서이며 박해받는 사람들에게는 구원서인 이 작품은 오늘의 지식인들에게 지금도 말하고 있다. 〈고통 받는 민중 속으로 내려와, 오로지 실

천하라.〉

물론 이번 번역도 1백 퍼센트 만족스러운 것은 아니다. 그러나 누구에게나 일독을 권하고 싶다. 재번역의 기회를 준 홍지웅 사장님, 편집 과정에서 꼼꼼하게 도와준 편집부에 깊은 감사를 드린다.

이대우

레프 똘스또이 연보

1828년 출생 8월 28일(신력 9월 9일) 영지 야스나야 뽈랴나Iasnaia Poliana에서 아버지 니꼴라이 일리치Nikolaj Illyich Tolstoi 백작과 어머니 마리야 니꼴라예브나Mariia Nikolaevna 사이의 4남 1녀 중 넷째 아들로 태어남.

1830년 2세 8월 4일 어머니 마리야 니꼴라예브나 사망. 훗날 똘스또이는 어머니에 대해 다음과 같이 기록함. 〈나는 실제 모습이 아닌 정신적인 모습으로만 어머니를 기억할 뿐이지만, 내가 아는 모든 기억은 너무나 아름다운 것이다.〉

1837년 9세 1월 10일 똘스또이 가족 모스끄바로 이사. 똘스또이는 모스끄바에서의 생활을 〈텅 빈 소년 시대〉라고 표현함. 혼자서 공상과 회의론에 빠지는 일이 잦아짐. 7월 21일 아버지 니꼴라이 일리치 백작 사망. 똘스또이는 아버지의 갑작스러운 죽음을 인정하지 못하고 한동안 모스끄바 거리에서 아버지를 찾아다님. 남매들 모두 할머니의 손에 맡겨짐. 처음으로 『천일야화Les mille et une nuit』 이야기를 듣고 큰 감명을 받음.

1839년 11세 할머니의 사망 후 친척 예골스까야 아주머니에게 맡겨짐. 훗날 그녀에 대해 다음과 같이 기록함. 〈내 인생에 있어 세 번째로 중요한 사람은 바로 우리가 숙모라 부른 예골스까야였다.〉

1840년 12세 똘스또이 남매들이 각각 한 부분씩 맡아 글을 써서 이야기를 만드는 〈아이들 놀이〉를 시작함. 똘스또이는 예골스까야 아주머니로부터 특별한 격려를 받음. 독서를 통해 슬픔과 부정적인 생각을 떨쳐 내기 시작함. 러시아의 전래 동화와 영웅 서사시에 큰 흥미를 느낌.

1844년 16세 형제들과 함께 까잔Kazan으로 이사. 외교관이 되기로 결심하고 까잔 대학 동양학부에 입학. 뿌쉬낀A. S. Pushkin의 『예브게니 오네긴Evgenii Onegin』, 레르몬또프M. Iu. Lermontov의 『현대의 영웅Geroi nashego vremeni』, 실러Friedrich von Schiller의 『도적 떼Die Räuber』, 루소Jean-Jacques Rousseau의 『고백록Les confessions』 등을 탐독함. 똘스또이는 가장 좋아하는 철학자로 루소를 꼽고 다음과 같이 기록함. 〈그가 쓴 글들은 마치 내가 쓴 듯 나의 생각과 일치한다.〉

1845년 17세 9월 까잔 대학 법학부로 전과. 법학 공부를 통해 사회 구조에서 무언가를 이해할 수 있기를 바랐으나 좌절. 결국 법학이라는 학문이 이상하거나 혹은 자신에게 이해할 능력이 없는 것이라고 결론지음. 대학 교육 방식에 회의를 느낌.

1847년 19세 자신의 결점을 보완하고 능력을 개발하기 위해 일기를 쓰기 시작함. 자퇴서를 내고 학업 중단. 철학, 논리학 및 여타 학문을 스스로 공부하기로 결심하고 그때부터 평생 독학에 매진함. 야스나야 뽈랴나로 귀향하여 농민들의 가난과 굶주림을 목격, 그들을 도우려 시도했으나 농민들로부터 신뢰를 얻지 못하고 좌절함. 지주로서의 삶에 환멸을 느낌.

1848년 20세 모스끄바와 뻬쩨르부르그에 잠시 거주하며 방탕한 도시 생활에 빠짐. 인생과 스스로에 대한 불만이 점점 깊어짐.

1851년 23세 4월 형 니꼴라이Nikolai와 함께 까프까스Kavkaz로 떠남. 당시의 심정을 훗날 「까자흐 사람들Kazaki」에 다음과 같이 기술함. 〈과거의 삶을 벗어나 새로운 인생을 시작하고, 행복을 찾기 위해 길을 떠났다. 전쟁과 전쟁의 영광 그리고 내 안에 살아 있는 힘과 용감함! 천연 그대로의 자연! 바로 이곳에 행복이 있다!〉 까프까스에서 지내는 동안 터키어를 배우고 인종학, 민속학, 역사에 관심을 쏟음. 6월 지원병

자격으로 산악 민족과의 기습전에 참전. 7~9월 중편소설 「유년 시대 Detstvo」 집필.

1852년 ²⁴세 사관생도 자격시험을 치르고 4급 포병 하사관으로 입대. 자신의 실수 대부분이 지나친 자유로움에서 비롯된 것이라고 생각했던 똘스또이는 군인이 되어 자유를 잃게 된 것을 오히려 기뻐했지만, 사람들에게 선을 베풀겠다는 꿈을 실현시킬 구체적인 일이 없다는 사실에 곧 괴로워하게 됨. 문예지 『동시대인Sovremennik』에 「유년 시대」를 투고. 〈L. N.〉이라는 머리글자만 적어 보냈으나 잡지사로부터 〈당신이 문학계를 스쳐 지나가는 사람이 아니라면 실명을 걸고 출판해 볼 것을 권합니다〉라는 내용의 답신을 받음. 10월 「유년 시대」가 검열을 통해 수정되고 〈나의 어린 시절 이야기〉로 제목이 바뀐 채 발표되자 매우 실망함.

1853년 ²⁵세 형 니꼴라이 퇴역. 똘스또이도 퇴역하려 했으나 터키와의 전쟁이 일어나면서 좌절됨. 3월 『동시대인』에 단편소설 「습격 Nabeg」 발표. 미래와 자신의 운명에 대해 끊임없이 생각하며 나태함, 초조함, 경솔함, 허세, 무질서, 의지박약을 고쳐 나가는 데 혼신의 노력을 기울이기 시작함.

1854년 ²⁶세 1월 두나이 부대로 전근하면서 소위보로 임관. 10월 『동시대인』에 「소년 시대Otrochestvo」 발표. 사령부에서 애국심에 불타던 몇몇 장교들과 함께 주간지 「군사 신문」을 발행하기로 함. 하지만 똘스또이가 쓴 기사가 실린 시범 책자가 군 당국을 거쳐 황제에게 보고되면서 잡지 발행은 금지됨. 11월 세바스또뽈Sevastopol로 이동하여 크림 전쟁에 참전.

1855년 ²⁷세 2월 18일 니꼴라이 1세 사망. 6월 『동시대인』에 「세바스또뽈 이야기Sevastopol'skie rasskazy」 발표. 이 글을 본 이반 뚜르게네프I. S. Turgenev는 잡지 발행인에게 다음과 같은 내용의 편지를 씀. 〈세바스또뽈에서 똘스또이가 쓴 글은 그야말로 기적이오! 나는 눈물을 흘리며 그의 글을 읽었다오. 그리고 만세를 외쳤소.〉 9월 『동시대인』에 단편소설 「산림 벌채Rubka lesa」 발표. 똘스또이는 당시 이미 유명해진 〈L. N. T.〉라는 이니셜과 함께 이 작품을 뚜르게네프에게 헌정함. 10월 세바스또뻴 함락. 11월 뻬쩨르부르그를 방문하여 뚜르게네프를 만나고 호먀꼬프A. S. Khomiakov와 교류. 영원히 퇴역할 것을 결심함. 12월 중편소설 「지주의 아침Utro pomeshchika」 발표. 체르니쉐프스끼N. G. Chernyshevskii와 교류.

1856년 28세 3월 퇴역. 오랫동안 떨어져 지낸 대도시의 생활에 매료됨. 뻬쩨르부르그에서 농노 해방에 관한 논의가 이루어지자 내무부 장관에게 농노 문제 해결안을 보냄. 그의 해결안에는 무엇보다도 지주에 대해 농민들이 지고 있는 모든 의무를 면제해 주고 각각의 농민 가정에 일정한 만큼의 토지를 분배해야 한다고 쓰여 있었음.

1857년 29세 1월 『동시대인』 소속의 다른 작가들과 교류. 『동시대인』에 중편소설 「청년 시대Iunost'」 발표. 2~7월 유럽 여행. 프랑스, 스위스, 독일의 명승지를 둘러보는 동안 러시아와 다른 생활상에 흥미를 가졌으며 특히 파리의 자유로움에 매력을 느낌. 그러나 살인과 절도죄로 단두대에서 처형당하는 죄수를 본 후 다음과 같은 기록을 남기고 국가의 법이란 가장 끔찍한 거짓이라는 결론을 내림. 〈단두대를 본 후 잠을 잘 수가 없으며, 자꾸 단두대를 떠올리게 된다.〉

1858년 30세 단편소설 「세 죽음Tri smerti」 집필. 평단은 이 이야기의 예술적인 측면을 높이 평가함.

1859년 31세 2월 〈러시아어 애호가 협회〉에 가입. 5월 잡지 『러시아 통보Russkii Vestnik』에 중편소설 「가정의 행복Semeinoe schast'e」 투고. 그러나 수정 작업을 거친 발표에 실망하여 당분간 소설 출판을 중단할 것을 고려함. 10월 민중 교육이야말로 계급 간 화해를 이끌어 내는 방법임을 깨닫고 농민 학교 설립.

1860년 32세 9월 형 니꼴라이 사망. 1861년까지 2차 유럽 여행. 볼꼰스끼S. G. Volkonskii, 게르쩬A. I. Gertsen, 프루동P. J. Proudhon과 교류하며 제까브리스트에 대해 관심을 갖기 시작함.

1861년 33세 2월 농노 해방 선언문이 발표됨. 이에 똘스또이는 〈농군들은 이것을 보고 이해하지 못할 것이며, 우리는 이 선언문을 믿을 수 없다〉고 말함. 자신의 영지에 속한 농민들에게 그들이 일궈 온 토지를 나누어 줌. 농노 해방으로 인한 지주와 농민 간의 문제를 해결하기 위한 중재자로 임명되어 농민들을 보호하고 지주들과 싸움.

1862년 [34세] 건강 악화를 핑계로 중재자 자리에서 물러남. 교육 잡지『야스나야 뽈랴나*Iasnaia Poliana*』간행. 9월 크레믈린 궁전 내부의 성모 탄생 교회에서 소피야 안드레예브나 베르스*Sof'ia Andreevna Bers*와 결혼. 그가 소피야에게 청혼한 일은 후에『안나 까레니나*Anna Karenina*』에서 레빈이 끼찌에게 고백하는 장면으로 묘사됨. 결혼 후 안정된 똘스또이는 다시 글을 쓰고 싶다는 생각을 하고 일기에 다음과 같이 기록함.〈수많은 생각들이 떠오르며, 이제는 너무나 글을 쓰고 싶다. 나는 엄청난 내적 성장을 한 것 같다.〉

1863년 [35세] 2월『러시아 통보』에 중편소설「까자흐 사람들」발표. 6월 맏아들 세르게이*Sergei* 태어남. 민중의 삶에 대한 관심이 고조되기 시작함.

1864년 [36세] 8~9월 작품집 2권 간행. 10월 딸 따찌야나*Tat'iana* 태어남. 11~12월 장편소설『1805년』(『전쟁과 평화*Voina i mir*』의 1, 2권) 집필.

1865년 [37세] 1~2월『러시아 통보』에『1805년』발표.

1866년 [38세] 5월 둘째 아들 일리야*Il'ia* 태어남.

1867년 [39세] 9월『전쟁과 평화』의 3, 4권 집필.

1868년 [40세] 『전쟁과 평화』의 5권 집필.

1869년 [41세] 『전쟁과 평화』의 6권 집필. 셋째 아들 레프*Lev* 태어남.

1870년 [42세] 5월 뚤라 지방 재판소의 출장 배심원을 맡음.

1871년 [43세] 2월 둘째 딸 마리야*Mariia* 태어남. 사마라 현에 토지 구입.『독본*Azbuka*』첫 집필.

1872년 [44세] 뾔뜨르 1세 시대에 관한 소설 집필. 11월 「까프까스의 포로Kavkazskii plennik」 등의 작품이 포함된 『독본』 발표.

1873년 [45세] 3월 뾔뜨르 1세 시대에 관한 소설을 중단하고 장편소설 『안나 까레니나』 집필 시작. 기근 농민 지원 단체의 봉사 활동에 참여. 12월 러시아 과학 아카데미 언어-문학 분과 준회원으로 선출됨.

1874년 [46세] 장편소설 『안나 까레니나』 집필.

1875년 [47세] 1월 『러시아 통보』에 『안나 까레니나』 연재 시작. 독자들로부터 큰 반향을 불러일으켰으며 민주주의 진영에서는 강한 불쾌감을 드러냄.

1877년 [49세] 『안나 까레니나』 탈고. 8월 『러시아 통보』 발행인이 똘스또이와의 의견 충돌로 인해 『안나 까레니나』의 마지막 8부 수록을 거부함. 12월 넷째 아들 안드레이Andrei 태어남.

1878년 [50세] 직접 수정 작업을 한 후, 마지막 부와 함께 장편소설 『안나 까레니나』 단행본 발표. 제까브리스트에 관한 소설 집필.

1879년 [51세] 6월 끼예보뻬체르스까야Kievo-Pecherskaia 대수도원 방문. 10월 뜨로이체세르기예바Troitse-Sergieva 대수도원 방문. 국가에 소속된 교회에 대해 심한 거부감을 느낌. 〈교회는 3세기 이전까지 거짓과 잔혹함, 그리고 기만으로 가득했다〉라고 기록함. 12월 다섯째 아들 미하일Mikhail 태어남.

1880년 [52세] 스스로의 정신적 변화에 대해 서술한 『참회록Ispoved'』을 탈고했으나 종교 검열을 받아 출판이 금지됨. 복음서 4권 번역 착수. 가르쉰V. M. Garshin, 스따소프V. V. Stasov, 레삔I. E. Repin과 교류. 레삔은 훗날 회상록에서 똘스또이와의 첫 만남을 다음과 같이 기록함. 〈똘스또이는 매우 심취된 어조로 굉장히 많은 말들을 쏟아 냈다. 그의 말에 묻어 나는 열정적이고 급진적인 생각들로 인해 나는 그날 잠들기 전까지 몹시 당황했었다. 진부한 삶의 형식에 대한 똘스또이의 가차 없는 생각들이 하루 종일 나의 머릿속을 빙빙 맴돌았다.〉 똘스또이에게 매료된 레삔은 삽화 「똘스또이와 여인숙의 걸인들」을 그림.

1881년 [53세] 알렉산드르 2세 사망. 끝이 보이지 않는 보복 테러를 막고자 그를 암살한 혁명가들을 처형하지 말라는 내용의 편지를 새로운 황제 알렉산드르 3세에게 보냈으나 아무런 답변도 얻지 못했을 뿐 아니라 주변인들에게조차 이해받지 못함. 제까브리스트들과의 교류를 계속함. 단편소설 「사람은 무엇으로 사는가 Chem liudi zhivy」 집필. 9월 모스끄바의 노동자 거주 지역으로 이사하여 오늘날 생가 박물관이 된 돌고하모브니체스끼 Dolgo-Khamovnicheskii 거리의 주택을 구입함. 이곳에서 도시 빈민의 실태에 대해 새롭게 알게 됨.

1882년 [54세] 모스끄바 인구 조사에 참여하여 빈곤하고 타락한 골목을 접하며 참혹한 현실을 깨달음. 이때부터 신랄하고 비판적인 성격의 글을 쓰기 시작하여 이른바 〈금지 작가〉라는 낙인이 찍히지만 동시에 작가, 화가, 음악가, 사상가, 학자 등 수없이 많은 사람들의 조언자이자 조력자가 됨.

1883년 [55세] 9월 『내 신앙의 근본 V chem moia vera』 탈고. 검열 위원회는 〈사회와 국가 기관의 근간을 송두리째 흔들고 교회의 가르침을 무너뜨릴 것〉이라는 이유로 이 작품을 〈가장 해로운 책〉으로 상정함. 10월 체르뜨꼬프 V. G. Chertkov와 교류.

1884년 [56세] 2월 장편소설 『제까브리스트들 Dekabristy』 일부 발표. 6월 스스로의 부르주아적 삶에 환멸을 느끼고 첫 번째 가출 시도. 셋째 딸 알렉산드라 Aleksandra 태어남. 11월 체르뜨꼬프를 비롯한 똘스또이의 사상적 동지들이 출판사 〈중재자 Posrednik〉를 설립.

1885년 [57세] 〈중재자〉에서 출판하기 위해 민화 「촛불 Svechka」과 「두 노인 Dva starika」을 집필. 검열로 인해 〈중재자〉의 출판물 발행이 금지됨. 중편소설 「홀스또메르 Kholstomer」 발표.

1886년 [58세] 단편소설 「세 수도승 Tri monakha」, 중편소설 「이반 일리치의 죽음 Smert' Ivana Il'icha」 집필. 「이반 일리치의 죽음」의 주제에 대해 〈평범한 사람의 평범한 죽음에 대한 묘사, 묘사로부터의 묘사〉

라고 밝힘. 소설의 한계를 느끼고 날카로운 주제성과 큰 감성적 풍요로움을 만들어 낼 새로운 장르에 대한 시도로 희곡 「어둠의 권력Vlast' t' my」을 집필하지만 공연은 금지됨. 꼬롤렌꼬V. G. Korolenko와 교류.

1887년 59세 레삔, 가르쉰이 참석한 가운데 「어둠의 권력」이 낭독됨. 레삔은 〈깊은 비극적 기분을 남긴, 인생의 잊을 수 없는 교훈〉이라고 평가함. 논문 「인생에 대하여O zhizni」, 중편소설 「크로이체르 소나타 Kreitserova sonata」 집필. 레스꼬프N. S. Leskov와 교류. 사회 활동가이자 뻬쩨르부르그 법원의 검사였던 친구 꼬니A. F. Koni로부터 어느 매춘부와 젊은 사내에 관한 흥미로운 법정 실화를 전해 들음. 이는 후에 장편소설 『부활Voskresenie』의 모티브가 되는 에피소드로, 똘스또이는 이때부터 『부활』을 구상하기 시작함.

1888년 60세 2월 모스끄바에서 야스나야 뽈랴나까지 도보 여행. 3월 여섯째 아들 이반Ivan 태어남.

1889년 61세 희곡 「계몽의 열매Plody prosveshcheniia」, 중편소설 「악마D'iavol」 집필.

1890년 62세 중편소설 「신부 세르게이Otets Sergii」 집필. 일기에 다음과 같이 기록함. 〈「신부 세르게이」를 시작. 거기에 푹 빠져 있다. 그가 지나 온 정신적 상태가 매우 흥미롭다.〉 오쁘찌나 수도 암자 순례 종결. 검열로 「크로이체르 소나타」 발표가 금지됨.

1891년 63세 예술문학회 회원들의 도움으로 「계몽의 열매」 상연(스따니슬라프스끼K. S. Stanislavskii 연출). 저작권을 거부하고 1881년 이전까지 발표한 모든 작품의 저작권 포기 각서에 서명함. 기아에 시달리는 농민들을 위한 구호 식당 조직.

1892년 64세 기아에 시달리는 농민들을 위한 음악회를 연 루빈슈쩨인A. G. Rubinshtein과 교류. 논문 「신의 왕국은 당신들의 내면에 Tsarstvo Bozhie vnutri vas」 탈고.

1893년 65세 모파상의 작품 서문을 씀. 스따니슬라프스끼와 교류.

레삔이 서재에서 집필하고 있는 똘스또이의 초상화를 그림.

1894년 66세   1월 부닌I. A. Bunin과 교류.

1895년 67세   단편 우화 「주인과 일꾼Khoziain i rabotnik」 탈고. 2월 여섯째 아들 이반 사망. 8월 체호프A. P. Chekhov와 교류. 9월 두호보르 종파에 대한 탄압을 고발하는 논설 발표. 『부활』 집필을 시도함.

1896년 68세   1월 희곡 「그리고 빛은 어둠 속에서 빛난다I svet vo t'me svetit」 탈고. 『부활』 집필 중단. 8월 누이가 거주하는 샤모르디노 수도원을 아내와 함께 방문함. 샤모르디노 수도원에서 중편소설 「하쥐 무라트Khadzhi-Murat」 초판을 완성.

1897년 69세   뻬쩨르부르그 여행. 논문 「예술이란 무엇인가Chto takoe iskusstvo?」 집필.

1898년 70세   몰로칸 교도들의 자녀들을 강제로 별거시키는 데 항의하는 편지를 황제 니꼴라이 2세에게 보냄. 두호보르 교도들과 만남. 뚤라 현과 오룔 현의 굶주린 사람들을 구제. 굶주림에 관한 기사 발표. 두호보르 교도들을 캐나다로 이주시킬 자금을 만들기 위해 『부활』 집필을 다시 시작함.

1899년 71세   『부활』의 집필을 위해 교도소 수감자를 만나고 임시 수용소에서부터 니꼴레예쁘끼 역까지 죄수들과 동행하기도 함. 잡지 『니바Niva』에 『부활』이 연재되기 시작하지만 검열에 의해 많은 수정이 이루어짐. 릴케Rainer Maria Rilke와 교류. 『부활』 탈고.

1900년 72세   논설 「우리 시대의 노예제Rabstvo nashego vremeni」, 「애국심과 정부Patriotizm i pravitel'stvo」 발표. 고리끼M. Gor'kii와 교류. 희곡 「산송장Zhivoi trup」 집필.

1901년 73세   2월 종무원이 똘스또이의 파문을 결정함. 이에 「종무원 결정에 대한 응답Otvet sinodu」 발표. 공장 노동자들로부터 다음과 같은 내용의 글귀가 적힌 유리 공예품을 받음. 〈그 사제장들과 바리새 교인들이 저희들 원하는 대로 당신을 파문하게 내버려 두십시오. 위대하고 소중한 당신을 사랑하는 러시아인들은 영원히 당신을 우리의 자랑으로 여길 것입니다.〉3월 뻬쩨르부르그의 학생 시위에서 많은 학생들이 잔혹하게 구타당하고 투옥되자 이에 분노하여 황제와 각료들에게 서한을 보내고 호소문을 작성함. 레삔의 전시회에서 똘스또이의 초상화가 학생들의 인기를 모으자 전시회가 금지되고 알렉산드르 3세 박물관이 초상화를 사들임. 자유로운 학교를 꿈꾸며 다시 교육에 관심을 기울이던 똘스또이는 새로운 교육 방식으로 여섯 가지 원칙을 제안함. 〈첫째 종교 교육으로부터의 보호, 둘째 삶을 살아가는 방식의 교육(잘못된 습관적 예속 탈피), 셋째 경제적 능력의 성장과 귀속으로부터의 해방, 넷째 예술적인 것, 다섯째 노동, 여섯째 위생.〉7월 말라리아 감염. 9월 크림 반도로 요양을 떠남. 10월 미하일로비치 대공과 교류하고 그를 통해 황제 니꼴라이 2세에게 토지 사유화 폐지를 요청하는 서한을 전달함.

1902년 [74세]   신앙의 자유에 관한 논설 「신앙이란 무엇이며, 그 본질은 무엇인가Chto takoe religiia i v chem sushchnost'ee」, 「노동하는 민중들에게K rabochemu narodu」, 「성직자들에게K dukhovenstvu」 등을 발표. 야스나야 뽈랴나로 귀향. 꾸쁘린과 교류. 「하쥐무라트」와 「위조지폐Fal'shivyi kupon」, 단편소설 「무도회가 끝난 뒤Posle bala」 집필. 폐렴과 장티푸스로 병의 상태가 악화됨. 6월 야스나야 뽈랴나로 되돌아옴.

1903년 [75세]   회고록과 셰익스피어에 대한 논문 집필.

1904년 [76세]   러일 전쟁에 관한 기사 「재고하라Odumaites'!」 발표, 「하쥐무라뜨」 탈고. 5월 메레쥐꼬프스끼D. S. Merezhkovskii와 기삐우스Z. N. Gippius가 야스나야 뽈랴나 방문. 8월 형 세르게이 사망.

1905년 [77세]   논설 「세기말Konets veka」, 「러시아에서의 사회 운동에 대하여Ob obshchestvennom dvizhenii v Rossii」, 「필요한 것 한 가지Edinoe na potrebu」, 단편소설 「알료샤 항아리Alesha Gorshok」, 「꼬르네이 바실리예프Kornei Vasilev」, 중편소설 「표도르 꾸지미치 노인의 유서Posmertnye zapiski startsa Fedora Kuzmicha」 집필.

1906년 ^{78세} 잡지 『독서계*Krug chteniia*』에 단편소설 「왜Pochemu?」 발표. 11월 둘째 딸 마리야 사망. 이 상실감으로 인해 똘스또이는 점점 더 내면으로 침잠해 들어감.

1907년 ^{79세} 농민 자녀 교육을 재개함. 어린이를 위한 『독서계』 창간. 10월 똘스또이의 비서 구세프Gusev가 체포됨.

1908년 ^{80세} 똘스또이의 80세 기념일을 맞이하여 러시아 사회가 대대적인 축하 준비를 시작하지만 똘스또이는 자신이 추구하는 소박함에 어울리지 않는 이러한 상황을 견디기 힘들어함. 2백 년 동안 러시아에서 행해져 온 사형에 반대하여 선언문 「나는 침묵할 수 없다Ne mogu molchat'」발표. 글의 서두 부분을 축음기에 녹음함. 〈아니다, 이것은 불가능하다……! 이렇게 살 수는 없다! 이렇게 살아서는 안 된다……! 안 된다, 다시 생각해도 안 된다.〉선언문은 발표 즉시 모든 언어로, 전 세계에 퍼져 나갔고 이를 게재한 러시아 신문들은 벌금이나 탄압에 처해짐. 8월 밧줄과 함께 〈정부에 폐를 끼치지 말고 직접 행하라〉는 내용의 편지를 받음. 「폭력의 법과 사랑의 법Zakon nasiliia i zakon liubvi」, 「인더스 강에 보내는 편지Pis'mo k indusu」발표. 비밀 일기 작성. 다리가 불편해 걷기 힘들어짐.

1909년 ^{81세} 중편소설 「누가 살인자들인가Kto ubiitsy?」 집필. 8월 똘스또이의 비서 구세프 다시 체포되고 추방됨. 마하트마 간디Mahatma Gandhi로부터 다음과 같은 내용의 서한을 받음. 〈저와 저의 여러 친구들은 이미 오래전부터 무력으로 악에 맞서서는 안 된다는 가르침을 믿고 있었고 또 지금도 여전히 그것을 믿고 있습니다. 게다가 저는 당신의 글을 읽을 수 있는 행운을 얻게 되었습니다. 그것들은 제 세계관에 깊은 인상을 주었습니다.〉똘스또이는 간디의 부탁으로 무력으로 악에 맞서서는 안 된다는 내용의, 인도인들에게 전하는 호소문을 답신으로 보냄. 10월 유언장 작성.

1910년 ^{82세} 똘스또이의 유언장과 관련하여 가족들 간의 갈등이 일어남. 가족의 불화는 물론, 사유 재산을 부정하면서 모든 것을 누리고 있는 스스로에 대해 깊은 수치와 고통을 느끼고 집을 벗어나고 싶

어 함. 2월 단편소설 「호드인까Khodynka」 집필. 4월 혁명가 안드레예
프L. N. Andreev가 야스나야 뽈랴나를 방문함. 10월 28일 딸 알렉산
드라와 가출. 모든 신문들이 똘스또이의 가출에 대해 통보했으며 그
가 탄 기차마다 탐정과 기자들로 가득 참. 10월 31일 우랄행 기차를 타
고 가던 중 건강이 급격히 악화됨. 아스따뽀보 역에 내려서 병상을 마
련함. 똘스또이의 뜻에 따라 수도원장은 끝내 그가 누운 방에 들어가지
못함. 11월 7일 새벽 레프 니꼴라예비치 똘스또이 사망. 유지에 따라
야스나야 뽈랴나 숲에 안장됨. 시인 브류소프V. Ia. Bryusov는 그의 장
례를 다음과 같이 회상함. 〈똘스또이의 장례로부터 전 러시아적인 의
미를 박탈하기 위해 모든 수단이 동원되었다. 우선 서거 후 사흘간 다
른 지역으로부터 온 사람이 야스나야 뽈랴나에 접근하는 것이 물리적
으로 봉쇄되었다. 그럼에도 불구하고 수천 명의 사람들이 온갖 종류의
금지와 방해에도 아랑곳하지 않고 걸어서 야스나야 뽈랴나를 찾아왔
다. 그들 가운데에는 학생들도 있었고, 지식인들도 있었으며, 인근의 농
민들과 노동자들도 있었다. 뿐만 아니라 1백 명이 넘는 대표 위원들이
모여들었다.〉 또한 전 세계의 애도를 반영하듯, 프랑스 일간지에는 다
음과 같은 글이 실림. 〈병상에 누워 있는 그 어떠한 왕도, 임종의 고통
을 겪고 있는 그 어떠한 황제도, 그리고 죽어 가고 있는 그 어떠한 장관
도 이처럼 모든 이들의 뜨거운 관심을 받지는 못할 것이다. 그의 개인
적인 삶은 그처럼 현대 인류의 모든 존재와 긴밀히 연결되어 있었다. 이
것이 바로 그의 예술적 그리고 인류애적인 헌신과 공헌을 위해 생을 바
쳤던 작가에 대한 존경의 표시였다.〉

열린책들 세계문학 **134** 부활 하

옮긴이 이대우 서울에서 태어나 고려대학교 노어노문학과 및 동 대학원을 졸업했다. 프랑스 엑상프로방스 대학 및 파리 제8대학에서 박사 과정을 수료했으며, 러시아 세계 문학 연구소에서 문학 박사 학위를 받았다. 현재 경북대학교 노어노문학과 교수로 재직 중이다. 논문으로 「예세닌과 한국 문학」, 「미래주의 시어」 등이 있으며, 저서 『러시아 문학 개론』(1996, 공저)과 역서 『그 후의 세월』(1991, 리바꼬프), 『삶이 그대를 속일지라도』(1999, 뿌쉬낀), 『까라마조프 씨네 형제들』(2000, 도스또예프스끼) 등이 있다.

지은이 레프 똘스또이 **옮긴이** 이대우 **발행인** 홍예빈 · 홍유진
발행처 주식회사 열린책들 **주소** 경기도 파주시 문발로 253 파주출판도시
전화 031-955-4000 **팩스** 031-955-4004 **홈페이지** www.openbooks.co.kr
Copyright (C) 주식회사 열린책들, 2010, *Printed in Korea.*
ISBN 978-89-329-1134-2 04890 **ISBN** 978-89-329-1499-2 (세트)
발행일 2010년 7월 30일 세계문학판 1쇄 2023년 1월 30일 세계문학판 6쇄

이 도서의 국립중앙도서관 출판예정도서목록(CIP)은 서지정보유통지원시스템 홈페이지(http://seoji.nl.go.kr)와 국가자료공동목록시스템(http://www.nl.go.kr/kolisnet)에서 이용하실 수 있습니다.(CIP제어번호 : CIP2010002532)

열린책들 세계문학
Open Books World Literature